新注和歌文学叢書14

瓊玉和歌集新注

〈宗尊親王集全注 1〉

中川博夫 著

青簡舎

目次

凡例
注釈……1
巻第一　春歌上……3
巻第二　春歌下……64
巻第三　夏歌……108
巻第四　秋歌上……163
巻第五　秋歌下……231
巻第六　冬歌……289
巻第七　恋歌上……339
巻第八　恋歌下……378
巻第九　雑歌上……422
巻第十　雑歌下……476

解説　523

緒言——宗尊の略伝と家集　525
『瓊玉和歌集』の諸本　530
はじめに　530
一　諸本の書誌　530
二　従来の研究　539
三　本奥書と集の成立　541
四　諸本の書写奥書　542
五　和歌・詞書の有無と配列順の異同による諸本の分類　546
六　配列順の異同に窺う諸本の関係　548
七　異本注記と細かい異同及び集付等に窺う諸本の関係　554
むすび　558
『瓊玉和歌集』の和歌　562
はじめに　562
一　出典　562
二　他出　567
三　本歌取り　1　570
四　本歌取り　2　577
五　参考歌（依拠歌）　582
六　参考歌の作者（依拠歌人）　595

七 『瓊玉集』歌の述懐性……606
八 影響と享受……615
九 南朝親王の『瓊玉集』歌摂取……619
むすび……624
主要参考文献……626

資 料……627
I 瓊玉集歌出典一覧……629
II 瓊玉集歌他出一覧……631
III 一首の古歌を本歌にする瓊玉集歌一覧……634
IV 二首の古歌を本歌にする瓊玉集歌一覧……639
V 三首の古歌を本歌にする瓊玉集歌一覧……641
VI 瓊玉集歌の参考歌(依拠歌)集別一覧……642
VII 瓊玉集歌の参考歌(依拠歌)歌人別一覧……651
VIII 瓊玉集歌の類歌一覧……659
IX 瓊玉集歌の影響歌一覧……661
X 瓊玉集歌の享受歌一覧……662

初句索引……663
初出一覧……670

凡　例

一、鎌倉幕府第六代将軍宗尊親王の家集の一つ『瓊玉和歌集』（全五〇九首）の注釈である。

一、次の各項からなる。

①本文。②校異。対校本等に従って底本を改めた場合のみ☆を付して注記する。③通釈。④本歌・本説・本文、参考歌・参考（詩・文）（宗尊が踏まえた歌や詩・文ならびに解釈上に必要な歌や詩・文）、類歌（表現・趣向が類似した歌）、影響歌（宗尊歌を踏まえた歌）、享受歌（宗尊歌を本歌取りした歌）。⑤出典。⑥他出。⑦語釈。⑧補説。④〜⑧は、無い場合には省略。影響歌や享受歌は、広く可能性のある歌を挙げた。

一、底本と対校本は次のとおり。（　）内は略号。

底　本　書陵部（五〇一―七三六）本（底）

対校本　書陵部（五五三―一八）本（書）、内閣文庫本（二〇一―五〇六）（内）、高松宮家伝来禁裏本（る函二九五）（高）、慶応義塾大学図書館本（慶）、篠山市青山会本（二五九）（青）、ソウル大学本（三一二六／一八五）（京）、静嘉堂文庫本（静）、島原松平文庫本（一三六―二三）（松）、三手文庫本（今井似閑、歌／申二三四）（三）、山口県立山口図書館本（九七）（山）、神宮文庫本（三／一一五二）（神）、群書類従本（巻第二百三十）（群）。底本以外の全ての対校本が一致する場合（全）。なお、ノートルダム清心女子大学黒川文庫本（H一五三）（黒）の校異については、原則として割愛する（解説参照）。

一、本文と校異は、次の方針に従う。

1. 底本の翻印は、通行の字体により、歴史的仮名遣いに改め、意味や読み易さを考慮して、適宜ひら仮名を漢字に、漢字をひら仮名や別の漢字に改める。送り仮名を付す。清濁・読点を施す。なお、原則としてひら仮名の反復記号は用いない。「謌」「哥」は「歌」に統一する。

2. 本文を改めた場合、底本の原状は右傍に記す（送り仮名等を補った場合は中黒の圏点で、漢字を仮名に開く場合は「なり（成）」や「あはれ（哀）」のように示す）。私にふり仮名を付す場合は（　）に入れて区別する。その他、問題点や注意点は、適宜特記する。

3. 校異は、漢字・仮名の別や仮名遣いの違いや送り仮名の有無など、表記上の違いは原則として取らない（解釈の分かれる可能性や伝本間の関係性を示すような表記の異同である場合は参考までに注記する）。見消や補入等は原則として校異とする。

4. 底本の本行の原状（見消類の補訂は本行に反映）に対して対校本の校異を示すが、表記は当該本文の諸伝本中の最初の伝本に拠る。なお、底本の傍記の類も底本の本行の原状に対して校異として示すが、本行自体の補訂や特殊な表記の場合は別に注記する場合もある。空白や虫損・汚損等の判読不能等は「□〈空白〉」や「□〈判読不能〉」等と記す。

5. 歌頭に通し番号を付した（新編国歌大観番号と同じ）。

一、引用の和歌は、特記しない限り主に新編国歌大観本に拠り、私家集は必要に応じて『私家集大成 CD-ROM 版』に拠る。万葉集は、原則として西本願寺本の訓と旧番号に従う。なお、表記は私に改める。歌集名は、原則として「和歌」を省く。その他の引用は、日本歌学大系本、日本古典文学大系本、新訂増補国史大系本等の流布刊本に拠る他、特殊な本文の場合には特記する。『源氏物語』は、『CD-ROM 角川古典大観源氏物語』に拠る。

付記　ご所蔵本の翻印をご許可下さいました宮内庁書陵部に対し、厚く御礼申し上げます。また、『瓊玉和歌集』断簡の調査に便宜をお図り下さった金沢市立中村記念美術館の藪下宏館長に対し、深く感謝申し上げます。

注釈

瓊玉和歌集巻第一

春歌上

1

三百首御歌の中に、立春の心を

大伴の御津の浜松霞むなりはや日の本に春や来ぬらん

〔校異〕○きぬらん—きぬらん（慶）立らん（青・京・静・松・三・山・神・群）立らん（黒）＊歌頭に「続古」の集付あり（底・内・高・慶・群）

〔現代語訳〕三百首の御歌の中で、立春の趣意を

大伴の御津の浜松が霞んでいるようだ。早くもこの日本に春がやってきたのであろうか。

〔本歌〕いざ子どもはや日の本へ大伴の御津の浜松待ち恋ひぬらん（新古今集・羇旅・唐にてよみ侍ける・八九八・憶良。原歌は万葉集・巻一・雑歌・六三。題詞「山上臣憶良在二大唐一時、憶二本郷一作歌」）

〔出典〕宗尊親王三百首・春・一。為家評詞「首尾相叶、姿詞共調候。本歌被二取成一候之体、殊珍重」。合点（新編国歌大観解題付載の一覧による）、為家・実氏・家良・行家・光俊（真観）。

〔他出〕続古今集・春上・春歌の中に・七・中務卿親王（作者位署以下省略）。新時代不同歌合・二七四。六華集・九。歌枕名寄・三六八七。六華集注・四。

〔語釈〕**○三百首御歌**　宗尊親王三百首。「三百首和歌」「中務卿親王三百首和歌」「文応三百首」「東関竹園三百

首」とも言う。群書類従本系伝本の巻末に付される、資平から為家に加評を依頼する旨の書状の日付により、文応元年（一二六〇）十月六日以前の成立と推定されている。宗尊親王初学期の代表作であるばかりでなく、一類本に付される点者八名の合点は、各々の歌観を見る上で貴重な資料。同本文の前に「点者。井・常磐井相国　実氏公。衣・衣笠内大臣　家良公。九・九条内大臣　基家公、此本以レ朱詞書アリ。三・侍従三位　行家卿。帥（真観女・鷹司院帥のこと）。弁・右大弁入道　光俊朝臣　法名真観。四（安嘉門院四条のこと）。墨点同詞書・民部卿入道　為家卿」とある。**〇大伴の御津**　「難波の御津」、単に「御津」とも。摂津国の歌枕。「大伴」は、現大阪から堺にかけての総称で、大伴氏の管掌地であったという。通説に現在の三津寺（大阪市中央区三津寺町）がその名を留めるという。奈良時代にはこのあたりは海岸で、平城京の外港として要衝であった。**〇なり**　推定の助動詞。断定にも解し得るが取らない。

〔補説〕　1〜3の主題は立春。

2

人々によませさせ給ひし百首に

逢坂や関の戸あけて鳥の鳴（な）く東よりこそ春は来（き）にけれ

〔校異〕　〇よませさせ―よませ（高）　〇鳥の―鳥か（のイ）（慶）鳥か（青）鳥の（かカ（藍））（三）（ー（藍））とりの（か歟）（群）

〔現代語訳〕　人々にお詠ませになられた百首で

逢坂よ、関の戸が開けて、（立春の日の）夜が明けて鶏が鳴く、東方から春はやって来たのだったな。

〔参考歌〕　春来ぬと人しも告げず逢坂の木綿付け鳥の声にこそ知れ（人丸集・しもつけ・二六一）

関の戸も明け行く年に逢坂の木綿付け鳥の春の初声（御室五十首・春・四五〇・有家）

春や今逢坂越えて帰るらむ木綿付け鳥の一声ぞする（秋篠月清集・南海漁父百首・春・五一四）

〔類歌〕 逢坂や木綿付け鳥の声のうちに関の戸あけて春は来にけり（文保百首・春・一七九八・実任）
逢坂の木綿付け鳥の声のうちに関の戸あけて春や立つらん（文保百首・春・一八九八・有忠）

〔影響歌〕 逢坂の木綿付け鳥の声すなり関の戸あけて春や越ゆらん（雅有集・百首和歌・春・立春・一二一四）

〔出典〕「弘長元年中務卿宗尊親王家百首」（散佚）の「春」（巻頭か）。

〔他出〕 柳葉集・巻一・弘長元年九月、人人によませ侍りし百首歌（六九～一四三）・春・六九。

〔語釈〕 **○人々によませさせ給ひし百首** 弘長元年（一二六一）九月に宗尊が主催した百首歌。全体としては散佚しているが、宗尊自身の百首の大部分は、『柳葉和歌集』（以下、『柳葉集』とする）に「弘長元年九月、人人によませ侍りし百首歌」（六九～一四三）として見える。春・夏・秋・冬・恋・雑（夏・冬一〇首とそれ以外各部二〇首の計一〇〇首か）。安井久善「「中世散佚百首和歌」二種について―光俊勧進結縁経裏百首・中務卿宗尊親王家百首―」（日本大学『商学集誌』四―一、昭四七・九）に現存歌が集成されている。**○逢坂** 近江国の歌枕。奈良期から見える地名で「合坂」「相坂」等とも書く。近江国滋賀郡。京都と近江を結ぶ坂路一帯を指し、北は比叡の山並みに南は音羽山に連なる鞍部をなす地域。地名の起源は、神功皇后の命により忍熊王の討伐に向かった武内宿禰がこの地で王に出あったからだという（日本書紀）。畿内と畿外（東国）との境界にあたり、この逢坂山に大化二（六四六）年頃に置かれたという関所は、不破・鈴鹿と共に平安朝の三関の一つ。関神が山の南北に両祀され、平安・鎌倉期には関寺がこの関付近に存在していたらしい。関址は現大津市逢坂一丁目付近という。また、「関の清水」もあった。その名から「逢ふ」の掛詞で詠まれ、「関迎へ」「駒迎へ」の場としても詠まれる。**○関の戸** 逢坂の関の門戸。**○あけて** （戸が）「開けて」に（夜が）「明けて」が掛かる。**○鳥** 鶏のこと。異名の「木綿付け鳥」が「逢坂」と強く結び付いている。**○東よりこそ** 五行説に基づいて、春は東方より訪れるとの通念による。古く「春はまづ東路よりぞ若草のことのはつてよ武蔵野の風」（古今六帖・第一・はるのかぜ・三八四、同・二八六四にも）などと詠まれた。「東よりこそ」の句形では「春霞東よりこそ立ちにけれ浅間の嶽は雪げながらに」（三体和歌・春・七・良経）とも詠まれ、宗尊自身は「東より関こえてくる春とてや逢坂山のまづ霞むらん」（東撰六帖・第一・春・早春・六）という類想歌を詠んでいる。

〔補説〕「孟春之月…東風解凍」（礼記・月令）に象徴される、春が東に配される五行説の影響下に、春は東方から来訪するとの通念で古くから各種の和歌が詠まれてきている。該歌もその延長上にある歌ではある。同時に、はからずも鎌倉の主となった宗尊が、現住する関東から逢坂の関を越えて西方の故郷京都へと向かい行くはずの春を、京都で待ち迎えるかの如く詠みなしている所に、単なる類型を越えた、一種の郷愁を読み取ることができるかもしれない。

3

春立つ日よませたまひける

あづまにはけふこそ春の立ちにけれ都はいまだ雪や降るらむ

〔校異〕○よませ―よさせ（京）　○春の―はるは（書）

〔現代語訳〕春立つ日、お詠みになられた（歌）

東国には、今日まさに春が立ったのであった。都は、いまだに雪が降っているのであろうか。

〔参考歌〕あづまには春過ぎぬとや思ふらん都はけふぞ初めなれども（月詣集・正月・たつはるの心を・四・実定）

春霞たてるやいづこみよしののよしのの山に雪はふりつつ（古今集・春上・三・読人不知）

雪の内に春はきにけりうぐひすのこほれる涙今やとくらむ（同右・四・二条后高子）

梅が枝にきゐる鶯はるかけてなけどもいまだ雪はふりつつ（同右・五・読人不知）

春たてば花とや見らむ白雪のかかれる枝にうぐひすぞなく（同右・六・素性）

〔補説〕前歌と同様に春は東から訪れるとの通念に立ちつつ、前歌と一転して、東国の主としての立場を宣揚したかの如き詠みぶりである。東西の地域差・時間差を措いて、立春後にも降る雪を言う類型と見れば、右記の『古今集』歌群に代表される歌どもの延長上にもある。佐藤智広「宗尊親王の早春の和歌に関する一考察」（『昭和学院短期大学紀要』三七、平一三・三）は、本集の巻頭三首を取りあげつつ、「宗尊の立春・早春の和歌における〈あづま〉の意識を検討し」て、「一つには宗尊の詠作には鎌倉将軍としての自覚に基づくものが認められること、また一つには都を中心世界とする伝統的な詠み方とは異なる例が見られるということが指摘できる」と結論している。妥当な見解であろう。

4

早春

風寒みまだ雪消えぬ信楽（しからき）の外山霞みて春は来（き）にけり

〔校異〕○早春―早春を（高）　○また雪―雪また（京・静）　＊歌頭に「続古」の集付あり（底・内・高・慶）

〔現代語訳〕早春

風が寒いのでまだ雪が消えない、信楽の外山はしかし、霞んで春はやって来たのだった。

〔参考歌〕いつのまに霞立つらん春日野の雪だにとけぬ冬と見しまに（後撰集・春上・一五・読人不知）

風まぜに雪は降りつつしかすがに霞たなびき春は来にけり（新古今集・春上・八・読人不知、原歌万葉集・巻十・春雑歌・一八三六）

きのふかも霰降りしは信楽の外山の霞春めきにけり（詞花集・春・二・藤原惟成）

白雪もまだ消えなくに信楽の外山の霞みはやたちにけり（洞院摂政家百首・春・霞・二三・為家）

〔他出〕続古今集・春上・初春の心を（九）・一〇。歌枕名寄・巻二十三・近江中・雑篇・滋賀楽・六一四六。

〔語釈〕**○信楽**　近江国の歌枕。近江国甲賀郡信楽（現滋賀県甲賀市信楽町）。天平（七二九～四九）年間に置かれた聖武天皇の離宮紫香楽宮で知られる。北西の志賀京、南西の恭仁京に通じる地。「外山」「里」が詠まれ、寒さ厳しい山里という通念がある。

〔補説〕「まだ雪消えぬ」の措辞に着目すると、早くは「谷かくれまだ雪消えぬみ吉野のおなじ山べに立つ霞かな」（堀河百首・春・霞・四二・顕仲）があり、西行にも「霞まずはなにをか春と思はましまだ雪消えぬみ吉野の山」（山家集・春・一一、西行法師家集・雑・六一一）の類想歌がある。その西行にはまた、「春浅みすずの籬に風さえてまだ雪消えぬ信楽の里」（西行法師家集・初春・六、山家集・雑・九六七＝初句「春浅き」）の作があり、宗尊への影響も考えられる。

4は早春題だが同時に霞の歌で、以下霞の主題が10まで続く。

5

百首御歌の中に

佐保姫や衣干すらし春の日のひかりにかすむ天の香具山

〔校異〕○棹姫や―さほ姫や（黒）　○ほすらし―ほすらん（神・群）　＊歌頭に「続後拾」の集付あり（底・内・高〈「続古拾本マヽ」〉・慶・群）

〔現代語訳〕百首の御歌の中で

佐保姫が、衣を干しているらしいよ。春の日の光の中で、天の香具山が霞んでいる。

〔本歌〕春すぎて夏来にけらし白妙の衣干すてふ天の香具山（新古今集・夏・一七五・持統天皇。原歌万葉集・巻一・雑歌・二八）

〔参考歌〕さほ姫の名におふ山も春くればかけて霞の衣干すらし（為家集・霞（暦仁元年興福寺権別当法印円経勧進十首）・二二五）

〔出典〕「弘長二年十二月百首」（仮称。散佚）の「霞」題。

〔他出〕柳葉集・巻二・弘長二年十二月百首歌（二九七～三五七）・霞・二九八。続後拾遺集・春上・霞を・二六、初句「さほ姫の」。

〔語釈〕**○百首御歌**　『柳葉集』に「弘長二年十二月百首歌」（二九七～三五七）として、立春から祝までの五六題・六一首が現存する。**○佐保姫や衣ほすらし**　「佐保姫」は「棹姫」とも書く。春を司る女神とされ、例えば『袖中抄』（第三）には「今案に、佐保姫は佐保山の神より事おこりて、佐保山の霞を詠歌等によせて春を染むる神と云ふか」と言う。古く「佐保姫の織りかけさらすうすはたの霞たちきる春の野辺かな」（古今六帖・第五・はた・三二五四）と詠まれ、「佐保姫の霞の衣織りてけりあそぶ糸ゆふたてぬきにして」（別雷社歌合・霞・一七・永範）や「佐保姫や霞の衣織りつらん春のみ空にあそぶ糸ゆふ」（六百番歌合・春・遊糸・一〇〇・経家）などと、春霞の立つ様を、「佐保姫」が織る「霞の衣」と表現した。ここの「衣」も、霞を見立てたものだが、「織る」から「干す」へと展開した形。参考歌の為家詠に倣ったか。**○天の香具山**　「あめのかぐやま」に同じで、「あまのかごやま」とも。大和国の歌枕。畝傍山、耳成山と共に大和三山。

〔補説〕持統歌を本歌に、「衣」を「干す」という「天の香具山」の、例えば「ほのぼのと春こそ空に来にけらし天の香具山霞たなびく」（新古今集・春上・二・後鳥羽院）と詠まれるような春霞の景を、為家詠に倣ってその「霞」を「佐保姫」が「干す」「衣」に見立てたものか。

弘長二年冬奉（たてまつ）らせ給ひし百首御歌の中に、霞を

春来（き）ては霞ぞ埋（うつ）む白雪の降（ふ）り隠（かく）してし峰（みね）の松原

〔校異〕○弘長二年冬―弘長三年冬（神）弘長二年冬（群）（亀山）　○百首御歌の中に―百首。御　の中に（三〈「の」から

藍補入符「。」への藍移行符あり〉）百首［歌歟（朱）］御の中に（山）　○かくしてし―かくしてと［し歟］（京・三〈傍記藍。「と」の左傍に
藍点〉・山〈傍記朱。「と」の左傍に朱点〉）かくしてと（静）かくしてそ［と］（松）　＊歌頭に「続古」の集付あり（底・内・
高・慶・群）

〔現代語訳〕　弘長二年の冬に（後嵯峨院に）お奉りになられた百首の御歌の中で、霞を
　春が来て、冬には白雪が降って隠してしまった峰の松原を、今度は霞が埋み隠しているよ。

〔出典〕　「弘長二年冬弘長百首題百首」（仮称。散佚）の「霞」題。

〔他出〕　柳葉集・巻二・弘長二年院より人人にめされし百首歌の題にて、読みてたてまつりし（一四四～二二八）・
霞・一四五。続古今集・春上・弘長二年の百首に、霞を・四二。題林愚抄・春一・霞・一二七。

〔語釈〕　**○弘長二年冬奉らせ給ひし百首御歌**　他出に示したように、『柳葉集』に「弘長二年、院より人人にめさ
れし百首歌の題にて、読みてたてまつりし」（一四四～二二八）と見える百首歌で、八五首が現存する。弘長元年
（一二六一）に後嵯峨院が七人の歌人に詠ませた応制百首の『弘長百首』の題に従って、宗尊が翌年冬に詠進した百
首ということになる。**○霞ぞ埋む**　→補説。**○降り隠してし**　「踏み分けてさらにや訪はむ紅葉葉の降り隠してし
道と見ながら」（古今集・秋下・二八八・読人不知）に遡源する句。これを本歌にした「春はまたさらに来にけり白雪
の降り隠してし道はなけれど」（為家千首・春・五五）に倣うか。**○峰の松原**　山の峰に群生する松林を言う。「とき
はなる峰の松原春来とも霞立たずはいかで知らまし」（重之集・二二七）や「冬来てもまた一しほの色なれや紅葉に
残る峰の松原」（拾遺愚草・二四三三）など、季節に色を変えない様が詠まれる。ここは、その常緑を覆い隠す冬の
雪と春の霞の交替を詠む。

〔補説〕　「霞ぞ埋む」の句は新奇。同時代では、藤原（西園寺）実材の母の家集に「あかず見る遠山桜たえだえに霞
ぞ埋む春の曙」（実材母集・三〇六）の作例が見える他、将軍宗尊の近習の「歌仙」で宗尊没後に出家した北条時広
に「春されば入相の鐘のひびきまで霞ぞ埋むを初瀬の山」（時広集・春・霞・一六）の詠作がある。相互の影響関係

が想定されようか。

裁ち縫はぬ衣と見えて朝ぼらけ水上霞む布引の滝

〔校異〕 ○滝―松（書）

〔現代語訳〕（弘長二年の冬に（後嵯峨院に）お奉りになられた百首の御歌の中で、霞を）

裁ちも縫いもしない衣と見えて、朝ぼらけの中で、布引の滝の水上が霞んでいる。

〔本歌〕 裁ち縫はぬきぬ着し人もなきものをなに山姫の布さらすらむ（古今集・雑上・竜門に詣でて滝の本にてよめる・九二六・伊勢）

〔参考歌〕 水上の空に見ゆるは白雲のたつにまがへる布引の滝（新古今集・雑中・一六五二・師通）

〔出典〕「弘長二年冬弘長百首題百首」の「霞」題。↓6。

〔他出〕 柳葉集・巻二・弘長二年院より人人にめされし百首歌の題にて、読みてたてまつりし（一四四～二二八）・霞・一四六。

〔語釈〕 **○裁ち縫はぬ衣** 天人・天女が着る「天衣」は、人為による裁縫の跡が無いという（霊怪録等）、その「無縫」の衣。ここは、途切れることなく一面に白く霞む景の比喩。本歌の「裁ち縫はぬきぬ」が原拠だが、「裁ち縫はぬころも」の形では、俊頼の「裁ち縫はぬ衣の袖しふれければ三千年経てぞ桃もなりける」（永久百首・雑・仙宮・六二〇）が早い例で、宗尊が歌題を準拠した『弘長百首』にも「裁ち縫はぬ誰がいにしへの衣とてなほ布さらす宿の卯の花」（夏・卯花・一四六・行家）の例がある。「裁ち」は「霞む」の縁で「立ち」が響く。**○朝ぼらけ** 夜がほのぼのと白む頃合い。**○布引の滝** 摂津国の歌枕。現神戸市中央区葺合町の山中、生田川の中流にかかる雌雄の滝。雄滝は四三メートル、雌滝は一九メートル程。元々は雄滝を指すか。現在は、この両滝に挟まれた夫婦滝と鼓ケ滝を併せた四滝の総称という。「布」で、「裁ち」「縫はぬ」「衣」と縁語。
〔補説〕 竜門の滝を山姫が晒す白布に見立てる本歌に拠りつつ、「布」から連想される「布引の滝」の「水上」の景趣を、参考歌をも念頭に置きながら詠じたか。

8

三百首御歌の中に

故郷の吉野(よしの)の山は雪消(き)えて一日(ひとひ)もかすみ立(た)たぬ日ぞなき

〔校異〕 ○かすみ―かすむ(松) ○立たぬ―たてぬ(松) ○日ぞなき―ひはなし(書)

〔現代語訳〕 三百首の御歌の中で

故郷の吉野の山は雪が消えて、もはや一日とて春の霞が立たない日はない。

〔本歌〕 故郷は吉野の山しちかければひと日もみ雪降らぬ日はなし（古今集・冬・三二一・読人不知）

〔参考歌〕 春立つといふばかりにやみ吉野の山も霞みてけさは見ゆらん（拾遺集・春・一・忠岑）

〔出典〕 宗尊親王三百首・春・一一、結句「たたぬ日はなし」。為家評詞「ただこの体にこそ歌は候べきと承候(リヒ)しか。尤(モ)珍重候(ニ)」。合点、為家・実氏・家良・行家・光俊・四条・帥。

〔語釈〕 **○三百首御歌** →1。**○故郷の吉野の山** 大和国の歌枕「吉野の山」のこと。壬申の乱に大海人皇子（天武天皇）が拠点とし、また斉明から聖武朝の歴代の行幸が縷々あり離宮も置かれたことなどから、聖地とも見られ、多く接頭語「み」を冠する。「故郷の吉野」と言う所以も、皇統の旧跡との認識にあろう。**○下句** 本歌の下句を変換した措辞であろうが、あるいは「このめはる春の山辺をきて見れば霞の衣たたぬ日ぞなき」（新勅撰集・春上・一九・好忠）を意識するか。結句は、比較的古写の書陵部（五五三―一八）本や宗尊親王三百首の「たたぬ日はなし」がより本歌に近い。こちらが原形か。

領巾（ひれ）ふりし昔を遠（とを）み松浦がた霞の袖に春風ぞ吹（ふ）く

【校異】○とをみ―寒み（遠歟）（松）　寒み（遠乎（朱）・一（藍））（三〈「遠乎」の下に藍墨文字あり〉）　寒み（遠（朱））（山〈「寒」字中に朱点〉）

【現代語訳】（三百首の御歌の中で）

佐用姫が領巾を振った昔は既に遠くて、松浦潟には霞の袖にただ春風が吹いている。

【参考歌】松浦潟佐用姫の児が領巾振りし山の名のみや聞きつつ居らむ（万葉集・巻五・雑歌・八六八・憶良）

遠つ人松浦佐用姫夫恋ひに領巾振りしより負へる山の名（万葉集・巻五・雑歌・八七一・旅人）

たをやめの袖吹き返す明日香風都を遠みいたづらに吹く（万葉集・巻一・雑歌・五一・志貴皇子）

【出典】宗尊親王三百首・春・一五。基家評詞「往事更浮眼候」。合点、基家・実氏・行家・光俊・帥。

【語釈】**○領巾ふりし昔**　「領巾」は女性が首から左右の肩にかけて垂らす帯状の白布で、人との別れを惜しんで振った。松浦佐用姫が、宣化天皇二年（五三七）に朝命で任那に渡る大伴狭手彦（佐提比古）を見送り、高山（領巾麾嶺）に登って遙かに去り行く船に脱いだ領巾を振ったという伝説（万葉集・巻五・八七一題詞、肥前国風土記逸文等）が有名で、多くこれを踏まえて詠まれる。ここも、その松浦佐用姫が領巾を振ったという往時を言う。**○遠み**　形容詞「遠し」の語幹に接尾語の「み」。「遠いので」という原因・理由にも解されるが、初二句と下句との間にさほど明確な因果関係を見る必要はないと考える。**○松浦がた**　まつらがた。肥前国の歌枕。現佐賀県の唐津湾の奥部、虹の松原を中心とした海岸。「松浦」は佐用姫伝説の地。→「領巾ふりし昔」の項。**○霞の袖**　漢語の「霞衣」に相当し、覆う霞を衣に見立てた「霞の衣」（古今集・二三等）から派生した語。俊成の「ゆく春の霞の袖を引きとめてしほるばかりやうらみかけまし」（久安百首・春・八二〇、新勅撰集・春下・一三六）が早い例。

10

古渡霞といふことを

思ひやる都もさこそ霞（かす）むらめ隅田川原（すみたかはら）の春の夕暮

〔校異〕○古渡霞―古渡霜（霞歟）（松） ○都もさこそ―みやこもさこそ（さぞなイ）（松） ○かはらの―河原に（のイ）（松） ＊山本は「思ひやる」を「想像」と表記。

〔現代語訳〕古き渡りの霞ということを

遙かに思いやる都もさぞかし霞んでいるであろう。この隅田川原の春の夕暮の霞につけて。

〔本説〕なほゆきゆきて、武蔵の国と下総の国との中に、いと大きなる河あり。それを隅田川といふ。その川のほとりにむれゐて、「思ひやれば、かぎりなく、遠くもきにけるかな」と、わびあへるに、渡守、「はや舟に乗れ。日も暮れぬ」といふに、乗りて渡らむとするに、みな人ものわびしくて、京に思ふ人なきにしもあらず。さる折しも、白き鳥の嘴と足と赤き、鴫の大きさなる、水の上に遊びつつ魚を喰ふ。京には見えぬ鳥なれば、みな人見知らず。渡守に問ひければ、「これなむ都鳥」といふを聞きて、

名にしおはばいざこと問はむ都鳥我が思ふ人はありやなしやと

とよめりければ、舟こぞりて泣きにけり。（伊勢物語・九段）

〔参考歌〕我が思ふ人に見せばやもろともに隅田川原の夕暮の空（久安百首・羈旅・八九七・俊成。新勅撰集・羈旅・五一九）

隅田川都のかたをながむれば鳥もいづらは霞のみして（拾玉集・賦百字百首・春・あさがすみ・一二〇七）

〔語釈〕**○古渡霞** 古き渡りの霞。「渡り」は渡し場のこと。漢語「古渡」は、古びた渡し場の意味で、『新撰朗詠集』に「古渡南横迷二遠水一 秋山西遶似二屏風一」（雑・眺望・五九〇・佐国）の用例が見える（他に三六三にも）。歌題としては、『重家集』の「古渡千鳥／霧深き隅田河原のとも千鳥舟きよるらしたち騒ぐなり」（五七九）が早い例。

その後、「望月」「寒氷」「秋霧」「秋夕」「雨」「月」等との結題が詠まれている。詠まれる場所は、「淀」「佐野」「長柄橋」「矢橋」「古河」「伊勢」「稲葉」「由良の門」等々多岐の歌枕にわたる。中で、「隅田川」は、「淀」と並んで比較的には多く詠まれている。「古渡霞」題の作例は他に、『政範集』の「舟いそぐ淀の渡りの朝霞まだ夜深くも立ちにけるかな」（一七〇）や『師兼千首』の「曙や浪路たどらで出でにけり深き霞の淀の川舟」（二八）が知られる。**○思ひやる** 本説の「思ひやれば、かぎりなく、遠くもきにけるかな」を取る。**○隅田川原** 武蔵・下総両国境の「隅田川」の川原。何れの国側の川原かは決めがたいが、上句から、西方を望む景とすれば、下総側か。もちろん、『伊勢物語』に即けば、渡る前の武蔵側とも見なせる。

〔補説〕 東下りの男（業平）の立場で、春夕の隅田川の霞の中で都の霞を追慕する風情。同様に伊勢物語・九段を本説とした、参考歌の俊成詠からの影響もあろうか。ただ、それにとどまらず、将軍として関東に下向した自らの境遇を重ね合わせているようにも感じられる。

11

奉(たてまつ)らせ給ひし百首に、春雪

山高(たか)み風に乱れて散(ち)る花の面(おも)影つらき春の淡(あは)雪

〔校異〕 ○百首に―百首（書） ○春雪―春雨（雪歟）（高） ○乱て―きそひて（みたれ）（慶）競て（青・三・山）乱て（競歟）（松） ○あは雪―あさゆき（静）

〔現代語訳〕 お奉りになられた百首で、春雪

山が高いので、風に乱れて散るような花の面影が恨めしくも辛い、この春の淡雪よ。

〔参考歌〕 山高み見つつわが来しさくら花風は心にまかすべらなり（古今集・春下・八七・貫之）

山高みつねに嵐の吹く里はにほひもあへず花ぞ散りける（古今集・物名・しのぶぐさ・四四六・利貞）

あかなくに散りぬる花の面影や風に知られぬ桜なるらん（千載集・春下・九六・覚盛）
〔影響歌〕いつしかと待たるる花の面影も散るは物憂き春のあは雪（隣女和歌集・巻二 自文永二年至同六年・春・春歌の中に・二三六）
〔出典〕「弘長二年冬弘長百首題百首」の「春雪」題。→6。
〔他出〕柳葉集・巻二・弘長二年院より人人にめされし百首歌の題にて、読みてたてまつりし（一四四～二一八）・春・春雪・一四八。
〔語釈〕**○奉らせ給ひし百首** →6。**○面影つらき** この措辞の先例としては、「聞きもせず見もせぬ山の嵐まで面影つらき花のうへかな」（明日香井集・詠百首和歌 建仁二年八月廿五日・春・三一二）や「散らぬよりこぼるばかりに咲く花の面影つらくにほふ山風」（洞院摂政家百首・春・花・一一二・実氏）等がある。**○春の淡雪** 春先の降るそばから消える淡い雪。上代の「あわゆき」が中古以降に転じて多く「あはゆき」と表記され、春の雪とされるに至ったという。『八雲御抄』（巻三）では、「春の雪也」としつつ「沫（雪）」を「冬始つかた」とする。
〔補説〕「霞たちこのめもはるの雪ふれば花なき里も花ぞ散りける」（古今集・春上・九・貫之）や「ふゆごもり思ひかけぬを木の間より花と見るまで雪ぞふりける」（古今集・冬・三三一・貫之）のように、冬や春先に降る雪を散る花と見る趣向の類型を踏まえ、その見立てがかえって恨めしく感じられる程に舞い散る高山の淡雪を歌う。
11～13は春雪。

12

人々によませさせ給ひし百首に

風寒（さむ）みまだ花さかぬ梅が枝（え）にこれなん（南）それと雪ぞつもれる

〔校異〕○よませさせ―よませ（高・慶・書） よませ（させ）。（松）

〔現代語訳〕 人々にお詠ませになられた百首で
風が寒いので、まだ花が咲かない梅の枝に、これこそがその花だとばかりに、雪が積もっている。
〔参考歌〕 わがせこに見せむと思ひし梅の花それとも見えず雪の降れれば（後撰集・春上・二二・読人不知）
〔出典〕 「弘長元年中務卿宗尊親王家百首」の「春」。↓2。
〔他出〕 柳葉集・巻一・弘長元年九月、人人によませ侍りし百首歌・春・七四。
〔語釈〕 **○人々によませさせ給ひし百首に** ↓2。**○これなんそれと** 「袂よりはなれて玉を包まめやこれなむそれと移せ見むかし」（古今集・物名・空蟬・四二五・忠岑）に拠る。**○雪ぞつもれる** 「盛りなるまがきの菊をけさ見ればまだ空さえぬ雪ぞ積もれる」（金葉集・秋・二四一・通俊）が勅撰集の初見。これは白菊を積雪と見る趣向だが、該歌は逆に積雪を白梅と見る。

三百六十首の御歌の中に

かつ消えてたまらぬ物は鶯の声する野辺の春の淡雪

〔校異〕 ○三百六十首の―三百六十首（慶・青・神・群）〈参考〉 ○物は―ものか（内・高・書）ものは（慶）
〔現代語訳〕 三百六十首の御歌の中で
降るそばからすぐに消えて、溜まらないものは、鶯の声がする野辺、その春の淡雪だ。
〔本歌〕 かつ消えて空にみだるる沫雪は物思ふ人の心なりけり（後撰集・冬・四七九・藤原蔭基）
〔参考歌〕 摘みたむることのかたきは鶯の声する野辺の若菜なりけり（拾遺集・春・二六・読人不知）
散ると見て袖に受くれどたまらぬはあれたる浪の花にぞありける（後撰集・雑二・一一四七・読人不知）
〔語釈〕 **○三百六十首の御歌** 未詳。宗尊には別に、『柳葉集』に収められる文応二年（一二六五）閏四月の「三百六十首」がある。当該の「三百六十首」の成立は未詳だが、宗尊初学期の定数歌の一つではあろう。本集には他に118〜120、137、233、303に同機会と見られる歌が収められている。なお、ここでは校異に参考までに掲出した「三百六十首の御歌」の類の「の」の有無は、全体に異同とは見ないこととする。**○春の淡雪**　→11。

【補説】『延文百首』の「かつ消えてたまらぬ春のあは雪もぬれたる庭に跡はみえけり」、「うちきらし降るとはすれどかつ消えてたまらぬ雪に春風ぞ吹く」（春・春雪・二三〇六・光蔭、二八〇六・時光）の二首は、共に「かつ消えて」の『後撰集』歌を本歌としつつ、該歌から影響を受けたかとも疑われるが、宗尊歌全体の後代受容の問題として検証する必要があろう。春雪が主題だが、鶯を併せていて、前後の歌群を繋ぐ。

14

野外鶯

鶯の宿荒れぬらし百済野の萩の古枝はいまぞ焼くなる

【校異】○くたらの、—くたたの、（松）くたらのの（京・静）

【現代語訳】野外の鶯

あの春を待っていたという鶯の宿は荒れてしまったらしい。その鶯が住んでいた百済野の萩の古枝は、今まさに焼くようであるから。

【本歌】百済野の萩の古枝に春待つとすみし鶯鳴きにけむかも（万葉集・巻八・春雑歌・一四三一・赤人）

【参考歌】秋までの命も知らず春の野に萩の古枝を焼くと焼くかな（後拾遺集・春上・四八・和泉式部）

【出典】「弘長元年五月百首」（仮称。散佚）の「春」。

【他出】柳葉集・巻一・弘長元年五月百首歌（一〜六八）・春・四。

【語釈】**○野外鶯**　先行例は見えず、伝統的な歌題ではない。該歌は『柳葉集』（巻一・一〜六八）所収の「弘長元年五月百首歌」の「春」の一首で、同百首は春・夏・秋・冬・雑の部立題であるので、これが出典とすれば、「野外の鶯」の題は、本集撰者真観が付したか。**○百済野**　大和国の歌枕。大和盆地の西方、曽我川・葛城川流域、現奈良県北葛城郡広陵町百済に名を残す土地一帯の野を言うか。現橿原市高殿の藤原宮朝堂院跡辺りの「東百済・西百済」という小字により、その周辺に比定する説もある。また、現大阪市天王寺区と生野区にまたがる上町台地東側斜面一帯の汎称地名の「百済」辺りの野とも言う。とすれば摂津国。『五代集歌枕』や『八雲御抄』は摂津とする。いずれにせよ、百済からの渡来人の居住地が地名の起源であろうか。

〔補説〕　参考歌の第四句の「古枝を」は「古根を」の異同がある。後者は、新編国歌大観本や和泉古典叢書『後拾遺和歌集』の底本である書陵部蔵本（四〇五―八七）を初めとして数多い。前者は、『後拾遺和歌集総索引』本の底本である書陵部蔵三十九冊本（四〇三―一二）や正保刊二十一代集本等である。この和泉式部詠は、本歌の赤人歌を踏まえていようか。川村晃生は「第四句を「萩の古枝を」と改めるべきであろう」（前掲和泉古典叢書補注）と言う。後代の例になるが、『河海抄』は、二カ所（須磨、槿）にこの歌を「萩の古枝を」の形で引いている。宗尊は、「萩の古枝を」の本文でこの歌を受容していた可能性が高いのではないだろうか。

『夫木抄』（春二・鶯・四三三）に、詞書「六帖題御歌、春の野」、作者「中務卿のみこ」（宗尊）として、「百済野の萩の古枝の鶯も今ぞ鳴くらし春の来ぬれば」という類詠が収められている。

14～16は鶯。

15

奉らせ給ひし百首に、鶯

今もなほつまやこもれる春日野の若草山に鶯の鳴く・

〔校異〕　ナシ　＊上欄に藍で「草いろの山」とあり（三）

〔現代語訳〕　お奉りになられた百首で、鶯

今もまだなお愛しい妻が籠もっているのか。春日野の若草山に鶯が鳴いている。

〔本歌〕　春日野はけふはな焼きそ若草のつまもこもれり我もこもれり（古今集・春上・一七・読人不知）

〔参考歌〕　春されば妻を求むと鶯の木ずゑを伝ひ鳴きつつもとな（万葉集・巻十・春雑歌・一八二六・作者未詳）

〔出典〕「弘長二年冬弘長百首題百首」の「鶯」題。→6。

〔他出〕　柳葉集・巻二・弘長二年院より人人にめされし百首歌の題にて、読みてたてまつりし（二四四～二二八）・春・鶯・一四七。歌枕名寄・巻六・奈良篇・山・若草山・一九〇四、作者位置ナシ（前歌は好忠）。夫木抄・春二・鶯・三九五、詞書「題不知」。雲玉集・春・四八、詞書「宗尊親王御歌、名所山鶯」、四句「わか草山の」。

〔語釈〕　**〇奉らせ給ひし百首**　→6。**〇つま**　配偶の一方、夫をも妻をも言う。ここは妻か。**〇春日野**　大和国の歌枕。現奈良市春日野町の奈良公園一帯の地。花山・若草山・三笠山等の春日大社の背後の山々を取り巻く山裾の広野全体を言う。**〇若草山**　大和国の歌枕。春日野にある山。標高三四一メートル。なだらかな山容全体が草に覆われる。先行例は、好忠の「春日野の若草山に立つきじのけさの羽音に目をさましつる」（好忠集・二月中・四三）が目につく程度である。

〔補説〕「若草山」と「鶯」の組み合わせは珍しく、また、「鶯」が春に妻を呼び鳴くという意識は参考歌にも窺われるが、その「妻」が「草」中に籠もるという実態も通念もない。「妻」はいまだ「山」に籠もっているのか、という趣意であろう。本歌の「若草」の連想から「若草山」としたか。その本歌は、『伊勢物語』（十二段）に初句「武蔵野は」の異伝が見える。治承二年（一一七八）三月の『別雷社歌合』の「霞をや煙とみらむ武蔵野のつまもこもれるきぎす鳴くなり」、「武蔵野に朝なくきぎす声すなり霞の中につまやこもれる」（霞・二四・頼政、五六・安性）等を初めとして、院政期以降、同歌の本歌取り詠が散見する。中で、該歌に近似する「今もまだ妻やこもれる武蔵野の霞の内にきぎす鳴くなり」（正治後度百首・霞・三〇三・具親）は、宗尊への影響を見ることも可能か。

三百首御歌の中に

心にもかなはぬ音をやつくすらむ芹摘む野辺の春の鶯

〔校異〕 ナシ

〔現代語訳〕 三百首の御歌の中で

私の思いどおりにならない鳴く音を尽くして啼いているのだろうか。根のある芹を摘む野辺の春の鶯は。

〔参考歌〕 摘みたむることのかたきは鶯の声する野辺の若菜なりけり（拾遺集・春・二六・読人不知）

いかにせむ御垣が原に摘む芹のねにのみなけど知る人のなき（千載集・恋一・六六八・読人不知）

芹摘みし御垣が原の鶯はおなじ昔の音にやなくらん（現存六帖・うぐひす・七九九・基家）

〔出典〕 宗尊親王三百首・春・八。為家評詞「此の鶯は面白くめづらしく候へども、猶檜梅窓竹などよりは、甚だちかく聞え候ふにや」。合点、家良・行家・帥。

〔語釈〕 **○三百首御歌** →1。**○心にもかなはぬ音** 「命だに心にかなふ物ならばなにか別れの悲しからまし」（古今集・離別・三八七・白女）を援用した措辞。聞きたくても鳴かず、また思いがけずに鳴く、我が意に沿わない鶯の声を表したものであろう。「音」は、「芹」の縁で「根」が掛かる。

〔補説〕 出典の三百首で為家が「此の鶯は面白くめづらしく候へども」と言うとおり、伝統的詠み方に照らして「芹つむ野辺」の「鶯」は新奇である。また、「甚だちかく聞え候ふにや」も、「芹つむ野辺」に聞く「鶯」を評したものであろう。景趣は参考歌の「摘みたむる」詠の延長上にあり、その「若菜」を「芹」に具体化した感がある。そこに、参考歌の「いかにせむ」と「芹摘みし」の二首などが与ったか。

17

人々によませさせ給ひし百首に

けふしこそ若菜摘むなれ片岡のあしたの原はいつか焼(や)きけん

〔校異〕○人々に―人々（静）　○よませさせ―よませ（高・慶・青）

〔現代語訳〕人々にお詠ませになられた百首で

今日の今日こそ、若菜を摘むようである。焼いた日の明日からは若菜を摘もうという、片岡の朝の原はいったい何時焼いたのだろうか。

〔本歌〕明日からは若菜摘まむと片岡の朝の原は今日ぞ焼くめる（拾遺集・春・一八・人麿）

〔出典〕「弘長元年中務卿宗尊親王家百首」の「春」。↓2。

〔他出〕柳葉集・巻一・弘長元年九月、人人によませ侍りし百首歌・春・七一。

〔語釈〕**○人々によませさせ給ひし百首**　↓2。**○けふ**　「若菜」は、正月初子の日や七日の白馬の節会等に食するために摘む。その「今日」は、立春や子の日に特定される場合も少なくないが、ここは、本歌が言う「朝の原」を焼く「今日」の「明日」以降のある日を漠然と言う。**○片岡のあしたの原**　大和国の歌枕。奈良県北葛城郡王寺町から香芝市にかけての丘陵。「あした（朝）」は、翌朝の意が響き、「けふ」と縁語。

17、18は若菜。

18

若菜を

霜雪にうづもれてのみ見(み)し野辺(へ)の若菜摘(つ)むまでなり(成)にけるかな(哉)

〔校異〕○みし野への―みしのへ(みよしのゝ)の（黒）　○まて―まて(ま)（京〈「万」の「ま」が「さ」に見えるための注記か〉）こそ(まて)

（山〈「こそ」各字中に朱点〉）　＊歌頭に「新後拾」の集付あり（群）

〔現代語訳〕　若菜を

霜や雪に埋もれてばかりで見た野辺が、春の若菜を摘むまでになったのだったよ。

〔参考歌〕　霜雪もいまだ過ぎねば思はぬに春日の里に梅の花見つ（万葉集・巻八・春雑歌・一四三四・大伴三林）

み山には松の雪だに消えなくに都は野辺の若菜摘みけり（古今集・春上・一八・読人不知）

〔出典〕　「弘長三年六月二十四日当座百首」（仮称。散佚）の「春」。↓補説。

〔他出〕　柳葉集・巻三・弘長三年六月廿四日当座百首歌（三五八～四〇三）・春・三六一。宗良親王千首・春・沢若菜・四六、三句「見し沢の」。新後拾遺集・春上・題知らず・三〇。題林愚抄・春一・若菜・三五七、集付「新後撰」。

〔語釈〕　**○若菜を**　出典は春の部立題であり、撰者真観が付すか。

〔補説〕　出典の当座百首は、弘長三年（一二六三）六月二十四日の未刻から始めて、翌二十五日の巳刻に修了し、押垂範元が宗尊御前での清書を勤仕した。同月三十日には、真観が御前で合点を加えて、前年の一日百首に勝るとするが、宗尊は不同意で、一日百首が優れると考えた、という（吾妻鏡）。

他出に挙げた『宗良親王千首』の伝本は、『新編国歌大観』十巻（平四・四、角川書店）の解題（小池一行・相馬万里子・八嶌正治）によれば、「三種に分けられる」と言い、「A類は最も歌数が少なく、全九七六首。歌題のみあって歌の無いもの二一首、歌題・歌共に無いもの三首、計二四首不足する」、「B類は」「（内閣文庫二〇一・五三二本の）最末の識語に二四首不足する旨を記してその歌題を記すという形である（識語の歌題中、汀月を河月と誤る）が、本文の方は、庭霜　寄杣木恋　名所路　羈中浦　羈中渡　寄橋述懐の六首が補充されている」、「C類は群書類従本と千首部類本で、歌欠の部分は、名所橋と山家冬の二箇所に限られ、歌題は総て記され、広本の性格を持っている」と言う。そして、「広本たるC類はその補充過程に問題も多い。全九九八首の中、A類の欠歌を補ったと思われる次の歌題の歌は、宗尊親王の歌なのである」として、「沢若菜（瓊玉和歌集一八・新後拾遺和歌集三〇）・帰雁似字（瓊玉和歌集三七・新後拾遺和歌集七五）・帰雁幽（瓊玉和歌集四三）・夕月（瓊玉和歌集二一〇）・汀月（瓊玉和歌集二一二）・名所路（瓊玉和歌集三一二）・名所浜（瓊玉和歌集三九二）・羇中浦（瓊玉和歌集四一四・新後撰和歌集七三五）・羇中渡（瓊玉和歌集四四〇）」を列記する。また、「欠歌二四首（全写本共通の欠歌はうち二）の中、九首が宗尊親王の歌で補填されているのである。C類は他本より二二首多いわけだが、他の一三首も他人の歌である可能性がある。しかし、B類の六首補填した系統も総てが宗良親王の歌ではなく、六首の中三首が宗尊親王の歌である。したがって、C類と増補の性格は同一であり、必ずしもB類が純粋性を保っているわけではない」とも言うのである。この説に従って、該歌も『宗良親王千首』の補塡に用いられたと見ておく。ただし、該歌の「野辺」と「沢」の異なりのように、中には両者の本文が完全に一致していない場合もあり、全てが補塡の結果なのかは、『宗良親王千首』の諸本間の細かな異同の検証も含めて、なお追究する必要があろう。なおまた、南朝歌人は宗尊の歌に目を向けていたらしく、次の①～⑪は、『瓊玉集』所収の歌を、後醍醐皇子の尊良や宗良が摂取したと思しい例である。

①ふりにける高津の宮の古を見ても偲べと咲ける梅が枝（春上・二四）
ふりにける大津の宮の古をみな紅ににほふ梅が枝（宗良千首・春・紅梅・六八）

②春といへばやがても咲かで桜花人の心をなど尽くすらん（春上・四六）
春といへばやがて待たるる心こそ去年見し花の名残なりけれ（新葉集・春上・六六・光資）
春といへばやがて心にまがひけりなれし都の花の下陰（李花集〔宗良〕・春・東路に侍りし比、都の花思ひやられて・九一）

③待つ程は散るてふことも忘られて咲けば悲しき山桜かな（春上・四八）
またもこん春を木ずゑに頼めても散るは悲しき山桜かな（一宮百首〔尊良〕・花・一五）

④いかにせむ訪はれぬ花の憂き名さへ身に積りける春の山里（春下・五七）

山里の桜は世をも背かねば訪はれぬ花や物憂かるらん（宗良千首・春・山家花・一三四）

⑤さらでだに涙こぼるる秋風を荻の上葉の音に聞くかな（秋上・一五七）

さらでだに涙こぼるる夕暮に音なうちそへそ入相の鐘（一宮百首・雑・夕・八三。新葉集・雑中・一一四九にも）

⑥何処にか我が宿りせむ霧深き猪名野の原に暮れぬこの日は（秋下・二四九）

へだて行く猪名野の原の夕霧に宿ありとても誰かとふべき（李花集・秋・霧を・二六二）

⑦故郷の垣ほの蔦も色付きて瓦の松に秋風ぞ吹く（秋下・二五一）

古寺の瓦の松は時知らで軒端の蔦ぞ色ことになる（宗良千首・秋・古寺紅葉・四八一）

⑧うらぶれて我のみぞ見る山里の紅葉あはれと訪ふ人はなし（秋下・二六八）

心ざし深き山路の時雨かな染むる紅葉も我のみぞ見る（李花集・秋・山里に侍りける比、紅葉を見て・三六六）

⑨須磨の海人の潮垂れ衣冬のきていとど干がたく降る時雨かな（冬・二七六）

昨日まで露にしほれし我が袖のいとど干がたく降る時雨かな（李花集・冬・物思ひ侍りし比、冬のはじめをよめる・三九一）

⑩この道を守ると聞けば木綿鬘かけてぞ頼む住吉の松（雑上・四一三）

住吉の神のしるべにまかせつつ昔に帰る道はこの道（宗良千首・雑・住吉・九五〇）

⑪有りて身のかひやなからん国の為民の為にと思ひなさずは（雑上・四六一）

君の為民の為ぞと思はずは雪もほたるも何かあつめむ（宗良千首・〔師兼卿六首〕・雑・一〇二二）

宗良の場合、宗尊歌への依拠は剽窃にも近い場合も含み、顕著である。宗良は、心ならずも京都を離れた中書王（中務卿親王）で、形式と実質との違いはあれ、同じく武士達を率いる立場であった、という似た境遇にあった宗尊に同心し、その在関東時の中心家集『瓊玉集』（あるいはその出典か『柳葉集』か）の歌に心を寄せたのであろうか。『宗良千首』の欠を宗尊の歌で補塡したのも偶然ではなく、そのような宗良の志向を踏まえた所為であったのかもしれない。

五十首御歌に

誰が袖のにほひを借りて梅の花人のとがむる香には咲くらん

〔校異〕○御歌に―御歌中に（書）　○とかむる―とかむに（山）

〔現代語訳〕五十首の御歌で
一体誰の袖の匂いを借りて、梅の花は、他の人が咎め立てする香りで咲いているのだろうか。

〔本歌〕色よりも香こそあはれと思ほゆれ誰が袖ふれし宿の梅ぞも（古今集・春上・三三・読人不知）
梅の花立ち寄るばかりありしより人のとがむる香にぞしみぬる（古今集・春上・三五・読人不知）

〔参考歌〕誰が袖のにほひを風のさそひきて花橘にうつしそめけん（土御門院御集・詠五十首和歌　貞応二年二月十日・夏・花薫紫麝飄風程・二一五。秋風抄・夏上・一七七・土御門院。続古今集・夏・二四六他）

〔語釈〕**○五十首御歌**　未詳。本集にはこの「五十首御歌に」と同様の詞書は他に、「五十首御歌に」が140、261、312、「五十首御歌中に」の類が57、192、241、330、487。**○にほひを借りて**　特異な句。「…を借りて」の措辞としても、その先行例は希少。その一首に後鳥羽院皇子雅成親王の「色深き涙を借りてほととぎす我が衣手の杜に鳴くなり」（雅成親王集・杜郭公・一〇）がある。**○香には咲くらん**　（人が咎めるほどの）香りを薫らせて咲いているのだろうか。伝統的な措辞ではない。目につく先例は、「雪深き垣根の梅のいかにしてなほうづもれぬ香には咲くらむ」（現存六帖・かにはざくら・六〇七・家良）で、これとても題の「かにはざくら」を物名風に「香には咲くら（む）」に詠み込んだ一首で特殊。なお、江戸派の加藤千蔭の『うけらがはな』（雑体・物名・かには桜・一五四一）に「花のえに何ぞの人か袖ふれてよになつかしき香には咲くらむ」の作例があり、これも「かには桜」を物名として詠んでいる。

〔補説〕『古今集』の両首に負った歌だが、「たが袖のにほひを借りて」や「香には咲くらん」は、近い時代の少ない先例があるだけの新奇な措辞であり、詞の上で新味を出そうとしたか。
19～27は梅。

春の御歌の中に
いつの春訪(と)はれならひて梅の花咲(さ)くより人のかく待(ま)たるらん

〔校異〕ナシ
〔現代語訳〕春の御歌の中で
何時の春に訪われることがならいとなって、梅の花は、咲くそばから、訪れる人がこのように待たれるのだろうか。
〔参考歌〕かくばかり身にしむ物と梅が香をいつの春より思ひそめけん（東撰六帖・梅・八二・権律師尊季）
〔出典〕「弘長元年五月百首」の「春」。↓14。
〔他出〕柳葉集・巻一・弘長元年五月百首歌（一～六八）・春・五。
〔語釈〕**○春の御歌の中に**　「弘長元年五月百首歌」（柳葉集）の「春」の一首。↓14。**○いつの春**　この類型で過去の季節を言う先行例は、「いつの秋頼めおきけんさを鹿の妻待つ山の夕暮の空」（影供歌合建長三年九月・暮山鹿・一六二・鷹司院帥）や「いつの冬散らばともにと契りけん枝さしかはす木木の紅葉ば」（現存六帖・もみぢ・四七九・尚侍家中納言＝典侍親子）が目につく程度。**○咲くより**　俊成の「山桜咲くより空にあくがるる人の心やみねの白雲」（久安百首・春・八〇九）や定家の「嵐やは咲くより散らす桜花すぐるつらさは日かずなりけり」（拾遺愚草・二見浦百首・春・一一三）等が数少ない先行例になる。

〔補説〕「梅」に寄せて訪れる「人」が待たれることを言う歌の近い時代の例としては、「我が宿の梅の立ち枝や見えつらん思ひの外に君が来ませる」（拾遺集・春・一五・兼盛）を本歌にした慈円の「山里は春こそ人も待たれけれ梅の立ち枝に宿をまかせて」（拾玉集・日吉百首和歌・春・四〇八）や、同じ歌を本歌取りした良経の「さればこそ宿の梅が枝春たちて思ひしことぞ人の待たるる」（秋篠月清集・二夜百首・梅・一〇六）、あるいは藤原行家の「梅の花匂ふやかごと我が宿にさらではいつか人の待たるる」（秋風抄・春・依梅待友・一一。現存六帖・むめ・五五一）等がある。

事物・事象の起源を問う詠みぶりは、宗尊の特質である。→解題。

21

梅の花咲けば人こそ待たるるを思ひの外もなにかいふらむ

〔校異〕○花さけはひとこそ―はな花さけ人こそ（青） ○外も―外と（内・慶・書・神・群） ○なにか―なとか（高）向か（松）何か（三〈「何」の字変形〉） ○いふらむ―いふらん（山）

〔現代語訳〕（春の御歌の中で）

梅の花が咲くと、訪れる人が自然と待たれるのに、「思ひの外」（にあなたがいらした）などとも、どうして言うのだろうか。

〔本歌〕我が宿の梅の立ち枝や見えつらん思ひの外に君が来ませる（拾遺集・春・一五・兼盛）

〔補説〕20と同じく「弘長元年五月百首」（散佚）の一首と思しいが、『柳葉集』の「弘長元年五月百首歌」（一～六、八）の歌群中には見えない。

夕梅といふことを

22

袖の香にまよふもつらし人を待つ夕べは梅のにほはずもがな

〔校異〕○まよふも―まかふも（内・高・書・神・群）まよふ（カイ）も（慶・松）まとふも（三・山）

〔現代語訳〕夕べの梅ということを

梅の香りをあの人の袖に染みた香りと惑うことも辛い。人を待つ夕方は、梅も匂わないで欲しいな。

〔参考歌〕宿近く梅の花うゑじあぢきなく待つ人の香にあやまたれけり（古今集・春上・三四・読人不知）

〔補説〕参考歌にあげた『古今集』の「宿近く」の歌は、白菊について言う「花見つつ人待つ時は白妙の袖かとのみぞあやまたれける」（古今集・秋下・二七四・友則）と同工異曲である。賞すべき花の色香を待ち人のそれに誤つ趣向の類型である。また、「宿近く」の歌の前後は次のとおり。

折りつれば袖こそにほへ梅の花ありとやここにうぐひすのなく
色よりも香こそあはれとおもほゆれたが袖ふれしやどの梅ぞも
梅の花たち寄るばかりありしより人のとがむる香にぞしみぬる（古今集・春上・三二、三三、三五・読人不知）

こういった歌群を基盤に、「袖」に「梅」の香りが移り染みることは通念となる。「わが宿の梅の盛りに来る人はおどろくばかり袖ぞにほへる」（後拾遺集・春上・五六・公任）などと詠まれるごとくである。あるいはまた、「梅の花にほふあたりの夕暮はあやなく人にあやまたれつつ」（同上・五一・能宣）は、「春の夜の闇はあやなし梅の花色こそ見えね香やは隠るる」（古今集・春上・四一・躬恒）と参考歌の「宿近く」歌を踏まえた作で、夕方の暗闇の中で実際の梅の香を梅の香が染みついているであろう人の訪れと紛うという趣旨であろう。これらの延長上に、夕方に待つが来ない恋人の袖の匂いかと惑うのが辛く、本来愛でるべき梅の香りが匂わないことを願うと言いつつ、梅の香の印象深さを賞美する。宗尊の類想歌に「待つ人の袖の香とのみまよはれて夕暮辛き梅の下風」（柳葉集・一五〇）がある。これは、「弘長二年冬弘長百首題百首」（→6）の春の「梅」題の歌。

百首御歌の中に

春ごとに物思へとや梅が香の身にしむばかり匂ひそめけん

〔校異〕○梅か丶の―梅かえの（三・山）○はかり―さ（はイ）かり（松）さ（はカ（藍））か（-（藍））り（三）さ（は（朱））か（、（朱））り（山〈朱点字中〉）○そめけん―こ（そイ）めけん（慶）こめけん（青・京・静・松・三・山・神）

〔現代語訳〕百首の御歌の中で

毎年の春の度に、物思いをしろということで、梅の香がこの身に染みるほどに匂い初めたのだろうか。

〔参考歌〕契りあれや花の中にも梅の花かかる匂ひに匂ひそめけん（俊成五社百首・日吉社百首・春・梅・四〇七）

梅が香も身にしむころは昔にて人こそあらね春の夜の月（新勅撰集・春上・四三・俊成）

〔出典〕「弘長二年十一月百首」（仮称。散佚）の「梅」題。

〔他出〕柳葉集・巻二・弘長二年十一月百首歌（二二九～二九六）・梅・二三〇。

〔語釈〕○百首御歌『柳葉集』に「弘長二年十一月百首歌」（二二九～二九六）とある百首。霞・梅・春月・花・帰雁・郭公・五月雨・初秋・露・月・秋夕・紅葉・時雨・雪・忍恋・不逢恋・被忘恋・旅・山家・述懐の二〇題で、元来は各五首であったか。

〔補説〕参考歌の「梅が香も身にしむころは昔にて人こそあらね春の夜の月」は、『御室五十首』（春・二五五）の詠で、『御室撰歌合』（六）に撰録され、そこでは四句が「人こそ訪はね」となっているが、判詞で俊成自身が「右歌は愚老が詠にて侍りけり。月やあらぬ春や昔の春ならぬ、の在中将朝臣のふることを、わづかに拾ひ集めたるばかりにて、わが力入りたるふしもなく侍れば」と言うごとく、『伊勢物語』四段の「月やあらぬ春や昔の春ならぬ我が身一つはもとの身にして」（五・男）の歌と、「またの年の正月に、梅の花ざかりに、去年を恋ひて行きて、立ちて見、居て見、見れど、去年に似るべくもあらず」とある地の文を、本歌・本説にしている。宗尊歌は、詞を俊成の両首に負いながら、伊勢物語の男、主人公業平の境遇に立って、梅の香で過去を思い出す春の憂愁を詠じたものではないか。なお、宗尊は「人こそ訪はね」の形を知っていたと思しい。↓25。

なお一方で、該歌には、事物・事象の起源を問うような趣もある。↓解題。

御歌ばかり百番合はさせ給ふとて、梅を

ふりにける高津の宮のいにしへを見てもしのべと咲ける梅が枝

〔校異〕○はかり―はかりを（内・高・書）○も、番―百番（慶）こと、番（松）と、番（三）と、番（山）○あはさせ―あはせさせ（内・高・書・神・群）あは。せ（松）あかさせ（三）○高津の―大津の（高）

〔現代語訳〕（宗尊親王ご自身の）御歌だけを百番お合わせなさるということで、梅を

古びてしまった高津の宮の（仁徳天皇の）古を、これを見て偲べということで咲いている、その梅の枝よ。

〔参考歌〕いにしへの難波のことを思ひ出でて高津の宮に月のすむらん（金葉集・秋・一九七・師頼）

春の夜の月に昔や思ひ出づる高津の宮ににほふ梅が枝（新勅撰集・春上・四二・覚延法師）

〔享受歌〕ふりにける大津の宮のいにしへをみな紅ににほふ梅が枝（宗良親王千首・春・紅梅・六八）

〔出典〕「文永元年六月十七日庚申宗尊親王百番自歌合」（仮称。散佚）の「梅」題。

〔他出〕柳葉集・巻四・文永元年六月十七日庚申に自らの歌を百番ひに合はせ侍るとて（四五〇～五六二）・梅・四五四、結句「にほふ梅が枝」。

〔語釈〕**○御歌ばかり百番合はせさせ給ふ**　他出の『柳葉集』に拠れば、宗尊二十三歳の文永元年（一二六四）六月十七日に、庚申を守って百番の自歌合を自撰したと思しい。『柳葉集』には、六七題（春一四・夏六・秋一二・冬六・恋一六・雑一〇・神一・釈教一・祝二）・一一三首（春二三・夏七・秋二四・冬九・恋二六・雑一九・神一・釈教一・祝三）

が現存。**〇ふりにける**　「高津の宮」についてこの語を用いる例は、隆信の「ふりにける跡に心のとどまるは高津の宮の雪の曙」（玉葉集・冬・一〇〇二）がある。**〇高津の宮**　仁徳天皇が即位して難波に設けた皇居。「難波に都つくる。是を高津宮と謂す」（仁徳紀元年春正月）。「難波高津宮に天の下治めたまふ大鷦鷯天皇の二十二年の春正月」（万葉集・巻二・九〇左注）、「大鷦鷯高津の宮の雨漏るを葺かせぬことを民はよろこぶ」（日本紀竟宴和歌・上・大鷦鷯天皇二首元慶六年・二）。この「大鷦鷯（おほさざき）」は仁徳天皇の名。**〇見てもしのべと**　用例希少。底本の「忍べ」の漢字表記はそぐわないので、平仮名に開いた。宗尊には他に、「恋ひしくは見ても偲べと山風のさそひのこせる庭の紅葉葉」（柳葉集・弘長元年五月百首歌・冬・四一）がある。

〔補説〕　参考歌に示した師頼の『金葉集』歌を踏まえた覚延法師詠に拠った作ではないか。23番歌が『新勅撰集』の四三番歌に負い、この24番歌が同じく『新勅撰集』の一首前の歌に拠っているのは偶然ではないのかもしれない。とすれば、初案の結句は、『柳葉集』の「にほふ梅が枝」の形であって、覚延歌につきすぎるとかいった理由により、いずれかの段階で「さける梅が枝」に改められた可能性があろうか。あるいは、真観による添削かもしれない。

享受歌の宗良詠は、宗尊歌の「高津の宮」を「大津の宮」に横滑りさせただけの作であり、宗良が『柳葉集』の形の宗尊歌を見倣ったのではないだろうか。宗良の宗尊家集摂取の可能性とその様相を窺わせる。↓解題。

25

この春も人こそ訪(と)はね宿の梅誰(た)がなさけをか花に見(み)せまし

〔校異〕　〇たかなさけをか―たかなさけする（高）たれなさけをか（慶）たれかなさけを（青・京・静・松・三・神・群）惟(誰)かなさけを（山〈「惟」字中に朱点〉）

〔現代語訳〕　（宗尊親王ご自身の）御歌だけを百番お合わせなさるということで、梅を）

今年のこの春も、あの人は私の家の梅を訪わないのだ。一体誰の情けを花に見せましょうか。

〔参考歌〕梅が香も身にしむころは昔にて人こそ訪はね春の夜の月（御室撰歌合・春・六・俊成。御室五十首・春二五五、四句「人こそあらね」。新勅撰集・春上・四三、四句同上）

咲かぬ間は誰かは訪ひし我が宿の花こそ人の情けなりけれ（秋風集・春下・六七・兼実）

〔類歌〕今日もまた人の訪はでやくれなゐのこぞめの梅の花の盛りを（宗尊親王三百首・春・一九。続古今集・春上・六〇、二句「人も訪はでや」）

〔出典〕「文永元年六月十七日庚申宗尊親王百番自歌合」（仮称。散佚）の「梅」題。→24。

〔他出〕柳葉集・巻四・文永元年六月十七日庚申に自らの歌を百番ひに合はせ侍るとて（四五〇～五六二）・梅・四五五。

〔補説〕参考歌の俊成の『御室撰歌合』詠は、その原作である『御室五十首』や『新勅撰集』では、第四句が「人こそあらね」である。撰歌合の俊成自身の判詞で「右歌は愚老が詠にて侍りけり、月やあらぬ春や昔の春ならぬ、の在中将朝臣のふることを、わづかに拾ひ集めたるばかりにて、わが力入りたるふしもなく侍れば」と言うごとく、『伊勢物語』四段の「月やあらぬ春や昔の春ならぬ我が身一つはもとの身にして」の歌と、「またの年の正月に、梅の花ざかりに、去年を恋ひて行きて、立ちて見、居て見、見れど、去年に似るべくもあらず」とある地の文を、本歌・本説にしている。第四句「人こそあらね」では、『伊勢物語』の訪うことが適わなくなった男の立場か、その男に訪われることが適わなくなった女の立場かが曖昧だが、「人こそ訪はね」では、女の立場であることがより明確であろう。宗尊は「人こそ訪はね」の形を知っていたと見てよく、その俊成詠に拠りつつ、その背後にある『伊勢物語』の女の立場を念頭にして詠んでいよう。→23。

一方、参考歌の兼実詠は、所謂「右大臣家百首」の一首で、早くは『月詣集』（一一一）に採録、後に『万代集』（二四二）や『続古今集』（一一〇）にも収められる。宗尊は、師の真観が撰した『秋風集』あるいは『万代集』を通じて同首を知り得たかと思われる。この歌は、「我が宿の花」こそが「人」を訪問しようとする真情に訴えかける対象そのものなのだ、という主旨であろう。それに対して宗尊詠は、人を誘うはずの我が「宿の梅」の花が咲いても「人」は訪れず、誰の真情も花に見せてやることができないことを愁えていよう。

なお、類歌の宗尊詠は、「くれなゐのこぞめ」の語を、『万葉集』の「紅の濃染めの衣下に着て上に取り着ばことならむかも」（巻七・譬喩歌・一三一三）や「紅の濃染めのきぬを下に着ば人の見らくに匂ひ出でむかも」（巻十一・譬喩・二八二八）か、あるいは『詞花集』の「紅の濃染めの衣上に着む恋の涙の色かくるやと」（恋上・二一八・藤原顕綱）に負ったものであろう。同時に、『伊勢物語』四段を本説に取り、「紅」に「暮れ」、「濃染め」に「去年」を掛けていよう。その意味で25と類同である。

梅香入閨といふ事を

思ひそふねやもる月の影にまたなほ（猶）いひしらぬ梅が香ぞする

〔校異〕 ○梅香―梅花（慶）梅か香（神・群）　○入閨―入閨（園（朱））（山〈「閨」字中に朱点〉）

〔現代語訳〕 梅香の閨に入るということを

思いを添える閨を洩る月の光に、さらにまた、何とも言いようのない梅の香がするよ。

〔影響歌〕 春の夜のおどろく夢は跡もなしねやもる月に梅が香ぞする（新千載集・春上・五四・光厳院）

〔語釈〕 **○ねやもる月**　『六百番歌合』に於ける隆信の「おのづからねやもる月も影消えてひとりかなしなうき雲の空」（恋下・寄雲恋・九二二）が早い例となるが、俊成判詞は「ねやもる月、不レ可ニ庶幾一歟」と言う。同歌合の判詞で俊成は「ねや」の語自体に否定的な態度で臨んでいて（一二三三、一二六一、三四一、三四六等）、これもその一連である。そしてまた、その俊成の遺令は必ずしも守られなかったようで、その死後にも多くの「ねやもる月」の歌が詠まれている。**○なほいひしらぬ**　「かつ見てもなほいひしらぬ思ひにはかさねてしもぞ袖はぬれける」（隆信集・

六一三）が早い例。宗尊の父後嵯峨院に「我が涙あふを限りと思ひしになほいひしらぬ袖のうへかな」（続拾遺集・恋三・九三七）の作がある。**○梅が香ぞする** 宗尊は別に二首詠んでいる。「吹きまよふさ夜ふけがたの春風に袖も残らず梅が香ぞする」（柳葉集・巻二・〈弘長二年冬弘長百首題百首〉・梅・一五一）、「袖ふれし誰がかたみとはしねども（ママ）（「知らねども」か）昔恋しき梅が香ぞする」（竹風抄・巻二・文永五年十月三百首歌・梅・三〇一）。

〔補説〕『伊勢物語』四段の面影があろう。「またの年の正月に、梅の花盛りに、去年を恋ひて行きて、立ちて見、居て見、見れど、去年に似るべくもあらず」という状況で、「うち泣きて、あばらなる板敷に月のかたぶくまで臥せりて、去年を思ひ出でて」「月やあらぬ」の歌を詠む「男」、その境遇を念頭に置くか。

和歌所を始め（を）置かれて、結番して男（おのこ）どもに歌（うた）よませさせ給（たま）ふ次に

梅が香の身にしむ床は夢絶（た）えて寝（ね）ぬ夜霞（かす）める月を見（み）るかな（哉）

〔校異〕 ○始—始。（三〈補入符朱〉）（てカ（朱）） ○結番して—結番しける（神・群） ○よませさせたまふ—よませ給ける（内・高）よませ給（慶・青） ○床は—ことは（書） ＊歌頭に「新千」の集付あり（内・慶）「新古」の集付あり（高） ＊上欄に朱で「和歌所初置」とあり（三）

〔現代語訳〕 和歌所をお置き始めになって、順番を定めて出仕の男達に歌をお詠ませになられるついでに

梅の香りが身に染みる床は夢が途絶えて、眠らない夜に、霞んでいる月を眺め見ることよな。

〔参考歌〕 梅が香も身にしむころは昔にて人こそあらね春の夜の月（新勅撰集・春上・四三・俊成。御室五十首・春・二五五。御室撰歌合・春・六、四句「人こそ訪はね」）

雁の来る伏見の小田に夢さめて寝ぬ夜のいほに月を見るかな（新古今集・秋上・四二七・慈円）

〔他出〕 和漢兼作集・春上・六八、詞書「夜梅」二句「身にしむことも」。拾遺風体集・春・一二、詞書「月前梅」。

新千載集・春上・五三、詞書「題しらず」三句「夢ならで」。

〔語釈〕 **○和歌所**… 「和歌所」は、「撰和歌所」の略。宮廷に置かれた勅撰集撰修を主とする和歌の事務を行う所。村上天皇天暦五年（九五一）の『後撰集』の折に置かれた。その後『拾遺集』から『続後撰集』までの単独撰者の勅撰集に於ては顕在化しないが、『新古今集』の時の建仁元年（一二〇一）に後鳥羽院が仙洞に置いて再興。『続古今集』以降は『玉葉集』の時を除き置かれた。『吾妻鏡』には唯一、『新古今集』が元久二年（一二〇五）三月に撰進された場所として「和歌所」が見えるのみである（元久二年九月二日条）。ここは、宗尊将軍のいわゆる幕府に置いた何らかの和歌に関わる組織を真観が僭称したものではないか。『吾妻鏡』によると、正元二年（一二六〇）正月二十日に、歌道以下の一芸に堪能な輩を以て昼番衆が定め置かれ、弘長元年（一二六一）三月二十五日には、将軍宗尊の近習の人々の内歌仙を以て結番し、各当番日に五首を詠進することが下命されている。詞書の「結番して男どもに歌よませさせ給ふ」は、直接には後者の歌仙結番と五首歌詠進下命が該当しようか。「和歌所を始め置かれて」についても、その折のことかもしれないが、あるいは前者の昼番衆設置をそう見なしたものであるかもしれない。なお、結番の衆人は、藤原隆茂・同基盛・北条時広・同時通・後藤基政・押垂範元・鎌田行俊等である。本集所収の「和歌所」歌は、他に42、43、59、60、106、116、117、169、193、219、220、249、254、262、263、281、285、294、315、324、348、400、485、486。**○霞める月を見るかな** 宗尊の周辺で編まれた『東撰六帖』に「熊野路やしのだの杜の木の間よりちへに霞める月を見るかな」（春・春月・八七・基綱）の作が見える。

〔補説〕 参考歌の両歌に負った作であろう。同時に25と同様に、参考歌の俊成詠が本にした『伊勢物語』四段の面影があろう。とすれば、26と同じく、『伊勢』四段の「昔男」業平の境遇を念頭に、独り寝の床で、逢えなくなった恋人との昔を思い起こさせる梅の薫香に目覚めて、終夜春霞の月を眺める様を詠じていることになろう。

梅が主題だが、月を併せていて、前後の歌群を繋ぐ。

三百首御歌の中に

飛鳥風河音更け(深・)てたをやめの袖に霞(かす)める春の夜(よ)の月

【校異】ナシ　＊歌頭に「続古」の集付あり（底・内・高・慶）

【現代語訳】三百首の御歌の中で

たおや女の袖を吹き返した飛鳥の風、それが運ぶ川音も夜更けを教えて冴え、たおや女の袖に春の夜の月が霞んでいるよ。

【本歌】たをやめの袖吹き返す明日香風都を遠みいたづらに吹く（万葉集・巻一・雑歌・五一・志貴皇子）

【影響歌】ひびきくる河音更けて飛鳥風袖吹く夜半の月ぞ身にしむ（伏見院御集・河月・一〇一八）

【出典】宗尊親王三百首・春・二五。基家評詞「妖艶ノ詞句、尤モ比ブル二西施ノ顔色ニ一歟。殊ニ幽玄歟」。合点、為家・実氏・家良・行家・光俊・帥。

【他出】続古今集・春上・七九、詞書「春夜月をよめる」（七八）。歌枕名寄・巻十一・飛鳥篇・都・三二二七。雲玉集・春部・三六、詞書「川春月を」。

【語釈】**○三百首御歌**　↓1。**○飛鳥風**　大和国の歌枕である飛鳥（明日香）の地を吹く風。本歌の万葉歌による。広義の飛鳥一帯は、推古天皇の豊浦宮以後持統・文武・元明天皇の藤原宮に至るまでのほとんどの期間皇居が置かれ、都であった。本歌の題詞は「従二明日香宮一遷二居藤原宮一之後、志貴皇子御作歌」で、藤原宮遷都後の旧都としての天武・持統両天皇の飛鳥浄御原宮、即ち狭義の飛鳥を偲ぶ。**○河音更けて**　川の音が夜更けて冴え冴えと聞こえることを言う。慈円の「網代木にいざよふ浪の音更けてひとりや寝ぬる宇治の橋姫」（新古今集・冬・六三七）が淵源か。**○袖に霞める**　新奇な措辞。後代の例だが、「物思ひなき世の春もおのづから袖に霞める月の影かな」（嘉喜門院集・一二九）を参考にすると、袖の涙に月がぼんやりと映じる様を表そうとしたと考えられようか。あるいは

「面影の霞める月ぞ宿りける春や昔の袖の涙に」（新古今集・恋二・一一三六・俊成女）を意識するか。

【補説】28〜31は春月。

29

春月を

人目守る空かはあやな春の月など霞みつつ影偲ぶらん

【校異】○空かは―空には（慶）空には（青・京・静・松・三・山・群）

【現代語訳】春の月を

人の目を憚る空か、そうではないはずだ。それなのに、訳が分からないな。どうして、春の月は霞み続けて、私ははっきりと見えないその光を慕い思っているのだろうか。

【本歌】人目守る我かはあやな花薄などか穂に出でて恋ひずしもあらむ（古今集・恋一・五四九・読人不知）

【補説】「しのぶ」を「偲ぶ」に解した。主語は、詠作主体＝宗尊自身となる。宗尊の「我のみよなどしのぶらん世をみれば昔忘るる人ぞ多かる」（竹風抄・第五・文永六年八月百首歌・雑・八二三）の「しのぶ」も、同様の意味であろう。しかし一方で、例えば俊成の「冬来れば氷と水の名をかへて岩もる声をなどしのぶらん」（長秋詠藻・二七六。秋風集・冬・五〇二、初句「夕暮は」。雲葉集・冬・八二六。続古今集・冬・六二五）の「しのぶ」は「忍ぶ」の意であろう。該歌を「忍ぶ」に解すると、主語は「春の月」となり、下句の解釈は、「どうして、春の月は、霞み続けながら、その光を包み隠しているのだろうか」となろうか。

30

霞めるはつらきものからなかなかにあはれ知らるる春の夜の月

【校異】ナシ

31

〔現代語訳〕（春月を）
霞んでいるのは辛いものであるけれど、かえってあわれが知られるよ、春の夜の月は。
〔語釈〕 **○あはれ** 感動や感興の意。**○知らるる** 「るる」は自発。
〔補説〕 真観の「あはれをばいづくに添ふる影ならむ辛さ霞める春の夜の月」（百首歌合建長八年・春・三二一、三十六人大歌合・一九二）は、やや特異な言葉遣いの歌で解釈しにくいが、基家の判詞は「霞む辛さを春の月にあはれみ」と言っている。春の夜の月の光は、あわれをどこに添えているのか分からず、霞んでいて辛い、といった趣旨であろうか。宗尊の歌は、これに異を唱えるかのような趣がある。『宗尊親王三百首』の「なかなかに木の葉がくれもあはれなり秋の気色の森の月影」（秋・一三七）は、該歌と同工異曲だが、為家の評詞は「是又障ニ候歟」と咎めている（前歌の「鶉鳴く野べの浅茅の露の上に床をならべて月ぞ宿れる」について為家評詞が「第四句、求めたる様にや候らん、猶障と存候」としたのを承ける）。

朧（おぼろ）月夜を御覧（らん）じて
晴れがたき身の思ひこそうかりけれ霞（かす）める月も秋は待つらん

〔校異〕 ○月も秋は待らん―月も秋は（は）待らむ（も）（内）月は秋もまつらん（高）月も秋そ（はイ）まつらん（もイ）（慶）月も秋そ待らん（京・静・三）月も秋そ（はイ）まつらん（松）月も秋そ待らし（ん（朱）、（朱））（山〈朱点字中〉）月も秋を待らん（神・群）＊歌頭に「新千」の集付あり（内・慶）
〔現代語訳〕 朧月夜をご覧になられて
晴れがたいこの身の思いこそが、憂く辛いのであったな。今は霞んでいる春の月でも、晴れて秋は待っているだろうに。

〔他出〕 三十六人大歌合・一、結句「秋や待つらむ」。新時代不同歌合・二七六。新千載集・雑上・一六八四、三句「悲しけれ」。
〔語釈〕 ○晴れ 心中の悩みなどが消えてなくなる意。「霞める」「月」「秋」の縁で、秋天が晴れる意が掛かる。
〔補説〕 「霞晴れ草の枕に月さえてつゆも秋にはかはらざりけり」（教長集・旅宿春月・一七八）や「更級や姨捨山のうす霞かすめる月に秋ぞこもれる」（千五百番歌合・春二・二七三・良経）などと詠まれるように、霞を除けば春の月も秋と変わらず清かであるとの認識の上に立っていよう。なお、宗尊には、「雁がねは霞める月に帰るなり数さへ見えん秋を契りて」（竹風抄・巻二・文永五年十月三百首歌・帰雁・三一七）の作がある。
　基家撰の『三十六人大歌合』所収歌は、本集に8首（31、136、196、216、290、339、395、441）見るが、内5首（196、290、339、395、441）は、他からの採録と見られるので、残りの3首も含めて、『三十六人大歌合』は本集編纂時の撰集資料ではなかったと推測される。

春曙

いさ人の心は知（し）らず我のみぞかなしかりける春の曙（あけほの）

〔校異〕 ○詞書・歌―ナシ（静） ○いさ―いき（さイ）（松） いき（朱）。（三） いき（さ歟（朱））（山） ○心は―こころも（高） ○我のみそ―我のみに（青）
〔現代語訳〕 春の曙
　さあどうか、人の心は分からないけれど。私だけは、この春の曙に、悲しいのであった。
〔本歌〕 人はいさ心も知らずふるさとは花ぞ昔の香ににほひける（古今集・春上・四二・貫之）
〔類歌〕 身を憂しと思はぬ人の心にもかくや悲しき春の曙（宗尊親王家百五十番歌合弘長元年・春・二三・藤原時盛）

〔語釈〕 ○いさ　副詞。さあ、どうであろうか。「知らず」にかかる。

〔補説〕 類歌の時盛詠は、弘長元年（一二六一）七月七日の宗尊親王家の歌合の作だが、同歌合は、当日催行の記録はなく、各人の既存の詠作を机上に番えたものかと考えられる。宗尊歌との先後は不明とせざるを得ないが、春の曙の孤独な悲愁を歎じている点で類似する。

32～35は春曙。

33

たえだえに里見えそむる山本の鳥の音さびし春の曙

〔校異〕 ○たえ〳〵に―たえ〳〵に（京〈「え」が「こ」に、「〳〵」が「く」に見えるための注記か〉）たた人に（松）

○そむる―わたる（慶・書）

〔現代語訳〕（春の曙）

薄明かりの中にとぎれとぎれに里が見え始める山の麓の、鳥の鳴き声も寂しく聞こえる春の曙よ。

〔補説〕「たえだえに」「見」える「春の曙」の景趣は、「たえだえに霞たなびく曙は浦こぐ舟の見えみ見えずみ」（為忠家初度百首・春・海路霞・一五・盛忠）や「さざなみや浦よりをちの朝霞たえだえ見ゆる春の曙」（為家五社百首・日吉・霞・一九）や「あかず見る遠山桜たえだえに霞ぞうづむ春の曙」（実材母集・三〇六）のように、「霞」が詠み併せられて、曙の霞の中でとぎれとぎれに対象が見える様子として詠まれている。該歌も、言外に霞を想定しているとも考えられる。

一方、「春の曙」の「さびし」さ、言わば春曙の述懐を詠む例は、『千五百番歌合』の「住吉の松吹く風のさびしさもいまひとしほの春の曙」（春四・四八三・忠良）が早い。これについて俊成は、「右、住吉の松いまひとしほの春の曙、ことに宜しかるべく侍るを、さびしさのまさり侍らむ事や、布留の山辺の秋の松などや、さは侍るべからむとは覚え侍れど、住吉の春の曙いかがおろかには侍らむとて」と批判する。「さびしさ」がまさることを、「布留の山辺」に比して「住吉」に言う疎略を咎めたというよりは、やはり「秋の松」に比して「春の曙」に言うことのそぐわなさを咎める意図が大きかったのではないだろうか。この数年前の建久六年（一一九五）二月の「良経家五首歌会」で「またや見むかたののみ野の桜がり花の雪ちる春の曙」（新古今集・春下・一一四）をものしていた俊成としては、当然の物言いであったかもしれないが、俊成の嗣子定家はこれに先んじて『六百番歌合』で「霞かは花鶯に閉じられて春にこもれる宿の曙」（六百番歌合・春・春曙・一一五）という春曙の述懐詠をものしていた。家隆は四十歳の時には「さびしさは幾百歳もなかりけり柳の宿の春の曙」（壬二集・二百首和歌＝建久八年七月二十九日堀河題百首・柳・一〇一二）と、幾百年も寂しさ無く永続する柳ある家の春の曙を言祝ぐような歌を詠みながら、三十五年程後には定家の「霞かは」詠にも負って「柴の戸は柳霞にとぢられていとどさびしき春の曙」（壬二集・九条前内大臣家百首・山家柳・一五五二）と、同じく柳ある粗末な家居の寂しさつのる春の曙を詠じている。宇都宮の一族で実朝にも近仕した塩谷朝業信生には、「塩竈のうらさびしくも見ゆるかな八十島霞む春の曙」（信生法師集・海辺霞・五二）と、塩竈の浦の霞の春曙を「うらさびしく見ゆる」と詠む作がある。京極派の一員楊梅兼行にも、「春おそき遠山もとの曙に見ゆる柳の色ぞさびしき」（兼行集・やなぎ・一〇）という春の曙の景趣を「さびし」と捉える歌がある。なお、南朝の師兼にも「さびしさは秋だに堪へし宿ぞとも思ひなされぬ春の曙」（師兼千首・春・幽棲春曙・八九）と、春の曙を秋のさびしさと同等以上とみなす歌がある。「春」の「曙」の「さびし」さ、春曙の述懐は、新古今時代に芽生えて鎌倉時代の関東や京極派及び南朝にも少しく芽吹いた歌境と言えよう。

宗尊自身に焦点を当てれば、宗尊は他にも「立ちのぼる煙もさびし難波人あし火たくやの春の曙」（柳葉集・文永二年潤四月三百六十首歌・春・六四七）と、春の曙のさびしさを催す景を詠んでおり、前の32や次の34・35と併せて、「春曙」を悲愁の歌に詠みなすことに、宗尊の個性の一つを見ることができるかもしれない。そしてそれは、皇子でありながらいわゆる幕府の主鎌倉殿に祭り上げられて関東に下り住んでいる宗尊の境遇と無縁ではないであろう。

特に、宗尊の将軍擁立は、十一歳の建長四年（一二五二）の春（三月五日議決、十七日下向決定、十九日京都出離）であったのであり、これが宗尊にとってなおさらに春を憂愁の季節とさせた可能性は見てもよいのではないだろうか。

百番御歌合に

何事をまた思ふらん有りはてぬ命待つ間の春の曙

〔現代語訳〕 生きてあり切ることなどできないこの一生の最後を待つ間の、つかの間の春の曙に、なに事をまた思うのだろうか。

〔校異〕 ○百番―百首（書）百首（高） ○歌―ナシ（内・高） ○まつ―さつ（京）

〔本歌〕 有りはてぬ命待つ間のほどばかり憂きことしげく思はずもがな（古今集・雑下・九六五・貞文）

〔出典〕 「文永元年六月十七日庚申宗尊親王百番自歌合」の「春曙」題。↓24。

〔他出〕 柳葉集・巻四・文永元年六月十七日庚申に自らの歌を百番ひに合はせ侍るとて（四五〇～五六二）・春曙・四六九。

〔語釈〕 **○百番御歌合** 24の詞書「御歌ばかり百番合はせ給ふとて」と同じ歌合。↓24。

〔補説〕 例えば前代の「何事を草の枕に思ふらん鳴く声たえぬ秋の夜の虫」（元真集・一四九）や「何事を春の日くらし思ふらん霞の底にむせぶ鶯」（清輔集・一二）は、鳴く音の様子に、虫や鶯が何事を思っているのだろうかと思いやる趣向である。該歌は、先のない我が身であるのに、春の曙に何事をまた思うのだろうと、自身の尽きない憂愁を歎じる趣旨。

三百首の御歌に

いひしらぬつらさそふらし雁がねの今はと帰る春の曙（明ほの）

〔校異〕 ○詞書―ナシ〈34歌と35詞書を欠き34詞書が35歌の詞書となっている〉（内・高） ○つらさ―いさら（つらさ）（山〈「いさら」各字中に朱点〉） ○そふらし―そふかし（そふらし イ）（松） ○今はと帰る―人はいとへる（書）

〔現代語訳〕 三百首の御歌で

言いようもない辛さが加わるらしいよ。雁が今はもうということで鳴く音を響かせて、北へ帰っていく春の曙は。

〔参考歌〕 今はとてたのむの雁もうちわびぬ朧月夜の曙の空（新古今集・春上・五八・寂蓮）

聞く人ぞ涙は落つる帰る雁なきて行くなる曙の空（同右・五九・俊成）

〔影響歌〕 いひしらぬ名残を人にしたはれて今はと帰る春の雁がね（嘉元百首・帰雁・二二一〇・覚助。新続古今集・春上・一〇五）

〔出典〕 宗尊親王三百首・春・二九。合点、為家・基家・家良・光俊・四条・帥。

〔語釈〕 **○三百首の御歌** →1。 **○雁がね** 雁の鳴き声あるいは雁の意だが、ここは前者。

〔補説〕 参考歌を踏まえてさらに、春の曙の帰雁をなんとも表現のしようがない、この上ない「つらさ」を添える景趣として捉え返す。

影響歌の作者覚助法親王は、後嵯峨院皇子で宗尊の弟。建武三年（延元元年、一三三六）九月十七日に八十七歳（一説九十歳）で没。聖護院門跡。園城寺長吏や天王寺別当を務める。一品。『続拾遺集』以下に八九首入集。→427。

春曙が主題だが、雁を併せていて、前後の歌群を繋ぐ。

36
暁帰雁
時こそあれなど有明の空にしも別れをみせて雁の行くらん
【校異】○時こそ—時しも（こそ）（書）　○別を—別と（内）
【現代語訳】　暁の帰雁
よりによって、どうしてこの有明時の空に、別れであることをはっきりとさせて、雁が飛び行くのであろうか。
【参考歌】　有明のつれなく見えし別れより暁ばかり憂き物はなし（古今集・恋三・六二五・忠岑）
【語釈】　**○時こそあれ**　時もあろうに。よりによってこのような時に。同じ意味の「時しもあれ」が多用されるのに比べて用例は少ない。「時こそあれ春しも帰る雁がねは花に心をかくやとむらん」（二条太皇太后宮大弐集・一二）。**○など有明の空にしも**　「しも」は強意の副助詞。初句の「時こそあれ」と呼応して、よりによって何故（ただでさえ男女の別れの憂く辛い）この有明時の空に、と強く烈しく疑義を提示する。
【補説】　36～44は帰雁。

37
十首歌合に
頼（たの）めこし人の玉章（たまづさ）いまはとてかへすに似たる春の雁（かり）がね
【校異】　○歌合に—御歌合に（書）　○人の玉章—人のたまへは（書）
【現代語訳】　十首歌合で
あてにさせてきた人の手紙を、今はもうということで返すのに似て、今は春の雁を（北へと）帰すことよ。
【本歌】　頼めこし言の葉今は返してむ我が身ふるればおきどころなし（古今集・恋四・七三六・因香）

〔参考歌〕 秋風に初雁が音ぞ聞こゆなる誰が玉梓をかけて来つらむ（古今集・秋上・二〇七・友則）

〔出典〕 宗尊親王百五十番歌合弘長元年・春・一。

〔他出〕 宗良親王千首・春・帰雁似字・一〇〇、三句「人は来で」。新後拾遺集・春上・七五。題林愚抄・春四・帰雁・一二四〇。

〔語釈〕 **〇十首歌合** 宗尊親王百五十番歌合弘長元年。弘長元年（一二六一）七月七日、宗尊親王主催。催行の実際は不明で、机上に編まれた歌合か。春・夏・秋・冬・恋各二首計一五〇番。出詠者は、左方＝宗尊（女房）・顕氏・能清・隆茂・時直・時広・時遠・清時・行方・時家・時清・時盛・時忠・厳雅・小督、右方＝真観・隆弁・公朝・忠景・基政・時親・基隆・顕盛・行円・行俊・重教・師平・義政・行日・雅有の三〇人。判者は在京の前内大臣藤原基家で、判は八月十七日に鎌倉に到来。真観が実務に関与したか。**〇玉章** 便りを伝える使いが梓の杖を携えたという「玉梓」が元。手紙。**〇かへす** 手紙を返却する意に、雁を北へと帰す意が掛かる。

〔補説〕 参考歌は、もちろん漢書・蘇武伝に基づく「雁信」の故事（匈奴に囚われた前漢の蘇武が北海から手紙を南に渡る雁の脚に結んで漢王に送ったという）を踏まえている。該歌は、古今「頼めこし」歌の本歌取りだが、同時にこの「秋風に」歌にも答える趣きがある。あえて両首の趣意を取り込んで解釈すれば、次のようになろうか。「あの人が私にあてにさせてきた手紙、私が古び忘れられ置き所もないので今はもう返してしまおうというその手紙だが、手紙というのであればそれはまた、去る秋、秋風に鳴く音を響かせてやって来た雁が、誰の手紙を伝えてきたのかと思わせた手紙で、あたかもその手紙を返すかのように、雁が鳴きながら帰って行くよ」。

『宗尊親王百五十番歌合弘長元年』の一番左の歌。右方真観の「鶯をさそふ花の香恨みてもぬきうす衣たちやかぬらん」と番えられる。基家の判詞は「左、雁に寄せて返す玉梓の風情めづらしく、右、鶯に寄せてぬきうす衣の露（ママ）詞あざやかなり。しかるに一番の左といひ、また歌ざまも勝りて強く侍るべし」で、「風情」の珍しさと、巻頭歌としての歌の様を評価されて勝っている。

他出に挙げた『宗良親王三千首』については、18の補説参照。

古郷帰雁を

ふる里を憂き名なりとやいとふらん奈良の都に帰る雁☆・がね

〔校異〕○古郷帰雁を—古郷雁を（内・高）古郷帰雁（慶）○ふる里を—ふりさとを（書）○うき名なりとや—よき名なるとや（三・山〈朱丸点は「名」の右傍にあり〉）○かね—かりかね（全）＊上欄に朱で「雁南帰」とあり（三）☆底本の「かね」を他本により「雁がね」に改める。

〔現代語訳〕古郷の帰雁を

北にある自らの故郷を、憂き名のいやな評判の里と厭うからであろうか。雁が、もともと憂き名であるはずの南の奈良の都に帰っていく。

〔本歌〕人ふるす里をいとひて来しかども奈良の都も憂き名なりけり（古今集・雑下・九八六・二条）

〔参考歌〕春霞立つを見捨てて行く雁は花なき里に住みやならへる（古今集・春上・三一・伊勢）

〔語釈〕**○憂き名**　辛くていやな評判。直接には参考歌の伊勢歌を念頭にした、「花なき里」との評判ということであろう。伊勢歌を踏まえて、例えば「いづくにか心もやりて宿さまし花なき里は住みうかりけり」（重之集・宿りに花無し・一〇四）と詠まれている。**○奈良の都**　大和国の歌枕。平安遷都以後は古都となり「南都」とも呼称されたように、京都から見れば南方に当たる。

〔補説〕春に北へ帰る雁も、局地的には南行する場合もあるであろうから、それを目にして着想したとも考えられる。一方で、「雁」と「奈良の都」との詠み併せとしては、「唐にて」と詞書する人麿の「天飛ぶや雁の使ひにいつしかも奈良の都にことづてやらん」（拾遺集・別・三五三。万葉集・巻十五・三六七六の異伝）がある。『新撰六帖』には、これを本歌にした「ふる里の奈良の都のことづては天飛ぶ雁の便りをぞ待つ」（第六・かり・二五七三・知家）という歌もある。これらに触発された可能性もあろうか。いずれにせよ、本歌に拠り、参考歌を念頭にした詠作であることは動かない。

39

海辺帰雁

漕（こ）ぎ帰（かへ）るあまの小舟の友なれや由良（ゆら）の門渡（とわた）る春の雁（かり）がね　金

〔校異〕　○あまの―天の（慶）〈参考・意味の異なる表記の異同〉　○ゆらのとわたる―ゆらのみなとの（高）

〔現代語訳〕　海辺の帰雁

　漕ぎ帰る海人の小舟が友なのか。由良の門を渡って北へ帰る春の雁は。

〔参考歌〕　朝まだき霞も八重の潮風に由良の門渡る春のふな人（後鳥羽院御集・詠五百首和歌・春百首・六五八）

〔語釈〕　**○漕ぎ帰る**　（由良の門を渡り）漕いで（湊の岸へと）帰る。「由良の戸に沖つ潮風むかふらし渡るふな人漕ぎ帰る見ゆ」（新撰六帖・第三・ふね・一一一三・知家）。「雁がね」の縁で「帰る」には、雁が北へ帰る意が掛かる。

○由良の門　丹後の国の歌枕。京都府宮津市の由良川の河口付近。「由良の門を渡る舟人梶を絶えゆくへも知らぬ恋の道かも」（新古今集・恋一・一〇七一・好忠）。一説に、「由良の御崎」「由良の湊」と同じ、紀伊国の歌枕（建保名所百首や八雲御抄）、現在の和歌山県日高郡由良町付近ともいう。ここは、北へ帰る雁を詠むので、丹後国を想定したと見る方が穏当か。→〔補説〕、→196。

〔補説〕　細かく理屈を言えば、北帰行する雁が主であるので、岸（湊）へ漕ぎ帰る海人小舟が「友（あるいは伴）」となるのは、岸が北方にあたる（印象がある）南海道の紀伊国の「由良」が相応しいことになる。あるいは、南方が岸にあたる（印象がある）山陰道の丹後国の「由良」の場合、「なれや」は反語で、小舟は帰雁の「友」ではない、ということになる。しかし恐らく、そのような現代的地理観で理屈立てた趣向の作ではなく、「帰る」を掛詞に、丹後国の由良の門を渡り漕ぎ帰る小舟が、せめても北へ帰る雁の友なのか、と詠歎するのが主旨であろう。
関東にも居した鎌倉前中期の歌僧寂身の「潮路行く友とや思ふ海人小舟はつ雁が音の声ぞ聞ゆる」（寂身法師集・詠百首和歌寛元三年於関東詠之・秋十首・三九九）は、「小舟」と「雁」の何れが主で何れが「友」であるのか分明ではないが、秋に来る初雁という点では宗尊詠と対照的。なお、下冷泉政為の『碧玉集』には、同じ「海辺帰雁」の題の「海人小舟帰るを友と行く程はただ波の間に霞む雁がね」（一四八）という類歌が見える。

春の御歌の中に

玉章(たまづき)や春行(ゆ)く雁につたへまし越路(こし)のかたの都なりせば

〔校異〕 ナシ

〔現代語訳〕 春の御歌の中で
手紙を、春に北へ帰り行く雁に伝えましょうものを。もし、北の越路の方が、都であるのならば。

〔参考歌〕 越路には誰がことづてし玉梓を雲ゐの雁のもて帰るらん（堀河百首・春・帰雁・一九四・匡房）
思ふことなくてぞ見まし与謝の海の天の橋立都なりせば（千載集・羈旅・五〇四・赤染衛門）

〔出典〕 「弘長二年十一月百首」の「帰雁」題。↓23。

〔他出〕 柳葉集・巻二・弘長二年十一月百首歌（二三九〜二九六）・帰雁・二四二。

〔語釈〕 **○春の御歌の中に** 実は「弘長二年十一月百首」の「帰雁」題の一首。↓23。作為か錯誤か、他資料に拠ったか。**○玉章** ↓37。**○越路のかた** 「越路」は、越の国（北陸道）あるいはそこに至る道筋。北に当たる越の国がある方、という趣意。「おしなべて四方にたなびく霞かな越路の方は冬とこそ聞け」（久安百首・春・四〇二・季通）

などの例がある。「越」に「行く」の縁で「来し」が響く。

【補説】参考歌の匡房詠は、漢書・蘇武伝に基づく「雁信」の故事（匈奴に囚われた前漢の蘇武が北海から手紙を南に渡る雁の脚に結んで漢王に送ったという）を踏まえた「秋風に初雁が音ぞ聞こゆなる誰が玉章をかけて来つらむ」（古今集・秋上・二〇七・友則）を念頭に置いた作であろう。該歌も同様に雁信の故事を踏まえつつ、秋に消息を伝えるように都へと来る雁と対照させて、春に都ならぬ北方の越路に帰る雁には消息を託すかいがないという趣向を立てる。あるいはその背後には、在関東という自身の境遇を匈奴に幽閉された蘇武に重ねた、都へ帰る雁にでも消息を託したいと願う宗尊の意識を見ることができるかもしれない。

身に知(し)れば憂(う)しともいはじ帰る雁さぞ故郷(ふるさと)の道急(いそ)ぐらん

【校異】ナシ

【現代語訳】（春の御歌の中で）

身につまされるので、帰ってゆくことをつれないとは言うまい。帰る雁は、さぞ故郷への道を急ぐのであろう。

【参考歌】身に知ればよるなく虫ぞあはれなる憂き世を秋の長き思ひに（続後撰集・秋中・三七九・忠良）

あはれとも憂しとも言はじかげろふのあるかなきかに消ぬる世なれば（後撰集・雑二・一一九一・読人不知）

【出典】「弘長二年十一月百首」の「帰雁」題。→23。

【他出】柳葉集・巻二・弘長二年十一月百首歌（二三九〜二九六）・帰雁・二四一。

【語釈】**○身に知れば** 我が身の上に於てよく分かるので。勅撰集では参考歌の忠良歌が初出だが、「身に知れば四方の草木も哀れなり物を思はで露は置くかは」（道助法親王家五十首・恋・寄露恋・八七三・覚寛）がより早い例。これらの淵源は、『源氏物語』の浮舟の歌「里の名を我が身に知れば山城の宇治のわたりぞいとど住み憂き」（浮舟・七四七）であろうか。本集には別に「身に知ればしぐるる雲ぞあはれなる空も憂き世やかなしかるらん」（冬・二八三）がある。

【補説】故郷へと急ぐ帰雁に寄せて、宗尊自身の故郷、即ち京都へ急ぎ帰りたいと願う心を見るべきであろうか。

和歌所にてよませ給ひける

こしかたを忍ぶ我が身の心もてなにか恨（うら）みん春の雁（かり）がね

【現代語訳】過ごし来たった過去をじっと堪えて忍ぶ我が身の心を持ちながら、何故に恨みに思うだろうか、越の北の故郷へ帰る春の雁を。

【校異】○給ける―。（給）ける（底）給けり（るイ）（松）○うらみん―恨みを（内・高）

【本歌】はちす葉のにごりにしまぬ心もてなにかは露を玉とあざむく（古今集・夏・一六五・遍昭）

【参考歌】こし方を偲ぶ袂の夕露や初雁がねの涙なるらん（拾玉集・秀歌百首草・秋・三二〇三。三六一二にも）

【語釈】**○和歌所**　→27。**○こしかた**　過去。「こし」は「来し」に「雁がね」の縁で「越」が掛かる。**○忍ぶ**　じっとこらえて我慢する。24の場合のように、底本は「偲ぶ」の意にも「忍ぶ」を充てていて、必ずしも区別していないようである。ここはじっと堪える意の「忍ぶ」の意と解して、そのままとした。「偲ぶ」（懐かしく思い慕う意）にも解し得るが、その場合は、「こしかた」は京都に過ごした懐しい日々ということになろうか。**○なにか恨みん**　反語表現。どうして恨もうか、恨むはずもない。

【補説】宗尊の「こしかたを忍ぶ我が身の心」とは、親王でありながらはからずも将軍として東下してから現在に至るまでの過去をじっと我慢して堪え忍ぶ心ではないか。それは当然、故郷京都への帰還を願う心情と表裏であり、だから、故郷へ帰る雁を恨みになど思わない、という趣旨。「忍ぶ」が「偲ぶ」だとしても大意は動かない。40や41に窺われる、帰雁を宗尊自身の境遇に寄せる心の傾きを、明確に顕在化させた一首。

43

花を待つ外山の梢かつ越えて別れもゆくか春の雁がね

〔校異〕○梢―倩（梢カ（朱）・-（朱））（三）　○こえて―みえて（高）

〔現代語訳〕（和歌所でお詠みになられた（歌））

桜の花が咲くのを待つ外山の梢を、その一方で春の雁は越えて別れ行くのか。

〔本歌〕かつ越えて別れも行くか逢坂は人だのめなる名にこそありけれ（古今集・離別・三九〇・貫之）

〔享受歌〕桜咲く山の尾上をかつ越えて別れも行くか春の雁がね（隣女集・巻二　自文永二年至同六年・春・帰雁・二八二）

〔他出〕宗良親王千首・春・帰雁幽・一〇一、三句「かつ見えて」。

〔語釈〕○かつ　一方では（～して）。人が外山の梢の花を待つ、その一方で、雁はその梢を越えて。○外山の梢　良経（秋篠月清集・花月百首〈建久元年九月十三日〉・一〇）や式子（式子内親王集・前斎院御百首又〈建久五年五月二日〉・一五九）など新古今歌人達が用い始めた語。「外山」は、山の里近くの側、あるいは連山の端の方を言う。

〔補説〕大掴みには、「春霞立つを見捨てて行く雁は花なき里に住みやならへる」（古今集・春上・三一・伊勢）の類型の内にある歌。享受歌に挙げた、雅有の一首は、『瓊玉集』成立の直後の作であり、言詞・内容共に宗尊歌の剽窃に近い。（良経から）「人の歌を取る」（八雲御抄）と評された祖父雅経や父教定と共に飛鳥井家一統の詠みぶりの一端と言えるのかもしれない。

他出に挙げた『宗良親王千首』については、18の補説参照。

53　注釈　瓊玉和歌集巻第一　春歌上

三百首御歌の中に

雪と降る花を越路の空と見てしばしはとまれ春の雁がね

〔校異〕ナシ　＊歌頭に「続千」の集付あり（底・内・慶）　＊歌頭に朱丸点あり（三）

〔現代語訳〕三百首の御歌の中で

雪とばかりに降る花を、お前がやって来た雪が降る北国越路の空だと見て、暫く留まってくれ、春の雁よ。

〔参考歌〕み越路の雪降る山を越えむ日はとまれる我をかけて偲はせ（万葉集・巻九・相聞・一七八六・笠金村歌集）

〔出典〕宗尊親王三百首・春・四九。合点　為家・基家・実氏・行家・光俊・帥。基家評詞「再三可ㇾ握」。

〔他出〕続千載集・春上・題知らず・六一、六華集・春・一二二、題林愚抄・春四・帰雁・一二四九。

〔語釈〕〇三百首御歌　→1。〇雪と降る　花が散る様を雪が降る様に見立てる表現。古く『京極御息所歌合』（延喜二十一年三月）に題（の本歌）として「桜花み笠の山の陰しあれば雪と降るとも濡れじとぞ思ふ」（四）とある他に三首の例が見える。勅撰集には、「名もしるし峰の嵐も雪と降る山さくら戸の曙の空」（新勅撰集・春下・九四・定家）が初出。〇越路　北陸道の「越路」に「とまれ」の縁で「来し路」が掛かる。

〔補説〕「消えはつる時しなければ越路なる白山の名は雪にぞありける」（古今集・羈旅・四一四・躬恒）とされ、例えば「冬はさは越路の雪をながめつつ春は都の花を来て見よ」（散木奇歌集・冬・六五七）と詠まれるように、雪と花とは、越路と都の本意とも言える景物であるとの通念があった。だからこそ、「春霞立つを見捨てて行く雁は花なき里に住みやならへる」（古今集・春上・三一・伊勢）を踏まえつつ、「散りかかる越路の雪に目なれてや花を見捨てて帰る雁がね」（林葉集・春・八八）などとも詠まれるのである。該歌は、その延長上に、都の落花を越路の雪空だと見せて帰雁を慰留する趣向。

45

人々によませさせ給ひし百首に

ひとかたになびきにけりな谷風の吹上げに立(た)てる青柳の糸

【校異】 ○百首に―百首(にイ)（慶）百首（書） ○ひとかたになひきにけりな―一方(ヒトカタ(朱))にお(-(朱))ひ(なカ(朱))きにけりな（三） ＊歌頭に「続古」の集付あり（底・内）

【現代語訳】 人々にお詠ませになられた百首歌で

片一方に靡いたのであったな。谷風が吹き上げる所に立っている青柳の糸は。

【参考歌】 谷風の吹きあげに立てる玉柳枝のいとまも見えぬ春かな（金葉集公夏本・春・読人不知。後葉集・春上・二七・兼盛）

一かたになびく藻塩の煙かなつれなき人のかからましかば（千載集・恋二・七三一・平忠盛）

【影響歌】 ひとかたになびきやすらん春風の吹けど乱れぬ青柳の糸（権僧正道我集・春・一四）

一かたに吹きつる風や弱るらん靡きもはてぬ青柳の糸（文保有首・春・一〇〇七・為世。風雅集・春中・九四）

【出典】 「弘長元年中務卿宗尊親王家百首」の「春」。↓2。

【他出】 柳葉集・巻一・弘長元年九月、人人によませ侍りし百首歌（六九～一四三）・春・七八。続古今集・春上・百首歌中に・七三。

【語釈】 **○人々によませさせ給ひし百首** 「弘長元年中務卿宗尊親王家百首」。↓2。**○吹上げ** 風が下から上に吹きつけること、あるいはそのような場所。原拠たる「秋風の吹きあげに立てる白菊は花かあらぬか浪のよするか」

（古今集・秋下・二七二・道真）では紀伊国の歌枕「吹上（の浜）」が掛かるが、「谷風の吹上げ」の場合、歌枕など特定の地名の意味はないと見るべきであろう。**〇立てる**「糸」の縁で「縦」が響く。

〔補説〕 参考歌の「谷風の」歌を宗尊が、『金葉集』の一本か『後葉集』の何れに拠って知り得たのかは、今後の課題となろう。

45は青柳。

奉らせ給ひし百首御歌の中に、花を

春といへばやがても咲かで桜花人の心をなど尽くすらん

〔校異〕 〇御歌の中に―御歌に（書）〇花を―薗〔花〕を（京）薗（三・山）〇さかて―さかて〔な歟（朱）〕（山〈連綿の「かて」を「そ」に誤読して「さぞな」に解した注記か〉）

〔現代語訳〕 お奉りになられた百首の御歌の中で、花を

春だというとそのまますぐにも咲かないで、桜の花は、どうして人の心の限りを尽きるようにするのであろうか。

〔参考歌〕 山桜つひに咲くべきものならば人の心をつくさざらなむ（詞花集・恋上・二一五・道命）

〔影響歌〕 秋といへばやがて身にしむけしきかな思ひ入れても風は吹かじを（藤葉集・秋・一七四・伏見院）

春といへばやがて待たるる心こそ去年見し花の名残なりけれ（新葉集・春上・六六・光資）

春といへばやがて心にまがひけりなれし都の花のしたかげ（李花集・春・東路に侍りし比、都の花思ひやられて・九一）

〔出典〕「弘長二年冬弘長百首題百首」の「花」題。→6。

〔他出〕　柳葉集・巻二・弘長二年院より人人にめされし百首歌の題にて、読みてたてまつりし（一四四〜二二八）・花・一五五、初句「春といはば」。

〔語釈〕　**○奉らせ給ひし百首御歌**　「弘長二年冬弘長百首題百首」。→6。**○人の心をなど尽くすらん**　「尽くす」の主語が「桜花」か「人」かで、やや解釈が異なる。参考歌と同様に、「人の心」は連語で「の」を連体格、「桜花」を主語と見た。一方で、「とにかくに心を人に尽くさせて花よりのちに暮るる春かな」（為家千首・春二百首・一九九）のような例もあるので、「の」を主格「人」を主語と見ると、（桜の花というものは）どうして人が心の限りを尽くすのであろうか、の意となる。いずれにせよ、桜の花に心をくだき精根を使い果たすような状態を招くことに対する疑念により、桜の花を感歎する趣。

〔補説〕　「〜といへばやがて」の形は、「けふといへばやがてまがきの白菊ぞ尋ねし人の袖と見えける」（六百番歌合・秋・九月九日・四四九・兼宗）が早い。後出の類詠を影響歌として挙げておいたが、京極派の伏見院や南朝の宗良親王の歌などは、両者の宗尊歌摂取の様相を明らかにする中で、改めて定位されるべきであろうか。

46〜53は花。

47

花月五十首御歌に

桜花咲くべきころと思ふよりいかにせよとか待たれそめけん

〔校異〕　ナシ

〔現代語訳〕　花月五十首の御歌で

桜の花が咲くはずの頃と思うそばから、こんなにも花を待たれてならなくなるのは、一体私にどうしろということで、そうなり始めたのであろうか。

【本歌】思ふよりいかにせよとか秋風になびく浅茅の色ことになる（古今集・恋四・七二五・読人不知）

【参考歌】桜花咲かば散りなんと思ふよりかねても風のいとはしきかな（後拾遺集・春上・八一・永源）

いづかたに花咲きぬらんと思ふより四方の山辺に散る心かな（千載集・春上・四二・待賢門院堀河）

【語釈】○花月五十首　未詳。良経等の「花月百首」に範を取ったか。本集には他に52、69、70、234～238に同機会詠が収められている。○思ふより　本歌は「思う以上に」の意だが、該歌は「思うとすぐに」の意で、参考歌に同じ。○待たれそめけん　「れ」は自発。「忍び音を誰に知らせて郭公まれなるころも待たれそめけん」（弘長百首・夏・郭公・一五五・家良）に同じ。

【補説】本歌の初二句「思ふよりいかにせよとか」を三四句に取り据えて、恋を春に転換した。定家の所説に適従するかのような本歌取り。意味内容は、むしろ参考歌に負っていよう。

ちなみに、宗尊の師で本集の撰者真観にも、「思ふより」の『古今集』歌を本歌にした「山深く住むは憂き身と思ふよりいかにせよとか秋風の吹く」（影供歌合建長三年九月・山家秋風・八四）の作がある。

百首御歌中に

待つ程は散るてふことも忘られて咲（開）けばかなしき山桜（さくら）かな

【校異】○散てふ―ちりてふ（京・静・松）ちりてふ（るカ（朱））（三）ちりてふ（る（朱））（山〈「り」字中に朱点〉）○ことも―ことそ（神）○開は―けさは（書）開は（サケ（朱））（三・山）

【現代語訳】百首の御歌の中で

咲くのを待つ間は、散るということも自然と忘れて、しかし、咲くと（散ることが）悲しい山桜よ。

【参考歌】待つも憂く散るも悲しき山桜物思ひなき花とやは見る（百首歌合建長八年・春・四一九・良教）

【類歌】 散りはてむ後をいかにと思ふよりかねて悲しき山桜かな（宗尊親王百五十番歌合 弘長元年・春・三八・惟宗忠景）

【影響歌】 またもこん春を木ずゑに頼めても散るは悲しき山桜かな（一宮百首〈尊良親王〉・花・一五）

【出典】「弘長二年十一月百首」の「花」題。→23。

【他出】 柳葉集・巻二・弘長二年十一月百首歌（二二九〜二九六）・花・二三五。

【語釈】 **○百首御歌**「弘長二年十一月百首」。→23。

【補説】 参考歌に触発されたかとも思われるが、これに拠らなくても詠出可能な一首であろう。類歌との先後は明らかではない。影響歌の一首は、後醍醐天皇の皇子尊良親王の歌であるので、同じく後醍醐皇子の宗良親王への宗尊からの影響の可能性と併せて考えるべきものとして掲出しておく。なお、後醍醐天皇にも「いかにして散るてふことの辛さをば忘れてだにも花を見るべき」（続言葉集・春下・八九）という、類似句を含む一首がある。これも一応該歌の影響歌にある可能性を見ておきたい。

花御歌とて

花の咲く時や来ぬらし足引の遠山見ればかかる白雲

【校異】 ○きぬらし―きぬらん（慶）きぬらん（青・京・静・松・三・山・神・群）

【現代語訳】 花の御歌ということで

桜の花の咲く時が来たらしい。遠い山を見ると、白雲がかかっている。

【参考歌】 桜花咲きにけらしな足引の山の峡より見ゆる白雲（古今集・春上・五九・貫之）

葛城や高間の桜咲きにけり立田の奥にかかる白雲（新古今集・春上・八七・寂蓮）

〔類歌〕み吉野の遠山ざくら春ごとに心も空にかかる白雲（道助法親王家五十首・春・山花・一九七・秀能）
待たれこし遠山桜咲きにけりけさ立ちそむる峰の白雲（宝治百首・春・初花・四九四・資季）
〔出典〕「弘長二年十二月百首」の「花」題。→5。
〔他出〕柳葉集・巻二・弘長二年十二月百首歌（二九七～三五七）・花・三〇三。
〔語釈〕**○花御歌とて**　実は「弘長二年十二月百首」の「花」題の一首。→5。**○足引の**　「山」の枕詞。参考歌の『古今集』歌に倣う。
〔補説〕「山」の「白雲」に見立てる桜花でその開花を知る類型の一首。参考の両歌を念頭にした詠作であろうが、前者は本歌と見てもよい。「遠山」の「白雲」を詠むのは、鎌倉前中期に少しく見えていて、その傾向の中にもある歌。

人々によませさせ給ひし百首に

生駒山花咲きぬらし難波門を漕ぎ出でて見ればかかる白雲

〔校異〕○よませさせ―よませ（内・高）よませさひ（慶）よませ。（松）
〔現代語訳〕人々にお詠ませになられた百首で
生駒山は花が咲いたらしい。難波の門を漕ぎ出して見れば、白雲がかかっているよ。
〔本歌〕難波津を漕ぎ出でて見れば神さぶる生駒高嶺に雲ぞたなびく（続後撰集・羇旅・一三二一・読人不知。万葉集・巻二十・四三八〇・大田部三成）
〔参考歌〕明け渡る外山の桜夜のほどに花咲きぬらしかかる白雲（続後撰集・春中・六八・為家）
〔出典〕「弘長元年中務卿宗尊親王家百首」の「春」。→2。

〔他出〕 柳葉集・巻一・弘長元年九月、人人によませ侍りし百首歌（六九～一四三）・春・七九。歌枕名寄・巻十二・射駒篇・難波門・三三六一、同・巻十三・難波篇・伊駒高根・三六五四、二句「花や咲くらん」。夫木抄・春四・花・遥見山花といふ心を・一二五九。

〔語釈〕 **○人々によませさせ給ひし百首** 「弘長元年中務卿宗尊親王家百首」。↓2。**○生駒山** 大和国の歌枕。河内国との境にある要衝。現在の奈良県生駒市にあり大阪府との境の山。**○難波門** 摂津国の歌枕。現在の大阪市の淀川河口付近の湊。本歌の万葉歌初句の原文は「奈尔波刀乎」（ナニハトヲ）で、「難波門」にも解されるが、「ナニハツの訛りと見る方が合理的」であるという。木下正俊『萬葉集全注 巻第二十』（昭六三・一、有斐閣）参照。

吉野山雲と雪との偽りを誰がまことゝか花の咲くらむ

〔校異〕 ○雲と雪との―雲と花（雪）との（高） ○たかまこと、か―誰かまた（こ〈朱〉ヒ〈朱〉）と、か（三〈見消字中〉）誰かまことか（神）

〔現代語訳〕 （人々にお詠ませになられた百首で）

吉野山は、（本当は花である）偽りの雲と雪であるのを、一体誰にとっての真実ということで、そこに花が咲いているというのだろうか。

〔参考歌〕 人知れぬ心のうちの偽りを誰がまことゝか思ひはつべき（秋風集・恋中・八四〇・読人不知。寛平御集・一四。新千載集・恋一・一〇八九・読人不知）

咲きぬれば雲と雪とにうづもれて花にはうときみ吉野の山（老若五十首歌合・春・四九・寂蓮）

〔出典〕 「弘長元年中務卿宗尊親王家百首」の「春」。↓2。

〔他出〕 柳葉集・巻一・弘長元年九月、人人によませ侍りし百首歌（六九～一四三）・春・八〇。

〔語釈〕 **○吉野山** 大和国の歌枕。↓8。**○雲と雪と** 参考歌の寂蓮歌に拠ったものであろう。より早くは、「桜ぞと見ゆるかなにの悪しければ雲と雪とにまがふなるらん」（重家集・桜・四〇一）の例もある。**〇誰がまことか**　どなたの真実ということか。参考歌の読人不知歌に拠ったと思しいが、『古今集』の「偽りと思ふものから今さらに誰がまことをか我は頼まむ」（恋四・七一三・読人不知）も無視し得ないか。

〔補説〕　宗尊の歌にしては晦渋である。「白雲と峰には見えて桜花散れば麓の雪とこそ見れ」（金葉集正保版二十一代集本・春・六六九・伊通）や「雲となり雪とふりしく山桜いづれを花の色とかもみん」（宝治百首・春・落花・六四三・実氏）と似たような景趣を詠もうとしたもので、かつは参考歌の寂蓮歌と同工異曲か。とすれば、言わんとするところは、吉野の全山が花とも雲とも雪とも見分けがつかないけれど、それはそれで見事なまでの花盛りなのだから、また見分ける必要もないでないか、本当の花は一体誰にとっての真実だといって咲いているというのか、ということか。

行家撰の『人家集』に、孟嘗君の函谷関の故事を踏まえた「偽りの鳥の空音は夜深きに誰がまこととか置きわかるらん」（巻八・恋歌に・一一八）という一首がある。これも、参考歌の「人知れぬ」の歌に拠っているのであれば、同歌が、鎌倉中期にある程度知られていたことになろう。

花月五十首中に

へだつとて恨（うら）みぬ雲は生駒山君（伊）があたりの桜なりけり

〔校異〕　〇五十首中に―五十首に（高）　〇へたつとて―へたつとも（神・群）　〇うらみぬ―こえみぬ（内・高）　うらみぬ（こえイ）（慶）　〇雲は―雲（雲カ（朱））は（ー（朱））（三〈「雲」の字変形〉）　〇あたりの―あまりの（静）

〔現代語訳〕　花月五十首の中に

中を隔つということでも恨むことのない雲は、生駒山の君の辺りの桜の花なのであった。

【本歌】君があたり見つつを居らむ生駒山雲なかくしそ雨は降るとも（伊勢物語・二十三段・女。万葉集・巻十二・三〇三二・作者未詳。新古今集・恋五・一三六九・読人不知）

【参考歌】伊駒山峰に朝ゐるしら雲のへだつる中は遠ざかりつつ（宝治百首・恋・寄雲恋・二四六五・行家。続後撰集・恋三・八五九）

君があたり伊駒の山はよそながらへだつる雲の色もはかなし（宝治百首・恋・寄雲恋・二四七二・承明門院小宰相）

【語釈】○花月五十首　未詳。↓47。○君があたり　本歌の詠み手は河内国高安郡の女で、そこから見た大和国の方面ということ。○生駒山　大和国の歌枕。底本の表記「伊駒」も『万葉集』以来の通用だが、「生駒」に統一した。↓50。

【補説】宗尊には別に「伊駒山花をも人やいとふらむへだつる中の雲にまがへて」（柳葉集・巻五・文永二年潤四月三百六十首歌・春・六五八。中書王御詠・春・名所花・三三、二句「花をも春や」）の類歌がある。

53

三百首御歌中に

花咲（さ）かぬ常磐（ときは）の山の嶺にだに桜を見（み）せてかかる白雲（しら）

【校異】○三百首御歌―三百首御うたに（内・高）三百。（首）御歌合（京・松）三百（首歟）御歌（三）　＊歌頭に「続古」の集付あり（内・高・慶）

【現代語訳】三百首の御歌の中で

花が咲かない常磐の山の峰にさえ、桜が咲いていることを見せてかかっている白雲よ。

【参考歌】花咲かぬときはの山と思へどもなほ目にかかる峰の白雲（栢葉集・春・四四・承慶法師）

〔享受歌〕 十かへりの松の花とや思はまし緑を見せてかかる藤波（延文百首・春・藤・一九・後光厳院）

〔出典〕 宗尊親王三百首・春・四三。基家評詞「返返感歎旦千候」。合点、為家・基家・家良・行家・光俊・四条・帥。

〔他出〕 続古今集・雑上・三百首歌のなかに・一五〇五。歌枕名寄・巻四・山城国四・常磐山・一一六三。

〔語釈〕 **○三百首御歌** ↓1。**○花咲かぬ常磐の山** 桜の花が咲かない常緑樹の山。歌枕の「常磐」は山城国、現在の京都市右京区の地だが、ここはその意識は希薄か。「花咲かぬ常磐の山の鶯は霞を見てや春を知るらん」（能宣集・一一五）が早い例で「花さかぬ常磐の山の山人に春を知らする鶯の声」（堀河百首・春・鶯・六〇・永縁）と続く。宗尊に先行して、参考歌の他には、為家に「花咲かぬ常磐の山の朝霞さてだに春の色を知れとや」（為家千首・春二百首・二一）がある。

瓊玉和歌集巻第二

春歌下

54

文永元年十月百首の春御歌

思ひせく人の心か山桜(さくら)音の聞こえぬ滝と見(み)ゆるは

〔校異〕 ○文永―文永(亀山)（群）　○春御歌―春歌（書）春御歌(春歟（朱）・-（朱）)（山〈「春」の字変形による注記か〉）　○和歌―ナシ〈54和歌と55詞書を欠く〉（書）

〔現代語訳〕 文永元年十月百首の春の御歌

思いを塞き止める人の心の滝だからなのか。山桜が、音の聞こえない滝と見えるのは。

〔本歌〕 思ひせく心の内の滝なれや落つとは見れど音の聞こえぬ（古今集・雑上・九三〇・三条町）

〔出典〕 「文永元年十月百首」（仮称。散佚）の「春」。

〔他出〕 柳葉集・巻四・文永元年十月百首歌（五六三～六二六）・春・五七〇。

〔語釈〕 **○文永元年十月百首の春御歌**　『柳葉集』に「文永元年十月百首歌」（五六三～六二六）とある百首。本集には、春一二首・夏五首・秋一三首・冬七首・恋一五首・雑一三首が採録されている。これによれば、春・秋・恋・雑各二〇首、夏・と冬各一〇首の構成と見られる。本集成立の二ヶ月前の百首歌。

〔補説〕 本歌の詞書は「田村御時に、女房の侍にて、御屏風の絵御覧じけるに、滝落ちたりける所面白し、これを題にて歌よめと、侍ふ人に仰せられければ、よめる」で、一首は、屏風絵の従って当然音のない滝の景を、絵では確かに水が落ちていると見えて音が聞こえないのは、たぎる思いを堪えて外に漏らさないように塞き止めている人の心の内の滝だからなのか、という趣旨である。これを本歌に、屏風の音のない滝の絵柄を、滝に見立てた咲きかかる山桜の構図に移して詠じる。

主題は満開の山桜。ここから64まで花の大歌群。

55

花五首歌合に、月前花

まどろまぬ月に夢路は絶えはてて春の夜一夜見つる花かな

〔校異〕○詞書―ナシ〈54和歌と55詞書を欠く〉（書） ○月前花―月散花（松・三〈「散」の左傍に藍線、右傍に藍で「前カ」〉・山） ○絶―絶(絶)（松） ○はて丶―はてし(て)(ヒ)（京〈見消字中〉） ○みつる―みゆる(つ（朱）)（山〈「ゆ」字中に朱点〉）

〔現代語訳〕花五首歌合に、月の前の花

それゆえにまどろむことなく眺める月に、夢路はすっかり絶え果てて、春の一夜をずっと月に照らされた花を見てしまったことであるな。

〔本歌〕今朝はしも歎きもすらむいたづらに春の夜ひと夜夢をだに見で（新古今集・恋三・一一七八・和泉式部）

〔出典〕「弘長二年三月十七日花五首歌合」（仮称）・一。

〔語釈〕○花五首歌合 「弘長二年三月十七日花五首歌合」のこと。この歌合は、田中穣旧蔵国立歴史民俗博物館蔵『定家家隆両卿歌合并弘長歌合』所収の『歌合 弘長二年三月十七日』のことである。同歌合については、同博物館に於ける平成十七年人間文化研究機構連携展示「うたのちから―和歌の時代史―」で紹介された。その後、佐藤智広「宗尊親王弘長二年歌合二種について」（『昭和学院国語国文』三七、平一六・三）が、『弘長歌合』と同歌合とが「近接した時期に行われた」、「宗尊親王主催の鎌倉での歌合であること」を確認し、両歌合の全文を翻印している（本稿もこれに拠った）。歌題は「月前花」「霞中花」「山路花」「閑居花」「河上花」で「花五首歌合」の呼称に合致する。本集には、55（一番左勝・月前花）、56（十六番左持・閑居花）、71（六番左負・霞中花）の三首が採録されている。**○まどろまぬ月**　「まどろむ」は短時間浅く眠る意。「まどろまぬ」は、うとうとと眠ることもなく、ということ。月が照らしているので少しも眠ることができないその月、ということ。「月」によって、眠ることができないのは、「思ふ事ありとはなしに久方の月夜となれば寝られざりけり」（拾遺集・雑上・四三三・貫之）や「物思はぬ人もや今宵眺むらん寝られぬままに月を見るかな」（千載集・雑上・九八四・赤染衛門）などから、通念であると分かる。「まどろまで眺めよとてのすさびかな麻の狭衣月に打つ声」（新古今集・秋下・四七九・宮内卿）や「まどろまで夜すがら月を眺むとも心の夢は覚めずやあるらん」（続後撰集・雑下・一二三〇・実家）なども詠まれる。**○夢路**　夢の中を道に喩えて言うが、ここでの意味は、夢を見ること。

〔補説〕　主題は月下の夜桜。

56

（花五首歌合に、）閑居花

さびしさは馴れぬる宿に何となく軒端の花の人待たすらん

〔校異〕　○さひしさは―さひしきは（松）　○何となく―なにとかく（書・内）なになく（慶）　○花の―むめの（書）

〔現代語訳〕　（花五首歌合に、）閑居の花

寂しさというのには、すっかり馴れてしまったこの家で、なんとなく軒端の花は、訪れる人を待たせているようだよ。

〔出典〕　「弘長二年三月十七日花五首歌合」（仮称）・三一。

〔語釈〕○閑居花　比較的新奇な題。『新勅撰集』の「閑居花といへる心をよみ侍りける」と詞書する按察使兼宗の「いとどしく花は雪とぞふるさとの庭の苔路は跡絶えにける」（雑一・一〇五三）が早い例で、その後鎌倉時代中後期に用例が散見。宗尊の別の家集『中書王御詠』には、同じ「閑居花」題で「のどかなる春の心もありけりと訪はれぬ宿の花に見るかな」（春・三五）がある。**○軒端の花**　書本の形「軒端の梅」が、藤原長能の「我が宿の軒端の梅や咲きぬらん鶯来鳴く声聞こゆなり」（長能集・鶯・一三一）や菅原孝標女の「匂ひくる隣の風を身にしめてありし軒端の梅ぞ恋ひしき」（更級日記・一五）の作例があって、先行する措辞。また〔補説〕に記すように、「梅」は人を誘引するという通念もあるので、一首の歌としては整合する。ただし、この前後は花（桜）の歌群であり、配列上はそぐわない。「軒端の花」は、定家の「真木の戸は軒端の花の影なれや床も枕も春の曙」（拾遺愚草・花月百首・六一九）や後鳥羽院の「春はただ軒端の花をながめつつ家路忘るる雲の上かな」（正治後度百首・禁中・八一）などに始発し、以後鎌倉時代に少しく詠まれる。該歌はその傾向の中にある。**○人待たすらん**　珍しい句形。宗尊は他に「あはれまた誰がまことをと頼ませて憂き偽りの人待たすらん」（柳葉集・巻五・文永二年潤四月三百六十首歌・恋・七七九）と詠んでいる。

〔類歌〕　今よりは人をぞ待たん我が宿の軒端の桜花咲きにけり（東撰六帖・桜・一四四・平時石）

〔補説〕　人が訪れない寂しさに馴れっこの家でも、軒端の花だけはどことなく、人を誘って人待ち顔である、といった趣旨。「宿」の「花」が人を誘引する趣向の歌は少なくない。特に「梅」については、「我が宿の梅の立ち枝や見えつらん思ひのほかに君が来ませる」（拾遺集・春・一五・兼盛）や「春はただ我が宿にのみ梅咲かばかれにし人も見にと来なまし」（後拾遺集・春上・五七・和泉式部）、あるいは「今よりは梅咲く宿は心せん待たぬに来ます人もありけり」（千載集・春上・一九・師頼）等の歌から、人の誘引が本意のようにもなっていよう。該歌はその通念を、「花」に援用したような歌。

ここから59まで、主題は閑居の桜。

57

五十首御歌中に

いかにせむ訪(と)はれぬ花の憂(う)き名さへ身につもりける春の山里(さと)

〔校異〕 ○とはれぬ―とわ(は(藍))(ヒ(藍))れぬ（三） ○つもりける―つもりた(けイ)る（松）

〔現代語訳〕 五十首の御歌の中に

どうしようか。人に訪問されることのない花だという辛い評判までが、この身に積もった春の山里よ。

〔影響歌〕 山里の桜は世をもそむかねば訪はれぬ花や物憂かるらん（宗良親王千首・春・山家花・一三四）

〔語釈〕 **○五十首御歌** 未詳。↓19。 **○訪はれぬ花の憂き名** 新奇な措辞。「訪はれぬ花」は、慈円の「山桜なに我が宿に匂ふらむ人に訪はれぬ花の名も惜し」（拾玉集・詠百首和歌・春・三五八五）や、雅経の「よそながら山路も絶えて降る雪は訪はれぬ花のあるじとぞ見る」（明日香井集・内裏御会同〈建保四年〉十一月一日・遠村雪・一二六四）が早い例となる。後者は、はるかに離れた山路の絶えた村に降る雪を、人に尋ねられることもない花に見立てる趣向。「花の憂き名」は、「散らぬ間に帰るは花の憂き名まで惜しき別れの春の雁がね」（新和歌集・春・五三・西円）が宗尊と同時代の詠だが、先後は不明である。「咲きとめぬ花の憂き名の惜しきより桜につらき春の雁がね」（沙弥蓮愉集・春・六八）は「拾遺黄門新宮歌合侍りし時、霞中帰雁」と詞書する歌群の一首で、「拾遺黄門」即ち二条為世権中納言在任の正応三年（一二九〇）六月八日～同五年（一二九二）十一月五日の作と考えられるので、先行する西円歌の影響を受けた可能性があろう。宗尊も含めて何れも関東圏かその縁故の詠作である。

〔補説〕 巻一の23の梅香に寄せる物思いや32～35の春曙に寄せる悲愁などと同様に、春の述懐と言える一首。『正徹物語』が「宗尊親王は四季の歌にも、良もすれば述懐を詠み給ひしを難に申しける也。物哀れの体は歌人の必定する所也。此の体は好みて詠まば、さこそあらんずれども、生得の口つきにてある也」（日本古典文学大系本）というのは、批判の当否は措いて、故無きことではなかったのである。↓解説。

なお、その述懐性を表すのには初句の「いかにせむ」も与っていよう。初句を「いかにせむ」とする歌は、本集には他に8首（72、130、131、318、331、370、443、448）収められているし、他の宗尊家集にも相当数が見えている（柳葉集14首、中書王御詠6首、竹風抄10首。重複有り）。しかしながら、この詠み方は平安時代以来の常套で、特に中世和歌には多用されているのであって、宗尊詠の特質を示すとまでは言えないであろう。

花御歌とて

植ゑて見る我をや花の恨むらん憂き宿からに人の訪はねば

【校異】○宿からに―宿からと（書）

【現代語訳】花の御歌ということで

植えて見ている私を、花が恨んでいるのだろうか。憂く辛いこの家であるせいで、花を眺める人が訪れないので。

【参考歌】植ゑて見る我は忘れであだ人にまづ忘らるる花にぞありける（後撰集・恋一・五五二・大輔御）

花にさへ物思はする名や立たん憂き宿からに人し訪はねば（百首歌合建長八年・春・四九五・伊長）

【出典】「弘長元年五月百首」の「春」。↓14。

【他出】柳葉集・巻一・弘長元年五月百首歌（一〜六八）・春・一一。

【語釈】**○花御歌とて**『柳葉集』による出典の「弘長元年五月百首歌」は、春・夏・秋・冬・雑の部立題であるので、この詞書は本集撰者真観が付したか。あるいは、「花」の歌として詠まれた一首が「弘長元年五月百首」に組み入れられたか。↓14。

【補説】『後撰集』の大輔御の歌に拠りながら、着想と措辞を『百首歌合』の伊長詠に倣った作であろう。とすれば、該歌が弘長元年（一二六一）五月かそれをさほど溯らない作であるとして、宗尊が数年前の京都の歌合を披見していたことになる。ちなみに、同歌合では、左の伊長詠に対して、右は忠定の「いつまでか憂きが袂に宿るべき涙やすめよ秋の夜の月」で、知家の判詞は「両方述懐の心にてぞ侍るめる。歌合には古くも難じて侍るめるに、此の心あまた見え侍り。いづれをいかにと申し難く侍れば、ただ姿きらかに侍り、涙やすめよ、すすみてぞ思ひたまふる」で、右が勝っている。歌合の春の歌に述懐をこめて負けた伊長詠を、宗尊は「花」あるいは「春」の題の歌として敢えて同調して詠み直した感がある。宗尊の四季歌に於ける述懐性は、自覚的な指向であったか。少なくとも、そのように詠ましめる程の心の傾きがあったことは間違いない。↓57、解説。

和歌所の結番歌、男どもよみ侍りける次に

訪はるべき宿ともさらに頼まぬを人待ち顔に花の咲くらん

【校異】 ○和歌所の―和歌の（京・静・三・山）和歌◦の（松）〈参考・表記の異同〉 ○結番歌―結番うたを（神・群） ○たのまぬを人―たのまぬに人（高）たのまぬ。人（松〈「ま」と「ぬ」の間の右傍に「れ歟」とあり〉）たのまぬ人（三〈「ま」と「ぬ」の間に藍補入符を打ちその右傍に藍で「れカ」とあり〉・山〈「ぬ」と「人」の間の左傍に朱で「をカ」とあり〉） ○人―人の（内） ○宿とも―やと、し（書）

【現代語訳】 和歌所の結番歌を、出仕の男達が詠みましたついでに

誰かに訪れをうけるはずの我が家だとは、さらさらあてになどしないのに、まるで誰か人を待っているみたいな顔でどうして花が咲いているのだろう。

【本歌】 人知れぬ人待ち顔に見ゆめるは誰が頼めたる今宵なるらむ（拾遺集・雑恋・一二二〇・実頼）

【参考歌】 訪はるべき宿とはなしに梅の花人頼めなる香ににほふらむ（続古今集・春上・同〈建長〉五年三首歌に、庭

梅といふことを・五九・後嵯峨院大納言典侍）

〔語釈〕 **○和歌所の結番歌**　宗尊が設置した和歌所で、近仕の衆人が順番を定めて奉仕した歌。→27。**○人待ち顔**　本歌の詞を取る。人を待っている様子・風情の意。

〔補説〕『拾遺集』の実頼歌を本歌にするが、後嵯峨院の女房で為家女の大納言典侍為子の歌にも負うか。なお、宗尊は別に「弘長二年冬弘長百首題百首」（→6）で、実頼歌を、「夕暮は誰が頼めたる山路とて人待ち顔に鹿の鳴くらむ」（柳葉集・巻二・鹿・一七七）と本歌に取っている。京都・関東を往還して関東に没した日野俊光の「おぼつかな誰が頼めたる夕べとて人待ち顔に虫の鳴くらむ」（俊光集・秋・秋歌の中に・二六六）は、この宗尊詠に倣う実頼歌の本歌取りか。

代々古（ふ）りて知（し）らぬ昔の春の色を花に残（のこ）せるみ吉野（よしの）の山

〔校異〕 ナシ

〔現代語訳〕（和歌所の結番歌を、出仕の男達が詠みましたついでに）

吉野の山は、幾つもの代を経て古くなっていて、もはや知らない昔となった往時の、しかしその昔と変わらない春の色を桜の花に残しているよ。

〔語釈〕 **○代々古りて**　過ぎきたった代代がはるかで、時代を経て古くなっていて、ということ。この句形は新奇か。建保四年（一二一六）八月二十四日順徳天皇内裏の当座歌合の「人住まぬ野寺の小篠代代古りてかはらの松にくもる月影」（二一・行能）が早い例となる。貞応元年（一二二二）十一月の後堀河天皇大嘗会の豊明節会に於ける西園寺公経の「月の行く雲の通ひ路かはれどもをとめの姿忘れしもせず」（続後撰集・雑上・一〇九四）に対する、定家の返歌「忘られぬをとめの姿代代古りて我が見し空の月ぞはるけき」（一〇九五。拾遺愚草・二四三二）が続き、鎌倉から南北朝期にかけて作例が散見する。**○知らぬ昔**　何も分からない遠い過去。句渡りでは、古く『古今六帖』に、「近江のうみ夕波千鳥鳴くなれば心も知らぬ昔思ほゆ」（第二・くに・一二六五）の例があるが、その後は、中世初頭まで作例が見当たらない。建久六年（一一九五）以降鎌倉初期成立で源長国の家集と推定されている『佚名歌集（穂久邇文庫）』の「その世には生まれあひける身なればや知らぬ昔の恋しかるらん」（雑・八二）や式子内親王の「筆の跡に過ぎにしことをとどめずは知らぬ昔にいかであはまし」（式子内親王集・三四四。続後撰集・雑中・一一四二）、あるいは正治の両度百首の「いかにせん憂きも辛きも契りぞと知らぬ昔になぐさむるかな」（正治初度百首・恋・一九七五・二条院讃岐）と「みあれ山いくよの雲は峰こめて知らぬ昔の今日にあふらん」（正治後度百首・神祇・七五一・季保）等々である。また、良経には「見ず知らぬ昔の人の心まで嵐にこもる夕暮の空」（秋篠月清集・秋の夕暮に・一一六〇）という詠作があり、恐らくはその影響下に後鳥羽院の「見ず知らぬ昔の人の恋しきは此の世を歎くあまりなりけり」（後鳥羽院御集・同〈元久〉二年三月日吉卅首御会・雑・一三四八）もある。大局的には、鎌倉初期朝廷の古代回帰の風潮を背景にした小さな流行のようにも思われる。早く、後鳥羽朝の初め元暦元年（一一八四）九月の神主重保主催の「賀茂社歌合」で「偲べとや知らぬ昔の秋を経て同じ形見に残る月影」（拾遺愚草・二二八六。定家卿百番自歌合・四九。新勅撰集・雑一・一〇八〇）と歌った定家は、承久三年（一二二一）の承久乱以後元仁元年（一二二四）頃の作と考えられている「藤川百首」では「天の戸のあくる日ごとに偲ぶとて知らぬ昔は立ちも返らず」（拾遺愚草・雑・逐日懐旧・一五九九）と歎じている。しかし為家はまた、「今さらに知らぬ昔も引き返し神代おぼゆる朝倉の声」（新撰六帖・第一・神ぐら・一九二）や「さらでだに知らぬ昔は恋しきをその神山に帰る雁がね」（為家五社百首・春・帰る雁・賀茂社・八七）と、神楽や帰雁に寄せて復古や懐旧を謳っている。他の用例にも照らして、鎌倉時代から南北朝期にかけて比較的よく用いられた措辞と見られる。本集にも別に「書き付くる言の葉なくは何をかは知らぬ昔の形見とかは見ん」（巻十・雑下・六帖題を探りて、男ども歌よみ侍りける次に、言葉・四五九）の作があり、宗尊もこの流れの中にあったと言える。ちなみに宗尊は、「霞むよに軒端の梅のにほはずは昔も知らぬ月と見てまし」（竹風抄・巻三・文永三年八月百五十首歌・春夜・五二八）とも詠んでいる。**○春の色**　気象や景物などによって春が醸す情趣。漢語「春色」に当る。和歌では「春の色のいたりいたらぬ里はあらじ咲ける咲かざる花の見ゆらむ」（古今集・春下・九三・読人不知）が淵源。「吉野」の「春の色」の例は、寂蓮の『正治初度百首』詠「春の色をひとつにこめて天の川雲のみなとやみ吉野の山」（春・一六一四）が早いか。**○花に残せる**　「花に残る」も「花に残す」も、古い例は見当たらない。定家の建久六年（一一九五）二月左大将良経家五首詠「山の端は霞みはてたるしののめのうつろふ花に残る月影」（拾遺愚草・二一六三）あたりが早い例となり、鎌倉時代以降にまま用いられている。**○み吉野の山**　大和国の歌枕。→8。

〔補説〕　初二句・四句は比較的新しい措辞。

59と60の同機会の両首で前後の歌群を連繫。ここから64まで主題は吉野の花（桜）。

男ども、題を探りて歌よみ侍りける次に、山花といふことを

み吉野もおなじ憂き世の山なればあだなる色に花ぞ咲きける

〔校異〕　○おのこども―おのことし（三〈両傍記藍〉・山〈右傍記朱、左傍点は朱で字中〉）　○侍りける次に―侍ついてに（高）侍りける次ニ（京・静）　○うき世の―浮世の（内・山）〈参考・意味の異なる表記の異同〉　○あたなる―あさなる（松）　○花ぞ―花□〈墨滅〉（京）　○開ける―さきぬる（高）　＊歌頭に「新後拾」の集付あり（群）

〔現代語訳〕　出仕の男達が、題を探って歌を詠みましたついでに、山の花ということを

吉野の山も、同じ憂く辛いこの世の山であるので、桜の花はやはりはかない色に咲いたのだった。

〔参考歌〕　山里も同じ憂き世のなかなれば所かへても住み憂かりけり（古今六帖・第三・山里・九七三）

み吉野の山のあなたに宿もがな世の憂き時の隠れがにせむ（古今集・雑下・九五〇・読人不知）

〔他出〕 新後拾遺集・雑春・人人題を探りて歌よみ侍りけるに、山花を・六〇六。

〔語釈〕 **○男ども、題を探りて歌よみ侍りける**　和歌所の結番の衆人（↓27）による探題歌会か。探題は、当座の題を紙に書いて畳み文台などに載せて、それを各人が取ったり抽籤のように引いたりして歌作する作法。本集に見える該歌とほぼ同様の詞書の歌は、73（鶯）122（早苗）283（時雨）。他に「弘長三年八月の風によりて、御京上とどまらせ給ひて後、男ども題を探りて歌よみ侍りける次に、浦舟といふ事を」（434）や、「六帖題を探りて、男ども歌よみ侍りけるに」とする両首454（故郷）459（言葉）がある。**○み吉野**　大和国の歌枕。↓8。**○あだなる色**　散りうつろいやすい（花の）色つや・姿、あるいはその風情。「花」の「色」を「あだなる」と表出した早い例は、貫之の「薔薇」の物名歌「我はけさうひにぞ見つる花の色をあだなる物と言ふべかりけり」（古今集・四三六）があるが、桜を「あだ」とするのは、「あだなりと名にこそ立てれ桜花年にまれなる人も待ちけり」（古今集・春上・六二・読人不知）に溯る。

〔補説〕 吉野の山は、参考歌に挙げたように、「み吉野の山のあなたに宿もがな世の憂き時の隠れがにせむ」（古今集・雑下・九五〇・読人不知）と詠まれ、隠棲の地との通念があり、一方で桜花の名所ともなる。その吉野山の花を「あだなる」と詠じた先蹤には、定家と親交があり寛喜二年（一二三〇）正月に八十二歳で没した空体坊鑁也の「吉野山間なくも通ふ心かなあだなる花の色知り顔に」（露色随詠集・閑居百首・一〇三）がある。

　該歌は、憂き世を厭う時の隠れ処であるはずの吉野山も、結局は同じ憂き世の山であるから、「あだなる色」に桜が咲いたのだと気付き詠歎したもので、憂き世を逃れる場所はどこにも無いことを悟った慨歎とも解し得る。しかし一方で、63のように、吉野を世を厭う山ではなく「花の宿」だと捉えてもいるので、該歌も春の歌として、吉野の桜のはかなさを愛でることを主眼としたものであると見ることができる。「うきよ」に享楽的意味合の「浮世」を宛てた近世写本の用字も強ち理解できないことではない。

62

百番御歌合に、花

花の色にいざなはれつゝ春毎に行きては来(き)ぬるみ吉野(よしの)の山

〔校異〕○百番―百首（書・内） ○いさなはれつゝ―いさなかれつゝ（三〈両傍記藍〉・山〈右傍記朱、見消は朱点で字中〉）

〔現代語訳〕 百番御歌合で、花

その桜の花の色に誘引されながら、毎年の春に、出掛けて行っては結局帰って来てしまう、吉野の山よ。

〔本歌〕 いたづらに行きては来ぬるものゆゑに見まくほしさにいざなはれつつ（古今集・恋三・六二〇・読人不知）

〔出典〕「文永元年六月十七日庚申宗尊親王百番自歌合」（仮称。散佚）の「花」題。

〔他出〕 柳葉集・巻四・文永元年六月十七日庚申に自らの歌を百番ひに合はせ侍るとて（四五〇～五六二）・花・四六三。

〔語釈〕 ○百番御歌合 ↓24、34。 ○み吉野の山 大和国の歌枕↓8。

〔補説〕 宗尊は、該歌と同じ『古今集』歌を本歌に、「今日もまた行きては来ぬる山路かな咲きそふ花の見まくほしさに」（竹風抄・巻五・文永八年七月、千五百番歌合あるべしとて、内裏よりおほせられし百首歌・春・八四一）と詠んでいる。これは、山路に咲きそう花に誘われた日々の行き来、を言う。対して該歌は、吉野山の桜に誘われた毎年春の度の行き来、を言ったものであろう。つまり、毎春の桜に誘われて吉野山に出掛けて行きしかし結局花が散れば帰って来てしまい、それを毎年繰り返しているのだ、といった趣旨に解するべきであろうし、憂き世からの隠遁の地であるはずの吉野山も春の桜の花故に尋ねるが、隠れ処として入ることはしない（できない）のだ、といった含意も見るべきであろう。宗尊は、前後の歌で「み吉野もおなじ憂き世の山なればあだなる色に花ぞ咲きける」や「世の中をいとふ山べと聞きしかど吉野は花の宿にぞありける」と詠じているのであり、吉野山も自分にとってはもはや憂き世からの隠遁の地ではないと見なしていた風でもある。西行の「吉野山やがて出でじと思ふ身を花散りなばと人や待つらむ」（新古今集・雑中・一六一九）とは対照的である。

世の中をいとふ山辺と聞きしかど吉野は花の宿にぞありける

【校異】○世の中を―世の中に（内）世の中に（を歟）（高）○山へと―やまちと（書）○やとにそ有ける―宿に。（そ）ありける（松）宿に有（そ歟）ける（三）宿にそ有つる（山）

【現代語訳】（百番御歌合で、花）

吉野は、そこが世の中を厭うときに宿る山の辺りと聞いたけれど、実は桜の花の宿なのであった。

【本歌】世の中を厭ふ山辺の草木とやあなうの花の色に出でにけむ（古今集・雑下・九四九・読人不知）

【参考歌】み吉野の吉野は花の宿ぞかしさてもふりせずにほふ山かな（拾遺愚草・春日同詠百首応製和歌〈建保四年正月〉・一三一二）

世を厭ふすみかと聞けど春にあふ花も咲きけりみ吉野の山（右大臣家歌合治承三年・花・九・隆信）

【出典】「文永元年六月十七日庚申宗尊親王百番自歌合」（仮称。散佚）の「花」題。

【他出】柳葉集・巻四・文永元年六月十七日庚申に自らの歌を百番ひに合はせ侍るとて（四五〇～五六二）・花・四六四。

【語釈】○いとふ　嫌がって避ける気になる。「世の中」について言うときは、世俗を捨てて出離隠遁する意になる。○山辺　山のほとり、山の麓の辺りを言うが、ここは、山の方面という程の意味で用いているか。○聞きしかど　「つひにゆく道とはかねて聞きしかど昨日今日とは思はざりしを」（古今集・哀傷・八六一・業平）が原拠。○吉野　大和国の歌枕。→8。○花の宿　花を擬人化して言う、桜の本拠としての家。参考歌の定家詠はこの意味の作例。同時に、（桜の花を見るために出掛けて泊まる）花の下の宿り、あるいは宿に見立てた花の意味を重ねる。歌詞としては、『六百番歌合』の家隆詠「思ふどちそこととも言はず行き暮れぬ花の宿かせ野辺の鶯」（春・野遊・七二。新古今集・春上・八二）が早いようだが、これは、後者の意味。

【補説】 61と同様に、「み吉野の山のあなたに宿もがな世の憂き時の隠れがにせむ」（古今集・雑下・九五〇・読人不知）と詠まれる隠棲の地としての吉野の通念を踏まえて、それに異を唱えている。これを本歌に加える見方もあり得るであろう。「ひたすらに厭ひ果てぬる物ならば吉野の山にゆくへ知られじ」（後撰集・恋四・八〇八・時平）は「女に遣はしける」歌であり、「厭ひ果てぬる物ならば」は相手の女（伊勢）が自分をひたすら嫌ってしまったのならば、ということだが、これも広くは「世の中」を厭うときに逃れる地として「吉野」を捉えた歌である。他にも、「世を厭ふ吉野の奥のよぶこ鳥深き心のほどや知るらん」（新古今集・雑上・一四七六・幸清）など、吉野は世を「厭ふ」場所として多く詠まれている。それらを意識しつつ反言した作であろう。

なお、参考歌の作者隆信は別に、「名残なく世を厭ひてぞ入りし身の花にけがるるみ吉野の山」（隆信集・春下・花歌中に・五八）という、厭離する者の視点からの同工異曲を残している。逆に慈円は、「吉野山憂き世を厭ふ神かとは花見ぬ人や言ひはじめけむ」（拾玉集・日吉百首和歌・四一二）と、厭離の地ではなく花の聖地としての吉野を讃美している。

64

春の御歌中に

み吉野の山に入る人山にてもおなじ桜の奥やゆかしき

【校異】 ナシ

【現代語訳】 春の御歌の中で

み吉野の山に入る人は、その吉野山でも、同じ桜が咲くいっそうの奥が心惹かれ見たくなるのか。

〔本歌〕 世を捨てて山に入る人山にてもなほ憂き時はいづちゆくらむ（古今集・雑下・山の法師のもとへ遣はしける・九五六・躬恒）

〔参考歌〕 見てもなほ奥ぞゆかしきあしがきの吉野の山の花の盛りは（続後撰集・春中・七八・後嵯峨院）

〔語釈〕 ○み吉野の山　大和国の歌枕。↓8。○おなじ桜　作例は、「春ごとに同じ桜の花なれど惜しむ心の年にますかな」（堀河百首・春・桜・一五七・隆源）が早く、ほぼ類同の「春ごとに同じ桜の花なれば惜しむ心もかはらざりけり」（金葉集・春・落花の心を・六〇・長実卿母）が続く。「年を経て同じ桜の花の色を染めます物は心なりけり」（千載集・春上・六三・藤原公時）や「春はみな同じ桜となりはてて雲こそなけれみ吉野の山」（新勅撰集・春上・六九・良経）は、これらを踏まえるか。宗尊は良経歌に学ぶか。

〔補説〕 躬恒の歌を本歌に、父後嵯峨院の趣向に倣って詠んだものであろう。

なお、宗尊は別に躬恒歌を本歌に、「いかにせん山に入る人これもまたなほ憂き時のある世なりけり」（竹風抄・巻一・文永三年十月五百首歌・隠子・一二四）と詠んでいる。

なれをこそつらしとは思へ桜花あだにうつろふ春の経ぬれば

〔校異〕 ○つらしとは―つらしと（書）○思―思へ（慶）思ふ（青・京・静・松・三・山）○へぬれは―過ぬれは（三・山〈「ぬ」の右傍に朱で「本」とあり〉）経ぬまて（神）

〔現代語訳〕（春の御歌の中で）

お前をこそつれないとは思うよ。桜の花よ。ただ虚しくいたづらに散る幾多の春が、これまでにずいぶんと経ってきているので。

〔本歌〕ちはやぶる宇治の橋守なれをしぞあはれとは思ふ年の経ぬれば（古今集・雑上・九〇四・読人不知）

〔参考歌〕なれをこそはかなきものと思ひしに花にも今日はあだに見えぬる（楢葉集・釈教・所労かぎりになりけるころ、桜の花を見てよみ侍りける・五八八・範玄）

〔語釈〕○あだにうつろふ　この句形は、定家の「月草の色ならなくに移し植ゑてあだにうつろふ花桜かな」（拾遺愚草・仁和寺宮五首〈嘉禄元年（一二二五）三月〉・庭上花・二一八九）が早く、その息子為家も、「あはれなどあだにうつろふ花の色に桜を分きて思ひそめけん」（為家千首・春二百首・九四）と別に一首（同千首・一一八）をものしている。宗尊はこれらに学ぶか。

〔補説〕後に頓阿は、同じ『古今集』歌を本歌に「なれをしぞつらしとは思ふ時鳥待つをならひに年の経ぬれば」（草庵集・弾正親王家五十首に、郭公・二六八）と同工異曲を詠んでいる。

64と65の同じ詞書の両首で前後の歌群を連繋。ここから83まで、詞書に別の題を記す歌を含むが、主題の基調は落花の大歌群。

人々によませさせ給（たま）ふ百首に

うつろへば物をぞ思ふ山桜うたてなにとて心染（そ）めけむ

〔校異〕○よませさせ―歌よませさせ（慶・青・京・静・松〈「せ」と「給」の間の右傍に「させ」〉・三・神・群・黒）歌よませ（山）　○たまふ―給し（書）　○うつろへは―うつろふへは（青・松）うつろふ（本ノ）へ（ヒ（朱））は（三）　○物をそ―物かとそ（内）

〔現代語訳〕人々にお詠ませになられる百首で

結局は散るので、ただ物思いをする山桜の花よ。それなのに、うとましいことに、どうして心を花に染めたのだろうか。

【本歌】心こそうたて憎けれそめざらばうつろふことも惜しからましや（古今集・恋五・七九六・読人不知）

【語釈】**○人々によませさせ給ふ百首に**　未詳。2以下の「人々によませさせ給ひし百首」、即ち、弘長元年（一二六一）九月に宗尊が主催した百首歌「弘長元年中務卿宗尊親王家百首」とは異なるか。「給ひし」と「給ふ」が使い分けられているとすれば、ここは、本集成立の文永元年（一二六四）十二月九日に近い時期の百首か。**○うたてなにとて**　珍しい句形。副詞「うたて」は、不可解な疎ましさを批判的に言う。ここでは、結果として散ることを辛く思う花なのに、心を執することの理不尽について言う。「なにとて」は、何故にの意。この句形を宗尊は別に、文永八年七月に内裏「千五百番歌合」のために召された百首に「忘れてもあるべきものをいにしへのうたてなにとて恋しかるらん」（竹風抄・巻五・雑・九二七）と用いている。

【補説】「あはれてふことこそうたて世の中を思ひ離れぬほだしなりけれ」（古今集・雑下・九三九・小町）を本歌にした、『現存六帖』「山桜」題の実雄歌「散るといふことこそうたて山桜馴れては花の辛さなりけれ」（六二七）は、同工異曲。

なお、南朝の師兼の「うたて我が心とどむる山桜捨て果てにきと思ふ憂き世に」（師兼千首春・閑居花・一三六）には、該歌からの影響があるようにも思われる。これについては、『師兼千首』の側からのさらなる検証が必要であろう。

67

奉（たてまつ）らせ給ひし百首に、花

したにこそ人の心もうつろふを色に見（み）せたる山桜（さくら）かな

【校異】ナシ　＊歌頭に「続古」の集付あり（底・内・慶）

【現代語訳】（後嵯峨院に）お奉らせになられた百首で、花を

目に見えない内側でこそ人の心はうつろい変わるのだけれど、はっきり表に見せて散りうつろう山桜よな。

【参考歌】色見えでうつろふ物は世の中の人の心の花にぞありける（古今集・恋五・七九七・小町）

【出典】「弘長二年冬弘長百首題百首」の「花」題。

【他出】柳葉集・巻二・弘長二年院より人人にめされし百首歌の題にて、読みてたてまつりし（一四四～二二八）・春・花・一五六。続古今集・雑上・花歌の中に・一五〇七。

【語釈】**○奉らせ給ひし百首** →6。**○した** 心の底。**○色に見せたる** 「色に見す」は、容色や色彩や様子などを表に顕すこと。「色に見ゆ」の語の例は、「常夏に思ひそめては人知れぬ心の程は色に見えなん」（後撰集・夏・二〇一・読人不知）があるが、「色に見す」では、俊成の「時雨ゆく空だにあるを紅葉葉の秋は暮れぬと色に見すらむ」（右大臣家歌合治承三年・紅葉・二七。新勅撰集・秋下・三四四）が早い例となる。

惜花といふことを

咲き初めし昔さへこそ憂かりけれうつろふ花の惜しきあまりは

【校異】○開そめし―開初めし（松）○あまりは―あまりに（書・神・群）○昔さへこそ―昔さくへこそ（京〈見消字中〉）○花の―はな。（松）

【現代語訳】花を惜しむということを

咲き始めたあの昔までが憎らしいのであった。散りうつろう花が惜しいあまりには。

【本歌】咲き初めし宿しかはれば菊の花色さへにこそうつろひにけれ（古今集・秋下・人の家なりける菊の花を移し植ゑたりけるをよめる・二八〇・貫之）

〔語釈〕 **○咲き初めし昔**　①或る年の春季の中で桜が咲き始めた時期である過去、②歴史的にそもそもの元始として桜が咲き始めた往古の昔、どちらにも解し得る。一首を66と同主旨と見ると①の意である。関東歌人浄意法師の「咲き初めし昔の秋をかぞへきて思へば久し朝顔の花」（東撰和歌六帖抜粋本・秋・槿・二三三）は、②の意味に近い。前者に解しておく。**○惜しきあまりは**　あまりに惜しいばかりにそのあげくは、ということ。宗尊は別に「藤原光俊朝臣あづまよりのぼりける時」と詞書する「三年まで馴れしさへこそ憂かりけれせめて別れの惜しき余りに」（新拾遺集・離別・七三七）の作を残している。

〔補説〕　大括りには「世の中にたえて桜のなかりせば春の心はのどけからまし」（古今集・春上・五三・業平）の範疇に入る歌。

花月五十首に

・散りぬとも根さへ枯(か)れめやとばかりに思ひなぐさむ山桜(さくら)かな

〔校異〕　○五十首に―五十首（高）　○散ぬとも―散らぬとも（神）　○山さくらかな―や（山歟）まさくらかな（松）　桜（山歟）かな（三）

〔現代語訳〕　花月五十首で

散ってしまっても根までは枯れましょうか、いやそうではないはずだ、ということだけで心を慰める山桜よ。

〔本歌〕　植ゑし植ゑば秋なき時や咲かざらむ花こそ散らめ根さへ枯れめや（古今集・秋下・二六八・業平）

〔語釈〕 **○花月五十首**　→47。**○散りぬとも**　勅撰集では「散りぬとも香をだにのこせ梅の花恋しき時の思ひ出でにせむ」（古今集・春上・四八・読人不知）に遡源する句だが、「散りぬともありと頼まむ桜花春は果てぬと我に知らすな」（新勅撰集・春下・一二五・貫之）も宗尊の視野に入っていたか。**○枯れめや**　反語表現。**○ばかり**　程度にも解し得るが、限定に解する。

70

いかでかはあだなる花に教へまし憂き(浮)世に堪へて過ごす心を

【校異】○あたなる―あたたる（高）○花に―出に（三・山〈「出」字中に朱点、右傍に朱で「花」〉）○たへて―たえて(すイ)（慶）堪す（青）絶す（京・静・松〈「たえす」〉）絶(堪歟)す（三）堪(絶イ(朱))す（山）たへす（神・群）

【現代語訳】（花月五十首で）

一体どうやって、はかない桜の花に教えたらよいでしょうか。辛い憂き世に堪えて過ごす心を。

【参考歌】花散らす風の宿りは誰か知る我に教へよ行きて恨みむ（古今集・春下・七六・素性）

世の中を常なき物と思はずはいかでか花の散るに堪へまし（千載集・雑中・一〇六九・寂然）

これまでも憂き世にとまる心かなあだなる花の散るをながめて（後鳥羽院御集・詠五百首和歌・春百首・六八七）

【語釈】○下句「憂き世に堪へて」も「過ごす心を」も意外に新奇な措辞。

71

花五首歌合に、霞中花

山桜散る間を人に見せじとて霞むや花の情けなるらむ

【校異】○かすむや―霞(かすむ)や（慶）○情―となり（三・山〈「隣」〉）

【現代語訳】花五首歌合で、霞の中の花

山桜が散るときを人には見せまいということで霞むのは、花の情けなのであろうか。

【類歌】桜花なぬかにかぎる散る間だに見せで霞の立ち隠すらん（露色随詠集・六〇九）

〔出典〕「弘長二年三月十七日花五首歌合」（仮称）・一一。

〔語釈〕〇花五首歌合　→55。〇花の情け　先行例では、鏤也の「花ぞかし花の情けはなのれどもにほふにほひは知る人もなし」（露色随詠集・なにとなく・二九九）があり、『閑谷集』にも「秋萩の花の情けをわれひとり見るよりかねて色に出でぬる」（五〇）と「初霜にうつろふ菊ぞうらめしきさこそは花の情けなれども」（二一三）という両首が見える。桜について言うのは、「身の憂さに思ひよそへてながむれどのかぬは花の情けなりけり」（拾玉集・花月百首・一三二八）や「咲きぬとて尋ねて見れば白雲のまがふも花の情けならずや」（千五百番歌合・春三・三二九・顕昭）、あるいは家隆の「散り残る花の情けも山桜いかでか春の枝をわくらん」（壬二集・家百首・春・残花・一三五五）等が早い。宗尊は後に「憂き世には跡もとめじと山桜散るこそ花の情けなりけれ」（中書王御詠・春・花の歌の中に・四二）とも詠じている。これらから見て、花の真情、花の本意、あるいは花の思いやりの情愛、といった意味で用いられているようである。

〔補説〕題は「霞中花」だが、主題は落花。

曙落花といふことを

いかにせむ高根の桜雪とのみ降るだにあるを春の曙

〔校異〕〇曙落花といふことを—曙落花（高）　〇あるを—ちるを（神）
〔現代語訳〕曙の落花ということを
どうしたらよいのでしょうか。高嶺の桜がまるで雪とばかりに降り散ってさえいるのを、それもこの春の曙に。
〔本歌〕雪とのみ降るだにあるを桜花いかに散れとか風の吹くらむ（古今集・春下・八六・躬恒）
〔参考歌〕名もしるし峰の嵐も雪と降る山桜戸の曙の空（新勅撰集・春下・九四・定家）

〔享受歌〕 いかにせむ霞む哀れはひさかたの空だにあるを春の曙（新明題集・春・春曙・六六三・通茂）

〔語釈〕 **〇いかにせむ** 本歌の「いかに散れとか」（この上どのように散れということでかの意）を承けて、これ以上ないほどの風情を、どうしたらよいのか、と言ったものであろう。

〔補説〕 躬恒詠を本歌に、定家詠の景趣に沿って詠じたものであろう。あるいは俊成の「またや見む交野のみ野の桜がり花の雪ちる春の曙」（新古今集・春下・一一四）や後鳥羽院の「み吉野の高嶺の桜散りにけり嵐も白き春の曙」（新古今集・春下・一三三）も、宗尊の念頭にあったか。

なお、享受歌の通茂詠は、『新明題集』にしか見えないので通茂の真作であるか否かは保留するが、明らかに宗尊詠の剽窃ではないか。

85 男ども、題を探りて歌よみ侍りけるに、鶯

花散らすおのが羽風もかなしきに松に木づたへ春の鶯

〔校異〕 〇よみ侍けるに―よみける次に（慶） 〇羽風も―は風の（書） 〇木つたへ―こつたふ（書）

〔現代語訳〕 出仕の男達が、題を探って歌を詠みました折に、鶯

花を散らすおのれの羽の風も悲しいので、桜ではなく松の木を飛び移っていけ、春の鶯よ。

〔本歌〕 木伝へばおのが羽風に散る花を誰に負ほせてここら鳴くらん（古今集・春下・一〇九・素性）

〔語釈〕 **〇詞書** ↓61。

〔補説〕 主題は花を散らす鶯。65～83の落花歌群の中にある。

74

三百首御歌に

ときはなる松にもおなじ春風のいかに吹けば・か花の散(ち)るらむ

【校異】○春風の―春風を（内・高）春風の(をイ)（慶）○吹はか花の―吹晴花葉(ハカ)（山〈「葉」は「は」の意識か〉）

【現代語訳】三百首の御歌で

いつも変わらない常磐である松にも同じく吹いているはずの春風が、一体どのように吹くので、桜の花が散るのであろうか。

【参考歌】ときはなる松の緑も春くれば今ひとしほの色まさりけり（古今集・春上・二四・源宗于）

来ぬ人を待つ夕暮の秋風はいかに吹けばかわびしかるらむ（古今集・恋五・七七七・読人不知）

【類歌】春風のいかにふけばか梅の花君がみうへに散りかかるらん（基俊集・一八七）

【出典】宗尊親王三百首・春・五五。基家評詞は、後歌の「ときはなる物にしあらねば山桜あはれあなうと散るを見るかな」と併せて、「両首、如レ代ニ直千金一歟」。合点、為家・基家・家良・行家・光俊・四条・帥。

【他出】新三十六人撰・五二。

【語釈】**○三百首御歌** →1。**○ときはなる** 常緑の木が、常にその葉の色を変えないようす。

75

春風を

み☆な(る)人にあかぬ名残を惜し・ませて花のためとや風の吹(ふ)くらむ

【校異】○みる―みな（全）○名残を―名のりを(こ)（松）○惜ませて―惜させて（静）惜させ(ま)て（松）☆底本の「みる」を他本により「みな」に改める。

〔現代語訳〕　春風を
全ての人に飽くことのない名残を惜しませておいて、誘って散らすのはむしろ桜の花の為といって風が吹くのだろうか。
〔参考歌〕　誘はれぬ人のためとや残りけん明日よりさきの花の白雪（新古今集・春下・一三六・良経）
我とのみ散らばつらきを山桜花のためとや風も吹くらん（為家千首・春・一二八）
〔語釈〕　〇みな人　底本の「みる人」も通意で、「皆人」「見る人」両者共に万葉以来の通用の歌語である。しかし、底本以外の諸本全てが「みな人」であり、「奈」の「な」と「累」の「る」との誤写の可能性を見て校訂した。
〔補説〕　参考歌の為家詠は、山桜が自分独りだけで散るのは辛いので、風も花を誘って吹き散らすのだろうか、という趣旨。光俊女の前摂政家民部卿の「ありて世の果てし憂ければ花のためうしろやすくぞ風は吹きける」（閑窓撰歌合・五五。現存六帖・はな・四二八。雲葉集・春中・一九六）は、生き続ける世の中の果てが辛いから、むしろ花のために風は心おきなく吹き散らしたのだ、という趣旨。該歌は、参考歌の良経詠を意識しつつ、これらの歌に負った詠作ではないか。
なお、「皆人の飽かずのみ見るもみぢ葉を誘ひに誘ふ木枯らしの風」（栄花物語・ゆふしで・一三七。万代集・冬・一三四九。続古今集・冬・五六一）は、中宮妍子が三条帝崩御の服喪で紅葉を見ずにいた間に、他の「皆人」が飽くことなく見る秋の紅葉を散らす木枯らしの風を詠じているので、微妙に趣旨を異にするが、その事情から離れれば、春の桜花について同様に詠じる該歌とは対照的季節の類歌と言える。
主題は花を散らす春風。65〜83の落花歌群の中にある。

76

落花を

風吹けばいかにせよとて散る時のつらさも知らず花に馴れけん

〔校異〕 ○いかに—いかにか（神〈「か」字中に点〉） ○つらさ—難面さ（山〈「難面」各字中に朱点〉）

〔現代語訳〕 落花を

このように風が吹いたらどうしろといって、花が散る時の辛さも知らずに花に馴れ親しんだのだろうか。

〔語釈〕 **○いかにせよとて** どうしようもできないのに、どうしろといって、ということ。肯定的事態にも否定的事態にも言う。類句の「いかにせよとか」「いかにせよとぞ」が『万葉集』（七九四、三四九一）以来の措辞で、勅撰集では「あしひきの山べにをれば白雲のいかにせよとか晴るる時なき」（古今集・物名・淀川・四六一・貫之）が早い。「いかにせよとて」の形では「隠れ沼の底の心ぞ恨めしきいかにせよとてつれなかるらん」（拾遺集・恋二・七五八・伊尹）や「我が心いかにせよとて郭公雲間の月の影になくらむ」（新古今集・夏・二一〇・俊成）がある。**○散る時** 「我が宿の桜なれども散る時は心にえこそまかせざりけれ」（詞花集・春・四一・花山院）に拠るか。**○つらさも知らず** 新奇な句形だが、『千載集』の「人の上と思はばいかにもどかまし辛きも知らず恋ふる心を」（恋四・八六三・平実重）の類句が先行する。ただし、これは相手（恋人）の薄情なことを言うが、該歌の「つらさ」は自分の耐え難さを言う。宗尊は別に、「枯れはてんつらさも知らず真葛原頼むばかりの秋風ぞ吹く」（竹風抄・巻二・文永元年十月三百首歌・恨恋・四四六）と詠んでいる。

〔補説〕 貫之の「散る時は憂しといへども忘れつつ花に心のなほとまるかな」（貫之集・六五四）と同工異曲。

77

馴れて見る春だにかなし桜花散り始めけむ時はいかにと

〔校異〕 ナシ

〔現代語訳〕（落花を）散ることにも馴れて落花を見るこの春でさえこんなにも悲しい。桜の花よ、それが散り始めたであろう往時はどれほどであったのかと（思いをめぐらすよ）。

〔参考歌〕昔よりかくこそ花を惜しみけめ誰がならはしに散りはじめけむ（教長集・中納言伊通歌合に花をよめる・九二。万代集・春下・三四六）

〔語釈〕〇馴れて見る　俊成の『正治初度百首』詠「たとふべきかたこそなけれ春日野の萩と鹿とを馴れて見る秋」（秋・一一四三）が早い例で、信実の『洞院摂政家百首』詠「馴れて見る谷の岩根の夕ま暮雲は嵐に晴るるものかは」（雑・山家・一六四八）が続く。『瓊玉集』には別に「馴れて見る人の心はたのまれず誰をか山の友と契らん」（雑下・述懐廿首御歌に・四七四）が見える。また、後年京都に還った宗尊は「あづまにて思ひおこせし玉敷の都の花を馴れて見るかな」（竹風抄・巻四・文永六年四月廿八日、柿本影前にて講じ侍りし百首歌・春・六一〇）と詠んでもいる。〇散り始めけむ　先行例としては、参考歌の教長詠が見出される程度の珍しい句形。

〔補説〕宗尊は別に、「常磐なる尾上の松もあるものを何とて花の散りはじめけむ」（柳葉集・巻五・文永二年潤四月三百六十首歌・春・六七二）とも詠み、桜の落花の起源・理由を問うている。→解題。

三百首御歌の中に

憂（う）かりける花にいつより馴（な）れそめて散る春ごとに物思（おも）ふらん

〔校異〕〇いつより─つより（い歟）（三）　〇おもふらん─思るらん〈「る」は「ひ」にも読める〉（京・静）

〔現代語訳〕三百首の御歌の中で

やはり薄情であったこの桜に一体いつから馴染み始めて、花が散る春毎にこんなにも辛い物思いをするのだろうか。

〔類歌〕なにしかも花に心をうつしきて散る春ごとに物思ふらん（祐茂百首・春・落花・一七）

〔出典〕宗尊親王三百首・春・五二。基家評詞は、前後の三首（五〇・五一・五三）と併せて、「已上四首、連珍重候」。合点、為家・基家・実氏・家良・行家・光俊・四条・帥（全員）。

〔語釈〕〇三百首御歌　→1。〇憂かりける花　花が散って今年もやはり薄情であったと認識させられた桜、という程の意味であろう。〇馴れそめて　「そめて」は「初めて」だが、「染めて」の含意もあるか。

〔補説〕類歌は、春日若宮神主祐明男の祐茂が五十八歳の建長八年（一二五六）病中に詠じたという百首の一首。

散る・を見てさらに我・が身のくやしきは桜に染めし心なりけり

〔校異〕ナシ

〔現代語訳〕（三百首の御歌の中で）

花が散るのを見て、いっそう我が身が悔しいことは、桜に深く執着したこの心なのであったな。

〔参考歌〕心ざしふかく染めてしをりければ消えあへぬ雪の花と見ゆらむ（古今集・春上・七・読人不知）

色にのみ染めし心のくやしきをむなしと説ける法のうれしさ（新古今集・釈教・心経のこころをよめる・一九三六・小侍従）

〔出典〕宗尊親王三百首・春・五三。基家評詞は、前の三首（五〇〜五二）と併せて、「已上四首、連珍重候」。合点、為家・基家・実氏・家良・行家・光俊・四条・帥（全員）。

百首御歌の中に、花を

80

惜(お)しみてもあまり有りけり一とせにまた(又)とも咲(さ)かぬ花の名残は

【校異】○おしみ—おしみ（黒）　○有けり—ありける（内・書）

【現代語訳】百首の御歌の中で、花を

惜しんでも余り有るのであった。一年に二度とは咲かない桜の花の名残は。

【参考歌】一とせに二たび咲かぬ花なればむべ散ることを人はいひけり（後撰集・春下・一〇九・読人不知）

【出典】「弘長二年十一月百首」の「花」題。

【他出】柳葉集・巻二・弘長二年十一月百首歌（二二九～二九六）・花・二三八。

【語釈】○百首御歌→23。

【補説】「色かはる秋の菊をば一とせに二たびにほふ花とこそ見れ」（古今集・秋下・二七八・読人不知）と歌われる菊花とは対照的な、咲いてはすぐに散る桜花の名残を惜しむ。

主題は惜しむ花。65～83の落花歌群の中にある。

81

春の御歌とて

またの春あひ見(み)ん事は命にて今年(ことし)も花に別れぬるかな

【校異】ナシ

【現代語訳】春の御歌ということで

またの年の春に逢い見るであろうことは命しだいであって、今年もまたこのように桜の花に別れてしまうことであるな。

【本歌】春ごとに花の盛りはありなめどあひ見む事は命なりけり（古今集・春下・九七・読人不知）

〔出典〕「弘長元年五月百首」の「春」。↓14。

〔他出〕柳葉集・巻一・（一〜六八）・春・一四、三句「いのちとて」。

〔語釈〕**○春の御歌とて**　該歌は、『柳葉集』では「弘長元年五月百首歌」の「春」の歌なので、「春の御歌」とあることに齟齬はないが、同百首の歌であることが明示されていないことには疑問も残る。↓14。**○あひ見ん**　対面・再会する意。「あひ」は「逢ひ」にも「相」にも解される。**○別れぬるかな**　「結ぶ手の雫に濁る山の井のあかでも人に別れぬるかな」（古今集・離別・四〇四・貫之）が原拠で、「思ひ出づることのみしげき野辺に来てまた春にさへ別れぬるかな」（後拾遺集・春下・三月尽日親の墓に詣りてよめる・一六四・永胤）を初めとして「春」に「別れぬるかな」とする例は、宗尊以前にも散見する。「花」について言うのは、後鳥羽院皇子雅成親王の「桜色の形見の衣脱ぎ替へて二たび花に別れぬるかな」（雅成親王集・更衣・九）が目に付く程度。この句形を離れれば、否定表現ではあるが、「人知れず物思ふことはならひにき花に別れぬ春しなければ」（詞花集・雑上・三一一・和泉式部）が先行例として注意される。

〔補説〕主題は花との惜別。65〜83の落花歌群の中にある。

奉（たてまつ）らせ給ひし百首に、落花を
かねてより散りなん後と歎かれし人の名残も惜（お）しき☆花（春哉）かな
〔校異〕○かねてより―いねてより（神）○後と―後を（三・山）○歎かれし―な。（け）かれし（内）○春哉―花かな（全）☆底本の「春」を他本により「花」に改める。
〔現代語訳〕（後嵯峨院に）お奉らせになられた百首で、落花を
あらかじめ、花が散ってしまった後には訪れなくなるので恋しくなるに違いないと、思わず歎いたあの人の名

残までもが惜しいこの桜の花よ。

【本歌】 我が宿の花見がてらに来る人は散りなむのちぞ恋しかるべき（古今集・春上・桜の花の咲けりけるを見にまうで来たりける人に、よみて贈りける・六七・躬恒）

【出典】 「弘長二年冬弘長百首題百首」の「落花」題。

【他出】 柳葉集・巻二・弘長二年院より人人にめされし百首歌の題にて、読みてたてまつりし（一四四〜二一八）・落花・一五七、結句「をしき花かな」。和漢兼作集・春下・三〇二、詞書「落花」、作者位署「入道中務卿宗尊親王」、結句同上。

【語釈】 **○奉らせ給ひし百首** →6。**○歎かれし** 「れ」は自発に解する。**○人の名残**（花見に訪れていた）人の去った後に残っている思い出や面影。「有明の月見すさびに起きていにし人の名残をながめしものを」（千載集・恋五・九〇七・和泉式部。新日本古典文学大系本）に拠るか。ただし、より本歌に即していると見れば、「歎かれし人」は本歌の作者躬恒を指すということになろうか。

【補説】 歌末については、底本のみ「春哉」で他本及び他出全て「花かな」である。「春哉」では、所謂落題となる。後に、為家の子慶融は「花・郭公・月・雪等の題には必可㆔詠居㆓」（遂加）と説いている。ただし、この言説には問題もある。拙稿「遂加の方法」（『芸文研究』九五、平二〇・一二）を参照願いたい。ちなみに、本集には他に「落花」題歌が72と76にあるが、共に「花」が詠み込まれている。底本の誤りと見て校訂した次第である。

人々によませさせ給ひし百首に

散りはてて後こそ花はかなしけれ待ちこし程をなに恨みけむ

【校異】 ○よませさせ—よまさせ（内）よませ（高） ○待こし—まちみし（こイ）（慶） ○程を—ほとを（はイ）（松） ○恨けむ

―うらむらん（内・高）うらむみけん（書）
【現代語訳】 人々にお詠ませになられた百首で
すっかり散りきった後こそ、桜の花は悲しいのであった。咲くのを待ち来たった間を、何故恨んだのだろうか。
【参考歌】 散りはててのちや帰らん故郷も忘られぬべき山桜かな（後拾遺集・春上・一二五・道済）
【出典】「弘長元年中務卿宗尊親王家百首」の「春」。
【他出】 柳葉集・巻一・弘長元年九月、人人によませ侍りし百首歌（六九〜一四三）・春・八一。
【語釈】 ○人々によませさせ給ひし百首 →2。○待ちこし程 珍しい措辞。慈円の「七夕の待ちこし程のあはれをば今宵一夜につくしはつらむ」（拾玉集・楚忽第一百首・秋・七夕・七三八）や定家の「さりともと待ちこし程はすぎの戸につもれば人の月ぞふりゆく」（拾遺愚草員外・文集百首・述懐・欲留年少待富貴、富貴不来年少去・四八三）が先行する例。
【補説】 65からここまでが、中に別の主題も含むが落花の大歌群。

春駒を
我（われ）ふるす人の心にあらなくになど春駒のあれて見（み）ゆらん
【校異】 ○春駒を―春駒（内） ○ふるす―ふりす（京・静・松）
【現代語訳】 春駒を
私を古い物として捨て去るつれない人の心ではないのに、何故人の心が離（あ）れるように、春の放し飼いの馬が荒れて見えるのだろうか。
【本歌】 古里にあらぬものから我がために人の心のあれて見ゆらむ（古今集・恋四・七四一・伊勢）

〔参考歌〕 鶯の去年の宿りのふるすとや我には人のつれなかるらむ（古今集・誹諧歌・一〇四六・読人不知）

〔語釈〕 **○春駒** 春の野に放し飼いされる馬。題詠の歌題としては、『堀河百首』を初めに院政期頃から定着。 **○我ふるす** 珍しい措辞。参考歌の古今誹諧歌の他に、「秋といへばよそにぞ聞きしあだ人の我を古せる名にこそありけれ」（古今集・恋五・八二四・読人不知）も意識した可能性があるか。鎌倉前中期には、これを本歌に、「里はあれて跡こそ見えねあだ人の我ふるすてふ秋は来にけり」（洞院摂政家百首・秋・早秋・五四三・知家）や「あだ人の我ふるすてふ憂き名より秋を恨みて露や置くらん」（百首歌合建長八年・秋・一〇〇・行家）と、知家・行家父子の作例がある。 **○春駒のあれて** 「あれて」は、「荒れて」と「離れて」の掛詞で、「ふるす」「人の心」と縁語。この掛詞の先蹤には、「霞たつ野をなつかしみ春駒のあれても君が見えわたるかな」（小町集・六三）や「我といへばあれてぞ見ゆる春駒の心は人につきげなれども」（散木奇歌集・恋下・又同題にて（寄馬毛恋といへる事を）・一二二六）等がある。

〔補説〕 主題は春駒。

文永元年十月御百首に

駒並べて朝越えくれば春山のさきのをするゐにひばり立つなり

〔校異〕 ○なへて—なめて（書） ○こえくれは—こくくれは（書〈見消字中〉）こえけれは（青） ○さきのおするゐに—さきのをするゐに（書・内・高・神）さきのおすくに（慶）さきのおすくに（青）さきのおするゐに（京・静・松・群）さきのおするゐに（三）さきのおするゐに（山〈「さ」「お」各字中に朱点〉）〈以上は仮名遣いの違いを含める〉 ○ひはり—ひかり（三）

〔現代語訳〕 文永元年十月の御百首で

馬を並べ連ねて、朝に春の山を越えてくると、その山の先の末に雲雀が飛び立つのである。

〔類歌〕 駒なめて巨瀬の春野を朝行けばをあきが原に雉子鳴くなり（千五百番歌合・春四・四九〇・季能）
〔影響歌〕 つばな咲く河原の芝生駒なめて朝踏む道にひばり立つなり（隣女集・巻二自文永二年至同六年・雑・八〇〇）
〔出典〕 「文永元年十月百首」の「春」。
〔他出〕 柳葉集・巻四・文永元年十月百首歌（五六三〜六二六）・春・五六七、四句「さきのをすそ（ゐイ）に」。
〔語釈〕 **○文永元年十月御百首** →54。 **○駒並べて** 「並べ」は「並め」とも（子音交替）。「駒並めていざ見に行かむ古里は雪とのみこそ花は散るらめ」（古今集・春下・一一一・読人不知）も、初句の本文を「駒並べて」とする伝本が、昭和切等少なからずある。 **○春山のさきのをすゑに** 『万葉集』の「春山の咲きのをゐりに春菜摘む妹が白紐見らくし良しも」（万葉集・巻八・春雑歌・一四二一・尾張連）に関わる表現ではあろう。原文は「春山之　開乃乎為黒尓」で、二句の西本願寺本訓は「サクノヲスクルニ」で「セ（サ）キノヲスクニ」（類聚古集・廣瀬本異訓）、「セキノヲスクロニ」（神田本・廣瀬本）もある。この異訓を基にしたであろう、「春山のさきのをすぐろかき分けて摘める若菜に淡雪ぞふる」（堀河百首・春・若菜・七五・基俊）の作例がある。また、「為黒」から「末黒」と転じて、野焼きで草木の末が黒い意に解された歌語「すぐろ」は、「春霞立ちしは昨日いつのまに今日は山辺のすぐろ刈るらん」（好忠集・夏・三八〇）や「粟津野のすぐろの薄つのぐめば冬たちなづむ駒ぞいばゆる」（後拾遺集・春上・四五・静円）等と詠まれている。しかし現在は、原文「乎為黒」を「乎為里」の誤りと見て「はるやまの　さきのをゐりに」とする訓が行われている。意味は、「をゐり」を撓むの意の「をゐる」の連用名詞形と見て、「春山の、枝もたわむばかりに花が咲きこぼれるところで」（井手至『万葉集全注　巻第八』平五・四、有斐閣）などと解されている。該歌は、旧訓の異訓の「サキノヲスグニ」に慶大本の「さきのおすくに」が相当するようにも思われるが、慶大本の「く」は踊り字にも読み得る筆致で確信が持てない。また、現存する当該歌の諸本文による限り、万葉現行訓の「をゐり」に該当するような本文も見えず、また意味内容からも、配列上既に落花のそれも花が散り果てた（83）後であるので、現在の万葉歌の解釈を援用することはできない。『六百番歌合』の「末遠き若葉の芝生うちなびき雲雀鳴く野の春の夕暮」（春・雲雀・八五・定家）や「雲雀あがる春の焼け野の末遠み都の方は霞なりけり」（春・雲雀・八八・家房）、あるいは『楢葉集』に見える「伏見山裾わの田居のほどなれや霞の末に雲雀落つなり」（春・八四・範円）等々から、「ひばり」が空間の「末」にあることを詠まれる類型があるようにも思われるので、仮に、「をするゑ」を「を末」（「を」は接頭語）に解してみたい。そして、「春山のさき」を万葉歌に拠りながら「咲き」を「先」に掛け替えたと見て、その「先」と同様の意味の「末」を重ねて続けた表現と見なしておきたいと思うのである。補説参照。

〔補説〕 小井土守敏「「春山のさきのをすぐろに」小考—宗尊親王『瓊玉和歌集』所載一首の吟味—」（『解釈』五五八・五五九、平一三・一〇）は、該歌について、興味深い考察をしている。語釈に挙げた万葉「春山之」歌を挙げ、その「為黒」から「生まれた」歌語「スグロ（末黒）」の例として、好忠と静円の歌や他の用例等を提示しつつ、当該宗尊歌の諸本間の異動「春山のさきのを（お）するゑに」「春山のさきのをすそに」「春山のさきのをすくに」につき、「万葉歌を踏まえた詠作」「つまり「をするゑ」「をすそ」「をすく」は「をすくろ」の誤写・誤伝」である「可能性を検討する」として、結果「いずれも「スグロ」「ヲスグロ」という歌語を認識できず、音教律をより重視した結果生じた異文なのである」と言うのである。そして、「旧来の訓に基づ」いたと「思しき先行例」として基俊詠「春山の」を挙証し、この基俊詠存在の事実は「解釈困難な宗尊歌が、本来は万葉歌を踏まえた詠作であった蓋然性を高めることになる」と見て、当該宗尊歌の「本来の本文は」「駒なべて朝越えくれば春山のさきのをすぐろに雲雀立つなり」「であると考えてよい」とするのである。その上で、「スグロ」という歌語の本意は、「野焼きの後の黒ずんだ草原に新しい命を見出だす喜び」だとし、しかし、宗尊の歌はその本意は汲まずに、「雲雀」「野」「駒」という、「不自然ではない組み合わせを用いて春の景を詠んでいる」と見るのである。確かに、『宝治百首』の「雲雀立つ焼け野にもゆる若草に四方のめぐみもしるき春かな」（春・若草・三八七・経朝）に照らせば、宗尊が「春山のさきをすぐろに雲雀立つなり」と詠んだとしても不思議はなく、傾聴に値する説である。しかしながら、他出本文も含めて該歌の現存本文にはそれに該当する本文が見えないので、判断を保留せざるを得ない。
類歌の季能詠は、「巨瀬山のつらつら椿つらつらに見つつ思ふな巨瀬の春野を」（万葉集・巻一・雑歌・五四・坂門人足）を本歌にするが、「をあきが原」は原拠不明の語である。あるいは宗尊がこの歌に触発された可能性もあるか。
前歌と「駒」の縁で連繋するが、主題は雲雀。

奉らせ給ひし百首に、款冬を

山吹の花折る人か蛙鳴く県の井戸に袖の見ゆるは

【校異】 ○款冬を―款冬に（底）款冬（高）款冬を〈86和歌と87詞書を欠くので87和歌の詞書に誤解か〉（京・静）疑冬を（山〈「疑」の「疋」に朱で「欠」を上書〉）○和歌―ナシ〈86和歌と87詞書を欠く〉（青・京・静・松・三・山）

【現代語訳】（後嵯峨院に）お奉らせになられた百首で、款冬を
山吹の花を折る都人か。蛙が鳴く、都ならぬ県の名を持つ県の井戸に袖の見えるのは。

【本歌】 都人来ても折らなん蛙鳴く県の井戸の山吹の花（後撰集・春下・一〇四・橘公平女）

【出典】「弘長二年冬弘長百首題百首」の「款冬」題。

【他出】 柳葉集・巻二・弘長二年院より人人にめされし百首歌の題にて、読みてたてまつりし（一四四〜二二八）・春・款冬・一五九。

【語釈】 **○奉らせ給ひし百首** →6。**○花折る人** 新奇な措辞。**○県の井戸**『拾芥抄』に、「井戸殿又、県ノ井戸。一条北、東洞院西角」とある井戸。「県」に、本歌の「都人」の縁から、田舎の意が掛かる。**○袖の見ゆるは**「明けぬるか川瀬の霧の絶え間より遠かた人の袖の見ゆるは」（後拾遺集・秋上・三二四・経信母）に拠る句。

【補説】 主題は款冬。

87

人々によませ給ひし百首に

今年より松の木陰に藤を植ゑて春の久しき宿となしつる

【校異】○詞書―ナシ〈86和歌と87詞書を欠く〉（青・京・静・松・三・山）○人々に―人々も（高）○よませ―よませさせ（内・慶・書・神）○百首に―百首歌の中に（内・高・慶・神・群）○植て―そへて（内・高）そへて（慶）

【現代語訳】人々に詠ませなさった百首で

今年から、松の木陰に藤を植えて、（暮れてしまった）春のいつまでも永く続く宿となしてしまうのだ。

【本歌】暮れぬとは思ふものから藤の花咲ける宿には春ぞ久しき（新古今集・春下・一六五・貫之）

【参考歌】今年より植ゑはじめつるわが宿の花はいづれの秋か見ざらん（後拾遺集・秋上・三二七・元輔）

藤波は君が千歳の松にこそかけて久しく見るべかりけれ（金葉集・賀・三二六・大夫典侍）

【語釈】**○人々によませ給ひし百首** 不明。「人々によませさせ給ひし百首」の形は2番歌他に多数見えるが、この「人々によませ給ひし百首」の形は、本集でもここだけ。あるいは、2などと同じく「弘長元年中務卿宗尊親王家百首」の一首か。**○松の木陰に藤を植ゑて**「松の木陰」の「藤」を詠む先例は、「咲きかかる松の木陰に立ち寄れば折らでも藤をかざしつるかな」（正治初度百首・春・一九二二・二条院讃岐）がある。

【補説】ここから90まで主題は藤。

88

百番御歌合に、藤

みかり人衣に摺れや紫の色こき時の野辺の藤浪

【校異】○藤〈詞書の題〉―ナシ（神・群）○みかり―みかは（内・高）○時の―をきの（書）○野辺の―ナシ

〈二字分空白〉（内）辺の（本ノマ、）（高）

【現代語訳】百番御歌合で、藤

御狩人は、その衣に摺れよ。紫草の色が濃いこの時期の、野辺の濃紫色の藤の花を。

【本歌】紫の色こき時はめもはるに野なる草木ぞわかれざりける（古今集・雑上・八六八・業平）

【参考歌】春日野の藤は散りゆきてなにをかもみ狩の人の折りてかざさむ（万葉集・巻十・夏雑歌・詠花・一九七四・作者未詳）

色まよふ野辺の藤浪袖かけてみ狩の人のかざし折るらし（拾遺愚草・春日同詠百首応製和歌建保四年・春・一三一九）

み狩人今やかざさん春日野に盛り知らるる春の藤波（弘長百首・春・藤・一二四・為氏）

【出典】「文永元年六月十七日庚申宗尊親王百番自歌合」（仮称。散佚）

【他出】柳葉集・巻四・文永元年六月十七日庚申に自らの歌を百番ひに合はせ侍るとて（四五〇〜五六二）・藤・四六九。

【語釈】**○百番御歌合** →24。**○紫** 紫草の意に、「藤浪」の縁で色の紫の意が掛かると解する。**○野辺の藤浪** 参考歌の定家詠辺りが早い例となる新奇な句。「藤浪」は、藤の群れ咲く花房を波に見立てて言う語。ここは、本歌の「野」からの連想も働くか。

【補説】本歌の業平詠の解釈は、「紫の一本ゆゑに武蔵野の草はみながらあはれとぞ見る」（古今集・雑上・八六七・読人不知）を踏まえるか否かで別れている。『古今集』歌としての解釈の当否は措いて、宗尊は「紫の一本ゆゑに」を背後に見ていたのではないだろうか。例えば、その立場に立つ新日本古典文学大系『古今和歌集』（平一・二、岩波書店）の通釈は、「紫草で染めるその紫色が濃いときは「紫の一本ゆえに」というように、目も遥かに野べの芽ぶいている春の草木が区別なくいとしく思われることです。」である。「野なる草木ぞわかれざりける」（野べの草木が区別なくいとしく思われることです）の「草木」の一つが「藤」であり、その「藤」はまた、「紫草」と「紫の色」の縁でも通じるという思考ではないだろうか。

ただし、「藤」について「衣に摺れや」と言うのは一般的通念ではない。宗尊の念頭にはまた、「恋ひしくは下にを思へ紫の根摺の衣色に出づなゆめ」（古今集・恋三・六五二・読人不知）を本歌にした顕昭の「色に出づる藤のゆかりに紫の根摺の衣松も着てけり」（月詣集・三月・藤為松衣といへるこころをよめる・二三〇）や、家隆の「染めてほす若紫の藤衣松も根摺の色や分くらん」（壬二集・家百首・春・松藤・一三五八）等のような、「紫の根摺」と「藤」とを結び付ける詠み方が意識されていたかとも疑うのである。

見(み)ぬ人のためならずともなほ(猶)ざりに折(お)らでは過ぎじ田子の浦(うら)藤

【校異】○猶さりに—猶(なを(藍))さりに(ヒ(藍))（三）　○おらては—をしては（書）　○うら藤—藤浪（慶・青・書・京・静・松・三・山・神・群）

【現代語訳】（百番御歌合で、藤）

あの、見ない人の為ではないにしても、あだやおろそかに、折ることなく過ぎることはするまい、この田子の浦の淵の底までも映えるように咲く藤の花を。

【本歌】多祜の浦の底さへにほふ藤波をかざしてゆかむ見ぬ人のため（万葉集・巻十九・四二〇〇・縄麿。拾遺集・夏・八八・人麿）

【参考歌】紫のしき波寄すと見ゆるまで田子の浦藤花咲きにけり（堀河百首・春・藤・二七九・仲実）

【出典】「文永元年六月十七日庚申宗尊親王百番自歌合」（仮称。散佚）

【他出】柳葉集・巻四・文永元年六月十七日庚申に自らの歌を百番ひに合はせ侍るとて（四五〇〜五六二）・藤・四

六八。

〔語釈〕○折らでは過ぎじ　「秋萩を折らでは過ぎじつき草の花ずり衣露に濡るとも」（新古今集・秋上・三三〇・永縁）等に学ぶか。○田子の浦藤　底本と内閣本以外は「田子の藤浪」だが、参考歌の堀河百首詠に見える、「田子の浦淵」に掛けて「浦藤」と言った語と解して底本のままとする。「…しき波の　寄する浜へに　高山を　隔てに置きて　浦ぶちを　枕に巻きて　うらもなく　臥したる君は…」（万葉集・巻十三・挽歌・三三三九）の「浦ぶち」（海辺の深い淵）を基にしたかと思しき参考歌の堀河百首詠辺りを始発とする語か。ただし、万葉の原文は「納潭矣」で、旧訓は「イルフチヲ」である。「田子の浦」は、駿河国の歌枕。現在の静岡県富士市の、富士山を背にした海湾。→〔補説〕

〔補説〕本歌の「多祜（多古・田子）の浦」は、越中国の歌枕で現在の富山県氷見市の上田子・下田子付近の海岸という。この景勝地に、越中守大伴家持を初めとする官人達がしばしば遊覧したらしい。天平勝宝二年（七五〇）四月に家持等が「藤の花を望み見て」述懐歌を競作した内の一首が本歌の縄麿詠で、家持も「藤波の影なる海の底清み沈く石をも玉とそ我が見る」（万葉集・巻十九・四一九九）と詠じていて、藤の名所としての印象が付与されたのである。しかし、該歌の「田子の浦」は、宗尊の認識としては駿河国の歌枕として詠まれたと見るのが穏当であろう。宗尊の誤解というよりは、かつて家持等が遊び藤の名所となった越中の「多祜の浦」の藤を、東下した宗尊にとって親近の駿河の「田子の浦」に敢えて移して歌った作意に解したい。

文永元年百首に

咲き（開・）にけりぬれつゝ折りし・藤の花幾日（いくか）もあらぬ春を知らせて

〔校異〕○百首に―御百首に（書）　＊歌頭に「続古」の集付あり（内・慶）

【現代語訳】 文永元年（十月）百首で
咲いたのであったな。雨に濡れながらも敢えて折った藤の花は、もう幾日もない春であることを知らせて。
【本歌】 濡れつつぞしひて折りつる年の内に春はいく日もあらじと思へば（古今集・春下・弥生の晦日の日雨の降りけるに、藤の花を折りて人に遣はしける・一三三・業平）
【出典】 「文永元年十月百首」の「春」。
【他出】 柳葉集・文永元年十月百首歌（五六三～六二六）・春・五七四。続古今集・春下・一七〇、詞書「藤花をよみ侍りける」。題林愚抄・春四・藤・一四六一。
【語釈】 **○文永元年百首** →54。**○ぬれつつ折りし** 珍しい句形。先行例は、やはり右の業平詠を本歌にした家隆の「昨日かもぬれつつ折りし花の色に今日さへしひてむら雨ぞ降る」（家隆卿百番自歌合・三三）が目に入る程度。
【補説】 主題は藤だが、「幾日（もあらぬ春）」から次歌の「（三月）二十日」に連繫する。

暮春の心を

さもぞ憂き三月の空の雲間よりはつかに残る有明の月

【校異】 ○暮春の―暮暮の（神） ○さもぞ―さこそ（書〈「こ」は何らかの字に上書で「て」とも読める〉） ○はつかに―いつかに（底） 出るも（内・高）
【現代語訳】 暮春の趣意を
まったくもって憂く辛いよ。三月二十日の空の雲の間から、僅かに見え残る有明の月は。
【参考歌】 明け渡る弥生の空の雲間よりはつかにあまる月のすくなさ（百首歌合建長八年・春・二九九・忠定）
【類歌】 若草の弥生の末の霞よりはつかに見ゆる有明の月（為家集・暮春月同〈文永六年正月廿八日月次三首〉・二五八）

〔語釈〕 **○さもぞ憂き** 他に例を見ない句。「さもぞ」は、『閑谷集』の「かり散らす人の心の秋風にさもぞ乱れし真野の茅原」（一四一）や『万代集』に採録された定家の「死ぬばかり歎くなげきを身にそへて命はさもぞ限りありける」（雑六・三六七八）辺りが早い例となろうか。その後、定家の「死ぬばかり」詠が『続後撰集』（雑中・前参議にて年久しく沈みてよみ侍りける・一一九二）に収められる一方で、『新撰六帖』に四首、『宝治百首』に四首、『百首歌合 建長八年』に三首の作例が見えて、鎌倉前期から中期にかけて少しく流行した形跡がある。それも、六条家流の知家・行家父子や顕氏、あるいは信実や家良といった歌人が用いている。宗尊詠も、その流れの中にあろう。
○はつかに残る有明の月 「はつかに」は、僅かにの意に、「有明の月」の縁で二十日にの意が掛かる。先行例に、「あしびきの山飛び越ゆる初雁のはつかに残る有明の月」（如願法師集・熊野御幸に秋歌めし侍りし時、暁雁を・四八一）がある。
〔補説〕 次歌と共に主題は暮春の月。「三月」「はつか」を次歌と共有。

人々によませさせ給ひし百首に
たぐひなくかなしき時か春のゆく三月（やよひ）の月（つき）の廿日あまりは

〔校異〕 ○よませさせ給し—よませたまひし（高） よませ（させ）給ひし（慶） ○たくひなく—たつひなく（三） たつ（く（朱））ひなき（く（朱））（山〈「つ」「き」各字中に朱点〉） ○時か—ものか（書） ○あまりは—あまり（三） 余りに（は歟（朱））（山〈「に」字中に朱点〉）
〔現代語訳〕 人々にお詠ませになられた百首で、
比類なく悲しい時なのか。春が去り行く弥生三月の二十日過ぎの月というのは。
〔参考歌〕 たぐひなく悲しき物は今はとて待たぬ夕べのながめなりけり（続後撰集・恋五・九六二・和泉式部）
野辺見れば弥生の月のはつかまでまだうら若きさいたづまかな（後拾遺集・春下・一四九・義孝）

〔出典〕「弘長元年中務卿宗尊親王家百首」の「春」。

〔他出〕柳葉集・弘長元年九月、人人によませ侍りし百首歌（六九～一四三）・春・八二一。

〔語釈〕○人々によませさせ給ひし百首 →2。○かなしき時 先行例に「秋来るを悲しき時と言ひ置きて思ひなしにや袖の濡るらん」（百首歌合建長八年・秋・良教・三一六）があり、宗尊はこれに倣ってか、該歌に先行して「秋をこそかなしき時と思ひしに時雨てつらき神無月かな」（柳葉集・弘長元年五月百首歌・冬・三九）と詠じている。○三月の月 弥生三月の意に、三月の空にある月の意を重ねる。

三月尽を

めぐりあふ命知らるる世なりともなほ憂かるべき春の別れを

〔校異〕○三月尽を―三月尽（高） ○世なりとも―世なりとそ（神）
〔現代語訳〕三月尽を
また春に廻りあうこの命の限りを自然と知るこの世であるとしても、やはり憂く辛いに違いない春との別れであるものを。
〔参考歌〕誰よりも我ぞ悲しきめぐりあはん程を待つべき命ならねば（後拾遺集・別・四七九・慶範）
〔語釈〕○三月尽 三月の晦日、春最後の日。惜春を詠じる歌題。白居易の「惆悵春帰留不得（ちうちやうすはるかへてとどむることをえざることを） 紫藤花下漸黄昏（しとうのはなのもとにやうやくくわうこんたり）」（白氏文集・巻十三。和漢朗詠集・三月尽・五二）に代表される漢詩からの影響で、早くから和歌の主題にもなった。ちなみに、この題は「九月尽」とともに音読されたらしい（袋草紙）。○命知らるる 宗尊は別に、「はかなくも暮れぬとばかり歎くかな命知らする鐘のひびきを」（瓊玉集・巻九・雑上・此日已過命即衰滅・四一八）や「浅茅生の末葉にかかる露みれば命知られて濡るる袖かな」（竹風抄・巻三・文永三年八月百五十首歌・秋無常・五八九）と類句を用いている。これらと併せ見ると、「命」を「知る」とは、限りある生命であることが分かるといった意味か。「るる」は自発に解する。**○春の別れ** 行く季節である春を擬人化して言う。行く春との離別の意。「年毎に春の別れをあはれとも人におくるる人ぞ知りける」（和漢朗詠集・餞別・六三九・元真）等多くの例がある。

〔補説〕「三月尽」は、行く春に重ねて人事の移ろいを詠じる傾きがある。それにしても該歌は、述懐性が極めて濃厚で、やはり宗尊が四季歌に述懐を詠じるという『正徹物語』の言説に照応する。↓57、解説。

ここから巻末95まで、主題は三月尽。

慕(した)ふべきたよりだになしいづかたへ行くとも見(み)えぬ春の別れは

〔校異〕○いつかたへ―心(い)つかたへ（京・松・三〈両傍記藍〉・山〈右傍記朱、見消は朱で字中〉）

〔現代語訳〕（三月尽を）

去り行く春の後を追い慕うことのできるよすがさえ無いよ。どこへ行くとも分からない春との別れは。

〔参考歌〕身にかへて思へばなにか慕ふべき花をとめても同じ別れを（秋風集・春下・百首歌奉りける時、惜花といふことを・九九・基家。現存六帖・はな・四三〇。続古今集・春下・一五五）

今日のみとわきてや身には慕ふべき今更ならぬ春の別を（百首歌合建長八年・春・七三一・伊長）

〔出典〕「弘長元年五月百首」の「春」。↓14。

〔他出〕柳葉集・巻一・弘長元年五月百首歌（一～六八）・春・一五。

〔語釈〕**○春の別れ** ↓93。

〔補説〕参考歌の基家詠は、「我が身に替えて思うとして一体何を恋い慕うことができるのか。花の跡を追って探し求めても、結局は同じく散ってしまう桜の花との別れを」といった意か。これは、『宝治百首』（春・惜花・六〇四）の作で、そこでは二三句は「思へばなにか惜しむべき」であるが、『続古今集』（春下・一五五）では、「宝治二年百首歌に」の詞書で、二三句は「思へばなにか慕ふべき」である。該歌はこれに学んだかとも思われるが、同じく参考歌に挙げた伊長詠とも同工異曲であり、これに倣った可能性も見ておきたい。

95

定め（さた）なき憂（う）き世にも似ぬならひかな（哉）日を限（かぎ）りける春の別れは

〔校異〕○うき世にも―浮世にも（内）〈参考・意味の異なる表記の異同〉○かきりける―かきりぬる（慶・青・京・静・松・三・山・神・群）

〔現代語訳〕（三月尽を）

定めないこの辛い世にも似つかわしくない、さらに辛いならいであるよな。三月尽の今日までと限った春との別れは。

〔参考歌〕定めなき憂き世の中と知りぬればいづこも旅の心ちこそすれ（千載集・羈旅・五一七・覚法）

〔語釈〕**○定めなき憂き世にも似ぬ**　そもそも無常で憂く辛いこの世であっても、それともつりあわない程いっそう辛い、といった趣意か。**○ならひ**　ここは、定め・運命という程の意。「歎くなよこれは憂き世のならひぞと慰めおきしことぞ悲しき」（新勅撰集・雑三・一二三八・忠良）。**○日を限りける春の別れは**　「日を限りける」は新奇。「惜しめども春の限りの今日のまた夕暮にさへなりにけるかな」（後撰集・春下・一四一・読人不知）や「行く先になりもやすると頼みしを春の限りは今日にぞありける」（同上・弥生の晦日・一四三・貫之）等の「春の限り」と、「春の別れ」（→93）とを下敷きにした措辞であろう。

夏歌

96

百首御歌の中に、更衣

花染めの袖さへ今日（けふ）は裁ち替へてさらに恋しき山桜（さくら）かな

〔校異〕 ○巻第三―巻第二（三）（山〈「二」字中に朱点〉）　○立かへて―たちかへて（りィ）（松）　○恋しき―悲しき（恋（朱））（山〈「悲」字中に朱点〉）　＊歌頭に「続古」の集付あり（底・内・慶）

〔現代語訳〕 百首の御歌の中で、更衣

はかなく散った桜のような、移ろいやすい色の花染めの春着の袖までも、夏が立った今日は夏着に裁ち替えて、しかしなおさらに山桜が恋しいよ。

〔参考歌〕 折節もうつればかへつ世の中の人の心の花染めの袖（新古今集・夏・一七九・俊成）

〔類歌〕 夏衣たちかへてしも忘れぬは別れし春の花染めの袖（新拾遺集・夏・一九六・進子内親王）

〔出典〕 「弘長二年十二月百首」の「更衣」題。

〔他出〕 柳葉集・巻二・弘長二年十二月百首歌（二九七～三五七）・更衣・三一〇。続古今集・夏・首夏の心を・一八四。

〔語釈〕 **○百首御歌**　→5。**○花染め**　元来露草の花で縹色に染めること、その染め物を言い、変色しやすいこと

から、移ろいやすさの喩えともなる。「世の中の人の心は花染めのうつろひやすき色にぞありける」（古今集・恋五・七九五・読人不知）に代表される詞。この歌を踏まえた参考歌の『新古今集』の俊成詠辺りからは、桜の花の色に染めること、その染め物の意も派生する。しかし、そこにもまた、移ろいやすさの比喩の属性は引き継がれていよう。**○今日は**　立夏の今日はということ。**○裁ち替へて**　布を裁って衣服を作り替えること、あるいはその衣服に着替えることの意。ここは、夏巻頭であり、歌題の「更衣」からも、言うまでもなく、夏の更衣（衣替え）。同じく、配列と歌題から「今日」は四月朔日あるいは立夏で、「裁ち」に「立ち」が掛かり、「今日は立ち」の文脈で、今日は四月になって、あるいは夏が立って、ということ。

〔補説〕　あるいは下句には、「咲けば散る咲かねば恋し山桜思ひ絶えせぬ花の上かな」（拾遺集・春・三六・中務）が意識されているか。

主題は更衣だが、春の花を惜しむ趣もある。

三百首御歌の中に

雲のゐる遠（とを）山鳥の遅桜心長（なか）くも残（のこ）る花かな

〔校異〕　○御歌の中に―御歌に（高）　○ゐる―ぬる（三）　○遅桜―おそ（を）さくら（高）　○のこる―残り（る）（京）　残り（る歟）（松）　残り（本ノ るカ（朱））（三〈「り」から左傍「る」に朱指示符あり〉）　○花かな―色かな（内・高・慶・神・群）　＊歌頭に「続古」の集付あり（底）

〔現代語訳〕　三百首の御歌の中で

雲がかかっている遠い山の山鳥の尾ならぬ、遅咲きの桜の、それだけに心に長く残る花よ。

〔本歌〕　雲のゐる遠山鳥のよそにてもありとし聞けばわびつつぞ寝る（新古今集・恋五・一三七一・読人不知。古今六

帖・第二・山どり・九二三）

【参考歌】桜咲く遠山鳥のしだり尾のながながし日もあかぬ色かな（新古今集・春下・九九・後鳥羽院）

【出典】宗尊親王三百首・夏・七一、結句「残る春かな」。為家評詞「姿詞尤珍重候、但山鳥尾と存候、緒非二本意一候」。合点、基家・実氏・家良・行家・光俊・四条・帥。

【他出】続古今集・夏・一八五、結句「残る色かな」。六華集・夏・三三一、結句「残る比かな」。題林愚抄・夏上・一六九一、結句「残る色かな」。井蛙抄・二六六、結句「残る春かな」。

【語釈】**○三百首御歌**　→1。**○雲のゐる遠山鳥の遅桜**　「遠山鳥」（遠く離れた山にいる山鳥）自体で一語との意識が強いが、「山」を介して「雲のゐる遠山」から「山鳥の」へと鎖ると見ることができる。ここまでは、序詞で、「山鳥の尾」の「尾」の音の縁から「遅」を起こすか。あるいは同時に、「山鳥の尾」が「長い」という通念から、「（心）長くも」を起こす意識もあるか。「遅桜」は、春の季節をはずれて遅く咲く桜。「夏山の青葉まじりの遅桜初花よりもめづらしきかな」（金葉集・夏・九五・盛房）が勅撰集の初例。

【補説】初二句は本歌の詞を取りつつ、後鳥羽院詠の「桜咲く」と「ながながし」にも負ったか。後鳥羽院詠の本歌はもちろん、「足引の山鳥の尾のしだり尾のながながし夜をひとりかも寝む」（拾遺集・恋三・人麿）である。

結句の異同は、『宗尊親王三百首』の「残る春かな」が原態で、「残る花かな」に誤たれたと考えられるが、断定はできない。

主題は名残の花。

奉らせ給ひし百首に、卯花

飽かざりし春の隔てと見るからに垣ねもつらき宿の卯の花

〔校異〕○卯花―卯花を（書・内・高）○へたてと―へたては（慶・青・京・静・松・三・山）＊歌頭に「続古」の集付あり（底・内・慶）

〔現代語訳〕（後嵯峨院に）お奉りになられた百首で、卯の花

　満足することのなかった春を隔てるものとして見るにつけて、その垣根までもが憂く辛い、我が家の卯の花よ。

〔本歌〕我が宿の垣根や春を隔つらん夏来にけりと見ゆる卯の花（拾遺集・夏・八〇・順）

〔出典〕「弘長二年冬弘長百首題百首」の「卯花」題。

〔他出〕柳葉集・巻二・弘長二年院より人人に召されし百首歌の題にて読みて奉りし（一四四～二一八）・夏・卯花・一六一。続古今集・夏・弘長二年百首歌中に、卯花を・一八八。題林愚抄・夏上・卯花・一七一六。

〔語釈〕**○奉らせ給ひし百首**　→6。**○飽かざりし**　『古今集』以来の歌句だが、「あかざりし花をや春も恋ひつらむ有りし昔を思ひ出でつつ」（新古今集・哀傷・七六一・道信）あたりが意識されたか。**○春の隔て**　春を向こう側に隔てるもの。ここは、過ぎ去った春と夏との間を遮るもの。「今朝見ればこやの池水うちとけて氷ぞ春の隔てなりける」（月詣集・正月・中院入道右大臣家にて、立春の心をよめる・三・俊恵法師）が早い例だが、これは春がやって来るのを遮るものの意で用いられている。『正治初度百首』の「年暮れて今宵ばかりや葦垣のまぢかき春の隔てなるらむ」（冬・一七三・惟明）も同様の意味。同百首の宜秋門院丹後詠「今日といへば一夜の春の隔てとや思へば薄し蝉の羽衣」（夏・二一二三）が該歌と同様の意味の早い例で、その後慈円も「立ちとまる春の隔ての霞こそ夏の籬と今日なりにけれ」（拾玉集・秀歌百首草 建保三年十月・夏・三〇八一）と詠んでいる。宗尊に身近な例としては、家良に「古郷の葎の垣根それながらしげきや春の隔てなるらん」（百首歌合 建長八年・夏・七八九）がある。**○宿の卯の花**　「神まつる宿の卯の花白妙のみてぐらかとぞあやまたれける」（拾遺集・夏・九二・貫之）に遡及する句だが、この歌の祭司家の清々しい趣の卯の花とは異なり、該歌は孤独な将軍家のそれの風情。「飽かざりし」「つらき」の縁で「卯」に「憂」が掛かる。

〔補説〕 主題は卯の花だが、春を惜しむ趣も強い。

人々によませさせ給ひし百首に

明けぬれど光を残す月のうちの桂の里に咲ける卯の花

〔校異〕 ○明ぬれと―明ぬれは（神・群） ○残す―のこる（書） ○うちの―うちに（神） ○桂の里にさけるうの花―ナシ（書） ○さける―咲は（青・京・静・松・三・山）

〔現代語訳〕 人々にお詠ませになられた百首で

夜が明けたけれど、まだ光を残している月の中の桂、それならず月の残光に照らされて桂の里に咲いている卯の花よ。

〔参考歌〕 あはれまたいかにながめん月のうちの桂の里に秋は来にけり（東撰六帖抜粋本・秋・初秋・二〇七・実朝）

ひさかたの月の影とも見つるかな桂の里に咲ける卯の花（続詞花集・夏・一〇四・読人不知）

〔出典〕 「弘長元年中務卿宗尊親王家百首」の「夏」。

〔他出〕 柳葉集・巻一・弘長元年九月、人人によませ侍りし百首歌・夏・八四。

〔語釈〕 **○人々によませさせ給ひし百首** →2。**○光を残す** 先行例は、家隆の「天の原光を残す雲もなし秋のながめの有明の月」（石清水若宮歌合正治二年・月・一七五）が目につく程度。**○月のうちの桂の里** 月の中に桂の巨木が生えているという中国由来の俗信に基づき、「月のうちの桂」と言い、山城国の歌枕の「桂の里」を起こす。「桂」は、桂川中流域右岸、現在の京都市西京区桂の辺り。

〔補説〕 月中の桂の俗信で「月」とは縁がある「桂の里」と、例えば「月影を色にて咲ける卯の花は明けば有明の心地こそせめ」（後拾遺集・夏・一七三・読人不知）のように「月」の色と同じ色に咲くという「卯の花」とは、「月」

を媒介にして結び付く。宗尊歌も、この「月影を」と同様の景趣を詠じたものであろう。

〔補説〕 主題は前歌に続き卯の花。

葵（あふひ）をよませ給ひける

東（あつま）には挿頭（かさし）も馴（な）れず葵草心にのみやかけて頼（たの）まむ

〔校異〕 ○よませ給ける―よみ侍ける（高）

〔現代語訳〕 葵をお詠みになられた（歌）

ここ東国では、（賀茂祭もないので）葵草の挿頭も落ち着いて身にそぐうこともなくて、せめて、「葵」草を身に掛けるでもなく、（再び京の賀茂祭に）「逢ふ日」を心の中だけに掛けて頼むとしよう。

〔出典〕 「弘長二年十二月百首」の「葵」題。↓5。

〔他出〕 柳葉集・弘長二年十二月百首歌（二九七～三五七）・葵・三一一。

〔語釈〕 **○葵をよませ給ひける** 他出の『柳葉集』から、該歌が「弘長二年十二月百首」（↓5）の一首であると知られるので、この詞書は撰者真観により付されたものか、あるいは先に「葵」を詠んだ歌が、同百首に組み入れられたか。**○東には挿頭もなれず** 特異な表現。葵（日影草）を衣冠などに挿頭す、四月中の酉日の賀茂祭即ち葵祭を意識し、それが行われなず葵を当たり前に挿頭すことのない東国を歎じるか。**○葵草** 「かけて」「頼まむ」の縁で「逢ふ日」が掛かる。この「逢ふ日」は、「東」にはない賀茂祭あるいはそれが行われる京都とその人々に、再び巡り逢う日を言うか。**○かけて** 少しでもの意、あるいは心につねに思って願いを託する意に、「葵草」の縁で、引っ掛ける意が掛かる。

〔補説〕 「葵」をこのように詠むのは珍しい。形の上では東国の主である宗尊の満たされない心裏と京への郷愁の表出であろう。巻一（23、32〜35）や巻二（57、58）の春の述懐と同様に、夏の述懐と言える、宗尊の境遇が詠ませた一首である。『正徹物語』の「宗尊親王は四季の歌にも、良もすれば述懐を詠み給ひしを難に申しける也。物哀れの体は歌人の必定する所也。此の体は好みて詠まば、さこそあらんずれども、生得の口つきにてある也」という評は、このような歌々を根拠とするものであろうか。→57、解説。

　主題は葵。

　奉らせ給ひし・百首に、郭公を

昔よりなど時鳥あぢきなく頼(たの)まぬもの(物)の待(ま)たれ初め・けむ

【校異】○郭公を―郭公（書）○たのまぬ―またれぬ(たのめ歟)（書）頼ぬ（山）○またれ―ましたれ（京〈見消字中〉・松・三〈見消朱丸点〉）

【現代語訳】（後嵯峨院に）お奉りになられた百首で、郭公を

昔からどうして時鳥は、あてにはしないものの、どうにもならないほどに、自然とその声を待望し始めたのだろうか。

【本歌】宿りせし花橘も枯れなくになど時鳥声絶えぬらむ（古今集・夏・一五五・千里）

君来むといひし夜ごとに過ぎぬれば頼まぬものの恋ひつつぞ経る（伊勢物語・二十三段・女。新古今集・恋三・一二〇七・読人不知）

【参考歌】昔よりいかに契りて梅の花色に匂ひをかさねそめけん（正治初度百首・春・一一一一・俊成）

【出典】「弘長二年冬弘長百首題百首」の「郭公」題。

【他出】柳葉集・巻二・弘長二年院より人人に召されし百首歌の題にて読みて奉り（一四四〜二一八）・郭公・一一六

二、四句「頼めぬものの」。

〔語釈〕 **○奉らせ給ひし百首** →6。**○あぢきなく** 訳もなく、むやみに。結句「待たれ」にかかる。**○頼まぬものの** 書陵部本の傍記や『柳葉集』（時雨亭文庫本影印版）の本文「たのめぬものの」の形では、「時鳥が自分にあてにさせたわけではないものの」といった意味になり、これはこれで通意である。しかしここは、本歌の詞を取ったと考える。

〔補説〕 「昔より～初めけむ」の形は、参考歌の一首の他にも俊成が『五社百首』で、「昔より誰がみま草にしなふとも刈る萱としも名づけ初めけん」（住吉・刈萱・三四一）や「東路や瀬田の長橋昔よりいく千世経よと渡し初めけん」（日吉・橋・四九〇）と詠んでいる。宗尊がこれらを目にした可能性は高いであろう。同時に宗尊は、桜の落花の起源・理由を問うこともしていて（→77）、そこに、和歌の代表的景物の本意の元始を思う心の傾きを窺うことができるか。なお、そうだとすると、「咲き初めし昔さへこそ憂かりけれうつろふ花の惜しきあまりは」（68）は、①或る年の春季の中で桜が咲き始めた時期である過去、②歴史的にそもそもの元始として桜が咲き始めた往古の昔、どちらにも解し得るので、その二首前の「うつろへば物をぞ思ふ山桜うたてなにとて心そめけむ」（66）と同主旨と見て、前者に解しておいたが、あるいは、後者と見るべきであろうか。

ここから121までは、主題を時鳥とする歌群。

三百首御歌に

待ち佗びて今宵も明けぬ郭公誰がつれなさに音を習ひけん

〔校異〕 ○明ぬ―鳴ぬ（慶） ○たかつれなさに―たれかつれなき（慶） たれかつれなき（青〈「つ」の右傍に「く」とあり〉・京・静・松・三・山） たれにつれなき（神・群） ○音を―まち（高〈見消字中〉） ＊歌頭に「続拾」の集付あり

（底）歌頭に「続古」の集付あり（内・慶）

【現代語訳】 三百首の御歌で
待ちくたびれて、今夜も明けてしまった。時鳥は、（夜が明けても訪れないような）誰の薄情さに、鳴き声を真似て習った（夜が明けるまで鳴かない）のだろうか。

【参考歌】 独り寝の今宵も明けぬ誰としも頼まばこそは来ぬも恨みめ（新古今集・雑下・一七三〇・為忠）
よしさらばつらさは我に習ひけり頼めて来ぬは誰か教へし（詞花集・雑上・三一六・清少納言）

【影響歌】 つれなくて今宵も明けぬ郭公待たぬ八声の鳥は鳴けども（続現葉集・夏・郭公を・一五〇・承覚法親王）

【出典】 宗尊親王三百首・夏・七四。基家評詞「尤絶妙歟」。合点、為家・基家・実氏・家良・行家・光俊・四条・帥（全員）。

【他出】 続拾遺集・夏・一五四、詞書「おなじ（待郭公）心を」。題林愚抄・夏上・待郭公・一八六五。

【語釈】 **○三百首御歌** →1。**○待ち侘びて** 『古今集』の「ほととぎす」の物名歌「来べきほどときすぎぬれや待ち侘びてなくなる声の人をとよむる」（四二三）に遡及する句。「待ち侘びて小夜更けにけり時鳥暁をだに過ぐさざらなん」（万代集・夏・五二四・馬命婦。内裏歌合応和二年・一〇、三句「更けぬめり」）や「待ち侘びて今うち臥せば時鳥あか月方の空に鳴くなり」（万代集・夏・五六六・相模、相模集・二四五）等と詠まれる。宗尊は、これらに学ぶか。

【補説】 四句の異文「たれかつれなき」の場合、下句は「一体誰が鳴きもしないつれない声（鳴かないこと）を慣れ親しんだのだろうか」といった意になろうか。「たれにつれなき」の場合は、「一体誰に鳴きもしないつれない声（鳴かないこと）を学んだのだろうか」といった意か。
影響歌の作者承覚は、宗尊の甥後宇多院の皇子（後醍醐院の同母弟）。

人ならば侘(わ)びつゝも寝(ね)ん時鳥いとゞ待(ま)たるゝ夜半の村(むら)雨

〔校異〕 ○わひつゝも―わひつゝや（書・内・高）わひつゝも（慶）わひつゝも（松）

〔現代語訳〕（三百首の御歌で）

もし待つのが人であるのならば、思い侘びながらも寝ようものを。時鳥は、この夜中の俄雨でも、いっそうその訪れが待たれるよ。

〔本歌〕 月夜には来ぬ人待たるかき曇り雨も降らなむ侘びつも寝む（古今集・恋五・七七五・読人不知）

〔参考歌〕 人ならば待ててふべきを時鳥ふた声とだに聞かで過ぎぬる（内裏歌合天徳四年・郭公・二九・元真。和歌童蒙抄・八七二。袋草紙・三五二他）

侘びつつもさてや寝ななん時鳥来ぬ夜の月はむら雨もなし（紫禁和歌集・同〈建保四年三月十五日〉比、二百首和歌・八三四）

〔影響歌〕 人ならば思ひ絶ゆべき雨もよになほ頼まるる時鳥かな（隣女集・巻二自文永七年至同八年・夏・郭公・一〇七三。同・巻四自文永九年至建治三年・夏待郭公・一九〇八）

〔出典〕 宗尊親王三百首・夏・七五。基家評詞「勝二于本歌一、再三可レ詠」。合点、為家・基家・家良・行家・光俊・四条・帥。

〔語釈〕 **○人ならば**（対象が）もし人間であるのならば。古く「人ならばおやの愛子ぞあさもよい紀の川つらの妹と背の山」（万葉集・巻七・雑歌・一二〇九）や「住吉の岸の姫松人ならばいく世か経しと問はましものを」（古今集・雑上・九〇六・読人不知）などと詠まれたのが原拠。宗尊は、天徳四年の『内裏歌合』の歌に拠るか。**○侘びつつも** 出典の『宗尊親王三百首』では「侘びつつや」で、本集にもその形の本が見える。本歌の『古今集』歌は「侘びつつも」で諸本に異同はない。宗尊自身か真観による修正か、あるいはその他の理由による変化か。**○夜半の村雨**

「名残をばいづち分けまし時鳥おぼめく夜半の村雨の声」（正治初度百首・郭公・七一七・賀茂季保）や「なかなかに明けだにはてね起きもせず寝もせぬ夜半のむら雨の空」（千五百番歌合・恋三・二六三九・家隆）など、新古今時代から詠まれ始めた比較的新しい措辞。なお、式子内親王に「さびしくも夜半の寝覚めをむら雨に山時鳥一声ぞ問ふ」（式子内親王集・一二五）の類例がある。

〔補説〕宗尊親王幕下の鎌倉歌壇に活躍した僧正公朝に、「人ならば来めやと思ふよひの雨にぬれぬれに鳴く時鳥かな」（新三井和歌集・夏・同じ心を〈雨中郭公〉・一二四）という、該歌と表裏をなすような一首がある。先後は不明である。影響歌の雅有詠は、該歌よりは後出で該歌の焼き直しの趣。恐らくは宗尊からの影響下に詠まれた、雅有の詠作手法を窺わせる一首であろう。

いとどまた夢てふ事を頼めとや思ひ寝に聞く時鳥かな

〔校異〕○和歌―ナシ（書）○きく―なく（慶・青・京・静・松・三・山・神・群）

〔現代語訳〕（三百首の御歌で）

よりいっそうまた夢ということを頼りにせよというのか。ただひたすら物思いをしながらの眠りに、ふと聞こえてくる時鳥であることよ。

〔本歌〕うたた寝に恋しき人を見てしより夢てふ物は頼みそめてき（古今集・恋一・五五三・小町）

君をのみ思ひ寝に寝し夢なればわが心から見つるなりけり（古今集・恋二・六〇八・躬恒）

〔出典〕宗尊親王三百首・夏・七八。基家評詞「是など大方無子細候」。合点、為家・基家・実氏・家良・行家・光俊・帥。

〔補説〕現に聞こうとしてもままならず、憂き物思いのままに眠ると、夢のように聞こえてきた時鳥の声なので、夢を頼りにせよとでもいうのか、という趣旨。

105

百首御歌の中に

憂(う)き身にも待(ま)たるるもの(物)を郭公心あれとは誰厭(たれいと)ひけん

【校異】 ○郭公―鵑(時鳥)（松）鷹(本ノ時鳥カ(朱))（三〈「鷹」から左傍の「時」に朱指示符あり〉）○心あれ―。あれ(心)（山〈補入符朱〉）○いとひけん―ならひけむ（高）

【現代語訳】 百首の御歌の中で

この憂鬱の身にも自然と時鳥は待たれるのに、その時鳥に心あれよ（声を聞かせるな）とは、一体誰が嫌がったのだろうか。

【参考歌】 夏山に鳴く郭公心あらば物思ふ我に声な聞かせそ（古今集・夏・一四五・読人不知）

【類歌】 過ぎぬるか有明の峰の時鳥物思ふとても厭ひやはせむ（後鳥羽院自歌合・暁郭公・七。後鳥羽院御集・一七五五）

【出典】 「弘長二年十一月百首」の「郭公」題。

【他出】 柳葉集・巻二・弘長二年十一月百首歌（二二九〜二九六）・郭公・二四三。

【語釈】 **○百首御歌** 弘長二年十一月百首。→23。**○心あれ** 「時鳥」について言うのは、古く「時鳥夜鳴きをしつつ我が背子を安いしなすなゆめ心あれ」（万葉集・巻十九・四一七九・家持）があるが、これは、時鳥が鳴くことを求めたもので、（必ず）心得よ、ほどの意味であろう。新古今時代の、例えば「心あれやしばし待たれて郭公更けゆく月にあはれそふなり」（老若五十首歌合・一二二・忠良）も、「有心」の意味に傾いてはいても、時鳥が鳴くことを期待する点では同様である。該歌は、時鳥を「厭」ふことについて言っている点で異質。参考歌の「心あらば」

を言い換えたか。

【補説】作意がよく分からない歌である。参考歌を踏まえて、憂き身である自分でも時鳥は待ち遠しいのに、一体誰がわざわざ「心あれ」（「心あらば物思ふ我に声な聞かせそ」）などと言って、時鳥に対して意見するような厭い方をしたのか、という趣旨を詠じたと解しておく。その限りでは、古歌に異を唱える本歌取りと言ってもよい。類歌の後鳥羽院詠は、より明確に「夏山に」歌を踏まえていて、本歌取りと見ることができよう。

和歌所にて、男（おのこ）ども結番歌よみ侍りける次に
かくばかり待たるる音とも時鳥思ひ知らでやつれなかるらん

【校異】○結番歌―結番うた〈参考・表記の異同〉（神・群）○音とも―ねをも（慶）音をも（青・京・静・松・三・山）○しらてや―しらせて。（山〈「せ」字中に朱点、補入符朱〉）

【現代語訳】和歌所にて、出仕の男達が結番の歌を詠みましたついでに
時鳥は、これほどに待望されている自分の鳴き声だとも理解しないで、つれなく鳴かないのだろうか。

【類歌】郭公待つはくるしきものとだに思ひ知らでやつれなかるらん（題林愚抄・夏上・待郭公・一九〇七・権中納言）

【語釈】○和歌所　→27。○結番歌　担当の順番を定めて作る歌。→27。○待たるる音とも　人（あるいは宗尊自身）によって鳴き声を待たれているのだとも、という意。特異な措辞。○思ひ知らでや　「身の憂さを思ひ知らでややみなまし逢ひ見ぬ先のつらさなりせば」（千載集・恋四・八九六・静賢）や「身の憂さを思ひ知らでややみなましそむくならひのなき世なりせば」（新古今集・雑下・一八二九・西行）が、早い例となる。建長三年（一二五一）閏九月尽日成立の『閑窓撰歌合』は、藤原信実と真観の共撰と推定されている。その両者と信実・真観各々の女二人が作者である。その一首に、「おのが音につらき別れのありとだにに思ひ知らでや鳥の鳴くらん」（二一九・藻壁門院少将）の

作例がある。宗尊が、これを目にした可能性もあろうか。
〔補説〕 類歌は、作者の「権中納言」が誰を指すのか不明だが、該歌と同じ趣旨。

人々によませさせ給ひし百首に

茂りあふ草香の山の郭公暮に越えてや初音鳴くらむ

〔校異〕 ○よませさせ―よませ（高）よまさせ（慶） ○草かの―くさはの（内・高）草かの（慶） ○山の―さとの（書） ＊「くれに」の「く」と「れ」の間の左傍に朱丸点あり（三）
〔現代語訳〕 人々にお詠ませになられた百首で
草がいっせいに茂る、草香る草香の山の時鳥は、夕暮にその山を越えて、初音をもらして鳴くのだろうか。
〔本歌〕 おしてる 難波を過ぎて うち靡く 草香の山を 夕暮に 我が越え来れば 山も狭に 咲けるつつじの にくからぬ 君をいつしか 行きてはや見む（万葉集・巻八・春雑歌・草香山歌・一四二八・作者未詳）
〔参考歌〕 おしてらす難波を過ぎてうち靡く草香の山を暮にわれ越ゆ（五代集歌枕・くさか山・三〇三。和歌初学抄・一六二、初句「おしてるや」結句「暮に我が行く」。神中抄・一五二、初句同上）
〔出典〕 「弘長元年中務卿宗尊親王家百首」の「夏」。
〔他出〕 柳葉集・巻一・弘長元年九月人人によませ侍りし百首歌（六九〜一四三）・夏・八五。
〔語釈〕 **○人々によませさせ給ひし百首** →2。**○茂りあふ** 「あふ」は、物事が同時同様に進行する意を表す。ここは、夏草が急激に繁茂する様を言う。『古今集』の「採物の歌」に「神垣の三室の山の榊葉は神のみ前に茂りあひにけり」（神遊びの歌・一〇七四）の例がある。「茂りあひ」の形は平安時代にも例が少なくないが、「茂りあふ」の形では、『古今六帖』の「人知れぬわれよりほかに夏草の茂りあふこそ見ればねたけれ」（第六・夏・三五五六）が早い例で、以降は、『為忠家両度百首』に三例（初度・二二八、二七二、後度・四七二）見え、鎌倉初期の一例（六百番歌合・二九〇・慈円、秋篠月清集・一四六五）を経て、鎌倉前中期になると作例が多くなっていく。宗尊が該歌を詠んだ九月百首の直前、弘長元年（一二六一）七月七日の『宗尊親王百五十番歌合弘長元年』でも「茂りあふかげさへ暗き山の井の浅くは見えぬ五月雨の比」（夏・八七・権律師厳雅）と詠まれている。**〇草香の山**　摂津国難波の所名。現在の奈良県生駒市と東大阪市の境界にある生駒山の西麓に広がる扇状地が「日下」の地で、現在の東大阪市日下町付近の山地を言うか。「草香」は、おのずから草の香りの意味が掛かり、「茂りあふ」と縁語。

文永元年十月御百首に

故郷の佐保のうへ行く時鳥羽易の山に初音鳴くらん

〔校異〕　〇はかひの—さかひの（内・高）　〇なくらん—なくらし（内）なくらん（慶）

〔現代語訳〕　文永元年十月の御百首で

故郷奈良の佐保の上空を飛び行く時鳥は、羽交ならぬ羽易の山で初音をもらして鳴くのだろうか。

〔参考歌〕　故郷の佐保の河水今日もなほかくて逢ふ瀬はうれしかりけり（後撰集・雑二・一一八一・冬嗣、五代集歌枕・さほがは・一二五〇）

春日なる羽易の山ゆ佐保のうちへ鳴き行くなるは誰呼子鳥（万葉集・巻十・春雑歌・詠鳥・一八二七・作者未詳）

〔出典〕　「文永元年十月百首」の「夏」。

〔他出〕　柳葉集・文永元年十月百首歌（五六三～六二六）・夏・五七六、結句「初音鳴くらし」。

〔語釈〕　**〇文永元年十月御百首**　→54。**〇故郷の佐保**　「故郷」は、かつての都平城京の奈良。大和国の歌枕「佐保」は、若草山（三笠山）の西方、佐保川の中流域で、現在の奈良市法蓮町と法華寺町一帯の北に位置する丘陵である佐保山とその麓の一帯を言う。**○うへ行く**　早く「さざれいしのうへ行く水のあさましくさらさらにとはぬ君かな」（源賢法眼集・五一）の例はあるが、多くの例は鎌倉時代以降に見える。後鳥羽院の「を初瀬や宿やはわかむ吹きにほふ風の上行く花の白雲」（院自歌合・落花・四）の「風の上行く」は、宗尊も「天つ空風の上行く浮雲の宿りさだめぬ世に迷ひつつ」（竹風抄・巻一・文永三年十月五百首歌・雲・五八）と詠じている。宗尊は別に「水の上行く」（竹風抄・一〇九）「松の上行く」（同・五四四。中書王御詠・一〇六）を用いている。**○羽易の山**　大和国の歌枕。若草山の南東に連なる春日山の一峰か。若草山のこととも。元来は、奈良の北方、現在天理市の引手山（竜王山）とその山並みを言ったとも。いずれにせよ、同音の「羽交」の連想から、鳥が翼を広げた姿に見立てて言ったか。景物として鳥が詠み併せられる。ここも、「時鳥」の縁で、「羽交」が掛かる。

　　杜郭公を
鳴（な）きぬなり岩瀬（いはせ）の杜の時鳥夕べさびしき山陰にして

〔校異〕　○杜郭公を—杜時鳥を（松）松（杜カ）時鳥を（三〈傍記朱、「松」の左傍に朱線〉・山）杜ほとゝきす（神・群）○なきぬなり—なきぬるか（書・内・高）なきぬ也（るかイ）（慶）○さひしき—すゝしき（書）＊「杜の」の「杜」の「土」の上部は朱で補筆（三）

〔現代語訳〕　杜の郭公を
　鳴いたのが聞こえる。岩瀬の杜の時鳥だ、夕方の寂しい山陰にあって。

〔本歌〕　もののふの岩瀬の杜のほととぎす今も鳴かぬか山の常陰に（万葉集・巻八・夏雑歌・一四七〇・刀理宣令。五代集歌枕・いはせのもり・八三三）

〔参考歌〕　さらぬだに夕べさびしき山里の霧の籬にを鹿鳴くなり（千載集・秋下・三一一・待賢門院堀河）
吉野なるなつみの川の川淀に鴨ぞなくなる山陰にして（新古今集・冬・六五四・湯原王、原歌万葉集・三七五）

〔語釈〕　○鳴きぬなり　これを初句に置くのは、定家の「鳴きぬなりゆふつけ鳥のしだり尾のおのれにも似ぬ夜はのみじかさ」（拾遺愚草・建保五年四月十四日庚申五首、夏暁・二二一九。続後撰集・夏・二二二）が早く、それを「時鳥」に言うのは、家隆の「鳴きぬなりはや里なれよ鶯の谷の巣立ちの山時鳥」（洞院摂政家百首・夏・三三八）が早い。異文の「鳴きぬるか」を初句に置く例は少ないが、宗尊に身近なところでは、建長八年（一二五六）の『百首歌合』に「鳴きぬるか去年の古音の時鳥引かぬあやめにさ月つぐとて」（夏・九八一・寂西）の作がある。○岩瀬の杜　大和国の歌枕。斑鳩の竜田川の東辺りという。

五月時鳥

時鳥里に出でたる声すなり五月は山や住みうかるらむ

〔校異〕　○五月時鳥―五月時鳥を（内）　○山や―山に（神・群）

〔現代語訳〕　五月の時鳥

時鳥が里に出ている声がしている。五月というのは、山が住みづらいのだろうか。

〔参考歌〕　里に出でて今ぞ鳴くなる時鳥夏はみ山や住みうかるらん（百首歌合建長八年・夏・九九五・伊嗣）

〔語釈〕　○住みうかるらむ　西行の「思ひ出でて古巣に帰る鶯は旅のねぐらや住みうかるらん」（西行法師家集・雑・七六六）や俊恵の「枝ごとにうつろひ鳴くは鶯の花のねぐらや住みうかるらん」（林葉集・春・六一）あたりが早い例となる。真観撰と推測される『秋風抄』や同撰の『秋風集』には「この里も嵐ははげし入りにける深きみ山の住みうかるらん」（抄・雑・二九四・実基。集・雑中・一一七八＝三句「いかにげに」）が収められている。直接には参考歌の伊嗣詠に倣うか。

【補説】 古く「五月待つ山郭公うちはぶき今も鳴かなむこぞのふるごゑ」や「いつのまに五月来ぬらむあしひきの山郭公今ぞ鳴くなる」（古今集・夏・一三七、一四〇・読人不知）などと詠まれて、五月には山時鳥が鳴く、というのは通念となっている。一方で、鎌倉時代になると定家は、「郭公しのぶの里にさとなれよまだ卯の花の五月待つ比」（拾遺愚草・詠花鳥和歌・鳥・四月郭公・一九九九）と詠み、独撰した『新勅撰集』にも「いつのまに里なれぬらむ時鳥けふを五月のはじめと思ふに」（夏・一四八・行宗）を入れていて、五月になると里で時鳥が馴れて鳴く、といった認識を示しているようでもある。定家の息為家が撰した『続後撰集』には、宗尊の父後嵯峨院の「里なれて今ぞ鳴くなる時鳥五月を人は待つべかりけり」（夏・二〇〇）の歌が見えている。その両方の詠み方を踏まえたかのように、建長八年（一二五六）の『百首歌合』では「名もしるき山郭公いつのまに里なれそむる五月来ぬらん」（夏・九九九・忠基）と詠まれている。該歌は、その延長上に、五月に時鳥が里で鳴く理由を推測する趣向。より直接には参考歌に挙げた同じ歌合の伊嗣詠に学ぶか。

111

山路郭公

行きやらで暮（く）らせる山の時鳥（ほとゝきす）今ひと声は月に鳴くなり（也）

【校異】 ○山路郭公―山路郭公を（内・高）ナシ（青・京・静・三・山）山路時鳥〈行端補入〉（松）　＊歌頭に「続古」の集付あり（底・内・高・慶）

【現代語訳】 山路の郭公

（時鳥の声をもっと聞きたくて）先に行くこともできず山路で一日を暮らした、その山の時鳥の、もう一声はいま月のもとで鳴くのが聞こえる。

〔本歌〕 行きやらで山路暮らしつ時鳥今ひと声の聞かまほしさに（拾遺集・夏・一〇六・公忠。和漢朗詠集・夏・郭公・一八五等）

〔参考歌〕 五月雨の雲かさなれる空はれて山郭公月に鳴くなり（聞書集・月前郭公・八五）

五月雨の雲の晴れ間に月さえて山郭公空に鳴くなり（千載集・夏・月前郭公といへる心をよめる・一八八・賀茂成保）

〔影響歌〕 時鳥待つとはなしに行きやらで山路くらせる夕だちの雨（隣女集・巻三自文永七年至同八年・夏・夕立・一一三〇）

〔他出〕 続古今集・夏・山路郭公といふことを・二二一・題林愚抄・夏上・山路郭公・二二六九・兼載雑談・六〇、二句「山路暮らせる」。→補説。

〔補説〕 『兼載雑談』は、本歌の『拾遺集』歌を挙げて、「この心は、一声や聞かむとて、今鳴きたる跡を去らで暮らしたるとなり。二声と聞かずは出でじとある歌も、此の歌などの心なり」と言い、「宗尊親王の歌に」として該歌を二句「山路暮らせる」で挙げ、「前の本意を、一重上をあそばしたり。人のこころざしをかんじて後、今一声をば結構して月に鳴きたるなり」（日本歌学大系本。表記は私意）と言う。

奉（たてまつ）らせ給ひし百首に、郭公

おの（を）が妻恋しき時か郭公山より出（い）づる月に鳴（な）くなり

〔校異〕 ○百首に―百首（書） ○をのか妻恋しき時か―をのつからつまこひしきか（書・内・高） をのかつまこひ（つからつま恋しき）しきときは（かはイ）（慶） をのかつま恋しきときは（青） をのかいま恋しき時か（三・山）

〔現代語訳〕（後嵯峨院に）お奉りになられた百首で、郭公

自分の妻を恋しいときなのか、時鳥が山から出て、山から出る月のもとで鳴くのが聞こえる。

〔本歌〕おのが妻恋ひつつ鳴くや五月やみ神南備山の山郭公（新古今集・夏・一九四・読人不知）

あしひきの山より出づる月待つと人にはいひて君をこそ待て（拾遺集・恋三・七八二・人麿。万葉集・巻十二・寄物陳思・三〇〇二・作者未詳＝結句「妹をこそ待て」の異伝）

〔出典〕「弘長二年冬弘長百首題百首」の「郭公」題。

〔他出〕柳葉集・巻二・弘長二年院より人人に召されし百首歌の題にて読みて奉りし（一四四～二二八）・郭公・一六四。

〔語釈〕**○奉らせ給ひし百首** →6。**○郭公山より出づる月** 「郭公山より出づる」から「山より出づる月」へ鎖る。

〔補説〕本歌の『新古今集』読人不知歌は、この位置にもともと「旅にして妻恋ひすらし郭公神南備山にさ夜更けて鳴く」（万葉集・巻十・夏雑歌・一九三八・古歌集歌）が作者赤人（赤人集・二二〇に見える）として配されていたが、既に『後撰集』（夏・一八七・読人不知、初句「旅寝して」）に採られていることを家隆が見出し、削除すべきところ、仮名序にも「夏は妻恋ひする神南備の郭公」と引用されているので、序文を改めるか、この歌を切り出すかで迷った末に、定家の進言で序文に合う歌を急遽院が作った代替歌である（明月記・承元元年三月十九日条）。『新古今集』としてはこの歌を古歌と見なす意図があったと考えてよいであろうから、本歌とした。ちなみに実朝も、この歌を本歌に「さ月闇さ夜更けぬらし時鳥神南備山におのが妻よぶ」（金槐集・夏・深夜郭公・一四七）と詠じている。

人々によませさせ給ひし百首に

一声をあかずも月に鳴き捨てて天の戸渡る郭公かな

〔校異〕 ○人々に―人々（高） ○よませさせ―よまさせ（慶） ○百首に―百首（京・静・松・三） ＊歌頭に「続古」の集付あり（底・内・慶）

〔現代語訳〕 人々にお詠ませになられた百首で

飽きたらずにも、月のもとでただ一声を鳴き残して去り、天空を渡ってゆく時鳥であるよな。

〔本歌〕 さ夜ふけて天の戸渡る月影にあかずも君をあひ見つるかな（古今集・恋三・六四八・読人不知）

〔類歌〕 時鳥ただ一声を鳴き捨てて月につれなきあり明の空（内裏百番歌合承久元年・暁郭公・六七・伊平）

〔出典〕 「弘長元年中務卿宗尊親王家百首」の「夏」。

〔他出〕 柳葉集・巻一・弘長元年九月人人によませ侍りし百首歌（六九～一四三）・夏・八六。続古今集・夏・人人によませ侍りける百首に、郭公・二一〇。続題林愚抄・夏上・郭公・一七九二。

〔語釈〕 **○人々によませさせ給ひし百首** →2。**○鳴き捨てて** 「鳴き捨つ」は、鳴いてその声を捨てるように後を顧みないでその場から去ることを言う。新古今歌人達が詠出した語か。二条院讃岐の「鳴き捨てて雲路過ぎ行く時鳥いま一声は遠ざかるなり」（二条院讃岐集・ほととぎす・二二）や守覚法親王の「鳴き捨てて外山がすそを過ぎぬれば声も奥ある郭公かな」（御室五十首・夏・一五）、あるいは定家の「なほざりに山郭公鳴き捨ててわれしもとまる杜の下陰」（千五百番歌合・夏・七二一）や慈円の「時鳥鳴き捨てて行く声の跡に心をささふ松の風かな」（拾玉集・詠百首和歌・夏・二九八三）などの作例がある。**○天の戸** 「天の門」とも書く。空のこと。

夏御歌の中に

時鳥秋の夕べを見せたらば今よりもけに音をや鳴かまし

〔校異〕○なかまし―なら[か(朱)・ー(朱)]まし（三）

〔現代語訳〕夏の御歌の中で
時鳥は、もし秋の夕方を見せたのならば、今よりももっと声を出して鳴くのであろうか。

〔本歌〕人知れぬ心の内を見せたらば今まで辛き人はあらじな（拾遺集・恋一・六七二・読人不知）
山里に宿らざりせば郭公聞く人もなき音をやなかまし（拾遺集・夏・九九・読人不知）

〔他出〕和漢兼作集・夏上・四四三、詞書「夕郭公」作者位署「入道中務卿宗尊親王」。

〔補説〕作意が分かりにくい歌である。時鳥はもとより夏の鳥で、五月に最もよく鳴き、六月には山に帰る、というのが通念。「時鳥さ月みな月分きかねてやすらふ声ぞ空に聞こゆる」（新古今集・夏・二四八・国信）と詠まれる所以である。平安末期成立の『隆源口伝』には、「郭公をば六月には詠むべからず。古今集歌／さ月はて声みなつきの郭公今はかぎりの音をや鳴くらむ／此の歌は五月六月を添へたる也。六月の郭公をよむにはあらず」（日本歌学大系本）とも言う。また『後撰集』には「秋近み夏果てゆけば郭公鳴く声かたき心ちこそすれ」（夏・二〇八・読人不知）という歌もあって、時鳥は夏の鳥でそれも主に五月に鳴くというのが本意である。『隆源口伝』が引く「さ月はて」歌は、嘉承二年（一一〇七）～永久四年（一一一六）成立の『綺語抄』（五八二）には見えるものの、『古今集』にはない歌だが、「声皆尽き」と「水無月」を掛ける「声みなつき」の措辞は、平親宗が「時鳥声みな月と聞きしかど残ればこそはけふも鳴くらめ」（親宗集・六月一日、郭公をききて・四二）と詠んでいる他、鎌倉時代にも作例が散見する。あるいは『夫木抄』に為家作と伝える、「時鳥声みな月と思へばや夕だつ雲に立ちかへり鳴く」（夏三・毎日一首中・三五六一）という歌、即ち、時鳥は声が皆尽きる夏の最後の月水無月と思うので夕方に立つ雲に引き帰して繰り返し鳴くのか、といった歌などの趣意をさらに敷衍して、なおさら秋の夕べと思わせたらば時鳥はよりいっそう鳴いてくれるのか、という趣向を立てようとしたものか。

待ちわびし時こそあらめ郭公聞くにも物の悲しかるらん

〔校異〕ナシ

〔現代語訳〕（夏の御歌の中で）

鳴くのをあんなにも待ちわびた時があったであろう。それなのに、時鳥は聞くにつけても、（私が悲しいので）もの悲しいのであろう。

〔本歌〕世の中はいかにやいかに風の音を聞くにも今は物や悲しき（後撰集・雑四・一二九二・読人不知）

わがごとく物や悲しき郭公時ぞともなく夜ただなくらむ（古今集・恋二・五七八・敏行）

〔参考歌〕鳴き初めぬ時こそあらめ郭公初音の後は待たれずもがな（寂身法師集・詠百首和歌・夏・三七八）

〔類歌〕辛かりし時こそあらめ逢ひみての後さへ物はなぞや悲しき（三十六人大歌合・七六・三品親王家小督）

〔出典〕「弘長元年五月百首」の「夏」。↓14。

〔他出〕柳葉集・巻一・弘長元年五月百首歌（一～六八）・夏・一八。

〔補説〕時鳥が鳴くことについて「悲し」とするのは、本歌の敏行詠に基づくのであろうが、同時に宗尊の季節歌に述懐性を詠じる傾きにもよるのであろう。↓57、解説。

参考歌の寂身歌は、寛元三年（一二四五）の関東に於ける詠作。「時鳥は、まだ鳴き始めない時もあるであろう。それを待つのはあまりにも辛い。だから時鳥は、せめて初音の後にはもう待つことがないといいのにな」といった趣旨か。あるいは宗尊はこれにも触発されたか。

また、類歌として挙げた宗尊家の女房小督の歌は、弘長二年（一二六二）九月成立の歌合詠で、その折の作とすれば、該歌に倣った可能性があるか。同歌合は秀歌撰的性格もあり、既存の詠作から撰歌したのだとすれば、小督の歌も該歌に先行する可能性がある。なおまた、該歌の直後、弘長元年七月七日に成った『宗尊親王百五十番歌合弘長元年』の「郭公悲しき物ぞ今よりは夕べは我に声な聞かせそ」（夏・八三・藤原時盛）は、「夏山に鳴く郭公心あらば物思ふ我に声な聞かせそ」（古今集・夏・一四五・読人不知）を本歌にするが、初二句には、宗尊詠を意識して追従したかのような趣が感じられる。

和歌所にて

聞けば憂し聞かねば待たる時鳥物思へとや鳴き始めけん

〔校異〕　○またる―まさる（高）　○おもへとや―おもへとて（神・群）　○はしめけん―はしむらん（内・高）初しけん（山〈「し」に朱丸点〉）

〔現代語訳〕　和歌所にて

その声は聞くと憂く辛い。聞かないと待ち遠しい。時鳥は、自分に物思いをしろと、（往時に）鳴くことを始めたのであろうか。

〔参考歌〕　聞けば憂し聞かねば恋し郭公昔の夏はいかが鳴きけむ（秋風抄・夏・三四・雅成親王。現存六帖・ほととぎす・八二六）

あしひきの山郭公いかにして飽かれぬ音には鳴き始めけん（宝治百首・夏・聞郭公・八九六・有教）

〔語釈〕　**○鳴き始めけん**　勅撰集の初例は『新勅撰集』の「逢坂のゆふつけ鳥も別れ路を憂き物とてや鳴き始めけむ」（恋三・八一二・法印幸清）で、比較的新しい句型。宗尊は、参考歌の宝治百首歌などを目にする機会があったか。桜について言った「馴れて見る春だにかなし桜花散り始めけむ時はいかにと」（77）の「散り始めけむ」と併せて、宗尊の好みが窺われる。参考歌の雅成詠に倣って、101の「昔よりなど時鳥あぢきなく頼まぬものの待たれ初めけむ」と同様に、歴史的に見た往時の夏に於ける時鳥の鳴き始めの所以を問うた、と解する。なお、内閣本の「鳴き始むらむ」の形も古い用例は見当たらず、『洞院摂政家百首』に真観の「言問はんなど郭公つれもなく待たれてのみは鳴き始むらん」（夏・郭公・三七八）が見える。これは該歌と一見類想だが、ある夏の時季での鳴き始めを問うもの。

〔補説〕 上二句の類型は、「言へば憂し言はねば苦しつれもなき人の心をいかに定めん」（定頼集〈明王院旧蔵本系本〉・二三五）や「見れば憂し見ねば恨めしとにかくにあふさきるさの思ひなりけり」（右衛門督家歌合久安五年・恋・五八・隆縁）といった先行例がある。宗尊は直接には、大叔父雅成親王の歌に拠ったのであろう。

五月とはなど契りけむ時鳥（ほとゝきす）憂きに鳴く音は時も分（わ）かじを

〔校異〕 ○五月とは―五月には（内・高） さつきとは（にはイ）（慶） ○音は―ね（は）（京） ○時も―時し（慶）

〔現代語訳〕（和歌所にて）

鳴くのは五月とは、どうして約束したのだろうか、時鳥は。鳴くならぬ辛くて泣く声は、時を区別するまいものを。

〔語釈〕 ○など契りけむ この句自体は珍しく、早くは『匡衡集』の「葛城の橋はよるこそかたからめよる渡らじとなど契りけむ」（九三）を見出し得る程度。宗尊の念頭にはむしろ、「契りけむ心ぞつらきたなばたの年にひとたび逢ふは逢ふかは」（古今集・秋上・一七八・興風）があったか。○憂きに鳴く音 意外にも他に例を見ない。「鳴く」の「鳴」は底本の用字どおりとしたが、「鳴く」と「泣く」との掛詞で「憂き」の縁語。このように「憂き」の縁で時鳥が「鳴く」に「泣く」を掛けて言う趣向の淵源は、躬恒の「時鳥我とはなしに卯の花の憂き世の中になきわたるらむ」（古今集・夏・一六四）に求められる。該歌は、その延長上にある。**〇時も分かじを** 珍しい句。先行例に「夕べとてかならず袖のしをれめや秋の哀れは時も分かじを」（宝治百首・秋・秋夕・一三八七・経朝）がある。

〔補説〕 宗尊は別に、文永二年（一二六五）春から文永四年秋頃までの作を収めた『中書王御詠』に「憂きにこそなく音はつくせ時鳥なにをうれふる五月なるらん」（中書王御詠・夏・郭公・六一）という同工異曲を残している。

三百六十首御歌に、夏

物思ふ寝覚めの空の郭公誰かまさるとなくなくぞ聞く

〔校異〕 〇夏―ナシ（神・群） 〇まさると―またこと（慶）またこと（青・京・静・三〈「こ」の左傍に朱丸点〉・山）またこと（松） 〇なく〳〵ぞ―なく〳〵に（青・京・静・三・山）なく〳〵に（松）

〔現代語訳〕 三百六十首の御歌で、夏

物思いをして夜眠りから目覚めた空の時鳥は、その時鳥が誰が自分よりまさるのかと鳴くのを、誰が自分より物思いがまさるのかと、泣く泣く聞くのだ。

〔本歌〕 あしひきの山郭公をりはへて誰かまさると音をのみぞ鳴く（古今集・夏・一五〇・読人不知）

〔参考歌〕 五月雨に物思ひをれば郭公夜ぶかくなきていづちゆくらむ（古今集・夏・一五三・友則）

〔類歌〕 もの思ふ夜半の寝覚めの時鳥おなじ心に音をだにも鳴け（政範集・これも人人つどひてよみ侍りし時・夏鳥・四〇〇）

〔語釈〕 **〇三百六十首御歌** →13。**〇寝覚めの空の時鳥** 「寝覚めの空」の「時鳥」は、「おぼつかな寝覚めの空に時鳥夢ばかりこそ鳴き渡るなれ」（和歌一字抄・後・夢後時鳥・一〇一・俊忠）が早い例で、以後も頻繁に詠まれたとは言えないが、後鳥羽院に「さのみやは心あるべき時鳥寝覚めの空に一声もがな」（遠島歌合・郭公・三三）の作が

ある。「空」に「鳴く」「時鳥」に「寝覚め」ることは古く、「…五月雨の　空もとどろに　さ夜ふけて　山時鳥　鳴くごとに　誰も寝覚めて…」（古今集・雑体・一〇〇二・貫之）と詠まれている。「寝覚め」は、寝て夜に途中で目覚めること。**〇誰かまさると**　異文の「誰かまたこと」は不審。**〇なくなくぞ聞く**　「鳴く鳴く」に「泣く泣く」を掛け「物思ふ」と縁語。唯心房寂然の「誰も皆けふの御法を限りとて鶴の林になくなくぞ聞く」（法門百首・涅槃経・娑羅林・九六）が早い例だが、『千五百番歌合』（恋二・二五二八）の公経詠「つくづくと思ひあかしの浦千鳥波の枕になくなくぞ聞く」が『新古今集』（恋四・一三三一）に収められて以後、作例が散見する。「時鳥」について言う、宗尊に近い時代の例は、「まどろまでひとり明けぬる短か夜になくなくぞ聞く山ほととぎす」（現存六帖・ほととぎす・宣仁門院一条・八二一）がある。

119

時鳥菖蒲（あやめ）の草のなになれやわきてさ月の音には鳴くらん

〔校異〕　〇なに―るに（なカ（朱））（三）

〔現代語訳〕　（三百六十首の御歌で、夏）

時鳥は、菖蒲の草の何だというので、取り分けて五月の声を出して鳴くのだろうか。

〔参考歌〕　郭公鳴くやさ月の菖蒲草あやめも知らぬ恋もするかな（古今集・恋一・四六九・読人不知）

秋萩の咲くにしもなど鹿の鳴くうつろふ花はおのが妻かも（後拾遺集・秋上・二八四・能宣）

〔語釈〕　**〇菖蒲の草のなになれや**　（時鳥と）菖蒲草との関係が一体どのようなものだというのか、ということ。「なになれや」の措辞は、「草枕ゆふてばかりはなになれや露も涙も置き返りつつ」（後撰集・羇旅・一三六六・読人不知）が早い。「～のなになれや」の形を宗尊は、「衣打つひびきは月のなになれやさえゆくままに澄み上るらん」（新勅撰集・秋下・三二四・俊成）に学ぶか。

〔補説〕 時鳥は一体菖蒲草の何だというので、特に菖蒲草の季節である五月に、その最も盛んな声を上げて鳴くのだろうか、と、その理由を問う趣旨。「我が岡にさ牡鹿来鳴く初萩の花妻問ひに来鳴くさ牡鹿」（万葉集・巻八・秋雑歌・一五四一・旅人）などと詠まれ、万葉以来醸成された、萩は鹿の妻でありその萩に牡鹿が鳴く、という通念が、「秋萩の花咲きにけり高砂の尾の上の鹿は今やなくらむ」（古今集・秋上・二一八・敏行）といった歌の類型を生む。参考歌の能宣詠もそういった一首。宗尊は、これらを念頭に置いて、「さ牡鹿」と「萩」の関係を、「時鳥」と「菖蒲（の草）」の間にも問おうとしたか。

ここにのみ声を尽くせばことかたの夜離れうれしき時鳥かな

〔校異〕 ○和歌―ナシ（内・高） ○よかれ―まかれ（よカ（朱）・-（朱））（三） はかれ（神）

〔現代語訳〕 （三百六十首の御歌で、夏）

ここにだけ鳴き声を尽くしているので、違う所からそこを夜離れしてここに来ている、それが嬉しい時鳥よな。

〔本歌〕 たが里に夜離れをしてか郭公ただここにしも寝たる声する（古今集・恋四・七一〇・読人不知）

〔参考歌〕 今日ここに声をば尽くせ時鳥おのが五月ものこりやはある（新勅撰集・夏・一七七・祐盛法師）

〔語釈〕 **○ことかたの夜離れ** こことは違う所に夜通わなくなっていること、つまりここに夜通って来ていることを表す。**○うれしき時鳥かな** 覚性法親王に「初声を聞きやはしつる聞かねども待つもうれしき時鳥かな」（出観集・夏・郭公をまつこころを・一五七）の例がある。

奉らせ給ひける百首に、郭公

岩井汲(く)む人や聞くらむ時鳥飽(あ)かで過ぎ行く志賀(しか)の山越(こ)え

〔校異〕 ○給ける―給し（書・内・高・慶）　○聞らむ―聞らん（きくイ）〈「聞」は字母「半」の「は」にも見える〉（慶）

〔現代語訳〕（後嵯峨院に）お奉らせになられた百首で、郭公

岩井の水を汲む人が、聞いているのだろうか。その声を満足するまで聞くことなく、時鳥が飛びすぎて行く志賀の山越えでは。

〔参考歌〕 立ちとまり岩井の水を結ぶ手に都もあかぬ志賀の山越え（正治初度百首・雑・山路・四七一・隆実＝信実）

手に結ぶいし井の水のあかでのみ春に別るる志賀の山越え（千五百番歌合・恋四・五七二・良経。雲葉集・春下・二七二）

ちりかかる花の鏡の山の井もあかで過ぎぬる志賀の山越え（為家集・春・山路花嘉禄元年・一七四）

五月雨のしづくににごる山の井の飽かで過ぎぬる郭公かな（千五百番歌合・夏二・七六五・忠良）

〔出典〕「弘長二年冬弘長百首題百首」の「郭公」題。

〔他出〕 柳葉集・巻二・弘長二年院より人人に召されし百首歌の題にて読みて奉りし（一四四～二一八）・夏・郭公・一六三。

〔語釈〕 **○奉らせ給ひける百首**　→6。**○岩井汲む**　補説に記した『古今集』の貫之詠の詞書「志賀の山越え」の「石井」を「岩井」に替えて新味を出そうとしたか。「岩井汲むあたりのを笹玉越えてかつがつ結ぶ秋の夕露」（新古今集・夏・二八〇・兼実）が典拠になるが、参考歌の信実詠に倣った可能性もあるか。**○時鳥飽かで過ぎ行く**　「時鳥飽かで過ぎぬる声によりあとなき空をながめつるかな」（金葉集・夏・一一二・藤原孝善）に拠るか、あるいはこれに拠ったと思しい参考歌の忠良詠に倣うか。「飽かで」は、時鳥の鳴き声について十分満足するまで聞けないこと

を言うが、補説の貫之「結ぶ手の」歌から、「岩井」の水について十分満足するまで汲めない意、が響く。**○志賀の山越え** 近江国の歌枕「志賀の山」を越える行為あるいは行路を言う。京都の北白川から如意が峰を越えて近江国志賀里の崇福寺（現大津市滋賀里町長尾）辺りへ出る山道を越えること。『袖中抄』（第十七）に「顕昭云、志賀の山越えとは北白河の滝のかたはらよりのぼりて如意の峰越えに志賀へ出る路なり。経頼卿記云、後一条院御時、殿上人紅葉逍遙の為に志賀山越えすといへり。瓜生山を経て歩行と云々。瓜生山とは白河の滝の上なり。（後略）」とある。

〔補説〕「志賀の山越え」は、俊成が「秋冬なども、志賀より行き交ふものをば、志賀の山越えすとこそは申すらめ、うちまかせては、春の花盛りなどにこそは、志賀の山越えとて、いにしへもをかしきことにはしけれ」（中宮亮重家朝臣家歌合・雪八番判詞）と言うように、「滋賀の山越えに、女の多く遭へりけるに、よみて遣はしける」と詞書する『古今集』の貫之詠「梓弓春の山辺を越え来れば道もさりあへず花ぞ散りける」（春下・一一五）を淵源に、歌語「志賀の山越え」としては早い例である能因の「春霞志賀の山越えせし人にあふここちする花桜かな」（祐子内親王家歌合永承五年・春・一二）を経て、勅撰集では「志賀の山越え」の初見である「桜花道見えぬまで散りにけりいかがはすべき志賀の山越え」（春下・山路落花をよめる・一三七・橘成元）を収めた『後拾遺集』頃以降に、春の桜あるいは落花と取り合わせて詠まれることが多くなってゆく。『永久百首』では、春に「志賀山越」が設題されている。これについて、顕昭は「今案に、志賀の山越えは春花の時としもなし。紅葉にも雪にもよめり。只是山越えに志賀寺へも詣で、また近江へも越ゆる道なり。而次郎百首に春題に志賀山越を出す。尤以不審也。但花歌につけて歟」（袖中抄）と言うが、『六百番歌合』でも春に「志賀山越」が出され、新古今時代以降には春の歌の用材として定まる傾向が見える。しかしながら、春以外の季節や恋や雑の歌として詠まれた例もなお散見するのである。ただしまた、「志賀の山越え」と「時鳥」との詠み併せの先行例は見出せず、その意味で該歌は新奇である。ちなみに、「志賀の山」と「時鳥」の取り合わせは、「たどり行く志賀の山路をうれしくも我にかたらふ時鳥かな」（和歌

一字抄・路径・行路時鳥・花園左大臣・五二九・源有仁）が早い。

一方、『古今集』には別に、「志賀の山越えにて、石井のもとにて、物言ひける人の別れける折によめる」と詞書する貫之詠「結ぶ手の滴ににごる山の井の飽かでも人に別れぬるかな」（古今集・離別・四〇四）がある。参考歌の歌々は、これを本歌にしている。特に、忠良詠は、その「山の井」が「志賀の山越え」の「石井」を指すと考えられるので、間接的には「志賀の山越え」の「時鳥」を詠じたことになり、その点から宗尊の歌の先蹤となる。宗尊が参考歌の何れに依拠したかは明確にし難いが、該歌が貫之詠を原拠にして、さらにそれを本歌にした歌々の延長上にあると見ることは許されるであろう。

101からここまでが、主題を時鳥とする歌群。


男ども、題を探りて歌読み侍りけるに、早苗を

秋風に昨日といつか思ひ出でむいそぐ山田の今日の早苗を

【校異】○詞書・和歌―ナシ（書）○さくりて歌読侍けるに―［数字分空白］侍けるに（高）探てうたよみけるに（慶・青・京・静・神・群）さくりてうたよめるに（松）さくりて歌読るに（三・山）○昨日と―ときかと（慶）時かと（青・三・山）時かと（松〈見消字中〉）○いつか―いつる（京）○思ひいてむ―思ひけむ（内・高・慶・青・京・静・松・三・山・神・群）○さなへを―早苗に（高）＊「秋」の左傍に朱丸点あり（三）「秋」の右傍に朱丸点あり（山）

【現代語訳】出仕の男達が、題を探って歌を詠みました折に、早苗を
秋風の吹くなかで、あれはまるで昨日だったと、いつか思い出すのだろうか。せっせと励む山の田の今日の早苗取りを。

〔参考歌〕　明日もあらば今日をもかくや思ひ出でむ昨日の暮ぞ昔なりける（新勅撰集・雑二・一一八二・源光行）
とりどりに山田の早苗いそぐなり穂に出でむ秋も知らぬ命に（久安百首・夏・一一二八・上西門院兵衛）

〔語釈〕　**○男ども、題を探りて歌読み侍りけるに**　探題歌会を言う。↓27、61。**○思ひ出でむ**　来るべき秋に今日の早苗取りを昨日のように思い出すのだろうか、ということ。底本以外の諸本の「思ひけむ」の場合、時制が整合せず、一首の趣意が不通。**○早苗**　苗代から田に植える頃の稲の若苗。ここは、それを田に取り植えること。

〔補説〕　次歌と共に主題は早苗。

百番御歌合に

山里（さと）もなほ（猶）ことしげし我が門の外面の小田に早苗取（と）る比

〔校異〕　○百番―百首（慶・神・群）　○猶こと―なほこそ（とイ）（慶）　○小田に―小田の（神・群）　○とる比―とる也（ころイ）（慶）　とる也（比ミ）（松）　取袖（比）（山〈「袖」字中に朱点〉）

〔現代語訳〕　百番御歌合で

山里もやはり仕事が多くせわしないよ。我が家の門の外側の田に早苗を取る頃は。

〔参考歌〕　山里の外面の小田の苗代に岩間の水をせかぬ日ぞなき（金葉集・春・七五・隆資）
我が門の外面の小田も今日こそはあけつるままに早苗取らすれ（為忠家初度百首・夏・門田早苗・二〇一・盛忠＝為経〈寂超〉）

〔出典〕　「文永元年六月十七日庚申宗尊親王百番自歌合」の「早苗」題。

〔他出〕　柳葉集・巻四・文永元年六月十七日庚申に自らの歌を百番ひに合はせ侍るとて（四五〇～五六二）・早苗・四七六、四句「外面の小田の」。

〔語釈〕○百番御歌合　→24、34。○早苗取る比　苗代から若苗を取り田に植える時節。「早苗月」や「早苗取り月」という異名を持つ五月の頃。

奉らせ給ひし百首に、五月雨

天の原いはとの神や定めけむ五月を雨の晴れぬころとは

〔校異〕○いはせの―いはせ（とイ）の（底）いはとの（青・京・静・松・三・山・神・群）　☆底本の「いはせの」を青本以下の諸本と底本の異本注記および『柳葉集』により「いはとの」に改める。

〔現代語訳〕（後嵯峨院に）お奉りになられた百首で、五月雨

高天原の岩戸の神が定めたのだろうか。五月を雨の晴れない時季だとは。

〔出典〕「弘長二年冬弘長百首題百首」の「五月雨」題。

〔他出〕柳葉集・巻二・弘長二年院より人人に召されし百首歌の題にて読みて奉りし（一四四〜二一八）・夏・五月雨・一六六。

〔参考歌〕を山田の水絶えせしより天にます岩戸の神をねがぬ日ぞなき（好忠集・夏中・五月はて・一四五）

〔語釈〕○奉らせ給ひし百首　→6。○いはと　（天の）岩戸。高天原にあるという天の岩屋の戸。『柳葉集』も「いはと」であり、参考歌の好忠詠のような例も存しているので、通意の「天の原岩戸」が本来の形であったと考えられる。「いはせ」の本文は、「止」の「と」を「世」の「せ」に誤った結果生じたと見ておく。○神や定めけむ　この「神」は、天照大神か。宗尊は後に、「文永八年七月、千五百番歌合あるべしとて、内裏よりおほせられし百首歌」で「君が代は尽きじと神や定めけむ御裳濯川に跡垂れしより」（竹風抄・巻五・祝・八九九）とも詠んでいる。事物・事象の起源を問うのは宗尊の詠作の一つの特徴。→解題。

125

【補説】 ここから131までは、主題を五月雨とする歌群。

三百首御歌の中に

露にだにみかさといひし宮城野の木の下暗き五月雨の比

【校異】 ○みかさと―みかくと（書） ○くらき―しるき（内・高） ○五月雨の―五月の（青）

【現代語訳】 三百首の御歌の中で

雨より濡れまさるといって露にさえ御笠を召せと言った、あの宮城野の木の下が暗い、水嵩がまさる五月雨のこの頃よ。

【本歌】 御さぶらひ御笠と申せ宮城野の木の下露は雨にまされり（古今集・東歌・一〇九一）

【出典】 宗尊親王三百首・夏・八七。為家評詞「殊勝珍重ニ候」。合点、為家・実氏・家良・行家・光俊・帥。

【他出】 新千載集・夏・二六二、詞書「同じ心を」（五月雨）。

【語釈】 ○三百首御歌 →1。 ○みかさ 「御笠」に「五月雨」の縁で「水嵩」が掛かる。 ○宮城野 陸奥国（陸前国）の歌枕。現在の宮城県仙台市の東部一帯の野。 ○五月雨の比 もとより伝統的常套句だが、124～131の五月雨歌群中で、124と128以外は結句にこの句を用いた歌。

126

池五月雨を

いかばかり水まさるらし河上のあちふの池の五月雨の比

【校異】 ○池五月雨を―池五月雨（書） ○まさるらし―まさるらん（慶・青・三・山） まさるらん（松） ＊歌頭に

朱で「あちふの池」とあり（三・山〈仮名は片仮名〉）

【現代語訳】 池の五月雨を

どれほど水嵩が増さっているだろうか。川上のあちふの池の、五月雨の頃は。

【本歌】 川上やあちふの池の浮き蓴（ぬなは）憂きことあれやくる人もなし（後拾遺集・雑一・八七二・好忠）

【参考歌】 五月雨に水まさるらし沢田川真木の継ぎ橋浮きぬばかりに（金葉集・夏・一三八・藤原顕仲）

【類歌】 いかばかり水まさるらん真菰かる高瀬の淀の五月雨の頃（文保百首・夏・六二七・実泰）

【語釈】 **○池五月雨**　新奇な題。勅撰集では、『続千載集』に「池五月雨を／権律師実性／池水のみぎはも見えずなりにけり庭に波こす五月雨の頃」（夏・二八六）と見えるのが唯一の例か。**○あちふの池**　あるいは「あぢふの池」か。所在・実態未詳の池。本歌の好忠詠の「あちふの池」は、『曾丹集』（天理本）では「あふちの池」とし（結句「くるひともなき」）、『後拾遺集』では「あちふの池」（時雨亭文庫本、書陵部本（四〇五—八七））「あらふの池」（書陵部三十九冊本（四〇三—一二）＝後拾遺和歌集総索引本他）の異同がある。『五代集歌枕』は「あちふの池」の項を立てて「アラフノイケ歌枕三本花本如レ此　アチフノ池後拾遺証本如レ此仍摺直了」と注し、好忠詠を「あちふの池」の形で挙げる。「あふちの池」は、「樗の池」とすれば普通名詞。「あらふの池」は、やはり不明の所名か、「洗ふの池」といった意味の修辞か。宗尊は、「あちふの池」の本文を受容したことになる。

【補説】 本歌は『後拾遺集』所収だが作者は『拾遺集』初出の曾好忠なので、定家が俊成の考えを踏襲して説いた、旧きを以て用いる詞の範囲を三代集の先達の用語に限るという考え方（詠歌大概）に宗尊が従ったにせよ、そこには「新古今」の「古人」の歌は同様に用いてよいとも説かれていて、当然それは『後拾遺』から『新古今』までの各集の古人という意味合いであろうし、詞を取ることを宗とする定家の本歌取り説もその原則の中にあると見るべきであるから、好忠詠を本歌に取ったと見ることは許されるであろう。

なおまた、恐らくは宗尊に献じられるべく、文応元年（一二六〇）五月半ば過ぎに成った真観の『簸河上』には、次のようにある。

代々の宣旨集を抜きて姿古きを捨てじとは、新古今、新勅撰、続後撰の中にも、万葉集、三代集の作者の歌の見ゆるをば本として、それは新古今の歌なればとて嫌はじとなり。

新しきにつく事なかれといふは、後拾遺の現存の作者より当世までの歌をば、一句半句乃至一字なりとも、その歌のこれは節よと見えんをば用ゐじ。いはんや、心をも取り詞をもまねびてんは、歌にはあらじとなり。ただし、後拾遺は見直し、ひたたけて取り用ゐることになんなりて侍り。金葉、詞花もさることどもにて侍るめれば、苦しかるまじきことにこそ。されども、三代集の歌などのやうに本とするまではいかが侍るべからん。

（拙稿「校本『簸河上』」（『国文学研究資料館紀要』二二、平八・三）による）

時代の下るのに従って、『詠歌大概』で定家の例示した「新古今」を「新勅撰」「続後撰」にまで拡大しつつ、定家の訓説に従っているようでありながら、定家による心と詞の明確な区別を曖昧にしているなど、独自の解釈を加えて変容させていようか。その真観の、「後拾遺」については見直して三代集と合同して取り用いることとなり、「金葉」と「詞花」についても同様に不都合ではない、という考え方は、時代の状況を反映した判断であろう。三代集の歌のように本歌とすることまでは認められないとする点は、「金葉」と「詞花」についてのみ言ったものと解するべきである。宗尊が直接この言説に従ったわけではないにせよ、『後拾遺集』歌を本歌にすることに、忌避感はなかったと思われる。↓解説。参考、拙稿「『簸河上』を読む」（『国語と国文学』平九・一）、『藤原顕氏全歌注釈と研究』（平一一・六、笠間書院）。

五月雨を

松浦河かは音高し佐用姫のひれ振る山の五月雨の比

〔校異〕 ○さよ姫の―さほひめの（書） ○比―空（群） ＊歌頭に「続後拾」の集付あり（底・内・慶）

〔現代語訳〕 五月雨を

松浦川の川音が高い。佐用姫が領巾を振る山の五月雨の頃は。

〔参考歌〕 松浦川川の瀬早み紅の裳の裾濡れて鮎か釣るらむ（万葉集・巻五・雑歌・八六一・旅人）

遠つ人松浦佐用姫つま恋ひに領巾振りしより負へる山の名（同右・八七一・旅人）

〔他出〕 柳葉集・弘長二年十一月百首歌（二二九〜二九六）・五月雨・二四六。続後拾遺集・夏・二一三、詞書「五月雨を」。歌枕名寄・巻三十六・肥前国・松浦篇・河・九一一二、集付・詞書「宝治百　五月雨」。

〔出典〕 「弘長二年十一月百首」の「五月雨」題。↓23。

〔語釈〕 **○松浦河** 「まつらがは」。肥前国の歌枕。現在の佐賀・長崎両県の北西部一帯が「松浦」で、そこを流れる川。現在佐賀県の松浦川ではなく、玉島川のことという。玉島川は、唐津市七山（旧東松浦郡七山村）に源流し、浜玉町で唐津湾東部に流入する。**○佐用姫のひれ振る山** 言うまでもなく、朝鮮半島任那に渡る大伴狭手彦を見送った際に、妾の松浦佐用姫が別れを歎き領巾を振ったという伝説を踏まえる。現在佐賀県唐津市東端の鏡山の別称が「領巾振山」。「ひれふる山」の古い用例は見えず、『建保名所百首』の夏に「松浦山筑前国」が設けられて、定家の「蟬の羽の衣に秋をまつ浦がたひれ振る山の暮ぞ涼しき」（三五一）と他二首（三五〇・行意、三五七・家隆）が詠まれたのが先行例となる。

人々によませさせ給ひし百首に

更（深）けぬともいかに待ち見（み）ん夜はの月はつかの山の五月雨の空

〔校異〕 ○よませさせ―よまさせ（慶）　○いかに―いかて（山）　○待みん―待らん（三・山）　○空―ころ（書・内・高）

〔現代語訳〕 人々にお詠ませになられた百首で

たとえ月が出る時分まで夜が更けたとしても、どのように待って見たらよいのか、二十日の夜半の月を。羽束の山の五月雨が降る空では。

〔本歌〕 三輪の山いかに待ち見む年経とも尋ぬる人もあらじと思へば（古今集・恋五・七八〇・伊勢）

秋果つるはつかの山のさびしきに有明の月をたれと見るらむ（新古今集・雑上・一五七一・匡房）

〔類歌〕 我が宿は杉の葉しげし三輪の山いかに待ちみむ夜半の月かげ（沙弥蓮愉集・雑・二条前相公雅有卿夢想の事ありて、四方月よりはじめて月の百首をすすめられ侍りし時よめる・六三五）

〔出典〕 「弘長元年中務卿宗尊親王家百首」の「夏」。

〔他出〕 柳葉集・巻一・弘長元年九月人人によませ侍りし百首歌（六九〜一四三）・夏・八八。

〔語釈〕 **○人々によませさせ給ひし百首**　→2。**○はつかの山**　摂津国有馬郡羽束郷の歌枕「羽束の山」に、上句の「更けぬ」「待ち見ん」「夜半の月」の縁から「二十日」が掛かる。「羽束」は、現在の兵庫県三田と宝塚両市境付近を流れる羽束川の一帯を言うか。

〔補説〕 本歌とした「秋果つる」の『新古今集』歌は、『後拾遺集』初出の匡房の歌である。定家が説く（詠歌大概）、「詞」を取る本歌取り論の原理とも言える、旧きを以て用いるべき詞の範囲である「三代集先達（の用ゐる所）」を越える。しかしながら、時代が下るのに伴う範囲拡大の趨勢に沿って、『後拾遺集』初出歌人までの歌を含めて、宗尊が本歌として詞を取った可能性を見ておきたい。→126、解説。

なお、類歌に挙げた歌は、鎌倉殿御家人宇都宮景綱の作である。該歌の本歌の伊勢詠と「我が庵は三輪の山もと恋ひしくはとぶらひ来ませ杉立てる門」（古今集・雑下・九八二・読人不知）を本歌に取っている。「我が庵は」の初句は、基俊本（ノートルダム清心女子大学黒川本の校異）や寂恵使用俊成本（寂恵本の校異）では「わがやどは」の異同があり、『新撰和歌』（三一六）や『古今六帖』（一三六四）もこれに同じで、『袋草紙』や『古来風体抄』はその形で引いているのである。景綱詠は、該歌より後出で、あるいは該歌に触発された可能性もあるか。

閑中五月雨を

さらでだに人やは見(み)えし夏草の茂(しげ)れる宿の五月雨(さみだれ)の比

〔校異〕 ○閑中―閑中（静〈上欄に「閑」とあり。本行の「閑」を別字と見たか〉）

〔現代語訳〕 閑中の五月雨を

そうでなくてさえ人の姿は見えたか、いや見えまいよ。そもそも夏草が茂っている家の、まして五月雨の頃は（なおさらだ）。

〔本歌〕 八重葎茂れる宿のさびしきに人こそ見えね秋は来にけり（拾遺集・秋・一四〇・恵慶）

〔語釈〕 **○閑中五月雨** 新奇な歌題。先行して「閑中春雨」（為忠家初度百首他）や「閑中時雨」（山家集）の題が見えるが、「閑中五月雨」は該歌が早い例となる。後嵯峨院の主催により文永二年（一二六五）七月七日に白河殿（禅林寺殿）で行われた当座の探題歌会『白河殿七百首』で、後嵯峨院が、この「閑中五月雨」題を「曇る日の五月雨しげきこのごろは我が影だにも見えぬ宿かな」（夏・一七四）と詠じている。○さらでだに―五月雨の頃でなくてさえ、ということ。

〔補説〕 宗尊は別に「弘長元年五月百首」（→14）で「さならでも人やは見えし八重葎茂れる宿の五月雨の頃」（柳

葉集・夏・二〇）と、恵慶歌を本歌としてより明確に取った類歌を詠んでいる。該歌との先後や、改作の意識があったか否かは不明。

百首御歌中に

いかにせむ心のうちもかきくれて物思ふ宿の五月雨の比

〔校異〕〇うちも―うちを（三・山）

〔現代語訳〕百首の御歌の中で

どうしようか。辺りばかりか心の中もすっかり暗くなって、物思いをするこの家の五月雨の頃は。

〔本歌〕いかにせむをぐらの山の郭公おぼつかなしと音をのみぞなく（後撰集・夏・一九六・師尹）

鳴き渡る雁の涙や落ちつらむ物思ふ宿の萩の上の露（古今集・秋上・二二一・読人不知）

〔出典〕「弘長三年八月三代集詞百首」（仮称。散佚）の「夏」。

〔他出〕柳葉集・巻三・弘長三年八月三代集詞にて読み侍りし百首歌（四〇四～四四九）・夏・四一五。

〔語釈〕**〇百首御歌**　『柳葉集』によれば、弘長三年（一二六三）八月に、三代集の歌詞を取って詠んだ百首。春夏秋冬・恋・雑からなるが、各々の歌数は不明。こういったいわゆる勒句の詠み方の先例は、建久元年（一一九〇）六月二十六日の定家・慈円・公衡の「一句百首（勒句百首・勒一百首）」や、家隆の「古今の一句をこめて春（夏・秋・冬・恋・（雑））の歌よみ侍りし時」といった詞書の詠作（壬二集）に求められようか。家隆の息隆祐の家集『隆祐集』に「右大弁光俊朝臣古今詞百首」（光俊朝臣古今詞百首）と見える百首から想像すると、光俊（真観）の勧めで古今集を三代集に広げてその歌詞を取って詠んだ百首か。**〇心のうち**　この詞も「思ひせく心の内の滝なれや落つとは見れど音の聞こえぬ」（古今集・雑上・九三〇・三条町）他、三代集に見える歌詞。宗尊は、本集54歌でこの「思ひせく」歌を本歌に取っている。↓54。

【補説】あらかじめ三代集から詞を取る規制の下で詠まれているので、その三代集歌を本歌と見なすべきかは議論の余地があろうが、ここでは本歌としておく。その本歌に挙げた二首から、それぞれ「いかにせむ」「物思ふ宿の」を取ったものであろう。前者はより一般的な歌詞であるので、後者のみから取ったと見ることもできようが、「いかにせむ」歌の「をぐら」（「小倉」と「を暗（し）」）が、該歌の「かきくれて」に投影されていると解しておく。

いかにせむ涙ばかりの袖だにも干す間はなきを五月雨の比

【校異】○いかにせむ—いいかにせむ（高） ○袖たにも—袖たに舟（青〈「舟」は「母」の「も」を誤写か〉）

【現代語訳】（百首御歌の中で）

どうしようか。涙だけで濡れている袖でさえも干す暇はないものを、この五月雨の頃は（まして）。

【参考歌】潮たるる伊勢をのあまの袖だにも干すなるひまはありとこそ聞け（千載集・恋三・八一五・親隆）

いかにせむ憂きには空を見しものを曇り果てぬる五月雨の比（百首歌合建長八年・夏・一〇三七・前摂政家民部卿）

【出典】「弘長二年十一月百首」の「五月雨」題。↓23。

【他出】柳葉集・巻二・弘長二年十一月百首歌（二三九～二九六）・五月雨・二四九。

【語釈】○涙ばかりの袖　新奇な措辞。「涙ばかり」と「袖」の読み合わせとしては、宗尊の祖父土御門院が「暁の涙ばかりを形見にて別るる袖にしたふ月影」（続後撰集・恋三・八二八）と詠み、該歌の詠まれた前年の『弘長百首』で、家良が「見せばやな袖の別れのそのままに涙ばかりのこころながさを」（恋・遇不逢恋・五〇九）と詠んでいる。これらは恋の涙だが、該歌は、宗尊の四季歌に述懐を詠じる傾きに照らして（↓57、解説）、必ずしも恋に限定されない述懐の涙であろう。

〔**補説**〕前歌と「百首御歌中に」の詞書を共有するが、実は別々の百首の歌。初句に「いかにせむ」を置く五月雨の歌として連続させたか。

124からここまでが、五月雨を主題とする歌群。

石竹を

散らぬまに今も見てしか高円の野の上に咲けるやまとなでしこ

〔**校異**〕○石竹を—石竹を（書）石形を（京・静〈「形」に丸印を付して上欄に「竹」とあり〉）石形を（松〈見消字中〉）石形を（三）せきちくを（神・群〈右傍に「石竹イ」とあり〉）○高円の—高円行（三）○野ゝ上に—野へうへに（内）野の上に（松）尾上に（群）

〔**現代語訳**〕石竹を

散らないうちに、今見たいものだ。高円の野の上に咲いている大和撫子は。

〔**本歌**〕散らぬまに今ひとたびも見てしがな花に先立つ身ともこそなれ（詞花集・雑上・二七七・源心）

あな恋ひし今も見てしか山がつの垣ほに咲けるやまとなでしこ（古今集・恋四・六九五・読人不知）

高円の野の上の宮は荒れにけり立たしし君の御代遠そけば（万葉集・巻二十・四五〇六・家持。五代集歌枕・たかまどのみや　大和国・一八〇五）

〔**語釈**〕**○石竹**　撫子（瞿麦）のこと。本来、日本在来の撫子に対して中国から渡来の植物（唐撫子）を言うが、「大伴家持石竹花歌一首」（万葉集・一四九六題詞）の「石竹」を「なでしこ」と訓ずるように、日本の瞿麦を漢語風に表記して通用させたもの。**○高円の野**　大和国の歌枕。春日山の東南、現在の奈良市白毫寺町東方の山が「高円山」で、その西麓の野一帯を言う。

〔補説〕三首の古歌にほぼ全ての詞を負う。実朝にも通じるこの詠み方を本歌取りと見るか否かは、判断が分かれようが、詞を学び取っただけの参考歌とするには、各々の詞の印象が強く、やはり本歌と捉えておきたい。

　夏の歌だが、『古今集』の恋歌を本歌に、「やまとなでしこ」の詞を取っているので、恋の気分も漂う。

　もう一首の本歌とした『詞花集』歌「散らぬまに」の作者、天台座主源心は『後拾遺集』初出歌人である。128の『新古今集』所収の匡房歌の場合と同様に、『後拾遺集』初出歌人までの歌を含めて、宗尊が本歌として詞を取った可能性を見ておきたい。→126、128、解説。

　主題は、撫子。ここから134までは、夏の草花の小歌群。

133

野亭夏草

よそにてはありとも見えじ夏草のしげみに結ぶ野辺のかり庵

〔校異〕○よそにては―よそまては（内・高）　○結ふ―結ふ（ムス朱）（三）

〔現代語訳〕野亭の夏草

　遠く離れた所からは、そこにあるとも見えまい。夏草の茂みの中に結んでいる野辺の仮庵は。

〔本歌〕よそにてはなかなかさてもありにしをうたて物思ふ昨日今日かな（千載集・恋四・八四二・花山院）

〔参考歌〕よそにては花とも見えじたづねきて若葉ぞわかむ峰の白雲（続後撰集・春中・九二・忠良）

〔語釈〕**○野亭夏草**　「野亭」は野中の小家の意。新奇な歌題。他には、宗尊に近仕した御家人歌人後藤基政の弟基隆の女に、「野亭夏草といふことをよめる」と詞書する「夏深き野中の庵の草がくれあるじもたどる庭の通ひ路」（柳葉抄・夏・五八）が見える。**○よそにては**　貫之の「よそにては花のたよりと見えながら心のうちに心あるものを」（貫之集・三二三）が早い。勅撰集では、『金葉集』の二首が初例で、その内の一首は「よそにては岩越す滝と見ゆるかな峰の桜やさかりなるらむ」（春・四三・堀河院）で、参考歌の忠良詠はこの延長上にある歌。**○ありとも見えじ** 新奇な措辞。後代の三条西実隆に「誰待つとかき払はまし帚木のありとも見えじ雪の下庵」（雪玉集・掃雪待客・一六九〇）の作例がある。**○しげみに結ぶ** 用例は希少。先行例には家隆の「草枕しげみに結ぶひめゆりのちぎりも惜しみ短か夜の空」（壬二集・大僧正四季百首・旅・一一二七）、後出の例に為家の子慶融の「夏草のしげみに結ぶ下露もひかり涼しく飛ぶ蛍かな」（伝伏見院宸筆判詞歌合・蛍・一）がある程度。「結ぶ」は庵を作り営む意だが、「夏草」の縁で草を結い合わせる意が響く。

【補説】 本歌に挙げた花山院詠を本歌として、宗尊は別に「よそにては思ひありやと見えながら我のみ忍ぶ程のはかなさ」（瓊玉集・恋上・恋のこころを・三三八、柳葉集・巻二・弘長二年冬弘長百首題百首・恋・忍恋・一九七）と詠んでいる。

次歌と共に主題は、野の夏草。

野夏草

秋ちかく野はなり（成）ぬらし夏萩の生（お）ふの下草茂（しげ）りあひつゝ

【校異】 ○夏萩の―夏荻（荻〈朱〉）の（山〈「荻」字中に朱点〉） ○おふの―あふの（慶・青）

【現代語訳】 野の夏草

秋近くに野はなったらしい。夏萩が生えて、その下に生えた草が盛んに茂りながら。

【本歌】 秋ちかうのはなりにけり白露の置ける草葉も色かはりゆく（古今集・物名・きちかうの花・四四〇・友則）

【参考歌】 大荒木の杜の下草しげりあひてふかくも夏になりにけるかな（古今六帖・第一・みな月・一〇五・躬恒、拾

遺集・夏・一三六・忠岑）

夏はみないづこともなくあしひきの山べも野べもしげりあひつつ（古今六帖・第一・みな月・一〇六）

〔語釈〕**〇夏萩の生ふの下草**　「夏萩」は、普通には秋に咲く萩の、先んじて夏日に開花するものを言ったかと考えられる。「生ふ」の諸本の仮名遣いは「おふの」（京・静・三〈「生の」〉・山・神・群）と「をふの」（書・内）が併存するが、「麻（を）生」ではなく、「生（お）ふ」に解した。「夏草の生ふ」から「生ふの下草」へと鎖る。→〔補説〕。

〔補説〕「をふのしたくさ」を詠んだ「桜麻の麻生の下草茂れただ飽かで別れし花の名なれば」（新古今集・夏・一八五・待賢門院安芸）は、「桜麻の麻生の下草露しあらば明かしていゆけ母は知るとも」（万葉集・巻十一・寄物陳思・二六八七）あるいは「桜麻の麻生の下草老いぬれば駒もすさめず刈る人もなし」（古今集・雑上・八九二・読人不知、左注異文）を本歌としたもので、「桜麻」（万葉の現行訓は「さくらを」）は不明ながら、「麻生」は麻（苧）の生えている場所の意と考えられている。宗尊の幕下で後藤基政が正嘉二年（一二五八）七月～正元元年（一二五九）九月に原撰したと思しい『東撰六帖』にも、「夏草」の題で「花散りし跡とも見えず桜麻の麻生の下草いつしげりけん」（抜粋本・夏・一六三・源光行）という歌が収められている。しかし該歌は、上に「夏萩の」を冠しており、この「麻生」は、当たらないであろう。一方で、『新撰六帖』に「夏刈りのをふの下草あらはれてわれひとりとも茂る頃かな」（第一・みなづき・九八・知家。新編国歌大観本の底本は日本大学総合図書館蔵伝飛鳥井雅綱・近衛稙家筆本、古典文学会穂久邇文庫本影印も「をふ」の仮名遣いは同様）という歌が見える。この初二句は、「桜麻の」の歌を踏まえれば、夏に刈る「麻生の下草」即ち麻畑の下草、の意味であろう。しかし、そこから変化させて、夏に刈る「生ふの下草」即ち生育した下草、の意味に詠み替えた可能性もあろうか。あるいはこういった歌を経て宗尊が、「夏萩の生ふの下草」の措辞を、敢えて詠出したのではないだろうか。

いずれにせよ、一首全体の景趣としては、友則の「秋ちかう」歌を本歌に取りつつ、参考歌の両首も意識したか。

人々によませさせ給ひし百首に

夜は燃え昼は消えゆく蛍かな衛士の焚く火にいつ習ひけん

【校異】 ○人々に―人々ニ（内）○よませさせ―よませ（高・慶・京・静・松・三・山・神・群）○蛍哉―虬哉（山〈「虬」は「蚈」の誤写か〉）○たく―焼〈訓は「たく」か〉（内・慶・山）＊歌頭に「続拾」の集付あり（底・内・慶）

【現代語訳】 人々にお詠ませになられた百首で

夜は明るく燃えて、昼は消えてゆく蛍よな。あの、夜は燃え昼は消えつつという衛士の焚く火と同じだが、一体何時習ったのだろうか。

【本歌】 御垣守衛士の焚く火の夜は燃え昼は消えつつものをこそ思へ（詞花集・恋上・二二五・能宣）

【参考歌】 思ひやれ沢の蛍の夜は燃え昼は消えつつ年経ぬる身を（現存六帖・ほたる・三六八・鷹司院按察）

【出典】 「弘長元年中務卿宗尊親王家百首」の「夏」。

【他出】 柳葉集・巻一・弘長元年九月人人によませ侍りし百首歌（六九〜一四三）・夏・九一。続拾遺集・夏・一九九、詞書「家に百首歌よみ侍りけるに」。六華集・夏・五一六、四句「ゑじがたく火に」。

【語釈】 **○人々によませさせ給ひし百首** →2。**○いつ習ひけん** 該歌の前年に、宗尊は「常磐木に交りて咲ける山桜うつろふ色をいつ習ひけん」（宗尊親王三百首・春・四四）とも詠んでいる。この句は早く西行の作例があるが（西行法師家集・五〇〇）、宗尊に比較的身近であったかと思われる先行例には、為家の「我ながら思ひも知らぬ夕べかな待つべきものといつ習ひけん」（為家千首・恋・七二四）や『現存六帖』所収の「桜花うつろひやすき世の中の人の心にいつ習ひけん」（さくら・五九五・為経）などがある。

【補説】 事象・事物の起源を問う詠みぶりである。→77、解題。

参考歌の作者鷹司院按察は、藤原光親の女で、宗尊の和歌の師である光俊（真観）の妹。

主題は、ここから137まで蛍。

136

蛍を

焼き捨てし跡とも見えぬ夏草に今はた燃えて行く蛍かな

〔校異〕○蛍を―蛍（書・高）○焼すてし―焼すてゝ（山〈「ゝ」字中に朱点〉）＊歌頭に「続古」の集付あり（底・内）

〔現代語訳〕蛍を

春に野焼きで焼き捨てた跡だとも分からない一面の夏草に、今やはりまた、燃えた草ならず燃えて飛んで行く蛍よな。

〔参考歌〕焼き捨てし古野の小野の真葛原玉まくばかりなりにけるかな（千載集・夏・一四五・藤原定通）

焼き捨てし跡とも見えず春草の緑ぞ遠き武蔵野の原（宝治百首・春・若草・三七五・頼氏）

〔他出〕三十六人大歌合弘長二年・三。続古今集・夏・二五七、詞書「夏歌の中に」。和漢兼作集・夏下・四八五、詞書「夏御歌」（四八四）、結句「飛ぶ蛍かな」。

〔語釈〕○燃えて　蛍が燃えての意に、「焼き捨てし」「草」の縁で、野焼きで草が燃えての意が掛かる。

137

三百六十首御歌の中に

時分かぬ思ひの友よなにならん蛍も夏ぞ燃ゆるとは見る

〔校異〕○友よ―ともに（内・高）友は（神・群）○みる―みゆ（慶）みゆ（青）

〔現代語訳〕　三百六十首の御歌の中で
時節を分けない「思ひの友」、常に心の中で「火」の燃えるように思慕する友人、それは何であろうか。蛍も、夏は「思ひ」の「火」に燃えるとは見るのだが。

〔本歌〕　時分かぬ松の緑も限りなき思ひにはなほ色や燃ゆらん（後撰集・恋四・八三五・読人不知）

〔参考歌〕　夏虫をなにかいひけむ心から我も思ひに燃えぬべらなり（古今集・恋二・六〇〇・躬恒）
夏虫にあらぬ我が身のつれもなく人を思ひに燃ゆる頃かな（新勅撰集・恋二・七〇八・読人不知）

〔類歌〕　干しわぶる袖のためしよなにならん草葉も秋ぞ露は置きける（宗尊親王三百首・恋・二二七。瓊玉集・恋下・三八八、四句「袖のためしは」）

〔語釈〕　〇三百六十首御歌　↓13。〇思ひの友　他に例を見ない詞。「蛍」「燃ゆる」の縁で「思ひ」の「ひ」に「火」が掛かる。

杜夏月を
夏の夜は見つといふべき程もなし淀の向かひの森の月影

〔校異〕　ナシ　＊歌頭に小紙片（不審紙というよりは一種の合点か）貼付（底）

〔現代語訳〕　杜の夏の月を
夏の夜は、「美豆」ならずそれを「見つ」見たということができる間もないよ。淀の川向かいの森の月を。

〔参考歌〕　逢ふことを淀にありてふ美豆の森つらしと君を見つる頃かな（後撰集・恋六・九九四・読人不知）
淀河の向かひに見ゆる美豆の森よそにのみして恋ひ渡るかな（新撰六帖・第二・もり・六〇七・為家。秋風抄・恋・一八七。秋風集・恋上・七四七。現存六帖抜粋本・第二・もり・八四）

〔語釈〕 **○見つ** 「淀」「森」の縁で、歌枕の「美豆」が掛かる。**○淀の向かひの森** 山城国の歌枕である「美豆の森」を表したもの。宗尊は別に「美豆の森ありとも見えず山城の淀の向かひの霞む朝けは」（竹風抄・巻三・文永三年八月百五十首歌・春杜・五三八）と詠んでいる。山城国の歌枕の「淀」は、現在の京都市伏見区南西部、鴨川からの桂川と宇治川に木津川の三川が合流して淀川となる付近。「美豆」は、その淀の辺りの所の名で、現在の京都市伏見区淀美豆町から久世郡久御山町にかけての辺り。「美豆の御牧」で知られる。「美豆の森」は、「水津頓宮」（長秋記・天永二年）の森かという（新日本古典文学大系『後撰和歌集』）。

　人々によませさせ給ひし百首に

今もかも夕立すらし舟木山のさかの西(にし)に雲のかかれる

〔校異〕 ○給し百首に―給ける（内・高） ○すらし―すゝし（京・静・松・三・山） ○舟木山―ふるき(な)山（書） ○のさかの―さかの□〈空白〉（高）みさかの(のイ)（慶）みさかの（青） ○かゝれる―かをれる（山） ＊上欄に朱で「舟木山／のさか」とあり（三・山〈「のさか」は漢字で「野坂」〉）

〔現代語訳〕 人々にお詠ませになられた百首で

今もまた、夕立がしているらしい、舟木山は。のさかの西に雲がかかっている。

〔参考歌〕 とをちには夕立すらしひさかたの天の香具山雲がくれ行く（新古今集・夏・二六六・俊頼）

淡路島夕立すらし住吉の岸のむかひにかかるむら雲（宝治百首・夏・夕立・一一二四・基家、秋風集・夏下・二一四）

〔出典〕 「弘長元年中務卿宗尊親王家百首」の「夏」。

〔他出〕 柳葉集・巻一・弘長元年九月人人によませ侍りし百首歌（六九～一四三）・夏・八九。夫木抄・雑二・ふなきの山、美乃・八六二九、詞書（集付）「御集」。

〔語釈〕〇人々によませさせ給ひし百首　→2。〇今もかも　「今もかも大城の山に時鳥鳴きとよむらむ我なけれども」（万葉集・巻八・夏雑歌・一四七四・大伴坂上郎女）等、万葉に溯る句。〇舟木山　「いかなれば舟木の山のもみぢ葉の秋はすぐれどこがれざるらん」（後拾遺集・秋下・三四六・通俊）を初めとして、多く舟を作る用材の「舟木」を掛けた詠まれ方で、一応「紅葉」や「時鳥」との詠み併せが目立つが、本意は必ずしも明確ではない。右の通俊詠を収める『五代集歌枕』は美濃とし、後代の『歌枕名寄』も同歌を美濃に配するが、「先達歌枕当国也、或云在二丹波国一云云」と注してもいる。しかしまた、元永二年（一一一九）の『内大臣家歌合』に「東路の舟木の山の木の間よりほのかにみゆる夕月夜かな」（暮月・三〇・忠季）と詠まれているので、やはり美濃との認識はあったと見てよい。現在の岐阜県の「船来山」（船木山・桑山ともいう）に比定される。南側は現在本巣市の旧本巣郡糸貫町、北側は旧同郡本巣町、東側は岐阜市に属する。標高一一六メートル余りの細長い山。〇のさか　不明。歌意から、「舟木山」の東側に位置する場所ということにはなろう。特定の所名ではなく、一般的な野の坂道を「野坂」と言った可能性もあろう。

〔補説〕頻用されない東路の所名を叙景しているので、宗尊東下の折の実見が反映するか。

主題は、ここから141まで夕立。

140

五十首御歌に

夕立の雲吹きのぼる谷風に下葉ぞ堪（たえ）へぬ山の常磐（ときは）木

〔校異〕ナシ　＊初句の表記「白雨の」（山）

〔現代語訳〕五十首の御歌で

夕立を降らせる雲が吹き上がる谷からの風に、山の常磐の木もその下葉が堪えられずにいる。

〔参考歌〕 常磐木の下葉も堪へず夕立の雲吹き払ふみ山おろしは（弘長百首・夏・夕立・二〇〇・為家。為家集・四三〇）

〔語釈〕 **○五十首御歌** 未詳。→19。**○吹きのぼる** 『万代集』に作者鴨長明として伝える「吹きのぼる木曽のみ坂の谷風に梢も知らぬ花を見るかな」（春下・山路落花を・三八五）が早いが、為家の「山深き谷吹きのぼる風の上に浮きてあまぎる花の白雪」（為家集・春・翫残花寛元元年暮春比於蓮生西山禅室詠之・二二三。玉葉集・二二一、三句「春風に」）や「吹きのぼる山下風にさそはれて雲にあまぎる花の白雪」（為家集・春・建長五二・一四八）を初めとして、鎌倉中期以降に多く詠まれるようになった語。宗尊は、為家詠に学ぶか。**○堪へぬ** 底本同様に諸本は「たえぬ」（書・内・慶）「絶ぬ」（京・静・三・山）で、「たへぬ」は四本（高・神・郡）である。一首が、常磐木でさえも落葉する程の夕立の風を詠じたのであれば、「堪へぬ」であるべきであろう。

〔補説〕 参考歌の為家の『弘長百首』詠は、同百首歌を収める為家集の配列から弘長元年（一二六一）四月以降翌二年夏の間の作（新編国歌大観佐藤恒雄解題）と見られるので、宗尊がこれに負ったとすると、当然それ以後の詠作となる。→157補説。

141

奉らせ給ひし百首に、夕立

松風もはげしくなりぬ高砂の尾上の雲の夕立の空

〔校異〕 ○松風もはけしく―松風にす、しく（内・高）松風もはけしく（慶）　＊歌頭に「続古」の集付あり（底・内・慶）

〔現代語訳〕（後嵯峨院に）お奉りになられた百首で、夕立松を吹く風も烈しくなった。高砂の尾の上に雲がかかる夕立の空の下で。

〔参考歌〕短か夜の更けゆくままに高砂の峰の松風吹くかとぞ聞く（後撰集・夏・一六七・兼輔）

高砂の尾上の松に吹く風の音にのみやは聞きわたるべき（千載集・恋一・六五二・顕輔）

〔出典〕「弘長二年冬弘長百首題百首」の「夕立」題。

〔他出〕柳葉集・巻二・弘長二年院より人人に召されし百首歌の題にて読みて奉りし（一四四～二一八）・夏・夕立・一六九。続古今集・夏・二六七、詞書「百首歌たてまつりし時」。歌枕名寄・巻三十一・播磨国・高砂・峰・八一二三、詞書（集付）「続古三　白雨」。

〔語釈〕**○奉らせ給ひし百首**　→6。**○松風もはげしくなりぬ**　「松風」を「はげし」と表す例は、『六百番歌合』の「吉野山すずのかりねに霜さえて松風はげし更けぬこの夜は」（冬・寒松・五五九・顕昭）が早いが、この「松風はげし」には「松風はやし」の異同がある。定家は、天福元年（一二三三）十月の出家以後に、「もずのゐるまさきの末葉秋かけて藁屋はげしき峰の松風」（定家名号七十首・山家・五一）と詠じている。その後の用例は多くない。宗尊は別に「山里は夕べこと問ふ松風のはげしきしもぞのどかなりける」（中書王御詠・山家・二五四）の作を残している。**○高砂**　播磨国の歌枕。播磨国加古郡（現在兵庫県高砂市）の加古川の河口付近。

〔補説〕「高砂」の「夕立」を詠む歌は少ない。宗尊は後に、「文永三年八月百五十首歌」でも「夏望」の題で「播磨潟なだのみおきは風あれて高砂めぐる夕立の雲」（竹風抄・巻三・五六九）と詠んでいる。他には後代に、後村上院の「なる神の音は雲井に高砂の松風ながらすぐる夕立」（新葉集・夏・夕立をよませ給ける・二四二）や、三条西実隆の「過ぎやらぬ雲一むらや高砂の梢暮れ行く夕立の空」（雪玉集・夏・遠樹夕立・八三九）が目に付く程度。

納涼

秋ちかくなりやしぬらし足引の山の蟬鳴(な)きて風ぞ涼(すゞ)しき

〔校異〕○ちかく―ちかき（く）（高）　○しぬらし―しぬらん（高）　○山の―山の。（静〈上欄に「の字衍歟」とあり〉）

〔現代語訳〕納涼

秋が近くなってしまうらしいのか。山の蟬が鳴いて、風が涼しい。

〔本歌〕今よりは秋づきぬらしあしひきの山松陰にひぐらし鳴きぬ（万葉集・巻十五・三六五五・作者未詳）

〔参考歌〕吹く風の涼しくもあるかおのづから山の蟬鳴きて秋は来にけり（定家所伝本・寒蟬鳴く・一五八。金槐集・秋・蟬の鳴くを聞きて・一八九）

〔参考〕遅遅兮春日（ちちたるはるのひ）　玉甃暖兮温泉溢（たまのいしだたみあたたかにしてをんせんみてり）　嫋嫋兮秋風（でうでうたるあきかぜに）　山蟬鳴兮宮樹紅（やまのせみないてきうしうくれなゐなり）（和漢朗詠集・夏・蟬・一九二・白居易）

〔類歌〕秋ちかくなりやしぬらん清滝の川瀬涼しく蛍飛びかふ（忠度集・滝下蛍火・二九）

〔語釈〕○足引の　「山」の枕詞。○山の蟬鳴きて　参考歌の実朝詠に先行して、後鳥羽院が「山の蟬鳴きて秋こそ更けにけれ木木の梢の色まさり行く」（後鳥羽院御集・同〈建仁三年〉十一月釈阿九十賀御会・紅葉・一六三八）と詠んでいる。これらの典故はやはり、参考に挙げた「嫋嫋兮秋風山蟬鳴兮宮樹紅(でうでうたるあきのかぜにやまのせみないてきうしうくれなゐなり)」（和漢朗詠集・夏・蟬・一九二・白居易）か。○風ぞ涼しき　「夏の夜の有明の月を見るほどに秋をも待たで風ぞ涼しき」（後拾遺集・夏・二三〇・師通）に拠るか。

〔補説〕本歌の万葉歌を、実朝も「今よりは涼しくなりぬひぐらしの鳴く山陰の秋の夕風」（金槐集・秋・初秋のうたとて・一八八、雲葉集・四一三、続古今集・二九五）と本歌に取っている。

歌題は「納涼」だが、むしろは主題は晩夏・暮夏の趣。

三百首御歌に

水上に誰(たれ)か御祓(みそぎ)をしかま河海に出でたる麻(あさ)の木綿(ゆふ)しで

【校異】 しかま河―しかま（静〈上欄に「落字アラン」とあり〉）

【現代語訳】 三百首の御歌で

飾磨川の水上で誰かが禊ぎをしたのか。その飾磨川から海に、麻の木綿四手が流れ出ているよ。

【本歌】 わたつみの海に出でたる飾磨川絶えむ日にこそあが恋止まめ（万葉集・巻十五・三六〇五・作者未詳）

【参考歌】 流しつる麻の木綿しでかけとめてゐ堰きもけふは夏祓えしつ（久安百首・夏・六三〇・親隆）

冬されば海にも出でずしかま川水上遠く氷しにけり（洞院摂政家百首・冬・氷・光俊＝真観・八六七）

【影響歌】 水上に誰か禊ぎをしかま川海に流るる(いでたるカ)波の白木綿（隣女集・夏・六月祓・一一四一）

水上の影をや流す飾磨川海に出でてぞ月は澄みける（沙弥蓮愉集・雑・二条前相公雅有卿夢想の事ありて、四方月よりはじめて月の百首をすすめられ侍りし時よめる・六三七）

【出典】 宗尊親王三百首・夏・一〇〇。為家評詞「此飾磨川、近年多人詠候、此あさのゆふしで、海にいでて水上のみそぎをしる心、殊珍重、おなじ事もかくはなど仕候はぬやらんと存候」、基家評詞「非ニ言語所レ及歟」。合点、為家・基家・実氏・家良・行家・光俊・四条・帥（全員）。

【語釈】 **〇三百首御歌** →1。**〇御祓** みそぎ。ここは、六月祓（夏越祓）の水辺の潔斎を言う。**〇しかま川** 前句から「御祓をしか」と続き、掛詞で播磨国の歌枕「飾磨川」に鎖る。「飾磨川」は、現在の姫路市を流れ、播磨潟に注いだ川。現在、飾磨港の西で海に注ぐ船場川に当たると言うが、また市川のことかとも言う。**〇麻の木綿し**

で　「木綿」は楮の繊維から作る糸状のもので、それを榊の枝などに付けて垂らしたものが、神前に捧げる幣である「木綿しで（四手・幣・垂）」。ここは、それを「麻」で作ったものか。

〔補説〕　参考歌の光俊詠の他に、本歌の万葉歌を取って「飾磨川」の「水上」を詠む歌の先行例は、「水上は氷をくぐる飾磨川海に出でてや波は立つらん」（雲葉集・冬・冬水といふ事を・八一五・藤原隆祐）がある。

影響歌の雅有詠は、模倣に近い。雅有の詠作の方法を窺わせるが、関東に祇候した雅有の宗尊詠からの摂取の様相を追究する必要を感じさせよう。↓103。また、影響歌に挙げたもう一首の作者である御家人宇都宮景綱についても同様か。↓128。

主題は、六月祓（夏越祓）。

瓊玉和歌集巻第四

秋歌上

崎初秋といふことを

都にははや吹きぬらし鎌倉のみこしが崎の秋の初風（はつ）

〔校異〕 ナシ　＊上欄に朱で「鎌倉／ミコシカ崎」とあり（三）

〔現代語訳〕 崎の初秋ということを

都では、すでに吹いたらしい。ここ鎌倉のみこしが崎に、秋の初風が吹いている（のだから）。

〔参考歌〕 鎌倉の見越の崎の岩くえの君が悔ゆべき心は持たじ（万葉集・巻十四・相聞・三三六五・作者未詳。五代集歌枕・みこしのさき　相模・一六二〇）

〔語釈〕 **○崎初秋**　他に見ない題。「崎～」とする題は、鎌倉前中期頃に見え始める。それも、光俊（真観）の定数歌や出題の歌に見える。建長七年（一二五六）の「権大納言顕朝卿野宮亭会千首」に題者真観は「崎暮春」（春下）「崎霧」（秋下）を出し（明題部類抄）、年次不明の「入道光俊朝臣百首」には「崎春曙」が設けられている（同上）。なお、文永二年（一二六五）七月七日の『白河殿七百首』にも「崎月」（秋）「崎雪」（冬）が設題されていて、一定の傾向を窺いうる。ここは真観が設題したか、歌に後付けしたか。**○みこしが崎**　相模国の歌枕。『万葉集』の原文は「美胡之」で「見越（みごし）」が当てられているが、恐らく関連するであろう地名には「御輿岳」があって、

「御輿（みこし）」と表記することも否定されず、両様に書く。ただし、叙景歌では「見越し」の意味を込める傾きがあろうか。「鎌倉やみこしが岳に雪消えてみなのせ川に水まさるなり」（堀河百首・雑・川・一三八二・源顕仲）と詠まれた「御輿岳」は、近世には、大仏より東の山で大仏を見越すという意味かとされ（鎌倉攬勝考）、長谷大仏の背後、稲村ヶ崎の北東方に連なる標高八三メートル余の山並である霊山山のことを指すと考えられていた。それが海岸に突出した部分を霊山ガ崎と言い、一応そこに比定される。一方、季吟『万葉拾穂抄』は「見越崎は稲村崎なり」とする。関東祇候の雅有は、「聖福寺の住吉新宮にて、同題（海辺月）を」の詞書で「霧晴るるみこしが崎の浪かけてなほ住吉の月をみるかな」（隣女集・秋・二〇九五）と詠んでいる。「聖福寺」は稲村ヶ崎の北西、音無川の谷の奥部にあった寺と見られるので、いずれにせよ、現在の稲村ヶ崎周辺の海岸部の崎を言ったことに間違いはないであろう。なお、この「みこしが崎」の形の古い用例は見えず、該歌と右の雅有詠の他には、御家人の笠間時朝が「いづるよりいるまで月をみつるかなみこしが崎に舟をとどめて」（時朝集・月歌よみ侍る中に・二六二。時雨亭文庫本）と詠んでいて、関東では通用の名称であったことを窺わせている。なお、後に上田秋成は「鎌倉のみこしが崎によする波岩だにくやす心くだけて」（藤簍冊子・七二七・静〈秋成の創作〉）と詠じている。**○秋の初風** 「我が背子が衣の裾を吹き返しうらめづらしき秋の初風」（古今集・秋上・一七一・読人不知）に遡源する句。

【補説】 五行説で秋は西に配されるので、京都は東国鎌倉よりも早く秋が来るとの認識に立った歌であろう。「あづまにはけふこそ春の立ちにけれ都はいまだ雪やふるらむ」（3）と対照的。

主題は、大きくはここから151までが初秋、より細かくは146までが秋の初風。

145

河初秋を

水屑（みくつ）せく梁瀬（やなせ）のさ浪音信れて河辺涼しき秋の初風

【校異】 ○河初秋を―行初秋を（三・山）　○さ浪―な浪（高）　○河辺涼しき―川音すゝし（慶・青・京・静・松・三・山・神・群）　＊歌頭に小紙片貼付（底）

【現代語訳】 河の初秋を

水屑を塞き止める梁瀬に立つ波音が聞こえてきて、河の辺りに涼しい秋の初風が吹いている。

【本歌】 川上に夕立すらし水屑せく梁瀬のさ波たち騒ぐなり（詞花集・夏・七八・好忠）

風吹けば川辺涼しく寄る波のたちかへるべき心ちこそせね（詞花集・夏・七五・家経）

【参考歌】 天の川河辺涼しきたなばたに扇の風をなほやかさまし（拾遺集・雑秋・一〇八八・中務）

【類歌】 更けにけり川辺涼しくながむればみそぎの浪に秋風ぞ立つ（正治初度百首・夏・六三八・慈円）

【語釈】 **○河初秋**　新奇な歌題。後代の『雪玉集』（九二五）や『黄葉集』（七一八）に見える。**○水屑**　川の水中のごみ。**○梁瀬**　「梁」は、川の浅瀬で水流を塞き止めて簀の子などに魚を誘導して捕獲するしかけ。その瀬が「梁瀬」。**○河辺涼しき**　本歌から取った詞と見るので、異文の「川音涼し」は取らない。「辺」を「音」に誤写して派生した異同か。**○秋の初風**　→144。

【補説】 本歌とした『詞花集』所収の「風吹けば」歌の作者家経は、『後拾遺集』初出であるが、宗尊が本歌として詞を取った可能性を見ておきたい。→126、128、132、解説。ただし家経歌はまた、参考歌の中務歌を踏まえてもいようから、宗尊自身も中務歌までを見通していたと見ることもできようか。

146

三百首御歌の中に

今（いま）よりのあはれをいかに忍ばまし外山の庵の秋の初（はつ）風

【校異】 ○いま―あふ（書）　＊歌頭に朱丸点あり（三）

〔現代語訳〕三百首の御歌の中で
秋になった今これからの、しみじみとあわれな寂しさを、一体どのように堪え忍んだらよいのだろうか。里近い外山にある庵に、秋を知らせる初風が吹いている。

〔参考歌〕身に寒く秋は来にけり今よりの夕べの風のあはれ知れとて（洞院摂政家百首・秋・早秋・五九三・藻壁門院少将。万代集・秋上・七九一）
今よりの寝覚めの空の秋風にあはれいかなるものか思はむ（万代集・秋上・秋歌の中に・九三九・為継。宝治百首・秋・聞擣衣・一八二五・為継、下句「いかにせよとか衣打つらん」）

〔影響歌〕今よりの寝覚めの床のあはれまでかねて知らるる秋の初風（新葉集・秋上・二五〇・師兼）

〔出典〕宗尊親王三百首・秋・一〇五。合点、為家・基家・実氏・家良・行家・光俊・帥。

〔語釈〕**〇三百首御歌** →1。**〇今より** 「秋萩の下葉色づく今よりやひとりある人の寝ねがてにする」（古今集・秋上・二二〇・読人不知）が原拠。宗尊も参考歌の為継詠の背後にこの歌を想起か。**〇外山の庵の** 下に「秋」を続ける先例は、「草も木も枯れゆく色にさびしきは外山の庵の秋の夕暮」（紫禁和歌集・暮秋夕・一一三四）。「外山」は、山の里近くの側、あるいは連山の端の方を言う。**〇秋の初風** →144。

〔補説〕一応該歌からの影響とした歌の作者師兼は、南朝の人。宗尊の歌が、南朝方の歌人達にどのように受容されていたか、今後の追究の中で明らかにしていくべき課題である。

147
さびしさはさらでも絶（た）えぬ山里にいかにせよとか秋の来（き）ぬらん

〔校異〕〇たえぬ―絶ぬ（京・静・山）たへぬ（松）たへ（え〈朱〉）ぬ（ヒ〈朱〉）（三）たへぬ（神）〈参考・表記の異同〉〇せよとか―せよとて（内・高）せよとは（群）

〔現代語訳〕（三百首の御歌の中で）

寂しさはそうでなくても絶えることのない山里に、一体どうしろといって秋は来たのだろうか。

〔本歌〕思ふよりいかにせよとか秋風になびく浅茅の色ことになる（古今集・恋四・七二五・読人不知）

〔参考歌〕さびしさはさらでも絶えぬ山里の夕べかなしき秋の雨かな（百首歌合建長八年・秋・三〇四・忠基）

さびしさを思はぬ時はなきものをいかにせよとて冬の来ぬらん（百首歌合建長八年・冬・七八六・鷹司院帥）

さびしさはさらでもつらき山里に身にしむ秋の風の音かな（影供歌合建長三年九月・山家秋風・七三・為教）

さらぬだに秋の寝覚めは悲しきにいかにせよとか鹿の鳴くらん（忠度集・鹿・三八）

〔出典〕宗尊親王三百首・秋・一〇四。合点、為家・基家・実氏・家良・行家・光俊・帥。

〔語釈〕○さびしさは　『堀河百首』の「さびしさは冬こそまされ大原や焼く炭竈の煙のみして」（冬・炭竈・一〇八二・源顕仲）を淵源に、この句を「秋」について言う歌は、寂蓮の「さびしさはその色としもなかりけり槙立つ山の秋の夕ぐれ」（新古今集・秋上・三六一）以外にも数多い。鎌倉中期にも、参考歌の二首の他に「さびしさはたぐひもあらじ山里の草のとぼそに過ぐる秋風」（影供歌合建長三年九月・山家秋風・五六・右衛門督）がある。

〔補説〕参考歌の忠度詠は、本歌の「思ふより」歌を本歌にしていようか。同様に「思ふより」歌を本歌にした詠作が、鎌倉前中期には左記のように散見する。該歌も含めて、この時代の傾向が窺われようか。

思ふよりなびく浅茅の色見えていかにせよとか秋の初風（洞院摂政家百首・秋・早秋・五六二・信実）

今よりの寝覚めの空の秋風にいかにせよとか衣打つらん（宝治百首・秋・聞擣衣・一八二五・為継）

山深く住むは憂き身と思ふよりいかにせよとか秋風の吹く（影供歌合建長三年九月・山家秋風・八四・真観）

鹿の鳴く夜さむの峰の秋風にいかにせよとか妻はつれなき（百首歌合建長八年・秋・一二五四・家良）

主題は、この歌と次歌が山里（山家）の初秋。前歌と同機会の歌で、144～146までの秋の初風の小歌群に繋ぐ。なおまた、ここから149まで、結句に「秋の来ぬらむ」を置く。

山家早秋

いづちまたあくがれよとて山里の心浮かるる秋の来ぬらむ

〔校異〕 ○あくかれよとて—あたれよとて（京・静〈「て」と次句の「山」との間の右傍に丸点を打ち上欄に「落字アラン」とあり〉） あたれよとて（松） ○山里の—山里も（書・内・高） ＊歌頭に小紙片貼付（底）

〔現代語訳〕 山家の早秋

どちらにまたさまよい出よ、ということで、気持ちが落ち着かない辛い山里の秋がやってきたのだろうか。

〔参考歌〕 憂しとてもまたはいづちかあくがれん山より深きすみかなければ（千五百番歌合・雑一・二七六三・忠良） さらでだに心浮かるる山里の夕暮ごとに秋風ぞ吹く（影供歌合建長三年九月・山家秋風・五一・公基。秋風集・雑中・一一八〇。続古今集・雑中・一六八九）

〔類歌〕 山里もすみうくなりぬいづちまたあくがれそむる心なるらむ（瓊玉集・雑上・人人によませさせ給ひし百首に・四五三。柳葉集・巻一・弘長元年九月、人人によませ侍りし百首歌・一三七）

〔語釈〕 **○いづちまた** 先行例は「おのがすむ堅田の千鳥いづちまためぐりあふみの浦つたふらん」（百首歌合建長八年・冬・一一〇六・寂西）があるが、他には類歌の宗尊詠が目に付くのみ。**○浮かるる** 「秋」の縁で「憂かる」が掛かる。

〔補説〕 上句は参考歌の忠良詠に類想で、宗尊はこれに倣っていよう。忠良も宗尊も、貫之の「我が心春の山辺にあくがれてながながし日をけふもくらしつ」（新古今集・春上・八一・貫之。亭子院歌合・一四他）を微かにでも意識していたかもしれない。なお、忠良詠のような歌境の先蹤には、道命の「故郷の住みうかりしにあくがれていづちともなき旅をゆくかな」（道命阿闍梨集・旅・一五七）がある。『万代集』（雑四・三四二八）に採録されているので、宗尊がこれを目にしていた可能性は残ろう。もう一首の参考歌公基詠は、所収歌集から判断して宗尊が見知っていた可能性はより高く、これにも負っていようか。この歌は、為家も着目したと思しく、文永二年（一二六五）七月七日の『白河殿七百首』で「さらでだに心浮かるる夕暮の雲のはたてに秋風ぞ吹く」（秋・秋夕雲・二四七・為家）という模倣歌を詠んでいる。

149

初秋の心を

かくばかり物憂かるべき時ぞとはいかに定めて秋の来ぬらん

〔校異〕 ナシ

〔現代語訳〕 初秋の趣意を

これほど物憂いのが当たり前の時節だとは、いったい秋がどのように決意してやって来たのだろうか。

〔語釈〕 **○いかに定めて**　古く、大中臣能宣の「身をばかへ小塩の山と思ひつついかに定めて人の入りけむ」（能宣集・一〇四）や、堀河右大臣頼宗の「たなばたはいかに定めて契りけん逢ふことかたき心長さを」（入道右大臣集・六五。万代集・秋上・七九九）の例があり、各々『新古今集』（雑中・一六二九、初句「身をばかつ」）と『続後撰集』（秋上・二五五、初句「たなばたの」）に採られている。これらに学ぶか。「秋」を擬人化していると見る。

150

野も山もなべて露けき時ぞとや秋来るからに袖の濡るらむ

〔校異〕 ○時ぞとや―時ぞとて（高）

〔現代語訳〕（初秋の趣意を）

野も山も、いちように露で湿っぽい時節だというので、秋が来るにつけて袖が濡れるのだろうか。

〔本歌〕 おほかたの秋来るからに我が身こそかなしき物と思ひ知りぬれ（古今集・秋上・一八五・読人不知）

秋風のうち吹くからに山も野もなべて錦におりかへすかな（後撰集・秋下・三八八・読人不知。拾遺集・恋三・八二八・読人不知）

〔出典〕「弘長三年八月三代集詞百首」の「夏」。↓130。

〔他出〕柳葉集・巻三・弘長三年八月三代集詞にて読み侍りし百首歌・秋・四一七。

〔語釈〕**○時ぞとや**　「春も今花も桜の時ぞとや雲よりにほふ葛城の山」（宝治百首・春・初花・五一六・俊成女）が宗尊に身近な先例か。**○袖の濡るらむ**　常套句だが、三代集では『後撰集』の「何にかは袖の濡るらむ白浪の名残ありげも見えぬ心を」（恋四・八八五・大輔〈源弼女〉）と『拾遺集』の「別るればまづ涙こそ先に立ていかで遅るる袖の濡るらん」（別・三三四・読人不知）があるので、これにも拠ったか。

〔補説〕三代集の歌詞を取って詠んだ歌。「野も」「山も」「なべて」の詞と季節の一致から後撰の読人不知歌を本歌と見たが、「野も山も」の句の一致を重視すれば、「野も山もしげりあひぬる夏なれど人のつらさはことの葉もなし」（拾遺集・恋三・八二八・読人不知）を本歌と見るべきであろうか。

151

人々によませさせ給ひし百首に

あはれまた秋ぞ来にける何事の憂しとはなしに物思へとて

〔校異〕○人々に―人々（京・静）○よませさせ―よませ（高）よまさせ（慶）○物おもへとて―物おもふとて（高）物思へとや（て）（山〈「や」字中に朱点〉）

〔現代語訳〕人々にお詠ませになられた百首で

ああまたも秋がやってきたのだ。取り立てて何事が憂く辛いというわけではなく、ただ物思いをせよといって。

〔参考歌〕何事を待つとはなしに明け暮れて今年も今日になりにけるかな（金葉集・冬・三〇四・国信。堀河百首・

冬・除夜・一一〇七）

あはれまたいかにしのばむ袖の露野原の風に秋は来にけり（新古今集・秋上・二九四・通具。千五百番歌合・秋一・一〇八九）

〔影響歌〕秋風の寒き夕べは何事を思ふとなしに涙落ちけり（隣女集・巻二自文永二年至同六年・秋・秋風・四四六）

〔出典〕「弘長元年中務卿宗尊親王家百首」の「夏」。

〔他出〕柳葉集・巻一・弘長元年九月人人によませ侍りし百首歌（六九～一四三）・秋・九四。

〔語釈〕**○人々によませさせ給ひし百首**　→2。**○物思へとて**　「逢ふまでの恋ぞいのりになりにける年月長き物思へとて」（続後撰集・恋二・七八五・為家。洞院摂政家百首・恋・不遇恋・一一二三。井蛙抄・八三）が宗尊に身近な先例。ちなみに、この歌の第二句は、『為家集』（恋・九六八）や『正風体抄』（七七）では「恋ぞいのちに」。

〔補説〕「いつはとは時は分かねど秋の夜ぞ物思ふ事の限りなりける」（古今集・秋上・一八九・読人不知）の同工異曲で、宗尊もこの歌を念頭に置いていたかもしれない。

「何事…」「…とはなしに」の措辞は参考歌の国信詠に始まるが、それに拠った『続後撰集』の「何事を待つとはなしにながらへて惜しからぬ身の年をふるかな」（雑中・一一九〇・守覚）も、宗尊の視野には入っていたであろう。また、初句に「あはれまた」を置いて「秋」の到来を言う歌は、参考歌の通具詠以前に、定家の「あはれまた今日も暮れぬとながめする雲のはたてに秋風ぞ吹く」（御室五十首・秋・五二〇）があり、通具詠もこの影響下にあるかと思われる。宗尊の該歌の初二句により近似した形では、『為家千首』中の「あはれまた秋は来にけり今よりや寝覚めならはす荻の上風」（秋・三六七）と「あはれまた秋来るからに武蔵野の草はみながら露ぞこぼるる」（雑・八七三）が目に付く。あるいは、宗尊はこれらにも学んだか。特に為家詠の前者については、これに倣って該歌の翌年の「弘長二年十一月百首歌」で「秋も来ぬ物思へとて今よりのつらさならはす荻の上風」（柳葉集・初秋・二五二）と詠んでいる。

一応影響を受けたと見て挙げた雅有詠は、雅有の宗尊歌受容の全体像の中で改めて位置付けられるべきであろう。
144からここまで、大づかみには初秋を主題とする歌群。

文永元年十月百首御歌の中に

天の河いつかと待ちし七夕の行き逢ひの今日になりにけるかな

〔校異〕 〇十月―十月（七歟）（静） 〇百首御歌の―百首の（高） 〇いつかと待し―いつかまちし（本）（書）

〔現代語訳〕 文永元年十月の百首御歌の中で

天の川よ、そこで逢うのはいつかと待ちわびた七夕の両星が、ようやく夏から秋になって行き逢う、七月七日の今日になったことであるな。

〔本歌〕 時鳥いつかと待ちしあやめ草今日はいかなるねにか鳴くべき（新古今集・恋一・一〇四三・公任）

〔参考歌〕 何事を待つとはなしに明け暮れて今年も今日になりにけるかな（金葉集・冬・三〇四・国信。堀河百首・冬・除夜・一一〇七）

〔出典〕 「文永元年十月百首」の「秋」。

〔他出〕 柳葉集・巻四・文永元年十月百首歌（五六三〜六二六）・秋・五八一。

〔語釈〕 **〇文永元年十月百首御歌** →54。**〇いつか** 時の疑問だが、早い実現の願望が込められる。本歌は、「五月五日、馬内侍につかはしける」の詞書で、「何時か」に「五日」を掛けているので、ここも、「今日」七日との縁で、「五日」が響くか。**〇行き逢ひ** 季節の交替、特に夏から秋への交差を言う。ここはその意味に、前句からの続きで、七夕の両星が天の川で出会う意を掛ける。「天の河」と縁語。**〇今日になりにけるかな** 「君来ずて年は暮れにき立ちかへり春さへ今日になりにけるかな」（後撰集・春下・一三七・藤原雅正）に遡源する措辞で、これを本歌と見ることもできようが、前の151歌が、参考歌の「何事を」を踏まえているので、該歌もこれに負ったと見ておく。

【補説】 主題は、ここから155まで七夕。

三百首御歌に

更(深)け行けば月さへ入(い)りぬ天の河浅瀬(あさせ)しら浪さぞたどるらん

【校異】 ○御歌に―御歌の中に（書） ○行は―ゆかは（書） ○いりぬ―わかぬ（高） ○さそ―いそ（山）

【現代語訳】 三百首の御歌で

夜が更けて行くと、月までが西に沈んだ。（暗い中）天の河では、彦星がさだめし浅瀬が分からずに、白波が立つ所を辿っているのであろう。

【本歌】 天の河浅瀬白浪たどりつつ渡り果てねば明けぞしにける（古今集・秋上・寛平御時七日の夜、殿上に侍ふ男ども歌奉れと仰せられける時に、人に代はりてよめる・一七七・友則）

【出典】 宗尊親王三百首・秋・一〇七。基家評詞「以外やすらかにゆゆしく候歟」。合点、為家・実氏・家良・行家・光俊。

【語釈】 **○三百首御歌** →1。 **○浅瀬しら浪** 「浅瀬知ら（ず・ぬ）」から「しら」を掛詞に「白浪」へ鎖る。

【補説】 宗尊の父帝後嵯峨院に、同じく古今友則詠を本歌にした「夕闇に浅瀬しら波たどりつつ水脈さかのぼる鵜飼ひ舟かな」（続拾遺集・夏・一八七）がある。

奉らせ給ひし百首御歌の中に、七夕を

七夕の恋や積もりて天の河まれなる中の淵となるらん

〔校異〕○奉らせ給し―ナシ（内・高）　＊歌頭に「続古」の集付あり（底・内・慶）

〔現代語訳〕（後嵯峨院に）お奉りになられた百首の御歌の中で、七夕を

七夕の両星の恋が積もり積もって、天の川は、その真ん中が深い淵となっているように、一年に一度の逢瀬という希な二人の仲が、より深い思いとなっているのだろうか。

〔本歌〕筑波嶺の峰より落つるみなの河恋ぞ積もりて淵となりける（後撰集・恋三・七七六・陽成院）

〔出典〕「弘長二年冬弘長百首題百首」の「卯花」題。

〔他出〕三十六人大歌合弘長二年・五。柳葉集・巻二・弘長二年院より人人に召されし百首歌の題にて読みて奉りし（二四四～二二八）・秋・七夕・一七〇。続古今集・秋上・弘長二年百首に、七夕を・三一五。題林愚抄・秋一・七夕・三〇〇二、詞書（集付）「続古　弘長二百首」。

〔語釈〕**○奉らせ給ひし百首御歌**　→6。**○まれなる中**　逢瀬が希々である男女の間柄の意。ここは七夕について言う。「中」に、「天の河」の縁で、川の中央部の意が掛かる。家隆の両首、即ち建保三年（一二一五）十月の『建保名所百首』詠「これぞまたまれなる中はしかすがの渡りさへこそうつろひにけれ」（恋・志香須香渡参川国・八一三）と、元仁二年（一二二五）三月披講の「基家家三十首」詠「思ひ川まれなる中に流るなりこれにも渡る鵲の橋」（壬二集・九条前内大臣家三十首・恋・稀恋・一九〇四）が早い例となる。後者は『万代集』（恋四・二五四二）にも収められている。『新撰六帖』には為家の「明けぬともまれなる中の逢坂は関とて人やとどめざるべき」（第五・人をとどむ・一五九二）がある。該歌の前年の『宗尊親王百五十番歌合弘長元年』でも「いかにせむあまり人めを忍ぶ間に希なる中となりぬべきかな」（恋・二五六・藤原顕盛）と詠まれている。「七夕」について言う先行例としては、『万代集』

に「七夕のまれなる中も逢ふことの数は多くの年や経ぬらむ」（万代集・秋上・八〇三・藤原為継）がある。該歌との先後は不明ながら、真観光俊にも「秋もなほ稀なる中と七夕のよにしらするや忍ぶなるらん」（閑放集・七夕の歌・一四）の作がある。宗尊が該歌に用いる環境は整っていたと見てよいであろう。

〔補説〕 宗尊は後に、同じく「筑波嶺の」歌を本歌に「恋だにも淵となりぬるみなの川ましてうれへにつもる涙は」（竹風抄・文永三年十月五百首歌・淵・九〇）とも詠んでいる。

七夕後朝

月だにもつれなく見えぬ七夕の別れの空にいかが悲しき

〔校異〕 ○空に―そらは（書）空にもイ（松）空よ（群）　○いかゝ―いかに（山〈「に」字中に朱点〉）

〔現代語訳〕（後嵯峨院に）お奉りになられた百首の御歌の中で）七夕の後朝を
つれなく見えた有明の月というが、その月さえつれなくも見えない別れの朝の空で、七夕の両星がどんなに悲しいか。

〔本歌〕 有明のつれなく見えし別れより暁ばかり憂き物はなし（古今集・恋三・六二五・忠岑）

〔参考歌〕 またも来む秋を待つべき七夕の別るるだにもいかが悲しき（後葉集・哀傷・七月七日白河院かくれさせたまひけるによめる・四一七・平忠盛。今鏡・すべらぎの中・二三。玉葉集・雑四・二四一〇）

〔出典〕「弘長二年冬弘長百首題百首」の「七夕後朝」題。↓6。

〔他出〕 柳葉集・巻二・弘長二年院より人人に召されし百首歌の題にて読みて奉りし（一四四～二二八）・秋・七夕後朝・一七一、四句「わかれのそでよ」。

〔語釈〕 **○いかが悲しき** 『久安百首』の教長詠「帰り来むほどはその日と契れども立ち別るるはいかが悲しき」

（離別・二八九）が早い例となる。「七夕」について言う先行例は少なく、参考歌の忠盛詠が目に付く程度。『忠盛集』には「秋ごとにまたも逢ふべき七夕も別るることはいかが悲しき」（一四一）の形で見える。

【補説】 152からここまで、七夕の歌群。

秋御歌の中に

荻の葉は風吹くごとに音信れて物思ひつく☆秋は来にけり

【校異】 ○荻の―萩の（高・京・静・松）萩（荻〈朱〉）の（ヒ〈朱〉）（三） ○葉ゝ―葉も（神） ○思ひつゝ―おもひつく（書・神・群）思ひつと（青・京・静・松）思ひつと（く〈朱〉）（。〈朱〉）（三〈右傍の「く」の下に朱擦消痕〉）思へ（つ〈朱〉）と（山〈「へ」字中に朱点〉） ☆底本の「思ひつゝ」を、本歌を考慮して書本以下の諸本により「思ひつく」に改める。

【現代語訳】 秋の御歌の中で

荻の葉は、風が吹くたびに音を立てて、物思いの気持ちが身に取りついて離れない、秋がやって来たのだな。

【本歌】 露ならぬ心を花に置きそめて風吹くごとに物思ひぞつく（古今集・恋二・五八九・貫之）

【参考歌】 木の間より漏り来る月の影見れば心づくしの秋は来にけり（古今集・秋上・一八四・読人不知）

夕されば門田の稲葉おとづれて蘆のまろ屋に秋風ぞ吹く（金葉集・秋・一七三・経信）

【語釈】 **○物思ひつく** 物思いが我が身に取りついて強い憂愁の気持ちを抱く意。本歌の「物思ひぞつく」に拠る。底本の「物思ひつつ」は、「うらもなく分けゆく道に青柳のはりしたてれば物思ひつつ」（綺語抄・七四〇）の例があるが意外に希少な措辞。一応通意だが、取らない。異文の「物思ひつと」は、一首の意味が不通であろう。この「物おもひつゝ」や「物思ひつと」の末尾の「ゝ」や「と」は、「く」からの誤写で派生したと判断する。

【補説】 本歌として貫之歌を取りながら、参考歌の両首にも負っていようか。

「荻の葉」を吹く「秋」の「風」と「物思ひ」の詠み併せとしては、実朝に「たそかれにもの思ひをれば我が宿の荻の葉そよぎ秋風ぞ吹く」（玉葉集・秋上・四八六）がある。

ここから163まで、主題は荻（吹く風の音）。

さらでだに涙こぼるゝ秋風を荻の上葉（うはゝ）の音に聞（き）くかな（哉）

〔校異〕 ○こほるゝ―こほるも（るイ）（松） ○荻の―はきの（高・京・静・松・三） ○うはゝの―かはゝ（上葉のイ）の（松） ＊「荻の」の「荻」は「萩」の「禾」を朱で「扌」に上書修正〈以下158～163の和歌中及び159詞書中の「荻」も同様〉（三）

〔現代語訳〕（秋の御歌の中で）

そうでなくてさえ涙がこぼれる秋風を、いっそう涙がこぼれる悲しい荻の上葉の音として聞くよ。

〔参考歌〕 さらでだにあやしきほどの夕暮に荻吹く風の音ぞ聞こゆる（後拾遺集・秋上・三一九・斎宮女御）

秋風のややはだ寒く吹くなへに荻の上葉の音ぞかなしき（新古今集・秋上・三五五・基俊。堀河百首・秋・萩・六八三）

聞けばまづ涙こぼるる秋風や初雁が音のしるべなるらん（弘長百首・秋・初雁・二七七・為家。為家集・七〇四）

〔影響歌〕 荻の音に宵のうたたね夢覚めて涙こぼるる袖の秋風（隣女集・巻二自文永二年至同六年・秋・秋風・四四九）

さらでだに涙こぼるる夕ぐれに音なうちそへそ入相の鐘（一宮百首〈尊良親王〉・雑・夕・八三。新葉集・雑中・一一四九）

〔出典〕「弘長二年十二月百首」の「萩」題。→5。

〔他出〕 柳葉集・巻二・弘長二年十二月百首歌（二九七～三五七）・萩・三二一。

〔語釈〕**○涙こぼるる**　鎌倉中後期に散見する句。『新撰六帖』の家良詠「秋されば野になく雉のほろほろと涙こぼるる夕まぐれかな」（第二・きじ・七一六）が早い例。本集の193にも用いられている。

〔補説〕参考歌の為家の『弘長百首』詠は、『為家卿集』の配列から弘長元年（一二六一）四月以降翌二年夏の間（新編国歌大観佐藤恒雄解題）と見られるので、宗尊が同歌に拠ったとすれば、京都の百首歌をかなり早く手に入れていたことになる。

影響歌の作者尊良親王は、後醍醐天皇皇子で、母は為世女為子。中務卿。延元二年・建武四年（一三三七）三月六日に越前金崎落城により二十七歳で自害。48も宗尊から尊良へ影響を与えた可能性がある一首。同母弟の宗良親王には、明らかに宗尊詠の摂取が認められるので（24、46、57、249、251、268、276、413）、併せて尊良の宗尊詠摂取の様相を探る必要があろう。↓解説。

『東撰六帖抜粋本』に「三品」宗尊親王の作として「音に聞く荻の上葉の風よりや目に見ぬ秋を知りはじめけん」（秋・荻・二一七）という、該歌と類似した詞を用いて、『古今集』秋巻頭歌以来の風により秋を知る通念に従った一首が残されている。

荻の葉に風の音こそ聞こゆなれ涙落とさぬ人はあらじな

〔校異〕○おきの―萩の（青・京・静・松・三〈157校異参照〉）○音こそ―をとこそ〈「そ」は何かの字の上に太く重ね書き〉（書）○あらしな―あらしに（高）

〔現代語訳〕（秋の御歌の中で）

荻の葉に秋風の吹く音が聞こえる。涙を落とさない人はいるまいよ。

〔参考歌〕春はなほ我にて知りぬ花盛り心のどけき人はあらじな（拾遺集・春・四三・忠岑）

つれなくて涙落とさぬ人もあらじ心見がほに澄める月かな（百首歌合建長八年・秋・五一四・家良）

【類歌】 夕されば荻の葉向けを吹く風にことぞともなく涙落ちけり（新古今集・秋上・三〇四・実定）
荻の葉に吹きと吹きぬる秋風の涙さそはぬ夕暮ぞなき（新勅撰集・秋上・二二四・公経）

【補説】 類歌の両首は、該歌と同工異曲。あるいは宗尊も、これらに学ぶ所があったか。
参考歌の家良詠は、「くまもなき鏡と見ゆる月影に心うつらぬ人はあらじな」（金葉集・秋・二〇五・長実）を踏まえるか。

夕荻といふことを

・吹く風も身にしむばかり音立(た)てゝ荻の葉悲(かな)し秋の夕暮

【校異】 〇夕荻と―夕萩と（青・京・静・松・三〈157校異参照〉） 〇はかり―けゝり［はか歟（朱）］［（朱）］（三） 〇荻の―萩の（青・京・静・松・三〈157校異参照〉） ＊歌頭に小紙片貼付（底）

【現代語訳】 夕べの荻ということを
吹く風も身に染みるほどに音をたてて、その萩の葉がなんとも悲しい。この秋の夕暮よ。

【参考歌】 月はよしはげしき風の音さへぞ身にしむばかり秋は悲しき（後拾遺集・秋下・三九九・斎院中務）

【影響歌】 松の音はなれし庵の軒端にも荻の葉悲し秋の夕風（鈴屋集・秋・山家荻・六二一）

【語釈】 **〇音立てて** 「荻」の「葉」について言う例は、為家の「音立てていまはた吹きぬ我が宿の荻の上葉の秋の初風」（新勅撰集・秋上・一九八）が早い。これに学ぶか。**〇荻の葉悲し** 四句切れ。新鮮な措辞。「荻の葉」と「かなし」の詠み合わせは、定家の従兄長方の「秋立ちてことぞともなく悲しきは荻の葉そよぐ夕暮の空」（長方集・秋・早秋の心を・六五。玄玉集・四〇四）が早い例の一つ。家隆にも「秋風はさてもや物の悲しきと荻の葉ならぬ夕暮もがな」（壬二集・秋・水無瀬にて、秋の歌つかうまつりし時・二三九〇。家隆卿百番自歌合・水無瀬殿秋十首建保三年・五三。定家家隆両卿撰歌合・四二）の作がある。前者は『万代集』（雑一・二八六六）に、後者は『雲葉集』（秋下・六八八）に採録されているので、宗尊が目にした可能性はあろうか。

〔補説〕下句が酷似しているので一応影響歌に挙げた本居宣長の一首については、宣長が宗尊家集を受容したかどうかという総合的な検証によって、改めて定位されるべきであろう。

秋風のつらさは時を分かねども夕べ悲しき荻の音かな

〔校異〕○和歌―ナシ（書）○つらさは―つらきは（慶・青・京・静・三・山）つらきは（松）○荻の―萩の（京・静・松・三〈157校異参照〉）

〔現代語訳〕（夕べの荻ということを）

秋風の辛さは、時を区別することはないけれども、それでもことに夕方は悲しく、悲しい荻を吹く音であることだな。

〔参考歌〕おほかたの憂き身に時は分かねども夕暮つらき秋風ぞ吹く（万代集・秋上・九三二・後鳥羽院。続古今集・雑上・一五八五、二句「憂き身は時も」）

なほざりの音だにつらき荻の葉に夕べを分きて秋風ぞ吹く（新勅撰集・雑一・一〇六八・信実）

おほかたに物思ふとしもなけれども夕べは悲し荻の上風（信生法師集・荻・七七）

〔類歌〕悲しさのかぎりは秋の夕べぞとあはれ知らする荻の音かな（宗尊親王百五十番歌合弘長元年・秋・一四九・小督）

吹きなれぬ音よりやがて悲しきは夕べの荻に秋の初風（柳風抄・秋・六一・大江宗秀）

〔他出〕 梅沢記念館蔵『あけぼの』所収伝世尊寺行尹筆断簡（散佚宗尊親王集か）に、詞書「秋夕荻」で見える。後ろに次の二首が続く。「秋夕薄／露けさは我にて知りぬ花す、きくさのたもとのあきのゆふぐれ／秋夕山家／山ふかくすまざりし身のむかしだになみだこぼれしあきのゆふぐれ」。↓解説。

〔語釈〕 **○夕べ悲しき** 先行例は、「秋風に夕べ悲しき東路の浜名の橋にかかる白浪」（最勝四天王院和歌・浜名橋遠江・三五〇・秀能）や「さびしさはさらでも絶えぬ山里の夕べ悲しき秋の雨かな」（百首歌合建長八年・秋・三〇四・忠基）が目に入る程度。後者の「夕べ悲しき秋の雨かな」と同様に、「夕べ悲しき」から「悲しき荻の音かな」へと鎖る。

〔補説〕 参考歌の三首はそれぞれ、宗尊が拠ったとしても不思議はない。後鳥羽院詠は、『六百番歌合』の「ものごとに秋はあはれを分かねどもなほかぎりなき夕暮の空」（六百番歌合・秋・秋夕・三七八・家房）などと同様に大枠では、「大底四時心惣苦（おほむねしいしこころすべてねんごろなり） 就中腸断是秋天（このなかにはらわたのたゆることはこれあきのてん）」（和漢朗詠集・秋・秋興・二二三・白居易）の趣向に連なる一首で、宗尊詠もその延長上にある。信実詠は、「さらでだにあやしきほどの夕暮に荻吹く風の音ぞ聞こゆる」（後拾遺集・秋上・三一九・斎宮女御）を基に、夕暮という時間帯と荻の葉風の音との関係を逆にした趣で、あるいは宗尊もこの斎宮女御詠を意識していたかもしれない。信生（塩谷朝業）は、宝治二年（一二四八）十月七日に七十五歳で没したと伝えられる。兄の宇都宮頼綱（蓮生）や男の笠間時朝と並んで、いわゆる宇都宮歌壇の中心人物である。その信生詠は、該歌と類似している。宗尊の信生歌受容の可能性を視野に入れておく必要があろう。また、類歌に挙げた『宗尊親王百五十番歌合弘長元年』の小督詠と該歌との先後は不明ながら、互いの影響関係を見てもよいであろう。類歌のもう一首も含めて、関東圏で、「夕べ」の「荻」吹く秋風の「悲し」さを言う歌が少しく詠まれていることになる。なお為家に、本集成立の「文永元年」の作であると注された「夕べとて人は音せぬ荻の葉に身を秋風ぞさらに悲しき」（為家集・恋・文永元年・一〇四一）という恋の類歌がある。

人々によませさせ給ひし百首に

秋の夜はうつつ（ヽ）の憂（う）さの数そへて寝（ぬ）る夢もなき荻の上風（かせ）

【校異】○よませさせ―よませ（高）よまさせ（慶）○うさの―か（うカ（朱））さ（-（朱））の（三）○数―数（数）〈本行「数」はなぞり書き〉（神）○ぬる―なる（慶）ゐる（三〈「ゐ」を朱で「ぬ」に上書修正〉）○荻の―萩の（青・京・静・松・三〈157校異参照〉）○上かせ―上哉（慶・青・京・静・松・三・山）

【現代語訳】人々にお詠ませになられた百首で

秋の夜は現実の辛い憂さが数を加えて、（少しの間は気持ちを慰めるはずの）寝る夢さえも結ぶことがない、（眠りを覚ます）荻の上風よ。

【本歌】寝る夢にうつつの憂さも忘られて思ひなぐさむほどぞはかなき（新古今集・恋五・一三八四・徽子女王）

【参考歌】秋の夜は宿かる月も露ながら袖に吹きこす荻の上風（新古今集・秋上・四二四・通具）

うたた寝は荻吹く風におどろけど長き夢路ぞ覚むる時なき（新古今集・雑下・一八〇四・崇徳院）

【類歌】秋の夜はひとり寝覚めのとことはに音するものは荻の上風（六条院宣旨集・秋・をぎ・四二）

秋の夜は寝覚めのものと音たてて吹きもしのばぬ荻の上風（沙弥蓮愉集・秋・題をさぐり侍りしに、庚申七夕を・二三〇）

【出典】「弘長元年中務卿宗尊親王家百首」の「秋」。

【他出】柳葉集・巻二・弘長元年九月人人によませ侍りし百首歌・秋（六九～一四三）・九六。

【語釈】**○人々によませさせ給ひし百首** →2。**○荻の上風** 荻の上葉を吹く風。「秋はなほ夕まぐれこそただならね荻の上風萩の下露」（和漢朗詠集・秋・秋興・二二九・義孝）が原拠で、「物ごとに秋のけしきはしるけれどまづ身にしむは荻の上風」（千載集・秋上・二三二・行宗）などと詠まれた。

【補説】類歌の両首は、該歌と同工異曲。前者の作者六条院宣旨は、民部少輔顕良の女、俊成の妻、八条院坊門局の母。後者の作者、藤原景綱は、嘉禎元年（一二三五）生、永仁六年（一二九八）五月一日没、七十四歳。宇都宮泰綱男、頼綱の孫。宇都宮家の当主で、鎌倉幕府引付衆、下野守・尾張守、従五位下に至る。関東の有力歌人。該歌との詠作時期の先後は不明だが、家集の成立としては景綱の『沙弥蓮愉集』が後。

奉(たてまつ)らせ給ひし百首に、荻

聞き初(そ)めはいかにかせまし秋ごとに馴(な)れてもつらき荻の上風

【校異】○荻―ナシ（青）秋（京・静・三・山）秋（萩イ）（松）○聞そめは―き丶そめて（内）○なれても―なれ。も（内）○荻の―萩の（京・静〈「萩」右傍に丸点を打ち上欄に「荻」とあり〉・松・三〈157校異参照〉）

【現代語訳】（後嵯峨院に）お奉りになられた百首で、荻

このような聞き初めは、一体どうしたらよいのか。毎年の秋毎に、たとえ馴れたとしても辛い荻の上風を。

【参考歌】君が宿の荻の上葉のいかならん今日聞き初むる恋の初風（慈鎮和尚自歌合・大比叡十五番・初恋・二一）

秋ごとになほ絶えずこそおどろかせ心ながきは荻の上風（久安百首・秋・六三五・親隆）

【類歌】吹きかふる音こそなけれ秋ごとに悲しきままの荻の上風（新和歌集・秋・荻風・一八三・坂上道清）

秋ごとに聞けど悲しき夕暮の憂けくに飽きぬ荻の上風（沙弥蓮愉集・秋・二四五）

【出典】「弘長二年冬弘長百首題百首」の「荻」題。

【他出】柳葉集・巻二・弘長二年院より人人に召されし百首歌の題にて読みて奉りし（二四四～二二八）・秋・荻・一七三。

【語釈】○奉らせ給ひし百首　→6。○聞き初めは　他例を見ない。「聞き初めば」では、もし聞き始めるならば、

の意となる。配列上は荻を吹く風の音の歌群の七首目であり、仮定条件はそぐわないので取らない。**○馴れてもつらき** 俊成の「よそならばさてもやみなん憂き物は馴れてもつらき契りなりけり」（長秋詠藻・右大臣家百首・遇不逢恋・五二七）が早く、『宝治百首』の「嵐吹くそともにそよぐなら柴の馴れてもつらき山の奥かな」（雑・山家嵐・三七〇七・隆祐）が、宗尊に身近な作例か。**○いかにかせまし** 原拠は「穂には出でぬいかにかせまし花薄身を秋風に棄てや果ててん」（後撰集・秋上・二六七・小野道風）。**○秋ごとに**―参考歌の親隆詠の他に、「荻の葉に言問ふ人もなきものを暮る秋ごとにそよと答ふる」（詞花集・秋・一一七・敦輔王）にも学ぶか。**○荻の上風** ↓161。

【補説】 毎年の秋に、たとえこのまま聞き続けていって馴れたとしても辛い荻の葉音の、まして聞き始めの堪えがたい辛さを言う趣旨。類歌は共に、いわゆる宇都宮歌壇の詠作。↓161。

同じ心を

秋風を憂しとはいはじ荻の葉のそよぐ音こそつらさなりけれ（也）

【校異】 ○うし―こし（三）こし（う歟（朱））（山） ○おきの―萩の（松・三〈157校異参照〉） ○つらさ也けれ―つらき（さイ）なりけり（れイ）（慶）つらき（さイ）成けれ（松）つらき也けれ（青・三・山）つらさ成覧（神）

【現代語訳】 同じ（荻の）趣意を

秋風を憂く辛いとは言うまい。それよりも、その秋風に荻の葉がそよぐ音こそが、辛さそのものなのであった。

【本歌】 荻の葉のそよぐ音こそ秋風の人に知らるる初めなりけれ（拾遺集・秋・一三九・貫之）

【影響歌】 一すぢに憂しとはいはじ過ぎ行けばつらきもはてのなき世なりけり（隣女集・巻二自文永二年至同六年・雑・述懐・八八二）

【出典】 「弘長三年八月三代集詞百首」の「秋」。↓130。

〔他出〕 柳葉集・巻三・弘長三年八月三代集詞にて読み侍りし百首歌（四〇四～四四九）・秋・四一八。

〔語釈〕 ○つらさなりけれ ↓補説。

〔補説〕 宗尊は、多くは結句に置いて、「つらさなりけり（る・れ）」を好んだようである。次に列挙してみる。

①うつろひてまたも咲かぬは憂き人の心の花のつらさなりけり（瓊玉集・恋下・寄花恋・三九六）

②恨みむとかねて思ひしあらましはあひ見ぬまでのつらさなりけり（柳葉集・巻一・弘長元年九月、人人によませ侍りし百首歌・恋・一二七）

③つれなきも限りやあると頼むこそ長き思ひのつらさなりけれ（柳葉集・巻四・文永元年六月十七日庚申に、自らの歌を百番に合はせ侍るとて・不逢恋・五一七）

④見るとなき闇のうつつの契りこそ夢にまさらぬつらさなりけれ（柳葉集・巻五・文永二年潤四月三百六十首歌・恋・七八六・）

⑤たぐひなきつらさなりけり秋深くなり行く頃の夜はの寝覚めは（竹風抄・巻一・文永三年十月五百首歌・九月・二七）

⑥年を経て馴れならひにし名残こそ別るる今のつらさなりけれ（竹風抄・巻一・文永三年十月五百首歌・別離・一三六）

⑦思へどもいはぬを知らぬならひこそ忍ぶるほどのつらさなりけれ（竹風抄・巻四・文永六年四月廿八日、柿本影前にて講じ侍りし百首歌・恋・六五六）

⑧ひたすらに思ひも果てぬこの世こそ心よわさのつらさなりけり（竹風抄・巻五・文永六年八月百首歌・雑・八一五）

該歌に先行するのは、②である。①との先後は分からない。この①は、「散るにだにあはましものを山桜待たぬは花のつらさなりけり」（躬恒集・三八一。古今六帖・第六・山ざくら・四二二七。和漢兼作集・春下・三一七。続古今集・

春下・一五一、三句「桜花」）か、あるいはこれに負ったかと思しき『現存六帖』の「散るといふことこそうたて山桜なれては花のつらさなりけれ」（やまざくら・六二七・実雄）に学んだ可能性があろうか。いずれにせよ、宗尊は、二十歳頃から二十八歳までの間、「つらさなりけり（る・れ）」の句を続けて詠じていたのであり、そこに相応の宗尊の心情を見ることは許されるであろうか。

156からここまで、荻（吹く風の音）の歌群。

草花露を

・消えぬ間を人に見せばや女郎花なほ一ときと置ける白露

〔校異〕〇草花露を―草花露（書）〇まを―まは（高）〇一ときと―こときと（三）〔一（朱）・ヒ（朱）〕

〔現代語訳〕草花の露を

消えない間の様子を、人に見せたいものだ。女郎花は、やはり一瞬だけとばかりに、置いている白露よ。

〔参考歌〕いつまでぞなまめきたてる女郎花花も一とき露も一とき（拾玉集・厭離百首文治三年十一月晦日三時之間詠之和同行述懐・秋・六三〇）

〔補説〕「女郎花」と「白露」は、「白露を玉に貫くやとささがにの花にも葉にもいとをみなへし」（古今集・物名・をみなへし・四三七・友則）や「白露の置くつまにする女郎花あなわづらはし人な手ふれそ」（拾遺集・秋・一六〇・読人不知）、あるいは「白露や心おくらん女郎花色めく野辺に人通ふとて」（金葉集・秋・二三二・顕輔）と詠まれて、一具の景物であり、その点では該歌も類型の中にある。また、「露」をはかない一瞬のものと捉えるのも常套である。それでも、「女郎花」の「白露」を「一とき」と言い、「消えぬ間」に人に見せたいと言う歌い方は新鮮である。

主題は女郎花の露。

庭草花

茂(しげ)りあふ籬の薄ほに出(い)でて秋の盛りと見(み)ゆる宿(やど)かな

〔校異〕○庭草花―ナシ〈歌右側に朱で「失題乎（歟）」とあり〉（三・山） ＊歌頭に小紙片貼付（底）

〔現代語訳〕庭の草花

いっせいに茂っている籬の辺りの薄が穂を出して、はっきりと秋の盛りだと目に見える我が家よ。

〔参考歌〕風渡る尾花が末に鶉鳴きて秋の盛りと見ゆる野辺かな（新撰六帖・第六・もず・二六二七・為家）

〔語釈〕**○籬の薄**　「籬」は柴や竹で編んだ垣根。「籬の薄」の句は、寂蓮の「二見浦百首」詠「春雨に籬の薄群ら立ちぬ今年もさてや道もなきまで」（玄玉集・草樹上・六〇五。御裳濯集・春上・七四）が早い例となる。**○ほに出でて**　「薄穂に出でて」から「ほ」を掛詞として「秀に出でて（秋の盛りと）見ゆる」へと鎖る。「秀に出づ」は、人目につくように表に現れる意。「秋の野の草の袂か花薄ほに出でて招く袖と見ゆらむ」（古今集・秋上・二四三・棟梁）以来の常套。

〔補説〕「茂りあふ」は、多く夏の草花の歌に用いられ、特に秋の「薄」について言う先行例は見出だし難い。本集成立の翌年文永二年（一二六五）七月七日の『白河殿七百首』の真観詠「誰が植ゑし一むら薄茂りあひて同じ野原に虫の鳴くらん」（秋・虫声滋・二四三）も希少な例となる。真観が宗尊詠に刺激されたか、もともと真観がこういう用い方を宗尊に指導していたか。なおまた、亀山院の皇子で宗尊の甥の慈道親王に「茂りあふ岡のやかたの篠薄かこはぬ庭の籬とぞなる」（慈道親王集・岡薄・九六）の作がある。あるいは、宗尊からの影響があるか。

主題は、ここから169まで薄（花薄）。

行路薄

夕日さす浅茅が原の花薄宿借れとてや人招くらむ

【校異】○行路薄―河泊薄（書）

【現代語訳】行路の薄

夕日が射す浅茅が茂った原の花薄は、道行く旅人にここに宿を借りろといって、人を招くように片方になびいているのだろうか。

【本歌】夕日さす裾野の薄片寄りに招くや秋を送るなるらん（後拾遺集・秋下・三七一・源頼綱）

夕日さす浅茅が原の旅人はあはれいづくに宿を借るらん（新古今集・羈旅・九五一・経信）

【参考歌】秋の野の草の袂か花薄ほに出でて招く袖と見ゆらむ（古今集・秋上・二四三・棟梁）

【語釈】○行路薄　家隆の「家百首」に見える「行路薄／かき分けてなほゆく袖やしほるらん薄も草の袂なれども」（壬二集・一三八一）が早い例で、息子の隆祐も「行路薄といへる心を」と詞書する「袖かへるをちかた人は分け過ぎて残る尾花に秋風ぞ吹く」（続拾遺集・秋上・二四三）を残している。これらに拠ったか。○花薄　穂の出ている薄の美称。○人招くらむ　この句はほとんどが「花薄」について言う。「なにせむに思ひもよらず花薄過ぎていく野の人招くらん」（為忠家初度百首・秋・野径薄・三二〇・為盛）が別して早い例だが、鎌倉中期以降に散見する。真観にも「花薄誰が手枕をとめかねてあくるなげきの人招くらん」（影供歌合建長三年九月・朝草花・八八）、為家に「花薄などかほに出でて秋風の心も知らず人招くらん」（閑放集・薄を・二五）の作例がある。

【補説】本歌の新古今の経信歌は下句に異同があり、特に末尾は為相本「とるらん」だが「と」に「かイ」の異本注記があり、諸本も「かるらん」なので、「かるらん」の本文に拠った。

本歌の作者頼綱と経信は共に『後拾遺集』初出歌人だが、宗尊には本歌たるべき認識があったと思われる。↓126、

128、132、解説。

167

御歌ばかり百番合はさせ給ふとて、薄

花薄おほかる野辺は唐衣袂ゆたかに秋風ぞ吹く

【校異】○はかり―はかりを（書・内・高・慶）○あはさせ―あはせさせ（内・高・神・群）○野へは―野へそ（はイ）（松）＊歌頭に「続古」の集付あり（底・内・慶）

【現代語訳】御歌だけを百番いにお合わせになられるということで、薄

花薄が多いこの野辺は、唐衣の袂をゆったりとふくらませて秋風が吹いている。

【本歌】嬉しきを何につつまむ唐衣袂ゆたかに裁てといはましを（古今集・雑上・八六五・読人不知）

【参考歌】女郎花おほかる野辺に花薄いづれをさして招くなるらん（拾遺集・秋・一五六・読人不知）

野辺ごとにおとづれ渡る秋風をあだにもなびく花薄かな（新古今集・秋上・三五〇・八条院六条）

みそぎする川瀬にさ夜や更けぬらん返る袂に秋風ぞ吹く（千載集・夏・六月祓をよめる・二二五・読人不知）

かり衣袂を分けて花薄野原しのはら秋風ぞ吹く（為家集・同元年〈正嘉二年〉卒爾百首・七八五）

【出典】「文永元年六月十七日庚申宗尊親王百番自歌合」（仮称。散佚）の「薄」題。

【他出】柳葉集・巻四・文永元年六月十七日庚申に自らの歌を百番ひに合はせ侍るとて（四五〇～五六二）・薄・四八三。続古今集・秋上・秋歌中に・三四六。和歌用意条々・二四。

【語釈】**○御歌ばかり百番合はさせ給ふとて** →24。**○花薄** →166。

【補説】参考歌の何れも宗尊が学びえた可能性はあるが、直接それを意識して詠じたというよりは、宗尊自身の中に貯えられた素養と見るべきであろう。

為世作かという『和歌用意条々』は、「本歌取る事様々の体あり」の項に該歌を引き、その本歌に「嬉しきを」の『古今集』歌を挙げる。

168

奉らせ給ひし百首に

立ち渡る霧の絶え間の花薄袖かと見えて秋風ぞ吹く

〔校異〕○たえまの―たえまに（神）　○みえて―みえ。本ノてカ（朱）（三〈「え」は朱でなぞる。補入符朱〉）

〔現代語訳〕（後嵯峨院に）お奉りになられた百首で

一面に立ち込める霧の絶え間にのぞく花薄が、人を招く袖かと見えてなびき、秋風は吹いているよ。

〔本歌〕秋の野の草の袂か花薄ほに出でて招く袖と見ゆらむ（古今集・秋上・二四三・棟梁）

〔参考歌〕明けぬるか川瀬の霧の絶え間より遠方人の袖の見ゆるは（後拾遺集・秋上・三二四・経信母）

立ち渡る霧の絶え間のほどもなく見えては見えぬ初雁の声（影供歌合建長三年九月・霧間雁・二〇四・鷹司院帥）

〔類歌〕ほに出づるくろの薄も山田刈る袖かと見えて秋風ぞ吹く（草根集・秋・秋田・三四一〇）

〔出典〕「弘長二年冬弘長百首題百首」の「薄」題。

〔他出〕柳葉集・巻二・弘長二年院より人人に召されし百首歌の題にて読みて奉りし（一四四～二二八）・薄・一七五。

〔語釈〕○奉らせ給ひし百首　↓6。○花薄　↓166。

〔補説〕参考歌に挙げた「立ち渡る霧の絶え間」歌の作者鷹司院帥は、真観の女で、『宗尊親王三百首』の点者の一人。本集には別に「立ち渡る霧の絶え間は紅葉して遠山さびし秋の夕暮」（秋下・二五六）がある。宗尊が帥詠に学んだ可能性は見てよいであろう。

和歌所にて

今よりの誰（た）が手枕も夜寒（さむ）にて入野（いるの）の薄秋風ぞ吹（ふ）く

〔校異〕 ○和歌所にて―和歌にて（書）ナシ（神）○今よりの―あふよりの（書）○たか―誰（慶）○手枕も―手枕の（も（朱））（山〈「の」字中に朱点〉）○夜さむにて―よたむにて（さカ（朱）・ー（朱））（三）＊歌頭に「新後拾」の集付あり（内・慶）

〔現代語訳〕 和歌所にて

これからの季節の手枕は、入野の薄の初穂のような妹の手枕でも誰の手枕でも、夜が冷え冷えと寒く感じられて、その入野の薄にはただ秋風が吹いている。

〔本歌〕 さを鹿の入る野の薄はつ尾花いつしか妹が手枕にせん（新古今集・秋上・三四六・人麿。万葉集・巻十・秋相聞・二二七七・作者未詳）

〔参考歌〕 今よりは秋風寒くなりぬべしいかでかひとり長き夜を寝む（新古今集・秋下・四五七・家持。万葉集・巻三・挽歌・四六五・家持、三句「吹きなむを」）

今よりの萩の下葉もいかならんまづ寝ねがての秋風ぞ吹く（続後撰集・秋上・二六八・雅経）

結びけん誰が手枕と知らねども野原の薄秋風ぞ吹く（紫禁和歌集・野秋風・九八八）

〔他出〕 新後拾遺集・秋上・題しらず・三一二。歌枕名寄・未勘国上・入野・九四一七。

〔語釈〕 **○和歌所** →27。**○誰が手枕** 「朝寝髪誰が手枕にたはつけて今朝は形見とふりこして見る」（金葉集・恋上・三五八・津守国基）が早い。→補説。**○夜寒にて** 『正治初度百首』の「七夕の待ちこし秋は夜寒にて雲にかさぬる天の羽衣」（秋・四四〇・良経）と「旅寝する山田の庵は夜寒にて稲葉の風に衣うつなり」（秋・一九五二・二条院讃岐）が早い作例。宗尊には他に三首見える（本集・253＝柳葉集・四九八、柳葉集・七四六、竹風抄・五四七）。「夜寒」は、晩秋頃に特に夜の寒さが感じられること。その寒さ。**○入野**　万葉以来の語だが、歌枕としての場所は特定しがたい。山城国乙訓郡（西京区大原野）の「入野神社」付近とも言う。

〔補説〕「誰が手枕」と「入野の薄」の詠み併せの例は、後鳥羽院・順徳院・家隆の次の歌が先行する。

さを鹿の入る野の薄露しげみ誰が手枕に月宿るらん（後鳥羽院御集・秋百首・八〇六）

露分けて入る野の薄かり庵の誰が手枕に月を見るらん（紫禁和歌集・同〈建保三年〉八月当座、野亭月・五九五）

さを鹿の入る野の薄露おほみ誰が手枕に宿る月影（壬二集・同〈建保〉六年同内裏御会・秋野月・二四八二）

宗尊は、これらにも学ぶところがあったか。

なお、参考歌の雅経詠の本歌は、「秋萩の下葉色づく今よりやひとりある人の寝ねがてにする」（古今集・秋上・二二〇・読人不知）。

朝顔を

夢路にぞ咲く（さ）べかりけるおきて見（み）んと思ふを待（ま）たぬ朝顔の花

〔校異〕　○朝顔を―あさかほを（書・内・高）朝皃を（慶）朝かを丶（松）蕣を（神・群）〈参考・表記の異同〉　○夢路にそさくへかりける―夢路にてさくへかりける（高）夢ちにてさそ（そイ）か（くイ）へりける（慶）夢ちにてさへかへりける（青）夢路にてさ（そ歟）へ（さくへかりイへ歟）か。りける（松）夢ちにそ。さ（本ノ（朱））へにける（三）夢路にてさ（本（朱））へにける（山）　○おきてみんと―おきてみん（神）　＊歌頭に「続古」の集付あり（内・高・慶）

〔現代語訳〕　朝顔を

夢路にこそ咲くべきであったのだな。夢から起きて見ようと思っているのに、それを待つことなく、置く露よりもはかなく枯れてしまう朝顔の花よ。

〔本歌〕 おきて見んと思ひしほどにかれにけり露よりけなる朝顔の花（新古今集・秋上・三四三・好忠）

〔出典〕 「弘長三年六月二十四日当座百首」の「秋」。↓18。

〔他出〕 柳葉集・巻三・弘長三年六月廿四日当座百首歌（三五八〜四〇三）・秋・三八三。続古今集・秋上・三四七（167と二首連続）。

〔語釈〕 **○朝顔** 朝咲く花の称。古く上代には現在の桔梗を言い、平安初期に渡来した木槿が取って代わり、後にまた現在の朝顔（牽牛子）に代わったとされる。ここもその朝顔。**○夢路** 夢の中を道に喩えて言う。「路」は、「朝顔の花」の縁で、それが咲く道の意が響くか。**○おきて** 「起きて」に、本歌を承けた「朝顔の花」の縁で「置きて」が掛かり、露が暗示される。

〔補説〕 主題は、ここから172まで朝顔。

はかなしと何かは言はむ世の中はかくこそありけれ朝顔の花

〔校異〕 ○あさかほの―あさかほの（松）

〔現代語訳〕（朝顔を）

朝顔の花よ。それを、はかない、とどうして言おうか。この世の中というのは、もともとこのようであるのだった。

〔本歌〕 朝顔を何はかなしと思ひけん人をも花はさこそ見るらめ（拾遺集・哀傷・一二八三・道信）

世の中はかくこそありけれ吹く風の目に見ぬ人も恋ひしかりけり（古今集・恋一・四七五・貫之）

〔参考歌〕 世の中のはかなき中にはかなきは暮をも待たぬ槿の花（堀河百首・秋・槿・七六四・永縁）

〔出典〕「弘長元年五月百首」の「秋」。↓14。

〔他出〕柳葉集・巻一・弘長元年五月百首歌（一～六八）・秋・二六。

〔語釈〕**○何かは言はむ**　反語。どうして言おうか、言うはずもない。**○朝顔の花**　早朝に開き日たけると萎むので、はかないものの象徴の一つ。↓170。

〔補説〕「朝顔」は、昼には萎むその性質上、参考歌に挙げた『堀河百首』歌に代表されるような、はかないものとする詠み方に傾き、それが本意になっている。該歌もその範疇に入るが、それでも述懐の趣が強い。季節歌に述懐を詠じる宗尊の性向を示す一首であろう。↓57、解説。

172

朝（あさ）顔の花の籬の秋の露いづれあだなる名にか立（た）つらん

〔校異〕○籬の秋の露―籬の。（秋の）露（底）籬の露（秋のイ）（慶）籬の露（青）　○いつれあたなる―いつれ（あた歟）なる（松）いつれ。（あた歟）なる（三〈補入符朱〉）
〔現代語訳〕（朝顔を）
朝顔の花、その籬に置く秋の露、どちらがはかないものとして、より評判が立つのであろうか。
〔本歌〕君が音にくらぶの山の郭公いづれあだなる声まさるらん（後撰集・恋四・八六七・読人不知）
〔出典〕「弘長三年八月三代集詞百首」の「秋」。↓130。
〔他出〕柳葉集・弘長三年八月三代集詞にて読み侍りし百首歌（四〇四～四四九）・秋・四二〇。
〔語釈〕**○籬**　↓165。

萩を

173

春焼きし其の日いつとも知(し)らねども嵯峨野(さがの)の小萩花咲(開)きにけり

〔校異〕○春―春(ハル(朱))(三) ○其日―其日の(ミ(朱))(山〈見消字中〉) ○いつとも―いつとは(書) ＊「花」は「萩」と「開」の間に補入符を打ち右傍にあり(底)

〔現代語訳〕萩を

春に野焼きをしたその日、昔の人が思い出すであろうといったその日、それが何時だったとも知らないけれど、秋になって嵯峨野の小萩は花が咲いたのだった。

〔本歌〕小萩咲く秋まであらば思ひ出でむ嵯峨野を焼きし春はその日と(後拾遺集・春上・花見にまかりけるに嵯峨野を焼きけるを見てよみ侍ける・八〇・賀茂成助)

〔類歌〕小萩咲く嵯峨野の秋も忘られず君が別れし春のその日と(竹風抄・文永九年十一月比、なにとなくよみおきたる歌どもを取り集めて百番に合はせて侍りし・萩・九三七)

〔語釈〕**○嵯峨野** 山城国の歌枕。現在の京都市右京区嵯峨一帯の野。

〔補説〕ここから177まで、主題は萩。

174

袖ふれて折(お)らば消(け)ぬべし吾妹子(わぎもこ)が挿頭(かざし)の萩の花の上の露

〔校異〕○おらは―おくは(三〈「く」を朱で「ら」に上書修正〉) ○上の露―上露(内・高〈「うは露」〉) ＊「萩の」は「かさしの」と「花の」の間の右傍にあり(慶)

〔現代語訳〕(萩を)もし袖が触れて折るならば、消えてしまうに違いない。私の恋しい子の挿頭にさしている、萩の花の上に置く露は。

〔参考歌〕白露を取らば消ぬべしいざ子ども露にいそひて萩の遊びせむ（万葉集・巻十・秋雑歌・詠露・二一七三・作者未詳）

我が背子が挿頭の萩に置く露をさやかに見よと月は照るらし（万葉集・巻十・秋雑歌・詠月・二二二五・作者未詳）

袖ふれば露こぼれけり秋の野はまくりでにてぞ行くべかりける（後拾遺集・秋上・三〇八・良暹）

風を待つ今はたおなじ宮城野の本あらの萩の花の上の露（定家所伝本金槐集・恋・四六一）

〔補説〕参考歌の内、万葉の両首を本歌と見ることもできよう。いずれにせよ、これら四首から、それぞれ措辞を少しずつ取って組み合わせたような仕立ての一首ではある。それは、実朝の方法に通じるものでもある。

萩花映水といふ事を

今ぞ見る野路の玉川尋ね来て色なる浪の秋の夕暮

〔校異〕○詞書・和歌―ナシ（静）　＊上欄に朱で「色なる波」とあり（三）

〔現代語訳〕萩の花水に映るということを

今まさに見るよ。野路の玉川に尋ね来て、波が萩の色を湛えている、この秋の夕暮を。

〔参考歌〕明日も来む野路の玉川萩こえて色なる波に月宿りけり（千載集・秋上・二八一・俊頼）

大井川古き流れを尋ね来て嵐の山の紅葉をぞ見る（後拾遺集・冬・三七九・白河院）

〔語釈〕**○萩花映水**「松枝映水」（千載集・六一六）、「残菊映水」（新勅撰集・四七八）等の類例はあるが、「萩花映水」は希少。先行例としては、『夫木抄』に「家集、萩花映水」として伝える源仲正の「風吹けば野河の水に枝ひてて洗へど萩の色は流れず」（雑六・野がは・一〇八八一。三句図書寮叢刊本も同じ。「枝ひちて」か）が見える程度。「萩映水」は、室町中期以降に散見する。**○野路の玉川**　近江国栗太郡の歌枕。現在の草津市東南方の丘陵に源流して琵琶湖に注ぐ玉川（現在十禅寺川）の、野路付近の流れを言う。いわゆる六玉川の一つ。

〔補説〕　題の「萩花」を詠み込んでいない、落題とも言うべき歌である。本集よりは後の成立になるが、為家が『詠歌一体』（題を能々心得べき事）で、「落葉満水」題の「筏士よ待てこと問はむ水上はいかばかり吹く山の嵐ぞ」と「月照水」題の「すむ人もあるかなきかの宿ならし蘆間の月の洩るにまかせて」の両首を引いて言う、「此の二首は、その所に臨みてよめる歌なれば、題をば出だしたれど、只今見るありさまに譲りて、紅葉・水などをよまぬ也」（時雨亭文庫本により表記は改めた）といった考え方に立った詠作であろうか。それにしても、詞書を離れると、一首に「萩」を想起させるのは、「野路の玉川」と「色なる浪」の詞を負った『千載集』の俊頼詠の存在があるからであり、本歌取りと見なすべき詠作でもある。しかし、真観『簸河上』が、時代の流れに伴って本歌取りの対象である『万葉集』と三代集の作者の所収歌集を、定家『詠歌大概』が説いた下限の「新古今」から、「新勅撰・続後撰」にまで拡大し、また「後拾遺」を見直して、三代集の作者の歌と同様に『後拾遺集』（歌人の）歌を本歌に取り用いてもよいとしながらも、「金葉、詞花もさることどもにて侍るめれば、苦しかるまじきことにこそ。されども、三代集の歌などのやうに本とするまではいかが侍るべからん」とも言っており、『金葉集』初出歌人の俊頼の『千載集』所収歌を本歌とするには躊躇が残るのである。→126、128、132、解説。

人々によませさせ給ひし百首に

高円の野辺の朝露かつ散りて紐解く花に秋風ぞ吹く

〔校異〕　○人々に―人々（高・京・松・三・山）人々に（静）　○よませさせ―よまさせ（高・慶）よませ（群）

〔現代語訳〕　人々にお詠ませになられた百首で

高円の野辺の朝露が一方では散って、女が紐を解くように綻ぶ花に、秋風が吹いているよ。

【本歌】 高円の野辺の秋萩このころの暁露に咲きにけむかも（万葉集・巻八・秋雑歌・一六〇五・家持。五代集歌枕・たかまどの・六九三、三句「このごろも」）

【参考歌】 この暮の秋風涼し唐衣紐解く花に露こぼれつつ（拾遺愚草・仁和寺宮より忍びてめされし秋題十首、承久二年八月・秋花・二三五五）

百草の花の紐解く秋の野に思ひたはれむ人なとがめそ（古今集・秋上・二四六・読人不知）

【出典】「弘長元年中務卿宗尊親王家百首」の「秋」。

【他出】 柳葉集・巻一・弘長元年九月人人によませ侍りし百首歌（六九～一四三）・秋・九七。

【語釈】 **○人々によませさせ給ひし百首** →2。**○高円の野辺** →132。**○かつ散りて** 勅撰集の初出は、『続後撰集』の「みむろの山花も紅葉もかつ散りて頼む陰なき谷の下草（雑下・一二六六・覚宗）で、これに学ぶか。

【補説】 宗尊は同じ「弘長元年中務卿宗尊親王家百首」で、「信楽の外山の紅葉かつ散りて里は夜寒に秋風ぞ吹く」（瓊玉集・秋下・二五九、柳葉集・一〇六）という類詠をものしている。

177

秋御歌中に

やや寒く夜風もなりぬ秋萩の下葉の露や色に置くらむ

【校異】 ○秋御歌中に―秋歌中に（書）秋御歌なかに（静）○良―良本（松）

【現代語訳】 秋の御歌の中で

夜風も少しずつ寒くなった。秋萩の下葉の露は、その色をはっきりと見せて置いているのだろうか。

【参考歌】 夜を寒み衣かりが音鳴くなへに萩の下葉もうつろひにけり（古今集・秋上・二一一・読人不知）

秋萩の枝もとををに置く露の今朝消えぬとも色に出でめや（新古今集・恋一・一〇二五・家持。異伝万葉集・巻八・秋雑歌・一五九五・大伴像見、下句「けなばけぬとも色に出でめやも」）

このごろの秋風寒み萩の花散らす白露置きにけらしも（新勅撰集・秋上・二三一・読人不知。原歌万葉集・巻十・秋雑歌・二一七五・作者未詳、二句「秋風寒し」）

思ひきや秋の夜風の寒けきに妹なき床に独り寝むとは（拾遺集・哀傷・一二八五・国章。後拾遺集・雑一・八九〇・元輔）

〔語釈〕 **○やや寒く**　為家の「やや寒くなる尾の里の秋風に波かけ衣うたぬ夜もなし」（為家集・秋・里秋安貞元・七一五）や「やや寒くゆきもやすらん唐衣きつつあひ見る夜半の秋風」（新撰六帖・第五・うちきてあへる・一四四七）等に学ぶか。**○色に置く**　新奇な措辞。目に見えてはっきりと置く、という意か。「色に出づ」から派生か。あるいは、「秋萩の下葉色づく今よりやひとりある人の寝ねがてにする」（古今集・秋上・二二〇・読人不知）等を踏まえて、紅葉した秋萩の下葉の上に、露がその色を映して置く様を言ったか。本集の配列上は、紅葉には早いので、前者と見るべきであろう。

〔補説〕　参考歌に挙げた歌や語釈に挙げた為家詠などを、宗尊が詠作時点で直接想起していたか否かは確言しえない。しかし、幅広く古歌や先行歌に重なる表現をもつ該歌のような詠作について、宗尊が日頃から種々の歌々に学んでいたことが反映していると見ることは許されるであろう。

野鹿

夏草の陰（かげ）に忍びしさ牡鹿（棹）の音に立（た）つばかり野はなり（成）にけり

〔校異〕　ナシ

179

〔現代語訳〕 野の鹿

夏草の陰で隠れ忍んでいた雄鹿が、耳立つ声に出して鳴くぐらいに、秋の野はなったのだな。

〔参考歌〕 草深き夏野分け行くさ牡鹿の音をこそ立てね露ぞこぼるる（新古今集・恋二・一一〇一・良経）

〔語釈〕 **○さ牡鹿** 「さ」は接頭語。雄鹿。 **○野はなりにけり** 「秋ちかう野はなりにけり白露の置ける草葉も色かはりゆく」（古今集・物名・きちかうの花・四四〇・友則）が原拠。

〔補説〕 多く鹿は、「牡鹿伏す夏野の草の道をなみ繁き恋路にまどふ頃かな」（新古今集・恋一・一〇六九・是則）のように「草」に「伏す」と歌われ、「陰に」「忍ぶ」とする先例は見えない。物の「陰に」何かが「忍ぶ」類の措辞は、古く赤染衛門に「卯の花の陰に忍べど時鳥人とかたらふ声さへぞ聞く」（赤染衛門集・三八四）がある。これは詞書が「四月ばかりに、向かへなる人の小家に、公信中納言おはすと聞きし夜、卯の花に付けて車に差させし」で、人事を寓意したものであるが、この「卯の花」の「陰」に「時鳥」が「忍ぶ」ことを前提にした歌が、『宝治百首』に「時鳥たより教へよ卯の花の陰に忍ぶる影だにもせず」（夏・待郭公・八七五・承明門院小宰相）と見えている。あるいは宗尊は、こういった歌から援用したか。

ここから181まで、主題は鹿鳴。

文永元年十月御百首に

真葛はふ野原の牡（小）鹿恨みても鳴きてもさこそ妻を恋ふらめ

〔校異〕 ○御百首に―百首に（内・高・神） ○はふ―か（は（朱））ふ（ヒ（朱）はイ）（三） ○小鹿―小（男）鹿（山〈「小」字中に朱点〉） ○鳴ても―鳴にも（内） ○妻を恋らめ―妻はこふらん（内・高） 妻をこふらめ（むイ）（慶） 妻をこふらし（青・京・静・松・三・山）

〔現代語訳〕　文永元年十月の御百首で

真葛が生いはびこる野原の雄鹿は、恨んで泣き恨んで鳴いて、さぞ妻を恋しく思っているのだろう。

〔本歌〕　恨みても泣きてもいはむ方ぞなき鏡に見ゆる影ならずして（古今集・恋五・八一四・興風）

〔参考歌〕　真葛吹く野原の風にうちそへて恨めしげなるさ牡鹿の声（風情集〈公重〉・経盛の三位の歌こひしに・鹿・三一五）

〔類歌〕　を鹿伏す峰の葛原恨みてもなきても妻を恋ひぬ夜ぞなき（東撰六帖抜粋本・第三・鹿・二六〇・西円）

〔影響歌〕　風寒く更け行く月に恨みてもなきても鹿の妻やつれなき（隣女集・巻三自文永七年至同八年秋・月前鹿・一一〇七）

〔出典〕　「文永元年十月百首」の「秋」。

〔他出〕　柳葉集・巻四・文永元年十月百首歌（五六三〜六二六）・秋・五八三。

〔語釈〕　**○文永元年十月御百首**　↓54。**○真葛**　「真」は接頭語。蔓草の一種の葛。**○牡鹿**　「さ牡鹿」と同じ。男鹿・雄鹿。**○恨みても鳴きても**　本歌の「恨みても泣きても」を取って、「恨みても鳴きても」に変化させるが、「恨み」「妻」「恋ふ」の縁で、原義の「泣きて」も掛かる。「真葛」の縁で「恨み」に「裏見」が響く。各文節末の「も」は、本歌では並列だが、該歌では強意。**○さこそ**　歌末に推量の「らめ」を伴って、さだめし、の意。

〔補説〕　類歌の作者西円は、播州西円と称され、『新後撰集』（恋二・九三九）に一首の入集を見ている。「楡関集」や「新玉集」の撰者で（時朝集）、『東撰六帖』の他、『新和歌集』や『拾遺風体集』にも撰歌された関東縁故の歌人である。該歌との先後は不明だが、相互の影響関係は想定してもよいか。

人々によませさせ給ひし時の百首に

並(浪)み立(た)てる妻(つま)待つ風や寒からし今木(いまき)の嶺(みね)に鹿の鳴くなる

【校異】○人々に—人々（高）○よませさせ—よませ（高）よまさせ（慶）よませ。(させ)（松）○給し時の—給し（書・内・高・神）給し(時のイ)（群）○浪—なみ（書・内・高）波（慶・京・静・松・三・山・神・群）〈参考・表記の異同〉○待—松（松）〈参考・表記の異同〉待(松歟(朱))（山）○寒からし—さむ。(か歟(朱))らし（三〈補入符朱〉）○鹿の—鹿そ(のイ)（慶）鹿そ（青）○鳴なる—なくなり（高）

【現代語訳】人々にお詠ませになられた時の百首で

松に並んで立っている鹿が妻を待つ風が寒いのであろう。すぐ行く「今来」ならぬ、今木の峰に雄鹿の妻を呼んで鳴く声が聞こえることよ。

【本歌】妹らがり今木の嶺に並み立てるつままつの木は古人見けむ（万葉集・巻九・挽歌・一七九五・宇治若郎子）

【参考歌】夕暮は小野の萩原吹く風にさびしくもあるか鹿の鳴くなる（千載集・秋下・三〇六・藤原正家）

誰しかも今きの峰と言ひそめて妻まつの木の年を経ぬらん（宝治百首・雑・嶺松・二三一〇・鷹司院按察）

【出典】「弘長元年中務卿宗尊親王家百首」の「秋」。

【他出】柳葉集・巻一・弘長元年九月人人によませ侍りし百首歌（六九～一四三）・秋・九八。

【語釈】**○人々によませさせ給ひし時の百首** →2。**○並み** 底本や諸本の表記「浪」や「波」は後代のさかしらな意改であろう。本歌を踏まえた一首の意味から、「並み」に解すべきである。**○妻待つ** 「待つ」に「並み立てる」「（今）木」の縁で「松」が掛かる。一般的な男女間の通念の上では「待つ」のは女性であるから、「夫待つ」と解されるが、ここは雄「鹿」が鳴く声が「風」に乗って聞こえてくることを言っているので、「待つ」の主語も雄「鹿」と見て、「妻待つ」に解した。妻に逢えることを待つ、といった意味か。**○今木** 所在不明の所名。「つま」「待つ」の縁で「今来」が掛かると見る。**○鹿の鳴くなる** 連体形で止めた強調。参考歌に拠るか。

〔補説〕 本歌の三句「並み立てる」の原文は「茂立」で、現行訓は「しげりたつ」。主な伝本の訓は、西本願寺本「ナミタテル」、廣瀬本「ナミタテル或テ、」、類聚古集「しけりたる」右傍「一云なみたてる」、古葉略類聚鈔左傍「シケリタル」、神田本左傍「シケリタツ」。四句の「つままつの木は」は、「まつ」を掛詞に「つま待つ」から「松の木は」に鎖るが、原文を「嬬」とする「つま」は、「妻」とも（万葉集注釈、新日本古典文学大系等）、「夫」（日本古典文学全集、万葉集全注等）とも解されている。

百番の御歌合に、鹿を

尋ね来(き)てさもなぐさめぬあはれかな鹿の鳴☆く(け)なる秋の山里(さと)

〔校異〕 ○なくさめぬ―なくさまぬ（慶）○あはれかな―あはれかな（神）○鳴ける―鳴なる（慶）鳴なる（青・京・静・松・三・山・神・群）☆底本の「鳴ける」を慶本以下の諸本により「鳴くなる」に改める。

〔現代語訳〕 百番の御歌合で、鹿を

このように尋ねて来ても、さほど気持ちを慰めはしない、哀れな風情であるな。鹿が鳴くのが聞こえる秋の山里は。

〔本歌〕 なにしかは人も来てみんいとどしくもの思ひまさる秋の山里（後拾遺集・秋上・三三四・和泉式部）

このごろは木木の梢に紅葉して鹿こそは鳴け秋の山里（後拾遺集・秋下・三四四・上東門院中将）

〔参考歌〕 山里はあはれなりやと人問はば鹿の鳴く音を聞けと答へん（西行法師家集・秋・鹿・二六五。宮河歌合・三五）

山里の暁方の鹿の音は夜はのあはれのかぎりなりけり（千載集・秋下・三一九・慈円）

〔出典〕「文永元年六月十七日庚申宗尊親王百番自歌合」（仮称。散佚）の「鹿」題。

〔他出〕柳葉集・巻四・文永元年六月十七日庚申に自らの歌を百番ひに合はせ侍るとて（四五〇〜五六二）・鹿・四八八、四句「鹿の鳴きける」。

〔語釈〕**○百番の御歌合** →24、34。**○さもなぐさめぬ** 「さも」は打消しを伴って、たいして〜ない、の意を表す副詞。「なぐさめ」は、下二段活用の他動詞「なぐさむ」の連用形で、気持ちを晴らす意。「ぬ」は打消の助動詞「ず」の連体形。「なぐさまぬ」の方が通用している。「なぐさめぬ」の先行例は、『千五百番歌合』の「時鳥なれも心やなぐさめぬ姨捨山の月に鳴く夜は」（夏二・八五九・丹後）がある。これは「現存最古の高松宮蔵の南北朝期写本」（新編国歌大観解題）を底本とする新編国歌大観本で示したが、有吉保『千五百番歌合の校本とその研究』（昭四三・四、風間書房）が著録する校異に拠ると、第三句を「なぐさめぬ」とするのは、他にも書陵部蔵桂宮本（五一〇・五八）と東京大学国文学研究室蔵長親（耕雲）がある。ただし、同書の底本の書陵部本（五〇一・五五七）以下の諸本は「なぐさまぬ」であり、『新後撰集』（夏・一九一）でも「なぐさまぬ」である。『万代集』には、醍醐御製という「唐衣きてなぐさめぬ人よりもいづれか辛きことのまさらむ」（恋五・二六五三）が収められている。宗尊はこれらに学ぶか。宗尊は他にも、「なぐさめぬ我にて知りぬ世の人もかくや見るらん秋の夜の月」（瓊玉集・秋下・月の御歌の中に・二二九）や「なぐさめぬ月を憂き世のほかぞとはいつはりしける人や言ひけむ」（柳葉集・巻一・弘長元年九月、人人によませ侍りし百首歌・雑・一三九）と詠じている。なお、宗尊家の女房小督に「見ればまづ袖のみぬれて思ふこともなぐさまぬ夜はの月かな」（観月集・秋上・二一〇）という類句の作例がある。**○鹿の鳴くなる** 底本以下の諸本も『柳葉集』も、「鹿の鳴きける」の形である。これは、他にあまり例を見ない句だが、それだけにかえって原態かと疑われなくもない、が、より一般的で通意の「鹿の鳴くなる」の形に従っておく。

〔補説〕大局的には、「奥山に紅葉踏み分け鳴く鹿の声聞く時ぞ秋は悲しき」（古今集・秋上・二一五・読人不知）の類型の中にある一首。

「さもなぐさめぬあはれ」は、過去の歌人達が詠出してきたように鹿が鳴く秋の山里の情趣がこれ以上ない「あはれ」だとしても、それによってすら心を満たすことがない心底を表出しようとしたものか。↓57、解説。
参考歌「山里の」の作者慈円は、参考歌の西行詠「山里は」や「なにとなく住ままほしくぞ思ほゆる鹿あはれなる秋の山里」（山家集・秋・鹿・四三五）を念頭に置いているのではないか。特に前者については、慈円に「山里のあはれいかにと人問はば寝覚めの鹿の声を語らん」（拾玉集・詠百首倭歌・秋・寝覚聞鹿・八四五）という模倣がある。ちなみに、平経盛男経正にも「山里の秋のあはれを人問はば鹿の音をこそまづは語らめ」（経正集・秋・鹿・四七）という同類の模倣がある。宗尊もこの西行詠を知っていた可能性はあろう。

　奉(たてまつ)らせ給ひし・百首に、虫を

何事を忍び(☆思)・あまりて浅茅生(あさちふ)の小野(をの)の草葉に虫の鳴(な)くらん

〔校異〕○思あまりて―思(しのひイ)あまりて（底・慶〈「思(しのイ)ひあまりて」〉）しのひあまりて（書・内・高）○あさちふの―あさちふの(の)〈字母「濃」の「の」の変形故の補筆か〉（神）○虫の―せ(虫(朱))の(ヒ(朱))（三〈「せ」は「虫」が変形か〉）☆底本の「思あまりて」を書本以下の諸本と底本傍記異本本文および『柳葉集』本文により「忍びあまりて」に改める。

〔現代語訳〕（後嵯峨院に）お奉りになられた百首で、虫を
一体何事を忍ぶに余って、浅茅が生える野の草葉で、泣くように虫が鳴くのだろうか。

〔本歌〕浅茅生の小野の篠原忍ぶれどあまりてなどか人の恋しき（後撰集・恋一・五七七・等）

〔参考歌〕風寒み鳴く秋虫の涙こそ草葉色どる露と置くらめ（後撰集・秋上・二六三・読人不知）

〔出典〕「弘長二年冬弘長百首題百首」の「虫」題。

〔他出〕柳葉集・巻二・弘長二年院より人人に召されし百首歌の題にて読みて奉りし（一四四〜二一八）・秋・虫・

一七六、二句「忍びあまりて」。
〔語釈〕○奉らせ給ひし百首　→6。○忍びあまりて　本歌の「忍ぶれどあまりて」を承けたと見る。底本本行本文の「思ひあまりて」は、例えば、「何事をいとかくばかり夏虫の思ひあまりて身を焦がすらん」（永久百首・夏・夏虫・一八二・大進）のように、「夏虫」の縁で「思ひ」の「ひ」に「火」を掛けて用いられる。ここは、秋の「虫」なのでそぐわないか。○浅茅生　丈の低いチガヤが生えている所。○鳴く　「忍びあまりて」の縁で「泣く」が掛かる。

〔補説〕ここから184まで、主題は秋の虫。

183

秋御歌とて
露深（ふか）き尾花がもとのきりぎ（く）りすさぞ思・ひある音をば鳴く・らん

〔校異〕○秋御歌とて―秋歌とて（慶・青・京・静・松・三・山）○ふかき―ふかき（になく）（内）ふかき（にふくイ）（慶）深て（京・静・三・山）深く（きイ）（松）○さそ思ある音をは鳴らん―さそ思ある音をは鳴らん（たかたまくらの涙そふらむ）（内）さそ思ひあるねをや鳴らん（誰か手枕の涙そふらんイ）（慶）さそ思ひある音をや鳴らん（青・静・山）さそ思ひある音を鳴・（や）らん（京）さそおもひある音を。（は）鳴らん（松）さそ思ひある春を（音（朱）やカ（朱））。鳴らん（三〈補入符朱〉）　＊歌頭に「新古」の集付あり〈錯誤か〉（高）
〔現代語訳〕秋の御歌ということで
露が深く置いている尾花の下の蟋蟀は、さだめし「思ひ草」ならぬ「思ひある」物思いの声で鳴いているのであろう。
〔本歌〕道の辺の尾花が下の思ひ草今さら何の物か思はむ（万葉集・巻十・秋相聞・寄草・二二七〇・作者未詳）
〔参考歌〕問へかしな尾花がもとの思ひ草しほるる野辺の露はいかにと（新古今集・恋五・一三四〇・通具）

我がごとや秋ふけがたのきりぎりす残り少なき音をば鳴くらん（続後撰集・雑上・一〇七八・中務）

〔出典〕宗尊親王三百首・秋・一六五、下句「さて思ひある音をや鳴くらん」。基家評詞「已上四首、殊絶妙之詞花歟」（一六五～一六八）。合点、為家・基家・家良・光俊・四条。

〔語釈〕○尾花　すすきの花穂だが、すすきそのものを言う。○きりぎりす　コオロギの古名。

〔補説〕内閣本と慶応本の傍記本文は、『柳葉集』の「露に鳴く尾花が本のきりぎりす誰が手枕の涙添ふらん」（巻五・七四五）に一致し、その形で『続古今集』（秋上・三七八）に採られている。『柳葉集』ではこの歌は、本集成立の文永元年（一二六四）十二月九日の後、「文永二年潤四月三百六十首歌」の秋の一首であるが、『続古今集』の詞書は「三百首歌中に」で、『宗尊親王三百首』からの採録であることを示している。宗尊は先ず同三百首を詠み、それが『瓊玉集』に収められた後に、自身の手で改作したのであろうか。

本歌の第三句原文は「乎花我下之」で、現行訓は「をばながしたの」だが、西本願寺や神田本・細井本等々の訓は「をばながしたの」である（廣瀬本欠）。

幾夜しもあらじとぞ聞く露霜の寒き夕べの松虫の声

〔校異〕○松虫の―まつせの（三〈「せ」は「虫」が変形か〉）まつかせの（山）＊歌頭に「新千」の集付あり（内・慶）

〔現代語訳〕（秋の御歌ということで）

幾世どころか幾夜を重ねるわけでもあるまいと聞く、露霜が寒い夕方の松虫の声よ。

〔本歌〕幾世しもあらじわが身をなぞもかく海人の苅藻に思ひ乱るる（古今集・雑下・九三四・読人不知）

露霜の寒き夕べの秋風にもみちにけりも妻なしの木は（万葉集・巻十・秋雑歌・二一八九・作者未詳）

〔他出〕 新千載集・秋下・題しらず（四八九）・四九〇。

〔語釈〕 ○幾夜しもあらじ 秋の松虫の命のはかなさを言う。本歌の前者を承けて、「幾夜」に「幾世」が掛かり、後者を承けて「あらじ」に「嵐」が響くか。「寝覚めする袖さへ寒く秋の夜の嵐吹くなり松虫の声」（新古今集・秋下・五一一・大江嘉言）、「待てしばし聞きてもとはん草の原嵐にまがふ松虫の声」（道助法親王家五十首・秋・尋虫声・四八九・雅経）等が参考になる。○露霜 万葉以来の語。万葉注釈上は、①露と霜、②露と霜の中間物（露が凍りかけて霜状になったもの）、③露、の諸説がある。ここは①あるいは②か。発音は古く「つゆしも」で、中世以降は「つゆじも」という。

〔補説〕 「露」と「虫」の取り合わせの歌で前後の歌群を繋ぐ。

憂(う)きを知る涙を誰(たれ)に習(し)ひてか草木も秋は露けかるらん

〔校異〕 ○うきをしる—うきをしも（慶・京・静・山・神・群）うきおしも（青・松・三〈「お」の左傍に朱丸点〉） ○涙を—泪も（慶・青） ○草木も—草にも（三・山）

〔現代語訳〕（秋の御歌ということで）
辛く悲しいことを分かって流れる涙を一体誰に習って、草や木も、秋は涙のような露が湿っぽく置いているのだろうか。

〔参考歌〕 歎くとてあはれをかくる人もあらじ何に涙の憂きを知るらむ（秋風集・雑中・一二〇二・忠良）
つれなさは誰に習ひし色ぞとも問ふに答へぬ松の下露（洞院摂政家百首・恋・不遇恋・一一〇五・基家）
さてもなほ秋来る今朝のいかなれば四方の草木の露けかるらん（新撰六帖・第一・あきたつ日・一一一・家良）

〔語釈〕**○憂きを知る**　本集撰者で宗尊の和歌の師である真観に「憂きを知る涙とや見ん袖垣の上にかかれる朝顔の花」（閑放集・牆槿・三二）、宗尊の護持僧隆弁に「憂きを知る涙の咎と言ひなして袖より霞む秋の夜の月」（三十六人大歌合・九四）の作がある。
〔補説〕ここから191まで、主題は露。一般的にそうであるように、そして四季歌に述懐を詠む傾きがある宗尊ならなおさら、そこに秋思の「涙」を詠じるのは当然であろう。

186

心なき草葉も露のこぼるるはいかなる秋のつらさなるらん 覧

〔校異〕ナシ
〔現代語訳〕（秋の御歌ということで）
　心なき草の葉も、涙のような露がこぼれるのは、一体どれほどの秋の辛さなのであろうか。
〔本歌〕心なき身は草葉にもあらなくに秋来る風に疑はるらん（後撰集・秋中・二八六・伊勢）
〔参考歌〕我ならぬ草葉もものは思ひけり袖より外に置ける白露（続後撰集・雑四・一二八一・忠国）
〔影響歌〕心なき草葉は何を思ふらん我が衣手に似たる露かな（隣女集・巻二自文永二年至同六年・秋・露・四六六）
〔出典〕「文永元年六月十七日庚申宗尊親王百番自歌合」（仮称。散佚）の「露」題。
〔他出〕柳葉集・巻四・文永元年六月十七日庚申に自らの歌を百番ひに合はせ侍るとて（四五〇～五六二）・露・四八四。→24。
〔補説〕伊勢歌の本歌取りだが、西行の「心なき身にもあはれは知られけり鴫立つ沢の秋の夕暮」（新古今集・秋上・三六二・西行）にも通う。

187

三百首御歌中に

草も木も露ぞこぼるる大かたの秋のあはれや涙なるらん

〔校異〕 ○露ぞ―露に（青）

〔現代語訳〕 三百首の御歌の中で

草も木も、露がこぼれている。世にひとしなみに来る秋のあわれは、涙になって現れるのであろうか。

〔本歌〕 草も木も色かはれどもわたつ海の浪の花にぞ秋なかりける（古今集・秋下・二五〇・康秀）

〔参考歌〕 大かたの秋来るからにわが身こそ悲しき物と思ひ知りぬれ（古今集・秋上・一八五・読人不知）

大かたの秋のあはれを思ひやれ月に心はあくがれぬとも（千載集・秋上・二九九・紫式部）

大かたの秋をあはれと鳴く鹿の涙なるらし野辺の朝露（新勅撰集・秋下・三〇八・頼実）

〔出典〕 宗尊親王三百首・秋・一一四。合点、実氏・家良・行家・光俊・帥。

〔語釈〕 ○三百首御歌 →1。

188

奉（たてまつ）らせ給ひし百首に

草葉こそしほれて干（ほ）さぬ秋ならめなど我が袖の露けかるらん

〔校異〕 ○ほさぬ―なさぬ（三）〔ほカ（朱）・-（朱）〕

〔現代語訳〕 （後嵯峨院に）お奉りになられた百首で

草葉こそは、露で萎れて干すことのない秋でありましょうが。どうして私の袖が、このように湿っぽく露が置いているのでしょうか。

〔本歌〕 夏草の露分け衣着もせぬになど我が袖のかわく時なき（新古今集・恋五・一三七五・人麿）
秋の野の草も分けぬを我が袖の物思ふなへに露けかるらん（後撰集・秋中・三一六・貫之）

〔参考歌〕 ひとり寝る床は草葉にあらねども秋くる宵は露けかりけり（古今集・秋上・一八八・読人不知）
置く露は草葉の上と思ひしに袖さへ濡れて秋は来にけり（続後撰集・秋上・二四七・弁内侍）

〔出典〕「弘長二年冬弘長百首題百首」の「露」題。

〔他出〕 柳葉集・巻二・弘長二年院より人人に召されし百首歌の題にて、読みて奉りし（一四四〜二三八）・秋・露・一七二。

〔語釈〕 **○奉らせ給ひし百首**　→6。

同じ心を

長き夜の寝覚めの涙いかがせむ露だに干さぬ秋の袂に

〔校異〕 ○ほさぬ―なさぬ（ほカ（朱））（三）　○たもとに―たもとを（書）

〔現代語訳〕 同じ（露の）趣意を
秋の長い夜に眠りから目覚めて袂に落ちる涙を、どうしたらいいのか。ただでさえ露を乾かすことのない、この秋の袂で。

〔参考歌〕 物思はでただ大かたの露にだに濡れれば濡るる秋の袂を（新古今集・恋四・一三一四・有家）
長き夜の寝覚めはいつもせしかどもまだこそ袖は絞らざりしか（続詞花集・恋下・六二六・宗子）
身を思ふ寝覚めの涙干さぬ間になきつづけたる鳥の声かな（新撰六帖・第一・あかつき・二一七・為家）

〔類歌〕 長き夜の寝覚めの涙うち添へて砧の音に袖も乾かず（続現葉集・秋下・三七七・禅助）

長き夜の寝覚めの涙干しやらで袖より氷る有明の月（新拾遺集・雑上・一六八九・為藤）

〔影響歌〕 深き夜の寝覚めの涙露落ちて枕より知る秋の初風（雅有集・仙洞御百首・秋・三一七）

〔出典〕 「弘長元年五月百首」の「夏」。→14。

〔他出〕 柳葉集・巻一・弘長元年五月百首歌（一～六八）・秋・二一七。

〔語釈〕 **○同じ心** 直接承けるべき前方の歌題は182の「虫」だが、これは不相当である。前歌の出典の歌題「露」が相応しい。**○寝覚めの涙** 一条摂政伊尹の「人知れぬ寝覚めの涙降り満ちてさも時雨れつる夜半の空かな」（一条摂政御集・一六九。新古今集・恋五・一三五五）が早い例となる。「寝覚め」→118。**○秋の袂** 「かりのみとうはの空なる涙こそ秋の袂の露と置くらめ」（是貞親王家歌合・四九）が早い例。新古今時代では、「名残には春の袂もさえにけり霞より散るゆきの気色に」（六百番歌合・春・余寒・二二・慈円）の「春の袂」が先行する。

〔補説〕 参考歌あるいは語釈に挙げた歌などから学び得たであろう措辞を組み合わせたような作。

宗尊から雅有には、他にも影響関係が認められるので、右の「深き夜の」を宗尊からの影響歌と見ておく。類歌の両首は、必ずしも宗尊の歌に拠らなければ詠出不能という訳ではないであろう。

憂（う）き事に馴（な）らはぬ人や置く露を袖より外の秋と見（み）るらん

〔校異〕 ○ならはぬ―ならわぬ（松）ならわ（は（朱））ぬ（ヒ（朱））（三）〈参考・表記の異同〉

〔現代語訳〕 （同じ（露の）趣意を）

憂く辛い事に馴れない人は、置く露を、（袖に涙が置くなどとは思いもよらずに）ただ袖以外の所に秋だから露が置いていると見るのであろうか。

〔本歌〕 我ならぬ草葉も物は思ひけり袖より外に置ける白露（後撰集・雑四・一二八一・忠国）

〔参考歌〕 夕暮の草の庵の秋の袖馴らはぬ人や絞らでも見ん（内裏百番歌合承久元年・秋夕露・九七・定家。拾遺愚草・二二五〇）

〔出典〕 「弘長二年十一月百首」の「露」題。↓23。

〔他出〕 柳葉集・巻二・弘長二年十一月百首歌・（二二九～二九六）・露・二五四。

191

暮（く）るる間（ま）も頼（たの）まれぬ身の命にて何かは露をあだに見（み）るべき

〔校異〕 ○身の―まの（慶） ○命にて―命にて（もイ）（底） 人はもて（書）

〔現代語訳〕（同じ（露の）趣意を）

日が暮れるまでの短い間も頼みにならないこの身の命であって、どうして露をはかないと見ることができるか、できるはずもない。

〔本歌〕 命やは何ぞは露のあだものを逢ふにし換へば惜しからなくに（古今集・恋二・六一五・友則）

〔参考歌〕 暮るる間も待つべき世かはあだし野の末葉の露に嵐立つなり（新古今集・雑下・一八四七・式子）

いかにせむ暮を待つべき命だになほ頼まれぬ身をなげきつつ（新勅撰集・恋三・八一三・隆祐）

〔語釈〕 ○命にて 書陵部本の「人はもて」は、「命」の草体を「人は」に誤ったものであろう。底本の異本注記「命もて」の本文が、何れかの段階には存したことを推測させる。「命にて」「命もて」共に、『後撰集』以来の句。

○何かは 下の「見るべき」にかかって、反語の意を表す。

〔補説〕 本歌は、『友則集』では「命かは何ぞも露のあだものを逢ふにし換へば惜しからぬ身を」（四九）で、この初二句は『古今六帖』（第四・ざふの思）も同じで、かつ『古今集』の元永本や真田本も同様である。宗尊がこの形の本文に依拠した可能性は見てよいであろう。

192

五十首御歌中に

さのみやは憂き身の咎にかこつべき秋の気色の誘ふ涙を

〔校異〕○けしきの―けしきを（のイ）（松）けしき。（本ノにカ（朱））（三〈補入符朱〉）けしきに（山）

〔現代語訳〕五十首の御歌の中で

そうとばかり、憂く辛い我が身の過ちにかこつけるべきか、そうではあるまい。秋の気配が誘って流れるこの涙を。

〔参考歌〕さのみやは我が身の憂きになしはてて人の辛さを恨みざるべき（金葉集・恋下・四五五・源盛経母）

いかばかり人の辛さを恨みまし憂き身の咎と思ひなさずは（詞花集・恋上・一九八・賀茂成助）

〔語釈〕**○五十首御歌**　未詳。→19。**○さのみやは**　「かこつべき」と呼応して反語の意を表す。**○かこつ**　責任にする、せいにする。あるいは、口実にする、言い訳にする。**○秋の気色**　秋の情趣、雰囲気。「秋の景色」は取らない。「ながめつつ過ぐる月日も知らぬまに秋の気色になりにけるかな」（小町集・長雨を・一〇四）が早い例の一つで、勅撰集には『金葉集』の「咲きにけりくちなし色の女郎花いはねどしるし秋の気色は」（秋・一六九・源縁）が初出。

〔補説〕主題は次歌と共に涙（秋思）。

西行の「歎けとて月やはものを思はするかこち顔なる我が涙かな」（千載集・恋五・九二九）とは対照的な趣向である。

193

和歌所にて

ながむればたゞ何となく物憂くて涙こぼるゝ秋の空かな

〔校異〕ナシ

〔現代語訳〕和歌所に於て

ぼうっとながめると、ただ何となく物憂くて、涙がこぼれる秋の空だな。

〔参考歌〕ながむれば木の間うつろふ夕づく夜やや気色立つ秋の空かな（正治初度百首・秋・二一四〇・式子）

ながむればそのこととしもなけれども夕べ身にしむ秋の空かな（宝治百首・秋・秋夕・一三七四・頼氏）

〔語釈〕**〇ながむ** 心が虚ろな状態でじいっと視線を送る意。**〇ただ何となく** 珍しい句。先行例は「君こふとあだには言はじと思ふ間にただ何となく音こそ泣かるれ」（言葉集・恋上・一二一・参河内侍）。**〇涙こぼるる** ↓157。

人々によませさせ給ひし百首に

置く露に濡るる袂ぞいで我を人なとがめそ秋の夕暮

〔校異〕〇よませさせ―よまさせ（慶）よませ（松）〇たもとそ―たもとも（高）袂は（慶・青・京・静・三・山）たもとは（松）

〔現代語訳〕人々にお詠ませになられた百首で

置く露で濡れる袂なのだ。どうか私を（涙に濡れてと）とがめないでくれ、この秋の夕暮に。

〔本歌〕いで我を人なとがめそ大舟のゆたのたゆたに物思ふ頃ぞ（古今集・恋一・五〇八・読人不知）

〔参考歌〕我が袖の濡るるを人のとがめずは音をだにやすく泣くべきものを（拾遺集・恋四・九一七・読人不知）

うちかづく笠取山の時雨には袂ぞ濡るる人なとがめそ（堀河百首・冬・時雨・八九八・匡房）

〔出典〕「弘長元年中務卿宗尊親王家百首」の「秋」。

〔他出〕柳葉集・巻一・弘長元年九月人人によませ侍りし百首歌（六九～一四三）・秋・九九。

〔語釈〕○人々によませさせ給ひし百首　↓2。○とがめ　不審に思ってただす意。

〔補説〕ここから209（秋上巻軸）まで、主題は秋の夕（暮）。

195

百首御歌の中に

吹く風も心あらなむ浅茅生（あさちふ）の露の宿（やと）りの秋の夕暮

〔校異〕○詞書―ナシ（高）　＊「宿りの」の「り」〈字母「利」〉は下部を朱で補筆（三）

〔現代語訳〕百首の御歌の中で

吹く風も、どうか（露の宿りを慮る）心があって欲しいよ。浅茅生に露が宿っている、そのように我が身がはかなくこの世に宿っている荒んだ家の、秋の夕暮に。

〔参考歌〕吹く風も花のあたりは心せよ今日をばつねの春とやは見る（金葉集・春・三二・長実）

浅茅生の露の宿りに君をおきて四方の嵐ぞ静心なき（源氏物語・賢木・一五〇・光源氏）

玉ゆらも乱れぞまさる浅茅生の露の宿りの庭の秋風（洞院摂政家百首・秋・早秋・五〇一・道家）

〔類歌〕心あらば花に弱かれ月影の露の宿りの野辺の秋風（後十輪院内府集・秋・月前草花・六一三）

〔出典〕「弘長二年十一月百首」の「露」題。

〔他出〕柳葉集・巻二・弘長二年十一月百首歌（二二九～二九六）・露・二五五。

〔語釈〕○百首御歌　↓23。○浅茅生　丈の低いチガヤが生えている場所。荒廃した印象を与える。○露の宿り　「浅茅」（チガヤ）に露が置いていること。はかなくこの世にある自分の住居の意を比喩として掛ける。

〔参考歌〕参考歌の源氏歌は、藤壺に密会の後雲林院に参籠した光源氏が、家に残し置いた紫上に消息する中で、陸奥紙に書いて贈った歌。ちなみに、その類歌「秋風の露の宿りに君をおきて塵を出でぬることぞ悲しき」（新古今集・哀傷・七七九）は、一条院が、病不例で寛弘八年（一〇一一）六月十九日に剃髪出家した折に中宮彰子に贈った歌。

三百首御歌の中に

遠（とを）ざかる海人（あま）の小舟もあはれなり（也）由良（ゆら）の湊の秋の夕暮

【校異】○あまの―天の（慶）〈参考・表記の異同〉あさ（まカ（朱））の（三）　＊上欄に朱で「秋夕暮」とあり（三）

【現代語訳】三百首の御歌の中で

沖へと遠ざかって行く漁夫の小舟も、しみじみとあわれである。由良の湊の秋の夕暮は。

【参考歌】見渡すにうらうら波は寄すれどもいや遠ざかる海人の釣り舟（万代集・雑三・三三七四・能因。能因法師集・六〇）

遠ざかる人の心は海原の沖ゆく舟の跡の潮風（六百番歌合・恋下・寄海恋・九八一・定家）

楫を絶え由良の湊に寄る舟のたよりも知らぬ沖つ潮風（新古今集・恋一・一〇七三・良経）

心なき身にもあはれは知られけり鴫立つ沢の秋の夕暮（新古今集・秋上・三六二・西行）

【出典】宗尊親王三百首・秋・一二三。基家評詞「第一傷心法、秀逸歟」。合点、基家・家良・行家・光俊・帥。

【他出】三十六人大歌合弘長二年・七。歌枕名寄・巻三十三・雑篇・湯羅・湊・八六九九。

【語釈】**○三百首御歌**　→1。**○海人**　海辺の生業を営む者。ここは漁師。**○小舟**　「をぶね」。「小」は小さい意の接頭語。**○由良の湊**　一説に紀伊国の歌枕とも言うが、ここは、参考歌の良経詠に拠ったと見られるのでその本歌「由良の門を渡る舟人楫を絶えゆくへも知らぬ恋の道かも」（新古今集・恋一・一〇七一・好忠）の「由良の門」と同じで、丹後国の歌枕と解する。現在の京都府宮津市由良の辺り。「湊」は「水門」で、ここは川から海への出入り口、即ち港のこと。↓39。

〔補説〕参考歌の四首は、何れも宗尊が披見し得たであろう歌である。この内、良経詠は宗尊の意識の上にあったであろうか。他の三首についても、たとえ無意識にせよこれらに学んだ成果が自然と表れたと見るべきであろう。

色変はる野辺よりもなほ寂しきは朽木の杣の秋の夕暮

〔校異〕○猶―けに（書）○さひしきは―さひしくは（山〈「く」字中に朱点〉）

〔現代語訳〕（三百首御歌の中で）

色が変わる野辺よりもいっそう寂しいのは、朽木の杣の秋の夕暮だ。

〔参考歌〕色変はる露をば袖に置きまよひうらがれて行く野辺の秋風（新古今集・秋下・五一六・俊成）

色かはる野辺のけしきに吹きそめてむべ山風を人の心に（仙洞句題五十首・寄嵐恋・二七八・慈円）

花咲かぬ朽ち木の杣の杣人のいかなる暮に思ひ出づらん（新古今集・恋五・一三九八・仲文）

寂しさはその色としもなかりけり真木立つ山の秋の夕暮（新古今集・秋上・三六一・寂蓮）

〔出典〕宗尊親王三百首・秋・一二二。基家評詞「水無瀬殿秋十首　後久我太政大臣　花咲かぬならひなりともいかがせん朽木の杣の秋の夕暮」。為家評詞「寂蓮法師　寂しさはその色としもなかりけり槙立つ山の秋の夕暮、と仕りて候、同体候歟」。合点、実氏・家良・行家・光俊・帥。

〔語釈〕○朽木の杣　近江国の歌枕。現在の滋賀県高島郡朽木村一帯。「杣」は、用材を取るための山林。

〔補説〕前歌と同様に、『新古今集』歌などの参考歌に学んだ表れの詠作であろう。『宗尊親王三百首』の基家評詞が挙げる通光の歌は、建保二年（一二一四）八月二十七日の「後鳥羽院仙洞秋十首歌合」（散佚）の作と思しい。これも宗尊の視野に入っていたかもしれない。

出典の『宗尊親王三百首』では、前歌と順番が逆である。それぞれの参考歌に挙げた西行と寂蓮の歌も、『新古今集』では寂蓮・西行と逆の順番である。あるいは宗尊自身は、寂蓮と西行の歌を念頭に置いた両首を意識的に並べ置いたのではないだろうか。同三百首では、右の二首に続けて、「折折のながめはすれども寂しさのことにもあるかな秋の夕暮」（一二四）と「よしやただ思ひも入れじこれもまたつもれば老いの秋の夕暮」（一二五）の二首が配されていて、「秋の夕暮」を結句に置く歌が四首連続しているのである。それぞれ、「いつとなくながめはすれど秋の夜のこの暁はことにもあるかな」（新勅撰集・秋下・二八五・道信）を踏まえ、「大方は月をもめでじこれぞこのつもれば人の老いとなるもの」（古今集・雑上・八七九・業平）を本歌にしていることは、樋口芳麻呂（新日本古典文学大系『中世和歌集　鎌倉篇』平三・九、岩波書店）が指摘するとおりであろう。しかし同時に、『新古今集』（秋上）の「見渡せば花も紅葉もなかりけり浦のとま屋の秋の夕暮」（三六三・定家）と「堪へてやは思ひありともいかがせむ葎の宿の秋の夕暮」（三六四・雅経）が意識されているのではないだろうか。つまり、『宗尊親王三百首』一二二〜一二五の「秋の夕暮」の四首は、『新古今集』三六一〜三六四の「秋の夕暮」の四首を下敷きにして発想された連作ではないか、と考えるのである。とすればしかし、本集撰者真観は、『宗尊親王三百首』から196197の両首を採録するにあたり、知ってか知らずか、宗尊の意図を毀損したことになる。

198

秋夕を

絶え（たへ）でなほ（猶）住め（す）ば住め（す）ども悲（かな）しきは雲ゐる山の秋の夕暮

〔校異〕　○たへて—たえて（書・慶・青）〈参考・表記の異同〉○かなしきは—さひしきは（慶・青・京・静・松・三・山・神・群）○秋の夕暮—秋のゆふ露（内）秋ゆふくれ（高）

〔現代語訳〕　秋の夕べを

命絶えずに、途切れることなく、さらに住んでみれば住むのだけれども、やはり悲しいのは雲がかかっている山の秋の夕暮だ。

〔本歌〕 白雲の絶えずたなびく峰にだに住めば住みぬる世にこそありけれ（古今集・雑下・九四五・惟喬）

〔参考歌〕 なにとなく物ぞ悲しき菅原や伏見の里の秋の夕暮（千載集・秋上・二六〇・俊頼）

ながめてもあはれと思へ大方の空だに悲し秋の夕暮（新古今集・恋四・一三一八・長明）

〔語釈〕 **○絶えで**　途絶えずにの意に、死なずにの意が掛かると解する。「堪へて」に解しても通意だが、本歌の「絶えず」を取ったと考える。**○なほ**　「住めども」と「悲しきは」の両方にかかるか。**○悲しきは**　異文の「寂しきは」でも勿論通意だが、前歌とは異なる表現の歌を配した可能性の方が高いと見て、底本の本文を採った。

見（み）ず知（し）らず野山の末の気色まで心に浮（う）かぶ秋の夕暮（くれ）

〔校異〕 ○みすしらす―見すしらす〈ぬイ〉（慶）みすしらぬ（書・高・神・群）○野山の末の―山ちのすゑの（書）野山の秋の（高）野山の〈末の〉。（山〈補入符朱〉）

〔現代語訳〕（秋の夕べを）

見ず知らずに、野山のずっと先の情景までが、心の中に浮かんでくる、この秋の夕暮よ。

〔参考歌〕 見ず知らぬ埋もれぬ名の跡やこれたなびきわたる夕暮の雲（拾遺愚草・十題百首建久二年冬、左大将家・天部・七〇七）

立つ煙野山の末の寂しさは秋とも分かず夕暮の空（千五百番歌合・雑一・二七四九・定家）

たまぼこの道の消え行く気色まであはれ知らする夕暮の空（千五百番歌合・雑一・二七三八・公継）

何となく過ぎこし方のながめまで心に浮かぶ夕暮の空（後鳥羽院御集・外宮御百首・雑・三九五）

〔語釈〕 **○見ず知らず**　初句切れにも解されるが、「浮かぶ」にかかると見る。異文の「見ず知らぬ」だと「野山」「末」あるいは「気色」にかかる。「見ず知らず（ぬ）」の早い例は、参考歌の定家詠で、定家は他にも『六百番歌合』で「もろこしの見ず知らぬ世の人ばかり名にのみ聞きてやみねとや思ふ」（恋上・聞恋・六三五）と詠んでいる。その後、新古今歌人達に小さな流行を見た句。宗尊は他に、『柳葉集』に三首（六五・三四二・六一四）残している。**○野山の末**　参考歌の定家詠に始まる語で、用例はさほど多くはない。参考歌の定家詠に学んだと考えるが、順徳院にも定家詠に倣ったと思しい「かきくらす野山の末の雪のうちに一村見えて立つ煙かな」（紫禁和歌集・同〈建保四年〉十一月一日会・遠村雪・九二二）があり、これも宗尊が目にした可能性が高い。該歌と補説に記した類歌以外に、宗尊は「鹿の無く野山の末に霧はれて尾花葛花秋風ぞ吹く」（竹風抄・巻一・文永三年十月五百首歌・秋興・二八）と詠んでいて、好みの語と言える。**○気色まで**　目に見える風景までの意味の「景色まで」にも解されるが、初句に「見ず知らず」とあるので、目に見えない情景・様子まで、の意に解するべきであろう。定家の「朝凪に行きかふ舟の気色まで春を浮かぶる浪の上かな」（拾遺愚草・二見浦百首文治二年円位上人勧進之・春・一〇九）辺りが早い例となり、その後用例が散見する。**○心に浮かぶ**　慈円の「憂き身こそなほ山陰に沈めども心に浮かぶ月をみせばや」（山家集・雑・六四一）や定家の「秋を経て心に浮かぶ月影をさながら結ぶ宿のま清水」（拾遺愚草・花月百首建久元年秋、左大将家・月・六五五）が早い例となり、以後用例が散見する。宗尊は別に「長き夜の寝覚ののちも見る夢は心に浮かぶ昔なりけり」（竹風抄・巻一・文永三年十月五百首歌・昔・三九、中書王御詠・雑・懐旧・三二四）と詠んでいる。

〔補説〕　新古今時代の意欲的試みで『新古今集』には採られなかった表現を組み合わせた歌。宗尊の学習範囲の広さを窺わせる。

宗尊は別に「まだ知らぬ野山の末にあくがれてかはる草木に秋を見るかな」（本集・雑上・旅の御歌とて・427）の類歌を詠んでいる。

200

寂（さひ）しさよながむる空のかはらずは都もかくや秋の夕暮

【校異】○さひしさよ―さひしさに（書・内・高・慶・神）さす（ひカ（朱））し（‐（朱））さよ（三〈「す」は「ひ」にも見える〉）さひしさに（よイ）（群）　＊200と201が逆順（高）　＊「なかむる」の「か」の左傍に「か」とあり（青）

【現代語訳】（秋の夕べを）なんという寂しさよ。（ここ鎌倉で）心虚しくぼうっとして見つめる空が少しも変わらないのなら、都もこれ程まで寂しいのか、この秋の夕暮は。

【本歌】寂しさに宿を立ち出でてながむればいづくも同じ秋の夕暮（後拾遺集・秋上・三三三・良暹）

【参考歌】夜半に吹く嵐につけて思ふかな都もかくや秋は寂しき（新古今集・雑上・一五七三・実定）

【語釈】**○寂しさよ**　異文の「寂しさに」との間には、単純に「与」の「よ」と「爾」や「耳」の「に」との誤読・誤写が考えれらる。本歌の良暹詠の詞をそのまま取ったと見れば、「寂しさに」が本来の形であったことになる。しかしそれだけにまた、書写者達も良暹詠に引き付けて、「寂しさよ」を「寂しさに」に誤読・誤写したあるいは意改した可能性の方が、その逆に比して高いと考えられる。底本の形を尊重しておく。

【補説】式子内親王の『玉葉集』入集歌「寂しさは宿のならひを木の葉しく霜の上ともながめつるかな」（冬・八九九）は、良暹の『後拾遺集』歌を意識していようし、『風雅集』の従二位為子詠「寂しさよ桐の落ち葉は風になりて人はおとせぬ宿の夕暮」（雑上・閑居冬夕を・一五九二）も、同歌を本歌にしていよう。その点で、該歌は京極派の好みに通じる要素を持っていると言えるか。

　後拾遺当代歌人の『後拾遺集』歌を本歌と見ることについては、126、128、132、解説参照。

201

いつまでかさても命の長（なか）らへて憂（う）しとも言（い）はむ秋の夕暮

202

【校異】○うしとも―うしとも（三）うしとも（山〈「う」字中に朱点〉）よしとも（神）＊200と201が逆順（高）

【現代語訳】（秋の夕べを）それでもやはり命が長らえて、一体何時まで憂く辛いと言うのだろうか、秋の夕暮は。

【参考歌】思ひわびさても命はあるものを憂きに堪へぬは涙なりけり（千載集・恋三・道因）

いつまでか我もこの世に長らへて昔の跡を見てもしのばむ（唯心房集・一七）

【語釈】○いつまでか 「言はむ」にかかる。○さても そのような状態であっても。より限定すれば「憂し」を承けると解されるが、下句の内容全体を承けると解する。

【補説】一首の趣旨は、毎年の秋の夕暮は憂く辛いと言ってきた、そうであっても命は長らえるのであって、結局一体この先何時まで、秋の夕暮は憂く辛いと言い続けることになるのだろうか、ということ。

尋ねばや世の憂き事や聞こえぬと岩ほの中の秋の夕暮

【校異】ナシ

【現代語訳】（秋の夕べを）尋ねたいものだ。世の憂く辛いことが聞こえてこないかと、巌の中の秋の夕暮を。

【本歌】いかならむ巌の中に住まばかは世の憂き事の聞こえ来ざらむ（古今集・雑下・九五二・読人不知）

【参考歌】身をさらぬ同じ憂き世と思はずは巌の中も尋ね見てまし（続後撰集・雑中・一一八七・式乾門院御匣）

【類歌】いかにせん巌が中を尋ねてもなほ憂き事の絶えぬ身ならば（師兼千首・雑・山家巌・八四三）

【出典】「弘長二年十一月百首」の「秋夕」題。→23。

【他出】柳葉集・巻二・弘長二年十一月百首歌（二二九〜二九六）・秋夕・二六一。

〔補説〕 宗尊は他にも、「いかならむ」歌を本歌に「海の底巌の中も尋ねてむ住む里からの憂き世なりせば」（中書王御詠・雑・六帖の題の歌に、里・二五七）と詠じている。

203

閑中秋夕

思へただ待たるる人の訪はむだに寂しかるべき秋の夕暮

〔校異〕 ○おもへたゝ―おもひたえ（内・高）

〔現代語訳〕 閑中の秋の夕べ

ただ思ってみてくれよ、ひたすら待たれる人が訪れるだろうにしても、寂しいに違いない秋の夕暮を。

〔本歌〕 思へただ頼めていにし春だにも花の盛りはいかが待たれし（後拾遺集・別・四八三・源兼長）

〔参考歌〕 花薄ほのめく秋の夕暮はさしもあらじの人ぞ待たるる（大斎院前御集・一七四・宰相）

いかにせむよもとは思ふ夕暮の秋風吹けば人ぞ待たるる（閑窓撰歌合建長三年・八三・真観）

〔語釈〕 **○閑中秋夕** 本集成立の翌年文永二年（一二六五）七月七日の『白河殿七百首』に、真観の出題で、「閑中秋夕」が設けられ、真観自身が「身に馴れて年は経ぬれど今更にあはれ寂しき秋の夕暮」（秋・二五〇）と詠んでいる。該歌の題も真観によるか。**○ただ** 「ただ思へ」の倒置。「待たるる」にもかかるか。

〔補説〕 『後拾遺集』のみに入集の歌人兼長の歌を本歌と見ることについては、126、128、132、解説参照。

204

文永元年十月御百首に

袖の上にとすればかかる涙かなあな言ひ知らず秋の夕暮

〔校異〕○とすれは—とはれす（慶・青・京・静・松・神）とかれす（三〈「と」と「か」の間の左傍に朱丸点〉・山）＊一首（詞書・歌）の位置、209「あはれ憂き」の歌の後（秋下巻軸）にあり（神・群）。＊歌頭に「続古」の集付あり（底・内・高・慶）

〔現代語訳〕文永元年十月の御百首で

袖の上に、そうだとすると掛かるこのような涙であることよ。ああどう言えばいいのか分からない、この秋の夕暮よ。

〔本歌〕そゑにとてとすればかかりかくすればあな言ひ知らず逢ふさ切るさに（古今集・雑体・一〇六〇・読人不知）

〔参考歌〕ながむればすずろに落つる涙かないかなる空ぞ秋の夕暮（宝治百首・秋・秋夕・一三六三・実氏。万代集・秋上・九五五。続古今集・秋上・三六七、四句「いかなる時ぞ」）

〔出典〕「文永元年十月百首」の「秋」。

〔他出〕柳葉集・巻四・文永元年十月百首歌（五六三～六二六）・秋・五八四。続古今集・秋上・三六五。

〔語釈〕**○文永元年十月御百首** →54。**○とすれば** 結句の「秋の夕暮」が還ってかかると解する。秋の夕暮だとすると。**○かかる** 「掛かる」と「斯かる」の掛詞。

〔補注〕宗尊は後に「文永元年八月百首歌」（秋）で「よも知らず何ゆゑもろき涙とも心のうちの秋の夕暮」（竹風抄・巻五・七八五）と詠んでいる。

205

秋の御歌中に

思ひ知る時にぞあるらし世の中の憂きも辛きも秋の夕暮

〔校異〕○御歌中に—御歌。中に（松）○思ひしる—をもひしれ（書）○世中の—世間の（青・京・静・松）〈参考・表記の異同〉 ○時にそ―時にも（慶・青・京・静・松・三・山・神・群） ○あるらし―あ（る）らし（書）あらし（青） ○うきもつらきも―うきつら□□〈二字分空白〉（青）うき。（も）つらきも□〈一字分空白〉（松）うきも難面（ツラキ（朱））も（山）

〔現代語訳〕 秋の御歌の中で
思い知る時であるらしい。この世の中の憂きことも辛いことも、（それを思い知るのは）すべて秋の夕暮時なのだと。

〔本歌〕 世の中の憂きも辛きも忍ぶれば思ひ知らずと人や見るらん（拾遺集・恋五・九三三・読人不知）
思ひ知る人もありける世の中をいつをいつとて過ぐすなるらん（拾遺集・哀傷・一三三五・公任。後拾遺集・雑三・一〇三一）

〔参考歌〕 あはれ世の憂きも辛きも知ることは秋の夕べぞたよりなりける（時朝集・拾葉集に入る歌五首清定撰・三八）

〔出典〕 「弘長元年五月百首」の「秋」。↓14。

〔他出〕 柳葉集・巻一・弘長元年五月百首歌（一〜六八）・秋・三〇。

〔語釈〕 ○思ひ知る 理解する、悟る意。ここは、この世の憂苦をいやというほど十分に分かる、ということ。
○憂きも辛きも 『古今集』に「世の中の憂きも辛きも告げなくにまづ知る物は涙なりけり」（雑下・九四一・読人不知）の例はあるが、該歌は本歌の『拾遺集』読人不知歌を取ったと見る。

〔補説〕 参考歌の作者藤原時朝は、元久元年（一二〇四）五月五日生で、文永二年（一二六五）二月九日に、六十二歳で没した。常陸笠間の領主となり、笠間氏の祖、従五位上（一説下）左衛門尉・長門守。いわゆる宇都宮歌壇の中心人物。家集は、晩年の自撰と考えられる。この歌は、『新和歌集』（秋・一八九、歌末「ける」「けり」の異同あり）に採られている。同集は、正元元年（一二五九）八月十五日以降の成立であることは疑いなく、同年十一月十二日以前とする最新の考証があり、異説も、一部の増補（該歌は含まれない可能性が高い）が弘長元年（一二六一）夏過ぎ以前とするものであるので、時朝歌は該歌に先行すると見てよいであろう。参考佐藤恒雄「新和歌集の成立」（『藤原為家研究』平二〇・九、笠間書院）。

憂（う）しとても身をやは捨（す）つるいで人はことのみぞよき秋の夕暮

【校異】○うしとても―身しとても（青）○身をやは―身をや（慶）○すつる―すくる（高）○いて人は―いてか（人カ（朱））へは（－－（朱））（三）いて人の（神・群）○ことのみそ―事（言（朱））のみそ（山）

【現代語訳】（秋の御歌の中で）

憂く辛いといっても、身を捨てるのか、そうではあるまい。いやまあ人は、その言やよしだけの、秋の夕暮だ。

【本歌】いで人はことのみぞ良き月草のうつし心は色ことにして（古今集・恋四・七一一・読人不知）

【参考歌】あぢきなし歎きな詰めそ憂き事にあひくる身をば捨てぬものから（古今集・物名・梨棗胡桃・四五五・兵衛）

よしさらば身を秋風に捨て果てて思ひも入れじ夕暮の空（日吉社撰歌合寛喜四年・秋・二六・家長）

【語釈】**○身をやは捨つる** 反語表現。「身を捨つ」は、俗世の身を捨てて出家すること。「身を捨つる人はまことに捨つるかは捨てぬ人こそ捨つるなりけれ」（詞花集・雑下・三七二・読人不知）などに学ぶか。

【補説】『古今集』の「いで人は」歌を本歌にしていることは間違いない。参考歌の「あぢきなし」歌は、物名の趣向で詠まれたものではあるが、人は結局本当に「身を」捨てはしない、という趣旨は該歌に通う。あるいはこれも、宗尊の念頭にあったかもしれない。参考歌のもう一首の家長詠は、「ほには出でぬいかにかせまし花薄身を秋風に捨てや果ててん」（後撰集・秋上・二六七道風）を本歌にする。該歌はこの一首に反言したかのような趣もある。

207
涙こそ答へて落つれ憂きことを心に問へば秋の夕暮

〔校異〕○おつれ―おつる（れ歟）（高）おつる（慶・青）○心にとへは―心もとふは（三・山）

〔現代語訳〕（秋の御歌の中で）

憂く辛いことを心に問うと、それは秋の夕暮で、涙こそが答えて落ちるのだ。

〔参考歌〕浮き沈み来む世はさてもいかにぞと心に問ひて答へかねぬる（新古今集・雑下・一七六五・良経）
思ふことさしてそれとはなきものを秋の夕べを心にぞ問ふ（新古今集・秋上・三六五・宮内卿）
いたづらに今日も過ぎぬと告ぐる鐘に答へて落つる我が涙かな（拾玉集・厭離欣求百首・三一八二）

〔補説〕三・四句は結句に続き、また初二句に還ると解する。初二句と三・四句とが倒置で、結句が独立していると見れば、一首の現代語訳は「憂く辛いことを心に問うと、ただ涙が答えて落ちる。この秋の夕暮よ。」となろうか。

208
憂き事を忘るる間なく歎けとや村雲まよふ秋の夕暮

〔校異〕○まなく―きなく（書）○なけゝとや―なけくとや（高）○まよふ―まかふ（書）＊208と209が逆順（高・神〈208歌頭に「前」とあり209の歌頭に「後」とある〉）

〔現代語訳〕（秋の御歌の中で）

恋しい君ならぬ憂く辛い事を、一瞬も忘れる間なく歎けというので、風に群雲が乱れさまよっているのか、この秋の夕暮は。

〔本歌〕風騒ぎ群雲まがふ夕べにも忘るる間なく忘られぬ君（源氏物語・野分・三八九・夕霧。物語二百番歌合・三五。無名草子・三二六）

209

〔参考歌〕身にしみて物あはれなるためしかな群雲まよふ秋過ぐる頃（正治初度百首・秋・五五・後鳥羽院）
風吹けば群雲まよふゆふは山間なく乱るる秋の色かな（紫禁和歌集・同〈建保元年八月十六日か〉当座、山風・一二四六）
忘られぬ誰が面影をかこたまし群雲まがふ秋の夜の月（政範集・雲間月・二九六）

〔語釈〕○村雲　塊りとなって生じる雲。

〔補説〕本歌は、野分の見舞いに六条院その他を廻った夕霧が、明石姫君を訪ねてその乳母に託した雲井雁宛ての消息の一首。宗尊は後にもこの歌を本歌に、「秋風も群雲まよふ夜半の月忘るる間なき人も見るらん」（竹風抄・巻四・文永六年五月百首歌・秋・七一九）と詠んでいる。

あはれ憂き秋の夕べのならひかな物思へとは誰教へけん

〔校異〕○夕の―ゆふの（高）　○おもへとは―思へとや（慶）　＊208と209が逆順（高・神〈208歌頭に「前」とあり209の歌頭に「後」とある〉）　＊歌頭に「続古」の集付あり（内・高）

〔現代語訳〕（秋の御歌の中で）
ああなんと憂く辛い秋の夕方の習慣だな。このように物思いをしろとは、一体誰が教えたのだろうか。

〔参考歌〕言はざりき今来むまでの空の雲月日隔てて物思へとは（新古今集・恋四・一二九三・良経）
あはれ誰なにのならひに言ひそめて秋の夕べは悲しかるらん（新撰六帖・第一・あきの晩・一五二一・為家）
あはれ世の憂きも辛きも知ることは秋の夕べぞたよりなりける（時朝集・拾葉集に入る歌五首清定撰・三八）

〔他出〕続古今集・雑上・秋夕を・一五七九。題林愚抄・秋一・秋夕・三二六六。

〔補説〕秋夕の述懐だが、「夕暮は雲のはたてに物ぞ思ふ天つ空なる人を恋ふとて」（古今集・恋一・四八四・読人不知）や、それを踏まえたかと思しい和泉式部の「夕暮に物思ふことはまさるやと我ならざらむ人に問はばや」（詞花集・恋下・二四九）などが示すように、「夕」は恋の物思いの時間帯でもある。該歌も、それが微かに意識されているか。

この歌は、事象の起源を問う、宗尊の詠作の一つの特徴を示す一首でもある。

194から続く秋夕の主題はここまで。

瓊玉和歌集巻第五

秋歌下

210

山月といふ事をよませ給ひし

下帯（した）の夕べの山の高嶺〈根〉よりめぐりあひてや月の出づらん〈覧〉

〔校異〕 ○した帯の―したひもの（内・高・神）したひ〈帯〉もの（群）○出覧―出けん（慶・青・京・静・松・三・山）出覧（けんイ）（群）

〔現代語訳〕 山の月ということをお詠みになられた（歌）

下帯の結うならぬ夕方の山の高嶺から、空を廻りまた山の高嶺に出逢って、再び月が出るのであろうか。

〔本歌〕 めぐりあひて見しやそれとも分かぬ間に雲隠れにし夜半の月影（新古今集・雑上・一四九九・紫式部）

〔出典〕 「弘長元年中務卿宗尊親王家百首」の「秋」。↓2。

〔他出〕 柳葉集・巻一・弘長元年九月人人によませ侍りし百首歌（六九～一四三）・秋・一〇〇、初句「下の帯の」。宗良親王千首・秋・夕月・四〇二、四句「めぐりあひても」。

〔語釈〕 **○下帯の** 異文の「下紐の」と何れにせよ、「結ふ」の掛詞で「夕べ」を起こす。**○夕べの山** さほど伝統的とは言えない語。勅撰集も、『玉葉集』（九〇・六三八・二一五四）に初出。父後嵯峨院に「玉梓はよみもとかれじ墨染めの夕べの山を越ゆる雁がね」（雲葉集・秋上・四四七）の先行例があり、これに学ぶか。**○めぐりあひてや**

月の出づらん 月が山から出て山に沈んで、再び同じ山から出ることの不思議を表現しようとしたか。「めぐりあひて」は、「下帯」の縁で男女が再び出会う意が響く。

〔補説〕 詞書と出典とが合わない。詞書を後から撰者真観が付したか、「山月」題で詠んだ歌を百首歌に組み入れたか。

他出に挙げた『宗良親王千首』については、18の補説参照。

主題は、ここから239まで秋月。

十首歌合に

見るままに山の端遠く影澄みて松に別るる秋の夜の月

〔校異〕 ○歌合に―御歌合に（書）

〔現代語訳〕 十首歌合で

見ているうちに山の稜線からは遠く離れて照る光が澄んで、稜線の松にも分かれて上る秋の夜の月よ。

〔参考歌〕 契らねど一夜は過ぎぬ清見潟波に別るる暁の雲（新古今集・羇旅・九六九・家隆）

〔影響歌〕 橋立の入海遠く影澄みて松に残れる有明の月（長景集・秋・残月・六七）

〔出典〕 宗尊親王百五十番歌合弘長元年・秋・六十一番・一二一。歌頭に「撰」（基家の撰歌）とあり。

〔語釈〕 **○十首歌合** ↓37。**○山の端遠く** 山の稜線が水平方向に遠く、の意味に解される歌があるが、ここは例えば「いたづらに霞に夜半は更けにけり山の端遠くいづる月影」（千五百番歌合・春三・三一七・具親）のように、山の稜線から垂直方向に遠く、の意味。「山の端近し」の対。なお、影響歌と見た城弥九郎安達長景の歌の「遠く」は水平方向に遙か遠く、の意味。↓補説。

〔補説〕 出典の歌合では、右方真観の「身を身ぞと思ひしよだにかきくれて涙にみしは秋の夜の月」と番えられ、基家の判詞は「右、殊絶妙に見ゆれども、高適のうへ、彼漢帝の翫びけん松間月かくこそ侍りけめ、猶勝つべくや」とある。「彼漢帝」云々の典故は不明ながら、宗尊歌を勝としていよう。

影響歌の作者長景は、生没年未詳。弘安七年（一二八四）四月出家、法名智海（知玄とも）。秋田城介義景男。母は藤原雅経女。泰盛は異母兄。検非違使、弘付衆、従五位美濃守。家集『長景集』。『続拾遺集』に二首入集。有力な御家人歌人。他にも（234、238、386）、宗尊からの影響が窺われる。

　　河月といふことを

澄み馴れて幾夜になりぬ天の河遠き渡りの秋の夜の月

〔校異〕 ○いくよに―いく代に（内）いく世に（高）いく夜に（山）幾夜に（神・群）〈意味が異なる表記の異同〉

〔現代語訳〕 河の月ということを

この月は澄んで照ることに馴れて、一体幾夜になったのか。空の天の河の遙か遠い渡し場のあたりに出る、秋の夜の月よ。

〔本歌〕 天の河遠き渡りはなけれども君が船出は年にこそまて（後撰集・秋上・七夕をよめる・二三九・読人不知。万葉集・巻十・秋雑歌・二〇五五・作者未詳。拾遺集・秋・一四四・人麿、二三句「遠き渡りにあらねども」）

〔参考歌〕 澄む月も幾夜になりぬ難波潟古き都の秋の浦風（続後撰集・秋中・三四七・基家）

天の河遠き渡りになりにけり交野のみ野の五月雨の頃（続後撰集・夏・二〇七・為家）

〔他出〕 宗良親王千首・秋・汀月・四二八、四句「遠き汀の」。

〔語釈〕 ○澄み 「天の河」が天空の銀漢の意味に、河内国の歌枕で交野の禁野を流れる川の意味が重ねられているとすると、「住み」の意が掛かるか。↓補説。**○渡り**　渡し場の意に、「辺り（わたり）」（その付近の意）が掛かる、と解する。

〔補説〕「狩り暮らしたなばたつ女に宿からむ天の河原に我は来にけり」（古今集・羇旅・四一八・業平伊勢物語・八十二段・一四七）を意識して、業平のように天の河（交野）まで来て、そのままそこで幾夜かを過ごした風情のようにも感じられる歌である。とすると、「ここで織姫に宿を借りてそのまま私が住み馴れて、月も澄んで照ることに馴れて、一体幾夜になったのか。ここ交野の天の河の川幅遠い渡し場で、天空の天の河の遠い渡し場の辺りに出る月を眺めて。」といった解釈になろうか。

他出に挙げた『宗良親王千首』については、18の補説参照。

閑居月

人訪（と）はぬ葎（むくら）の宿（やと）の月影に露こそ見（み）えね秋風ぞ吹く・

〔校異〕○閑居月―閑居月を（内・高・神・群）○秋風そ吹―秋の風ふく（内）秋の夜の月（本マ、）（高）秋風そ（のイ）ふく（慶）
＊歌頭に「続古」の集付あり（底・内・慶）＊歌頭に小紙片貼付（底）

〔現代語訳〕閑居の月

人が訪れない葎が茂る宿を照らす月の光に、露こそ見えないけれども、秋風は吹いている。

〔本歌〕八重葎茂れる宿のさびしきに人こそ見えね秋は来にけり（拾遺集・秋・一四〇・恵慶）

〔参考歌〕八重葎茂れる宿は人もなしまばらに月の影ぞすみける（新古今集・雑上・一五五三・匡房）
岩がねのこりしく山の椎柴も色こそ見えね秋風ぞ吹く（土御門院百首・山・八六。雲葉集・秋下・六三九、初句「岩がねに」。続後拾遺集・雑上・一〇三六）

月影も思ひあらばと洩り初めて葎の宿に秋は来にけり（万代集・秋上・九六四・俊成女。日吉社撰歌合 寛喜四年・二五。俊成卿女集・五八。万葉集・秋上・九六四・俊成女）

〔他出〕 続古今集・秋上・月歌の中に・四一七。和漢兼作集・秋中・月・六八四、題林愚抄・秋三・月・三九〇二。

〔語釈〕 ○葎 蔓性の雑草の総称。荒廃した住居や庭園、あるいは身分賤しい者の居宅などを象徴する。

〔補説〕 鏤也の「葎閉ぢて人ぞ入り来ぬ我が宿は月は夜がれず露のよすがに」（露色随詠集・月百首・二六）や定家の「分け難き葎の宿の露の上は月のあはれもしく物ぞなき」（拾遺愚草・花月百首・月・六六七）のような、人が訪れない葎が茂る宿の月が宿る露の情趣を詠じる歌に対して、該歌は、その露さえも散らされて宿らず秋風だけが吹く寂寥を詠む。

『後拾遺集』初出歌人の大江匡房の歌を本歌にしていると見たことについては、時代の進行に伴って認められていったと考える。↓126、128、132、解説。ただし、本歌の内容（心）を上句に詠み直して下句に新たな内容を付加する、言わば院政期的な「詠み益し」の手法に近い本歌取りである。定家は、詞が古く心は新しくという基本原理から、本歌取りは昔の歌の詞を改めることなく今の歌に詠み据えることと規定したが、それは後代の理論と実作に於て必ずしも全き継承が為された訳ではない。順徳院の『八雲御抄』は、本歌取り（古歌を取ること）には二様あるとして「一には詞を取りて心を変へ、一には心ながら取りて物（詞）を変へたるもあり」と言い、心をそのまま取ることを方法として容認しているのである。また、真観の『簸河上』も、本歌の取り方として「優なる詞」を取るだけでなく「深き心」をも学ぶべき趣旨を説いている。鎌倉中期に活躍した宗尊が、「心」を取る本歌取りも一つの方法として容認されると認識していたとしても不思議ではあるまい。

214

月前雁

あはれにも待ち来(こ)し秋のめぐりきて雲ゐの月に雁ぞ鳴くなる

【校異】○あはれにも―あはれとも（神）　○待こし―尋こし（三）　尋来し（待歟（朱））（山〈「尋」字中に朱点〉）

【現代語訳】月の前の雁

しみじみとあわれなことに、待ち来たった秋が廻ってきて、空の月に雁が鳴く声が聞こえる。

【参考歌】七夕の待ち来し秋は夜寒にて雲にかさぬる天の羽衣（正治初度百首・秋・四四〇・良経。秋篠月清集・七三六）

九重の雲ゐを分けてひさかたの月の都に雁ぞ鳴くなる（定家所伝本金槐集・秋・月前雁・二二〇）

【出典】「文永元年六月十七日庚申宗尊親王百番自歌合」（仮称。散佚）の「初雁」題。

【他出】柳葉集・巻四・文永元年六月十七日庚申に自らの歌を百番ひに合はせ侍るとて（四五〇～五六二）・初雁・四八九、結句「雁の鳴くなる」。

【語釈】○めぐり　季節が廻りの意だが、「月」の縁で天空を廻る意が響く。「今はただ雲ゐの月をながめつつめぐり逢ふべきほども知られず」（後拾遺集・雑一・八六一・陽明門院）。○鳴くなる　「なる」は聴覚の推定。

215

月前鹿

遠(とを)つ山月澄(す)み上(のぼ)る秋風に宮城が原は鹿ぞ鳴(な)くなる

【校異】○月すみ―月のみ（内・高）　月すみ（ノイ）（慶）　月消（青）　○宮城か原は―宮城がつらは（ヒ・は）（京〈見消字中〉）

【現代語訳】月の前の鹿

遠くの山に月が澄んで上ってゆくのを吹く秋風に運ばれて、宮城が原は鹿の鳴く声が聞こえてくる。

〔参考歌〕遠つ山宮城が原の萩見ると秋ははかなきたはれ名ぞ立つ（好忠集・八月上・二二三）
さ夜ふけて月澄む空の秋風に頼めかおきし雁ぞ鳴くなる（仙洞句題五十首・月前聞雁・一七一・俊成女）
空晴れて月澄み上る遠山の麓横切る夜半の白雲（雲葉集・秋中・五二〇・雅成親王。新三十六人撰・四三）

〔語釈〕**○遠つ山**　遠く離れた所にある山。**○月澄み上る**　この類の措辞の原拠は、「木枯らしの雲吹きはらふ高嶺よりさえても月の澄み上るかな」（堀河百首・秋・月・七九二・俊頼。千載集・秋上・二七六・俊頼）。**○宮城が原**　『八雲御抄』（巻五・名所部・原）は、「宮城が原」は「宮城野の原同事なり」と言う。陸奥の歌枕。現在の宮城県仙台市東部に「宮城野」の地名が残る。夫婦に見立てる「鹿」と「萩」が景物。「小萩原まだ花咲かぬ宮城野の鹿や今宵の月に鳴くらむ」（千載集・夏・二一八・敦仲）などと詠まれる。

〔補説〕参考歌の好忠歌は、『夫木抄』（雑二・とほつ山・八二一四）では下句「秋は鹿鳴きたはれをぞたつ」で伝わる。

野月

身を捨つる人や見るらん唐国の虎伏す野辺の秋の夜の月

〔校異〕○みるらん―有らん（群）　＊歌頭に朱丸点あり（三）

〔現代語訳〕野の月
身を捨てる人が見ているのであろうか。唐の国の虎が伏す野辺の、秋の夜の月は。

〔本歌〕有りとても幾世かは経る唐国の虎伏す野辺に身をも投げてん（拾遺集・雑恋・一二三七・読人不知）
身を捨つる人はまことに捨つるかは捨てぬ人こそ捨つるなりけれ（詞花集・雑下・三七二・読人不知）

【参考歌】 秋の夜は思ひやられぬくまぞなき虎伏す野辺も月はすむらん（御裳濯集・秋下・四三七・寂延）
【他出】 三十六人大歌合弘長元年・九。雲玉集・秋・宗尊親王御歌に、月前遠情・二四〇。
【語釈】 **〇伏す** 隠れ潜む意。
【補説】 『金光明最勝王経』（捨身品）が説き、『三宝絵詞』や『私聚百因縁集』などが伝える、釈迦が過去世で大車王の第三子の薩埵王子であった時に竹林の虎が七匹の子を産み飢えているのを哀れみ身肉を与えた、という「捨身飼虎」の故事を踏まえる。
もとより誹諧的な歌境ではない。釈迦の如き境地の者が見るのだろうか、ということで、実見不能な唐土の秋月に対する憧憬を詠じたものであろう。

島月

眺（なか）めばや言（こと）の葉だにもかはるなる宇留麻（うるま）の島の秋の夜（よ）の月

【校異】 ＊歌頭に小紙片貼付（底） ＊歌頭に朱丸点あり（三） 上欄に朱で「ウルマ」とあり（三）
【現代語訳】 島の月
じっと見つめたいものだ。言葉さえも変わると聞いている、宇留麻の島の秋の夜の月を。
【参考歌】 ながめばや神路の山に雲消えて夕べの空を出でむ月影（新古今集・神祇・一八七五・後鳥羽院）
おぼつかな宇留麻の島の人なれや我が言の葉を知らぬ顔なる（千載集・恋一・六五七・公任）
【語釈】 **〇宇留麻の島** 平安時代には、新羅の鬱陵島（迂陵島）と認識されたが（公任集、本朝麗藻等）、近世には琉球のこととされた（狭衣下紐、倭訓栞）。いずれにしろ、『八雲御抄』（巻五・名所部・島）が「非㆓日本国㆒」と言うとおり、本朝以外の島との認識に変わりはない。

218

〔他出〕夫木抄・雑五・うるまのしま、八雲には非日本云云・御集、古来歌・一〇五〇七。

奉らせ給ひし百首に、月を

東にて十年の秋は眺め来ぬいつか都の月を見るべき

〔校異〕〇十年の―十年そ（書・内）十年の（トセ（朱））（三）

〔現代語訳〕（後嵯峨院に）お奉りになられた百首で、月を

この東国で十年間の秋は、月を物思いつつ見つめてきた。何時になれば、都の月を見ることができるのか。

〔参考歌〕東にて養はれたる人の子はしただみてこそ物は言ひけれ（拾遺集・物名・四一三・読人不知）

いつかわれ苔の袂に露おきて知らぬ山路の月を見るべき（新古今集・雑中・一六六四・家隆）

かぞふれば十年の秋はなれにけりさやかに照らせ雲の上の月（紫禁和歌集・詠百首題朗詠・禁中・一二五六）

〔出典〕「弘長二年冬弘長百首題百首」の「月」題。

〔他出〕柳葉集・巻二・弘長二年院より人人に召されし百首歌の題にて、読みて奉りし（一四四～二二八）・秋・月・一八一。

〔語釈〕〇奉らせ給ひし百首　↓6。〇東にて　宗尊は現実に在関東だが、歌詞としては、『拾遺集』歌に拠る。↓補説。

〔補説〕216で唐国、217で宇留麻の月に対する憧憬を詠じ、218で在東国の現実に戻りつつなお都の月への思慕を歌う、この配列は意識的か。

宗尊が鎌倉に下着したのは、十一歳の建長四年（一二五二）の四月一日であった（鎌倉年代記、武家年代記）。該歌

の詠まれた弘長元年（一二六一）冬までの間に、宗尊は確かに「十年の秋」を関東に迎えている。該歌と同じ百首の「歳暮」題で宗尊は、「東にて暮れぬる年をしるせれば五つの二つ過ぎにけるかな」（柳葉集・一九四）と詠じていて、この歌は本集の冬巻軸（319）に配されている。在鎌倉十年の感慨は強かったかと想像される。宗尊が再び都の秋の月を見るのは、二十五歳の文永三年（一二六六）七月二十日であった（深心院関白記）。帰京三年後には、「東にて思ひおこせし玉敷の都の花を馴れて見るかな」（竹風抄・巻四・文永六年四月廿八日、柿本影前にて講じ侍りし百首歌・春・六一〇）と詠じている。

　　和歌所にて、男（おのこ）ども結番歌読み侍りける次に

月見（み）ればあはれ都と偲（忍）ばれてなほ（猶）故郷（ふる）の秋ぞ忘（わす）れぬ

〔校異〕○結番歌—結番の歌（内・高・慶）結番の歌（松〈見消字中〉）〈参考・表記の異同〉○読侍ける—よみける（内・高・慶）○わすれぬ—こひしき（書）わすれめ（神）

〔現代語訳〕和歌所にて、出仕の男達が、結番の歌を詠みましたついでに
　このように月を見ると、ああはるかな都もこのように見ることができたらと思い慕われて、やはり故郷京都の秋は忘れないのだ。

〔本歌〕月はかく雲居なれども見るものをあはれ都のかからましかば（後拾遺集・羇旅・五二五・康資王母）

〔参考歌〕東路の野地の雪間を分けて来てあはれ都の花を見るかな（拾遺集・雑春・一〇四九・長能）
　都にて月をあはれと思ひしは数にもあらぬすさびなりけり（新古今集・羇旅・九三七・西行）
　忘れずや昔みかさの秋の月なほ故郷にめぐりあふとは（千五百番歌合・秋三・一四〇一・家隆）

〔語釈〕○和歌所　→27。○結番歌　担当の順番を定めて作る歌。→27。

【補説】『後拾遺集』初出歌人康資王母の『後拾遺集』歌を本歌にしたと見ることについては、126、128、132、解説参照。

220

憂く辛き物なりけりな更くる夜の月の空行く秋の村雲

【校異】○うく―よく（高）

【現代語訳】（和歌所にて、出仕の男達が、結番の歌を詠みましたついでに）

憂く辛いものなのであったな。更ける夜の月がめぐり行く空を、流れて行く秋の群雲は。

【参考歌】おしなべて秋の空行く群雲も月のあたりの色はわきけり（紫禁和歌集・同〈建保六年七月〉十二日、当座、雲間月・一〇六七）

【類歌】時雨ながら絶え絶え迷ふ群雲の空行く月ぞ秋にまされる（竹風抄・巻一・文永三年十月五百首歌・冬月・五二）

【語釈】**○憂く辛き**　定家の「憂く辛き人をも身をもよし知らじただ時の間の逢ふこともがな」（拾遺愚草・閑居百首文治三年冬与越中侍従詠之・恋・三七五）が早い例。為家も『新撰六帖』で「憂く辛き世の人ごとにくらぶれば夏野の草は茂しとも見ず」、「憂く辛き秋の嵯峨野の花薄草の袂も露やかわかぬ」（第二・なつのの・六七二、第六・すすき・一九七二）と詠じている。宗尊はこれらに学ぶか。**○月の空行く秋の村雲**　「の」を主格と見て、「空行く」が「月の」の述語で、同時に「村雲」の連体修飾語であると解した。

【補説】下句は、後の京極派好みとも言える、動きある叙景。

221

人々によませさせ給ひし百首に

我が袖にいかにかせまし思ふことなきにも濡るる秋の夜の月

〔校異〕○よませさせ―よまさせ（慶） ○我袖に―我袖よ（慶） わが袖よ（青・三・山・群） 我袖は（神） ○よの月―月かけ（高） ＊歌頭に朱丸点あり（三）

〔現代語訳〕人々にお詠ませになられた百首で

私の袖に対して、一体どうしたらよいのか。物思うことが無いのにもかかわらず袖が涙で濡れる、秋の夜の月よ。

〔本歌〕思ふことなけれど濡れぬわが袖はうたたある野辺の萩の露かな（後拾遺集・秋上・二九六・能因）

〔参考歌〕秋の夜は物思ふことのまさりつついとど露けき片敷きの袖（新勅撰集・秋下・二九五・八条院六条）

いとかくや思はざらまし思ふ事なき身なりせば秋の夜の月（百首歌合 建長八年・秋・四三八・前摂政家民部卿）

〔出典〕「弘長元年中務卿宗尊親王家百首」の「秋」。

〔他出〕柳葉集・巻一・弘長元年九月人人によませ侍りし百首歌（六九～一四三）・秋・一〇一、初句「我が袖よ」。

〔語釈〕**○人々によませさせ給ひし百首** →2。

〔補説〕能因詠を本歌に取りつつ、参考歌の両首の言うような趣旨に異を立てた感もある。

『後拾遺集』初出歌人能因の『後拾遺集』歌を本歌にしたと見ることについては、126、128、132、解説参照。

222

絶えず置く涙の露を契りにて袖に夜離れぬ秋の夜の月

〔校異〕○たえす―絶す（青・京・静・三・山・神・群） たへす（松）〈参考・表記の異同〉 ○契にて―かきりにて

（書・内・高）契(かきりイ)にて（慶）○袖によかれぬ―袖によはれぬ（高）被にかれぬ（慶・青）袂にかれぬ（三・山）

【現代語訳】（人々にお詠ませになられた百首で）
絶えることなく袖に置く涙の露を縁として、その袖に途絶えることなく夜ごとに通う秋の夜の月よ。

【参考歌】絶えず置く涙の露の玉かづら辛き心はかけ離れにき（新撰六帖・第五・たまかづら・一六五六・家良）
深草の露のよすがを契りにて里をば離れず秋は来にけり（新古今集・秋上・二九三・良経）

【出典】「弘長元年中務卿宗尊親王家百首」の「秋」。↓2。

【他出】柳葉集・巻一・弘長元年九月、人人によませ侍りし百首歌・秋・一〇二、結句「秋の月かげ」。

【語釈】**○袖に夜離れぬ**　新鮮な句。良経の「影とめぬ床のさ筵露置きて契らぬ月は今も夜離れず」（秋篠月清集・治承題百首・遇不遇恋・四七一）や嘉陽門院越前の「分くるだに寒けき野辺の白露に夜離れず宿る秋の夜の月」（撰歌合建仁元年八月十五日・野月露涼・七七）といった「露」に宿って「夜離れ」しない月を詠む歌が先行する。該歌もこの類型の延長上にあるが、「袖に夜離れぬ」の句は前例を見出せない。「頼めても人の契りはむなしきに言問ふ月ぞ袖に夜離れぬ」（玉葉集・恋二・一四七七・朔平門院）は、あるいは該歌に倣った可能性があるか。

文永元年十月御百首に

いつよりか憂(う)きを涙の知(し)り初(そ)めて月にもいたく袖の濡(ぬ)るらん

【校異】○御百首に―百首に（高・内）○いつよりか―いつよりも（慶・青）○月にも―月か(ヒ・に)も（書〈見消字中〉）
○いたく―い(い)たく（書〈本行の「い」が「ワ」に見えるための補記か〉）

【現代語訳】文永元年十月の御百首で
いったい何時から、憂く辛いことを涙が知り始めて、この月にまでもひどく袖が濡れるのだろうか。

〔参考歌〕 涙こそ人の心のつらさをもまづ知り初めて袖濡らしけれ（宗尊親王百五十番歌合弘長元年・恋・二五五・清時）
そのことと思ひ分かねど秋の夜の月見てはなど袖の濡るらん（宗尊親王百五十番歌合弘長元年・秋・一七九・小督）
吹き結ぶ荻の上葉の風の音も何しかいたく袖の濡るらん（宝治百首・秋・荻風・一三一二・鷹司院按察）
幾返り月見し秋は過ぎぬれど今年はいたく濡るる袖かな（後鳥羽院定家知家入道撰歌（家良）・知家大宮三位入道撰・秋・一八八）

〔出典〕「文永元年十月百首」の「秋」。

〔他出〕 柳葉集・巻四・文永元年十月百首歌（五六三〜六二六）・秋・五八七、結句「袖濡らすらん」。

〔語釈〕 ○文永元年十月御百首 →54。

〔補説〕 必ずしも参考歌の四首を意識して依拠しなければ詠めない歌ではないが、自身にとって最近の歌うたにも宗尊が自然と学んでいた可能性は見てもよいのではないか。
『柳葉集』の結句の形「袖ぬらすらん」の方が、「月」について言う場合には、「袖の濡るらん」の形より、用例がはるかに多く一般的か。

月の御歌の中に

露置かぬ袖には月の影もなし涙や秋の色を知るらむ

〔校異〕 ○秋の―袖の（神） ＊歌頭に「続古」の集付けあり（内・慶）

〔現代語訳〕 月の御歌の中で

（露にみせかけて忍ぼうにも）そもそも露が置かない袖には、（馴れゆくはずの）月の光も宿らない。だから、（月が歎きの涙の色を知るのではなく）涙が秋の色を知って流れ出るのだろうか。

【参考歌】袖に置く露をば露と忍べどもなれゆく月や色を知るらん（新古今集・雑下・一七五八・通具）
照りまさる月の桂に住吉の松もや秋の色を知るらん（壬二集・秋・住吉社歌合に、月照松・二五一〇）

【他出】続古今集・雑上・廿首歌に、月を・一六〇一。

【語釈】○秋の色　特に秋であることを示す、あるいは秋らしさを強く感じさせる景色や気配。漢語「秋色」の訓読語という。ここは涙を催す秋の情趣といった意か。

【補説】「秋の夜の露をば露と置きながら雁の涙や野辺を染むらむ」（古今集・秋下・二五八・忠岑）を本歌とする参考の通具歌を、本歌のように強く意識した作と見て解釈した。それにしても、「月」の題の歌としては、題意をはずした印象が残る。

訪（と）はずとて人をば言（い）はじ我からと音（ね）をこそなかめ秋の夜（よ）の月

【校異】○人をは―人とは（神）　○いはし―いわ〔は（朱）〕し（三）　○我からと―我なら〔かカ（朱）・ー（朱）〕と（三〈「ら」と「ね」の間の左傍に朱補入符摺消〉）我からに（神）　○ねをこそ―ねを〔ねカ（朱）・ヒ（朱）・ーー（朱）〕こそ（三）

【現代語訳】（月の御歌の中で）
人が私を訪れないからといって、人のことは言うまい。割殻ならぬ我から、我が身ゆえだと声を上げて泣きましょう、この秋の夜の月に。

【本歌】海人の刈る藻にすむ虫の我からと音をこそなかめ世をばうらみじ（古今集・恋五・八〇七・直子）

【参考歌】訪はずなる人をば言はじあはれ我が辛き山路し心なるらむ（秋風集・雑体・物名・一三五五・兼康）

【語釈】**○人をば言はじ**　相手のせいだと非難するようなことは口に出すまい、という趣旨。**○我からと音をこそなかめ**　本歌の詞を取る。海藻に棲む甲殻類の一種の「割殻」に「我から」を掛ける。

【補説】前歌と同様に、「月」の題に適う歌というより、恋歌あるいは述懐歌の印象が強い。『正徹物語』の「宗尊親王は四季の歌にも、良もすれば述懐を詠み給ひしを難に申しける也。物哀れの体は歌人の必定する所也。此の体は好みて詠まば、さこそあらんずれども、生得の口つきにてある也」という評に照応する一首。↓57、解説。

226

秋の夜は物思ふことの限（かき）りとて月に涙をまかせつるかな（哉）

【校異】○かきりとて―かきりにて（高）

【現代語訳】（月の御歌の中で）

秋の夜はもの思うことの極みだということで、この月に向かって涙が流れ落ちるにまかせてしまったことだな。

【本歌】いつはとは時は分かねど秋の夜ぞ物思ふことの限りなりける（古今集・秋上・一八九・読人不知）

【参考歌】宿るとて月に涙をまかせても朽ちなばいかに袖のしがらみ（千五百番歌合・恋二・二四九九・雅経）

【出典】「弘長元年五月百首」の「秋」。↓14。

【他出】柳葉集・巻一・弘長元年五月百首歌（一～六八）・秋・三五。

227

袖濡（ぬ）らす月ともなにか分（わ）きて言（い）はむ思ひのみこそ涙なりけれ

【校異】○月とも―月にも（内・高）月と（にイ）も（慶）月に（と）も（山〈「に」字中に朱点〉）○わきて―わき（慶）

【現代語訳】（月の御歌の中で）

袖を涙で濡らす月だとも、どうして取り立てて言うのか。ただ心の中の思いこそが、涙となるのであった。

【本歌】知る知らぬ何かあやなく分きて言はむ思ひのみこそしるべなりけれ（古今集・恋一・四七七・読人不知）
【参考歌】月見ばと契り置きてし故郷の人もや今宵袖濡らすらん（新古今集・羇旅・九三八・西行）
【出典】「弘長元年五月百首」の「秋」。↓14。
【他出】柳葉集・巻一・弘長元年五月百首歌（一〜六八）・秋・三四。
【補説】西行の「歎けとて月やはものを思はするかこち顔なる我が涙かな」（千載集・恋五・九二九）と同工異曲と見ることもできる。
　これも「月」の題意に適わない一首。↓224、225。

いかにかく袖は濡らすぞ世の中の憂きも慰む月と聞きしに

【校異】○ぬらすそ―濡すそ（山〈「そ」の字変形、字中に朱点〉）
【現代語訳】（月の御歌の中で）
　どうしてこうまで袖は、月をながめると涙が濡らすのか。世の中の憂く辛いことも慰められる月だと聞いていたのに。
【本歌】ながむるに物思ふことの慰むは月は憂き世の外よりや行く（拾遺集・雑上・四三四・為基）
【参考歌】いかにかく袖は濡るるぞ露深きひめすが原の草も刈らぬに（宝治百首・恋・寄原恋・二七〇一・真観）
【語釈】**○慰む**　自動詞の連体形と見て、心が晴れる意に解する。
【補説】前歌と対照的に、「月」が「袖」を涙で「濡らす」という。

229

慰めぬ我にて知りぬ世の人もかくや見るらん秋の夜の月

【校異】 ○なくさめぬ―なくさまぬ（書）なくさめは（高）○我にて―里にて（高）

【現代語訳】（月の御歌の中で）

月を見ても、気持ちを晴らさずにいる自分自身によって知ったよ。世間の人も、このように悲しく見ているのだろうか、秋の夜の月を。

【本歌】 春はなほ我にて知りぬ花盛り心のどけき人はあらじな（拾遺集・春・四三・忠岑）

【参考歌】 露ふかき我にて知りぬ夕暮の草葉も秋の心あるらし（秋風抄・秋・七二・知家。現存六帖・秋のくさ・一四。秋風集・秋上・三〇三、三句「花盛り」）

【語釈】 **○慰めぬ** 他動詞「慰む」（気持ちを晴らす意）の未然形に打消の助動詞「ず」の連体形。

230

さればとて行くべき方もなきものを秋の月夜の我さそふらん

【校異】 ○されはとて―されはとく（松〈見消字中〉）○われ―何（慶）何（青・三・山）＊「我」は「の」の下に補入符を付して右傍にあり、「さそふ」と「らん」の間に二字分の空白あり（松）

【現代語訳】（月の御歌の中で）

そうであるからといって、どこに行くべき術も無いのだけれど、秋の月夜が私を誘っているようだよ。

【参考歌】 いざよひの月や我が身をさそふらん旅の空にもゆく心かな（堀河百首・雑・旅・一四六一・源顕仲）

今よりは心ゆるさじ月かげにゆくへも知らず人さそひけり（金葉集正保版二十一代集本・秋・六七八・家経。金葉集初度本・秋・三〇二・家綱）

憂き身をばやるべき方もなきものをいづくと知りていづる涙ぞ（万代集・恋五・二六四四・清少納言）

〔語釈〕 **○さればとて** 鎌倉中期以降に散見する句。「さればとてとまるならひのありがほに秋の名残をまた惜しむらん」（宝治百首・秋・九月尽・一九八二・為氏）、「さればとて苔の下ともいそがれず憂き名を埋むならひなければ」（現存六帖・こけ・二九〇・鷹司院按察）、「さればとて厭ひもはてぬ世の中を憂きたびごとに何歎くらん」（三十六人大歌合 弘長二年・八五・鷹司院帥）等々である。宗尊は別に、「さればとて盛り久しき花も見ずなにとくはる春の弥生ぞ」（竹風抄・巻一・文永三年十月五百首歌・閏三月・一一）とも詠んでいる。**○方** 方向と方法の両意を重ねるか。**○らん** 婉曲に解する。

百番御歌合に

厭(いと)ふべき物とは知(し)らず見(み)てもまた(又)またも見(み)まくの秋の夜(よ)の月

〔校異〕 ○みても又またも―みても又(またも)。（慶） ○みまくの―みまくも（高） みまく（静）

〔現代語訳〕 百番御歌合で

馴れるのを嫌がるべきものだとは、分からない。見ても見てもまた見たくなる、秋の夜の月は（馴れて飽きることなどないのだから）。

〔本歌〕 見てもまたまたも見まくのほしければ馴るるを人は厭ふべらなり（古今集・恋五・七五二・読人不知）

〔類歌〕 厭ふべき物とは聞かず山田守る庵の寝覚めの小牡鹿の声（新後撰集・秋上・田家鹿を・三二六・平時村）

〔出典〕 「文永元年六月十七日庚申宗尊親王百番自歌合」（仮称。散佚）の「月」題。

〔他出〕 柳葉集・巻四・文永元年六月十七日庚申に自らの歌を百番ひに合はせ侍るとて（四五〇～五六二）・月・四九二。

〔語釈〕 **○百番御歌合** →24、34。**○厭ふべき物とは知らず** 本歌は、幾度も「見」たくてそれが続くと馴れるからそれを「人」は厭うようだと言うが、「秋の夜の月」に限っては馴れてしまうことを嫌がって避けるはずのものだとするのは理解できない、と異を唱える。**○見まくの秋**　「見まく」の「まく」はいわゆるク語法で、見ること、見ようとすること。「秋」に「厭ふ」の縁で「飽き」が響くか。

〔補説〕 類歌の作者北条時村は、時房男の時村（行念）ではなく、政村男。仁治三年（一二四二）～嘉元三年（一三〇五）四月二十三日、六十四歳。連署・左京権大夫。

憂き事の身に添ふ秋と歎きてもなほうとまれぬ夜半の月かな

〔校異〕 ○よはの―よはの（朱）（三〈「は」の字変形〉）

〔現代語訳〕（百番御歌合で）

憂く辛い事の我が身に付け加わる秋だ、と歎いても、やはり嫌だとは思えない夜半の月だな。

〔参考歌〕 かへりては身に添ふ物と知りながら暮れ行く年をなに慕ふらん（新古今集・冬・六九二・上西門院兵衛）

おほかたは月をも賞でじこれぞこの積れば人の老いとなるもの（古今集・雑上・八七九・業平）

〔影響歌〕 老が世は身に添ふ秋の涙とも袖によがれぬ月や見るらん（新千載集・雑上・一七七五・平行氏）

〔出典〕「文永元年六月十七日庚申宗尊親王百番自歌合」（仮称。散佚）の「月」題。

〔他出〕 柳葉集・巻四・文永元年六月十七日庚申に自らの歌を百番ひに合はせ侍るとて（四五〇～五六二）・月・四九三。

〔語釈〕 **○憂き事**　秋について言うのは、「憂き事を思ひつらねて雁が音の鳴きこそ渡れ秋の夜な夜な」（古今集・秋上・二一三・躬恒）や「憂きことの繁き宿には忘草植ゑてだに見じ秋ぞわびしき」（後撰集・恋六・一〇五一・読人不知）などが原拠。**○歎きても**　「年を経て我が身ひとつと歎きても見れば忘るる秋の夜の月」（為家集・秋・見月同

〈建長〉八年四月廿二日続百首・六二六）に学ぶか。**○なほうとまれぬ**　「ぬ」は打消しの助動詞「ず」の連体形。「時鳥なほ疎まれぬ心かなながなく里のよその夕暮」（新古今集・夏・二一六・公経）に学ぶか。この歌の本歌「時鳥ながなく里のあまたあればなほうとまれぬ思ふものから」（古今集・夏・一四七・読人不知）の「ぬ」は完了の助動詞「ぬ」の終止形。**○夜半の月かな**　「心にもあらで憂き世にながらへば恋しかるべき夜半の月かな」（後拾遺集・雑一・八六〇・三条院）と、それを踏まえたと思しい「かくばかり憂き世の中の思ひ出に見よとも澄める夜半の月かな」（千載集・雑上・九八七・雅通）に学ぶか。

〔補説〕　参考歌の両首は、加齢を歎きつつ「年」や「月」を慕い賞でる点で共通する。これらを暗に意識するか。

宗尊詠からの影響とした歌の作者平（東）行氏は、行胤の男で、母は為家女。正中二年（一三二五）六月十一日没。「二条家と縁故ある武家歌人であったらしい」（和歌文学大辞典）という。

三百六十首秋歌に

宵の間の同じ空行く月影のいかに寝覚めは悲しかるらん

〔校異〕　○三百六十首秋歌に―三百六十首の御歌に（書・神・群）三百六十首秋歌（高）三百首御うたの中に（慶）○よひのまの―夜居のまも（書・内・高・神）○ね覚は―ねさめの（書）ねさめは（松）　＊詞書の下に小字で「三首御歌の中にイ」とあり（底）詞書の右傍に小字で「三首御歌の中にイ本」とあり（京・静・松）詞書の右傍に小字で「三首御歌中にイ」とあり（青・三・山）

〔現代語訳〕　三百六十首の秋歌で

宵の間の同じ空を行く月が、どうして夜寝てからの目覚めには、悲しく思われるのだろうか。

〔参考歌〕　いつとなくおなじ空行く月なれど今宵をはれと思ふなるべし（金葉集〈橋本公夏筆本拾遺〉・四六・為忠。

金葉集初度本・秋・二七二）
天の原おなじ空行く月影の秋しもいかで照りまさるらん（行宗集・七〇）
ましばしおなじ空行く秋の月またぬめぐりあふ昔ならぬに（洞院摂政家百首・秋・月・六八八・俊成女。俊成卿女集・一一三。秋風抄・秋・九二。秋風集・雑中・一二〇九）
我がために鳴く虫の音にあらねども寝覚めなればや悲しかるらん（宝治百首・秋・暁虫・一五五四・承明門院小宰相。万代集・秋下・一一四四、初句「わがためと」。雲葉集・秋下・六五〇。三十六人大歌合弘長二年・五四）
見し夢を忘るる時はなけれども秋の寝覚めはげにぞ悲しき（新古今集・哀傷・七九一・通親）

〔語釈〕 **○三百六十首秋歌**　「三百六十首」歌の秋歌か。→13。異文の「三百首御歌」は、本集では『宗尊親王三百首』をさすが（→1）、同三百首には見えない。「三首御歌」は、本集には他に見えず、不審。**○寝覚め**　→118。

花月五十首に

夜寒なる寝覚めの空の秋風に涙こぼれて月を見(み)るかな(哉)

〔校異〕 ○こほれて―こほる、（慶・青・京・静・松・三・山・神・群）

〔現代語訳〕 花月五十首で

寒さが身にしみる夜に寝覚めた空を吹く秋風に、涙がこぼれて月を見ることだな。

〔参考歌〕 今よりの寝覚めの空の秋風にあはれいかなるものか思はむ（万代集・秋上・秋歌の中に・九三九・為継。宝治百首・秋・聞擣衣・一八二五・為継、下句「いかにせよとか衣打つらん」）
月影も夜寒になりぬ今よりの寝覚めを誰かとはんとすらむ（内裏百番歌合建保四年・秋・一一八・行能、秋風

抄・秋・一一四。秋風集・雑上・一一一〇）

訪はぬまは袖朽ちぬべし数ならぬ身より余れる涙こぼれて（続後撰集・恋四・九〇五・馬内侍。秋風集・恋中・八五七。馬内侍集・七）

〔類歌〕 夜寒なる秋の寝覚めに月を見てぬるる袂の限りをぞ知る（柳葉集・巻四・〔文永元年六月十七日庚申宗尊親王百番自歌合〕・月・四九七）

〔影響歌〕 夜寒なるみ山おろしの鹿の音を涙もよほす寝覚めにぞ聞く（長景集・秋・鹿・五四）

夜寒なる我が衣手の秋風にひとり寝覚めの月を見るかな（臨永集・秋・元亨三年九月内裏にて五首講ぜられける時、暁月・二〇二・為冬）

〔語釈〕 **○花月五十首**　↓47。**○夜寒**　↓169。**○寝覚め**　↓118。**○涙こぼれて**　先行例は参考歌の馬内侍詠の他僅かで、異文の「涙こぼるる」の形の方が用例は多い。宗尊も157と193で「涙こぼるる」を用いている。

〔補説〕 「夜寒」の「寝覚め」の「秋風」を歌う先例は、「夜寒なる風にいそぎて唐衣うちおどろかす寝覚めをぞする」（相模集・九月・四六六）や「夜寒なる秋の初風吹きしより衣うちはへ寝覚めをぞする」（輔親集・一六三）等である。

なお、参考歌とした為継詠については、146でも踏まえられていようか。また、影響歌と見た両歌の作者の内、長景については211の補説参照。二条為世男の為冬については、宗尊詠からの影響か偶然の類似か、さらに追究するべきであろう。

235

夜な夜なの袖の涙に宿り来て憂き身ふるさぬ月の影かな

〔校異〕 ○うき身—浮身（慶）憂身（神・群）〈意味が異なる表記の異同〉

〔現代語訳〕 （花月五十首で）

夜ごと夜ごとに、改めて流す涙の袖に来て宿り、憂く辛い我が身を古びさせることのない月影であることよ。

〔参考歌〕 影なれて宿る月かな人知れず夜な夜な騒ぐ袖の湊に（続後撰集・恋二・七三四・式子）

〔類歌〕 もの思ふ涙の露に宿り来て袖の上なる秋の夜の月（中書王御詠・秋・一〇九）

〔語釈〕 **○夜な夜な** 「憂き」との詠み併せは、「憂き事を思ひつらねて雁が音の鳴きこそ渡れ秋の夜な夜な」（古今集・秋上・二一三・躬恒）が原拠。

〔補説〕 夜毎の新たな悲しみの涙に変わることなく宿る月光で、「憂き身」がまた新たに続くことを思い知らされる趣向。

秋の夜の更（深・）けたる月をひとり見（み）て音（ね）（鳴・）に泣くばかり物の悲しき

〔校異〕 ○鳴—なる（高） ○物の—物そ（書・内・高・神・群） もの（そイ）、（慶） をの（もミ）、（松〈見消字中〉）

〔現代語訳〕（花月五十首で）

秋の夜の更けている月を独り見て、声を上げて泣くぐらいもの悲しいことだ。

〔参考歌〕 身につもる秋を数へてながむればひとり悲しき有明の月（続後撰集・雑上・一〇七五・基綱。秋風抄・雑下・二八三）

〔類歌〕 それとなく物ぞ悲しき春霞かすめる空をひとりながめて（柳葉集・柳葉集・巻三・弘長三年六月廿四日当座百首歌・春・三五八）

ひとり見てあはれ涙ぞこぼれぬる更けゆく空の秋の夜の月（柳葉集・巻五・文永二年潤四月三百六十首歌・秋・七二八）

〔語釈〕 **○音に泣くばかり** 他には、京極為兼が佐渡配流中の永仁六年（一二九八）秋に詠じた「恋ひそむる心よりしてさを鹿の音に鳴くばかり思ふとは知れ」（為兼鹿百首・恋・初恋・六九）が目に入る程度の珍しい句。**〇物の悲しき**　異文の「物ぞ悲しき」の方が用例が多く文法上も自然で、宗尊自身も類歌に挙げた歌で用いているが、「物の悲しき」も、「この世には住むべきほどやつきぬらん世の常ならず物の悲しき」（千載集・雑中・一〇九四・道信）他、いわゆる強調の連体形終止としての作例が少なくない。底本のままとする。

忘られぬ都の秋をいくめぐり同じ東の月に恋ふらん

〔校異〕　ナシ

〔現代語訳〕（花月五十首で）
忘れられない都の秋、その秋をいったい幾めぐりこの同じ東国で過ごし、その空に廻る月に恋い慕うのであろうか。

〔参考歌〕　月見ればまづ故郷ぞ忘られぬ思ひ出でもなき都ならねど（行尊大僧正集・月の明く侍りしに・五〇）
いくめぐり過ぎ行く秋にあひぬらむかはらぬ月の影をながめて（新勅撰集・秋下・二九四・小待従）
ながめつつ思へばおなじ月だにも都にかはる小夜の中山（為家千首・雑・九一二）

〔語釈〕　**〇めぐり**　時季が周期に到来すること。「月」の縁で月が空を運行する意が掛かる。**〇同じ東**　「わびつつも同じ都は慰めき旅寝ぞ恋の限りなりける」（詞花集・恋上・二一〇・隆縁）他に用いられる「同じ都」から発想された語か。

〔補説〕　意想や措辞で参考歌に負うところがあったかもしれないが、はからずも形ばかり東国の主に奉られた宗尊の真意の表出と見て一応はよいのであろう。しかしまた、東国で都を恋い慕うのは、広い意味で『伊勢物語』以来の東下りの通念・類型の上にあったと捉えるべきでもあろう。延慶三年（一三一〇）頃に冷泉為相が東国で幕府縁故歌人を中心に撰したかとされる『柳風抄』に、為相の弟暁月（為守）が、「世をのがれて後、東に住み侍りてよめる」の詞書で「住み侘びて出でし方とは思へども月に恋しき故郷の秋」の一首を残している。東国に縁有る者が都を（業平のように）「住み侘びて」下ってきた場合でさえも、やはり「故郷」京都の秋を東国の月に恋い偲ぶのだ、と歌ったのもこれに同様である。

238

山の端の夕べの空に待ち初めて有明までの月に馴れぬる

〔校異〕○空に—空に（をイ）（松）

〔現代語訳〕（花月五十首で）

山の稜線の夕方の空に早い（三日）月の出を待ち始めてから、結局遅く出る有明の月まで待って、すっかり月に馴れてしまったよ。

〔参考歌〕三日月のわれてあひ見し面影の有明までになりにけるかな（新撰六帖・第五・日ごろへだてたる・一四三二・為家）

〔影響歌〕かりそめと思ひし旅の夜を重ね有明までの月に馴れつつ（長景集・雑・旅宿暁月・一三二）

〔語釈〕**○待ち初めて**　家隆の「待ち初めて雲間に出づる三日月も秋の光は添へ始めけり」（洞院摂政家百首・秋・早秋・五三五）や「秋はまづ心尽くしに待ち初めて入る方したふ三日月の空」（壬二集・秋・古今一句をこめて、秋の歌よみ侍りしに・二三六二）に倣うか。参考歌も併せて勘案すれば、待ち始めたのは「三日月」ということになるか。

239

歌合に、残月といふ事を

秋の夜の心長きは涙とて入るまで月に絞る袖かな

〔校異〕○歌合に―御歌合に（書）　○残月と―寺月と（書）　○心なかきは―心なかさは（三・山）心なりせは（黒）

〈参考〉○涙とて―涙に（と）て（山〈「に」字中に朱点〉）　○入まて月に―月にもいたく（書）　＊歌頭に小紙片貼付（底）

〔現代語訳〕歌合で、残月ということを

秋の夜は長いが、本当に気が長いのは涙だということで、東から出た月が西に入るまで、その月にずっと涙を流し続けて絞るこの袖であることよ。

〔本歌〕秋の夜の心もしるく七夕の逢へる今宵は明けずもあらなん（後撰集・秋上・二三五・読人不知）

忘れなむと思ふに濡るる袂かな心長きは涙なりけり（後拾遺集・恋三・七六〇・良成）

〔参考歌〕出づるより入るまで月をながむれば程なかりけり秋の夜なれど（久安百首・秋・一三四・公能）

君待つと山の端出でて山の端に入るまで月をながめつるかな（詞花集・雑上・二九八・為義）

〔語釈〕○歌合　未詳。本集詞書でただ「歌合」とのみ記すのは、ここのみ。**○秋の夜の心長きは**　本歌の両首から取り、秋の夜の性質は長い、の意味に、辛抱強く気が長いのは、の意味を重ねる。

〔補説〕第四句の書本の異文「月にもいたく」については、223で「いつよりか憂きを涙の知り初めて月にもいたく袖の濡るらん」と詠まれている。この形でも一応通意だが、「心長きは涙とて」との関係からは、「入るまで月に」の形の方が、文意がより明確であろうか。この異同が、歌作の時点に溯って、例えば宗尊の改作や真観の添削などの事由に基づくものかどうかは現時点では不明である。

『後拾遺集』初出歌人高橋良成詠を本歌と見ることについては、126、128、132、解説参照。

210からここまで、主題を「月」とする大歌群。

奉らせ給ひし百首に、擣衣を
侘(わ)びつゝも寝(ね)られぬ夜半の月影に人待つ人や衣打(う)つらん

【校異】○奉らせ給し―たてまらせたひし（高） ○人待人や―待ひとや（青）。待ひとや（本ノ）（三・山）

【現代語訳】（後嵯峨院に）お奉りになられた百首で、擣衣を
嘆き侘びながら寝られない夜中の月に、恋人を待っている人が衣を打っているのだろうか。

【本歌】月夜には来ぬ人待たるかき曇り雨も降らなむ侘びつゝも寝む（古今集・恋五・七七五・読人不知）

【参考歌】明方の天の門渡る月影に憂き人さへや衣うつらん（宝治百首・秋・聞擣衣・一八〇三・基家。三十六人大歌合 弘長二年・一二）
誰がために麻のさ衣うち侘びて寝られぬ夜半を重ねきぬらん（宝治百首・秋・聞擣衣・一八二六・経朝。万代集・秋下・一一〇八）

【影響歌】侘びつゝも寝られぬ月の有明につれなく待ちし程ぞ知らるる（李花集・恋・待恋とて・五五五）

【出典】「弘長二年冬弘長百首題百首」の「擣衣」題。

【他出】柳葉集巻二・弘長二年院より人人に召されし百首歌の題にて読みて奉りし（一四四～二二八）・秋・擣衣・一八二。

【語釈】○奉らせ給ひし百首 →6。 ○人待つ人 院政期の「秋風の荻の葉過ぐる夕暮に人待つ人の心をぞ知る」（故侍中左金吾家集〈頼実〉・右大弁の誘ひ給ひしかば梅津にまかりて、河辺水秋夕風・七三）や「さ夜寒み人待つ人に聞かせばや荻の枯れ葉に霰降るなり」（堀河百首・冬・霰・九三五・仲実）が先行例となる。

【補説】参考歌の両首は『宝治百首』詠で、同百首に宗尊が学んでいた可能性は見てよいと考える。なお特に、基家詠が収められた『三十六人大歌合』は、該歌が詠まれた百首歌の直前、弘長二年（一二六二）九月中の成立で撰

者は基家とされている。基家詠は左の宗尊詠と番えられた一番右で、宗尊が目にした可能性は極めて高いであろう。
ここから246まで、主題は擣衣。月の歌群の最後に当たる前歌の「袖」と、該歌および次歌の「月」とで、月歌群と擣衣歌群を連繋。

241

五十首御歌の中に

秋の夜の月をあはれ(哀)と見(み)る人やひとり起(お)きゐて衣打(う)つらん

〔校異〕 ○哀と―あわ（は（朱）・ヒ（朱））れと（三）　○人や―人や（ヒト（朱））（三〈「人」は左下部を朱で補筆〉）

〔現代語訳〕 五十首の御歌の中で
秋の夜の月を、しみじみと「あはれ」と見る人が、ただ独り起きて居て衣を打っているのだろうか。

〔本歌〕 独り寝のわびしきままに起きゐつつ月をあはれと忌みぞかねつる（後撰集・恋二・六八四・読人不知）

〔参考歌〕 よそながら寝ぬ夜の友と知らせばやひとりや人の衣うつらん（続後撰集・秋下・三九一・弁内侍。宝治百首・秋・聞擣衣・一八三七。万代集・秋下・一一〇九）
むばたまの夜風を寒み古里にひとりある人の衣うつらし（続後撰集・秋下・三九六・雅成親王。新三十六人撰正元二年・四六、結句「衣うつらむ」）

〔語釈〕 **○五十首御歌** 未詳。↓19。**○月をあはれと** 本歌の詞を取る。「あはれ」は、しみじみと美的情感を催すもの、との趣意。

夜擣衣

河内女の繰るてふ糸の長き夜に手染めの衣今か打つらむ

〔校異〕 ○夜擣衣―夜擣衣を（松） ○くるてふ―くるてに（高） ○長夜に―長。よに（三〈補入符朱〉）（朱） ＊歌頭に小紙片貼付（底）

〔現代語訳〕 夜の擣衣

河内女の繰るという糸、それが長いように、秋の長い夜に、手染めした糸の衣を今打っているのだろうか。

〔本歌〕 河内女の手染めの糸を繰り返し片糸にありと絶えむと思へや（万葉集・巻七・譬喩歌・寄糸・一三一六・作者未詳）

〔類歌〕 河内女が手染めの衣うちわびぬ秋風寒き高安の里（夫木抄・秋五・同〈七百首歌、擣衣〉・擣衣・五七九三・公朝）

〔語釈〕 ○夜擣衣 「終夜擣衣」（散位源広綱朝臣歌合長治元年五月）や「深夜擣衣」（教長集他）が先行する。同題は、良実（万代集・一一一一）や為家（為家集・七一七）の詠作が早い例か。○河内女 河内国在住の女性。古来特に同国に多かった渡来人の技術集団の内、染織の技術にたけた女性達の存在が有名であったらしい。

〔補説〕 類歌の作者公朝は、宗尊親王幕下の歌壇の主要歌人。↓103。

暁擣衣

寝覚めする長月の夜の有明をいかに忍べと衣打つらん（覧）

〔校異〕 ナシ ＊歌頭に小紙片貼付（底）

〔現代語訳〕 暁の擣衣

寝て目覚める秋九月の長い夜の、夜明けにかけて月が残る有明時を、どのように堪え忍べというので、衣を打っているのだろうか。

〔参考歌〕年も経ぬ長月の夜の月影の有明方の空を恋ひつつ（後拾遺集・恋一・六一四・源則成）

夜の間にも消ゆべきものを露霜のいかに忍べと頼めおくらん（新古今集・恋五・一三四一・俊忠）

夜を長み寝覚めて聞けば長月の有明の月に衣うつなり（金槐集定家所伝本・秋・月前擣衣・二四七。風雅集・秋下・六七一）

〔語釈〕**○暁擣衣**　建保三年（一二一五）九月十三夜の「光明峯寺摂政家（内大臣家）百首」の設題が早い例。

三百首御歌に

真萩散（ち）る遠里小野（さとをの）の秋風に花摺（す）り衣今や打（う）つらん

〔校異〕○御歌に―御歌（慶）　○今や―いまか（書）　＊歌頭に「続古」の集付あり（底・内・慶）

〔現代語訳〕三百首の御歌で

萩が散る遠里小野を吹く秋風の中で、萩の花で摺りだした衣を今打っているのだろうか。

〔本歌〕住の江の遠里小野の真萩もて摺れる衣の盛り過ぎゆく（万葉集・巻七・雑歌・一一五六・作者未詳）

〔参考歌〕更けにけり遠里小野の秋風にそれかとばかり衣うつ声（御裳濯集・秋下・擣衣をよめる・四五一・荒木田延成）

〔出典〕宗尊親王三百首・秋・一五六。基家評詞「已上三首、とりどり歟」（一五四～一五六）。合点、為家・基家・実氏。

〔他出〕続古今集・秋下・名所擣衣といふ心を・四六七。和漢兼作集・秋下・名所擣衣・八二四、初句「こ萩散

245

る」三句「朝風に」。歌枕名寄・巻十四・住吉・遠里小野・同〈続古五、擣衣〉・四〇三一。

〔語釈〕 **〇三百首御歌** →1。**〇遠里小野** 摂津国の歌枕。現在の大阪市住吉区と堺市とに跨る地域。本歌の万葉歌の原文「真榛」（現行訓「まはり」）を「まはぎ」に解したために、院政期から中世にかけては「萩」を景物として詠まれる。**〇花摺り衣** 萩や露草で色を摺りだした衣。歌語としては、「露しげきこ萩が原に立ち寄れば花摺り衣着ぬ人ぞなき」（四条宮下野集・はぎ・七二）が早く、『堀河百首』の「高円の野を過ぎ行けば秋萩の花摺り衣着ぬ人ぞなき」（秋・萩・六〇八・河内）を経て、勅撰集では『新古今集』の「秋萩を折らでは過ぎじ月草の花摺り衣露に濡るとも」（秋上・三三〇・永縁）が初例。

百番御歌☆（会）合に

里は荒（あ）れていとど深草茂（しげ）き野にかれなで誰（たれ）か衣打（う）つらむ

〔校異〕 〇百番御歌会に―百首御歌合に（書・慶）百番の御歌合に（内・高・青・京・静・松・三・山・神・群）〇里は―里（高）〇かれなて―はれなて（京・静）＊245と246が逆順（神・群）☆底本の「歌会に」を内本以下の諸本により「歌合に」に改める。

〔現代語訳〕 百番御歌合で

荒れてますます深く草が繁茂してまるで野になった里に、その草が「枯れ」ないように、「離（か）れ」ずに誰が衣を打っているのだろうか。

〔本歌〕 里は荒れて人は古りにし宿なれや庭も籬も秋の野らなる（古今集・秋上・二四八・遍昭）

年を経て住みこし里を出でていなばいとど深草野とやなりなむ（古今集・雑下・九七一・業平）

〔参考歌〕 思ひ草かれなで誰か道の辺の尾花が下に種をまきけん（道助法親王家五十首・恋・寄草恋・九二〇・家長）

〔出典〕「文永元年六月十七日庚申宗尊親王百番自歌合」（仮称。散佚）の「擣衣」題。

〔他出〕柳葉集・巻四・文永元年六月十七日庚申に自らの歌を百番ひに合はせ侍るとて（四五〇〜五六二）・擣衣・五〇〇。

〔語釈〕**○百番御歌合**　↓24、34。**○かれなで**　「離れなで」に、「深草」「茂き」の縁で「枯れなで」が掛かる。

五十首御歌合に

偽りの誰が秋風を身に染めて来ぬ夜あまたの衣打つらん

〔校異〕○五十首御歌合に—五十首御歌に（書）　○秋風を—秋風と（内）　○しめて—入て（山）　○こぬよあまたの—こぬあさにの（高）来ぬ間あまたの（三・山）　＊245と246が逆順（神・群）
〔現代語訳〕五十首の御歌合で
　嘘偽りばかりの誰かの「飽き」たことを告げる「秋」風を身に染み通らせて、（訪れをあてにさせておきながら）その誰かが来ない夜が数多く重なり、多くの衣を打っているのだろうか。
〔参考歌〕頼めつつ来ぬ夜あまたになりぬれば待たじと思ふぞ待つにまされる（拾遺集・恋三・八四八・人麿）
　夕暮は誰が秋風を身に染めて夜寒の衣ひとり打つらん（歌合建保四年八月廿二日・夕擣衣・二六・家衡）
〔語釈〕**○五十首御歌合**　未詳。本集には他に見えない。あるいは、「五十首御歌」の誤りか。↓19。**○誰が秋風**　「入日さす麓の尾花うちなびき誰が秋風に鶉鳴くらむ」（新古今集・秋下・五一三・通光）が早く、参考歌の家衡詠も含めて影響を与える。「秋」に「偽りの」の縁で「飽き」が掛かる。**○身に染めて**　身に染み通らせるようにして。頼政の「今宵誰すず吹く風を身に染めて吉野の嶽の月を見るらん」（新古今集・秋上・三八七）と、これに影響されたとも思しい家隆の「山深き松の嵐を身に染めて誰か寝覚めに月を見るらん」（千載集・雑上・一〇〇五。御裳濯集・秋中・見百首歌中に・四一二）とが、勅撰集の早い例で、宗尊もこれらに学んだであろう。**○来ぬ夜あまたの衣打つらん**「来ぬ夜あまた」から「あまたの衣打つらん」へと鎖るか。「あまたの衣」は、例を見ない。

〔補説〕 240からここまでが擣衣歌群。

ちなみに、本居宣長の「浅茅生や誰が秋風を身に染めてひとり夜寒の衣打つらむ」（鈴屋集・秋・擣衣・八〇二）は、参考歌の家衡詠と酷似する。剽窃か偶合か、なお考究の余地があろう。

人々によませさせ給ひし百首に

長月の菊の重ね（かさ）に霜さえて移ろ（うつ）ひ行くか秋の日数（かず）の

〔校異〕 ○よませさせ―よまさせ（慶）　○かさねに―かきねに（書・慶・青・京・静・松・三・山・神・群）　○日かすの―ひか数　本（書）日かけの（高）　＊上欄に「のとまり」〈「の」「止まり」〉、歌末が「の」で止まっているの意味か〉とあり（三）

〔現代語訳〕 人々にお詠ませになられた百首で

長月九月の菊の、移ろい変わった紫の色の上に、菊襲のように白い霜が冴え冴えとして、秋の残りの日数が移ろい過ぎて行くのか。

〔参考歌〕 紫の色に重ねて置く霜を移ろひ変はる菊かとぞ見る（林葉集・秋・残菊五首或所にて・五二五）

朝毎に染むる心の色に出でて移ろひ行くか白菊の花（林葉集・秋・残菊五首或所にて・五二六）

よそに行く秋の日数は移ろへどまだ霜疎き庭の白菊（土御門院御集・詠百首和歌承久三年・秋・菊・六三）

〔出典〕「弘長元年中務卿宗尊親王家百首」の「秋」。

〔他出〕 柳葉集・巻一・弘長元年九月人人によませ侍りし百首歌（六九～一四三）・秋・一〇五、二句「きくのかきねに」（書陵部本およびその親本の時雨亭文庫本）。

〔語釈〕 **○人々によませさせ給ひし百首**　↓2。**○菊の重ねに**　「長月の菊」の上に重ねて「霜」が置いた状態を言い、変色した菊の紫色と霜の白とを、衣装の「菊襲」に見立てるか。『柳葉集』本文と本集異文の「菊の垣根に」は、「我が宿の菊の垣根に置く霜の消え返りてぞ恋ひしかりける」（古今集・恋二・五六四・友則）に遡源する句で、これを本歌にした作例が新古今時代に散見する。それ故に、「かさね」から「かきね」へ意改・誤解あるいは誤写された可能性をその逆よりも高く見るべく、底本の本文を原態と考えておく。**○移ろひ行くか**　次句と倒置。「日数」が過ぎて行く意に、「菊」の縁で、色が変化する意が掛かる。**○秋の日数**　『永久百首』で「春の日数」（一一八・常陸）と「秋の日数」（二四二・忠房）が詠まれたのが早い。その後多数詠まれるが、「移ろふ」「菊」と詠まれる例は、参考歌の土御門院詠以前に、公衡の「過ぎて行く秋の日数は朝ごとにうつろふ菊の色に見えけり」（公衡集・秋・三九）がある。

〔補説〕 「菊」に「霜」が置く「重ね（襲）」の歌は、参考歌の俊恵詠の他に、冬の歌として、家隆の「冬来れば移ろひ残る八重菊を九の重ねに霜や置くらん」（壬二集・冬・古今一句をこめて、冬の歌よみ侍りしに・二五四四）や公継の「移ろひし籬の菊を今朝みれば霜こそ冬の白襲なれ」（御室五十首・冬・一八三）が目に入る。

なお、「菊襲」は、『角川古語大辞典』によると、「『歌書集所収衣色目』に「九月。きく〈おもてしろく、うらむらさき、かさねなるべし〉とある」という。

主題は、長月の菊。

夕霧を

なにとなく空にうきぬる心かな立つ川霧の秋の夕暮

〔校異〕 ○夕霧を―夕霧（書） ○うきぬる―うきたる（慶・青・京・静・松・三・山）

〔現代語訳〕 夕霧を
　空に浮き漂う川霧のように、何となくそぞろ不安に辛く落ち着かなくなってしまう心であることよ。川に霧が立つこの秋の夕暮は。

〔本歌〕 朝な朝な立つ川霧の空にのみうきて思ひのある世なりけり（古今集・恋一・五一三・読人不知）

〔参考歌〕 なにとなく物ぞ悲しき菅原や伏見の里の秋の夕暮（千載集・秋上・二六〇・俊頼）
　なにとなく心うきぬる独り寝に曙辛き春の色かな（六百番歌合・春・春曙・一一二・隆信。万代集・春上・一四七）

〔語釈〕 ○空にうきぬる　虚ろそぞろに「浮き」（落ち着かない）と、天空に「浮き」（浮かぶ）とを重ね、「心」「秋」の縁で、何となく「憂き」（辛い）が掛かる、と解する。「空」と「うき」とは互いに縁語で、かつ両者は「立つ」「川霧」と縁語。異文の「うきたる」は、『古今』『後撰』以来の語で、作例も多く、「晴れやらぬ思ひの程を知れとてや空にうきたる秋の夕霧」（百首歌合建長八年・秋・九四・鷹司院帥）の例もある。しかし一方で、「うきぬる」は、「水もせに浮きぬる時はしがらみの内の外のとも見えぬ紅葉葉」（後撰集・羇旅・一三五九・伊勢）を淵源に、「君恋ふと浮きぬる魂のさ夜ふけていかなる棲に結ばれぬらん」（千載集・恋五・九二四・小待従）等の例がある。「心」について言い「憂き」と「浮き」を掛ける例は、参考歌の隆信詠の他に、同じ『六百番歌合』には良経の「君がりとうきぬる心迷ふらん雲は幾重ぞ空の通ひ路」（恋下・寄雲恋・九二三）があり、その後、慈円の「心をぞうきぬる物と恨みつるたのむ山にも迷ふ白雲」（拾玉集・百番歌合・山家・一八七〇）や後鳥羽院近臣実兼の「都思ふ波の枕に夢さめて心うきぬる春の曙」（建仁元年十首和歌・旅泊春曙・四七）が見え、新古今時代に一時期の小流行が窺われるのである。

〔補説〕 主題は、次歌と共に秋の夕霧。

和歌所にて、原上夕霧といふ事を

いづこにか我が宿（やど）りせむ霧深（ふか）き猪名野（いなの）の原に暮れぬこの日は

〔校異〕 ○いつこにか―いつこにと（山〈「と」字中に朱点〉） ＊歌頭に小紙片貼付（底）

〔現代語訳〕 和歌所で、原の上の夕霧ということを

一体どのあたりに宿りをしようものか。霧が深い猪名野の原で暮れてしまった、今日この日は。

〔本歌〕 いづこにか我が宿りせむ高島の勝野の原にこの日暮れなば（万葉集・巻三・雑歌・二七五・黒人。新勅撰集・羇旅・四九九・読人不知、初句「いづくにか」結句「この日暮らしつ」）

しながが鳥猪名野を来れば有馬山夕霧立ちぬ宿は無くして（万葉集・巻七・雑歌・摂津作・一一四〇・作者未詳。新古今集・羇旅・九一〇・読人不知、二句「猪名野を行けば」）

〔影響歌〕 へだて行く猪名野の原の夕霧に宿ありとても誰かとふべき（李花集・秋・霧を・二六二）

〔語釈〕 ○和歌所 →27。○原上夕霧 他に見えない珍しい歌題。○霧深き 「原」について言うのは、『源氏物語』の「霧深きあしたの原の女郎花心を寄せて見る人ぞ見る」（源氏物語・総角・六六〇・薫）が早く、宗尊に近くは『新撰六帖』の家良詠「霧深き真野の茅原面影のほの見しよりぞ身をば離れぬ」（第六・かや・二〇〇一）がある。

○猪名野 摂津国の歌枕。現在の兵庫県伊丹市を中心に北の川西市から南の尼崎市にかけて流れる猪名川流域の地。

○暮れぬこの日は 「この日は暮れぬ」の倒置形。先行例に雅経の「禊ぎするかはをかてら（マヽ）寄る波のかへらぬさき

に暮れぬこの日は」（明日香井集・夏・夏祓・一三三二）がある。

三百首に

外山なる真木の葉そよぐ夕暮に初雁鳴きて秋風ぞ吹く

【校異】○三百首に―三百首御うたに（慶・青・神・群）○真木の葉―まさ（き歟）のは（書）○夕暮に―夕くれは（に朱）（山〈「は」字中に朱点〉）

【現代語訳】三百首で

外山にある槙の葉がそよぐ夕暮に、初雁が鳴いて、秋風が吹いている。

【参考歌】秋風に初雁が音ぞ聞こゆなる誰が玉章をかけて来つらむ（古今集・秋上・二〇七・友則）

外山なる楢の葉まではげしくて尾花が末によわる秋風（正治初度百首・秋・草の花・八二五・宮内卿。三百六十番歌合・秋・三八四。雲葉集・秋下・六三七）

雲はらふ外山の奥の秋風に真木の葉なびき出づる月影（範宗集・秋・仙洞百首内秋二十首建保四年・三八五）

【出典】基家評詞「此の真木の葉は、伝二柿本之遺柱一歟」。宗尊親王三百首・秋・一二九。合点、基家・家良・行家・光俊・帥。

【語釈】○三百首に「三百首御歌に」とあるべきだが、288もここと同じ。底本を尊重する。↓1。○外山 ↓146。

【補説】出典の基家の評詞は、「時雨の雨間なくし降れば真木の葉も争ひかねて色づきにけり」（新古今集・冬・五八二・人麿）を念頭に置くか（新日本古典文学大系中世和歌集鎌倉篇参照）。

ここから255まで、主題は秋風。「夕暮」で、前二首（「夕暮」「暮れぬこの日」）と連繋。

故郷秋風

故郷（ふる）の垣（かき）ほの蔦も色付きて瓦（かはら）の松に秋風ぞ吹く

〔校異〕○かきほの―かきをの（書・内・京・静・松・三・山〈「を」の右傍に「ほカ」とあり〉）〈参考・表記の異同〉○蔦も―つたに（高） ○かはらの―かわらの（ぬカ（朱）・-（朱））（三） かはらぬ（山） ○松に―松も（慶）

〔現代語訳〕故郷の秋風

故郷の高垣の蔦も紅葉に色づいて、瓦の緑の松に秋風が吹いている。

〔参考歌〕故郷の庭は木の葉に色かえて瓦の松ぞ緑なりける（千載集・秋下・三七六・惟宗広言）

故郷は幾秋かけて荒れにけん垣ほの荻に風を残して（為家五社百首・秋・をぎ・日吉社・二九九）

暗き夜の窓打つ雨におどろけば軒端の松に秋風ぞ吹く（秋篠月清集・秋・秋夜に・一二二九。後京極殿御自歌合・六三）

〔類歌〕故郷の垣ほの梅の匂ふより我が身にしむる春風ぞ吹く（東撰六帖・春・梅・七三・平実泰）

〔影響歌〕人も見ぬ垣ほの蔦の色ぞこきひとり時雨の故郷の秋（伏見院御集・蔦・八八三）

古寺の瓦の松は時知らで軒端の蔦ぞ色ことになる（宗良親王千首・秋・古寺紅葉・四八一）

〔他出〕新後拾遺集・秋下・故郷秋風といふことを・四三七。題林愚抄・秋一・故郷秋風（集付「新後拾」）・三二一〇七、四句「かはらぬまつに」。

〔語釈〕**○垣ほ** 「ほ」は「秀」で、突出して目立つものの意。高くそばだった垣根。**○瓦の松** 典故は、「牆有レ衣瓦有レ松」（白氏文集・新楽府・驪宮高）。

〔補説〕参考歌の良経詠の上句は、「蕭蕭暗雨打レ窓声」（白氏文集・新楽府・上陽白髪人。和漢朗詠集・秋夜・二三三）に拠り、下句には微かに「驪宮高」の「瓦有レ松」の面影があるか。

影響歌の伏見院詠については、伏見院の宗尊歌受容の問題として、さらに追究する必要があろう。

252

秋雨

夜（よる）の雨の音だにつらき草の庵になほ（猶）物思ふ秋風ぞ吹く・

〔校異〕○雨の―雨（内・高） ○つらき―難面（ツラ（朱））き（山） ○庵に―音（庵歟（朱））に（三） ○猶物思ふ―猶おもひそふ（書）

〔現代語訳〕秋の雨

夜の秋の雨の音さえも辛い草の庵に、さらに物思いをする秋風が吹くよ。

〔参考歌〕なほざりの音だにつらき荻の葉に夕べをわきて秋風ぞ吹く（新勅撰集・雑一・一〇六八・信実）

昔思ふ草の庵の夜の雨に涙な添へそ山時鳥（新古今集・夏・二〇一・俊成）

〔参考〕蘭省花時錦帳下（らんせいのはなのときのきんちやうのもと） 廬山雨夜草菴中（ろさんのあめのよのさうあんのうち）（和漢朗詠集・山家・五五五・白居易。白氏文集・廬山草堂夜雨独宿、寄牛二・李七・庾三十二員外）

〔語釈〕○なほ物思ふ 定家の「ならふなと我も諫めしうたた寝をなほ物思ふ折は恋ひつつ」（拾遺愚草・恋・二五六〇）や「心からあくがれそめし花の香になほ物思ふ春の曙」（拾遺愚草・恋・二六〇九。定家卿百番自歌合・一五七。万代集・雑一・二七九九）が早い例となる句。勅撰集では、『続後撰集』の「捨て果ててあればあるよのならひにもなほ物思ふ秋の夕暮」（秋上・二七七・源家清）と「朽ちねただなほ物思ふ名取川うかりし瀬ぜに残る埋もれ木」（恋四・八九九・祝部成賢）の二首が初例。これらに学ぶか。

253

百番御歌合に、秋風を

深草の里の秋風夜寒にてかりにも人の訪（と）はぬ比かな（哉）

〔校異〕 ○百番―百首（慶・青・京・静・松・三・山・神・群） ○かりにも人のとはぬ―かりにも。とはぬ（山〈補入符朱〉）〔「人の」補入〕

〔現代語訳〕 百番御歌合で、秋風を

深草の里の秋風は、夜の寒さが身にしみて、鶉の狩りにどころか、仮そめにも人が訪れない時分であることよな。

〔参考歌〕 夕されば野辺の秋風身にしみて鶉鳴くなり深草の里（千載集・秋上・二五九・俊成）

いとどまたかりにも人の跡たえて積もれば雪の深草の里（弘長百首・冬・雪・四〇七・為氏）

〔出典〕 「文永元年六月十七日庚申宗尊親王百番自歌合」（仮称。散佚）の「秋風」題。

〔他出〕 柳葉集・巻四・文永元年六月十七日庚申に自らの歌を百番ひに合わせ侍るとて（四五〇～五六二）・四九八・秋風。

〔語釈〕 **○百番御歌合** ↓24、34。 **○深草の里** 山城国の歌枕。平安京の南東の辺地。現在の京都市伏見区の一部。 **○夜寒にて** ↓169。 **○かりにも人の訪はぬ比かな** 「生ふれども駒もすさめぬ菖蒲草かりにも人の来ぬがわびしさ」（拾遺集・恋二・七六八・躬恒）を踏まえれば、「かりにも」は、「仮にも」に「深草」の縁で「刈りにも」が掛かるとも解される。しかしやはり、参考歌の俊成詠の本歌でもある、「年を経て住みこし里を出でていなばいとど深草野とやなりなむ」（伊勢物語・百二十三段・二〇六・男）に対する返しの「野とならば鶉となりて鳴きをらむかりにだにやは君は来ざらむ」（二〇七・女）を念頭に置いていようから、「狩りにも」と「仮にも」の掛詞と見るべきであろう。

254

和歌所にて

人は来（こ）で秋風寒（さむ）き夕べこそげに寂（さひ）しさの限（かき）りなりけれ

【校異】○人はこて—人とはて（高）こて［こ（朱）・―（朱）］（三〈「こ」の字変形〉）　○秋風—秋風こそ（慶）　○夕こそ—ゆふへたに［こそ歟］（高）　○かきり—沼［限（朱）・―（朱）］（三）

【現代語訳】和歌所にて
人は訪れて来ず、秋風が寒く吹く夕方こそが、ほんとうに寂しさの極みなのであったよ。

【参考歌】人は来で風のけしきも更けぬるにあはれに雁のおとづれてゆく（新古今集・恋三・一二〇〇・西行）
いつはとは時はわかねど秋の夜ぞ物思ふことの限りなりける（古今集・秋上・一八九・読人不知）
さびしさは秋を限りと見し宿のまたこのごろも雪の夕暮（正治初度百首・冬・雪・四四三・隆実）

【語釈】○和歌所　→27。

255

三百首御歌の中に

立田山時雨（しく）れぬさきの秋風にまづうつろふは心なりけり

【校異】○なりけり—なりけれ（慶）　＊歌頭に朱丸点あり（三）

【現代語訳】三百首の御歌の中で
竜田山が時雨れない前に吹く秋風に、先ず色が変わるのは、（紅葉よりも）我が心なのであった。

【本歌】秋は来ぬ竜田の山も見てしかな時雨れぬさきに色やかはると（拾遺集・秋・一三八・読人不知）

【参考歌】秋風になびく浅茅の色よりもかはるは人の心なりけり（六百番歌合・恋下・寄草恋・一〇三〇・家隆。壬二

集・三八六。新後撰集・恋五・一一五一）

神奈備の杜の時雨の色よりもあへずかはるは心なりけり（新撰六帖・第五・心かはる・一五〇七・為家）

〔出典〕 宗尊親王三百首・秋・一五九。合点、為家・行家・光俊・帥。

〔語釈〕 **〇三百首御歌** ↓1。**〇心なりけり** 『古今集』以来の常套句。宗尊は同じ三百首で、「あだに散る花よりもなほはかなきはうつろふ人の心なりけり」（恋・二一六）とも詠んでいる。

〔補説〕 250からここまでが秋風の歌群。

秋御歌とて

立ち渡る霧の絶え間は紅葉して遠山寂し秋の夕暮

〔校異〕 〇秋御歌とて―秋歌とて（書） 〇秋の―秋几（山〈「几」字中に朱点〉） ＊「夕くれ」の「く」は朱でなぞる（三）

〔現代語訳〕 秋の御歌ということで

一面に立ち渡っている霧の絶え間は、紅葉しているのが見えて、その遠山の風情が寂しい。この秋の夕暮よ。

〔参考歌〕 武蔵野を霧の絶え間に見渡せば行く末遠き心地こそすれ（後拾遺集・賀・四二七・兼盛）

立ち渡る霧の絶え間のほどもなく見えては見えぬ初雁の声（影供歌合建長三年九月・霧間雁・二〇四・鷹司院帥）

我が思ふ人住む宿の薄紅葉霧の絶え間に見てや過ぎなん（拾遺愚草・閑居百首文治三年冬・秋・三五〇。玄玉集・七〇〇）

寂しさは枯れ野の原の末よりも雪のあしたの遠山の松（正治後度百首・冬・雪・二四二・雅経。明日香井

集・一三五）

〔類歌〕竜田姫立ち残しける錦かと霧の絶え間に見ゆる紅葉葉（澄覚法親王集・霧間紅葉・一五八）

〔語釈〕**○立ち渡る霧の絶え間**　168でも用いている措辞。

〔補説〕「霧の絶え間は紅葉して」や「遠山寂し」の表現は、参考歌などに学んだ結果であるかもしれないが、それを超えて新鮮であり、歌境は後の京極派に通じるものがある。

ここから268まで、主題は紅葉。

257

外面なる梢を見れば紅葉して待たるゝ人のつらき比かな

〔校異〕○外面なる―外面なく（神）○梢を―梢に（内）梢に（を歟）（高）○つらき―とはぬ（書）難面（山〈訓は「つらき」か〉）

〔現代語訳〕（秋の御歌ということで）

家の外にある梢を見ると紅葉していて、しかし、待たれる人が薄情にも訪れて来ないこの頃であることよ。

〔類歌〕外面なる榎木の紅葉なかなかにおのれと薄き色は珍し（東撰六帖抜粋本・第三・紅葉・三四二・芳季）

鷺のゐる外面の梢色づきて門田寂しき秋の夕暮（竹風抄・巻一・文永三年十月五百首歌・田家・一一〇。中書王御詠・秋・秋の歌の中に・一一三）

258

山の桜の紅葉したるを御覧じて

花散りし尾の上の桜紅葉してまた厭はるゝ風の音かな

〔校異〕○尾上の―のへの（書）○さくら―さくらも（書）○いとはるゝ―いとわるゝ（三）

〔現代語訳〕山の桜が紅葉しているのを御覧になって
花が散った峰の上の桜は紅葉して、（桜の花の時と同じでそれを散らすかと）またも自然と嫌いになる風の音であることよな。

〔参考歌〕山深み杉のむら立見えぬまで尾上の風に花の散るかな（新古今集・春下・一二二・経信）
花散れば問ふ人まれになりはてて厭ひし風の音のみぞする（新古今集・春下・一二五・範兼）
紅葉ゆゑ厭ひし風はそれながら音こそなけれ雪の木枯らし（拾玉集・詠百首和歌 四季雑各廿首都合百首・冬・三〇三六。無名和歌集〈慈円〉・五五）
かはらずな風を厭ふも吉野山秋の桜は紅葉なりけり（拾玉集・宇治山百首・秋・紅葉・一〇五七）

人々によませさせ給ひし百首に

信楽（しからき）の外山の紅葉かつ散（ち）りて里は夜寒に秋風ぞ吹（ふ）く

〔校異〕○よませさせ―よませ（高・青）　よまさせ（慶）　○紅葉―楓（山〈訓は「もみぢ」か〉）

〔現代語訳〕人々にお詠ませになられた百首で
信楽の里近くの山の紅葉が一方では散って、里は夜の身に染みる寒さに秋風が吹いている。

〔参考歌〕信楽の外山の紅葉散りはてて寂しき峰に降る時雨かな（万代集・冬・一三一四・秀能。遠島御歌合・八八。如願法師集・冬・五四八）
山鳥の尾の上の里の秋風に長き夜寒の衣打つなり（続後撰集・秋下・三九七・家良）

〔類歌〕里はなほ今日も時雨れて信楽の外山ばかりに降れる初雪（中書王御詠・冬・初雪・一四九）

〔出典〕「弘長元年中務卿宗尊親王家百首」の「秋」。

〔他出〕 柳葉集・巻一・弘長元年九月人人によませ侍りし百首歌（六九～一四三）・秋・一〇六。
〔語釈〕 **○人々によませさせ給ひし百首** ↓2。**○信楽** 近江国の歌枕。聖武天皇の紫香楽宮が置かれた地。北西に志賀京、南東に恭仁恭がある。現在の滋賀県甲賀郡信楽。**○外山** ↓146。**○夜寒** ↓169。
〔補説〕 宗尊は、同じ百首で「高円の野辺の朝露かつ散りて紐解く花に秋風ぞ吹く」（本集・秋上・176）という類詠を詠んでいる。

山秋風を

蜩の鳴く外山の梢いとはやも色づき渡る秋風ぞ吹く

〔校異〕 ○いとはやも―いともはや（神） ＊歌頭に小紙片貼付（底）
〔現代語訳〕 山の秋風を
蜩が鳴いている外側の山の梢が、たいそう早くも全面に色づき渡る、秋風が吹くよ。
〔本歌〕 いとはやも鳴きぬる雁か白露の色どる木木も紅葉あへなくに（古今集・春下・二〇九・読人不知）
〔参考歌〕 秋風の吹きにし日より片岡の蜩の鳴く音も色かはるなり（御室五十首・秋・五七〇・家隆。壬二集・一六六二。新拾遺集・秋上・三一二）
〔語釈〕 **○外山の梢** ↓43。
〔補説〕 「蜩の鳴く外山の梢」も「いとはやも色づき渡る」も、より早い段階の秋の歌の表現であろう。秋下の後半部に配した真観の意図が分かりにくいが、259から261にかけて、結句を「秋風ぞ吹く」とする紅葉の歌を三首連続させようとした結果か。

五十首御歌に

佐保山の柞の紅葉色見えて霧のと絶えに秋風ぞ吹く

〔校異〕 ナシ　＊「柞の」の「柞」は「木」の両はらいを朱でなぞる（三）

〔現代語訳〕 五十首の御歌で

佐保山の柞の紅葉ははっきりとその色が見えて、霧のとぎれているところに、秋風が吹いている。

〔本歌〕 秋霧は今朝はな立ちそ佐保山の柞の紅葉よそにても見む（古今集・秋下・二六六・読人不知）

〔参考歌〕 佐保山の柞の紅葉色に出でて秋深しとや霧に洩るらん（式子内親王集・前小斎院御百首・秋・五四）

秋霧の晴れゆくままに色見えて風も木の葉を染むるなりけり（文治六年女御入内和歌・九月・紅葉・二〇四・良経。玄玉集・六八八。三百六十番歌合・秋・三九三。秋篠月清集・一三六四）

〔語釈〕 **○五十首御歌**　→19。**○佐保山**　大和国の歌枕。平城京の北東に当たる佐保の地（→108）の東西に連なる一群の丘陵地を指す。**○柞**　ぶな科の落葉高木、あるいは楢や櫟の類の総称という。佐保山の景物。『古今集』には本歌の他に、「佐保山の柞の色はうすけれど秋は深くもなりにけるかな」（秋下・二六七・是則）や「佐保山の柞の紅葉散りぬべみよるさへ見よと照らす月影」（秋下・二八一・読人不知）がある。**○色見えて**　紅葉の色がそれとはっきりと見えての意。『金葉集』三奏本に「入り日さす夕紅の色見えて山下照らす岩つつじかな」（春・八三・三河）が早い例となるが、参考歌の良経詠の他には、『新勅撰集』の知家詠「春日咲く藤の下かげ色見えてありしにまさる宿の池水」（賀・四六八）や、それに倣ったと思しい後嵯峨院の『後撰集』歌「影うつす松にも千世の色見えて今日すみそむる宿の池水」（賀・一三三四）などが、宗尊の視野に入っていたであろう。**○霧のと絶え**　作例希少。先行例としては「雁がねも霧のと絶えや恨むらん浜名の橋の秋の夕暮」（最勝四天王院和歌・浜名橋・三四九・具親）がある。

262

和歌所にて

朝な朝な雁が音寒み佐保山の柞色づく時は来にけり

〔校異〕○棹山の―棹山の（慶）棹山の（静）棹山の（三〈丸点左傍〉・山〈丸点右傍〉）○色つく―色つき（内）色つく（慶）○きにけり―也けり（慶）

〔現代語訳〕和歌所にて
毎朝ごとに雁の鳴く声が寒くて、佐保山の柞が色づく時はやって来たのだったな。

〔参考歌〕今朝の朝け雁が音寒み鳴くなへに野辺の浅茅ぞ色づきにける（続後撰集・秋中・三一四・聖武天皇。万葉集・巻八・秋雑歌・一五四〇、三句「聞きしなへ」）
時雨する石田の岡の柞原朝な朝なに色変はりゆく（万代集・秋下・林葉漸紅といふことを・一二〇九・匡房。江帥集・秋・九四。和歌一字抄・漸・三〇七、同・紅・四八一）
朝な朝な一葉づつ散る柞原秋も時雨のもろき色かな（内裏歌合建保二年・秋雨・三六・範宗。範宗集・二九三）

〔語釈〕○和歌所 →27。○佐保山の柞 →261。

〔補説〕「雁が音」（の寒さ）と「佐保山の柞」（の色づき）を結びつけるのは必ずしも伝統的ではない。後代の類例に、「霧立ちて柞色づく山もとの佐保の河原に渡る雁が音」（正徹千首・秋・雁・四一一。草根集・四五〇三）がある。

263

いたづらに散りや過ぎなん奥山の岩垣紅葉見る人もなし

〔校異〕ナシ

〔現代語訳〕（和歌所にて）
虚しくどんどん散っていってしまうのだろうか。奥山の岩垣の紅葉は、見る人もない。

【本歌】 奥山の岩垣紅葉散りぬべし照る日の光見る時なくて（古今集・秋下・二八二・関雄）
【参考歌】 高円の野辺の秋萩いたづらに咲きか散るらむ見る人なしに（万葉集・巻二・挽歌・二三一・金村）
【類歌】 見る人もなくて散りぬる奥山の紅葉は夜の錦なりけり（古今集・秋下・二九七・貫之）
いたづらに散りや過ぎなん梅の花盛り待たれて人は訪ひ来ず（弘長百首・春・梅・五二・為氏）
【語釈】 **○散りや過ぎなん** 「散り過ぐ」の意味は、①散りゆく、②ひどく散る、③散り果てる。①と②を重ねて解する。「や」は、疑問の係助詞。「なん」は、完了の助動詞「ぬ」の未然形に推量の助動詞「む」の連体形。**○岩垣** 山の岩石が垣根のように連なり峙った箇所。

百首御歌に

秋の色の限り（かき）と見る（み）も悲しき（かな）に何山姫の木の葉染むらん

【校異】 ○百首御歌に―百首御歌の中に（慶） ○染らん―なるらん（内） なるらん（本マ、）（高）
【現代語訳】 百首の御歌で
紅葉を秋であることを示す景色の最後と見るのも悲しいのに、なんだって山姫が木の葉を染めるのだろうか。
【本歌】 我が身にもあらぬ我が身の悲しきに心も異になりやしにけん（後撰集・雑三・一二〇〇・大輔）
裁ち縫はぬ衣着し人もなき物をなに山姫の布さらすらむ（古今集・雑上・九二六・伊勢）
【出典】 「弘長三年八月三代集詞百首」の「秋」。
【他出】 柳葉集・巻三・弘長三年八月三代集詞にて読み侍りし百首歌（四〇四～四四九）・秋・四二六。
【語釈】 **○百首御歌** →130。**○秋の色** →224。**○何** 疑問の副詞。ここは、相手（「山姫」）を詰問する気持ちを表す。

文永元年十月御百首に

秋深（ふか）くはやなり（成）にけり千葉の野（ぬ）の児（此）の手柏（かしは）の色づく見（み）れば

〔校異〕 ○御百首に―御歌に（高）○千葉の―ちえの（書）○ぬの―ぬの（野（朱）ヒ（朱））（三〈見消字中〉）○此手かしはの―此（児歟）手かしはの（松）此（この（朱）ヒ（朱））手かしはの（三〈見消字中〉）この手柏に（の（朱））（山〈「に」字中に朱点〉）

〔現代語訳〕 文永元年十月の御百首で

はや秋が深くなったのだったな。千葉の野の児の手柏が色づくのを見ると。

〔本歌〕 千葉の野（ぬ）の児の手柏のほほまれどあやにかなしみ置きてたか来ぬ（万葉集・巻二十・四三八七・大田部足人）

〔出典〕 「文永元年十月百首」の「秋」。

〔他出〕 柳葉集・巻四・文永元年十月百首歌（五六三～六二六）秋・五九〇。

〔語釈〕 **○文永元年十月御百首** →54。**○はやなりにけり** 俊恵の作（林葉集・六三九）が早いが、『新撰六帖』（五六・家良、一九二〇・真観）や『現存六帖』（七二四・為継＝宝治百首・二一〇五・為継）や『為家五社百首』（五二、二三六）等に作例があって、鎌倉前中期に少しの流行があったかに窺われる。**○千葉の野** 下総国の歌枕。現在の千葉市と習志野市の辺り一帯。**○児の手柏** 現在はヒノキ科の常緑低木を言うが、ここは、紅葉する樹木との認識であることは疑いない。何を指すかは、諸説あって未詳。本歌のそれについては、「楢の若葉の小児の手首を垂れたる状を、形容せるものとするの説優れるやうに思はる、なり」という白井光太郎『樹木和名考』昭八、内田老鶴圃の言説が、従うべき穏当な考えとされている（澤瀉久孝『萬葉集注釋』、木下正俊『萬葉集全注 巻第二十』）。

三百首の御歌に

南淵（みなふち）の細川（河）山ぞ時雨（しく）るめる檀（まゆみ）の紅葉今盛（さか）りかも

〔校異〕○みなふちの―いなふちの（書）みなおちの（三）（ぶ　万葉第七（朱））（ヒ（朱））○細河山そ―ほそ。山に（慶）（川　そイ）細川山に（青・京・静・松・三・山）○しくるめる―しめるめる（内）しつるめる（三）しつかなる（山）

〔現代語訳〕三百首の御歌で

南淵の細川山が時雨れているように見える。檀の紅葉が今盛りであろうか。

〔本歌〕南淵の細川山に立つ檀弓束巻くまで人に知らるな（万葉集・巻七・譬喩歌・一三三〇・作者未詳）

〔参考歌〕ひさかたのあまに白雲たなびくは奈良山桜今盛りかも（現存六帖・やまざくら・六一六・真観）

〔出典〕宗尊親王三百首・秋・一六二。為家評詞「山名、やさしからず候ふにや」。合点、基家・家良・行家・光俊・帥。

〔他出〕歌枕名寄・巻十・大和国五・細川山・檀紅葉・二九七三、三句「しぐるなる」。『井蛙抄』の「耳遠き名所」の項に、「中務卿親王文応三百首に」として引く一四首の中に、為家評詞と共に見える（三〇二）。

〔語釈〕○三百首の御歌　→1。○南淵　奈良県高市郡明日香村稲淵の一帯、飛鳥川の上流域。○細川山　奈良県高市郡明日香村岡寺の東方、飛鳥川の支流細川に臨む山。標高五二三メートル。○檀　にしきぎ科の落葉低木で、山野に多く自生。木質が緻密で弾力性に富むので古代から弓材に用いられて、「真弓」の名がある。紅葉が美しい。○かも　「紅葉」をもたらすのが「時雨」でかつそれも「時雨るめる」と推量であり、「紅葉」の「盛り」を間接的に想起させているので、疑問に解した。

鳴く鹿の声聞く・ときの山里を紅葉踏み分け・訪ふ人もがな（哉）

〔校異〕○山さとを―山さとを（ノイ）（松）○人もかな―人もなし（高）人もかな（なしイ）（松）

〔現代語訳〕（三百首の御歌で）

鳴く鹿の声を聞いているときの山里を、紅葉を踏み分けて訪れる人があってほしいよ。

〔本歌〕 奥山に紅葉踏み分け鳴く鹿の声聞く時ぞ秋は悲しき（古今集・秋上・二一五・読人不知）

〔参考歌〕 霜さゆる庭の木の葉を踏み分けて月は見るやと訪ふ人もがな（千載集・雑上・一〇〇九・西行）

花も枯れ紅葉も散らぬ山里は寂しさをまたとふ人もがな（山家集・冬・冬歌十首・五五七。西行法師家集・冬・冬の歌どもよみ侍りしに・三〇一）

夕されば松風寒し山里の秋のあはれをとふ人もがな（後葉集・秋下・一九三・為業〈寂念〉。治承三十六人歌合・松風・九六）

〔出典〕 宗尊親王三百首・秋・一六四。基家評詞「本歌の面影、殊以無レ術候」。合点、為家・基家・家良・行家・光俊・帥。

〔補説〕 本歌の「紅葉踏み分け」を、人（詠作主体）の動作と見るか、鹿の動作と見るか、両説がある。該歌に「訪ふ人もがな」とあるからといっても、本歌の句の活かし方はまちまちであろうから、直ちに宗尊が人説に立っていたと言うことはできない。

奉らせ給ひし百首に、紅葉を

うらぶれて我のみぞ見る山里の紅葉あはれと訪ふ人はなし

〔校異〕 ○給し―給せし（静） ○紅葉を―紅葉（書） ○うらふれて―う丶ふれて（松） かくふれて（三） かくふれて（山） ○我のみそ―我のみか（京・静・三・山） 我のみる（松） ○問―思ふ（京・静・三） 思ふ（松） 思ふ（山〈「思」字中に朱点〉） ○人は―人も（高・青・京・静・松・三・山・神・群） 人も（慶） ＊上欄に朱で「かくふれて」とあり（三）

〔現代語訳〕（後嵯峨院に）お奉らせになられた百首で、紅葉を
うちしおれて私一人だけが見るこの山里の紅葉を、しみじみと趣深いと、訪れる人はない。

〔本歌〕秋山に黄葉あはれとうらぶれていほりにし妹は待てど来まさぬ（万葉集・巻七・挽歌・一四〇九・作者未詳）
秋は来ぬ紅葉は宿に降りしきぬ道踏み分けて訪ふ人はなし（古今集・秋下・二八七・読人不知）

〔影響歌〕心ざし深き山路の時雨かな染むる紅葉も我のみぞ見る（李花集・秋・山里に侍りける比、紅葉を見て・三六六）

〔出典〕「弘長二年冬弘長百首題百首」の「紅葉」題。

〔他出〕柳葉集・巻二・弘長二年院より人人に召されし百首歌の題にて読みて奉りし（一四四～二二八）・秋・紅葉・一八五。

〔語釈〕**○奉らせ給ひし百首**　↓6。**○うらぶれて**　本歌の詞を取る。「うらぶる」は、悲しみに思い沈む、あるいはその境遇に沈淪する意。『八雲御抄』（巻四・言語部）の「うらぶれ」の項に、「公任卿説に曰く、物思ひ苦しげなる也。草木もただ同じ事也。うち乱る〈異文「恨みたる」〉よし也。たとへば、思苦也。万葉に、君恋ふとしなえうらぶれ我が居れば、と云ふ。何も物思ふと云ふ心也と在〻古語〻」とある。「君恋ふと」の歌は、「君に恋ひしなえうらぶれ我が居れば秋風吹きて月傾きぬ」（万葉集・巻十・秋相聞・寄月・二二九八・作者未詳）のこと。**○訪ふ人はなし**　異文の「訪ふ人もなし」も、『万葉集』『古今集』以来の伝統的措辞で、むしろ作例は多い。古今読人不知歌を本歌に取ったと見て、底本の本文を尊重する。

〔補説〕256からここまでが紅葉歌群。

文永元年十月御百首に

鹿の鳴く有明の夜の山おろしに木の葉時雨れて月ぞ残れる

〔校異〕 ○御百首に―御歌に（高） ○山おろしに―山おろし（神・群）

〔現代語訳〕 文永元年十月の御百首で

鹿が鳴く有明の夜の山おろしの風に、木の葉は時雨のように降って、ただ月が空に残っている。

〔参考歌〕 時鳥鳴きつるかたをながむればただ有明の月ぞ残れる（千載集・夏・一六一・実定）

山深き秋の夕べを来て見れば木の葉時雨れて鹿ぞ鳴くなる（内裏百番歌合 建保四年・秋・九八・行能。万代集・秋下・一〇九〇）

〔出典〕 「文永元年十月百首」の「秋」。

〔他出〕 柳葉集・巻四・文永元年十月百首歌（五六三〜六二六）・秋・五九一。

〔語釈〕 **○文永元年十月御百首** ↓54。 **○有明の夜** 「有明」は、陰暦二十日頃以降の月が明け方近くに残る頃、あるいはその月、の意味で用いられることがほとんどで、あえてその「夜」を言うことは珍しい。宗尊は他に、「長月の有明の夜もまだ深しあはれしばしの情けともがな」（竹風抄・巻一・文永三年十月五百首歌・留人・一六二）とも詠んでいる。 **○山おろし** 山から吹き下ろす強い風。「有明」との詠み併せの先例には、雅経の「山おろしに世の憂きよりは空晴れてすみよきものと有明の月」（明日香井集・雑・山家・一五七〇）や家隆の「神無月有明の月の山おろしに霜置きながら散る紅葉かな」（壬二集・為家卿家百首・冬・一二九三）がある。 **○木の葉時雨れて** 木の葉が時雨のごとく降るとの比喩表現。「神な月時雨とともに神奈備の杜の木の葉は降りにこそ降れ」（後撰集・冬・四五一・読人不知）を初めとした、「木の葉散る宿は聞き分くことぞなき時雨する夜も時雨せぬ夜も」（後拾遺集・冬・落葉如雨といふ心をよめる・三八二・源頼実）や「名残なく時雨の空は晴れぬれどまだ降るものは木の葉なりけり」（詞花集・秋・雨後落葉といふことをよめる・一三五・俊頼）等の「時雨」と「木の葉」を対比した歌に拠りながら、「君恋ふる涙時雨と降りぬればしのぶの山も色づきにけり」（千載集・恋一・六九〇・成仲）の「涙時雨と降り」等からの影響もあってか、中世初頭に生み出された表現と思しい。勅撰集では、『新勅撰集』の「しのぶ山木の葉時雨るる下草にあらはれにける露の色かな」（雑四・一三一七・寂延法師）が初見で、『続後撰集』の「絶えてやは人をも身をも恨むべき木の葉時雨るる秋の山里」（雑上・一〇七九・光西法師）が続く。これについては既に、小井土守敏「「木の葉時雨るる」小考」（『昭和学院国語国文』三六、平一五・三）が、286番歌の「木の葉時雨るる」と共に該歌の「木の葉時雨れて」を挙げて、（前者につき）「「時雨る」は、言うまでもなく「木の葉」が「時雨れ」ているのであり、それは、「木の葉」が「散る、降る」と解釈すべき語なのである」と言い、（後者につき）「この時代に定着しつつあった「時雨る」の新しい用法、木の葉が「散る、降る」の意として、このことばを用いているのである」と指摘している。

【補説】主題は、落葉。前歌と「葉」の縁、後歌と「月」の縁で結び、「紅葉」歌群と「暮秋」「九月尽」の巻末歌群を連繋。

暮秋の心を

月をのみながめし程に古郷の浅茅が末に秋ぞなりぬる

【校異】○詞書・和歌―ナシ（青・京・静・松・三・山）○末に―□末〈判読不能〉に（神）○なりぬる―くれぬる（書）

【現代語訳】暮秋の趣意を

月だけをながめてきた間に、ここは故郷の浅茅が生い茂った果ての様になり、秋は季節の終わりになってしまった。

〔本歌〕 ものをのみ思ひしほどにはかなくて浅茅が末に世はなりにけり（後拾遺集・雑三・一〇〇七・和泉式部）
〔参考歌〕 故郷は浅茅が末になりはてて月に残れる人の面影（新古今集・雑中・一六八一・良経）
〔語釈〕 **○浅茅が末に秋ぞなりぬる** 「浅茅が末に（なりぬる）」から「末に」を掛詞として「末に秋ぞなりなる」に鎖ると見る。
〔補説〕 主題は、暮秋。

人々によませさせ給ひし百首に

神奈備（なび）の森までとてや送（をく）らまし人遣（や）りならぬ秋の別れを

〔校異〕 ○よませさせ―よまさせ（慶）よませ（山） ○神なひの―神なみの（書）神南の（慶）
〔現代語訳〕 人々にお詠ませになられた百首で
せめて神奈備の森までということで送りましょうか。人がさせるのではない、自分から去りゆく秋との別れを。
〔参考歌〕 世にも知らぬ秋の別れにうち添へて人遣りならずものぞかなしき（千載集・恋五・九月晦日、女につかはしける・九四九・通親）
おのづから行き憂しとても帰らなん人遣りならぬ秋の別れ路（為家五社百首・秋・九月人・石清水・三八〇）
神奈備の森のあたりに宿は借れ暮れゆく秋もさぞとまるらむ（新勅撰集・羇旅・五一六・長家）
〔出典〕 「弘長元年中務卿宗尊親王家百首」の「秋」。
〔他出〕 柳葉集・巻一・弘長元年九月人人によませ侍りし百首歌（六九～一四三）・秋・一〇八。
〔語釈〕 **○人々によませさせ給ひし百首** ↓2。 **○神奈備の森** かむなび（「かみなび」とも）のもり。大和国の歌枕。摂津国とも。→補説。

【補説】「かみなび（かむなび）」は「神の辺」の意で、本来は普通名詞であったが、平安時代以降「竜田川紅葉葉流る神奈備の三室の山に時雨ふるらし」（古今集・秋下・読人不知・二八四）を踏まえ、現在の奈良県斑鳩町にある竜田川近辺の森や山を指すことが多くなった。そこから「竜田山」や「三室山」に掛かる枕詞のように用いられ、さらにこの山々を「神奈備山」と称するようにもなった。そもそも奈良京より西に位置していて、紅葉と共に詠まれることが多く、「神奈備の山を過ぎ行く秋なれば竜田河にぞぬさはたむくる」（同上・三〇〇・深養父）が与ってか、秋が留まるあるいは過ぎゆく場所との通念が生まれていく。一方、参考歌の為家詠の本歌「人遣りの道ならなくに大方は行き憂しといひていざ帰りなむ」（古今集・離別・三八八・実）の詞書は、「山崎より神奈備の森まで送りに、人々まかりて、帰りがてにして別れ惜しみけるに、よめる」で、この「神奈備の森」は、山城と摂津国境辺りの地を指すのであろう。参考歌の長家歌も、有馬温泉に向かう途次の作であり、この山崎近くの「神奈備の森」を詠んでいる。それでも、秋の過ぎ行く場所の通念は共有されていよう。

主題は、次歌とともに九月尽。

九月尽の夜、村雨したる、を題にて、男（おのこ）ども歌よみ侍りける次に

空もなほ（を）秋の別れや惜（お）しむらん涙に似たる夜半のむら雨

【校異】○夜―日（山）○村雨―村雨（時）村本（朱）（山〈「村」字中に朱点〉）○題にて―題にして（内・高）題にて（しイ）（慶）○おのこと歌―をのこ（青）○空も―空に（慶）○涙に、たる―涙に、たる（にカ（朱））（三）涙ことたる（山）＊歌頭に「続古」の集付あり（底・内・慶）

【現代語訳】九月尽日の夜に、村雨したる、を題として、男達が歌を詠みましたついでに

空もやはり私と同じように秋との別れを惜しんでいるのであろうか。私の涙に似ている、この夜半の俄雨よ。

〔参考歌〕もろともになきてとどめよ蟋蟀秋の別れは惜しくやはあらぬ（古今集・離別・三八五・兼茂）
待ちかぬる涙に似たる夕暮の空かきくもる雨は降りつつ（宝治百首・恋・寄雨恋・二五〇三・為継）

〔他出〕続古今集・秋下・九月尽夜、雨のふり侍りければ・五四〇（秋下巻軸歌）。

〔語釈〕**○男ども**　出仕の男達。和歌所の結番の衆人か。↓27、61。**○涙に似たる**　西行の「わび人の涙に似たる桜かな風身にしめばまづこぼれつつ」（山家集・雑・一〇三五。西行法師家集・雑・五六六。万代集・春下・三五二）が早い例。宗尊も、これに倣った可能性があろう。

〔補説〕以上、秋歌上下の部を通じて、全体には春上下・夏・冬の部に比しては、本歌・参考歌に直接に依拠していない歌で、かつ自身の心情を吐露する新鮮な表現の歌がやや多い感がある。一般に秋の歌が哀れさの述懐への傾きを見せがちなことも与っているのであろうが、『正徹物語』に「宗尊親王は四季の歌にも、良もすれば述懐を詠み給ひしを難に申しける也。物哀れの体は歌人の必定する所也。此の体は好みて詠まば、さこそあらんずれども、生得の口つきにてある也」と評される、宗尊の詠風の特徴が特に顕れたということができるであろう。

瓊玉和歌集巻第六

冬歌

273

三百首御歌の中に

時は今は冬になりぬと時雨るめり遠き山辺に雲のかかれる

〔校異〕〇いまは—いま（内・高・慶・神・群）今は（山）〇しくるめり—しくるめり（慶）しつるめり（三〈朱丸点左傍〉・山〈朱丸点右傍〉）〇かゝれる—かゝれる（松）かをる（山）

〔現代語訳〕三百首の御歌の中で

時節は今は冬になったと、時雨れているようだ。遠い山辺に雲がかかっている。

〔本歌〕時は今は春になりぬとみ雪降る遠き山辺に霞たなびく（新古今集・春上・九・読人不知。原歌万葉集・巻八・春雑歌・一四三九・中臣武良自）

〔参考歌〕雲かかる遠山もとは時雨るめり行きてや見まし紅葉しぬらん（秋風抄・秋・一一九・為氏。秋風集・秋下・四一八）

〔出典〕宗尊親王三百首・冬・一七一。基家評詞「已上四首、尤宜歟」（一七一〜一七四）。合点、為家・基家・家良・行家・光俊・帥。

〔語釈〕〇三百首御歌 →1。

〔補説〕 主題は立冬。また、大づかみには、ここから285までは時雨歌群でもある。

274

初冬の心を

干(ほ)しあへぬ秋の涙を飽(あ)かずとや袖に時雨(しく)れて冬の来(き)ぬらん

〔校異〕 ナシ

〔現代語訳〕 初冬の趣意を

まだ乾かしきれない秋の涙を、それでは十分ではないとばかり、袖に涙のような時雨が降って、冬がやって来たのだろうか。

〔参考歌〕 いつしかと袖に時雨のそそくかな思ひは冬の初めならねど（千載集・恋一・六九二・賀茂重延）

うちなびく草葉にもろき露の間も涙干しあへぬ袖の秋風（水無瀬恋十五首歌合・寄風恋・一四二・有家、若宮撰歌合・一六。水無瀬桜宮十五番歌合・一六）

〔類歌〕 時分かぬ老の涙の袖の上に今ぞ時雨れて冬は来にける（為家集・冬・同〈文永〉二年十月十日月次三首・八一八）

〔影響歌〕 行く秋を慕ひし袖の涙より時雨れ初めてや冬の来ぬらん（玉葉集・雑一・二〇三三・久時）

〔語釈〕 **○秋の涙**　定家や慈円やあるいは讃岐や俊成女などの新古今歌人が用い始めた語。**○袖に時雨れて**　袖に涙が落ちるさまを時雨が降ることに喩える。

〔補説〕 主題は、次歌と共に初冬。惜秋の趣を涙の比喩「時雨」で詠じて冬の到来を表わし、次歌も「時雨」を詠じており、その縁で冬巻頭の273と276からの時雨を主題とする歌群とを連繋。

影響歌と見た一首の作者久時は、北条氏赤橋義宗男。文永九年（一二七二）生、徳治二年（一三〇七）十一月二十八日没、三十六歳。従五位上、武蔵守。六波羅探題北方、評定衆。

275

秋の空いかにながめし名残とて今朝も時雨の袖濡（ぬ）らすらん（覧）

〔校異〕○今朝も―けふも（書）けにも（高）

〔現代語訳〕（初冬の趣意を）秋の空を一体どのように物思いしてながめた名残というので、冬になった今朝も（秋の涙のように）時雨が袖を濡らすのだろうか。

〔参考歌〕夜もすがらながめてだにも慰めむ明けて見るべき秋の空かは（後拾遺集・秋下・九月晦夜よみはべりける・三七六・兼長）

〔類歌〕もの思ふ秋より冬の露時雨涙休むる袖の間もなし（伏見院御集　冬部・冬・七六）

〔他出〕新後拾遺集・雑秋・同じ（時雨）心を・七七二。

〔語釈〕○時雨　該歌が前歌と同じ趣向だと見れば、涙の比喩に解することもできる。しかしここは、宗尊の別の類歌「冬来ぬと言はぬを知るも我が袖の涙にまがふ時雨なりけり」（続古今集・冬・五四六）に照らして、（涙のように降る）実際の時雨に解するべきであろう。

276

人々によませさせ給ひし百首に

須磨（すま）の海人（あま）の潮垂（しほた）れ衣冬のきていとゞ干（ひ）がたく降（ふ）る時雨かな（哉）

〔校異〕○よませさせ―よまさせ（慶）　○しほたれ衣―しほたれ衣も（青・三・山）

〔現代語訳〕人々にお詠ませになられた百首で

須磨の海人の潮水が垂れる衣を着て、ではないが、そのように涙に濡れてしょんぼりして冬が来て、より一層衣を乾かすことができずに降る時雨であることよ。

〔参考歌〕　須磨の海人の塩焼き衣筬を粗み間遠にあれや君が来まさぬ（古今集・恋五・七五八・読人不知）
　須磨の海人の潮垂れ衣干しやらでさながら宿す秋の夜の月（続後撰集・秋中・三五〇・源俊平）

〔享受歌〕　昨日まで露にしほれし我が袖のいとどひがたく降る時雨かな（李花集・冬・物思ひ侍りし比、冬のはじめをよめる・三九一）

〔出典〕　「弘長元年中務卿宗尊親王家百首」の「冬」。

〔他出〕　柳葉集・巻一・弘長元年九月人人によませ侍りし百首歌（六九〜一四三）・冬・一〇九。

〔語釈〕　**○人々によませさせ給ひし百首**　→2。**○須磨の海人の潮垂れ衣**　『古今六帖』の「なれゆけばうけめよるよる須磨の海人の潮垂れ衣間遠なるらん」（第五・しほやきごろも・三二八八）の例が早い。その後、俊恵に「五月雨は降るとも出でん須磨の海人の潮垂れ衣我に貸さなん」（林葉集・夏・旅泊五月雨歌林苑・二七六）の作例があるが、多くは鎌倉時代以降の作。「須磨」は、摂津国の歌枕。現在の兵庫県神戸市須磨区の海岸部。「潮垂れ」は、海の塩水に濡れて着物から雫が落ちるほどぐっしょりしている意。意気消沈して衣が涙に濡れていることを暗喩。**○冬のきて**　二句までが有意の序で「着て」を起こし、「来て」を掛ける。「白妙の衣干すてふ夏のきて垣根もたわにさける卯の花」（拾遺愚草・詠花鳥和歌・四月卯花・一九八七）や「明日よりは蟬の羽衣夏のきて花の袂をなほや偲ばん」（洞院摂政家百首・春・暮春・二五〇・成実）、あるいは「磯菜摘む海人のさ衣春のきて間遠に霞む浦の浜松」（為家千首・春・五一）などの、「夏のきて」あるいは「春のきて」が先行する。これらに倣うか。**○いとど干がたく**　新奇な句。「干」は、乾かすの意に、「須磨」「海人」「潮垂れ」の縁で潮が引く意が響く。

〔補説〕　主題は、ここから285まで時雨。

秋よりも音ぞさびしき神無月あらぬ時雨や降りかはるらん

〔校異〕○秋よりも―秋のりも（山〈「の」字中に朱点〉）　○さひしき―す、しき（書）　○あらぬ―あかぬ（慶）　○ふり―吹（慶）

〔現代語訳〕（人々にお詠ませになられた百首で）

秋よりも、その音が寂しい、冬の初め神無月よ。秋の意外な木の葉の時雨が、本当の時雨に変わって降っているのだろうか。

〔参考歌〕竜田山ゆふつけ鳥の鳴く声にあらぬ時雨の色ぞ聞こゆる（拾遺愚草・秋・内裏秋十首・一三七二）

〔類歌〕秋よりもしげく時雨の音づるる冬の寝覚めはなどかさびしき（逍遊集〈貞徳〉・山沢検校会に、初冬暁・三〇三〇）

〔出典〕「弘長元年中務卿宗尊親王家百首」の「冬」。↓2。

〔他出〕柳葉集・巻一・弘長元年九月人人によませ侍りし百首歌（六九～一四三）・冬・一一〇。新後拾遺集・冬・初冬の心を・四五九（冬巻頭歌）。題林愚抄・冬上・初冬・四九〇二。

〔語釈〕○あらぬ時雨　あり得ない時雨。実際の時雨ではないが、時雨のようにとりなせるものを言うか。類似して、例えば、「荻原や夜半に秋風露吹けばあらぬ玉散る床のさ筵」（三体和歌・旅・九・良経。秋篠月清集・一五四〇）の「あらぬ玉」は、涙を言ったものであろう。↓補説。

〔補説〕「時雨」は、万葉では秋のものでもあったが、平安時代になると冬に重点を移して、次第に固定する。従って、鎌倉中期の「守り明かす秋の山田のかり庵に音もさびしく降る時雨かな」（宝治百首・雑・田家雨・三七五七・下野）は、むしろ希な例と言える。「あらぬ時雨」を、意外な時期に降る時雨の意に解すれば、あるいは宗尊は、この歌を意識したかとも疑われなくもない。しかし、「あらぬ時雨」は、実際の時雨ではなく、時雨のように聞こえる別のものを言ったと見るべきであろう。「木の葉散る宿は聞き分くことぞなき時雨する夜も時雨せぬ夜も」（後拾遺集・冬・三八二・頼実）以来、「木の葉」と「時雨」の音をよそえる歌は多く、「まばらなる真木の板屋に音はして洩らぬ時雨や木の葉なるらむ」（千載集・冬・四〇四・俊成）などと詠まれている。これらの「木の葉」即ち落葉は冬であるが、落葉自体は秋にもよまれることは言うまでもなく、それを「時雨」に見立てる歌も散見する。「涙のみ木の葉時雨と降りはてて憂き身を秋のいふかひもなし」（拾遺愚草・秋・三宮より十五首歌めされし、秋歌・二三一三）や「山深き秋の夕べを来てみれば木の葉時雨れて鹿ぞ鳴くなる」（内裏百番歌合建保四年・秋・九八・行能。万代集・秋下・一〇九〇）と詠まれているとおりである（ただし、前者の「木の葉時雨」は「木の葉」と「時雨」の並列にも解し得る）。従って、この「あらぬ時雨」は、秋の落葉を言ったものと解しておく。なお、定家の「朝夕の音は時雨のなら柴にいつ降りかはる霰なるらん」（拾遺愚草・二見浦百首・冬・一五七。定家卿百番自歌合・八五）や良経の「時雨より霰にかはる真木の屋の音せぬ雪ぞ今朝はさびしき」（正治初度百首・冬・四六八・良経。秋篠月清集・七六四）の例から、「あらぬ時雨」を「霰」と見ることもでき、宗尊がこの両首の措辞や発想に学ぶところがあった可能性はあろうが、該歌では「あらぬ時雨」は「降りかはる」の主語であるので、「時雨」より遅い「霰」を指すとは考えられない。本集でも霰の歌は、この後303に位置しているのである。

時雨を

風早（はや）み浮（う）きたる雲の行き返（かへ）り空にのみして降（ふ）る時雨かな（哉）

〔校異〕 〇風はやみ―風か（は（朱））や（ヒ（朱））み（三）　風は歇（やみ）（早（朱））（山）　＊歌頭に「続古」の集付あり（底・内・慶・京・静・松・群）

〔現代語訳〕 時雨を

風が早くて、浮いている雲が行ったり返ったりする、この空にばかりで降っている時雨であることよ。

〔本歌〕 行き返り空にのみしてふることは我がゐる山の風早みなり（古今集・恋五・七八五・業平）

〔参考歌〕 行き返りこれや時雨のめぐる雲またかきくらす遠山の空（千五百番歌合・冬一・一七六九・雅経）

中空に浮きたる雲のいづくより風にまかせて時雨れ来ぬらん（宗尊親王百五十番歌合弘長元年・冬・一九四・基隆）

〔影響歌〕　山高み空にのみして吹く風の目に見ぬかたに行く時雨かな（亀山殿七百首・冬・風前時雨・三六五・為藤）

〔出典〕　「文永元年六月十七日庚申宗尊親王百番自歌合」（仮称。散佚）の「時雨」題。↓24。

〔他出〕　柳葉集・巻四・文永元年六月十七日庚申に自らの歌を百番ひに合はせ侍るとて（四五〇～五六二）・時雨・五〇五。続古今集・冬・時雨といふことを・五八七。

〔語釈〕　○風早み　「行き返り」と「空にのみして降る」にかかる。○行き返り　雲について言うのは「天雲の行き返りなむものゆゑに思ひそ吾がする別れ悲しみ」（万葉集・巻十九・四二四二・藤原仲麻呂か）が原拠。

〔補説〕　強風に流れ乱れる雲から降る時雨が、風に吹き散らされている様を詠むか。

なお、参考歌の基隆詠は、「中空に浮きたる雲の果てもなく行へ知らずも恋ひ渡るかな」（宝治百首・恋・寄雲恋・二四六〇・為氏）に拠るか。

〔校異〕　○くもりの―しくれの（書）（くもま歟）　○たひ〱に―たえ〱に（書・内・高）たひ〱と（慶）（に）　○まかせて―度々（山〈「度々」各字中に朱点〉）（まかせて）

〔現代語訳〕（時雨を）

定まらぬ冬の曇りのたびたびに風にまかせて降る時雨かな

一定ではない冬の曇り空のたび毎に、風まかせにして降る時雨であることよ。

〔参考歌〕　晴れ曇り峰定まらぬ白雲は風にあまぎる桜なりけり（秋篠月清集・春・一〇四八）

むら雲や風にまかせて飛ぶ鳥の明日香の里はうち時雨れつつ（拾遺愚草・冬・承元四年十月、家長朝臣日吉

社にて講ずべきよし申しし歌、故郷時雨・二四〇七）

〔類歌〕 中空に浮きたる雲のいづくより風にまかせて時雨れ来ぬらん（宗尊親王百五十番歌合弘長元年・冬・一九四・基隆）

〔他出〕 出光美術館蔵『墨宝』所収「伝世尊寺行尹筆巻物切」（散佚宗尊親王集か）に、詞書「時雨」、二・三句「ゆふべの雲のたえ〲に」で見える。後ろに、「述懐／なべてみなよはうき物といへどもまことにすつる人ぞすくなき」が続く。↓解説。

〔語釈〕 **○風にまかせて** 『古今集』に「紅葉葉を風にまかせて見るよりもはかなきものは命なりけり」（古今集・哀傷・八五九・千里）があるが、「降る」について言うのは貫之の「木の間より風にまかせて降る雪を春来るまでは花かとぞ見る」（貫之集・一〇四）が原拠。「時雨」との詠み併せは、『正治初度百首』の「木の葉散り時雨もきほふ山路かな分け行く末は風にまかせて」（正治初度百首・秋・紅葉・三四〇・具親）が早く、参考歌の定家詠が続く。

〔補説〕 風が吹いて一定ではなく晴れたり曇ったりする冬空の様子と、その風に吹き乱されながら降る時雨を歌う。

類歌に挙げた弘長元年（一二六一）七月七日の『宗尊親王百五十番歌合弘長元年』の基隆詠は、278の場合、それよりも先行するので参考歌とした。該歌の詠作時期は未詳で、基隆詠との先後は不明なので、類歌とした。

朝時雨といふことを

さならでも起き憂き袖はかわかぬを朝の床に漏る時雨かな

〔校異〕 ○かはかぬを―かはかぬに（高） ○もる―ふる（書） ＊「かはかぬを」の「を」の下右傍に「落」とあり（松）

〔現代語訳〕 朝の時雨ということを

そうでなくても、（夜の夢に恋人と逢った朝の）起き煩う涙の袖は乾かないのに、この朝の床に漏れてくる時雨で
あることよ（さらに袖は乾くことはない）。

〔本歌〕さならでも寝られぬものをいとどしくつき驚かす鐘の音かな（後拾遺集・誹諧歌・一二一一・和泉式部）
はかなくて夢にも人を見つる夜は朝の床ぞ起き憂かりける（古今集・恋二・五七五・素性）

〔参考歌〕旅の空なれぬ埴生の夜の床侘しきまでに洩る時雨かな（金槐集定家所伝本・旅・旅宿の時雨・五二六）

〔語釈〕**○かわかぬを**　「かわかぬに」は『拾遺集』（三七七・輔相、一二四六・恵慶）『後拾遺集』（六〇〇・義孝歌）に見えて、その後の用例も相当数あるのに比して、「かわかぬを」は希少。為家に「おしなべて旅行く袖はかわかぬをうたて色なるわが涙かな」（為家五社百首・旅の恋・住吉社・五三八）の作例がある。

和歌所にて、男ども結番歌よみける次に

神無月時雨ずとても山里の夜半の寝覚めはえやは忍ばむ

〔校異〕○よみける―よみ侍ける（書）　○忍はむ―しのはん（松〈本行の「は」の字変形。見消字中〉）

〔現代語訳〕和歌所にて、出仕の男達が結番歌を詠んだついでに

神無月冬十月、たとえ時雨れていないにしても、山里の夜中に目覚めるのは、堪え忍ぶことなどできようか（とてもできない）。

〔参考歌〕神無月夜半の時雨にことよせて片敷く袖を干しぞわづらふ（後拾遺集・恋四・八一六・相模）
紅葉散る夜半の寝覚めの山里は時雨も風も分きぞかねける（秋風集・冬上・四五七・匡房。江帥集・冬・一二八、結句「わきぞかねぬる」。匡房集・冬・時雨・七七、結句「わきぞかねつる」）
さびしさはみ山の奥の神無月時雨れぬ夜半も木枯らしの風（千五百番歌合・冬一・一七二一・忠良）

〔影響歌〕 神無月時雨ずとても暁の寝覚めは袖のかわくものかは（隣女集・巻一正元年中・冬・八八。新後撰集・冬・四四五・雅有）

〔語釈〕 ○和歌所 →27。○結番歌 →27。○寝覚め 寝ていまだ夜なのに目が覚めること。○えやは忍ばむ 「え」は副詞で、うまく・十分に（できる）の意。「やは」は係助詞で、反語。よく堪え忍ぶことができようか、いやできない。『新古今集』の「鳴く声をえやは忍ばぬ時鳥初卯の花の陰に隠れて」（夏・一九〇・人麿）から派生か。道助法親王主催で嘉禄元年（一二二五）四月に行われた歌会と推定されている『詠十首和歌』で、この『新古今集』歌を踏まえて「聞く人もえやは忍ばむ時鳥誰まつ山の夕暮の声」（夕郭公・四三・有杲）と詠まれている。『寂身法師集』の「詠四十八首和歌　宝治二年七月日或所勧進」という一首にも「誰ゆゑと涙の袖のしるからば濡るるが上もえやは忍ばん」（忍恋・五九三）と見える。

〔補説〕 時雨ていないとも、時雨れているとも解されるが、本集では時雨歌群の一首として配されているので、後者に解しておく。

百首御歌中に

袖濡らす涙の程も見えなまし時雨れぬ夜半の寝覚めなりせば

〔校異〕 ナシ

〔現代語訳〕 百首の御歌の中で

袖を濡らす涙の程度も見えるであろうに。もしも時雨れていない夜中の目覚めであったのならば。

〔参考歌〕 月清み時雨ぬ夜半の寝覚めにも窓うつものは庭の松風（秋篠月清集・十題百首・木部・二四五）誰かまた真木の板屋に寝覚めして時雨の音に袖濡らすらん（続後撰集・冬・四六九・寂然）

【出典】「弘長二年十一月百首」の「時雨」題。

【他出】柳葉集・巻二・弘長二年十一月百首歌（二二九～二九六）・時雨・二六八。

【語釈】**○百首御歌** →23。**○涙の程** 涙の程度、様子。平安時代から用いられているが、勅撰集では『新勅撰集』の「むばたまの夜はすがらにしきしのぶ涙の程を知る人もなし」（雑五・物名・からにしきをよみ侍りける・一三六二・頼政）が初例。宗尊は後に、「これをみて涙の程は人も見よ露も払はぬ庭の芝草」（竹風抄・巻一・文永三年十月五百首歌・芝・一九四）とも詠んでいる。

【補説】ただでさえ夜中に目覚めた寂しさに袖を濡らす涙、その程度が、降る時雨も加わって、ますます濡れて、分からないほどになっている、つまり、よりぐっしょりと袖が濡れているということ。

男ども、題を探りて歌よみ侍りけるに、時雨を

身に知れば時雨るる雲ぞあはれなる空も憂き世や悲しかるらん

【校異】○よみ侍りけるに―よみけるに（慶・青・京・静・松・三・山・神・群） ○空も―雲も（慶）冬も（三） ○うき世や―浮世や（内）〈参考〉

【現代語訳】出仕の男達が、題を探って歌をよみました折に、時雨を

身につまされてよく分かるので、（私が涙を流すように）時雨を降らせている雲が、しみじみとあわれであるよ。空も憂く辛い世の中が、悲しいのであろうか。

【参考歌】五月雨にあらぬ今日さへ晴れせぬは空も悲しきことや知るらん（後拾遺集・哀傷・五六二・周防内侍）

身に知れば夜鳴く虫ぞあはれなる憂き世を秋の長き思ひに（続後撰集・秋中・三七九・忠良。万代集・秋下・一一五三）

かきくらし時雨るる雲に風さえて更け行く空はあはれなりけり（正治初度百首・冬・七六九・忠良）

ながめ侘び我が身世にふる夕時雨曇りな果てそ空も憂き比（北野宮歌合元久元年十一月・時雨・四・雅経）

〔語釈〕**○男ども、題を探りて歌よみ侍りけるに**　探題歌会を言う。和歌所の催しか。↓61。**○身に知れば**　↓41。**○憂き**　「雲」の縁で「浮き」が響くか。

284

奉らせ給ひし百首に

柞散(はゝそち)る石(岩)田の小野(をのゝ)の木枯らしに山路時雨(しく)れてかか(ゝ)る村雲

〔校異〕○はゝそ—柞(柞)（松）柞(本ノ)（三〈本行「柞」字中に朱「ヒ」で見消〉）杉（山）　○岩田の—いかたの(は歟)（高）　○かゝる—かたる（京・静）かたる(かゝるイ 作歟)（松）かたる(本ノ かゝるカ(朱))（三）　○村雲—しらくも（書）　＊歌頭に「続古」の集付あり（底）　＊左注「万葉九　岩田のもりの柞原」（三〈朱〉・山）

〔現代語訳〕（後嵯峨院に）お奉りになられた百首で

柞が散る石田の小野を吹く木枯らしに、山路は時雨れて、群雲がかかっているよ。

〔本歌〕山城の石田の小野の柞原見つつや君が山路越ゆらむ（新古今集・雑中・一五八九・宇合。原歌万葉集・巻九・雑歌・一七三〇・宇合、初句「山科の」）

〔参考歌〕今日ははや冬と告ぐなり柞原石田の小野の木枯らしの風（秋風抄・冬・一三三・行家）

〔出典〕「弘長二年冬弘長百首題百首」の「時雨」題。

〔他出〕柳葉集・巻二・弘長二年院より人人に召されし百首歌の題にて読みて奉りし（二四四〜三二八）・冬・時雨・一八八。続古今集・冬・百首歌中に、時雨を・五七七。歌枕名寄・巻一・山階・石田小野・二七〇。題林愚抄・冬上・時雨・四九三六。

〔**語釈**〕**○奉らせ給ひし百首** →6。**○作** →261。**○石田の小野** いはたのをの。山城国の歌枕。現在の京都市伏見区石田の辺りの野という。「石田の杜」も詠まれる。**○かかる村雲** 「袖濡らす時雨なりけり神無月生駒の山にかかる村雲」（新勅撰集・冬・三八二・師賢）に倣うか。

〔**補説**〕同じ歌を本歌にした304が、「山城の石田の小野」としているので、ここも万葉ではなく新古今の形で掲出した。

和歌所にて

時雨こそ晴(は)れずもあらめ木の葉(は)さへ劣(をと)らじと降(ふ)る神無(な)月かな(哉)

〔**校異**〕ナシ

〔**現代語訳**〕和歌所にて

時雨は、まったく晴れないでありましょう。木の葉までが、時雨に劣るまいと降る、この神無月であることよ。

〔**参考歌**〕名残なく時雨の空は晴れぬれどまだ降るものは木の葉なりけり（詞花集・秋・雨後落葉といふことをよめる・一三五・俊頼）

神無月染めこし山の木の葉さへはては時雨に降りぞ添ひぬる（新撰六帖・第一・神な月・一七六・家良）

〔**類歌**〕神無月木の葉のもろき夕暮に劣らじと降る我が涙かな（弘長百首・冬・落葉・三六九・家良）

〔**語釈**〕**○和歌所** →27。

〔**補説**〕詠作時期が不明なので、家良の『弘長百首』詠を類歌に挙げたが、あるいはこれに拠った可能性もあるか。

冬巻頭からここまでは時雨歌群でもある。

286

落葉を

神無月木の葉時雨る山里や物のわびしき限りなるらん

【校異】○木の葉―木々の（慶）木の（青）○さひしき―さひしき（わイ）（底）わひしき（全）○かきり―うらみ（松）

☆底本の「さひしき」を他本および底本異本注記により「わびしき」に改める。

【現代語訳】落葉を

神無月に、木の葉が時雨と降る山里は、もの侘びしい極みであるのだろうか。

【本歌】山里は物のわびしき事こそあれ世の憂きよりは住みよかりけり（古今集・雑下・九四四・読人不知）

【語釈】**○木の葉時雨るる** →269。

【補説】主題は、ここから288まで落葉。「木の葉時雨るる」で、前の時雨歌群から連繫。

287

吹き残す行く末かたき山風に今日を限りと散る木の葉かな

【校異】○かたき―かたき（三）（◦朱）遠き（山）○けふを―けにを（◦朱）（三〈朱丸点左傍〉・山〈朱丸点右傍〉）○かきりと―かきりに（青・京・静・松・三・山）

【現代語訳】（落葉を）

遙かな先までも残すことなく吹き行く山風に、今日を限りとばかりに散る木の葉であることよ。

【本歌】忘れじの行く末まではかたければ今日を限りの命ともがな（新古今集・恋三・一一四九・儀同三司母）

【語釈】**○行く末かたき** 本歌の「行く末まではかたければ」に基づくが、同じ歌を本歌にした「忘れじの行く末かたき世の中にむそぢなれぬる袖の月影」（新勅撰集・雑一・一〇八七・家長。洞院摂政家百首・秋・月・六七四）に学んだ可能性もあるか。該歌の場合、「吹き残す行く末」が「かたき」で、遙かに遠い先まで吹き残すことが難しく希だ、というのであり、つまり、ずっと先までほとんど吹き残すことがない、ということ。

三百首に

時雨るべき気色を見する山風にまづ先立ちて降る木の葉かな

〔校異〕○三百首に―三百首御うたに（慶・青）三百首御歌の中に（神・群）○ふる―ちる（書）○木の葉哉―木の。かな（松）＊歌頭に「続古」の集付あり（底・内・慶）

〔現代語訳〕三百首で

きっと時雨れるような趣を見せる山風に、しかし先ず、時雨が降るのに先立って降る木の葉であることよ。

〔参考歌〕木の葉散るむべ山風の嵐より時雨になりぬ峰の浮き雲（北野宮歌合元久元年十一月・時雨・八。万代集・冬・一二八九・有家）

くちなしの色なりながら女郎花まづ先立ちて秋を告げつる（林葉集・秋・草花先秋・三八六）

〔類歌〕時雨るべき気色は暫し曇れども出づれば晴るる山の端の月（東撰六帖抜粋本・冬・冬月・三六二・政村）

〔出典〕宗尊親王三百首・冬・一七五。為家評詞「けしき、以前に申上候」、基家評詞「上手之所為顕然歟」。合点、実氏・家良・行家・光俊・四条・帥。

〔他出〕続古今集・冬・三百首歌の中に・五七六。井蛙抄・二五三。↓補説。

〔語釈〕○三百首に ↓250。○まづ先立ちて 「見るからにまづ先立ちて落つるかな涙やのりのしるべなるらむ」（時明集・みゆきがあまになりたるをみて・一二。道信集・入撰集不見当集歌・かざりおろしたりける人を見て・一〇九に重出）が早い例。その後、参考の俊恵詠など、院政期後半頃に作例が散見するが、鎌倉時代前期には、雅経の「これぞこの霞のうちの梢よりまづ先立ちし面影の花」（明日香井集・鳥羽百首建久九年五月廿日始之毎日十首披講之・花・一二）が目に入る程度。**○降る**　木の葉が盛んに散る意。「時雨る」の縁で、時雨が降る意が掛かる。
〔補説〕『井蛙抄』の「一　けしき」の項に、同三百首の「雲までもあはれにたへぬ気色かな秋の夕べのむら雨の空」（秋・一二六）と「民部―（為家のこと）、是も次に申上候。気色といふ詞、強不レ可ニ好詠一之由、亡父申候き」の為家評詞とを挙げ、次に該歌と「けしき、以前に申上候」の為家評詞を挙げる（この後に源承和歌口伝を引用。省略）。

菊の咲く籬や山と見えつらん暮れにし秋の色の宿れる

〔校異〕　○やとれる―のこれる（高）
〔現代語訳〕（三百首で）
菊の咲く籬が、（あの古歌のように）夕暮れの山だと見えてしまったのだろうか。夕暮ではないが、既に暮れてしまった秋の色が、越え行くことができずに、そこに宿っているよ。
〔本歌〕　夕暮の籬は山と見えななむ夜は越えじと宿りとるべく（古今集・離別・三九二・遍昭）
〔参考歌〕　秋の色は籬にうとくなりゆけど手枕なるるねやの月影（新古今集・秋上・四三一・式子）
散り残る峰の紅葉の一むらは暮れにし秋の色偲べとや（為家千首・冬・五〇六）
〔出典〕　宗尊親王三百首・冬・一七八。合点、為家・基家・光俊・帥。基家評詞「更以無ニ敵対一歟」。
〔語釈〕　**○籬**　→165。**○暮れにし秋の色**　暮秋の気配や景色（→224）。ここは本歌を承けて、「秋の色」を擬人化し、また、「暮れ」に「夕暮」の意が掛かる。
〔補説〕　冬の「籬」に変色して残る「菊」に過ぎ去った暮秋の気配が感じられるということ。「紫に移ろふ菊の色のみや過ぎにし秋のゆかりなるらん」（宝物集・巻一・四五・実守。新日本古典大系本。以下同じ）や「籬菊紫残秋色冷（りきくむらさきのこりてあきのいろすさまじ）」（和漢兼作集・秋・八二八・通親）の例などから、この「菊」は、うつろって変色した段階のものを言っていると考えられる。

主題は、次歌と共に秋の追想。前歌と同機会詠で、木の葉歌群から連繫。

日影さす枯野の真葛霜とけて過ぎにし秋に返（かへ）る露かな（哉）

〔校異〕 ○枯野、（ま歟（朱で抹消））—かれのに（高）枯の（枯歟）、（三〈「枯」の「十」を朱でなぞる。その右傍に「本ノ」とあるのを朱で抹消〉）○真葛—すくつ（す、きカ（朱））（三〈「す」字中に朱「ミ」で見消〉）薄（山）○露哉—秋（露イ）かな（慶）＊歌頭に「続古」の集付あり（底・内・慶）

〔現代語訳〕（三百首で）

日の光がさす枯野の真葛は霜が解けて、既に過ぎ去ってしまった秋に還り、露となって置いているよ。

〔参考歌〕 うら枯るる野辺の草葉の霜とけて朝日に返る秋の白露（老若五十首歌合・冬・三二一・忠良）

山颪に枯野の真葛うちなびき霜に恨みや結びはつらん（新宮撰歌合建仁元年三月・嵐吹寒草・三七・保季）

〔享受歌〕 日影さす葛の枯葉にかつとけて露にぞかへる野辺の朝霜（鈴屋集・朝霜・九〇三）

日影さす枯生の真葛霜解けて過ぎにし秋にかへる露かな（調鶴集・冬・冬野・五二二）

〔出典〕 宗尊親王三百首・冬・一八一。基家評詞「如法秀逸也、下句など争如ㇾ此可ㇾ候哉」。合点、為家・基家・実氏・家良・行家・光俊・四条・帥（全員）。

〔他出〕 三十六人大歌合・一一。続古今集・冬歌の中に・五九三。三百六十首和歌・十月下旬・三一〇、初句「朝日さす」。六花集注・冬・一四〇。雲玉集・冬・二七六。→補説。

〔補説〕 享受歌に挙げた井上文雄の家集『調鶴集』の歌は、該歌と「枯野の」と「枯生の」の違いのみである。意識的な本歌取りか剽窃か、あるいはその他の事情による本文の一致か、現時点では判断しかねる。

『六花集注』の左注は、「此の歌あそばして、我よき歌よみたり、神慮に相叶へりと思し食して、まどろませ給ひたりければ、人丸現じて、かかる御歌を被レ遊て候なる見まゐらせ候はんとの給ふ。此の巻物を引き拡げて見せ申し給ひければ、墨黒に長点を合はせ給ふと思し食して、御夢覚めさせ給ひける歌也。是は、鎌倉の将軍三品（ミヨシ）の親王とも申す也」（蓬左文庫本・一三四。古典文庫に拠る。原文漢字・片仮名）、「鎌倉将軍三品親王、此の歌あそばして、我よき歌よみたり、神慮に相叶へりと思し召して、まどろませ給ひたりければ、人丸現じて、かかる御歌あそばして侍る也、見まゐらせんと仰せられければ、此の巻物を引きひろげて見せ申させ給ひけるに、墨黒に長点を合はせ給ふと思し食して、御夢覚めさせ給ひけるとなん」（彰考館文庫本・上一六四。古典文庫に拠る）。『雲玉集』の左注は、「鶴岡御参籠の時、此の歌あそばして灯の本にまどろませ給ふに、人丸現じて、秀歌あそばされたり、合点申さんとて墨を引きて、やがて失せられしとなり」。

百番御歌合に、霜を

咲（さ）く花は千種ながらに時過ぎ・て枯れ・ゆく小野（をの）の霜の寒（さむ）けさ

【校異】○ながらに―ながらの（に（朱））（山〈「の」字中に朱点〉）　○さむけさ―さむけき（京・静・松）

【現代語訳】百番御歌合で、霜を

咲く花は沢山の種類それぞれに盛りの時節が過ぎて、枯れて行く野の霜の寒々しさよ。

【本歌】咲く花は千種ながらにあだなれど誰かは春を恨みはてたる（古今集・春下・一〇一・興風）

時過ぎてかれ行く小野の浅茅には今は思ひぞ絶えずもえける（古今集・恋五・七九〇・小町姉）

【出典】「文永元年六月十七日庚申宗尊親王百番自歌合」（仮称。散佚）の「霜」題。

【他出】柳葉集・巻四・文永元年六月十七日庚申に自らの歌を百番ひに合はせ侍るとて（四五〇～五六二）・霜・五

○七、結句「花の寒けさ」。

〔語釈〕○百番御歌合　→24、34。○霜の寒けさ　「…の寒けさ」の形は、清輔の「冬枯れの森の朽ち葉の霜の上に落ちたる月の影の寒けさ」（清輔集・冬・森間寒月・二一八）が早く、『新古今集』（冬・六〇七）にも入集して、後続の歌人達に影響を与えたと思しい。

夕千鳥を

橋立（たて）や与謝（よさ）の浦わ（うらは）の浜（はま）千鳥鳴きてと渡（わた）る暮のさびしさ

〔校異〕○夕千鳥を―冬千鳥を（書）夕千鳥（慶・青）○橋たてや―橋たてや（京）椿たてや（松）椿たてや（三）○うらはの―うらはの（底）うらはの（青・京・静・松・三・山〈傍記朱〉）みなとの（神・群）○はま千鳥―浜千（京）浜千。（静）

〔現代語訳〕夕べの千鳥を

天の橋立よ、与謝の浦の浜千鳥が鳴いて渡っていく、夕暮の寂しさよ。

〔参考歌〕橋立や与謝の浦浪寄せて来る暁かけて千鳥鳴くなり（堀河百首・冬・千鳥・九八三・仲実）

橋立や与謝の浦松吹く風に声をたぐへて千鳥と渡る（守覚法親王集・冬・千鳥・一〇〇）

〔他出〕宗良親王千首・雑・名所浜・八三九。

〔語釈〕○橋立　丹後国の歌枕。天の橋立のこと。言うまでもなく、丹後国与謝郡（京都府宮津市）の宮津湾内に突出する砂嘴。○与謝の浦わ　丹後国の歌枕。「与謝」は、丹後国の東北部（京都府宮津市）の郡名。「浦わ」は、「浦廻（み）」と同じで、海岸線の湾曲部分を言う。「与謝の浦わ」の形の先例は多くない。『為忠家後度百首』（七四・親隆）に見えるのが早い。覚性法親王に「なにしかも与謝の浦わの月見けんすくも焚く火の煙立ちけり」（出観集・

秋・月・三四八）の作例がある。**○鳴きてと渡る**　「と渡る」は本来「門渡る」で、海峡や川幅等の狭くなっているところを対岸に渡る意だが、「と」が接頭語化して、ほぼ渡るの意と同じに用いられる。ここは、「浦わ」を渡るので、本来の意味の要素がある。為家の「物思ふ雲のはたてと知りがほに鳴きてと渡る初雁の声」（為家集・秋・雲間初雁文永八年四月廿二日続百首・七〇五）は後出。**○暮のさびしさ**　「秋沙ゐる荒磯岩の松のうれに入日うつろふ暮のさびしさ」（秋風抄・雑・海辺眺望・三〇四・雅成。秋風集・雑中・海暮松といふことを・一一五一）に倣うか。

【補説】　他出に挙げた『宗良親王千首』については、18の補説参照。
　主題は、霜。前歌の「霜とけて」から連繋。

　　深夜千鳥を
堀江には千鳥（ちとり）鳴くらし松浦舟楫（かち）音さえて更（深）けぬこの夜は

【校異】　○深夜千鳥を―深夜千鳥（書・慶・青）　○堀江には―ほりえく（に）は（高）　○さえて―さらて（高）　絶（さえ）て（山〈「絶」字中に朱点〉）　○夜は―よそ（は（朱））（山〈「そ」字中に朱点〉）

【現代語訳】　深き夜の千鳥を
　堀江には、千鳥が鳴いているに違いない。松浦船の楫の音が冴え冴えと響いて、更けたのだ、この夜は。

【本歌】　さ夜更けて堀江漕ぐなる松浦船梶の音高し水脈早みかも（続古今集・雑中・一六四二・人丸。万葉集・巻七・雑歌・一一四三・作者未詳。綺語抄・五五六。秋風集・羈旅・一〇三六）

【参考歌】　うばたまの夜の更け行けば楸おふる清き河原に千鳥鳴くなり（新古今集・冬・六四一・赤人。原歌万葉集・巻六・雑歌・九二五、初句「ぬばたまの」結句「千鳥しば鳴く」）
松浦潟唐舟の出でぬ日も波路をさして千鳥鳴くなり（宝治百首・冬・潟千鳥・二三二一・基家）

〔語釈〕 ○堀江 人工的に造営した水路。本歌は、摂津国の「難波江」に造られたという「難波堀江」を指す。○千鳥鳴くらし　「川辺にも雪は降れらし宮のうちに千鳥鳴くらしゐむところなみ」(八雲御抄・巻三・鳥部・一二四。原歌万葉集・巻十九・四二八八・家持、初二句「川洲にも雪は降れれし」結句「すむところなみ」に学ぶか。○更けぬこの夜は 「この夜は更けぬ」の倒置。「吉野山すずの仮寝に霜さえて松風はげし更けぬこの夜は」（六百番歌合・冬・寒松・五五九・顕昭）が早い例。これや『正治初度百首』の「引き結ぶ草の戸ざしは露とぢて人またまれと更けぬこの夜は」（秋・二二四四・信広）などに学ぶか。宗尊は他に、「ますげよきそがの河原の河風に千鳥しば鳴く更けぬこの夜は」（柳葉集・巻四・文永二年閏四月三百六十首歌・冬・七五八）とも詠んでいる。

〔補説〕 「千鳥」は必ずしも肥前国の歌枕「松浦」の景物ではなく、両者の取り合わせは伝統的類型にはない。定家が、建久元年（一一九〇）の「一句百首」（冬）で、「千鳥鳴くなり」を勒句に「友したふ千鳥鳴くなりひれ振りし松浦の山の跡の潮風」（拾遺愚草員外・一八七）と詠んだのが早い例となる。該歌は、松浦で作られた「松浦舟（船）」と「千鳥」との取り合わせで、必ずしも「松浦」の景を詠んだ訳ではないが、定家詠や参考歌の基家詠に触発された可能性はあろうか。

主題は、ここから297まで、千鳥。

和歌所にて
風向（む）かふ湊は浪の立ち返（帰）り同（おな）じ入江に鳴く千鳥かな

〔校異〕 ナシ

〔現代語訳〕 和歌所にて
風が向かって吹く湊は波が逆巻いて立ち、その同じ入り江に繰り返し鳴く千鳥であることよ。

【参考歌】浦風に吹上の浜の浜千鳥波立ちくらし夜はに鳴くなり（新古今集・冬・六四六・紀伊。堀河百首・冬・千鳥・九九一）

立ち返り湊に騒ぐ白波の知らじな同じ人に恋ふとも（宝治百首・恋・寄湊恋・二七八〇・為氏）

【影響歌】風さゆる沖つ白波立ち返り同じ入江に鳴く千鳥かな（雅有集・仙洞御百首・冬・三四三）

風向かふ空の浮き雲立ち返りふたたび曇る夕立の雨（雅有集・百首和歌・夏・晩立・六六五）

【語釈】○和歌所 →27。○風向かふ 風がこちらに向かってから吹いてくる状態、つまり風に真っ向から相対している状態を言う。家隆の「今日の日は幣よく祀れ舟人の香取の崎に風向かふなり」（壬二集・為家卿家百首・雑・一三三八。万代集・雑四・三四二〇）が早く、為家の「風向かふ帆船の鷹もいたづらにつき立てられてよに過ぎぬべし」（新撰六帖・第六・こも・二〇一七・為家、現存六帖・こも・一五二）や「風向かふ荒磯陰のとまり舟よに出でやらぬ身とぞなりゆく」（為家五社百首・恋・海路・北野・六三七）が続く。○立ち返り 波が寄せては返す意だが、ここは「風向かふ」から、波が風に逆巻く状態を言うか。いずれにせよ、「千鳥」の縁（性質）から、繰り返しの意が掛かり、「鳴く」にかかる。「氷り行く佐保の河波立ち返り暁近く鳴く千鳥かな」（壬二集・九条前内大臣家三十首・深夜千鳥・一九〇一）と同様。

295

人々によませさせ給ひし百首に

島づたひ千鳥(とりな)鳴くなり〔也〕津の国の武庫(むこ)の浦潮(うらしほ)今か満(み)つらし

【校異】○よませさせ―よまさせ（慶）よませ（松）○島つたひ―なきつたひ〔島イ〕（慶）○今か―今か〔はイ〕（底）いまは（内・高・慶・青）今か〔は〕（京・静）今は〔かイ〕（松）○みつらし―みつらん〔し〕（高）みつらし〔らんイ〕（松）みゆらし（三・山〈「ゆ」の右傍に朱で「つ歟」〉）

〔現代語訳〕 人々にお詠ませになられた百首で

島々を伝い渡って、千鳥が鳴く声が聞こえる。摂津の国の武庫の浦の潮は、今満ちるらしいのか。

〔参考歌〕 朝開き漕ぎ出て来れば武庫の浦の潮干の潟に鶴が声すも（万葉集・巻十五・三五九五・作者未詳。五代集歌枕・むこの浦・一〇〇五、二句「漕ぎ出でてくれば」結句「鶴が声する」）

有明の月さえ渡る武庫の浦の潮干の潟に千鳥妻呼ぶ（万代集・冬・一四三九・実定。林下集・四季・千鳥・一六二）

夕されば武庫の浦潮満ち来らし入江の洲鳥声騒ぐなり（万代集・雑三・三二五六・素俊法師）

夕波に潮満ち来れば明石潟島づたひ行く鶴ぞ鳴くなる（宝治百首・雑・島鶴・三四二六・成茂）

〔出典〕「弘長元年中務卿宗尊親王家百首」の「冬」。

〔他出〕 柳葉集・巻一・弘長元年九月人人によませ侍りし百首歌（六九～一四三）・冬・一一三。歌枕名寄・巻十四・摂津国二・猪名・武庫・浦・四一〇〇、結句「今や満つらん」。夫木抄・冬二・千鳥・百首御歌・六八六三、結句同上。

〔語釈〕○人々によませさせ給ひし百首 →2。**○武庫の浦** 摂津国の歌枕。「武庫」は、旧郡名で、現在の兵庫県の南東部、六甲山の南側、武庫川の西側から湊川にかけての一帯。その前海が「武庫の浦」。ちなみに、知家は、「現存六帖」に「武庫の浦や朝満つ潮の追ひ風に阿波島かけて渡る舟人」（歌枕名寄・巻十四・摂津国二・猪名・武庫・浦・現六・四〇九五、巻三十四・阿波国・島・八八〇二）と詠み残したらしい。**○今か満つらし** 「か」は疑問の係助詞だが、ここは強意あるいは詠歎の趣意か。異文の「今は」の方が、落ち着きはよい。「今か…らし」の形は、万葉の旧訓「今か漕ぐらし（今滂良之）」（二〇五三）が淵源か。その後、『道済集』の「今か恋ふらし」（二〇八）『五代集歌枕』の「今か散るらし」（一二〇六）等を経て、『新撰六帖』の「今か見ゆらし」（一六二四・信実）「今か降るらし」（一二三〇〇・真観）や『現存六帖』の「今か散るらし」（四九四・伊平）あるいは為家や家良の「今か咲くらし」（為家集・二七五。後鳥羽院定家知家入道撰歌・六）等々の作例が見えていて、鎌倉前中期頃に少しく流行したらしいことが窺われる。

【補説】 大局的には、「和歌の浦に潮満ちくれば潟をなみ葦べをさして鶴鳴き渡る」（古今集・仮名序・赤人。万葉集・巻六・雑歌・九一九）の類型の中の一首。より直接には、参考歌の素俊詠と成茂詠とに負ったかと思われるが、「武庫の浦潮今か満つらし」には、万葉歌や実定詠などの「武庫の浦の潮干の潟」が意識されていようか。

旅泊千鳥

浪の寄（よ）る磯のうき寝（ね）の小夜（さよ）枕言問（こと）ひ捨（す）てて行（ゆ）く千鳥かな（哉）

【校異】 ○さよ枕―さよさくら（松〈見消字中〉）　＊歌頭に「続古」の集付あり（底・内・高）

【現代語訳】 旅の泊まりの千鳥

波が寄せる磯の、波に浮くような憂く辛い旅寝の夜の枕に、言問いさすように鳴き捨てて行く千鳥であることよ。

【参考歌】 松が寝の雄島が磯の小夜枕いたくな濡れそ海人の袖かは（新古今集・羇旅・九四八・式子）

言問へよ思ひおきつの浜千鳥なくなく出でし跡の月かげ（新古今集・羇旅・九三四・定家。御室五十首・旅・五四五、初句「言問へば」）

【他出】 続古今集・冬・泊千鳥を・六〇七。題林愚抄・冬中・泊千鳥・五五二一。

【語釈】 **○磯のうき寝**　「憂き寝」に「浪」の縁で「浮き寝」が掛かる。この句形の先行例には「漕ぐほどはさて慰みぬ奈呉の浦の磯のうき寝ぞあはれなりける」（出観集・雑・羇旅・七四〇）があるが、「夏もまた雄島が磯の楫枕うき寝の浪に秋風ぞ立つ」（老若五十首歌合・夏・一九四・後鳥羽院）というような例もある。**○言問ひ捨てて**　問いかけっぱなしで、ただ鳴き声を捨て残して、ということ。千鳥を擬人化して、その鳴くことを「言問ふ」と見立てる。この句は、後に「鳥の音に言問ひ捨てて隅田川日も夕波に舟いそげとや」（政範集・眺望日暮・二七四）や「都人言問ひ捨てて帰り来れば慕ひ顔なる松風の声」（伏見院御集・雑・一六一七）などと詠まれていて、宗尊詠からの摂取も考えられなくもない。しかし、前者の場合、「言問ひ捨てて」の主体は、詠作者あるいは旅人であり、鳥ではないので、この点は該歌と異なる。後者も、その主語は「都人」である点、同様である。言うまでもなく両首は、「名にし負はばいざ言問はむ都鳥我が思ふ人のありやなしやと」（伊勢物語・九段・一三・男。古今集・羇旅・四一一・業平）の本歌取りである。該歌にも、その面影を見るべきであろうか。↓補注。

〔補説〕　語釈に挙げた「名にし負はば」の歌とその物語を踏まえつつ、「都鳥」を「千鳥」に詠み替えた例は、参考歌の定家詠が早い。出典の『御室五十首』（旅・五四五）では初句が「言問へば」ではあるが、『新古今集』の本文としては「言問へよ」だと見てよい。この歌は、諸注で解釈が分かれるが、『伊勢物語』の四段末尾「月やあらぬ（歌）…夜のほのぼのと明くるに、泣く泣く帰りにけり」と九段の「名にし負はば」歌を踏まえた詠作で、「おきつ」は「置きつ」に駿河国の歌枕「興津」を掛けたものと解される。従ってその解釈は、「業平に尋ねられた都鳥とは反対に、私に尋ね問うてくれ。私が都に未練な心を残し置いた、「置きつ」ならぬここ興津の浜の浜千鳥よ。お前が鳴く鳴く付ける足跡を照らす月のように、私がその光に照らされながら泣く泣く都を出た後の月の有様を。」というようになろうか。拙稿「『新古今集』の羇旅歌二首試解―「言問へよ」と「宿問へば」―」（『国文鶴見』四三、平二一・三）参照。つまり、「言問」う主体は「千鳥」だと考えるのである。良経が、該歌と同題の「旅泊千鳥」を詠んだ「おのれだに言問ひ来なむ小夜千鳥須磨のうき寝にものや思ふと」（秋篠月清集・冬・一二九〇、雲葉集・冬・家十首歌合侍りけるに、旅泊千鳥・八〇一、玉葉集・冬・九一六）も、「千鳥」が物思いする憂き寝の旅人（自分）の方に来て「言問」うことを期待する趣旨であり、定家詠と類想である。宗尊が、この良経詠を視野に入れていた可能性もあろうか。その後、この両首の影響もあってか、鎌倉中後期には「憂き枕我が独り寝の友千鳥言問ふ夜は声ぞ身に染む」（百首歌合建長八年・冬・一〇八二・伊長）、「寂しくてかたらふ人もなき身には友なし千鳥我に言問へ」（亀山院御集・千鳥・一五七）、「夜を寒み我が起きゐれば川千鳥言問ふならしここ近く鳴く」（二十番歌合〈嘉元～徳治〉・鳥・二六・永福門院内侍）といった歌が詠まれているのである。言わば、人に「言問」うて鳴く「千鳥」の系譜が細々ながら見出されるとすれば、該歌もその中に位置付けられようか。

三百首御歌に

故郷の河原（かはら）の千鳥うらぶれて佐保（さほ）風寒（さむ）し有明の月

（うら：浦）

〔校異〕 〇御歌に―御歌（高）

〔現代語訳〕 三百首の御歌で

故郷奈良の佐保川の河原にいる千鳥は、悄然としおれるように鳴いて、佐保を吹く川風は寒い。有明の月の下で。

〔参考歌〕 声立てて千鳥しば鳴く故郷の佐保の川風夜寒なるらし（現存六帖・ちどり・八三六・為氏）

千鳥鳴く佐保の河原の川風に霧晴れ渡る有明の月（明日香井集・詠百首和歌建仁二年八月廿五日・冬・三六〇）

〔出典〕 宗尊親王三百首・冬・一八六。為家評詞「河原千鳥、無念候歟」。基家評詞「已上両首、存二古体一歟」（一八五～一八六）。

〔他出〕 新三十六人撰正元二年・五九、四句「とほ風さむし」。歌枕名寄・巻六・大和国一・奈良・佐保・河付河原一九六五、三句「うちつれて」。六華集・冬・一三五三。

〔語釈〕 **〇三百首御歌** ↓1。**〇故郷** 「佐保」があるかつての都、平城京奈良を言う。↓108。**〇河原の千鳥** 「佐保川」の河原にいる千鳥。「夕されば佐保の河原の河霧に友まどはせる千鳥鳴くなり」（拾遺集・冬・二三八・友則）

や「暁の寝覚めの千鳥誰がためか佐保の河原にをちかへり鳴く」（拾遺集・雑上・四八四・能宣）が原拠。**〇うらぶれて**　万葉集以来の詞だが、鳥の鳴く音について言うのは、『堀河百首』の「梅が枝を袖なつかしく手折るとてうらぶれて鳴く鶯の声」（春・梅花・九七・公実）が早い。宗尊も該歌と同じ三百首で、「鶯は物憂かる音にうらぶれて野上のかたに春ぞ暮れゆく」（春・六八）と詠んでいる。「千鳥」に言う先行例は、「うらぶれて千鳥の声も聞こえけりながめ侘びぬる磯の枕に」（正治初度百首・冬・一六八・惟明）がある。ここも、千鳥が悲しみに沈んだ声で鳴くことを言うか。**〇佐保風**　「吾が背子が着たる衣薄し佐保風はいたくな吹きそ家に至るまで」（万葉集・巻六・雑歌・九七九・大伴坂上郎女）に拠る。佐保を吹く風だが、ここは、佐保川の風。「佐保」は、大和国の歌枕。↓108。

〔補説〕　292からここまでが、千鳥歌群。「有明の月」で、後の月歌群と連繫。

冬月

さゆる夜も月ぞ流（なか）るる久方の天の川瀬☆（と）や氷（こほ）らざるらん

〔校異〕　〇月ぞ―月も（神）　〇川とや―河原（とイ）や（慶）　河原や（青・静・三・山）　河しや（京〈見消字中〉）　川しや（らイ）（松）　川せや（神・群）　〇こほらさるらん―こほし（らイ）さるらん（松）　こほしさるらん（三）　氷らさりけむ（神・群）　☆底本の「川とや」を神本と群本および『宗尊親王百五十番歌合弘長元年』により「川瀬や」に改める。

〔現代語訳〕　冬の月

冷え冷えと冴える夜も、月は流れるのだ。天の川の早瀬は、氷らないのであろうか。

〔本歌〕　天の川雲の水脈にて早ければ光とどめず月ぞ流るる（古今集・雑上・八八二・読人不知）

ひさかたの天の川瀬に舟浮けて今宵か君が我がり来まさむ（万葉集・巻八・秋雑歌・一五一九・憶良）

〔参考歌〕　秋の夜も天の川瀬は氷るらん月の光のさえまさるかな（千載集・秋上・二八八・道経。中宮亮顕輔家歌合・

月・四、二句「天の川瀬や」結句「さえわたるかな」。後葉集・秋上・左京大夫顕輔家歌合に・一三六、二句「天の川門や」結句「さえわたるかな」。続詞花集・秋上・一六九、二句「天の川瀬や」結句「さえわたるかな」。）

〔影響歌〕 ひさかたの天の川瀬や氷るらむ流れもやらぬ冬の夜の月（雅顕集・冬・冬月・五九）

〔出典〕 宗尊親王百五十番歌合弘長元年・冬・一八一、四句「天の川せや」。歌頭に「撰」（基家の撰歌）。↓37。

〔語釈〕 **○久方の** 「天」の枕詞。 **○天の川瀬** 底本の「天の川門」も慶本以下の「天の河原」も、いずれも通用である。それだけに、参考歌にも「川瀬」「川門」の異同が見られるのであろう。「天の川門」（天の川の渡し場）は、「ひこ星とたなばたつ女と今宵逢ふ天の川門に波立つなゆめ」（万葉集・巻十・秋雑歌・二〇四〇・作者未詳）の典故がある。また、「天の河原」も、長歌ではあるが本歌と同じ憶良の「七夕歌十二首」に「ひこ星は　たなばたつ女と　天地の　わかれしときゆ…ひさかたの　天の河原に　天飛ぶや　ひれ片敷き」（万葉集・巻八・雑歌・一五二〇）の典故があり、「大空をさえても月の渡るかな天の河原や氷とづらん」「久方の天の河原やさえぬらん空に氷れる月の影かな」（宝治百首・冬・冬・二二八九、二二九八・為経、顕氏）の類例もあって、これも通用である。しかし、出典の本文も「天の川瀬」であるので、本歌の初二句を取って、かつ参考歌に異を立てたと見て、また、歌釈の上からも「月ぞ流るる」が生きると見て、「天の川瀬」についた。

〔補説〕 歌合では、右真観の「見る程は命に劣る木の葉かなはかなき物と風や吹くらん」と番えられ、基家の判詞は「右、心あはれに侍れど、寒夜の月誠さえとほりて面白く侍るべし」と評されている。

影響歌と見た歌の作者雅顕は、藤原雅有の男で、関東祗候の廷臣である。弘安元年（一二七八）に早世している。

主題は、ここから301まで冬の月。

百番御歌合に、同じ心を

浅茅生（あさぢふ）の霜の降（ふ）り葉に影とめて露に別れし月ぞ残れる

【校異】○御歌合に―歌合に（慶・青・京・静・松・三・山）○おなし心を―月を（書）おなし合（心）を（松〈見消字中〉）○ふり葉に―ふるはに（三）古葉ゝ（に（朱））（山〈「ゝ」字中に朱点〉）○影とめて―影と見て（青）○露に―露を（内・高）○別し―わかれに（高）

【現代語訳】百番御歌合で、同じ（冬の月の）趣旨を

浅茅生の霜が降り置いた葉に光を留めて、以前に宿っていた秋の露に別れた冬の月が残っているよ。

【本歌】水茎の岡の屋形に妹とあれと寝ての朝けの霜の降りはも（古今集・大歌所御歌・水茎曲・一〇七二）

【参考歌】影とめし露の宿りを思ひ出でて霜に跡とふ浅茅生の月（新古今集・冬・六一〇・雅経）

難波江や蘆のかり根は霜枯れて秋見しままの月ぞ残れる（紫禁和歌集・冬・二九七）

【影響歌】浅茅生や霜の降り葉に影見れば月さへ秋に色かはりけり（延文百首・冬・冬月・二〇六一・実俊）

今朝よりはなほ風さえて浅茅生の霜の降り葉に降れる白雪（延文百首・冬・二六六五・雪・為明）

【出典】「文永元年六月十七日庚申宗尊親王百番自歌合」（仮称。散佚）の「冬月」題。

【出典】柳葉集・巻四・文永元年六月十七日庚申に自らの歌を百番ひに合はせ侍るとて（四五〇～五六二）・冬月・五〇八。

【語釈】**○百番御歌合** →24、34。**○霜の降り葉に** 本歌の「霜の降りはも」は、「降り」は名詞、「はも」は強い詠歎の終助詞で、霜が何とも降り置いたことよ、霜の何とも言えない降りようよ、といった意味であるとされる。この「はも」の「は」を「葉」に掛ける、あるいは誤解・意改した歌が散見する。例えば、『洞院摂政家百首』に於ける隆祐の「冬草の霜の降り葉もさえ重ね氷にとづる水茎の岡」（冬・氷・八七三）や定家の「道の辺の人こそしげき思ひぐさ霜の降り葉と朽ちぞはてぬる」（恋・一四一五・怨恋）、あるいは順徳院の「水茎の岡の浅茅のきりぎり

す霜の降り葉や夜寒なるらん」（続後撰集・秋下・四〇七）等々である。該歌もまた、その一首。「霜」は、「露」が氷ったものとの認識。「露結んで霜とはなるなり。非二別物一。依二天気一かはるなり」（八雲御抄・巻三・枝葉部）。

冬暁月

明け方に霜夜の月やなりぬらんいたくさえたる鐘の音かな

〔校異〕〇いたく―いと、（慶）

〔現代語訳〕冬の暁の月

霜が降る夜の月が、明け方になったのであろうか。ずいぶんと冷たく澄み渡っている鐘の音であることよ。

〔参考歌〕明け方になりやしぬらんもろ声に霜夜の千鳥鳴き渡るなり（為忠家初度百首・冬・暁天千鳥・四九六・盛忠＝為経〈寂超〉）

霜さゆる夜半のけしきは暁の鐘の音にてしるくもあるかな（正治初度百首・冬・五六四・通親）

鐘の音の霜となり行く明け方や蓬が露もこほりそめけん（順徳院御百首・冬・五七）

〔語釈〕〇冬暁月　『紫禁和歌集』（四四五〈建保二～三年〉）や『為家集』（八七二〈建長五年〉）に見える題。〇霜夜の月　霜が降りる寒空の夜の月。家隆の「年暮れて霜夜の月もます鏡見るかげつらき有明の空」（壬二集・冬・建保元年仙洞御会、冬月・二五七六）が早く、その後建保期歌壇で用いられ、鎌倉中後期に定着したか。

〔補説〕後の京極派にも通う歌境。例えば、「鐘の音に明くるか空とおきて見れば霜夜の月ぞ庭しづかなる」（風雅集・冬・七八四・後伏見院）が近似する。

人々によませさせ給ひし百首に

301
網代(あしろ)人船よぶ声もさ夜更(深)けて八十宇治川に氷(こほ)る月影

【校異】○よませさせ—よまさせ（慶） ＊「宇治」の「宇」は「う」に朱で上書（三） ＊「こほる」は「す(こ)ほる」（底） ＊歌頭に朱丸点あり（三）

【現代語訳】人々にお詠ませになられた百首で
網代人が舟を呼ぶ声も夜が更けて聞こえ、宇治川に月が氷った光を落としている。

【本歌】宇治川は淀瀬なからし網代人舟呼ぶ声はをちこち聞こゆ（万葉集・巻七・雑歌・一一三五・作者未詳。五代集歌枕・うぢ河・一一四六）

【参考歌】冬の夜はあまぎる雪に空冴えて雲の浪路に氷る月影（新勅撰集・冬・四〇二・宜秋門院丹後。千五百番歌合・冬三・一九五五）

【出典】「弘長元年中務卿宗尊親王家百首」の「冬」。

【他出】柳葉集・巻一・弘長元年九月人人によませ侍りし百首歌（六九～一四三）・冬・一一五。

【語釈】**○人々によませさせ給ひし百首** →2。**○八十宇治川** 「もののふの八十氏」から「宇治」を起こす修辞の省略形。俊頼の「落ちたぎつ八十宇治川の早き瀬に岩越す浪は千代の数かも」（千載集・賀・六一五・俊成。散木奇歌集・祝・高陽院殿の歌合に祝の心をよめる・六八七）に始まるか。

【補説】298からここまで冬の月の歌群。

302
霜氷る夜風(かせ)を寒(さむ)み埼玉(さきたま)の小崎(尾)の沼に鴨ぞ鳴くなる

【校異】○夜かせを—。(夜)風を（松） ○さきたまの—さよふけて（神・群） ○沼に—波に(沼イ)（慶） ＊「さきたま」「尾さき」の右に朱傍線を引き、「さきた」の左傍に朱で「万えふ九」とあり（三）

〔現代語訳〕（人々にお詠ませになられた百首で）
霜が氷る夜の風が寒くて、埼玉の小崎の沼に鴨が鳴く声が聞こえるよ。

〔本歌〕霜氷心もとけぬ冬の池に夜更けてぞ鳴く鴛の一声（新古今集・恋一・一〇五九・元真。元真集・ただのこひ・一六四。古今六帖・第三・をし・一四八一、作者「よしもち」）
埼玉の小埼の沼に鴨ぞ翼霧る己のが尾に降り置ける霜を払ふとにあらし（万葉集・巻九・雑歌・見二武蔵小埼沼鴨一作歌一首・一七四四・虫麻呂歌集。古今六帖・第三・かも・一四九六、四句「おのがをに」五句「ふるおけるしもは」。五代集歌枕・をざきの池　武蔵・一四五〇、さきたまのさき　武蔵・一六二一、四句「おのがをに」）

〔類歌〕霜氷る蘆間の月のさゆる夜に声うらがれて千鳥鳴くなり（宗尊親王三百首・冬・一八二）

〔出典〕「弘長元年中務卿宗尊親王家百首」の「冬」。↓2。

〔他出〕柳葉集・巻一・弘長元年九月人人によませ侍りし百首歌（六九～一四三）・冬・一一四。

〔補説〕本歌の万葉歌第二句の原文は「小埼乃沼尓」で、現行訓は「をさきのぬまに」だが、西本願寺本以下廣瀬本を含めた諸本の訓は「をさきのいけに」である。『古今六帖』も『五代集歌枕』も、「をさきのいけに」である。宗尊が何に依拠したかは不明。主題は、霜（あるいは霜夜の鴨）。前歌と同機会詠として繋がり、次歌の霞を経て、次次歌以降の雪歌群へと展開する。

三百六十首中に
さえ暮らす峰の浮き雲と絶えして夕日かすかに散る霞かな

〔校異〕〇かすかに―かするに（松）

〔現代語訳〕三百六十首の中で

冷え冷えと冴えたままに日が暮れる、峰にかかる浮き雲は途切れて、そこから夕日が微かに照らして散る霰よ。

〔参考歌〕春の夜の夢の浮き橋と絶えして峰に分かるる横雲の空（新古今集・春上・三八・定家）

さえ暮らす峰の浮き雲とどまらで嵐にもれて月ぞいざよふ（宝治百首・冬・冬月・二二七九・道助）

〔影響歌〕峰遠く立つ薄霧の絶え間より入日かすかに雁は来にけり（白河殿七百首・秋・薄暮雁・二六五・顕朝）

葛城や山の霞はと絶えして夕日うつろふ峰の白雪（隣女集・巻二自文永二年至同六年・春・残雪・二二四）

〔語釈〕**○三百六十首** →13。**○散る霰かな** 該歌がこの句を用いた早い作例となる。宗尊は後に、「冬されば初瀬をとめの袖冴えて手にまく玉と散る霰かな」（竹風抄・巻一・文永三年十月五百首歌・霰・六六。中書王御詠・冬・霰・一四八）とも詠んでいる。

〔補説〕主題は、霰。

百首御歌に

柞原散ると見し間に山城の石田の小野は雪降りにけり

〔校異〕○はゝそ原―柞原（朱）ヒ（朱）（三〈見消字中〉）

〔現代語訳〕百首の御歌で

柞原の柞の葉が散ると見たそのうちに、山城の石田の小野は雪が降ったのであった。

〔本歌〕山城の石田の小野の柞原見つつや君が山路越ゆらむ（新古今集・雑中・一五八九・宇合。原歌万葉集・巻九・雑歌・一七三〇、初句「山科の」）

〔参考歌〕款冬の散ると見し間にかはづなく井手の山田は早苗取るなり（百首歌合建長八年・夏・八三九・家良）

〔出典〕「弘長二年十一月百首」の「雪」題。

【他出】柳葉集・巻二・弘長二年十一月百首歌（二二九～二九六）・雪・二六九。

【語釈】〇百首御歌　↓23。〇柞原　柞が生える原。「柞」↓261。〇散ると見し間に　「空蟬の世にも似たるか花桜咲くと見し間にかつ散りにけり」（古今集・春下・七三）の「咲くと見し間に」から派生したか。

【補説】「…と見し間に」を用いて、早い季節の移ろいを詠むのは、「いつのまに霞立つらん春日野の雪だにとけぬ冬と見し間に」（後撰集・春上・一五・読人不知）や「ほに出でて秋と見し間にを山田をまた打ち返す春も来にけり」（後拾遺集・春上・六七・小弁）等を初めとして、一つの類型である。

　主題は、ここから315まで雪。

百首御歌合に、雪を

言問ひし花かとぞ思ふうち渡す遠方人に降れる白雪

【校異】〇雪を—ナシ（書）〇遠かた人に—遠かた人に（底・青・京・静・松・三）をちかたのへに（書・慶・群）
【現代語訳】百首の御歌合で、雪を
　昔の人が白く咲いているのは何の花かと言問うた、その花かとも思うよ。はるかに遠くの方の人に降っている白雪は。
【本歌】うち渡す遠方人にもの申す我そのそこに白く咲けるはなにの花ぞも（古今集・雑体・旋頭歌・一〇〇七・読人不知）
【参考歌】うち渡す遠方人に言問へど答へぬからにしるき花かな（新古今集・雑上・一四九〇・小弁）
【出典】「文永元年六月十七日庚申宗尊親王百番自歌合」（仮称。散佚）の「雪」題。
【他出】柳葉集・巻四・文永元年六月十七日庚申に自らの歌を百番ひに合はせ侍るとて（四五〇～五六二）・雪・五

一一、四句「をちかた野辺に」。

〔語釈〕**〇百首御歌合**　↓24、34。

〔補説〕四句の異同は、漢字の「人」と「のへ」（「へ」の字母は「部」）との誤写によるものであろうか。本歌や参考歌から見て、「人」が本来であると一応は判断される。しかしながら、該歌の出典に先行して、弘長元年（一二六一）四月～翌二年夏に為家が詠んだ『弘長百首』詠に「まづ咲ける花とや言はむ打ち渡す遠方野辺の春のあは雪」（春・春雪・三三二）があって、これに倣った可能性は残るかもしれないのである。

　奉らせ給ひし百首に

積もりては来ぬ人待たるかき曇り降らずもあらなむ庭の白雪

〔校異〕〇かきくもり―かきくらし（内・高）

〔現代語訳〕お奉りになられた百首で

　庭の白雪よ。このように積もっては、来てくれない人が尋ねてくれるのではないかと待たれてしかたない。だから、これ以上空一面に暗く曇って降らないでいて欲しいよ。

〔本歌〕月夜には来ぬ人待たるかき曇り雨も降らなむわびつつも寝む（古今集・恋五・七七五・読人不知）

〔参考歌〕尋ね来て道分けわぶる人もあらじ幾重も積もれ庭の白雪（新古今集・冬・雪朝、大原にてよみ侍りける・六八二・寂然）

〔語釈〕**〇奉らせ給ひし百首**　未詳。この記し方自体は、「弘長二年冬弘長百首題百首」（↓6）の場合と同じで、歌題の記載の有無が異なるが、同じように題を記さない場合（168、188、284）もあるので、同百首の一首である可能性は少なくない。しかし、『柳葉集』（一二四四～一二二八）に採録されている同百首の現存歌八五首の中には見えないので、保留しておく。

〔補説〕 本歌が、「月夜にはその風情に、逢いに来てくれない人が尋ねてくれるかと待たれるので、そら一面に曇って雨が降って欲しい、そうすれば諦めて侘びしくても寝ようから」というのに反して、該歌は、人の訪れを求めて、「かき曇り降らずもあらなむ」と期待する。併せて、参考歌が、「（大原に隠棲する自分には初めから人は訪れるはずもないので）ここに尋ねて来て雪道を踏み分けかねて困る人もあるまい。いっそ幾重にでも積もってくれ庭の白雪よ」というのに対しても、異を唱える趣がある。その根底には、『蒙求』「子猷尋戴」の故事が意識されていよう。国立故宮博物院蔵古鈔本を、私に読み下して挙げておく。

世説、…王子猷、山陰に居して隠せり。夜大いに雪ふれり。眠覚めて、屋を開く。酒を酌みて、四望皎然たり。回起して彷徨し、左思が招隠詩を詠ず。忽ちに戴安道を憶ふ。時に戴剡県に在り。便ち一の小船に乗り、宿を経て方に至る。門に造つて前まずして返る。人の其の故を問ふ。王曰ふ、興に乗じ而して返る。何ぞ必ずしも戴を見むや。

（『蒙求古註集成』（昭六三・一二、汲古書院）に拠る）

庭の白雪が積もっては、来ない人が待たれるので、そうならないように空一面に曇って雪が降ることはしないで欲しい、との趣旨に解することもできようが、雪の本意からそれるので取らない。

ここから309まで、結句に「庭の白雪」を置く小歌群。

307

雪の御歌の中に

跡絶えて人こそ訪はね契りしを我や忘るる庭の白雪

〔校異〕 ○とはね―とはぬ（神）

〔現代語訳〕 雪の御歌の中で

庭の白雪よ。通った跡も絶えて、人は訪れない。約束したのだけれど、私が忘れているのか、そんなはずはない、やはりあの人が訪れないのだ。

【本歌】 えぞ知らぬ今心みよ命あらば我や忘るる人や訪はぬと（古今集・離別・三七七・読人不知）

【参考歌】 あと絶えて浅茅が末になりにけり頼めし宿の庭の白露（新古今集・恋四・一二八六・二条院讃岐）

降る雪に人こそ訪はね炭窯の煙は絶えぬ大原の里（千五百番歌合・冬三・一九六四・二条院讃岐）

【類歌】 言問ひし誰か情けも跡絶えてひとりながむる庭の白雪（竹風抄・巻二・文永五年十月三百首歌・雪・四一二）

【語釈】 **○契りしを** 「を」を、接続助詞で解した。格助詞と見て、「契ったのを」と解することもできる。**○我や忘るる** 本歌の「や」は疑問だが、ここは反語で、本歌の「我や忘るる人や訪はぬと」に対して答えた趣。

【補説】 二句切れ、四句切れ。

人訪はば跡つきぬべし門さしてなしと答へん庭の白雪

【校異】 ○人とは、―人はとは、（慶）

【現代語訳】 （雪の御歌の中で）

人がもし訪れるならば、足跡がついてしまうに違いない。門を閉ざして、私はいないと答えよう、この庭の白雪よ。

【本歌】 老いらくの来むと知りせば門さしてなしと答へて逢はざらましを（古今集・雑上・八九五・読人不知）

【参考歌】 訪へかしな庭の白雪跡絶えてあはれも深き冬のあしたを（六百番歌合・冬・冬朝・五四五・兼宗）

【補説】 306～309の「庭の白雪」の小歌群は、何れも人の訪れがない景趣だが、該歌はそれを独り賞美する趣向で、他の三首はそこに人の訪れを期待しつつ寂しさを見る主旨。

309

訪問・ふ人もなくてふりぬる我が宿の寂しさ見する庭の白雪

【校異】○ふりぬる―ふりめる（三） ふりぬる（めイ（朱））（山）

【現代語訳】（雪の御歌の中で）訪う人もなくて古びてしまった私の家の寂しさを、示して見せている、降り積もった庭の白雪よ。

【参考歌】訪ふ人の跡なき宿の寂しさも庭の雪にぞあらはれにける（新和歌集・冬・三一四・信生法師）

ひきかふる冬のけしきの寂しさをまだきに見する秋の山里（拾遺愚草員外・〈建久三年九月十三夜三十一字歌二度〉・三五二）

寂しさは冬ぞ見せける小塩山小松が原の雪の曙（御室五十首・冬・四三四・隆信。隆信集・二八七）

【類歌】寂しさをいかに忍べと積もるらん訪ふ人もなき庭の白雪（宗尊親王百五十番歌合弘長元年・冬・一八八・惟宗忠景）

今日幾日訪ふ人なしに跡絶えて雪にこもれる宿の寂しさ（新続古今集・冬・貞和百首歌奉りける時・七二〇・直義）

【語釈】○ふりぬる 「古りぬる」に、「白雪」の縁で、「降りぬる」が掛かる。

310

三百首御歌に

雪は誰が言の葉なればふるままに頼めぬ人のなほ待たるらん

【校異】○なれは―なれや（慶・青・京・静・松・三・山・神・群） ○たのめぬ―たのめし（高） たのめぬ（松〈右傍「□〈判読不能〉歟」を墨消〉） ○またるらん―増らん（山〈「増」字中に朱点〉）

【現代語訳】三百首の御歌で

「経る」言葉と同じように「降る」雪というのは、一体誰の言葉だというので、その言葉が時の経つのにつれて訪れを期待させなくなる人が、それでもやはり待たれるように、雪が降るのにつれて、人がいっそう待たれるのであろうか。

〔参考歌〕頼めこし言の葉今は返してむわが身ふるれば置き所なし（古今集・恋四・七三六・因香）

今はとて我が身時雨にふりぬれば言の葉さへにうつろひにけり（古今集・恋五・七八二・小町）

咲きぬればかならず花の折にとも頼めぬ人の待たれぬるかな（秋風抄・春・一六・尚侍家中納言＝典侍親子〈光俊女〉。閑窓撰歌合建長三年・六。現存六帖・はな・四〇九）

〔出典〕宗尊親王三百首・冬・一八九。基家評詞「此風情、凡夫不㆓思寄㆒歟」。合点、為家・基家・実氏・家良・光俊・四条・帥。

〔語釈〕**○三百首御歌** →1。**○ふる** 「雪」が「降る」に、その縁語の「言の葉」が「経る」を掛ける。**○なほ** それでもやはり、ますますいっそうの両意を重ねる。

311

　　人々によませさせ給ひし百首に

池水も今氷るらしみやさきの山風寒く雪は降りつゝ

〔校異〕○よませさせ―よませ（内）よまさせ（慶）○みやさきの―みやまきの（高）＊「みやさき」の「み」の左傍に朱丸点あり（三）

〔現代語訳〕人々にお詠ませになられた百首で

池の水も今氷るにちがいない。みやさきの山を吹く風が寒く、雪は降り続けていて。

〔参考歌〕玉水も今氷るらむ岩そそく滝の宮こは雪降りにけり（宗尊親王百五十番歌合弘長元年・冬・二二六・藤原顕盛）

〔類歌〕　立ち渡る霞の上の山風になほ空寒く雪は降りつつ（弘長百首・春・春雪・三三・為氏）
〔影響歌〕　浅緑霞める空は春ながら山風寒く雪は降りつつ（実兼百首・春・一〇。続千載・春上・二三・実兼）
〔出典〕　「弘長元年中務卿宗尊親王家百首」の「冬」。
〔他出〕　柳葉集・巻一・弘長元年九月人人によませ侍りし百首歌（六九〜一四三）・冬・一一六。夫木抄・雑二・山・みやさき山、武蔵・八八九一。
〔語釈〕　**○人々によませさせ給ひし百首**　→2。**○みやさきの山**　未詳。他には、『夫木抄』に、該歌に並んで収められる「現存六帖」の集付で賀茂重敏作とする「舟とむるいはせの渡り小夜更けてみやさき山を出づる月影」（八八九二）と、「人家集」の集付で藤原基広作とする「五月雨はいはせの渡り波越えてみやさき山に雲ぞかかれる」（雑八・渡・岩瀬の渡、武蔵、越中歟・五月雨を・一二二四八）とが目に付く程度である。共に「岩瀬の渡り」と併せ詠んでいるが、同抄の部類に従えば武蔵国ということになる。これを拠り所に「岩瀬村」の何処かだとする「新編武蔵誌」を引いて『角川日本地名大辞典』は、「「夫木抄」の岩瀬の渡しが当地であるという確証はないが」としつつ、「岩瀬村」（現在の埼玉県羽生市）の「会ノ川」筋に「渡船場があったことは十分考えられる」とする。ただし、『夫木抄』も、後者の歌の項目に「越中歟」と注し、また前者の歌を、定家作として四句「みゆるぎ川を」の形で収める『歌枕名寄』（巻二十九・七四六三）は、これを「能登国」の「岩瀬渡」に分類しているのである。結局不明とせざるを得ない。
〔補説〕　参考歌は、該歌の二ヶ月前、七月七日成立の歌合の一首である。この歌は、「建長七年顕朝卿家千首歌」で藤原光朝作という「今ははや氷もとけぬ玉水の滝の宮こは春めきぬらん」（夫木抄・巻三十・雑・都・たきつみやこ・一四二二六）を踏まえていようか。ちなみに、「滝の宮こ」は、『万葉集』（巻一・雑歌・三六）が典故で、吉野宮滝の離宮を言う。
類歌と該歌とは、ほぼ同時期の詠作。影響歌に挙げた実兼詠は、「弘安百首」の草稿の一首であり、あるいは類歌に挙げた『弘長百首』の為氏詠に倣った可能性を見る必要があろうか。

329　五十首御歌に

通ひ来し方はいづくぞ梓山雪に埋める美濃の中道

〔校異〕○あつさ山―あつま山（内・高・京・静・松・三・山〈「東山」〉）あつまちや（慶）あつまちや（青・神・群）○みのゝ中道―雪の中山（慶）みのゝ中山（青・京・静・松・三・山・神・群）＊上欄に朱で「あつま山」とあり（三）

〔現代語訳〕五十首の御歌で

通って来た方角はどちらだ。梓山は、雪によって美濃の中道を一面に埋めているよ。

〔参考歌〕通ひ来し跡やはいづく夏草の茂みが下の野辺の古道（現存六帖・なつのくさ・一〇・為氏）

梓山美濃の中道絶えしより我が身に秋の来ると知りにき（万代集・恋五・二六九七・好忠）

〔他出〕宗良親王千首・雑・名所路・八二九、三句「あづま山」五句「みほの中道」。

〔語釈〕○五十首御歌　未詳。→19。○梓山　「天つ風吹かずぞあらまし夏の日の梓の山に雲ものどけし」（能宣集・二一五）と同じで、「宮木引く梓の杣をかきわけて難波の浦を遠ざかりぬる」（千載集・羇旅・五〇五・能因）の「梓の杣」とも同じ所を言うのであろう。前者の詞書は「六月ばかりに美濃へまかるに、梓の山越ゆるに、雲のおりゐたる所を見て」、後者のは「津の国に住み侍りけるを、美濃の国に下る事ありて、梓の山にてよみ侍りける」である。「梓の杣」は『八雲御抄』（第五・名所部・杣）で美濃国とするが、実は現在の滋賀県米原市（旧坂田郡山東町）梓河内の地の山で、「『八雲御抄』で美濃国とするのは、国境近くに位置することや」「（右の）能因歌などが美濃下向途次の詠であったことに由来するか」（『歌ことば歌枕大辞典』（平一一・五、笠間書院）「梓の杣」（船崎多恵子））という。ただし、宗尊も含めた鎌倉時代の認識としては美濃国であったと見るべきであろう。なお、異文の「あづま山」が「吾妻山（東山）」だとして、一般的な「東国の山」の意とすれば、「美濃の中道」と齟齬はない。それだけに、「左」の「さ」を「万」の「ま」に誤解・誤写する可能性は高いであろう。神宮文庫本や群書類従本の本文、三句「東路や」結句「美濃の中山」は、合理解に生じた意改本文であろう。**○埋める美濃の**　「埋める身」が響くか。とすれば、「通ひ来し方」は、人生上の謂いとして響き合う縁語ということになる。**○中道**　真ん中を通っている道。

〔補説〕　参考歌の好忠歌は、『好忠集』伝二条為氏筆天理図書館本（二五四）では初句が「あづまやま」であり、伝西行筆巻子本切（一三一）では初～四句が「あづさゆみみねのなかみちかれしよりわがみにあきは」である。この歌の本文に、聞き慣れない地名をめぐる揺れがあったことが窺われる。『瓊玉集』にも、恐らくは「さ」と「ま」の誤写も含めた同様の揺れが認められよう。今ここで好忠家集の本文の原態について論じることはできないが、『万代集』とそれに本文を同じくする『歌枕名寄』（六三〇八、六五一一）と『夫木抄』（八七六二）が、共に美濃国であるとしていることから見て、少なくとも鎌倉時代には、「あづさ山」「みのの中道」とする好忠歌が伝わっていたことは推測される。宗尊が好忠歌に依拠したとして、それは「あづさ山」「みのの中道」の本文であったと見るべきであり、かつ宗尊の詠作環境、鎌倉中期に活動し指導者に真観や家良を得ているという情況に照らせば、宗尊は直接好忠家集にではなく、『万代集』を通して好忠歌に接したと考えてよいのではないだろうか。

他出に挙げた『宗良親王千首』については、18の補説参照。

百首御歌中に

美濃（みの）の国不破の中山雪さえて閉（と）づる氷の関の藤河

〔校異〕　○御歌中に―御歌中に（松〈見消字中〉）　○さえて―きえて（書〈「き」は「、」〉・慶・三〈「きえで」〉。朱濁点後

補か）・山）さらて（高）　○藤河―藤なみ（川イ）（松）

〔現代語訳〕百首の御歌の中で

美濃の国の不破の中山は、雪が冷たく冴えて、不破の関を流れる藤川は氷に閉じているよ。

〔本歌〕美濃の国関の藤河絶えずして君に仕へむ万代までに（古今集・神遊びの歌・一〇八四、左注「これは元慶の御嘗の美濃の歌」）

〔参考歌〕ながめこし心は秋の関なれや月影清き不破の中山（正治後度百首・雑・山路・七四・後鳥羽院。後鳥羽院御集・一七四）

〔出典〕「弘長二年十一月百首」の「雪」題。

〔他出〕柳葉集・巻二・弘長二年十一月百首歌（二二九～二九六）・雪・二七一。夫木抄・冬二・氷・冬御歌中・七〇七八、三四句「雪きえてとくるこほりの」。

〔語釈〕○百首御歌　→23。○不破の中山　美濃の国の所名。現在の岐阜県不破郡。「不破の関」が置かれた。「不破の中山」は、源師行男有房の「別れ行く君をとめねば関守のかひこそなけれ不破の中山」（有房集・四一四）が早い用例で、参考歌の後鳥羽院詠が続く。「不破の山」も、嘉応二年（一一七〇）十月十六日の『建春門院北面歌合』の隆信詠「不破の山紅葉散りかふ梢より嵐おこさぬ関守もがな」（関路落葉・一四）が早く、同じく後鳥羽院の「不破の山風もたまらぬ関の屋をもるとはなしに咲ける花かな」（仙洞句題五十首・関路花・七九）が続く。共に、院政期末から詠まれ始めたと思しい。○閉づる　水の流れが氷って止まる意に、「関」の縁で、関が閉ざされる意が響く。○関の藤河　美濃国の歌枕。伊吹山の南斜面から発して不破関付近から東流していたのでこのように呼ばれる。現在の滋賀県米原市（旧坂田郡伊吹町）藤川一帯を流れる川。藤川、藤古川（藤子川）とも。

〔補説〕宗尊は別に、「不破の中山」を次のとおり詠んでいる。

①治まりて行き来絶えせぬ御代なれば関とはいはじ不破の中山（柳葉集・巻二・（文永元年六月十七日庚申宗尊親王百

番自歌合〕・雑・関・二一六）
②里遠き不破の中山行き暮れて心と関にとまりぬるかな（柳葉集・巻二・〔文永元年六月十七日庚申宗尊親王百番自歌合〕・雑・関・五四五）
③年経たる杉の木陰に駒とめて夕立過ぐす不破の中山（中書王御詠・雑・旅歌とて・二三九）
④忘れじな関屋の杉の下陰にしばし涼みし不破の中山（竹風抄・巻三・文永三年八月百五十首歌・夏関・五五六）

①は、本歌の『古今集』歌の賀意を詠み直したもの。②は、「これもやと人里遠き片山に夕立過ぐす杉の群立ち」（六百番歌合・夏・晩立・二八八・慈円）に倣うか。いずれにせよ、院政期末中世初頭から詠まれ出した「不破の中山」に対する興味から詠じたものであろうが、数度に渡って詠み試みていることは、その興味がなみなみではなく、あるいは実見したことも与ったかと憶測を呼ぶのである。特に③と④の納涼詠は、実体験に基づくかとも疑われなくもない。ただし、宗尊の東下は、十一歳の建長四年（一二五二）の春三月（十九日出京、四月一日鎌倉着）で、西上は、十四年後の文永三年（一二六六）秋七月（八日鎌倉発、二十日入京）であり、直接的体験をそのまま詠じたものと見ることはできない。しかし、「不破の中山」の実見を基に、季節をずらしてあるべき景趣として捉え返した可能性は見てもよいのではないだろうか。

なお、右の②と③については、「清見潟磯山づたひ行き暮れて心と関にとまりぬるかな」（新後撰集・羈旅・百首歌たてまつりし時、関・五八七・有房〈通有男〉）と「逢坂の杉の木陰に駒とめて涼しく結ぶ走り井の水」（無名の記〈飛鳥井雅有日記〉・三）という類似歌が派生している。あるいは宗尊詠を摂取か。

松雪を

山深（ふか）み風も払（はら）はぬ松が枝（え）に積（つ）もり余（あま）りて落（お）つる白雪

【校異】 ○ふかみ―ふかはみ（黒）〈参考〉

【現代語訳】 松の雪を

山が深いので、風も払い落とすことがない松の枝に降り積もる白雪が、余って落ちるよ。

【参考歌】 山深み春とも知らぬ松の戸にたえだえかかる雪の玉水（新古今集・春上・三・式子）

【類歌】 今朝見れば風も払はぬ竹の葉におのれおもれて雪ぞこぼるる（東撰六帖抜粋本・冬・雪・四六八・行念）

【影響歌】 埋もれて風も払はぬ松が枝におのれこぼるる今朝の白雪（嘉元百首・冬・雪・二五五六・昭慶門院一条）

松が枝に積もり余りて庭に落つる雪のみ雪に跡は付けけり（草径集〈大隈言道家集〉・閑庭松雪・四一三）

【出典】 宗尊親王百五十番歌合弘長元年・冬・百六番・左・二一一。

【語釈】 **○山深み** 四句「積もり余りて」にかかる。**○積もり余りて** 新鮮な措辞。『古今集』の躬恒の長歌「…冬草の　上に降りしく　白雪の　積もり積もりて…」（雑体・冬の長歌・一〇〇五）や『後撰集』の「降る雪に物思ふ我が身おとらめや積もり積もりて消えぬばかりぞ」（冬・四九五・読人不知）等の「積もり積もりて」を基に創出したか。あるいは、「忍び余り落つる涙を堰きかへしおさふる袖ようき名もらすな」（新古今集・恋二・一一二一・読人不知）などの類例に負うところがあるか。**○落つる白雪** 定家の「かきくらす軒端の空に数見えて眺めもあへず落つる白雪」（拾遺愚草・十題百首建久二年冬・天部・七一〇）や「あらち山嶺の木枯らし先立てて雲の行く手に落つる白雪」（建保名所百首・冬・有乳山・六六三）、あるいは家隆の「梅の花咲くやこの木の山風に衣にほはし落つる白雪」（壬二集・春・はるの歌よみ侍りけるとき・二〇二五）が先行例となる。

【補説】 出典の歌合では、右方真観の「踏み分けて今日来む人を待つ人や雪をあはれと思はざるらん」（二一二）と番えられる。基家の判詞は「右、下句ことに心深く宜しく侍るに、積もり余りて落つる白雪、彼秦城松雪深さ百尺に余れりけるもかくやと、左右に心うつりてこそ侍れ」で、両首共に「撰」（基家の撰歌）の字を付記。

一応影響歌として挙げた両首の内、特に江戸後期の大隈言道の歌については、はたして言道が宗尊の歌を知り得たのかを究明する中で、改めて定位する必要があろう。

315

和歌所にて

冬深み降り積む雪の色よりや吉野は花の山となるらん

【校異】○冬ふかみ—山深み（山）　○山となるらん—山となるらん（底）山とみゆらん（書）山とみゆらん（慶）山もみゆらん（青・三・山）山となるらん（京・静・松）

【現代語訳】和歌所にて

冬が深いので、降り積もる雪の白い色によって、（かえって）吉野は春の花の山となるのであろうか。

【本歌】梅が枝に降り積む雪はひととせにふたたび咲ける花かとぞ見る（拾遺集・冬・二五六・公任）

【参考歌】冬深み降りつむ雪ぞ高島の水尾の杣木は引く人やなき（百首歌合建長八年・冬・九三〇・伊平）

磯の上に生ふるつつじの色よりやうつろふ春もほどは見ゆらん（百首歌合建長八年・春・六六九・伊平）

昔誰かかる桜の花を植ゑて吉野を春の山となしけむ（新勅撰集・春上・五八・良経。秋篠月清集・花月百首・花・一。後京極殿御自歌合・一九。新三十六人撰正元二年・八四）

【影響歌】山深み降り積む雪をわくらばにとふ人なくて年ぞ暮れぬる（李花集・冬・四三六）

【語釈】**○和歌所**　→27。**○深み**　「雪」、「山」と縁語。あるいは「色」もか。**○吉野**　大和国の歌枕。→8。

【補説】『拾遺集』の公任詠を本歌にしつつ、『百首歌合』の伊平の両首にも学んだかと思しい。とすると、結句は異文の「山と見ゆらん」が原態かとも疑われるが、校訂するまでの確証はないので、底本に従っておく。

304からここまでが雪歌群。

316

三百首御歌の中に

霞(かす)むより霜夜に月を眺(なか)めきて積(つ)もれば老と暮(く)るゝ年かな(哉)

【校異】○くる、―つもる（書）

【現代語訳】三百首の御歌の中で

春に霞んでから、今冬の霜の夜にまでずっと月を愛でつつ眺めてきて、まさにそれが積もると人の老となるのだとばかりに暮れゆく年であることよ。

【本歌】大方は月をもめでじこれぞこの積もれば人の老となるもの（古今集・雑上・八七九・業平）

【参考歌】目もあやに老い行くほどの早ければ数も取りあへず暮るる年かな（新撰六帖・第一・としのくれ・二一四・信実）

【出典】宗尊親王三百首・冬・二〇〇、初句「霞より」四句「つもれる老と」（新編国歌大観本〈底本天理図書館春海文庫本〉。新日本古典文学大系『中世和歌集』所収本〈底本内閣文庫本〉は四句「つもれる老と」で早大本・樋口本により「積もれば老と」に校訂）。基家評詞「已上両首、尤可レ然歟」（一九九～二〇〇）。合点、基家・実氏・家良・行家・四条・帥。

【語釈】○三百首御歌　→1。

【補説】主題は、ここから319まで歳暮。

317

歳暮

老の坂まだ末遠(とを)き今だにも年の暮(く)るゝは惜しくやはあらぬ

【校異】○惜くやは―をしくや（書）惜くや。(は)（山〈補入符朱〉）

〔現代語訳〕 歳暮

老の坂道までにはまだ行く末が遠い今でさえも、年が暮れるのは惜しくはないのか。いや惜しいのだ。

〔参考歌〕 なにとなく年の暮るるは惜しけれど花のゆかりに春を待つかな（金葉集・冬・二九九・有仁）

〔出典〕「文永元年六月十七日庚申宗尊親王百番自歌合」（仮称。散佚）の「歳暮」題。↓24。

〔他出〕 柳葉集・巻四・文永元年六月十七日庚申に自らの歌を百番ひに合はせ侍るとて（四五〇～五六二）・歳暮・五一二、四句「年の越ゆるは」。

〔語釈〕 **○老の坂** 人生行路の晩年を坂道に喩える。「君を祈る年の久しくなりぬれば老のさかゆく杖ぞうれしき」（後拾遺集・賀・四二九・慶暹）が原拠だが、この場合は「坂行く」と「栄ゆく」の掛詞。**○まだ末遠き** さほど先行例が多くない句。建仁元年（一二〇一）十月の後鳥羽院熊野御幸に随行した定家の「袖の霜にかげ打ち払ふみ山路もまだ末遠き夕づく夜かな」（拾遺愚草・道のほどの歌、山路月・二九一七）が早い例で、「逢ふ事はまだ末遠き白雲のをだえの橋のなほぞ恨むる」（建保名所百首・恋・緒断橋・九一〇・範宗。範宗集・六〇七）が続く。**○年の暮るるは** 「老の坂」の縁で言えば、『柳葉集』の「年の越ゆるは」の本文が相応しいが、参考歌に負ったものと見られる。どちらが原態かは即断し得ない。**○やは** 反語の係助詞。

〔補説〕 該歌を詠んだ文永元年（一二六四）に、宗尊は二十三歳。

318

いかにせむまた今年（ことし）さへいたづらに惜（お）しめどしるしなくて暮れぬる

〔校異〕 ○いかに―いか、（内・高） ＊「おしめと」は「おくめと」（底）

〔現代語訳〕（歳暮）

どうしようか。また今年までもが、ただいたづらに、行くのを惜しんでもそのかいはなくて、暮れてしまうよ。

【本歌】しるしなき音をも鳴くかな鶯の今年のみ散る花ならなくに（古今集・春下・一一〇・躬恒）
【参考歌】いかにせん暮れゆく年をしるべにて身を尋ねつつ老は来にけり（金葉集・冬・三〇二・輔仁）
惜しめどもはかなく暮れて行く年のしのぶ昔に返らましかば（千載集・冬・四七三・光行）
今日ごとに今日や限りと惜しめどもまたも今年にあひにけるかな（新古今集・冬・七〇六・俊成）
【出典】「弘長元年五月百首」の「冬」。↓14。
【他出】柳葉集・巻一・弘長元年五月百首歌（一～六八）・冬・四五。
【語釈】○いたづらに　無益に・無駄にの意で「惜しめど」にかかり、虚しく・はかなくの意で「暮れぬる」にかかる。

319

弘長二年冬奉(たてまつ)らせ給ひし百首に、同じ心を
東(あつま)にて暮(く)れぬる歳をしるせれば五つの二(ふた)つ過ぎにけるかな(哉)

【校異】○くれぬる―くれゆく（書・内・高）　＊「弘長」の「弘」は「弓」の上部を朱で補筆（三）
【現代語訳】弘長二年冬に（後嵯峨院に）お奉りになられた百首で、同じ（歳暮の）趣意を
ここ東国で暮れてしまった年を記したら、五つが二つ、十年が過ぎたのであったな。
【本歌】…かかるわびしき　身ながらに　積もれる年を　しるせれば　五つの六つに　なりにけり…（古今集・雑体・短歌・一〇〇三・躬恒）
【参考歌】東にて養はれたる人の子はしただみてこそ物は言ひけれ（拾遺集・物名・四一三・読人不知）
はかなくて暮れぬる年を数ふれば我が身も末になりにけるかな（秋風抄・冬下・五五一・顕輔、顕輔集・八七）

〔出典〕「弘長二年冬弘長百首題百首」の「歳暮」題。

〔他出〕 柳葉集・弘長二年院より人人に召されし百首歌の題にて読みて奉りし（一四四～一二二八）・冬・歳暮・一九四。

〔語釈〕 **○弘長二年冬奉らせ給ひし百首** ↓6。**○東にて** ↓218。

〔補説〕 該歌を詠じた弘長二年（一二六二）冬は、宗尊が鎌倉に下着した建長四年（一二五二）四月から、まる十年以上が経過している。

瓊玉和歌集巻第七

恋歌上

320

三百首御歌の中に、恋を

昨日見し人の心にかかるかなこれや思ひの初めなるらん

〔校異〕○三百首―二百首（群〈センチュリー文化財団蔵伊藤博文旧蔵本（現在斯道文庫寄託）の群書類従版本や活字刊本は「三百首」であり、当該群書類従版本固有の欠画であろう。〉）○か、るかな―かをる哉（山）

〔現代語訳〕三百首の御歌の中で、恋を

昨日見た人が気にかかるよ。これが、恋の思いの初めであるのだろうか。

〔参考歌〕昨日見し人はいかにとおどろけどなほ長き夜の夢にぞありける（新古今集・哀傷・八三三・慈円）

秋は惜し契りは待たるとにかくに心にかかる暮の空かな（千載集・恋二・七四六・良経）

萌え出づる草のはつかに見つるかなこれや思ひの初めなるらん（重家集・内裏百首永暦二年七月二日賜題・初恋・一四七）

〔影響歌〕ゆくへなく心ぞ空にうかれぬるこれや思ひの初めなるらん（慈道親王集・恋・初恋・一五五）

〔出典〕宗尊親王三百首・恋・二〇一。為家評詞「上句、あまりにただ詞にてや候らん」。合点、基家・家良・行家・光俊・帥。

〔語釈〕 **三百首御歌** ↓1。

〔補説〕 出典の『宗尊親王三百首』で為家が「上句、あまりにただ詞にてや候らん」とするのは、「昨日見し」「心にかかる」何れも、平安時代以来の用例が少ない訳ではないので、単に歌詞ではなく日常語であることを咎めたものではないであろう。四季歌や雑歌に通用の「昨日見し」を、それも「昨日見し人」の場合は参考歌の慈円詠のような哀傷歌が存しているのを恋歌に用いて、かつ「心にかかる」と結びつけたことで、俗に傾いた直截的表現になっていることを批判したのではないだろうか。

主題は、次歌と共に初恋。

奉(たてまつ)らせ給ひし・百首に、初恋を

恋・ひ初(そ)むる心のうちも告(つ)げなくにまづ先(さき)立ち・て濡(ぬ)るゝ袖かな(哉)

〔校異〕 ○恋そむる―君(恋歟)そむる（内） ○うちも―うちも(を)（内）うちを（高）

〔現代語訳〕（後嵯峨院に）お奉らせになられた百首で、初めたる恋を

恋し始めている心の内も告げていないのに、まず先立って涙に濡れる我が袖であることよ。

〔本歌〕 世の中の憂きも辛きも告げなくにまづ知るものは涙なりけり（古今集・雑下・九四一・読人不知）

〔参考歌〕 久かたの月ゆゑにやは恋ひ初めし眺むればまづ濡るる袖かな（千載集・恋五・九三〇・寂超）

〔出典〕「弘長二年冬弘長百首題百首」の「初恋」題。

〔他出〕 柳葉集・巻第二・弘長二年院より人人に召されし百首歌の題にて読みて奉りし（一四四～二二八）・恋・初恋・一九五。

〔語釈〕 **○奉らせ給ひし百首** ↓6。**○まづ先立ちて** ↓288。

人々によませさせ給ひし百首に

聞きしより外なる物は涙とてまだ見ぬ人にうつりぬるかな

【校異】○よませさせ―よまさせ（慶）よませ〈させ〉（松）

【現代語訳】人々にお詠ませになられた百首で

聞いていたより以上に思いがけないものは涙だということで、まだ逢ってもいない人に対して、涙が紅に変色してしまったよ。

【本歌】身を捨てて行きやしにけむ思ふより外なる物は心なりけり（古今集・雑下・九七七・躬恒）

紅に涙うつると聞きしをばなどいつはりと我が思ひけん（後撰集・恋一・八一一・読人不知）

【参考歌】忍ぶるもおなじ我が身の心よりほかなるものともる涙かな（新和歌集・恋・寄涙恋・五〇三・景綱）

【出典】「弘長元年中務卿宗尊親王家百首」の「恋」。↓2。

【語釈】**○人々によませさせ給ひし百首**　「弘長元年九月中務卿宗尊親王家百首」（↓2）を言うか。該歌は他集に見えないが、詞書を共有する次歌が、『柳葉集』（一一二〇）に見えるので、「弘長元年九月人人によませ侍りし百首歌」（六九～一四三）「恋」の失われた一首であると考えられる。

【補説】やや詞足らずの感がある。特に「うつりぬるかな」が分かりにくい。『後撰集』の本歌に負って、恋の「涙」が「紅」に変色したことを言ったものと解しておくが、俊成の「思ふよりやがて心ぞうつりぬる恋は色なる物にぞありける」（久安百首・恋・八六・俊成。長秋詠藻・六一）のように、「心」が変化したことを言ったと解することもできるか。

主題は、ここから324まで、不逢恋。

陸奥の忍ぶの鷹の鳥屋籠もりかりにも知らじ思ふ心は

〔校異〕 ○とやこもり―とやかへり（書） ○しらし―しらむ（三・山） ＊歌頭に「続古」の集付あり（底・内・慶）

〔現代語訳〕（人々にお詠ませになられた百首で）
陸奥の信夫の鷹の鳥屋籠もり、そのように忍び籠もって、狩ならぬ仮にもあの人は知るまい、私の恋しく思う心は。

〔参考歌〕 陸奥の信夫の鷹を手に据ゑて安達の原を行くは誰が子ぞ（万代集・冬・一五〇九・能因）
はし鷹のとやまの庵の夕暮をかりにもとだに契りやはする（新勅撰集・恋五・九八六・知家）
山里の夜の嵐に夢覚めて思ふ心を人は知らじな（秋風集・雑中・一一七七・後鳥羽院）

〔影響歌〕 とやごもるしのびの鷹のかりにだに恋に心の離れやはする（師兼千首・恋・寄鷹恋・七六七）

〔出典〕「弘長元年中務卿宗尊親王家百首」の「恋」。↓2。

〔他出〕 柳葉集・巻一・弘長元年九月人人によませ侍りし百首歌（六九～一四三）・恋・一二〇。続古今集・恋・恋一・人人によませ侍りける百首歌のなかに・九六三。歌枕名寄・巻二十七・東山部六・陸奥上・信夫・鷹・六九一六。

〔語釈〕 **○陸奥の忍ぶ** 「忍ぶ」は「信夫」で、陸奥の歌枕。現在の福島県福島市域という。「思ふ」「心」「知らじ」の縁で「忍ぶ」意が掛かる。**○鷹の鳥屋籠もり** 夏の末に鷹の羽が抜け替わる間、鳥屋に籠もること。「籠もり」に、「忍ぶ」「知らじ」の縁で、人に知られずに隠れている意が掛かる。ここまで序詞。**○かりにも** 上句の序詞から、「狩」の掛詞で「仮」を起こす。

〔補説〕 次歌と「鷹」「鳥屋」を共有し、「寄鷹恋」の連続でもある。

325

324 和歌所の結番歌、男どもよみ侍りける次に、恋の心を

思ひ立つ鳥屋のはし鷹うちつけに恋に濡るゝは心なりけり

〔校異〕○和歌所の―和歌の（所）（山） ○とやの―時の（鳥屋）（山〈「時」字中に朱点〉） ○うちつけに―かちつけに（うカ（朱））（三）
○恋に―たひに（こ歟）（内） たひに（高）

〔現代語訳〕和歌所の結番歌を、出仕の男達がよみましたついでに、恋の趣意を
鳥屋のはし鷹が急に飛び立つように、思い立つ恋に俄に濡れるのは、（袖ではなく）心なのであった。

〔参考歌〕うちつけにいつしか濡るる衣手のまだ朽ちぬ間に逢ふよしもがな（重家集・初恋・一四九）
駿河なる田子の浦波うちつけに思ひありとも濡るる袖かな（洞院摂政家百首・恋・忍恋・一〇四八・行能）

〔語釈〕**○和歌所** →27。**○結番歌** →27。**○思ひ立つ** 心が決まる意。ここは、恋心を起こす、恋しい思いがはっきりする意。「立つ」は飛び立つ意を掛けて、「鳥屋のはし鷹」にもかかる。**○鳥屋** 鷹を飼う小屋。**○はし鷹** 小型の鷹。はいたか。「立つ」からここまで、「うちつけに」を起こす序詞。**○うちつけに** だしぬけに、突然にの意。「（飛び）立つ鳥屋のはし鷹」の状態が、突然に見えたことから言うか。

325 三百首御歌に

忍ぶ山心の奥に立つ雲の晴れぬ思ひは知る人もなし

〔校異〕○御歌に―御歌の中に（内・高・神・群） ○思ひは―思ひや（はイ）（慶）

〔現代語訳〕三百首の御歌で
陸奥の信夫山のように、心の奥に立つ雲の晴れることのない忍ぶ恋の思いは、知る人もない。

【本歌】しのぶ山忍びて通ふ道もがな人の心の奥も見るべく（伊勢物語・十五段・二三・男。新勅撰集・恋五・陸奥国にまかりて女に遣はしける・九四二・業平）
【参考歌】道絶えて我が身に深きしのぶ山心の奥を知る人もなし（続後撰集・恋一・六六六・道家）
【出典】宗尊親王三百首・恋・二〇五。合点、為家・基家・実氏・家良・行家・光俊・帥。
【語釈】○三百首御歌 →1。○忍ぶ山 信夫山。陸奥国の歌枕。現在の福島県の福島市街地の北側の平地に孤立してある山。「心の奥」「晴れぬ思ひは知る人もなし」から、「忍ぶ」が掛かる。○心の奥 「奥」に「忍ぶ山」の縁で「陸奥」の「奥」が響くか。○雲の ここまで有意の序詞。「晴れぬ」を起こす。
【補説】主題は、ここから333まで忍恋。該歌は、「知る人もなし」から不逢恋の趣もあり、かつ「忍ぶ山（信夫山）」で前々歌と繫がる。

なか（中）なか（く）によそにも見じ（み）と思ふこそ人目（め）を忍ぶあまりなりけれ

【校異】○みしと―みじと（三〈朱濁点後補か〉） ○なりけれ―なりけり（京・静・三・山） なりけり（れ）（ミ）（松）
【現代語訳】（三百首御歌で）
なまじっか遠く離れてでも見ること、それはするまいと思うのは、それこそ人の目を避けて隠れるあまりのことなのであった。
【本歌】恨むとも今は見えじと思ふこそせめて辛さのあまりなりけれ（後拾遺集・恋二・右大将道綱久しく音せで、など恨みぬぞと言ひ侍りければ、娘に代はりて・七一〇・赤染衛門）
【出典】宗尊親王三百首・恋・二〇四。為家評詞「是又上句、うちとけてや候らん」。合点、基家・家良・行家・光俊・四条・帥。

〔他出〕井蛙抄・二五九。↓補説。

〔補説〕『井蛙抄』（巻三）の「なかなかに」の項目に、為家評詞と共に挙げて、「私云、雖レ有二他難一、なかなかのことは、無二其沙汰一」とある。

忍恋を

知らすべきひまこそなけれ難波なる小屋の忍びに思ふ心を

〔校異〕○忍ひに―しのふ（ひイ）に（慶）忍に（青）　＊歌頭に「続古」の集付あり（底・内・慶）

〔現代語訳〕忍ぶる恋を

知らせることができる「ひま」、よい機会がないのだ。「ひま」がないという難波にある昆陽の小屋の篠火ならぬ、忍びに忍んで恋しく思う心を。

〔本歌〕津の国のこやとも人をいふべきにひまこそなけれ蘆の八重葺き（後拾遺集・恋二・六九一・和泉式部）

〔参考歌〕いかでかは思ひありとも知らすべき室の八島の煙ならでは（詞花集・別・一八八・実方）

難波江のこやに夜ふけて海人のたくしのびにだにも逢ふよしもがな（新勅撰集・恋一・六三三・読人不知。古今六帖・第一・火・七八六、一句「難波女の」）

〔影響歌〕知らすべきひまこそなけれ蘆垣の間近き中の茂き人目に（続千載集・恋一・一〇四三・藤原宗緒母）

〔享受歌〕知らすべきひまこそなけれ玉簾隔てながらもかかる思ひを（為村集・恋・近恋・一七一四）

〔出典〕「弘長元年五月百首」の「恋」。↓14。

〔他出〕柳葉集・巻一・弘長元年五月百首歌（一～六八）・恋・四六。続古今集・恋一・忍恋の心を・九六五。歌枕名寄・畿内十三・摂津国一・難波篇・児屋・三七八七。

〔語釈〕 ○ひまこそなけれ　本歌の「ひまこそなけれ蘆の八重葺き」を承けて言う。この「ひまこそなけれ」は、屋根の蘆葺の隙間のない状態の比喩で、人目の隙間のないことを言う。ここは、物事を行うのに適当な時機がないという意味。○難波なる小屋の忍び　摂津国の歌枕「昆陽」は、現在の兵庫県伊丹市南西部から尼崎市北部一帯の地域をいう。その「難波なる昆陽」に「小屋」を掛け、海人小屋で焚く「篠火」から掛詞で「忍び」を起こす。

蘆辺行く海士の小舟の綱手縄くるしや思ひほにも出でずて

〔校異〕 ○海士の―天の（慶）〈参考・意味の異なる表記の異同〉 ○いてすて―いてすに（高）

〔現代語訳〕（忍ぶる恋を）

蘆のはえる水辺を行く海人の舟の綱手縄を繰るように、なんと苦しいことよ、恋の思いが、舟の帆ならぬ秀に出て表に現れることもなくて。

〔参考歌〕 うけ引かぬ海人の小舟の綱手縄絶ゆとてなどか苦しかるべき（万代集・恋五・二七六三・肥後。続後撰集・恋一・七〇九・肥後。続詞花集・恋上・五一四。堀河院艶書合・一二、以上四句「絶ゆとて何か」）

夏虫の小夜更けがたの草隠れ苦しや思ひ下もえにのみ（万代集・恋一・一八六八・基家）

〔出典〕「弘長二年十二月百首」の「忍恋」題。↓5。

〔他出〕 柳葉集・巻二・弘長二年十二月百首歌（二九七〜三五七）・忍恋・三四三。

〔語釈〕 ○蘆辺行く　万葉以来「鴨」に用いるのが普通。「舟」に言う先行例は見えない。「蘆辺漕ぐ棚無し小舟いくそたび行き帰るらむ知る人もなみ」（伊勢物語・九十二段）から発想か。○綱手縄　舟を曳航するときに用いる縄。ここまで序詞。○くる　「繰る」の掛詞で「苦し」を起こす。○ほにも　「秀にも」に、「舟」の縁で「帆」が掛かる。

百番御歌合に、同じ心を

恋すてふ我が名な立てそ東屋の浅木の柱朽ちは果つとも

〔校異〕○百番―百首（内・高）○なたてそ―はたてそ（慶・青・京・静・三・山）はたてそ（松）（るイ）○あさきの―あまきの（慶）（さイ）あまきの（青・京・静・松・三〈「ま」の左傍に朱丸点あり〉・山〈「ま」の右傍に朱で「さ歟」〉）＊「なたてそ」は「。（な）たてそ」（底）＊歌頭に「続後拾」の集付あり（底）

〔現代語訳〕百番御歌合で、同じ（忍ぶる恋の）趣意を

恋しているという私の浮き名を、柱を立てるように立てるな。たとえ東屋の節多い浅木の柱が朽ち果てるように、命が尽き果てるとも。

〔本歌〕恋すてふ我が名はまだき立ちにけり人知れずこそ思そめしか（拾遺集・恋一・六二一・忠見）

〔参考歌〕東屋の浅木の柱我ながらいつふしなれて恋しかるらん（千載集・恋三・八一一・前斎院新肥前）

〔類歌〕面影は立ちも離れじ契りこそ浅木の柱朽ち果てぬとも（政範集・寄柱恋・二四七）

〔出典〕「文永元年六月十七日庚申宗尊親王百番自歌合」（仮称。散佚）の「忍恋」題。

〔他出〕柳葉集・巻四・文永元年六月十七日庚申に自らの歌を百番ひに合はせ侍るとて（四五〇〜五六二）・忍恋・五一三。続後拾遺集・恋一・忍恋の心を・六五五。題林愚抄・恋一・忍恋・六二六五。

〔語釈〕**○百番御歌合** →24、34。**○立て** 評判を立てる意に、「東屋」「浅木」「柱」の縁で、柱を立てる（家屋を建てる）意が掛かる。**○東屋** 「あづま」風の家屋。屋根を四方に葺き下ろして柱のみで壁の無い粗末な小屋。**○浅木** 節が多くて質が悪い材木。**○朽ちは果つとも** 「東屋の浅木の柱」を序詞として、その柱がすっかり朽ちてしまうともの意に、比喩的関係で、むなしく一生涯が終わるともの意が掛かる。

〔補説〕参考歌の『千載集』の歌は、『肥後集』に「東屋の浅木の柱我ながらいつふしなれて忘れざるらん」（男に

やるに代はりて・一九五）として見える歌と何らかの関係があるか。

五十首の御歌中に

忍ぶれば過ぐさぬよその人目まであな憂やとのみ恨みられつゝ

【校異】○うらみられつゝ―うらみられや〔つゝ落〕（松〈見消字中〉）くらみこれや〔本ノ〕（三・山〈「らみこれ」の各字左傍に朱線〉）

【現代語訳】五十首の御歌の中で

恋を忍んでいると、関係して過ごすわけでもない他人の見る目までが、ああ憂く辛いとばかり、ひとりでに恨めしく思われて。

【本歌】世の中の憂きも辛きも忍ぶれば思ひ知らずと人や見るらん（拾遺集・恋三・九三三・読人不知）

取りとむる物にしあらねば年月をあはれあな憂と過ぐしつるかな（古今集・雑上・八九七・読人不知）

【参考歌】世の中の憂きはなべてもなかりけり頼む限りぞ恨みられける（後撰集・恋六・一〇六一・読人不知）

【語釈】**○五十首の御歌** 未詳。→19。**○過ぐさぬ** 私が関わりを持って時を過ごさない（他人）、の趣旨に解した。私を気に掛けずに放っておくことをしない、私の忍んでいることを見過ごさない（他人）、の趣旨に解しても一応通意か。**○よその人目** 無関係の他人の目。隆信の治承二年右大臣兼実家百首詠「よしさらば我や苦しき逢ひ見ての後に絶えぬるよその人目は」（隆信集・恋三・後法性寺殿右大臣御時百首に・五八二）や「今はただよその人目をつつみこし心も身にはそはばこそあらめ」（同・恋四・世中いみじうつつみし人のもとへつかはし侍りし・六一〇）が早いか。家隆には『六百番歌合』の「忍び来し思ひをいまは忘られんよその人目と歎くばかりぞ」（恋三・顕恋・七二四）や『洞院摂政家百首』の「ことしげきよその人目をつつむまに苦しや心しづのをだまき」（忍恋・一三五三。『校本洞院摂政家百首とその研究』に拠る）があり、宗尊が目にした可能性が高いか。

【補説】本歌の両首の詞に負っていようが、参考歌の後撰歌も意識していようか。

人々によませさせ給ひし百首に

いかにせむ無き名ぞとだに言ふべきにそれしも人の知りぬべきかな

【校異】〇よませさせ―よまさせ（慶）〇それしも―それ共（三・山）〇しりぬ―しらぬ（三・山〈「ら」の右傍に朱丸点〉）＊「それしも」は「これしも」（底）

【現代語訳】人々にお詠ませになられた百首で

どうしようか。（あの古歌のように）他の人に知られないで仲が絶えるのならば、ありもしない評判だと言うはずだけれど、それすらも既に人が分かってしまっているに違いないことだよ。

【本歌】人知れず絶えなましかば侘びつつも無き名ぞとだに言はましものを（古今集・恋五・八一〇・伊勢）

【出典】「弘長元年中務卿宗尊親王家百首」の「恋」。

【他出】柳葉集・弘長元年九月人人によませ侍りし百首歌（六九～一四三）・恋・一二五。

【語釈】〇人々によませさせ給ひし百首　→2。〇それ　本歌を承けた「無き名ぞとだに言ふべきに」を指す。他人に知られないならば、無実の噂であると言い逃れるはずであること。言い換えれば、無実の噂だと言うことは、つまり他人に知られない為だということ。

【補説】本歌は、もし他人に知られず仲が絶えるのならば悲しく侘びても、無実の噂だと言うことが出来るのに、という意味で、つまり、既に人に知られた上で仲が絶えるのだとすれば無実の噂だとさえも言えないからより辛い、という趣旨であろう。これを踏まえて、無実の噂だと言いたいが、そのように言いなすことは即ち、他人に知られないで仲が絶えるならば無実の噂だと言おうとしているのだ、ということまで人はもう承知しているのでかえって、絶えるどころかいまだ人に忍んでいる恋であるのに、それを知らせてしまうようなものだ、と歎息する趣であろう。

332

忍恋の心を

人もまた忍べばこそは忍ぶらめなど我が恋の身に余るらん

【校異】○忍恋のこゝろを―忍恋を（高） ○人もまた―人も見ぬ（山〈「見ぬ」各字中に朱点〉）

【現代語訳】忍ぶる恋の趣意を

人はやはり、恋の思いを何とか忍ぶのであれば忍ぶであろうけれど。どうして私の恋は、その思いが忍びきれずに身に余って外に現れようとするのであろうか。

【本歌】たぎつ瀬のなかにも淀はありてふをなど我が恋の淵瀬ともなき（古今集・恋一・四九三・読人不知）

【出典】「弘長二年十一月百首」の「忍恋」題。↓23。

【他出】柳葉集・巻二・弘長二年十一月百首歌（二二九～二九六）・忍恋・二七五。

【語釈】**○もまた** 「も」は強意。「また」は、やはりの意。 **○身に余るらん** 恋の思いについて言い、「忍ぶ」と詠み併せる先例は、「身に余ることはなかなかよかりけり人目を忍ぶ歎きなければ」（六百番歌合・恋上・顕恋・七二一・季経）や「身に余る思ひや空にみちのくのしのぶかひなく立つ煙かな」（宝治百首・恋・寄煙恋・二五七九・寂能）や「忍ぶべきかたこそなけれ早く我が身に余るまでなれる思ひは」（百首歌合建長八年・恋・一三七〇・行家）等がある。

【補説】忍びきれずに身から余るほどに我が恋の思いは強いのか、と自身の恋心を歎息する趣。

333

なにとかく下に心をくだくらん忍べばとても見えぬ思ひか

【校異】○なにとかく―何となく（慶・青） 何とかく（松） ○とても―とてか（内・高） ○おもひか―思を（書）

心（本マ、）を（高）おもひか（をイ）（慶）おもひを（神・群）

【現代語訳】（忍ぶる恋の趣意を）どうしてこのように、内心で思い煩うのだろうか。たとえ忍んで隠したとしても、外に現れて見えない私の恋の思いか、そうではないのに。

【参考歌】 なにとかく心をさへは尽くすらん我が歎きにて暮るる秋かは（山家集・秋・人人秋歌十首よみけるに・三〇五。宮河歌合・四〇。御裳濯集・秋下・四九二）

【出典】「弘長二年十一月百首」の「忍恋」題。→23。

【他出】 柳葉集・巻二・弘長二年十一月百首歌（二二九～二九六）・忍恋・二七三。

【語釈】 **○なにとかく** 何故の意の副詞「なにと」に、このようにの意の副詞「かく」が付いた形。**○下に** 心の内側で。**○心をくだく** あれこれと悩んで心を痛める意。

百番御歌合に、春恋

言（い）はで思ふ心の色を人問（と）はば折りてや見（み）せん山吹（ふき）の花

【校異】 ○春恋―春恋を（高・慶）○いはて―いかて（三・山）＊歌頭に「続古」の集付あり（底・内・慶）

【現代語訳】 百番御歌合で、春の恋

口に出して言わないで密かに恋しく思っている心の色を、もし人が問うのならば、ただ折って見せましょう、山吹の花を。梔子色だから、口無しで、答えることができないと。

【本歌】 言はで思ふ心ありその浜風に立つ白浪のよるぞわびしき（後撰集・恋二・六八九・読人不知）

山吹の花色衣ぬしや誰問へど答へずくちなしにして（古今集・雑体・誹諧歌・一〇一二・素性）

〔参考歌〕 君を祈る心の色を人問はば糺の宮の朱の玉がき（新古今集・神祇・一八九一・慈円）
〔類歌〕 我が袖の涙とも見よ言はで思ふ心の色の花の下露（親清五女集・寄款冬恋・二四七）
〔享受歌〕 いはで思ふ心の色か妹背山中なる川の山吹の花（新続古今集・春上・百首歌奉りし時、款冬・一九一・雅永）
〔出典〕 「文永元年六月十七日庚申宗尊親王百番自歌合」（仮称。散佚）の「春恋」題。
〔他出〕 柳葉集・巻四・文永元年六月十七日庚申に自らの歌を百番ひに合はせ侍るとて（四五〇～五六二）・春恋・五三〇。続古今集・恋一・忍恋の心を・九六四。題林愚抄・恋一・忍恋・六二四一。
〔語釈〕 ○百番御歌合 →24、34。○心の色 深く恋の思いに悩んでいる気分のさま。「常磐なる日陰の蔓今日しこそ心の色に深く見えけれ」（後撰集・恋三・七三五・師尹）が原拠だが、新古今時代以降に多用される。ここでは、本歌の素性詠を踏まえて、「色」は「山吹」の縁語で、「梔」の「色」であり、その掛詞の「口無し」が、「言はで思ふ」と響き合う。
〔補説〕 主題は、次歌と共に寄春恋で、次次歌の寄秋恋と対。

涙にて思ひは知り(し)ぬとどむとも難(かた)しや別れ春の曙(あけぼの)

〔校異〕 ○和歌―ナシ。→「春恋を」の詞書で369と370の間にあり（書・内・高〈三句「うらむとも」〉）。→補説。＊「別」の左傍に朱丸点あり（三）
〔現代語訳〕（百番御歌合で、春の恋）
春の曙に、留めることができずに流す涙によって、自分の恋しい思いは分かったよ。いくら留めても、留めるのは難しいことだ、この別れは。
〔本歌〕 惜しむとも難しや別れ心なる涙をだにもえやは留むる（拾遺集・別・三二二・御乳母少納言）

【参考歌】別れつる床に心は留めおきて霞にまよふ春の曙（俊成五社百首・伊勢大神宮・恋・後朝恋・七五）

【出典】前歌に同じか。→補説。

【補説】初二句は、新鮮な表現である。「涙」と「思ひ」を、恋の相手のものだと解するのは、近代的過ぎるであろう。本歌を踏まえて、自分でどうすることもできずに流れる涙で、相手を恋する自分の気持ちの程が分かったとの趣旨に解しておく。第三句以下には、「留春春不住（はるをとどむるにはるとどまらず）」や「留春不用関城固（はるをとどむるにはもちゐずくわんせいのかためをも）」（和漢朗詠集・春・三月尽・五〇・白居易、五五・尊敬）も想起される。

前歌から「春恋」の二首連続で、次歌の「秋恋」と対照する。書・内・高本は、該歌が次の恋下の巻に、369「三百首御歌中に」と370「逢後契恋」の間に配されている。369の結句「暁の空」と該歌の結句「春の曙」との類縁で連接された可能性があるが、後述（369補説）のとおり、書・内・高本の形が先行し、底本以下の諸本の形に改められたと考えておく。底本以下の諸本の形の場合、335歌には334歌の詞書「百番御歌合に、春恋」がかかるが、『柳葉集』にはその「百番御歌合」に該当する「文永元年六月十七日庚申に自らの歌を百番ひに合はせ侍るとて」（四五〇～五六二）の「春恋」題には、334歌のみが見える。『柳葉集』には、「百番歌合」の二〇〇首の内の一一三首が所収されているにすぎず、そこでは同じ一つの題で複数の歌が配されている場合もままあるので、335歌も本来その「百番歌合」の一首であった可能性はあろう。しかし一方で、「百番歌合」の一首ではないものが、結句の「春の曙」の縁から「春恋」題の下に配された可能性も見なくてはならないであろう。→解説。

336

秋恋

つゝめども涙ぞ落（お）つる身に恋の余（あま）るや秋の夕べなるらん

【校異】ナシ

〔現代語訳〕秋の恋
隠すように包むけれども涙が落ちるこの身に、恋が外に有り余って出るのは、秋の夕方であるからなのだろうか。
〔本歌〕つつめども隠れぬものは夏虫の身より余れる思ひなりけり（後撰集・夏・二〇九・桂内親王の童女）
身に恋の余りにしかば忍ぶれど人の知るらんことぞわびしき（拾遺集・恋二・七三八・読人不知）
〔参考歌〕いかにせん数ならぬ身にしたがはで包む袖より余る涙を（金葉集・恋上・三八四・読人不知）
ものをのみさも思はするさきの世の報ひや秋の夕べなるらん（新撰六帖・第一・あきの晩・一五四・信実。万代集・秋上・九五三。秋風抄・序文。新三十六人撰正元二年・三〇二。信実集・五一。続古今集・秋上・三七二）
〔出典〕「文永元年六月十七日庚申宗尊親王百番自歌合」（仮称・散佚）の「秋恋」題の一首か。→補説。
〔補説〕詞の上では、本歌両首から取りつつ信実詠にも倣い、かつ『金葉集』歌にも負ったかと思しい。もちろん、宗尊が、作歌にあたって実際にどのように各歌集に向き合っていたかはよく分からないが、複数の古歌や先行歌との関わりが想定される該歌のような詠作は本集にも相当数認められるのであり、各勅撰集や同時代の撰集を熟覧していた可能性が窺われるのである。
題の「秋恋」は前二首の「春恋」と一対で、334の出典の「百番自歌合」にも見えている（柳葉集・五三二）。該歌は同歌合を抄録する『柳葉集』には不見だが、同歌合は一つの題で複数の歌が詠まれているので、該歌もその一首と見ておく。

恋の心を

337
袖を我(われ)いつの人間にしぼれとて忍ぶに余(あま)る涙なるらむ

【校異】○恋のこゝろを―恋心を（書・内・高〈「恋こゝろを」〉）〈参考・表記の異同〉○袖を―袖に(をイ)（慶）○われ―わか（内・高）われ(カイ)（慶）

【現代語訳】恋の趣意を
涙に濡れる袖を、私がいったい何時、人の見ていない間に絞れといって、密かに忍んでいるのに余って流れ出る涙なのであろうか。

【本歌】暮ると明くと目かれぬものを梅の花いつの人間にうつろひぬらん（古今集・春上・四五・貫之）

【参考歌】いかにせん数ならぬ身にしたがはで包む袖より余る涙を（金葉集・恋上・三八四・読人不知）
いかさまに忍ぶる袖をしぼれとて秋をかたみに露の消えけん（続後撰集・雑下・一二五八・後堀河院民部卿典侍＝定家女）
恋ひしきを人にはいはで忍ぶ草忍ぶに余る色を見よかし（新勅撰集・恋五・九四三・伊尹）

【出典】「弘長三年八月三代集詞百首」の「恋」。↓130。

【他出】柳葉集・巻三・弘長三年八月三代集詞にて読み侍りし百首歌（四〇四～四四九）・恋・四三一

【語釈】**○人間** 人がいないとき、人目のないとき。

【補説】主題は、325～333に続き、次歌と共に再び忍恋。前歌と「あまる」を共有して歌群を連繫。

338
よそにては思ひありやと見(み)えながら我のみ忍ぶ程のはかなさ

【校異】○詞書ナシ（前歌「恋のこゝろを」）―たてまつらせ給し百首に（書・内・高・慶〈行間小字補入〉・神・群）○ありやと―ありとや（書）あや(り)やと（高）○忍ふ―し(の)ふ（慶）○はかなさ―はかなき（静）はかなき(さイ)（松）

〔現代語訳〕（恋の趣意を）
他の人には、私に恋の思いがあるのかと分かっているのに、私だけが隠れ忍んでいる有様の、かいのないむなしさよ。

〔参考歌〕よそにては花のたよりと見えながら心のうちに心あるものを（貫之集・三二三）
秋風に涙は落ちぬしかりとて思ひありやと問ふ人はなし（百首歌合建長八年・秋・三三〇・伊嗣）
絶え間にぞ心の程は知られぬる我のみ忍ぶ人は問はぬに（拾玉集・五四九一・頼朝）
風はやみ荻の葉ごとに置く露の後れ先立つ程のはかなさ（新古今集・雑下・一八四九・具平親王）

〔出典〕「弘長二年冬弘長百首題百首」の「忍恋」題。↓6。

〔他出〕柳葉集・巻二・弘長二年院より人人に召されし百首歌の題にて読みて奉りし（一四四〜二一八）・恋・忍恋・一九七。

〔語釈〕○よそ　恋仲当人の外側にいる直接関係のない人。○程　情況・状態の意。

〔補説〕出典を「弘長二年冬弘長百首題百首」（仮称）とする歌は、本集では「奉らせ給ひし百首に（＋歌題）」の類の形の詞書が付されているのが普通であるが、歌題が記されていない例も散見するので（166、188、284）、該歌の場合にも書本以下の諸本のごとく、同様に歌題が付されていなかったとしても不思議ではない。また、次歌は該歌と同機会の百首歌の連続した一首であり、その詞書「奉らせ給ひし百首に」が該歌に付されていたとしても齟齬はない。しかし、337〜341の詞書の付され方は、底本以下の形が書本以下の形に比して、より合理的に整理された印象が残る。本集の編纂過程が反映した異同かとも疑われる。直ちに底本以下の形が精撰とは言えないだろうが、底本に従っておく。↓解説。

参考歌に挙げた歌は、「よそにては…と見えながら」、「思ひありやと」、「我のみ忍ぶ」、「程のはかなさ」の各先行例である。宗尊がこれらに直接依拠して詠作したとのではないにせよ、自ずから先規ある歌句・措辞によって構築されているのであれば、宗尊の学習の広範さと深度とを垣間見ることができるのではないか。

奉らせ給ひし百首に、不逢恋

339

逢ふ事はいつにならへる心とてひとり寝る夜の悲しかるらん

【校異】○奉らせ給し百首に不逢恋—不逢恋（書・内・高・慶・神・群）○あふ事は—逢かとは（三）○いつにならへる—いつとならへる（内）

【現代語訳】（後嵯峨院に）お奉りになられた百首で、逢はざる恋

まだ逢ってもいないのに、逢うことはいったい何時から習慣となっている私の心だというので、ただ独り寝る夜が悲しいのだろうか。

【本歌】夢にだにまだ見えなくに恋ひしきはいつにならへる心なるらん（後撰集・恋三・七四〇・元方）

【出典】「弘長二年冬弘長百首題百首」の「不逢恋」題。

【他出】三十六人大歌合弘長二年・一五。柳葉集・巻二・弘長二年院より人人に召されし百首歌の題にて読みて奉りし（一四四～二二八）・恋・不逢恋・一九七。

【語釈】○奉らせ給ひし百首 →6。○下句 「ひとり寝る夜」は万葉以来、「悲しかるらむ」は古今集以来の、共に伝統的常套。

【補説】主題は、ここから353まで、細かい趣意の変化はあるものの、大枠では不逢恋。

340

思ふにもよらぬ命のつれなさはなほながらへて恋ひや渡らん

【校異】○思ふにも—おもひにも（慶）思ひにも（青・京・静・松・三・山・神・群）○つれなさは—つれなきは

（慶・青・三・山）つれなきは（松）　＊歌頭に「続拾」の集付あり（底・内・慶）　＊「ながらへて」を「存命て」と表記（山）

〔現代語訳〕（後嵯峨院に）お奉りになられた百首で、逢はざる恋

恋しく思ってもあの人はこちらに靡き寄らない薄情さなのに、このように生き長らえている思いもよらない命の非情さは、さらに長らえてあの人を恋い続けることになるのであろうか。

〔参考歌〕思ふにもよらぬ命をしばしとてあはれつれなき君にやあるらん（林葉集・恋・臨期違約恋同〈歌林苑〉・八四〇）

つれなくもなほながらへて思ふかなうき名を惜しむ心ばかりに（千五百番歌合・恋三・二五九二・宮内卿）

〔出典〕「弘長二年冬弘長百首題百首」の「不逢恋」題。→6。

〔他出〕柳葉集・巻二・弘長二年院より人人に召されし百首歌の題にて読みて奉りし（一四四〜二二八）・恋・不逢恋・二〇〇。続拾遺集・恋二・題しらず（八七五）・八七六。

〔語釈〕**○思ふにもよらぬ**　思いもかけない、意外だの意。恋歌として必然的に、あるいはまた「恋ひや渡らん」との対照的な縁で、恋しく思ってもその人がこちらに心を傾けないの意が掛かる。参考歌の他に、「石見潟人の心は思ふにも寄らぬ玉藻の乱れかねつつ」（新勅撰集・恋二・七七〇・公経）にも学ぶか。**○命のつれなさは**　意外にも死なずにいる自分の命の、だからこそむしろ無情な辛さというのは、という趣意。「つれなさ」は、「思ふ」「よらぬ」「恋ひ」の縁で、恋の相手の冷淡さの意味が掛かる。

〔補説〕大きな枠組みでは、「たなばたにかしつる糸のうちはへて年の緒長く恋ひや渡らむ」（古今集・秋上・一八〇・躬恒）の類型の中にある一首だと言える。同時に、「いかにせむ命は限りあるものを恋は忘れず人はつれなし」（拾遺集・恋一・六四二・読人不知）の類型をやや変化させたような一首でもある。

さりともと月日の行くも頼まれず恋路の末の限り知らねば

〔校異〕 ○さりともと―さりとても（慶・青・京・静・三・山）さりとても（もとイ）（松） ○しらねは―なけれは（高）

〔現代語訳〕（後嵯峨院に）お奉りになられた百首で、逢はざる恋）
いくらなんでも（いつかは）と、月日が過ぎて行っても、頼みにすることができない。恋の道筋の行く末には、いつを限りとする（と逢える）かが分からないので。

〔参考歌〕 さりともと待ちし月日ぞうつり行く心の花の色にまかせて（新古今集・恋四・一三二八・式子）
さりともと待ちし月日もいたづらに頼めし程もさて過ぎにけり（正治初度百首・恋・八一・後鳥羽院。後鳥羽院御集・七八）
日数行けど恋路の末のなきままに憂き世を背くかたへ入りぬる（忠盛集・恋・一三六）

〔影響歌〕 武蔵野も限りこそあれはてもなき恋路の末を何にくらべん（為村集・恋・寄野恋・一五八九）

〔出典〕「弘長二年冬弘長百首題百首」の「不逢恋」題。→6。

〔他出〕 柳葉集・巻二・弘長二年院より人人に召されし百首歌の題にて読みて奉りし（一四四～二一八）・恋・不逢恋・二〇一。

〔語釈〕 ○さりともと そうであるにしてもと。接続詞だが副詞風に変化。「行く」にかかる。○恋路の末 恋の成り行きを道程に見立てた「恋路」の、ゆくえ・至り着く果て。参考歌の忠盛詠など、院政期頃から見え始め、新古今時代にも試みられているが、盛行するには至らない詞。勅撰集では『新勅撰集』に次の二首が見えるだけである。「踏みそむる恋路の末にあるものは人の心の石木なりけり」（恋一・六八五・実家）、「いかにせむ恋路の末に関据ゑて行けども遠き逢坂の山」（恋二・七五五・藻璧門院少将＝信実女）。○限り知らねば 何時逢えるかその期限が分からないということ。

【補説】　参考歌に挙げた平忠盛詠に宗尊が倣ったとは断定できないが、45や155でも忠盛詠に通う点が認められるので注意しておきたい。
　影響歌とした為村の一首については、為村の詠作全体を検証する中で、改めて定位されるべきであろう。

　　人々によませさせ給ひし百首に

果てはまたさこそは消えめ物をのみ思ふ月日の雪と積もらば

【校異】　○よませさせ―よませ（内・高）　よまさせ（慶）　○きえめ―きヽめ（底・三〈左右傍記朱〉）　きかめ（慶・青）　きくめ（松）　○つもらは―つもるは（静）

【現代語訳】　人々にお詠ませになられた百首で
　最後はやはり、この恋はさだめし、雪が火で消えるように消えるのでしょう。物思いばかりをする月日が、雪のように積もるのならば。

【本歌】　君が思ひ雪と積もらば頼まれず春よりのちはあらじと思へば（古今集・雑下・九七八・躬恒）

【出典】　「弘長元年中務卿宗尊親王家百首」の「恋」。

【他出】　柳葉集・弘長元年九月人人によませ侍りし百首歌（六九～一四三）・恋・一二一。

【語釈】　**○人々によませさせ給ひし百首**　↓2。**○果てはまた**　新古今時代から詠まれ始めて、鎌倉時代中期以降に非常に流行する句。「果てはまた行き別れつつ玉の緒の長き契りは結ばざりけり」（光明峰寺摂政家歌合・寄玉恋・八八・知家）、「果てはまた恋しきばかり思はれて人を恨むる心だになし」（秋風抄・恋・遇不逢恋・二五二・源孝行）等々。

【補説】　本歌は、「思ひ」の「ひ」に「火」が掛かるか否か解釈は分かれるが、該歌は掛かるとしてそれを承けつつ、「消えめ」の縁で、「月日」の「日」に「火」を掛けるか。

三百首御歌の中に

下燃え(したもえ)の海人(あま)の焚く(た)藻(も)の夕煙末(すゑ)こそ知ら(し)ね心弱さ(よは)は

【校異】○あまの―天の（慶）〈参考・意味の異なる表記の異同〉○すゑこそ―すゑ。(こそ)（山）○よはさは―よはさに（慶・山）

【現代語訳】三百首の御歌の中で

下に燻る海人の焼く海藻の夕煙が立ち昇り行く先が分からないように、心中密かに恋い焦がれる私の恋は、その心弱さは、先行きがどうなるか分からないのだ。

【本歌】浦風になびきにけりな里の海人の焚く藻の煙心弱さは（後拾遺集・恋二・七〇六・実方）

【参考歌】恋ひわびて眺むる空のうき雲や我が下燃えの煙なるらん（金葉集・恋下・四三五・周防内侍）

【出典】宗尊親王三百首・恋・二一〇、結句「心弱さを」。基家評詞「已上両首、興味争二定文一、又論二実方一歟」（二〇九～二一〇）。合点、為家・基家・実氏・家良・行家・帥。

【語釈】**○三百首御歌** →1。**○下燃え** 表に火が出ずに下の方で燻ること。恋歌として、また「心」の縁でも、外に表れずに心中で恋い焦がれ悶えることを比喩的に掛ける。**○海人の焚く藻の夕煙** 海浜の生業の者が海塩を取るために焼く海藻から出る夕方の煙。「夕煙」は、「風吹けば室の八島の夕煙心の空に立ちにけるかな」（惟成弁集・一八、新古今集・恋一・一〇一〇・惟成）が早く、勅撰集ではこれを含めて『新古今集』の五例が初出で、この時代以降に盛んに詠まれるようになる。**○心弱さ** 本歌は、「こと人に物言ふと聞」いた「女」（恋の相手）の「心弱さ」（他の人に靡く心の弱さ）を言うが、該歌は、自分自身の「心弱さ」（恋を隠し続けられない心の弱さ）を言うか。

〔補説〕『宗尊親王三百首』の基家評詞は、該歌の本歌の実方詠と、その前の歌「うちも寝ず忍ぶ心のあらはれば知らぬ枕になほやかこたん」（二〇九）の本歌の貞文詠「枕よりまた知る人もなき恋を涙せきあへず漏らしつるかな」（古今集・恋三・六七〇）を指摘して、各本歌と優劣付けがたいと評したものか。

五首の歌合に、恋を

恋ひ初（そ）めし心を誰（たれ）にかこたまし逢（あ）はぬは人の憂（う）きになせども

〔校異〕○歌合に―御歌合に（神・群）　○恋を―ナシ（慶）　○うきに―かたに（三・山）　○なせとも―なせとて（高）　めすとも（神）　＊歌頭に「続古」の集付あり（底・内・高・慶）

〔現代語訳〕五首の歌合で、恋を

恋し始めた私の心をいったい誰のせいにしたらよいのだろうか。逢わないことは、その人の私に辛くあたっているせいにするにしても。

〔本歌〕恋ひ初めし心をのみぞ恨みつる人の辛さを我になしつつ（後拾遺集・恋一・六三八・兼盛。続後撰集・恋二・七九〇に重出）

〔語釈〕**○五首の歌合に**　未詳。本集には別に、「花五首歌合」（55、71）があるが、ただの「五首の歌合」は該歌のみ。**○人の憂き**　人が自分に対して薄情で辛いものであるということ。

題しらず

夢にのみ見（み）るを会ふにてやみもせば何か現（うつつ）の形見（かたみ）なるべき

〔校異〕 ○やみも—や。も（京） ○何か—なに、（慶） ○なるへき—成へし（山〈「し」字中に朱点〉）

〔現代語訳〕 作歌事情不明

夢にだけ見るのを逢うこととして終わったならば、いったい何が現実の形見になるのだろうか。いや何もないよ。

〔本歌〕 袖濡れて海人の刈り干すわたつうみのみるを逢ふにてやまむとやする（伊勢物語・七十五段・男。新勅撰集・恋一・六四九・業平、三句「わたつみの」）

〔参考歌〕 夢をだにいかで形見に見てしかな逢はで寝る夜の慰めにせん（拾遺集・恋三・八〇八・人麿）

寝るがうちに夢と見しこそはかなけれ何かまことの現なるべき（為家五社百首・恋・夢・北野社・六八六）

〔補説〕 本歌の詞を取りつつ、参考歌の人麿歌にも異を唱える趣がある。為家詠と同工異曲。

つれもなき人のつらさも馴れぬるに懲りぬ心のいつを待つらん

〔校異〕 ○つらさも—難面さも（山）

〔現代語訳〕（作歌事情不明）

逢うこともなく、いっこうにつれないあの人の冷淡さにもすっかり馴れてしまっているほどなのに、性懲りもない私の恋心の、いったい何時逢えることを期待しているのだろうか。

〔本歌〕 頼めつつ逢はで年経るいつはりに懲りぬ心を人は知らなむ（古今集・恋二・六一四・躬恒）

〔参考歌〕 つれもなき人の辛さを見るよりも身を投げつるといづれまされり（躬恒集〈承空本〉・二四九〈忠岑との問答歌〉。忠岑集〈承空本〉・一三五・躬恒）

〔出典〕「弘長二年十一月百首」の「不逢恋」題。→23。

〔他出〕柳葉集・巻二・弘長二年十一月百首歌（二三九～二九六）・不逢恋・二七八。

347

いかにふる袖の涙の時雨にて紅葉に余る色を見すらん

〔校異〕○しくれにて―しくれとて（高）　○あまる―まさる（書・内・高）

〔現代語訳〕（作歌事情不明）

いったいどのように過ごした袖に降る恋の涙の時雨によって、私の袖は紅葉も越える紅の色を見せているのだろうか。

〔本歌〕人目をもつつまぬものと思ひせば袖の涙のかからましやは（拾遺集・恋二・七六四・実方）

〔出典〕「弘長三年八月三代集詞百首」の「恋」。↓130。

〔他出〕柳葉集・巻三・弘長三年八月三代集詞にて読み侍りし百首歌（四〇四～四四九）・恋・四三三、四句「もみぢにまさる」。

〔語釈〕**○ふる**　「経る」と「降る」の掛詞。「涙」「時雨」「紅葉」と縁語。**○紅葉に余る色を見すらん**　新奇な措辞。紅葉の紅よりも紅い、恋に流す血の涙の色になっているということ。「色を見すらん」は、新古今時代以降に詠まれ始める句。例えば、家隆に「いかなれば咲き初むるより藤の花暮れ行く春の色を見すらん」（六百番歌合・春・山春・一七八）がある。

348

和歌所にて

山鳥のおのれ影見るます鏡かけてや人を長く恋ひまし

〔校異〕○影―猶（慶・青・京・静・松・三・山・神・群）　○ます鏡―□〈「末」の「ま」か。虫損〉すかゝみ（京）

十寸（朱）銅鏡（山〈「銅」字中に朱点〉）

〔現代語訳〕 和歌所にて

山鳥の「尾」ならぬ「おのれ」自身で影を映し見るます鏡、そのます鏡を「掛けて」ではないが、「かけても」少しでもあの人を気にかけて、山鳥の尾のように長く恋い慕いたいものだがなあ。

〔本歌〕 山鳥の尾ろのはつをに鏡かけとなふべみこそ汝に寄そりけめ（万葉集・巻十四・相聞・三四六八・作者未詳）

あしひきの山鳥の尾のしだり尾の長長し夜をひとりかも寝む（拾遺集・恋三・七七八・人麿。万葉集・巻十一・寄物陳思・二八〇二の或本歌）

〔参考歌〕 山鳥の尾上の月のます鏡長してふ夜に影もくもらず（洞院摂政家百首・秋・月・六三〇・為家）

山鳥のはつをの秋のます鏡長き夜かけて出づる月影（壬二集・西園寺三十首・秋・一九九九）

ます鏡影だに見せよ山鳥の尾ろの長尾のなかは絶ゆとも（万代集・恋五・寄鳥恋を・二六九三・承明門院小宰相）

〔語釈〕 **○和歌所**　→27。**○山鳥のおのれ影見る**　「山鳥の尾」の「を」の音から「おのれ」を起こす。「山鳥の尾」は、本歌を承けて結句の「長く」にもかかる。「おのれ影見る」は、それ自身がその姿を映す、ということ。順徳院の「逢坂の関の清水の木隠れにおのれ影見る秋の夜の月」（紫禁和歌集・同〈建保元年十月八日〉比当座、関月・三一四）に学ぶか。先行例は他に、『建保名所百首』に「水海におのれ影見る鏡山山の姿も雪降りにけり」（冬・鏡山近江国・七一六・忠定）がある。**○ます鏡かけてや**　「ます鏡」は、真鏡・真澄鏡・増鏡。「まそかがみ」に同じ。よく澄んだ優れた鏡。「掛く」の枕詞だが、ここでは、本歌を承けて、また「おのれ影見る」から続く文脈で有意。「かけて」は、少しでも、ちょっとでも意に、心にいつも思っての意を重ねるか。

百番御歌合に、名所恋を

比べばや恋をするがの山高みおよばぬ富士の煙なりとも

【校異】 ○和歌―ナシ〈349歌から358上句までナシ。26行ほぼ一丁分欠。落丁〉（書）。→解説。＊歌頭に「続古」の集付あり（底・内・慶） ＊上欄（歌頭）に小紙片貼付（底） ＊歌頭に朱丸点あり（三）

【現代語訳】 百番御歌合で、名所の恋を

比べたいものだ。駿河の富士の山が高くて、たとえ世間の人はその煙に及ばないにしても、その富士の煙と、私が恋をする「恋ひ」の「火」の煙と。

【本歌】 世の人のおよばぬ物は富士の嶺の雲居に高き思ひなりけり（拾遺集・恋一・八九一・村上天皇）

【参考歌】 胸は富士袖は清見が関なれや煙も波も立たぬ日ぞなき（詞花集・恋上・二一三・平祐挙）

さぞ歎く恋をするがの宇津の山うつつの夢のまたと見えねば（続後撰集・恋四・八八八・定家、定家卿百番自歌合・一四五。拾遺愚草・恋・二六五三）

【出典】 「文永元年六月十七日庚申宗尊親王百番自歌合」（仮称。散佚）の「名所恋」題。

【他出】 柳葉集・巻四・文永元年六月十七日庚申に自らの歌を百番ひに合はせ侍るとて（四五〇～五六二）・名所恋・五三八。続古今集・恋二・名所恋を・一〇七七。歌枕名寄・巻二十・駿河国・富士篇・山・五一一五、結句「煙なれども」。

【語釈】 **○百番御歌合** →24、34。**○比べばや** 「我が袖を秋の草葉に比べばやいづれか露の置きはまさると」（後拾遺集・恋四・七九五・相模）に遡及する句。**○恋をするがの** 「恋をする」から「する」を掛詞に「駿河の」へ鎖る。「恋」の「こひ」に「煙」の縁で「火」が掛かる。

350

三百首御歌に

わたつ海の底の玉藻（も）の身隠（かく）れに乱れてぞ思ふ逢（あ）ふよしをなみ

〔校異〕 **○**詞書・和歌―ナシ（書↓349） ○身かくれに―みかくれて（に）（高） みかくれて（にイ）（松） みかくれて（に（朱））（山〈「て」字中に朱点〉） ○乱れてそ―みたれて（神） ＊「あふよしをなみ」は「。（あふ）よしをなみ」（底） ＊350と351が逆順（高）

〔現代語訳〕 三百首の御歌で

海の底の玉藻が水中に隠れて乱れているように、隠れて人知れずに、恋に心が乱れて物思うよ。逢う手立てもなくて。

〔本歌〕 河の瀬になびく玉藻のみがくれて人に知られぬ恋もするかな（古今集・恋二・五六五・友則）

奥山の岩垣沼の水隠りに恋ひや渡らん逢ふよしをなみ（拾遺集・恋一・六六四・人麿）

〔参考歌〕 思ひのみ益田の池の水隠れに知らぬあやめのねに乱れつつ（建保名所百首・恋・益田池大和国・七八一・順徳院。紫禁和歌集・六八〇）

巻向の穴師の河の川風になびく玉藻の乱れてぞ思ふ（新勅撰集・恋一・七〇三・忠信）

〔出典〕 宗尊親王三百首・恋・二五八、三句「みがくれて」。合点、為家・基家・家良・光俊・四条・帥。

〔語釈〕 **○三百首御歌** ↓1。**○わたつ海** 海の神から転じて海のこと。**○玉藻の身隠れに** 「玉藻」は、「藻」（海藻）の美称・雅語。［玉藻の］までは序詞で、「水隠れに」（水面下に隠れる状態で）の掛詞で「身隠れに」（人から知られずに隠れる様子で）を起こす。**○乱れて** （人知れずに）心が乱れての意だが、「玉藻」の縁で（水面下で）海藻が乱れての意が掛かる。

351
百首御歌中に
心をぞ尽（つ）くし果てぬる宿をだにそことも言（い）はぬ人を恋（こ）ふとて

〔校異〕○詞書・和歌―ナシ（書→349）　○こふとて―とふとて（高）　＊350と351が逆順（高）

〔現代語訳〕百首の御歌の中で
恋の物思いに心をすっかり使い切ってしまった私、その私の家を、せめてそこでもいいから宿ろう、とも言ってくれないあの人を恋い慕うということで。

〔本歌〕心をぞわりなき物と思ひぬる見るものからや恋ひしかるべき（古今集・恋四・六八五・深養父）
思ふどち春の山辺にうちむれてそことも言はぬ旅寝してしか（古今集・春下・一二六・素性）
夕暮は雲のはたてに物ぞ思ふ天つ空なる人を恋ふとて（古今集・恋一・四八四・読人不知）

〔出典〕「弘長三年八月三代集詞百首」の「恋」。

〔他出〕柳葉集・弘長三年八月三代集詞にて読み侍りし百首歌（四〇四～四四九）・恋・四三四。

〔語釈〕**○百首御歌**　→130。

〔補説〕『古今集』の三首の詞を取ったと見たが、「心をぞ」の歌については、あるいはその意識が希薄か。

352
百番御歌合に、不逢恋を
つれなきも限りやあると頼（たの）むこそ長（なか）き思ひの初（はし）めなりけれ

〔校異〕○詞書・和歌―ナシ（書→349）　○百番―百首（高）　○不逢恋を―不契恋を（慶・青・京・静・松・三・山）　○つれなきも―つれもなき（慶）　○あると―あたと（慶・青・京・静・三・山）　あた（るイ）と（松）　○なりけれ―なりけり

（神）

【現代語訳】百番御歌合で、逢はざる恋を
あの人が冷淡につれないことにも限りがあるかと期待することこそが、長い恋の物思いの初めなのであったな。

【参考歌】つれなさの限りもあらば行く末を知らぬ命になほや待たれん（洞院摂政家百首・恋・不遇恋・一一三一・知家）

【類歌】惜しまれぬ命ながらもつれなさの限りやあると待たるるも憂し（文保百首・恋・一五七七・為相）
つれなさの限り知らるる行く末を逢ふ瀬有りやとなに頼みけん（嘉元百首・恋・不逢恋・一九六八・為藤）

【出典】「文永元年六月十七日庚申宗尊親王百番自歌合」（仮称。散佚）の「不逢恋」題。

【他出】柳葉集・巻四・文永元年六月十七日庚申に自らの歌を百番ひに合はせ侍るとて（四五〇～五六二）・不逢恋・五一七、結句「つらさなりけれ」。

【語釈】○百番御歌合 →24、34。○限り 下句から、恋人の自分に対するつれなさについての、期限の上での終わり、の意味だが、心情の上での限度、の意味も重なるか。

353

浪のうつ岩にも松の頼(たの)みこそつれなき恋の種(たね)となりけれ

【校異】○和歌―ナシ（書→349）

【現代語訳】（百番御歌合で、逢はざる恋を）
波のうつ岩にも松があるように、あの人の訪れを待つのを期待することこそが、松の実の種ならぬ、思うにまかせない恋の種となったのであるな。

【本歌】種しあれば岩にも松は生ひにけり恋をし恋ひば逢はざらめやは（古今集・恋一・五一二・読人不知）

〔参考歌〕岩に生ふるためしを何に頼みけんつひにつれなき松の色かな（続後撰集・恋二・七八二・伊平。続歌仙落書・五七。万代集・恋二・二〇一四。三十六人大歌合・四八）

うきめのみおひて乱るる岩の上に種ある松の名を頼みつつ（内裏百番歌合建保四年・恋・一七二・範宗。範宗集・五六六）

われはこれ岩うつ磯の浪なれやつれなき恋にくだけのみする（正治初度百首・恋・一一八二・俊成）

浪のうつ荒磯岩のわればかりくだけて人を恋ひぬ間もなし（新撰六帖・かたこひ・一二二六・家良）

〔出典〕「文永元年六月十七日庚申宗尊親王百番自歌合」（仮称。散佚）の「不逢恋」題。

〔他出〕柳葉集・巻四・文永元年六月十七日庚申に自らの歌を百番ひに合はせ侍るとて（四五〇〜五六二）・不逢恋・五一六。続後拾遺集・恋二・恋の歌とて・七七七。

〔語釈〕**○浪のうつ岩にも松の**　「岩にも」までは、「松」との掛詞で「待つ」を起こす序。**○頼み**　「み」に、「松」「種」の縁で、「実」が掛かる。**○種**　根源、根本の意。「松」「み」の縁で、松の種子の意が掛かる。

〔補説〕参考歌の家良詠は、同じく参考歌に挙げた俊成詠に倣った作であろう。宗尊が、参考歌の何れかを学んだか否かは速断できないが、近代から同時代までの詠作の傾向に沿ったものであることは認めてよいであろうか。

339からここまでが、不逢恋の大歌群。

夕恋といふことを

人待（ま）たぬ時だに物の悲（かな）しきに来（こ）んと頼（たの）めし秋の夕暮（ゆふくれ）

〔校異〕○詞書・和歌―ナシ（書↓349）　○秋の―あさの（きカ（朱）・-（朱））（三）

〔現代語訳〕夕べの恋ということを

人を待っていない時でさえ物悲しいのに、ましてあの人が（私の許に）行くと期待させた、この秋の夕暮は（人を待っていっそう悲しいよ）。

〔本歌〕まだ知らぬ故郷人は今日までに来んと頼めし我を待つらん（新古今集・羇旅・九〇九・菅原輔昭）

〔参考歌〕浅茅生の秋の夕暮鳴く虫は我がごと下に物や悲しき（後拾遺集・秋上・二七四・兼盛）

何となく物ぞ悲しき菅原や伏見の里の秋の夕暮（千載集・秋上・二六〇・俊頼）

さらぬだに秋の旅寝は悲しきに松に吹くなりとこの山風（新古今集・羇旅・九六七・秀能）

〔補説〕参考歌の兼盛詠や俊頼詠等に窺われる「秋の夕暮」の「悲し」さの類型を念頭に置きつつ、『新古今』羇旅の両首の詞に負った作か。

主題は、ここから362（恋上巻軸）まで、大枠では待恋。該歌と次歌は、秋の夕暮の恋でもある。

人々によませさせ給ひし百首に

また人を待ちぞ侘（わ）びぬる偽りにこりぬ心（こゝろ）は秋の夕暮（くれ）

〔校異〕○詞書・和歌―ナシ（書→349）　○秋の―あまの（青）

〔現代語訳〕人々にお詠ませになられた百首で

やはり恋しい人をまた、どうしようもなく待ち侘びて疲れ切ってしまった（あの人は飽きて来ない）。あの人の嘘偽りに懲りない私の心は、まるで秋の夕暮だ（悲しく切ないよ）。

〔本歌〕頼めつつ逢はで年経る偽りに懲りぬ心を人は知らなむ（古今集・恋二・六一四・躬恒。後撰集・恋五・九六七・業平〈仲平の誤りかという〉）

〔出典〕「弘長元年中務卿宗尊親王家百首」の「恋」。

〔他出〕 柳葉集・巻一・弘長元年九月人人によませ侍りし百首歌（六九～一四三）・恋・一一二一。

〔語釈〕 **○人々によませさせ給ひし百首** →2。**○待ちぞ侘びぬる** 二句切れ。待ちに待って、しかしもう待てないほどに辛くなってしまった、ということ。「待ち侘ぶ」の類は常套だが、この句形自体の用例は院政期末頃から見える程度で、作例も多くはない。一例を挙げておく。「満つ潮のひる間に来むと頼めしを待ちぞ侘びぬる須磨のあま人」（万代集・恋三・二二九三・読人不知、林下集・二二五）。**○秋** 「待ちぞ侘びぬる」「偽り」の縁で「飽き」が響くか。

〔補説〕 前歌と「秋の夕暮」、次歌と「夕暮」、次次歌と「秋」「夕」を共有。

待恋の心(こゝろ)を

待ち侘(わ)びて独りながむる夕暮はいかに露けき袖とかは知(し)る

〔校異〕 ○詞書・和歌―ナシ（書→349） ○待恋のこゝろを―待恋心を（内・高〈「待恋こゝろを」〉）〈参考・表記の異同〉 ○夕暮は―夕くれに（内・高） ○いかに―い□□〈虫損か〉（静） ○袖とかは―袖にかは（三） 袖にと(と)かは（山） 秋とかは（神） ＊「待恋の心を」の詞書に続き、和歌四首356～359の順序が、359、356～358（神・群） ＊歌頭に「続拾」の集付あり（内・慶）

〔現代語訳〕 待つ恋の趣意を

恋しい人を待ち侘びて、ただ独り眺める夕暮というのは、どれほど悲しみの涙で露っぽくなる袖か、あの人は知っているのか。

〔本歌〕 歎きつつ独り寝る夜の明くる間はいかに久しき物とかは知る（拾遺集・恋四・九一二・道綱母）

〔参考歌〕 秋の田の庵守る夜半の明くる間はいかに露けき月とかは知る（影供歌合建長三年九月・田家月・弁内侍・二六

〇）

逢ふことを今日まつが枝の手向草幾夜しほるる袖とかは知る（新古今集・恋三・一一五三・式子。正治初度百首・恋・二八二、初句「逢ふことは」。式子内親王集・二八〇、初句同上。新三十六人撰・七八）

〔出典〕「弘長元年五月百首」の「恋」。↓14。

〔他出〕柳葉集・巻一・弘長元年五月百首歌（一～六八）・恋・五二。続拾遺集・恋三・待恋といへる心を・八九四。題林愚抄・恋一・待恋・六六三八。

〔補説〕「いかに露けき」の先行例である参考歌の弁内侍詠はもちろん、該歌と同じく道綱母詠の本歌取りであろう。

356から359までの「待恋の心を」の四首は、355「秋の夕暮」と356「夕暮」の繋がり、356夕暮・357月の出・358高き月・359有明の月の並び、の両面から見て、359に始まり356 357 358と続く神本・群本・黒本の配列に比して、356に始まる底本以下の配列の方がより自然であろう。

357

来ぬ人をいかに待てとか秋風の寒き夕べに月の出づらん

〔校異〕〇和歌―ナシ（書↓349）　〇こぬ人を―こぬ人と（内）　〇まてとか―まてとは（青・京・静・三・山）まてとは（松）　〇さむき―［寒き］〈虫損〉（静）

〔現代語訳〕（待つ恋の趣意を）

飽きて来ない人をどのように待てといって、秋風の寒いこの夕方に月が出るのだろうか。

〔本歌〕来ぬ人を待つ夕暮の秋風はいかに吹けばか侘びしかるらむ（古今集・恋五・七七七・読人不知）

家離り旅にしあれば秋風の寒き夕べに雁鳴き渡る（万葉集・巻七・雑歌・羈旅作・一一六一・作者未詳。古今六帖・第四・たび・二四〇五、初句「家離れ」。続古今集・羇旅・八九七・人丸、初句「草枕」）

【参考歌】月夜には来ぬ人待たるかき曇り雨も降らなむ侘びつつも寝む（古今集・恋五・七七五・読人不知）

【語釈】○秋風　「来ぬ人」「いかに待て」の縁で、「飽」が掛かる。

358

宵の間に頼めし人はつれなくて山の端高く月ぞなり（成）ぬる

【校異】○和歌上句―ナシ（書↓349）　○まに―まと（慶・青・京・静・松・三・山・神・群）　○山のは―山の葉〔端（朱）〕（山）　○成ぬる―残る（山〈「残」字中に朱点〉）

【現代語訳】（待つ恋の趣意を）

宵の間に訪れを期待させた人は、つれなく薄情で、月は既に、山の稜線から昇って高くなってしまっている。

【本歌】月見れば山の端高くなりにけり出でばといひし人に見せばや（後拾遺集・雑一・八五六・江侍従）

【補説】『後拾遺集』初出の江侍従詠を本歌と見ることについては、126、128、132、解説参照。

359

寝ねがてに人待つ宵ぞ更け（深）にける有明の月も出でやしぬらん

【校異】○よひそ―よはそ（書）　＊この一首が、356「待恋の心を」の詞書に続き、和歌四首356〜359の順序が、359、356〜358（神・群）

【現代語訳】（待つ恋の趣意を）

寝つけないで恋しい人を待つ宵が更けたのであった。もう有明の月も出てしまうのであろうか。

【語釈】○寝ねがてに　万葉以来の語で、『古今集』にも「秋萩の下葉色づく今よりやひとりある人の寝ねがてにする」（秋上・二二〇・読人不知）と「あしひきの山郭公我がごとや君に恋ひつつ寝ねがてにする」（恋一・四九九・読人不知）の両首があるが、それ以後の八代集には見えず、「夕されば君来まさむと待ちし夜の名残ぞ今も寝ねがてにする」（新勅撰集・恋四・八六一・人麿）を初めとして、『新勅撰集』以降に多く採られている。**○出でやしぬらん** 先行例は、能因の「月影の夜とも見えず照らすかな安積の山を出でやしぬらん」（雲葉集・秋中・五〇一。能因法師集・一五九。袋草紙・三〇五、二〜四句「さらに昼とも見ゆるかな朝日の山を」）と覚性法親王の「松が枝に霍公なく暁は高砂船の出でやしぬらん」（出観集・夏・松上郭公・一九三）が目に付く程度。

〔補説〕 出るのが遅い有明月がもう出てしまうかと危惧するのは、訪れない恋人を待つ焦燥感の表し。大局では、「今来むといひしばかりに長月の有明の月を待ち出でつるかな」（古今集・恋四・六九一・素性）の系譜上にある歌。

契空恋を

待つ人と共に（友）ぞ見（み）まし偽りのなき世なりせば山の端の月

〔校異〕 ○人と―人を（高） ○友にそ―、〈と〉もにそ（書） 友にそ（やイ）（内・慶） 友にや（高） 共にそ（青） ＊歌頭に「続古」の集付あり（底・内・慶） ＊上欄（歌頭）に小紙片貼付（底）

〔現代語訳〕 契りて空しき恋を

今こうして待っている恋しい人と、共に見るでしょうに。この山の端の月を。もし嘘偽りのない二人の中であったならば。

〔本歌〕 共にこそ花をも見めと待つ人の来ぬものゆゑに惜しき春かな（後撰集・春下・一三八・雅正）

偽りのなき世なりせばいかばかり人の言の葉うれしからまし（古今集・恋四・七一二・読人不知）

〔出典〕 「弘長元年中務卿宗尊親王家百首」の「恋」。↓2。

〔他出〕 柳葉集・巻一・弘長元年九月人人によませ侍りし百首歌（六九〜一四三）・恋・一一三。続古今集・恋三・

百首歌の中に、恋を・一一四三。

〔語釈〕**○契空恋**　伝統的歌題ではない。『続古今集』に「建長五年三首歌に、契空恋／大納言通成／偽りを頼むばかりにながらへば辛きぞ人の命なるべき」（恋四・一二七七）とあるのが早い例で、他には『為理集』（二〇七）や『親清五女集』（一七五）に見える。

361

☆三百六（八）十首御歌の中に

佗（わ）びつつも寝（ね）ぬべき夜半の村雨になほ（猶）人待（ま）てと秋風ぞ吹く*

〔校異〕○三百八十首―三百六十首（書・内・高・青・神・群）三百六首（十）（慶）　○夜半の―よ［は］の（書〈二字目は「八」の右側欠か〉）　＊「まてと」は「までも（と）」（底）　☆底本の「三百八十首」を書本以下の諸本により「三百六十首」に改める。

〔現代語訳〕三百六十首の御歌の中で

（月夜ではないので）寂しく佗びながらも寝てしまうべき夜中のにわかな雨に、それでもさらに恋しい人を待てとばかりに、（雨雲を払う）秋風が吹くよ。

〔本歌〕月夜には来ぬ人待たるかき曇り雨も降らなむ佗びつつも寝む（古今集・恋五・七七五・読人不知）

〔語釈〕**○三百六十首御歌**　→13。底本の「三百八十首」は、単純な誤写であろう。**○夜半の村雨**　→103。**○秋風**　「佗びつつ」「人待て」の縁で、「飽き」が響くか。

〔補説〕103と240も、同じ『古今集』歌を本歌にした作。

忍待恋といふ事を

宵の間は人目しげしと言ひなして更けて来ぬにぞ恨み侘びぬる

〔校異〕○深て―ふけぬ（慶）○こぬにそ―こぬにそ（底）こぬよそ（慶・青・京・静）こぬよそ（松）こぬこそ（三・山）○わひぬる―わひたる（内・高）わひぬる（慶）

〔現代語訳〕忍びて待つ恋、ということを

宵の間は人目がうるさいと、ことさらに言いつくろって、しかしあの人は夜更けても来ないので、どうしようもなく恨み侘びているよ。

〔語釈〕**○忍待恋** これも伝統的歌題ではない。『拾遺愚草』の「私家」と注する恋題の歌（二五八五～二五八八）の一首（二五八六）に見えるのが早い。『続古今集』にも「弘長二年十首歌講じ侍りしに、忍待恋を」（恋一・九八四・後嵯峨院）とあり、これが『明題部類抄』（巻七）に「十首　弘長二年十二月　院」として「早春霞」以下十題の九番目に見えている。**○言ひなして** 「天の戸を明けぬ明けぬと言ひなして空鳴きしつる鳥の声かな」（後撰集・恋二・六二二・読人不知）に遡源する句。**○恨み侘びぬる** 動詞に付く「侘ぶ」には、①～しかねる、②どうしようもなく～する、の意味がある。ここは後者か。「憂き身には山田のおしねをしこめて世をひたすらに恨み侘びぬる」（新古今集・雑下・一八三六・俊頼）に学ぶか。

瓊玉和歌集巻第八

恋歌下

363

奉らせ給ひし百首に、初逢恋を

なかなかに会ふにも胸の騒がれて言ひもやられぬ夜半の睦言

〔校異〕○会にも―あふとも（京・静・松・神・群）会とも（三〈「会」の止めの部分は朱で補筆〉・山）○むつこと―むつ事（高）密言（山）〈参考・表記の異同〉

〔現代語訳〕（後嵯峨院に）お奉りになられた百首で、初めて逢ふ恋を

かえって、逢ふときにも胸が苦しく乱れて、夜中の愛の言葉を十分に言うこともできない。

〔本歌〕言へばえに言はねば胸に騒がれて心ひとつに歎くころかな（伊勢物語・三十四段・六八・男。新勅撰集・恋一・女に遣はしける・六三五・業平）

〔出典〕「弘長二年冬弘長百首題百首」の「初逢恋」題。

〔他出〕柳葉集・巻二・弘長二年院より人人に召されし百首歌の題にて読みて奉りし（一四四～二二八）・恋・初逢恋・二〇二。

〔語釈〕○奉らせ給ひし百首 →6。○夜半の睦言 歌語としての「睦言」の原拠は、「睦言もまだ尽きなくに明けぬめりいづらは秋の長してふ夜は」（古今集・雑体・誹諧歌・一〇一五・躬恒）だが、「夜半の睦言」の形の先行例は

少なく、「諸ともに詠めし夜半の睦言を思ひ出でよと澄める月かな」（治承三十六人歌合・見月増恋・一二七・隆信。隆信集〈寿永百首系〉・八〇。言葉集・恋中・一二八）が目に入る程度。直截な印象があるか。

【補説】主題は、この一首のみ初逢恋。

恋御歌とて

忍ぶとて逢ふ夜のまれになりもせば心にあらで絶えぬべきかな

【校異】○恋御歌とて―恋御うたの中に（慶・青）○成もせは―成にせは（青・京・静・松・三・山）○心に―心に。（内）○あらて―あた丶（三）あたら（山）○たえぬ―たえぬ（内）絶ぬ（山）〈参考・表記の異同〉＊上欄に朱で「あた丶」とあり（三）

【現代語訳】恋の御歌ということで

世間に忍ぶということで、もし逢う夜が希になったならば、心外にも二人の仲が絶えてしまうに違いないことであるな。

【参考歌】あはれなることを言ふには心にもあらで絶えたる中にぞありける（和泉式部集・あはれなる事・三五三）

【語釈】**○絶えぬべきかな** 例えば「疑ひし命ばかりはありながら契りし中の絶えぬべきかな」（千載集・恋五・九一〇・大弐三位）といった例もあり、恋歌では常套であろう。配列上は、「初逢恋」題の次、「寄月忍恋」題の前、「別恋」題の二首前であり、逢った後に忍ぶ恋を詠じた一首として配されたと思われる。「絶恋」題は巻軸近くの405なので、一般には「絶えぬべきかな」はそぐわないが、ここは反実仮想の帰結であって、配列との齟齬はない。しかし、仮名遣いの異なりを挙げた校異に見るように、内本が見消で「たへ」としており、「堪へぬべきかな」の可能性も考えてみる必要はあろう。↓補説。

〔補説〕結句を「堪へぬべきかな」と見た場合、下句は、「心外にも、また訪れのないことにきっと堪えなければならないことであるな。」といった解釈になろうか。

主題は、次歌と共に、恋上の両度（325～333、337～338）に続き三度目の忍恋。

寄月忍恋

365 宵宵(よひよひ)は曇(くも)れとぞ思ふ人知(し)れず我が通(かよ)ひ路(ぢ)の秋の月影

〔校異〕○寄月忍恋―寄月忍恋を（書）　○よひ〳〵は―よひ〳〵（山）　○くもれとそ―くもれるとそ（松）　○人しれす―人しれす（ぬ歟）（底）　＊上欄（歌頭）に小紙片貼付（底）

〔現代語訳〕月に寄せて忍ぶる恋

宵宵毎には、空は曇れと思うよ。人に知られず、私の恋しい人の許へ通っていく道を照らす、秋の月は。

〔本歌〕人知れぬ我が通ひ路の関守は宵宵ごとにうちも寝ななむ（古今集・恋三・六三二・業平。伊勢物語・五段・男）

〔語釈〕○寄月忍恋　古い例の見えない題。『為家集』の「寄月忍恋文永元年／物思へど人にもらさぬ涙をも知らでや月の影宿るらん」（恋・一〇七七）が、比較的早い例か。新編国歌大観本『金槐集』（底本貞享四年刊本系高松宮本）の「寄月忍恋／春やあらぬ月は見し夜の空ながらなれし昔の影ぞ恋しき」（恋・四九六）の題の表記は、貞享四年刊本は同じ、定家所伝本は「月によせてしのぶるこひ」、群書類従本は「月によせてしのぶる恋」である。これはむしろ、歌の内容から、「寄月偲恋」の趣意に解するべきであろう。

百首御歌合に、別恋

366 聞きしよりなほ(猶)こそ憂(う)けれ衣々の別れの空の月のつらさは

〔校異〕○御歌合に—御歌に（書）○別恋—別を（内・高）○聞しより—きしより（慶）○うけれ—よけれ（三〈「よ」の左傍に朱丸点〉・山）

〔現代語訳〕百首の御歌合で、別るる恋

聞いていたより、さらに憂鬱だ。恋しい人と逢って別れる、後朝の別れの空に見る月の辛さは。

〔参考歌〕有明のつれなく見えし別れより暁ばかりうきものはなし（古今集・恋三・六二五・忠岑）

きぬぎぬの別れしなくは憂きものといはでぞ見まし有明の月（続後撰集・恋三・八三〇・為氏）

〔出典〕「文永元年六月十七日庚申宗尊親王百番自歌合」（仮称。散佚）の「別恋」題。

〔他出〕柳葉集・巻四・文永元年六月十七日庚申に自らの歌を百番ひに合はせ侍るとて（四五〇～五六二）・別恋・五二二。

〔語釈〕○**百首御歌合**　→24、34。○**月のつらさ**　新鮮な語。他には、『人家集』の「鷹司院帥卅五首」とする一首に「我もまた涙ぞ曇る霞みつつ憂き影見する月のつらさに」（巻十・春歌に・四二一）、『親清四女集』に「物思ふ限りと聞きし秋の夜にいづこを添ふる月のつらさぞ」（一九二）と見える程度。

〔補説〕主題は、ここから368まで、別恋。

367

恋の心を

今はとて別るる袖の涙こそ有明の空の時雨なりけれ

〔校異〕○恋のこゝろを—恋を（書）○涙こそ—なみたより（高）○しくれ—しつれ（三〈見消字中〉）○なりけれ—成けり（高）成ける（神）

〔現代語訳〕恋の趣意を

今はもうということで恋人と別れる、私の袖に降る涙こそが、有明の空の時雨なのであったな。

〔本歌〕 今はとて別るる時は天の川渡らぬさきに袖ぞ漬ちぬる（古今集・秋上・一八二・宗于）

飽かずして別るる袖の白玉を君が形見と包みてぞ行く（古今集・離別・四〇〇・読人不知）

〔参考歌〕 風寒み鳴く秋虫の涙こそ草葉色どる露と置くらめ（後撰集・秋上・二六三・読人不知）

神無月有明の空の時雨るるをまた我ならぬ人や見るらん（詞花集・雑上・三二四・赤染衛門）

ひとり寝の涙や空にかよふらん時雨に曇る有明の月（千載集・冬・四〇六・兼実）

ながめつついくたび袖に曇るらむ時雨に更くる有明の月（新古今集・冬・五九五・家隆）

秋はただ今日のみと思ふ涙こそ一夜先立つ時雨なりけれ（続詞花集・秋下・二七八・読人不知）

〔出典〕「弘長三年八月三代集詞百首」の「恋」。↓130。

〔他出〕 柳葉集・巻三・弘長三年八月三代集詞にて読み侍りし百首歌（四〇四～四四九）・恋・四三六。

〔補説〕「有明」と「時雨」の詠み併せは、参考歌の勅撰集歌三首などに学ぶところがあったか。

いくたびか夜深き空の鳥の音に飽かぬ別れを惜しみきぬらん

〔校異〕 ○夜深き―よふ。き（松）　○惜きぬらん―惜き（青）惜きぬらん（京）　＊初句と二句の間の右傍に「本ノ」とあるのを朱で抹消（三）

〔現代語訳〕（恋の趣意を）

いったい幾度、まだ夜深い空に鳴く鶏の声に、満足することのない恋人との別れを、惜しんできたことであろうか。

〔参考歌〕 行く春は知らずやいかに幾返り今日の別れを惜しみ来ぬらん（続後撰集・春下・一六七・俊成。俊成五社百

首・日吉社・春・三月尽・四二〇）

帰るべき別れをかねてしたへとやまだ深き夜に鳥の鳴くらん（秋風集・秋中・八〇四・行家）

深き夜の鳥のそら音と言ひなして辛き別れを惜しみかねつつ（弘長百首・恋・暁別恋・四八八・為氏）

〔補説〕参考歌の為氏詠は、言うまでもなく清少納言の「夜をこめて鳥のそら音にはかるともよに逢坂の関はゆるさじ」（後拾遺集・雑二・九三九）を踏まえる。該歌の詠作時期が不明なので、為氏詠を踏まえ得たか否かは分からないが、宗尊もこれを意識したとすれば、「夜深き空」の「空」は、天空の意に、根拠がない・真実でないの意が響くか。

三百首御歌中に

暮れなばと契りてもなほ悲しきは定めなき世の暁の空

〔校異〕〇御歌中に─御歌に（書）　＊「春恋を」の詞書で335和歌が369と370の間にあり（書・内・高〈三句「うらむとも」〉）

〔現代語訳〕三百首の御歌の中で

日が暮れてしまえば（また逢おう）と、約束してもやはり悲しいのは、定めなきこの世のどうなるか分からない二人の仲の、別れの暁の空だ。

〔参考歌〕暮れなばと頼めてもなほ朝露の置きあへぬ床に消えぬべきかな（新勅撰集・恋三・八〇七・俊成女。千五百番歌合・恋一・二三四七）

ながめても定め無き世の悲しきは時雨に曇る有明の空（拾遺愚草・初学百首・雑・無常・八八）

〔出典〕宗尊親王三百首・恋・二四三。合点、基家・家良・光俊・帥。為家評詞「存旨候之間、罷過候」。

〔語釈〕 〇三百首御歌 →1。〇定めなき世 不安定な男女の仲の意。無常の世の中の意を重ねるか。

〔補説〕 参考歌の定家詠は、「晴れ曇る時雨の空をながめても定めなき世ぞ思ひ知らるる」（久安百首・冬・一〇五五・待賢門院堀河）に拠るか。

主題は次歌と共に、「逢後契恋」と見る。書・内・高本は、335「涙にて思ひは知りぬとどむとも難しや別れ春の曙」が、該歌と次歌との間に位置している。該歌の結句「暁の空」と335歌の結句「春の曙」の類縁に連接の意味合いが見出されるが、335の主題はやや異質であろう。底本以下の諸本と書・内・高本の配列の異なりが、真観の編纂時の推敲の痕跡であるとすれば、やはり書・内・高本の形が先行して、その後に配列上の不合理を正すべく、334の詞書「百番御歌合に、春恋」の「春恋」題の下に335歌を配する、底本以下の諸本の形に改められたと見るべきであろうか。とすれば、両者の間に系統の別を想定することになろう。→335補説。→解説。

逢後契恋

いかにせむ逢ふまでとこそ歎きしにその面影の添へて恋しき

〔校異〕 〇逢後契恋―逢後契恋を（書） 〇歎しに―歎しき（山〈「き」字中に朱点〉）

〔現代語訳〕 逢ひて後に契る恋

どうしようか。あの人と逢うまでの恋しさだ、と歎いていたのに、逢った後にも（約束したまた逢うときまでは）、その面影が加わって、より恋しいことだ。

〔参考歌〕 いかにせんいかにかせまし思はじと思へばいとど人の恋しき（新撰六帖・第五・おもひわづらふ・一五八二・為家）

契りしにかはる恨みも忘られてその面影はなほとまるかな（新勅撰集・恋四・九二三・公衡）

身に添へるその面影も消えななむ夢なりけりと忘るばかりに（新古今集・恋二・一一二六・良経。千五百番歌合・恋三・二五五二）

【他出】 個人蔵『諸家集手鑑』所収伝世尊寺行尹筆断簡（散佚宗尊親王集か）に、詞書「逢後切恋」で見える。後ろに、「二月廿四日続五十首哥に、花／ちるはなのつらさをいかにしのばましこれぞならひとおもひなさずは」が続く。→解説。

【語釈】 **○逢後契恋** 他に例を見ない歌題。逢った後にまた逢うことを約束した恋、という意味であろう。「契恋」は、『六百番歌合』で設題されている。該歌は、「契恋」の題意の表現が不十分か。**○逢ふまでとこそ** 珍しい句。他には、『宗尊親王百五十番歌合 弘長元年』の小督の「錦木を千束と誰か限りけむ逢ふまでとこそ立てもつくさめ」（恋・二六九）が目に入る程度。

【補説】 該歌の主題は歌題「逢後契恋」のままであろうが、次歌と「逢後」の趣意は共有していようか。

371

題しらず

よそに見し思ひはなほも数ならず馴れてぞ人は恋しかりける

【校異】 ○和歌―ナシ〈371和歌と372詞書を欠き「題しらず」が372～375の詞書になっている〉（内・高） ○題しらす―文永元年十月御百に〈370と371～375の詞書が逆〉（神・群） ○恋しかりける―恋しかりけり（京・静・三） 恋しかりけり（松〈見消字中〉）

【現代語訳】 作歌事情不明

あの人を遠くよそから見ていた恋の思いは、やはり物の数ではなくて、このように逢って馴れてこそ、人は恋しいのであった。

372

〔参考歌〕思ふとていとこそ人に馴れざらめしかならひてぞ見ねば恋しき（拾遺集・恋四・九〇〇・読人不知）

〔補説〕前歌に続き「逢後」の趣意が含まれていようが、主題は言わば「馴恋」か。「馴恋」の歌題は、真観が出題したという建長七年の「権大納言顕朝卿野宮亭会」（明題部類抄）に見えるのが早い例である。

逢う前より逢った後の方が恋の思いがつのることを言う点では、「逢ひ見ての後の心にくらぶれば昔は物も思はざりけり」（拾遺集・恋二・七一〇・敦忠）に通う。

文永元年十月御百首に

下むせぶ思ひを富士（ふし）の煙にて袖の涙（なみた）は鳴沢（なるさは）のごと

〔校異〕○文永元年十月御百首に―題しらす〈371和歌と372詞書を欠き「題しらず」が372〜375の詞書になっている〉（内・高）文永元年（題しらすイ）十月御百首に（慶）題しらす〈370と371〜375の詞書が逆〉（神・群）○むせふ―むすふ（内）結（むせ）ふ（山〈「給」字中に朱点〉）○思ひを―おもひは（書）○なみたは―なみたの（書）○なるさはのこと―なるたきのこと（書）なるさはのみつ（高）なるさはのごと（三〈朱濁点後補か〉）

〔現代語訳〕文永元年十月の御百首で

人知れず悩み声を忍ばせて泣く恋の「思ひ」を、「火」を吹く富士の煙のようにして、袖に流す涙は、絶えず音高く流れる富士の鳴沢のごとくしているのだ。

〔本歌〕さ寝らくは玉の緒ばかり恋ふらくは富士の高嶺の鳴沢のごと（万葉集・巻十四・相聞・三三五八・作者未詳）

〔参考歌〕煙立つ思ひの下や氷るらん富士の鳴沢音むせぶなり（後鳥羽院御集・建保四年二月御百首・冬・五六五。続古今集・冬・六三八）

我ばかり思ひ焦がれぬ瓦屋の煙もなほぞ下むせぶなる（続後撰集・恋二・七七八・基良。宝治百首・恋・寄

煙恋・二五六二。万代集・恋三・二一六〇）

〔出典〕「文永元年十月百首」の「恋」。

〔他出〕柳葉集・文永元年十月百首歌（五六三〜六二六）・恋・六〇一。

〔語釈〕 **○文永元年十月御百首** →54。**○下むせぶ**　声を忍ばせて泣く、あるいは人知れず心を悩ます意。参考歌の基良詠の本歌でもある「忘れずよまた忘れずよ瓦屋の下たくけぶり下むせびつつ」（後拾遺集・恋二・七〇七・実方）が早い例。「下むせぶ」は、水の流れが密やかな音を立てる意が響き、「鳴沢」の縁語でもある。**○思ひ**　「ひ」に「富士」「煙」の縁で「火」が掛かる。「富士の嶺のならぬ思ひに燃えば燃え神だに消たぬ空し煙を」（古今集・雑体・誹諧歌・一〇二八・紀乳母）が原拠。**○富士**　駿河国の歌枕。富士山。**○鳴沢**　音を高く鳴らして流れる渓流の意味だろうが、ここは富士山の沢のこと。『和歌童蒙抄』（巻三・沢）は、本歌の万葉歌を引いて、「なる沢とは富士の山の上に有り。常に流れて音絶えせぬ也」と注する。

〔補説〕万葉歌を本歌に取り、参考歌の両首にも負うところがあったかと思しいが、一首の仕立て方としては、「胸は富士袖は清見が関なれや煙も波も立たぬ日ぞなき」（詞花集・恋上・二一三・平祐挙）を意識したか。

主題はここから375まで、恋上の両度（325〜333、337〜338）と恋下の364〜365に続き、四度目の忍恋。

373

思ひ侘《わ》び人にもかくと言《い》ふべきに忍ぶる程はそれもかなはで

〔校異〕○かなはで―かなはす（内・高・神・群）かなはて《スイ》（慶）かなりて（京・静）かなり《は歟》て（松）

〔現代語訳〕（文永元年十月の御百首で）

恋しい思いに堪えきれなくて、あの人にもこうなのだと言うべきでしょうに、忍んでいる内は、それさえも叶わなくて。

【本歌】津の国のこやとも人を言ふべきにひまこそなけれ蘆の八重葺き（後拾遺集・恋二・六九一・和泉式部）
【参考歌】忘れなば生けらむものかと思ひしにそれもかなはぬこの世なりけり（新古今集・恋四・一二九六・殷富門院大輔）
【類歌】いかにせんかくとは人に言ひがたみ知らせねばまた知る道もなし（玉葉集・恋一・一二六二・従三位為子）
【出典】「文永元年十月百首」の「恋」。↓54。
【他出】柳葉集・文永元年十月百首歌（五六三〜六二六）・恋・六〇二。

いかばかり恋ふるとか知る我が背子が朝明けの姿見ず久にして

【校異】○とか―と、（かカ（朱））（-（朱））（三）　○朝明の姿―あさあけの姿（書・内）あさ□□〈空白〉かけの（高）朝けの姿（慶）朝明（ケ（朱））の姿（山）
【現代語訳】（文永元年十月の御百首で）
　私がどれほど恋い慕っていると知っているのか。我が恋人の夜明け方の姿を見ないこと久しくして。
【本歌】逢ふことのとどこほる間はいかばかり身にさへしみて歎くとか知る（後拾遺集・恋一・六三〇・馬内侍）
　我が背子が朝明けの姿よく見ずて今日の間を恋ひ暮らすかも（万葉集・巻十二・正述心緒・二八四一・人麿歌集）
　あぢの住むすさの入江の隠り沼のあな息づかし見ず久にして（万葉集・巻十四・相聞・三五七四・作者未詳。五代集歌枕・江・すさの入江　国不審・一〇〇一）
【出典】「文永元年十月百首」の「恋」。↓54。
【他出】柳葉集・文永元年十月百首歌（五六三〜六二六）・恋・六一二、四句「あさあけのすがた」。

れることは注意しておきたい。↓解説。

〔補説〕逢後忍恋の趣意。『後拾遺』の馬内侍詠と『万葉』の「我が背子」歌を組み合わせて仕立て、「見ず久にして」を付したかと思われる。この「あぢの住む」歌も含めて、宗尊には『五代集歌枕』に学んでいた可能性が窺わ

が同じだが、西本願寺本以下の諸本および広瀬本は「あさあけのすがた」である。底本の表記は「朝明」で、両様に訓みうるが、本歌を「あさあけのすがた」の訓で取ったと見ておく。

〔語釈〕○朝明けの姿　本歌二首目第二句の原文「朝明形」の現行訓は「あさけのすがた」で、元暦校本や神田本

玉章をつけし浅茅の枯葉(は)にて燃(も)ゆる思ひの程は知(し)りけん

〔校異〕ナシ

〔現代語訳〕（文永元年十月の御百首で）
手紙を挿して付けた浅茅の枯れ葉で、それが野焼きの火に燃えるように、恋に燃える我が「思ひ」の「火」の程は分かったであろう。

〔本歌〕時過ぎて枯れ行く小野の浅茅には今は思ひぞ絶えずもえける（古今集・恋五・あひ知れりける人の、やうやく離れ方になりける間に、焼けたる茅の葉に文を挿して遣はせりける・七九〇・小町姉）

〔参考歌〕浅茅生の枯れ葉に秋のほど見えて虫の音かはる夕暮の空（公衡百首・秋・三八）

〔出典〕「文永元年十月百首」の「恋」。↓54。

〔他出〕柳葉集・文永元年十月百首歌（五六三～六二六）・恋・六一三、三句「かれはにや」結句「ほどは見えけん」。

〔語釈〕○枯葉　本歌を承けて、恋歌として「離れ」が響くか。○思ひ　「ひ」に「つけし」「燃ゆる」の縁で「火」

が掛かる。
〔補説〕　本歌の小町姉歌を詞書も含めて踏まえていよう。「浅茅の枯れ葉」の野焼きの連想から「燃ゆる思ひ」を起こしたと解される。

376

三百首御歌に

更(深・)けずとも待(ま)たでや寝(ね)なん月にだに来(☆あ)ざりしもの(物)を宵(よひ)の村雨

〔校異〕　○月にたに―月たにも（書）　○あさりし―こさりし（書・内・高・慶・神・群）　餮し（あさり本（「本」のみ朱。「あ」の右傍に朱で「こ歟」とあり））（山〈「餮」は上部が変形し「朝食」にも見える。字中に朱点〉）　＊「あさりし」の右傍に不審紙貼付（底）　＊「深すとも」の「す」の左傍に朱丸点あり（三）　＊「あさりし」の「さ」の左傍に朱丸点あり（三）　☆底本「あさりし」を書本以下の諸本および『宗尊親王三百首』により「来ざりし」に改める。

〔現代語訳〕　三百首の御歌で
夜が更けなくとも、待たないで寝てしまおうか。月の出ている夜にさえ、あの人は来なかったのだけれど、まして今宵の村雨では（来るはずもないから）。

〔本歌〕　月にだに待つほど多く過ぎぬれば雨もよに来じと思ほゆるかな（後撰集・恋六・一〇一一・伊衡女今君）

〔参考歌〕　月夜には来ぬ人待たるかき曇り雨も降らなむ侘びつつも寝む（古今集・恋五・七七五・読人不知）
雨降らむ夜ぞ思ほゆるひさかたの月にだに来ぬ人の心は（万代集・恋一・二一二〇・貫之。貫之集・三〇六。古今六帖・第五・人をまつ・二八一七、二句「ひぞ思ほゆる」）

〔出典〕　宗尊親王三百首・恋・二三四。合点、為家・行家・光俊・帥。

〔語釈〕　**○三百首御歌**　→1。**○待たでや寝なん**　先行例は、『冬題歌合建保五年』の「今さらに人の心も頼まれず待たでや寝なん寒き霜夜を」（一一〇・冬夜恋・康光）と『為家千首』の「鳴きやせん待たでや寝なん真木の戸をいざよひ明かす時鳥かな」（夏・二二五）が目に入る。**〇宵の村雨**　式子の「声はして雲路にむせぶ時鳥涙やそそく宵の村雨」（新古今集・夏・二一五。正治初度百首・夏・二二七）に始まる句。

〔補説〕　主題は、恋上の354～362に続き、ここから379まで大枠では待恋で、特に該歌と次歌は、来ぬ人を待つ恋。

377

雨降(ふ)らば恨(うら)みざらまし来(こ)ぬ人の心見(み)えなる夜半の月かな

〔校異〕　〇詞書・和歌―ナシ〈377から387上句までナシ。27行ほぼ一丁分欠。落丁〉（書。ただし、これに該当する断簡が金沢市立中村記念美術館蔵『古筆手鏡』に「二条為明卿」の極札で押されている。以下これによって校合する）。→解説。　〇夜半の―よりの（夜半歟）（松）　＊「みえなる」の「な」の左傍に朱丸点擦消あり（三）

〔現代語訳〕（三百首の御歌で）

もし雨が降っているのならば、（そのせいで来ないのかと）恨まずにいるでしょうに。訪れて来ないあの人のつれない心が透けて見える、この夜中の月であることよ。

〔本歌〕　世の常に思ふ別れの旅ならば心見えなる手向せましや（後拾遺集・別・四六七・長能）

〔参考歌〕　月夜には来ぬ人待たるかき曇り雨も降らなむ侘びつつも寝む（古今集・恋五・七七五・読人不知）

〔出典〕　宗尊親王三百・恋・二三五、下句「心見えたる夜半の月影」。基家評詞「難ニ出来一歟」。合点、基家・家良・行家・光俊・帥。＊第四句「心みえなる」とする伝本（早大本・樋口本）あり。

〔他出〕　六華集・冬・一〇五一、下句「心みえける夜半の月かげ」。

〔語釈〕　**〇心見えなる**　心中が分かる、心中をさらしている意。多く配慮を欠いた軽薄な所業について言う。「書き付くる心見えなる跡なれど見ても偲ばむ人やあるとて」（拾遺集・雑賀・一二〇〇・読人不知）が勅撰集の初例。これを本歌と見る判断もあり得るが、「まし」の一致から、右の長能詠を本歌とした。

378

〔377の本歌〕

（世の常と思ふ別れの旅ならば心見えなる手向せましや）

【校異】○よの―夜の（高） ○たひ―た□（書〈「ひ」の部分擦消か〉） ○見えなる―見えなり〔るカ（朱）〕（三） ○せましや―をましや〔せ（朱）〕（三） をましや（山〈「を」字中に朱点〉） ＊歌頭に「後拾」とあり（底） ＊他の歌より三〔一（朱）〕字下げ（詞書よりさらに一字下げ）で二行書きに記し、その歌頭に「後拾　藤長能」とあり（書） ＊377と379の行間に小字で、歌頭に「後拾　藤原長能」としてあり（内） ＊歌頭に「後拾　藤原長能」とあり（慶） ＊歌頭右傍に朱で「非恋歌」とあり（三・山）

【補説】初句に「常と」と「常に」の小異はあるものの、377番歌の本歌である『後拾遺集』（別・四七八）の長能詠である。内本のように行間等に、覚書のように補記されていたのが本行化したものであろうか。私家集大成や新編国歌大観の歌番号とずれが生じることを避けるために、377の本歌として一応番号を付しつつ、他と区別するために（ ）に入れて掲出しておく。

379

恋の心を

頼めぬを我が心より待ち侘びて人のつらさや身に積もるらん

【校異】○恋のこゝろを―恋心を（内・高〈「恋こゝろを」〉）〈参考・表記の異同〉 ○わひて―□〈虫損〉ひて（京） ○心より―心に〔耳カ（「耳」の右傍に「ノミ」。朱）一（朱）〕（三〈「に」の字母「耳」〉） 心のみ（山）

〔現代語訳〕恋の趣意を

あの人が自分にあてにさせた訳ではないのに、自分の意志から、どうしようもないぐらいに待ち続けて、人の冷淡さがこの身に積もるのであろうか。

〔参考歌〕頼めぬを待ちつる宵も過ぎはてて辛さ閉ぢむる片敷きの床（六百番歌合・恋上・夜恋・八三五・定家。拾遺愚草・八七〇）

逢ふこともわが心よりありしかば恋ひは死ぬとも人は恨みじ（詞花集・恋下・二六二・国信）

いかなれば人の辛さも身の憂さも我が身ひとつに積もるなるらん（月詣集・恋下・経家・五八四。経家集・恋・六四）

〔補説〕376からここまでが、待恋の歌群。

被忘恋

いつまでか待ちも侘（わ）びけん今はまた（又）我が身のよその秋の夕暮（ゆふくれ）

〔校異〕○被忘恋―所（被乎（朱））忘（ミ（朱））恋（三）　○よその―よる（そ）の（ミ）（内）

〔現代語訳〕忘らるる恋

いったいいつまで、恋しい人を待ち続けて疲れ果てたことだろうか。今となってはもう、恋人に飽きられた我が身とは無縁の、誰かが恋人を待つ秋の夕暮であるよ。

〔参考歌〕いつまでか我が通ひ路と恨みけん行き来絶えたるよその関守（続後撰集・恋五・九九六。宝治百首・恋・寄関恋・二六〇三・基良）

いつまでかなほ待たれけん今来むと言ひしはよその夕暮の空（弘長百首・恋・忘恋・五四五・為氏）

〔出典〕「弘長二年十一月百首」の「被忘恋」題。↓23。

〔他出〕柳葉集・巻二・弘長二年十一月百首歌（二二九〜二九六）・被忘恋・二八〇。

〔語釈〕**○我が身のよその秋の夕暮**　「秋」には、「待ちも侘び」の縁で「飽き」が掛かる。「我が身のよその」は、専ら、恋人の訪れを期待する時間帯である「夕暮」にかかる。恋人に飽きられた侘びしい秋で、恋人が来るのを待つ夕暮時はもはや自分には無縁だ、ということ。「我が身のよそ」の早い例は、『元真集』の「霞立つ野辺吹く風も寒からで我が身のよそに春は立ちぬる」（朱雀院にて・三三三）で、その後平安時代に作例は見えず、鎌倉時代になると『正治初度百首』の通親詠「夜離れしてつがはぬをしのうき寝をも我が身のよその物とやは思ふ」（冬・五六八）があり、家良の「神な月時雨ばかりをふりぬとも我が身のよそにいつ思ひけん」（万代集・冬・一三〇三・家良。続古今集・雑上・一六一六）に続く。

〔補説〕より直接には、該歌の前年弘長元年（一二六一）秋冬頃に詠まれた『弘長百首』の為氏詠に倣った詠作であろう。とすれば直近の、京都の百首歌を比較的早く入手して、早速に摂取しようとする宗尊の姿勢を窺い得ることになる。

　主題は、ここから382まで、被忘恋。該歌は、前歌と「待ち」「侘び」を共有して、歌群を連繫。

381

更（深）くる夜の鐘の音にも思ふかないつまで人の来（こ）ぬを待ちけむ

〔校異〕○和歌—ナシ（書↓377）　○音にも—量（音）にも（静）　○こぬを—来ぬも（三・山）
〔現代語訳〕（忘らるる恋）
　更けてゆく夜の鐘の音にも思うことだな。（恋した初めから）いったいいつまで、このような夜更けに、あの人が来ないのを待ったことであろうか。

〔参考歌〕鐘の音にうちおどろきて思ふにもなほ夢を見る昔なりけり（公衡集・雑・あかつきは・八七）
夜もすがら袖にぞ宿るいつまでか月見るとても人を待ちけん（影供歌合建長三年九月・寄月恨恋・四一一・経朝）
〔出典〕「弘長二年十一月百首」の「被忘恋」題。↓23。
〔他出〕柳葉集・巻二・弘長二年十一月百首歌（二二九〜二九六）・被忘恋・二八一。

人々によませさせ給ひし百首に
人はいさ思ひも出でじ歎きつつ寝（ぬ）ればや逢ふと夢に見（み）ゆらん

〔校異〕○詞書・和歌―ナシ（書↓377）○人々に―人々（松）○よませさせ―よまさせ（慶）○逢と―逢と（とカ（朱））（三-（朱）〈「と」は「に」にも見える〉）
〔現代語訳〕人々にお詠ませになられた百首で
あの人は、さあどうだか、私を思い出しもするまい。（だからせめて）私が歎きながら寝れば、二人が逢うと、あの人の夢に見えるであろうか。
〔本歌〕人はいさ思ひやすらむ玉かづら面影にのみいとど見えつつ（伊勢物語・二十一段・三八・男。新勅撰集・恋五・九五〇・読人不知）
〔参考歌〕思ひつつ寝ればや人の見えつらむ夢と知りせば覚めざらましを（古今集・恋二・五五二・小町）
夢にても見ゆらんものを歎きつつうち寝る宵の袖のけしきは（新古今集・恋二・一一二四・式子）
人はいさ思ひも出でぬ夜な夜なも我が心より夢や見ゆらん（続拾遺集・恋三・九四四・行念）
〔影響歌〕人はいさ思ひも出でじ我のみぞ辛きを慕ふためしなるべき（隣女集・巻二自文永二年至同六年・恋・六四五）

人はいさ思ひも出でじ我のみやあくがれし夜の月を恋ふらん（同右・巻三自文永七年至同八年・雑・一四八二）

〔出典〕「弘長元年中務卿宗尊親王家百首」（散佚）の「恋」の一首か。↓語釈。

〔語釈〕○人々によませさせ給ひし百首　本集中の同様の詞書から推して、「弘長元年中務卿宗尊親王家百首」（↓2）のことか。

〔補説〕恋しく思うと相手の夢に現れるという俗信に基づくが、その「夢」が、自分の夢か、相手の夢か、解釈が分かれよう。本歌の小町詠は自分の夢に相手が「見」えることを言い、『伊勢物語』歌も相手の「面影」が見えることをいっているので、これと同様とすれば、自分の夢ということになろう。しかし、参考歌の式子詠を踏まえて、これと同様とすれば、相手の「夢」ということになる。本歌の両首の詞と韻律を取りながら、式子詠を意識したと見て、後者に解する。

なお一方、該歌に近似する参考歌の作者行念は、鎌倉幕府連署北条時房男時村のことである。時村は、後鳥羽院の蹴鞠の会にも参加した貴族的相貌を見せる人物で、嘉禄元年（一二二五）十二月二日に没している。定家は、「相州（時房）子息次郎入道（時村）、去ぬる二日死去と云々。師弟の約束を成す。和歌に於て尤も骨を得。痛み悲しむに足る」（明月記・嘉禄元年十二月七日条）と、その死を惜しんだ。従って言うまでもなく、行念詠は該歌に先行する。この行念詠の「夢」は、自分の夢と解する方が穏当であろうから、これに倣ったと見れば、該歌の「夢」も自分の夢と解すべきことになろう。ただし、行念詠の「我が心より」とは異なり、該歌の「歎きつつ寝れば」を、自分の「夢」に人（との逢う瀬）が見えることの前提（理由）とするには、何らかの証歌が必要なようにも思われるので、この解釈は取らないでおく。

百番御歌合に、会不会恋

疑ひし心の裏のはてはまた逢はぬが逢ふになるぞ悲しき

【校異】○詞書・和歌―ナシ（書↓377）○百番―百首（高・神・群）○会不会恋―あひ不逢恋（神）○はては―はては（松）○あふに―あふと（慶・青・京・静・松・三・山・群）あふと（神）○なるそ―なりそ（三）

【現代語訳】百番御歌合で、会ひて会はざる恋

（あの人はもう逢わないと）疑った心の中の、そのあげくの果てはまた、その「逢わない」が、あの人は「逢う」（かもしれないと思う）、にかわる、それが悲しいのだ。

【参考歌】疑ひし心の裏のまさしさは訪はぬにつけてまづぞ知らるる（新勅撰集・恋五・九九八・待賢門院堀河。久安百首・恋・一〇七〇。堀河集・七六）

果てはまた頼む心の疑ひに恨みぬをさへ恨みつるかな（為家千首・恋・七七三）

見る夢の現になるは世の常ぞ現の夢になるぞ悲しき（拾遺集・恋四・九二〇・読人不知）

【出典】「文永元年六月十七日庚申宗尊親王百番自歌合」（仮称。散佚）の「逢不逢恋」題。

【他出】柳葉集・巻四・文永元年六月十七日庚申に自らの歌を百番ひに合はせ侍るとて（四五〇～五六二）・逢不逢恋・五二四。

【補説】主題はここから393まで、幾首かに微妙な異なりはあるものの、逢不逢恋あるいは絶恋。該歌は、その題意をやや屈折した表現で詠じる。一度逢った人が今は逢わないので疑うが、やはり逢うことを期待する我が心中が切ない、という主旨か。

384

恋の御歌の中に

忘れなむと言（い）ふもかしこし憂（う）き人のなほ偲（しの）ばるる心弱さは

〔校異〕○詞書・和歌―ナシ（書↓377）　○かしこし―かこたし（内・高）　○かはさは―よはさは（内・高・慶・青・京・松・静・三・山・神・群）　☆底本の「かはさは」を内本以下の諸本により「弱さは」に改める。

〔現代語訳〕恋の御歌の中で
私を忘れてしまおうとあの人が言うのも、むしろ都合がよい。つれない人が、なおいっそう偲ばれる私の心の弱さには。

〔本歌〕忘れなむと思ふ心のつくからに言の葉さへや言へばゆゆしき（後撰集・雑二・一一五二・読人不知）
浦風になびきにけりな里の海人の焚く藻の煙心弱さは（後拾遺集・恋二・七〇六・実方）

〔語釈〕**○言ふもかしこし**　先行例に「神風や豊幣帛になびくしでかけて仰ぐと言ふもかしこし」（新古今集・神祇・一八七六・後鳥羽院）があるが、この「かしこし」は、畏れ多いの意。該歌は、結果的に幸いだ・うまい具合だの意。↓415。

385

忘（わす）れじと偽りながら言（い）ひしこそつらきが中の情（なさ）けなりけれ

〔校異〕○和歌―ナシ（書↓377）　○こそ―にて（三）　○つらきか―難面（ツラ）（朱）きか（山）　○中の―なりの（三〈「り」に朱で「か」を上書〉）

〔現代語訳〕（恋の御歌の中で）
忘れまいと、嘘偽りながらあの人が言ったことこそが、堪えがたく辛い二人の間のうちの、せめてもの情愛であったのだな。

【本歌】 忘れじと言ひつる中は忘れけり忘れむとこそ言ふべかりけれ（後拾遺集・雑一・八八六・道命）

【参考歌】 忘れじと言ひて別れし偽りも思へば人の情けなりけり（寂身法師集・詠百首和歌　寛元三年於関東詠之・恋・四三四）

【類歌】 さりともと我のみ人を頼むこそ契らぬ中の情けなりけれ（親清五女集・六五）

【語釈】 **○つらきが中**　ここでは、「中」は、二人の間柄の意に、内の意を重ねたと解する。「落ちたぎつ吉野の川や妹背山辛きが中の涙なるらん」（新撰六帖・第五・あひおもはぬ・一三六三・知家。続拾遺集・恋五・一〇九三）が先行例。391にも用いている。

【補説】 『後拾遺集』初出歌人の道命詠を本歌と見ることについては、126、128、132、解説参照。

参考歌の作者寂身は、建久二年（一一九一）生、建長三年（一二五一）頃まで生存かと推定されている。父は能盛（能蓮法師）で、周防守、右衛門尉に至るが、建保六年（一二一八）頃には既に出家していたらしい。貞永元年（一二三二）頃までは京都西山に庵居したが、筑紫や伊勢・尾張あるいは東国に赴いていて、寛元三年（一二四五）から宝治二年（一二四八）頃までは、関東に居したらしい。「撰玉集」（散佚）を撰したといい、『新勅撰集』以下に六首入集の歌人である。参考歌も、関東の詠作であり、宗尊が目にした可能性は排除されないであろう。なお寂身は、先行して「忘れじと頼めし人の偽りを昔になさで思ひ知るらん」（寂身集・百首中　無題　承久元年・恋・九三）とも詠んでいる。

三百首御歌の中に

いかにしてよそにも見（み）んと思ひしはつらきに馴（な）れぬ心なりけり

【校異】 ○詞書・和歌―ナシ（書↓377）

【現代語訳】三百首の御歌の中で
どうにかして、遠く離れてでもあの人を見たいと思ったのは、まだあの人の堪えがたい冷たさの苦しさに馴れていない我が心だからであったのだ。

【本歌】忘草なにをか種と思ひしはつれなき人の心なりけり（古今集・恋五・八〇二・素性）

【影響歌】逢ふ事の絶え間ばかりを歎きしは辛さに馴れぬ心なりけり（長景集・恋・絶恋・一二二）
おのづからまたもや訪ふと待たれしは辛さに馴れぬ心なりけり（文保百首・恋・二二八二・雅孝）

【出典】宗尊親王三百首・恋・二一九。基家評詞「神也妙也、可レ賞可レ翫歟」。合点、基家・実氏・行家・光俊・帥。

【語釈】〇三百首御歌　→1。〇つらき　①逢わなくなった人が冷淡であること、②人の逢わなくなった状態が苦痛であること、の両方に解されよう。両意が重なっていると見たい。

さりともと人の情（なさ）けを頼（たの）むかな（哉）つらき心も岩木ならねば

【校異】〇上句―ナシ（書→377）　〇ならねは―成（なら（朱））ね（ヒ（朱））は（三）

【現代語訳】（三百首の御歌の中で）
そうであってもと、あの人の愛情を頼みとすることよ。人の冷淡な心も、決して木石ではないので。

【参考歌】さりともとなほあふことも頼むかな死出の山路を越えぬ別れは（新古今集・離別・八八七・西行）
逢ふことのかく難ければつれもなき人の心や岩木なるらん（千載集・恋二・七五八・政平）

【参考詩】人非二木石一皆有レ情　不レ如レ不レ遇二傾城色一（白氏文集・新楽府・李夫人）

【類歌】さりともと我のみ人を頼むこそ契らぬ中の情けなりけれ（親清五女集・六五）

〔出典〕 宗尊親王三百首・恋・二二〇。基家評詞「数度雖レ詠、不レ可レ飽歟」。合点、為家・基家・実氏・行家・光俊・帥。

〔語釈〕 ○さりともと 平安以来の常套句。勅撰集では『後拾遺集』の両首が初出で、その一首「さりともと思ふ心にひかされていままで世にもふるわが身かな」（後拾遺集・恋一・六五三・高明）は、「歌の形式、着想ともに類例が多い」（川村晃生『後拾遺和歌集』平三・三、和泉書院）といい、「さりともと思ふ心にはかられてよくも今日まで生ける我が身か」（敦忠集・五二）や「さりともと頼む心にはかられて死なれぬものは命なりけり」（能宣集・三一九）等の例が挙げられる。宗尊も、参考歌の西行詠のみに拠った訳ではなく、類詠も含めて自然と学んだものであろう。○心も岩木ならねば 「岩木」は岩と木で、非情なるものの喩え。参考に挙げた新楽府の詩句の他に、「人非二木石一、豈忘二深恩一」（遊仙窟）の典故があり、和文では早く、『伊勢物語』に「女をとかくいふこと月日経にけり。岩木にしあらねば、心苦しとや思ひけむ」（九十六段）と見える。

〔補説〕 類歌の親清五女詠は、385と該歌を取り合わせたような一首。

干しわぶる袖のためしはなにならん草葉も秋ぞ露は置きける

〔校異〕 ○ためしは―ためしよ（書）ためしに（青・京・静・松・三〈「に」の左傍に朱丸点あり〉・山） ○草葉も―草木も（高）草葉に（慶）草はに（青・京・静・松・三・山・群） ○秋ぞ露は―秋は露そ（内・高・神）秋そ露は（慶）

〔現代語訳〕（三百首の御歌の中で）

私のように人に「飽き」られた涙で、乾かしかねる袖の例は、他には何であろうか。草葉もやはり、「秋」は涙のような露が置くのであった。

〔本歌〕 我ならぬ草葉も物は思ひけり袖より外に置ける白露（後撰集・雑四・一二八一・忠国）

〔参考歌〕大方の露には何のなるならむ袂に置くは涙なりけり（千載集・秋上・二六七・西行）

〔出典〕宗尊親王三百首・恋・二二七、二句「袖のためしよ」。基家評詞「道理尤可レ然歟」。合点、為家・基家・家良・行家・光俊・帥。

〔語釈〕○袖のためし　俊恵の「朽ちにける袖のためしを見せおかんまたつれなくやならんと思へば」（林葉集・恋・右大臣家百首中、初逢恋五首・七二七）が早く、家隆の「朽ち果つる袖のためしとなりねとや人を浮田の杜のしめ縄」（六百番歌合・恋上・祈恋・六七〇）や定家の「名取川渡ればつらし朽ち果つる袖のためしの瀬瀬の埋れ木」（水無瀬恋十五首歌合・川辺恋・一二二）が続く、比較的新鮮な措辞。○秋　「干しわぶる袖」の縁で「飽き」が掛かる。○露　「袖」の縁で「涙」を暗喩。

あはれなる身の思ひかな偽りの人の契(ちぎ)りを慰(なぐさ)めにして

〔校異〕ナシ

〔現代語訳〕（三百首の御歌の中で）

しみじみと切ない我が身の恋の思いであることよ。偽りのあの人の約束なんかを、心の慰めとして。

〔参考歌〕もの思へどかからぬ人もあるものをあはれなりける身の契りかな（千載集・恋五・九二八・西行）

頼みける心ぞうたて偽りの人の契りはなほも恨みず（百首歌合建長八年・恋・一四二四・忠基）

いつはとも偽りにだに頼めおけ逢はで年経る慰めにせん（壬二集・恋・恋歌あまたよみ侍りしに・二九一四）

〔出典〕宗尊親王三百首・恋・二三一。合点、為家・基家・実氏・家良・行家・光俊・四条・帥（全員）。

〔語釈〕○身の思ひ　「世の中を心高くも厭ふかな富士の煙を身の思ひにて」（新古今集・雑中・一六一四・慈円）辺りに始発する措辞で、「思ひ」の「ひ」に「火」を響かせるものが多いが、ここはそれがない。○偽りの人の契り参考歌の忠基詠以外にも、同じ『百首歌合建長八年』には「情けぞとしひてや言はむ偽りの心見えなる人の契りを」（恋・一三六六・伊嗣）という類例が見え、他にも宗尊幕下に正嘉元年（一二五七）十一月～正元元年（一二五九）九月の成立と考えられる『東撰六帖』に入っていた（現存本には不見）、御家人歌人時朝の「偽りの人の契りを待つほどに頼めぬ月ぞ袖になれぬる」（時朝集・東撰六帖に入る歌・恋・契恋・六四）の作例があり、宗尊はこれらにも学んだのではないか。

逢不会恋

あはれまた逢ふ夜ありやと長らへて物思はする我が命かな

〔校異〕○あはれ―あらは（書）あは丶（内・高）○あふ夜―あふに（書）○物おもはする―物おもひする（高）物思ひする（青・松・神・群）物思する（京・静・三・山）〈表記の異同も示す〉○命かな―命なれ（山〈「なれ」各字中に朱点〉）

〔現代語訳〕逢ひて会はざる恋

ああ、また恋しい人と逢う夜があるかと、命長らえてきて、しかしただ苦しい物思いをさせる私の命であることよ。

〔参考歌〕逢ふまでと思ひ思ひて果てはまた生けるを厭ふ我が命かな（公衡百首・恋・逢不遇恋・六七）

〔類歌〕あらばまた逢はん頼みも今ははや絶えはてぬべき我が命かな（霞関集・恋・逢不会恋・八二〇・幸隆）

〔影響歌〕ながらへてあらばあふよはさもあらで憂ききは見つる我が命かな（文保百首・恋・五七八・実兼。藤葉集・恋上・四三九）

〔出典〕「弘長元年五月百首」の「恋」。→14。

〔他出〕　柳葉集・巻一・弘長元年五月百首歌（一〜六八）・恋・四八、初句「あらばまた」。

〔語釈〕　○あはれまた　書本や『柳葉集』の「あらばまた」の方が、「長らへて」や「命」とより整合するが、「あはれまた」は、「あはれまたいかに忍ばむ袖の露野原の風に秋は来にけり」（新古今集・秋上・二九四・通具）を初めとして鎌倉時代に流行した句であり、底本に従っておく。○夜　底本以外にも内・京・静・松・三・山・神・群の各本が、「夜」の表記であるが、「世」でも通意であろう。

〔補説〕　西行の「歎けとて月やは物を思はするかこち顔なる我が涙かな」（千載集・恋五・九二九）の面影が感じられるか。

我のみや絶（た）えぬ記念（かたみ）と偲（忍）ぶらむつらきが中の有明の月

〔校異〕　ナシ

〔現代語訳〕（逢ひて会はざる恋）

私だけが、絶えていない恋の形見だと、偲んでいるのだろうか。堪えがたく辛い二人の間のうちに見た、この有明の月を。

〔参考歌〕　我のみや後も偲ばむ梅の花にほふ軒ばの春の夜の月（拾遺愚草・恋・二六一〇）

月のみやうはの空なる形見にて思ひも出でば心かよはむ（新古今集・恋四・一二六七・西行）

長月の有明の月の我のみやつれなき影をなほ慕ふべき（新撰六帖・第五・あひおもはぬ・一三六一・家良）

〔語釈〕　○我のみや　万葉・古今以来の常套句。○つらきが中　↓385。

〔補説〕　「有明の月」を「形見」と見る歌は、『続後撰集』に「つれなしと言ひても今は有明の月こそ人の形見なりけれ」（恋五・九七二・公親）と「辛しとは思ふものから有明の憂かりし月ぞ形見なりける」（恋五・九七七・修明門院大弐。万代集・恋四・二四八七）がある。両首共に、「有明のつれなく見えし別れより暁ばかり憂き物はなし」（古今集・恋三・六二五・忠岑）を本歌にしていよう。また、参考歌の家良詠は、「今来むと言ひしばかりに長月の有明の月を待ち出でつるかな」（古今集・恋四・六九一・素性）の本歌取りであろう。該歌も大局では、この『古今集』の両首の枠内にある歌と見てもよいであろう。

392

奉らせ給ひし百首に、同じ心を

沢田河井手なる蘆のかりそめに浅しや契り一夜ばかりは

【校異】〇ゐてなる―ねてなる（高）〇あさしや契―あさくやちきる（内・高）あやしや契る（慶）あやしや契（青）＊和歌が393、392の順になっている（書・内・高）＊歌頭に「続古」の集付あり（底）＊歌頭に朱丸点あり（三）

【現代語訳】（後嵯峨院に）お奉りになられた百首で、同じ（逢ひて会はざる恋の）趣意を

沢田川の井堰にある蘆の刈り初めに、ではないが、仮初めになんとも浅いこの契りよ。蘆の一節のように、ただ一夜ばかりでは。

【参考歌】沢田川井手なる蘆の葉分かれて影さすなへに春更けにけり（好忠集・〔源順百首歌〕・春・四九二）

難波なる身をつくしてのかひもなしみじかき蘆の一夜ばかりは（拾遺愚草・恋・建保四年内にて、寄蘆恋・二五七〇。万代集・恋四・二五三二）

【出典】「弘長二年冬弘長百首題百首」の「逢不逢恋」題。

【他出】柳葉集・巻二・弘長二年院より人人に召されし百首歌の題にて読みて奉りし（一四四～二二八）・逢不逢恋・二〇六。続古今集・恋四・弘長二年百首に、遇不逢恋を・一二七九。歌枕名寄・巻三・畿内三　山城国三・三

香原篇・沢田河　或狭鰭河・八三八。夫木抄・巻二十八・雑歌十・蘆・御集・一三四一九。

〔語釈〕　**○奉らせ給ひし百首**　↓6。**○沢田河**　山城国の歌枕。現在の京都府南部を流れる木津川の相楽郡加茂町（相楽郡）辺りの古称。『催馬楽』（律）の「沢田川」に「沢田川　袖漬くばかり　や　浅けれど　はれ　浅けれど　恭仁の宮人　や　高橋わたす　あはれ　そこよしや　高橋わたす」とあり、これに基づいて「五月雨のころも経ぬれば沢田河袖漬くばかり浅き瀬もなし」（新勅撰集・夏・一六八・公衡）などと詠まれている。宗尊もこれらを意識していよう。**○井手**　堰。水を塞き止めた所の土手。**○蘆のかりそめに**　「蘆の」までは序で、「刈り初めに」の掛詞で「仮初めに」を起こす。この修辞の原拠は、「朝露のおくての山田かりそめに憂き世の中を思ひぬるかな」（古今集・哀傷・八四二・貫之）。**○一夜**　「蘆」の縁で「一節」が掛かる。

見るたびにつらさぞまさる今はとて人の急ぎし有明の月

〔校異〕　ナシ　＊和歌が393、392の順になっている（書・内・高）

〔現代語訳〕（後嵯峨院に）お奉りにならせた百首で、同じ（逢ひて会はざる恋の）趣意を）

見るたび毎に、堪えがたい苦しさがつのるよ。今はもうということであの人が急いだ、それと同じこの有明の月は。

〔本歌〕　入りぬとて人の急ぎし月影は出でてののちも久しくぞ見し（後拾遺集・雑一・八五九・赤染衛門）

〔出典〕　「弘長二年冬弘長百首題百首」の「逢不逢恋」題。↓6。

〔他出〕　柳葉集・巻二・弘長二年院より人人に召されし百首歌の題にて読みて奉りし（一四四〜二一八）・逢不逢恋・二〇四。

〔補説〕　大づかみには、「有明のつれなく見えし別れより暁ばかり憂き物はなし」（古今集・恋三・六二五・忠岑）の類型の範疇に入る歌。

394
三百首御歌に
うつろはば色変（か）はれとや契り・置きし憂（う）き身知（し）りける袖の露かな（哉）

〔校異〕○三百首御歌に—三百首に（高）　○しりける—知りぬる（三・山）

〔現代語訳〕三百首の御歌で
あの人の心がうつろうならば、色が紅に変はれと、約束し置いたか。そんなはずもない。それなのに、憂く辛い我が身を悟った、袖に置く紅涙の露であることよ。

〔参考歌〕袖の露もあらぬ色にぞ消えかへるうつれば変はる歎きせし間に（新古今集・恋四・一三二三・後鳥羽院）

〔出典〕宗尊親王三百首・恋・二六五。基家評詞「無二無三歟」。合点、為家・基家・家良・行家・光俊・四条・帥。

〔語釈〕○三百首御歌　→1。○うつろはば　人が心変わりしたらばの意。「露」の縁で「映ろ（ふ）」が響くか。○置きし　「露」の縁で、露が置く意が掛かる。

〔補説〕主題は、ここから398まで、変恋。

395
人々によませさせ給ひし百首に
何とかく色変（か）はるらん木にもあらず草にもあらぬ人の言（こと）の葉（は）

〔校異〕○よませさせ—よまさせ（慶）　○木にも—木に（も）（慶）木も（京・静・松）木。も（にカ（朱））（三〈補入符朱〉）　＊歌頭

に「続古」の集付あり（底・内・慶）

【現代語訳】人々にお詠ませになられた百首で
何故このように色が変わるのだろうか。葉が紅葉する木でもなく草でもない、人の言葉は。

【本歌】木にもあらず草にもあらぬ竹のよの端に我が身はなりぬべらなり（古今集・雑下・九五九・読人不知）
偽りのなき世なりせばいかばかり人の言の葉うれしからまし（古今集・恋四・七一二・読人不知）

【出典】「弘長元年中務卿宗尊親王家百首」の「恋」。

【他出】三十六人大歌合弘長二年・一三。柳葉集・巻一・弘長元年九月人人によませ侍りし百首歌（六九～一四三）・恋・一二九。続古今集・恋四・百首歌中に・一二七二。

【語釈】**○人々によませさせ給ひし百首** →2。**○色** 恋しい人の言葉の調子や情調といった趣意か。**○葉** 「木」「草」の縁で、草木の葉の意が掛かる。

396

寄花恋

うつろひてまた（又）も咲（さ）かぬは憂（う）き人の心の花（はな）のつらさなりけり

【校異】○和歌―ナシ〈396和歌と397詞書欠〉（内・高） ○又も―み（又歟（朱））も（-（朱））（三） ＊上欄（歌頭）に小紙片貼付（底）

【現代語訳】花に寄する恋
花が色が変わるように心変わりして、しかし花のように再びは咲かないのは、薄情なあの人の心の花のつれない冷たさなのであったな。

【本歌】色見えでうつろふ物は世の中の人の心の花にぞありける（古今集・恋五・七九七・読人不知）

【参考歌】憂き人のあだし心の花桜ことわり過ぎてうつろひにけり（新撰六帖・第六・はなざくら・二三六二・為家。

現存六帖・はなざくら・六一〇）
散るにだにあはましものを山桜待たぬは花のつらさなりけり（古今六帖・第六・山ざくら・四二二七・躬恒。躬恒集・三八一。和漢兼作集・三二七。続古今集・春下・一五一、三句「桜花」）
散るといふことこそうたて山桜なれては花のつらさなりけり（現存六帖・やまざくら・六二七・実雄）

〔語釈〕 **○うつろひて** 花が色あせ枯れる意と、人が心変わりする意の掛詞。**○またも咲かぬ** 人の愛情が再び戻らないことの喩え。**○心の花** 人の心模様を花に喩えた詞。**○つらさなりけり** →163。

397

変恋といふ事を

花の木の咎（とか）をば言（い）はじ人心（こゝろなら）習ひなけれどうつろふもの（物）を

〔校異〕 ○変恋といふ事を―変恋（書）寄花恋〈396和歌と397詞書欠で396詞書が397和歌の前に位置〉（内・高） ○とかをは―とかとは（書）とるをは（松） ○人こゝろ―心（人）（慶） ○ならひ―并（なら）ひ（山〈「并」字中に朱点〉）

〔現代語訳〕 変はる恋ということを

あの「掘り植ゑじ」といった人のように、花が咲く木の罪を言うことはするまい。人の心は、花の木に習うことがなくても、花がうつろうように変わるものであるのに。

〔本歌〕 花の木も今は掘り植ゑじ春立てばうつろふ色に人ならひけり（古今集・春下・九二・素性）
ちはやぶる神なび山の紅葉葉に思ひはかけじうつろふものを（古今集・秋下・二五四・読人不知）

〔語釈〕 **○うつろふものを** 「うつろふ」は、人が心変わりする意に、「花の木」の縁で、花が色あせて散る意が掛かる。「ものを」を逆接に解したが、順接と見て、変わるので、と解することもできる。本歌の読人不知歌自体の解釈も両様に分かれよう。

398

いかにして恨みやらまし契りしにあらぬつらさの月日経ぬるを

【校異】○契しに—契しよ（京・静・松） ○へぬるを—へきるを（静） へぬるゝ（朱）を（三〈見消字中〉）

【現代語訳】（変はる恋といふことを）

どのようにして、はっきりと恨んだらよいのかしら。あの人と約束したのに、思いもよらない恨めしさの（逢うことのない）月日を過ごしてきたのを。

【本歌】契りしにあらぬ辛さも逢ふことのなきにはえこそ恨みざりけれ（後拾遺集・恋三・七六五・周防内侍）

【語釈】○月日経ぬるを　恋歌の「月日経」の原拠は、「手も触れで月日経にける白真弓おきふしよるはいこそ寝られね」（古今集・恋二・六〇五・貫之）。

【補説】本歌と同様に、逢うことがなければ十分に相手を恨むこともかなわない切なさを表出。『後拾遺集』初出歌人の周防内侍詠を本歌と見ることについては、126、128、132、解説参照。

前歌を承けた歌題で、394から始まる変恋の歌群の最後の一首であり、一方内容上は、402までの悔恋と恨恋の歌群の最初の一首でもあり、前後の歌群を連繫。

399

人々によませさせ給ひし百首に

あぢきなやいつまで物を思へとて憂きに残れる命なるらん

【校異】○よませさせ—よまさせ（慶） ○あぢきなや—あぢきなく（内） あぢきなや（慶） ＊歌頭に「新古」（事実は新後撰）の集付あり（底）

【語釈】人々にお詠ませになられた百首で

思うにまかせずどうしようもないよ。いったいいつまで恋の物思いをせよというので、こんなにも憂く辛いのにいまだに残っている我が命なのだろうか。

〔出典〕「弘長元年中務卿宗尊親王家百首」の「恋」。

〔他出〕柳葉集・巻一・弘長元年九月人人によませ侍りし百首歌（六九～一四三）・恋・一三〇。新後撰集・恋二・（題しらず）・八六二、初句「あぢきなく」。

〔語釈〕**○人々によませさせ給ひし百首** →2。**○あぢきなや** 自分ではどうにもならず釈然としないむなしさを詠歎する句。「あぢきなや我が名は立ちて唐衣身にもならさでやみぬべきかな」（拾遺集・恋二・七〇三・読人不知）が勅撰集の初例。**○物を思へとて** →151。

〔補説〕あるいは、「思ひ侘びさても命はあるものを憂きに堪へぬは涙なりけり」（千載集・恋三・八一八・道因）が微かに意識されているか。

　主題は、次歌と共に悔恋。

　　和歌所にて、結番歌男(おのこ)どもよみ侍りける次に

恨むべき我が身の咎(とか)は忘られて訪(問)はぬを憂(う)きになすぞ悲(かな)しき

〔校異〕○結番歌おのこども―結番歌をのみ（京・静・三・山）結番。(歌)をのみ(をのこともイ)。（松）○なすそ―なすに（静）○かなしき―かなしき(はかな)（底）悲しき(はかなきイ)（慶・青・京・静・松・三）悲しき(はかなきイ(朱))（山）はかなき（神）はかなき(かなしきイ)（群）

〔現代語訳〕和歌所にて、結番の歌を出仕の男達が詠みましたついでに

　恨むべき自分自身の非は自然と忘れて、あの人が訪れないのを憂く辛いこととするのが悲しいのだ。

〔本歌〕いかばかり人の辛さを恨みまし憂き身の咎と思ひなさずは（詞花集・恋上・一九八・成助）

〔語釈〕**○和歌所** →27。**○結番歌** →27。**○我が身の咎** この詞は、行尊の「くり返し我が身の咎を求むれば君

もなき世にめぐるなりけり」（新古今集・雑下・一七四二。行尊大僧正集・二〇八、初句「かへりつつ」四句「君がなき世に」）が早いか。宗尊は、400番歌にも用いている。

〔補説〕憂き我が身の非とあえて思わなければ、どれほど人の辛さを恨んだでしょうか、という本歌に対して、我が身の非は自然と忘れて、とする該歌は、訪れない人の辛さを非常に恨んでいるというのであり、そのことが切ないと言っていることになる。

『後拾遺集』初出歌人の賀茂成助詠を本歌と見ることについては、126、128、132、解説参照。

主題は悔恋だが、恨恋の要素もある。

401

恋の心（こころ）を

身の程を思ひ知（し）りつつ恨（うら）みずは頼（たの）まぬ中となり成ぬべきかな

〔校異〕○詞書―ナシ（神）　○中と―中と（のイ）（松）　○成ぬへきかな―成にける哉（高）

〔現代語訳〕恋の趣意を

あの人に忘れられた我が身の程を思ひ知りながらも恨まないのなら、（恨まなければ忘れない人があるということもなく）もはや私も期待しない二人の仲となってしまうのに違いないな。

〔参考歌〕身のほどを思ひ知りぬることのみやつれなき人の情けなるらん（詞花集・恋上・二〇九・隆縁）

恨みずは忘れぬ人もありなまし思ひ知らでぞあるべかりける（千載集・恋五・九一六・隆源。堀河百首・恋・恨・一二七七）

〔類歌〕いかにせむあまり人目を忍ぶ間に希なる中となりぬべきかな（宗尊親王百五十番歌合弘長元年・恋・二五六・藤原顕盛）

〔出典〕「弘長元年五月百首」の「恋」。↓14。
〔他出〕柳葉集・巻一・弘長元年五月百首歌（一～六八）・恋・五六。
〔補説〕理屈の勝った歌。参考歌の『千載集』歌を強く意識したと見る。
主題は、次歌と共に恨恋だが、不憑恋でもある。

百番御歌合に、恨恋

頼（たの）めばと思ふばかりに憂（う）き人の心も知（し）らず恨（うら）みつるかな

〔校異〕○恨恋―恨恋を（山）　＊歌頭に「続古」の集付あり（底・内）
〔現代語訳〕百番御歌合で、恨むる恋
期待すると（逢ってくれるか）、と思うだけにかえって、つれなく無情なあの人の心も分からずに、結局このように恨んでしまったことよ。
〔本歌〕思はずはつれなきこともつらからじ頼めば人を恨みつるかな（拾遺集・恋五・九七三・読人不知。拾遺抄・恋五・三三五。古今六帖・第四・うらみ・二一〇〇。定家八代集・恋四・一一八二）
〔参考歌〕ひとすぢに頼めばとこそかこてども恨むとなればいかが思はん（百首歌合建長八年・恋・一三五六・真観）
憂き人の心も知らず秋萩の下葉を見ずはなほや頼まむ（現存六帖・はぎ・尚侍家中納言＝典侍親子〈光俊女〉・八三）
〔影響歌〕憂き人の心も知らずわればかり命あらばと身をいのるかな（新後撰集・恋二・祈恋を・九二九・実教）
世の常は頼めばともや思ひけんまことに今は恨みはてぬる（雪玉集・巻十二・文亀三年九月九日已来同年公宴・恨恋・五〇三二・後柏原天皇）

【出典】「文永元年六月十七日庚申宗尊親王百番自歌合」（仮称。散佚）の「恨恋」題。

【他出】柳葉集・巻四・文永元年六月十七日庚申に自らの歌を百番ひに合はせ侍るとて（四五〇～五六二）・恨恋・五二八。続古今集・恋四・（恋歌のなかに）・一三〇二。

【語釈】○百番御歌合　→24、34。○頼めばと　四段動詞「頼む」の已然形に助詞の「ば」と「と」が付いた形。期待するとあの人が逢ってくれる、といった含意があるか。○思ふばかりに　早く『古今六帖』に「緑なりと思ふばかりに蓮葉のかは身にさへもしみにけるかな」（古今六帖・第六・はちす・三七九三）の例があり、他にも平安時代に数例見えるが、鎌倉時代以降に用例が増える。為家にも「身の憂さを思ふばかりに偽りのなき世なりとも頼まるるかな」（中院集・述懐・一一二）の作がある。○心も知らず　原拠は「人はいさ心も知らず故郷は花ぞ昔の香に匂ひける」（古今集・春上・四二・貫之）。

【補説】参考歌の「憂き人の」歌の本歌は、「秋萩の下葉を見ずは忘らるる人の心をいかで知らまし」（拾遺集・恋三・八三八・広平親王）。

被忘恋

なほ（を）ざりにこれや限りと言ひ（い）しよのつらきまことになり（成）にけるかな（哉）

【校異】○いひしよの―いひしまの（よイ）（内）いひしよの（まイ）（慶）いひしゝか（よの）（山〈「ゝ」字中に朱点〉）　○つらき―つらさ（高・群）難面（ツラ（朱））き（山）　＊歌頭に「続古」の集付あり（底・内・慶）

【現代語訳】（百番御歌合で、）忘らるる恋

何気なくこれが逢うことの限りかと言った夜の二人の仲が、堪えがたく恨めしい真実になってしまったことだな。

〔本歌〕逢ふことはこれや限りのたびならむ草の枕も霜枯れにけり（新古今集・恋三・一二〇九・馬内侍）
君来むと言ひし夜ごとに過ぎぬれば頼まぬものの恋ひつつぞ経る（新古今集・恋三・一二〇七・読人不知。伊勢物語・二十三段・高安の女）
〔参考歌〕憂きにこそげに偽りもなかりけれ忘るる方の辛きまことに（秋風抄・恋・二五九・為氏）
〔類歌〕大方のならひに憂しと言ひしよの今は我が身に限りぬるかな（中書王御詠・雑・述懐・二九一）
〔出典〕「文永元年六月十七日庚申宗尊親王百番自歌合」（仮称。散佚）の「被忘恋」題。
〔他出〕柳葉集・巻四・文永元年六月十七日庚申に自らの歌を百番ひに合はせ侍るとて（四五〇～五六二）・被忘恋・五二六。続古今集・恋四・題不知・一二七八。
〔語釈〕**○言ひしよ** 「よ」は、本歌の『伊勢物語』歌につけば「夜」だが、恋歌として「世」（男女の仲）との掛詞に解する。
〔補説〕主題は、次歌と共に被忘恋。前歌と詠作機会を共通して、恨恋の歌群と連繫。

二十首歌合に、恋を

忘れ草種（たね）あればこそ茂（しげ）るらめ軒端（は）や人の心（こゝろ）なるらん

〔校異〕○歌合に―御歌合に（書）　○あれはこそ―あらはこそ（慶）　○こゝろなるらん―□□〈空白〉なるらん（高）　＊歌頭に「続古」の集付あり（底・内・慶〈内・慶は「同」〉）
〔現代語訳〕二十首歌合で、恋を
忘れ草は、種があるので軒端に茂るのでしょう。そのように、原因があるからあの人は私をすっかり忘れるのでしょうけれど。私から離れ退いていくのが、あの人の真の心であるのだろうか。

〔本歌〕　忘れ草なにをか種と思ひしはつれなき人の心なりけり（古今集・恋五・八〇二・素性）
〔参考歌〕　忘れ草茂れる宿を来てみれば思ひのきより生ふるなりけり（金葉集・恋下・四三九・俊頼）
見るままに人の心はのきばにて我のみ茂る忘れ草かな（新勅撰集・恋四・九〇〇・宜秋門院丹後）
〔出典〕　未詳。「弘長元年五月百首」の「恋」の一首でもある。→語釈、14。
〔他出〕　柳葉集・巻一・弘長元年五月百首歌（一～六八）・恋・五八。続古今集・恋五・寄草恋・一三五七。
〔語釈〕　**○二十首歌合**　未詳。「弘長元年五月百首」（→出典、14）との関係も不明。**○忘草**　萱草、あるいは忍草の異名とも。いずれにせよ、人を忘れることを比喩。**○種**　草の種子の意に、「人の心」の縁で物事の根拠の意が掛かる。**○茂るらめ**　「忘れ草」が「茂る」ことは、すっかり人を忘れることの比喩。**○軒**　「忘れ（草）」の縁で「退き」が掛かる。

絶恋といふことを

もろともに忘れじとこそ契りしか誰（た）がつらさより思ひ絶（た）えけん

〔校異〕　○契しか―契しに（神・群）　○たえけん―そめけん（慶）
〔現代語訳〕　絶ゆる恋ということを
二人一緒に忘れまいと契ったのにな。いったい誰の冷淡さから、その恋の思いが絶えたのだろうか。
〔参考歌〕　契りしももろともにこそ契りしか忘れば我も忘れましかば（千載集・恋四・八六四・為通）
忘るなよ忘れじとこそ頼めしか我やは言ひし君ぞ契りし（新勅撰集・恋四・九〇一・俊恵。林葉集・恋・同百首〈右大臣家百首〉中、遇不逢恋・七三六）
〔類歌〕　忘るなよ忘れじとこそ契りしを誰が偽りになせとかは思ふ（仙洞影供歌合建仁二年五月・遇不逢恋・六一・通親）

〔語釈〕**○思ひ絶えけん**　古い例の見えない句。宗尊は該歌の他に、本集408歌や「来ぬまでもさすが待たれし慰めのいかにせよとか思ひ絶えけむ」（柳葉集・巻二・〔弘長二年冬弘長百首題百首〕・忘恋・二〇八）で用いている。

〔補説〕類歌も、参考歌の俊恵詠に拠ったものであろう。

主題は、ここから409（恋下巻軸）まで、大枠では恨恋。前歌の「忘れ草」と「忘れじ」との共有で、被忘恋の小群（二首）と連繫。

406

十首歌合に

今はまた影だに見え（み）ぬ憂（う）き人の形見（かたみ）の水は涙なりけり

〔校異〕ナシ

〔現代語訳〕十首歌合で

今はもうこれ以上、水に映る影さえ見えない無情なあの人を、思い起こさせる形見の水は私の涙なのであった。

〔本歌〕絶えぬるか影だに見えば問ふべきに形見の水は水草ゐにけり（新古今集・恋四・一二三九・道綱母。蜻蛉日記・一〇一、三句「問ふべきを」）

〔参考歌〕亡き人の影だに見えぬ遣り水の底は涙に流してぞ来し（後撰集・哀傷・一四〇二・伊勢）

〔享受歌〕今はまた影だに見えぬ稲妻のうつり安きぞ心なりける（耕雲千首・恋・寄稲妻恋・六一五）

〔出典〕宗尊親王百五十番歌合弘長元年・百卅六番　左・一二七。歌頭に「撰」（基家の撰歌）とあり。

〔他出〕続古今集・恋五・家十首歌合に・一三一九。

〔語釈〕**○十首歌合**　↓37。**○影**　思い浮かぶ姿だが、ここは特に本歌を承けて、また「水」の縁から、水に映って浮かぶ姿。

〔補説〕出典の歌合では、右方真観の「忘れむと思ひねならば何しかも人頼めなる夜半の辛さぞ」と番えられ、基家の判詞は「左、本歌よりも下句猶勝りて、右及ぶべきにあらず」。

本歌の『蜻蛉日記』の地文は、前に「はかなき仲なれば、かくてやむやうもありなんかしと思へば、心細うてながむる程に、出でし日使ひし泔坏の水は、さながらありけり。上に塵ゐてあり。かくまでとあさましう」とあり、後に「など思ひし日しも、見えたり。例のごとにてやみにけり」（新日本古典文学大系本）と続く。『新古今集』での詞書は「入道摂政（兼家）久しくまうで来ざりける頃、鬢掻きて出で侍りける泔坏の、水入れながら侍りけるを見て」。

寄淵恋

人心うきになかるる我が袖の涙の淵（ふち）はかはる瀬もなし

〔校異〕○かはる―かわる（三）　＊上欄（歌頭）に小紙片貼付（底）

〔現代語訳〕淵に寄する恋

あの人の心が、泥深い沼の「埿（うき）」に水が流れるように、「憂き」に無情なので、自然と泣かれる私の袖に溜まった涙の深い淵は、浅い瀬に変わることもない。

〔参考歌〕人心うさこそまされ春立てばとまらず消ゆるゆきかくれなん（後撰集・春上・三〇・読人不知）

朽ち果つる袖師の浦の浪ならばうきになかるる名をも残すな（土御門院御集・恋二十五首・浦・四二五）

おのづからいつか逢ふ瀬にかはるべき涙の淵ぞつれなかりける（正治初度百首・恋・一九七八・二条院讃岐）

〔他出〕田中登氏蔵伝世尊寺行尹筆断簡（散佚宗尊親王集か）に、「ゆめ／かつらぎの神のちぎりのそれならでよるのみかよふ夢のうきはし」に続き、詞書「なみだ」で見える。→解説。

〔語釈〕 **〇寄淵恋**　新奇な歌題。「前大納言　為家卿　中院亭歌会」の「千首」で為家が出題という（明題部類抄）。後に『耕雲千首』『宗良千首』『為尹千首』等にも設けられている。**〇うきになかるる**　「憂きに泣かるる」に、「淵」「瀬」の縁で「埿(うき)に流るる」が掛かる。「なべて世のうきになかるる菖蒲草今日までかかるねはいかが見る」（新古今集・夏・二二三・上東門院小少将）が有力な先例。**〇涙の淵はかはる瀬もなし**　「涙の淵」は、悲しい恋の涙が多く流れて深く溜まることの比喩。「淵はかはる瀬もなし」の先行類例に、「世の中は何か常なる明日香川昨日の淵ぞ今日は瀬になる」（古今集・雑下・九三三・読人不知）を本歌にした、信実の「五月雨の頃ぞ常なる明日香川昨日の淵のかはる瀬もなし」（信実集・夏・西園寺卅首に・二八）や雅成親王の「五月雨のつぎてし降れば明日香川同じ淵にてかはる瀬もなし」（続古今集・夏・二四三）がある。

〔補説〕「あすか河淵は瀬になる世なりとも思ひ初めてむ人は忘れじ」（古今集・恋四・六八七・読人不知）や「淵は瀬になりかはるてふあすかがは渡り見てこそ知るべかりけれ」（後撰集・恋三・七五〇・元方）などに異を立てる趣もあるか。

寄河恋

塵(ちり)をだに払(はら)はぬ床の山川のいさやいつより思ひ絶(た)えけん

〔校異〕　〇山川の―山川に(の)（松）　〇いさや―いさ(ま)や（京）　いまや（静）　＊歌頭に「続古」の集付あり（底・内・慶）

〔現代語訳〕　河に寄する恋

（共寝することもなく）塵をさえ払わない床よ、それならぬ「鳥籠」の山にある川「いさや川」のように、「いさや」さあどうだか、いったいいつから恋の思いは絶えたのだろうか。

〔本歌〕塵をだに据ゑじとぞ思ふ咲きしより妹とわが寝るとこ夏の花（古今集・夏・一六七・躬恒）
犬上のとこの山なるいさや川いさと答へて我が名告げすな（万葉集（廣瀬本・嘉暦伝承本）・巻十一・寄物陳思・二七一〇・作者未詳。五代集歌枕・とこの山・三三二〇）

〔他出〕続古今集・恋五・寄河恋といふことを・一三五五。歌枕名寄・巻二十三・雑篇・鳥籠山　山川・山河・六一六四。

〔語釈〕○寄河恋　早くは『忠通集』（一三八）に見え、『六百番歌合』で設題されている。○払はぬ床の山川（塵を）払わない寝床の「払はぬ床」から、「とこ」を掛詞に近江国の歌枕「鳥籠の山」へ鎖る。現在の滋賀県彦根市正法寺近辺の山という。「山川」は、「やまがは」で、山の中を流れる川を言い、ここは本歌から、近江国の歌枕「いさや川（いさら川）」のこと。彦根市西部を流れて琵琶湖に至る芹川（大堀川）のことという。○思ひ絶えけん→405。

〔補説〕本歌の万葉歌は、異訓・異伝が多い。以下に、一部を記しておく。現行訓は、二句「とこのやまにある」下句「いさとを聞こせ我が名告らすな」。西本願寺本訓は、二句「とこのやまになる」四句「いさとをきこせ」。寛永刊本訓は、四句「いさとをきこせ」で、『袖中抄』の一首（五〇四）も同じ。『古今集』墨滅歌（巻十三・一一〇八）は、三句「なとり川」五句「我が名もらすな」。『和歌童蒙抄』（二三三）は、下句「いさとこたへよわがなもらすな」。『古今六帖』（第五・名ををしむ・三〇六一・あめのみかど）は、三句「いさら川」五句「我が名もらすな」。『五代集歌枕』は、「とこの山」の項の一首（三三二〇）は『万葉集』廣瀬本等同じだが、「いさやがは」の項の一首（一三〇五・天智天皇）は、三句「いさら川（ママ）」五句「我が名もらすな」で、『袖中抄』の一首（五〇五）も同じ。『和歌初学抄』（二一八）は、五句「我が名もらすな」で、『色葉和難集』（三）も同じ。

絶経年恋

いたづらに年のみ越えて逢坂の関は昔の道となりにき

〔校異〕 ○経年―往年（内） ＊歌頭に「新後」の集付あり（底）

〔現代語訳〕 絶えて年を経る恋

ただむなしく年ばかりが越えて、越えた逢坂の関は昔の道となり、二人の逢瀬は昔となってしまった。

〔本歌〕 待つ人は来ぬと聞けどもあらたまの年のみ越ゆる逢坂の関（後撰集・雑四・一三〇三・読人不知）

〔他出〕 新後撰集・恋六（巻頭）・絶経年恋といふ事を・一一六六。歌枕名寄・巻二十二・東山部一・近江国一・会坂・五八一六。題林愚抄・恋二・絶経年恋・七〇八一。

〔語釈〕 **○越えて** 一年が過ぎて次の年になるの意。「逢坂の関」の縁で、関を越える意が掛かる。**○逢坂の関** 近江国の歌枕。男女の逢瀬を妨げるものの比喩で、これを「越え」ることが一線を越えて逢うことの比喩となる。

瓊玉和歌集巻第九

雑歌上

三百首御歌の中に

百敷や天照る神の宮柱（はしら）君が御影（かけ）をさぞ守（まも）るらん

〔校異〕 ○宮はしら―宮はしら（ますかゝみイ）（内・慶）

〔現代語訳〕 三百首の御歌の中で

天照大神を祀る伊勢の御神の宮柱は、（しっかりと岩根に太く立ててあって、）我が君の光をさぞ守るであろう。

〔参考〕 …皇神の敷きます、下つ磐ねに宮柱太知り立て、高天の原に千木高知りて、皇御孫の命の瑞（みづ）の御舎（みあらか）を仕へまつりて、天の御蔭・日の御蔭と隠りまして、四方の国を安国と平らけく知ろしめすが故に、…（祝詞・祈年祭）

…かく依さしまつりし四方の国中に、大倭日高見の国を安国と定めまつりて、下つ磐根に宮柱太敷き立て、高天の原に千木高知りて、皇御孫の命の瑞の御舎仕へまつりて、天の御影・日の御影と隠りまして、安国と平らけく知ろしめさむ国中に…（祝詞・六月晦大祓。以上日本古典文学大系本）

〔参考歌〕 繰り返し天照る神の宮柱立てかふるまであはぬ君かな（新勅撰集・恋二・七四〇・国信。堀河百首・恋・不逢恋・一一五五）

頼もしな都に近き男山雲井をかけてさぞ守るらん（為家五社百首・恋・山・石清水・五九七）

〔出典〕 宗尊親王三百首・雑・三〇〇、三句「ます鏡」。基家評詞「是又秀逸歟、神慮之貴義、忽以露顕、不レ能二左右一之上、今賜二此御詠一、已被レ許二愚点一、老後之自愛候」。合点、基家・実氏・家良・行家・光俊・帥。

〔他出〕 六華集・神祇・一八四二、三句「ます鏡」結句「さぞまぼるらん」。

〔語釈〕 ○三百首御歌 →1。 ○百敷や 「百敷」は宮中・内裏を言い、三句が「ます鏡」の場合、上句は、「宮中に安んじられる天照大神の神器の真澄の鏡は」の意となろう（伊勢神宮の神体とは別に宮中賢所に安置される八咫鏡を言う）。三句が「宮柱」の場合、それを皇居宮殿の柱と見ると、「天照大神」との繋がりが曖昧になるので、やはり「下都磐根爾宮柱太知立」「下津磐根爾宮柱太敷立」（祝詞・祈年祭、同・六月晦大祓）という伊勢神宮の神殿の柱と見るべく、「大宮」にかかる枕詞「百敷の」と同様に「宮」にかかる枕詞のように用いたと解しておく。○宮柱 伊勢神宮の柱。特に、正殿中央の床下にある心柱を言うか。○君が御影 『古今集』の「水の面にしづく花の色さやかにも君が御影の思ほゆるかな」（哀傷・諒闇の年、池のほとりの花を見てよめる・八四五・篁）や「筑波嶺のこのもかのもにかげはあれど君が御かげにますかげはなし」（東歌・常陸歌・一〇九五）が早いが、前者は、我が帝の姿・面影の意（我が帝の恩恵の意の掛詞か）で、後者は、あなたの姿・面影あるいは物陰の意であろう。ここは、「天照らす神の光はさし添へて君が御影をます鏡かな」（正治初度百首・祝・一八九九・実房）と同様に、栄光というほどの意ではないか。

〔補説〕 三句の異同は、原作の『宗尊親王三百首』の本文が反映したものであろうか。宗尊か真観の改作の可能性もあろうか。なお、原作には、語釈に挙げた『正治初度百首』の「天照らす」歌からの影響が考えられようか。またちなみに、『宗尊親王三百首』を慶長九年（一六〇四）十二月中旬に書写した中院通勝は、「照らし見よ天照る神のます鏡ますがごとくにあふぐ心を」（通勝集・詠五十首和歌・伊勢・八九七）と詠じているが、該歌からの影響関係までは不明。

主題は、祝賀だが、ここから415までは神祇歌群でもある。雑歌上の構成は、410〜415神祇、416〜420釈教、421〜434羈旅、435～456述懐（435～447は歌枕詠）、となっている。

奉らせ給ひし百首に、神祇を
民安く国治まれと身ひとつに祈る心は神ぞ知るらん

【校異】 ○おさまれと―おさまれる（高）　○ひとつに―ひとへに（高）　○心は―以は（静）　○神そしるらん―神そしるらん（底・群）　神もしるらん（慶）　神もしるらん（青）　神そしるらん（京・静）　神そしるらん（松）　神かしるらん（三・山）

【現代語訳】（後嵯峨院に）お奉りになられた百首で、神祇を
民が安らかに、国が治まれと、我が一身で祈る心は、神が分かっているであろう。

【本歌】 枝かはす春日の原の姫小松祈る心は神ぞ知るらむ（新勅撰集・賀・四五一・実方）

【参考歌】 祈るより神もさこそは願ふらめ君明らかに民安くとは（拾遺愚草・〔藤川百首〕・雑・社頭祝言・一六〇〇）

【影響歌】 民安く国治まれと臥して思ひ起きて祈るもただ君のため（南朝五百番歌合・雑三・九五五・長親）
民安く国治まれと祈るかな人の人より我が君のため（新葉集・神祇・五九〇・深勝法親王）

【出典】「弘長二年冬弘長百首題百首」の「神祇」題。

【他出】 柳葉集・巻二・弘長二年院より人人に召されし百首歌の題にて読みて奉りし（一四四～二二八）・雑・神祇・二二六、結句「神もうくらん」。

【語釈】 **○奉らせ給ひし百首**　→6。**○身ひとつに**　我が身一人だけで。「身ひとつにあらぬばかりをおしなべて行きめぐりてもなどか見ざらん」（後撰集・離別・一三二三・宇多院）が原拠。**○知るらん**　異文の「請くらん」は、請け負う・承知する意で、大意は変わらない。

〔補説〕『新勅撰集』所収の実方詠を本歌と見た。定家が『詠歌大概』で説いた、旧きを以て用いる詞の範囲を三代集の先達が用いる詞に限るという考えには、同時に新古今の古人の歌は同様に用いてよいとも注されていて、当然それは後拾遺から新古今までの各集の古人という意味合いであろうし、詞を取ることを宗とする定家の本歌取り説も当然その原則の中にあると見るべきである。また、定家の弟子としてその考え方を変容させつつ継承したと思しい真観は、恐らくは宗尊に献じるべく文応元年（一二六〇）五月半ば過ぎに著した『簸河上』で、「代々の宣旨集を抜きて姿古きを捨てじとは、新古今、新勅撰、続後撰の中にも、万葉集、三代集の作者の歌の見ゆるをば本として、それは新古今の歌なればとて嫌はじとなり」と説いていて、時代の下るのに従ってか、定家の例示した「新古今」を「新勅撰」「続後撰」にまで拡大しているのである。従って、そもそも『拾遺集』歌人である実方の『新勅撰集』所収歌を本歌に取ったと見ることは許されるのではないだろうか。↓126、128、132、解説。

本歌としたその実方詠は、「春日野に若菜摘みつつ万世を祝ふ心は神ぞ知るらむ」（古今集・賀・三五七・素性）に拠る一首。あるいは該歌も、この素性歌に負ったと見ることもできなくはないであろう。

一方、『新勅撰集』の定家の序には、「ただ延喜天暦の昔、時すなほに、民豊かに喜べりし政を慕ふのみにあらず、また寛喜貞永の今、世治まり人安く、楽しき言の葉を知らしめむために、ことさらに集め撰ばるるならし」とある。これは、『古今集』真名序の「神世七代時質人淳」を意識し、白居易の「不㆕独記㆔東都履道里有㆓閑居泰適之叟㆒（ひとりとうとのりたうりにかんきよたいてきのおきなありといふことをきするのみにあらず） 亦令㆑知㆔皇唐大和歳有㆓理世安楽之音㆒（またくわうたうたいくわのとしりせいあんらくのこゑありといふことをしらしめむとなり）」（白氏文集・巻六十一・序洛詩。和漢朗詠集・閑居・六一三）に拠っていよう。さらに、その根底には、「治世之音、安以楽、其政和、乱世之音、怨以怒、其政乖、亡国之音、哀以思、其民困」（詩経・大序。礼記・楽記）といった考え方が踏まえられていよう。宗尊が、『新勅撰』序に学んでいた可能性は高く見てよいのではないだろうか。

412

同じ心を

世の中の憂きを見るにも男山頼む心に身をまかせつゝ

【校異】○うきを―うき。（朱）を（三〈「う」は「か」にも見える〉）

【現代語訳】同じ（神祇の）趣意を

この世の中の辛く恨めしいのを見るにつけても、男山八幡の神を頼みとする心に、ひたすら我が身を委ね続けているよ。

【参考歌】八幡山高き峰より照らす日の春の光に身をまかせつつ（紫禁和歌集・同〈承久元年〉閏二月五日、内内八幡宮へ遣歌合寄春雑・一一〇八）

【語釈】○男山　山城国の歌枕。現在の京都府八幡市の西方、生駒山の北端に連なる山。山頂に石清水八幡宮が鎮座し、八幡宮あるいは八幡神そのものをも意味する。清和天皇の貞観二年（八六〇）年に宇佐八幡宮を勧請。京都朝廷の信仰を集める。一方で清和源氏の氏神として、武家の信仰も篤かった。宗尊も鎌倉幕府将軍として、それを意識したか。○身をまかせつつ　直接には参考歌に倣ったと思しいが、同様に信仰に関わって言う点では、「諸人のふた心なくあふぐかな藐姑射の山に身をまかせつつ」（千五百番歌合・祝・二一八〇・有家）が先行する。

413

この道を守ると聞けば木綿鬘かけてぞ頼む住吉の松

【校異】ナシ

【現代語訳】（同じ（神祇の）趣意を）

この和歌の道を守ると聞くので、木綿鬘を住吉の松に掛けて、心にかけて願いを託し頼みとする住吉の神よ。

【本歌】往き還る八十氏人の玉鬘かけてぞたのむあふひてふ名を（後撰集・夏・一六一・読人不知）

〔参考歌〕我が道を守らば君を守るらむよはひはゆづれ住吉の松（新古今集・賀・七三九・定家。千五百番歌合・祝・二一八五。定家卿百番自歌合・一九七。拾遺愚草・一〇七三）

〔影響歌〕契りありて今日みや河の木綿鬘長き世までもかけて頼まん（新古今集・神祇・一八七二・定家）

住吉の神のしるべにまかせつつ昔に帰る道はこの道（宗良親王千首・雑・住吉・九五〇）

〔語釈〕**○木綿鬘**　楮の皮の繊維をほぐした木綿で作った信仰上の飾り。**○かけて**（「木綿鬘」を）物に取り付けて下げる意に、「守る」「住吉」の縁で、神仏に気持ちを託す意が掛かる。あるいは、いささかでも・少しでもの意も響くか。**○住吉**　摂津国の歌枕。現在の大阪市住吉区。住吉神社があり、ここもそれを示す。住吉の神は、海上や和歌の守護神。ここは、「この道」から、和歌の道の守護神として言う。

三百首御歌に

住吉の浦わ（うらは）の松の深緑（ふかみとり）久しかれとや神も植（うへ）ゑけん

〔校異〕○うらはの―浦半の（山）〈参考・表記の異同〉＊歌頭に「新後」の集付あり（底）

〔現代語訳〕三百首の御歌で

住吉の浦のほとりに生える松の深い緑の色よ。住吉の神も、我が君の代がこのように永久であれと植えたのだろうか。

〔本歌〕君が代の久しかるべきためしにや神も植ゑけむ住吉の松（詞花集・賀・一七〇・読人不知）

〔参考歌〕み熊野の浦わの松の手向け草幾代かけきぬ浪の白木綿（新勅撰集・雑四・一三三二・七条院大納言＝実綱女）

神代より久しかれとや動きなき岩根に松の種をまきけん（千載集・賀・六一四・俊頼）

〔出典〕宗尊親王三百首・雑・二九八。合点、為家・実氏・光俊・帥。

〔他出〕新後撰集・神祇・神祇の心を・七三五。歌枕名寄・巻十四・畿内・摂津・住吉篇・浦・三九三五。宗良親王千首・雑・羈中浦・八六一。

〔語釈〕○三百首御歌 →1。○浦わ 浦廻。「うらみ」とも。水辺の湾曲部やそのほとりを言う。○深緑 「住吉」の「松」について言う先例は、「住吉の松の梢の深緑つもれる春の色ぞ見えける」（千五百番歌合・雑一・二七〇八・兼宗）。

〔補説〕本歌とした読人不知歌は、詞書「後三条院住吉詣でによめる」で、後三条天皇譲位後の延久五年（一〇七三）二月、皇女の一品宮聡子内親王等と共に参詣御幸の折の作である。『栄花物語』（松のしづえ）では、「一品宮の女房」即ち聡子内親王の女房の作である。従って、ほぼ後拾遺時代の歌人と言ってよいであろうから、『後拾遺集』初出歌人に準じて本歌と見てよいものと考えておく。→126、128、132、解説。

他出に挙げた『宗良親王千首』については、18の補説参照。

二所へ詣(まう)でさせ☆給ひける時

頼(たの)むぞと言(い)ふもかしこし伊豆の海深(ふか)き心は汲(く)みて知るらん

〔校異〕○二所へ―二所（慶・青）○させける―させ給ける（書・内・高・青・京・静・松・三・山・神・群）させ給ひし（慶）○たのむそと―たのむめと（青・京・静・松・三）頼むめ（トよ歟（朱））と（。（朱））（山）○かしこし―かしこし（シ（朱））（三〈「し」の字母「新」〉）☆底本「させける」を書本以下の諸本により「させ給ひける」に改める。

〔現代語訳〕二所権現へ御参詣になられた時

頼みとするよと言うのさえも畏れ多い。二所の一つ伊豆権現の伊豆の海、そのように深い私の信仰の心は、海水を汲むように、伊豆権現の神は汲み察してお分かりだろうから。

〔本歌〕伊勢の海の釣の浮けなるさまなれど深き心は底に沈めり（後撰集・雑一・一〇八五・躬恒）
〔参考歌〕神風や豊幣帛になびくしでかけて仰ぐと言ふもかしこし（新古今集・神祇・一八七六・後鳥羽院）
〔他出〕田中登氏蔵伝世尊寺行尹筆断簡（散佚宗尊親王集か）に、「あはれとは神もみるらんはこねやまふたこゝろなくたのむ心を」に続き、詞書なしで見える。↓解説。
〔語釈〕○二所　箱根権現と伊豆権現を合わせた通称。頼朝・政子が篤く信仰し、以来いわゆる鎌倉幕府将軍の毎年の奉幣・参詣が通例となった。宗尊も、鎌倉に下向した建長四年（一二五二）には病気平癒のために献馬・奉剣したのみだが、翌年から文永三年（一二六六）まで、ほぼ毎年二所詣でを行ったようである。○伊豆の海　伊豆国の歌枕。「伊豆の海に立つ白波のありつつも継ぎなむものを乱れしめめや」（万葉集・巻十四・相聞・三三六〇・作者未詳。五代集歌枕・いづのうみ・九三四）が古く、実朝に有名な「箱根路を我越え来れば伊豆の海や沖の小島に波の寄る見ゆ」（金槐集定家所伝本・雑・六三九。続後撰集・羇旅・一三一二、二句「我が越え来れば」）があり、これも、建暦三年（一二一三）正月かという二所詣の折の歌。ここでは、属目の景の有意の序として、「深き」を起こす。小林一彦「「正応五年北条貞時勧進三島社奉納十首和歌」を読む」（『京都産業大学日本文化研究所紀要』五、平一二・三）は、この「伊豆の海」について、右の万葉歌を引き、「その後は絶えて和歌史から姿を消してしまい、実朝によって復活した歌枕であった。しかし実朝の後も、伊豆の海を詠み込んだ作は極端に少なく、やはり将軍職にあった宗尊に次の二首が見える程度である」と言い、該歌と「伊豆の海波路遙かに霧晴れて島島見ゆる秋の夜の月」（歌枕名寄・巻二十・東海四・伊豆・伊豆海付沖小島・五三〇〇）を引く。○深き　海が深いの意と、信仰が深く篤いの意の掛詞。○汲みて　推しはかっての意。「海」「深き」の縁で、海の水を掬い取る意が掛かる。
〔補説〕410からここまで神祇歌群。

五戒の御歌の中に、不殺生戒

暗(くら)きよの鵜河の篝さしおきて心の月の影を尋(たつ)ねよ(を)

〔校異〕 ○不殺生戒―不殺生歌（山）○よの―より（内・高）夜の（青・神・群）世の（山）〈意味の異なる表記の異同〉＊上欄（歌頭）に小紙片貼付（底）

〔現代語訳〕 五戒の御歌の中で、不殺生戒

暗い夜を照らすために鵜飼いをする川の篝火を挿し置いて、そのように、その鵜飼い漁の殺生の明るい篝火はさしおいて、無明の世の中を照らす、悟りの心の月の光を尋ねるのだよ。

〔類歌〕 暗き夜の鵜川の篝明かくともまた闇路にや立ちかへるべき（他阿上人集・同じき年〈正和五年〉、暁月房合点の歌・夏・六二一）

〔語釈〕 **○五戒** 在家信者のために制せられた五つの戒め。殺生・偸盗・邪淫・妄語・飲酒を行わない戒律。古く「沈痾自哀文」に注されていて、宗尊に近くは『正治後度百首』に設題されている。**○暗きよ** 暗い「夜」に、釈教歌として無明の「世」の意が掛かり、「心の月」「影」と縁語。**○鵜河の篝** 鵜飼いをする川を照らす篝火。鎌倉時代頃から詠まれ始めたと思しい詞。定家に「あたらしや鵜川の篝さしはへて厭ふ川せの有明の月」（拾遺愚草・春日同詠百首応製和歌〈建保四年〉・夏・一三二九）、慈円に「夜もすがら鵜川の篝よそに見てあはれや深き宇治の橋姫」（拾玉集・詠百首和歌・夏・三六〇一）の例がある。ここまでは、有意の序で、「さしおきて」を起こす。**○さしおきて** 挿して置いて・設置しての意と、さておいて・後回しにしての意の掛詞。前者の例は「宿ごとに楢の葉柏さしおきて木綿しでかくる卯月来にけり」（為忠家後度百首・雑・神祭・七〇八・為盛）、後者の例は「いかにとよ憂き我が身をばさしおきて咎なき世をも恨みつるかな」（有房集・おもひをのぶ・四二九）。**○心の月** 心の本性を月に喩えて、明るい月のように澄んだ悟りの心を言う。西行に「いかに我清く曇らぬ身と成りて心の月の影を見るべき」（西行

法師家集・雑・東国修行のとき、ある山寺にしばらく侍りて・七三四）の作があり、これは『山家集』では「いかで我清く曇らぬ身に成りて心の月の影をみがかん」（雑・心におもひける事を・九〇四）の形だが、いずれにせよ、その趣旨をよく示していよう。

〔補説〕　主題は、ここから420まで、釈教。

417

末法万年　余経悉滅

散りはてて花も紅葉もなき山にひとり色濃き高砂の松

〔校異〕　○悉滅―悉盛（青・京・静）　○山にひとり色―山にひかり色（高）　山に（本ノマヽ）とり（松）　山に（本ノ（朱））とりも（三）　山に（本（朱））とりも（山）

〔現代語訳〕　末法万年（まつほふまんねん）　余経悉滅（よきやうしつめち）（末法の万年には、余経悉く滅し）

すっかり散り果てて桜の花も紅葉もない山に、ただ独り色が濃い高砂の松よ。そのように、末法万年の後の世に、他の美しい法の経典が悉く滅んでも、ただ一つだけ滅することなく残って鮮やかに目に立つ、阿弥陀の教えのすばらしさよ。

〔本歌〕　降る雪は消えでもしばしとまらなむ花も紅葉も枝になき頃（後撰集・冬・四九三・読人不知）

〔参考歌〕　見わたせば花も紅葉もなかりけり浦のとま屋の秋の夕暮（新古今集・秋上・三六三・定家）

春秋の花も紅葉も時しもあれつれなき松ぞ色は添へける（紫禁和歌集・同比〈建保四年三月十五日〉、二百首和歌・八九六）

春秋の花も紅葉も降り果ててともこそ見えね高砂の松（為家千首・雑・八一一）

〔語釈〕　**○末法万年　余経悉滅**　「末法万年　余経悉滅　弥陀一教　利物偏増」の初二句。これは、末法の世の一万年以降は、他の経典は悉く滅んで、ただ阿弥陀の教えだけが、全ての衆生・有情（生き物）を利することをひたすらに増大させるであろう、といった趣旨。慈恩大師窺基の『西方要決釈疑通規』（第十一会）にあり、『往生要集』（大文第三）に「慈恩云」として引かれる。西行の『聞書集』に「末法万年　余経悉滅　弥陀一教　利物偏増／室を出でし誓ひの舟やとどまりてのりなき折の人を渡さん」（二二五）と見え、『宝物集』（巻七）にも、「釈尊の父、愚かなる我等太子が為に末法万年をかがみて、弥陀一教の金を泥の中に埋み置ける也。釈尊の父隠れ給ひてのち、魔王のつはもの来たりて、般若、花厳の硨磲・碼碯の宝、法花、涅槃の真珠・瑠璃の蓄へ、一つ残す事なく運び取りて帰りなんのち、弥陀の一教の金、泥の中にして朽つる事なからんがごとし。ここをもて、末法万年　余経悉滅　弥陀一教　利物偏増　とは申したる也」（新日本古典文学大系本）とある。**○散りはてて花も紅葉もなき山に**　「末法の万年には　余経悉く滅し」を寓意。「花」「紅葉」は、宝玉の如き仏法の諸経典の比喩。特に「花」は「法華経」を連想させる。定家が慈円に返した長歌に、釈迦入滅後二千年の像法時も過ぎて後五百年を経て末法時に入ったことを歎き、「…あはれ御法の　水の泡　消え行く比に　なりぬれば…　わが山川に　沈みゆく　心あらそふ　法の師は　我も我もと　青柳の　いと所せく　乱れきて　花も紅葉も　散りゆけば　梢あとなき　深山べの　道にまどひて　すぎながら…」（拾遺愚草・雑・二七三八）の類似表現が見える。**○ひとり色濃き高砂の松**　「弥陀の一教のみ物を利すること偏に増さん」を寓意。「高砂の松」が阿弥陀の教えを暗喩。

此日已過　命即衰滅

はかなくも暮れぬとばかり歎くかな命知(いのちし)らする鐘のひびきを

【校異】○ひゝきを—ひゝきの（松）

【現代語訳】此日已過(しにちいくわ)　命即衰滅(みやうそくすゐめち)（此の日すでに過ぎぬれば、命即ち衰滅す）

むなしく暮れてしまったとばかり歎くことであるよ。命の衰滅を知らせる、一日の終わりを告げる鐘の音の響きを。

〔語釈〕 **○此日已過　命即衰滅**　『法門百首』（八三）に見える句。その出典注記は「六時偈」（六時無常偈）とあり、寂然の歌は「今日過ぎぬ命もしかとおどろかす入相の鐘の声ぞ悲しき」で、『新古今集』（釈教・一九五五）にも収められる。この句は、『例時作法』（黄昏偈）にも見える。『法華懺法』（黄昏偈）では「命即衰滅」に作る。原拠の『出曜経』（巻二・無常品）では「此日已過　命則（即）随滅　如少水魚　斯有何楽」として見える。『往生要集』（大文第一）は、「出曜経云」として「命即滅少」の形で引き、『宝物集』（巻二）にも同じ形で見える。参考三角洋一「『法門百首』の法文題をめぐって―天台浄土教思想の輪郭―」（『人文科学紀要』九一輯、国文学・漢文学、平一・三、東京大学教養学部）。**○暮れぬとばかり**　「幾秋か暮れぬとばかり惜しむらん霜ふりはつる身をば忘れて」（続後撰集・秋下・四五〇・基良。宝治百首・秋・九月尽・一九六五。万代集・秋下・一二五七）に学ぶか。

　　百番御歌合に、釈（☆尺）教を

あひがたき御法の花をそれと見（み）よ老いず死（し）なずの薬尋ねば

〔校異〕　○百番―百首（内・高）　○尺教を―釈教（書）　尺迦を（内）　釈迦を（高）　釈教を（神・群）　○老すしなすの薬―をえするゑ（し）なすの薬り（本ノマ、）（松）　○尋は―絶は（松）　絶は（本ノ）（三）　絶は（尋歟（朱））（山）　☆底本の「尺教」は通用だが字義の誤解を避けるべく書本等により「釈教」に改める。

〔現代語訳〕　百番御歌合で、釈教を

　出会い難い御法の花、法華経をそれだと見なさい。もし、不老不死の仙薬を尋ねるのならば。

〔本歌〕　…白山の　頭は白く　なりぬとも　音羽の滝の　音に聞く　老いず死なずの　薬がも　君が八千代を　若

えつつ見む（古今集・雑体・短歌・一〇〇三・忠岑）
〔参考歌〕あひがたき御法の花に向かひてもいかでまことの悟りひらけん（玉葉集・釈教・釈教歌の中に・二六九三・為家）
〔出典〕「文永元年六月十七日庚申宗尊親王百番自歌合」（仮称。散佚）の「釈教」題。
〔他出〕柳葉集・巻四・文永元年六月十七日庚申に自らの歌を百番ひに合はせ侍るとて（四五〇～五六二）・釈教・五五九。
〔語釈〕**○百番御歌合**　→24、34。**○あひがたき御法の花**　得難いものである法華経の比喩。「あひがたき法を広めし聖こそ恨みし人も導かれけれ」（金葉集・雑下・不軽品の心をよめる・六三八・永縁）、「咲きがたき御法の花に置く露ややがて衣の玉となるらん」（後拾遺集・釈教・一一八六・康資王母）等の先行する類例がある。**○老いず死なずの薬**　本歌に拠る詞だが、「老いず死なず」は、漢語「不老不死」の訓読表現でもある。本歌は、「人伝中有二三神山一、山上多生二不死薬一、服レ之羽化為二天仙一、秦皇漢武信二此語一、方士年年采レ薬去、蓬萊今古但聞レ名」（白氏文集・巻三・新楽府・海漫漫。『白氏文集歌詩索引』所収那波本影印版）等の漢故事を踏まえる。

420
世を治（おさ）め民をたすくる心こそやがて御法のまことなりけれ

〔校異〕○おさめ―おはめ（青）　○御法のまことなりけれ―行みちそはるけき（静）　＊歌頭に「続古」の集付あり（内）　＊上欄（歌頭）に小紙片貼付（底）
〔現代語訳〕（百番御歌合で、釈教を）
世の中を治め、民を救う心こそが、そのまま仏法の真実なのであった。
〔影響歌〕世を治め民をあはれむまことあらば天つ日継ぎの末も限らじ（延文百首・雑・祝言・一〇〇・後光厳院。新

拾遺集・賀・七〇一）

【出典】「文永元年六月十七日庚申宗尊親王百番自歌合」（仮称。散佚）の「釈教」題。

【他出】続古今集・釈教・釈教の歌中に・七九一。

【語釈】**○やがて御法のまこと**　隆信の「知らざりき今はといひし暁をやがてまことの言の葉ぞとは」（六百番歌合・恋上・稀恋・七四六。隆信集・五三三）、あるいは慈円の「阿弥陀仏と十たびとなへてまどろまむやがてまことの夢ともぞなる」（拾玉集・厭離百首文治三年十一月晦日三時之間詠之和同行述懐・六八一）や「迷ひきて思ひもよらぬみ山べにやがてまことの道のありける」（拾玉集・文治六年二月廿八日山王講・無上宝聚不求自得・四二六四）等に学んだか。

【補説】416からここまでが釈教歌群。

旅御歌の中に

年月を隔(へた)て来ぬれど逢坂(あふ)の関路霞みし春ぞ忘れぬ

【校異】○年月を―年月を(は)（底）とし月は（書・青・京・静・松・三・山・神・群）年月は(をイ)（慶）　○来ぬれと―さぬ(るカ(朱))れ(ー(朱))と（三〈「れ」の右傍に朱の「ね」擦消あり〉）さるれと（山）　○あふ坂の―あふさかや(のイ)（慶）相坂や（青・京・静・松・三・山・神・群）　○関路霞し―せきちをすみし（書）関路の霞（慶）関(路歟)霞し（松）関(のカ(朱))。霞し（三〈補入符朱〉）関の霞し（山）

【現代語訳】旅の御歌の中で

京都から逢坂の関を隔ててこの東国へやって来て、それから年月をはるかに隔てて今まで来てしまったけれど、あの逢坂の関の道が霞んだ、（京都を出たすぐ後の）春は決して忘れない。

【参考歌】つれもなき人の心や逢坂の関路へだつる霞なるらん（千載集・恋一・六六九・重保）

〔類歌〕年月は隔て来ぬれどさらにまた問はばや人も忘れはつやと（菊葉集・恋五・一四七三・前右大臣）

〔出典〕「弘長二年冬弘長百首題百首」の「旅」題。→6。

〔他出〕柳葉集・巻二・弘長二年院より人人に召されし百首歌の題にて読みて奉りし（一四四～二二八）・雑・旅・二二九。

〔語釈〕**○年月を**　『柳葉集』も含めた本文異同の大勢は、「年月は」であるが、改めるべき決定的な理由もないので、底本に従っておく。ちなみに、「年月を隔て」の類例は、「内外なく馴れもしなまし玉簾誰年月を隔て初めけん」（拾遺集・恋四・八九八・中務）。**○隔て来ぬれど**　年月を過ごしてきたの意に、「逢坂」「関路」の縁で、関を隔てて来たの意が掛かる。

〔補説〕宗尊が、関東下向のために京都を出発したのは、建長四年（一二五二）の三月十九日であるので、逢坂の関を越えたのは、その直後の晩春の候であった。

　主題は、ここから434まで、羇旅。


何となく我にもあらぬ心地(ち)してさすらへ越(こ)えし佐夜(さや)の中山

〔校異〕○何となく─何となく(き)（神）　＊「さすらへ」の表記「左遷（迁）」（山）
〔現代語訳〕（旅の御歌の中で）
　何という訳もなく自分が自分ではない心地がして、彷徨い越えた佐夜の中山よ。
〔本歌〕東路のさやの中山なかなかに何しか人を思ひそめけむ（古今集・恋二・五九四・友則）
〔参考歌〕何となく明けぬ暮れぬとさすらへてさもいたづらに行く月日かな（続後撰集・雑中・一一八二・経家）
　いかなれば我にもあらぬ心のみ添ひては物を思ひ乱るる（百首歌合 建長八年・恋・一四三六・土御門院（承明

門院）小宰相）

〔出典〕「弘長二年十一月百首」の「旅」題。↓23。

〔他出〕柳葉集・巻二・弘長二年十一月百首歌（二三九～二九六）・旅・二八四、結句「さよの中山」。

〔語釈〕○我にもあらぬ心地　参考歌の小宰相歌も含めて、このような措辞の先蹤は、『蜻蛉日記』の「おぼつかな我にもあらぬ草枕まだこそ知らねかかる旅寝は」（一八七・兼忠女）で、勅撰集では『千載集』の「心さへ我にもあらずなりにけり恋は姿のかはるのみかは」（恋四・八七八・仲綱）が初例。○佐夜の中山　「小夜の中山」、「さよのなかやま」とも。遠江国の歌枕。現在の静岡県掛川市、日坂と菊川の間にある坂道。『古今集』の両首、即ち本歌の友則詠と「甲斐が嶺をさやにも見しかけれなく横ほり伏せるさやの中山」（東歌・一〇九四）とが、多くの歌の原拠になる。西行はそれを越えて、「年たけてまた越ゆべしと思ひきや命なりけり佐夜の中山」（新古今集・羇旅・九八七）と詠じた。宗尊もこの西行歌を多少は意識したかもしれない。

〔補説〕少なくとも配列上は、前歌に続いて、関東下向の旅の述懐の一首として置かれたものであろうし、恐らくは宗尊の作意も同様であったと見てよいのではないか。

423

羇中野といふ事を

雲のゐる外山の末の一(ひと)つ松目(め)にかけて行く道ぞはるけき

〔校異〕○羇中野―羇中里（書・内・高）羇中野(里イ)（慶）羇中松（神・群）○道そ―末そ（高）○はるけき―春けき（神）＊「道そ」は「道。(そ)」（底）＊歌頭に「続古」の集付あり（底・内・慶）＊歌頭に朱丸点あり（三）＊上欄（歌頭）に小紙片貼付（底）

〔現代語訳〕羇中の野ということを

雲がかかっている外山の先にある野の一つ松、それを目あてにして進んで行く道は遠く遙かだ。

【参考歌】思ひ出づや美濃のを山の一つ松契りしことはいつも忘れず（新古今集・恋五・一四〇八・伊勢）
　雲かかる伊吹の嶽を目にかけて越えぞかねぬる不破の関山（為家千首・雑・八八六）

【影響歌】目にかけて暮れぬと急ぐ山もとの松の夕日の色ぞすくなき（風雅集・旅・九一五・為兼）

【享受歌】目にかけて行けどはるけき道なれや野筋に立てる松の一本（霊元法皇御集・百首貞享五年九月三日一夜詠之住吉社法楽・野・八八）

【他出】続古今集・羇旅・羇中望といふことを・八五七。

【語釈】○羇中野　歌題としては新奇。為家自身が出題という「千首前大納言為家卿中院亭会」（明題部類抄）の雑二百首に「羇中」の二十首が設題された中に「野」も見えている。また、文永二年（一二六五）七月の『白河殿七百首』には、真観が出題した雑歌の中の一連の「羇中」題二十の一つがやはり「野」である。後には、『耕雲』『宗良』『師兼』『為尹』の各千首にも用いられている。また、『新拾遺集』に伏見院の同題の一首（羇旅・七七二）が見えている。○外山の末　題の「野」を重視すれば、山の人里近い麓側の先の方の意と見るべきだが、そうすると「道ぞはるけき」と整合するには、「山」が相当に大きな山ということになる。連なる山の、こちらから一番遠い側の端の方を言うか。その場合でも、題の「野」を考えれば、山中からの視点ではなく、連山を横に廻って見る視点として捉えるべきであろう。「明け渡る外山の末の横雲に羽うちかはし帰る雁がね」（続後撰集・春中・五九・道助。宝治百首・春・帰雁・四四二）に学ぶか。○目にかけて　良経の「伊勢勅使にて甲賀の駅家に着き侍りける日」の歌「はるかなる三上の嶽を目にかけて幾瀬渡りぬ野洲の川波」（新勅撰集・雑四・一三〇八。秋篠月清集・旅・公卿勅使に伊勢へ下りける道にて一四七七）が早く、参考歌の為家詠もこれに負っていよう。宗尊もこの歌に学んだのかもしれない。○道ぞはるけき　『堀河百首』の「駒なべて暮れぬと人はいそげども道ぞはるけき富士の柴山」（雑・山・一三六六・源顕仲）が早く、『宝治百首』の知家の「青柳の花のかづらの長き日にうちたえ行けど道ぞはるけき」（春・行路柳・

二〇〇）が続く。これらに学ぶか。

【補説】「羈中野」の題意が必ずしも明確ではないが、それは、「一つ松目にかけて行く道ぞはるけき」が表す景によって、自ずから示されていると見るべきであろうか。

恐らくは美濃路を通って尾張に出る経路で関東に下向した宗尊にとって、参考歌の「美濃のを山の一つ松」は、より親近感のある景物であったろうと想像される。しかし一方で、倭建命が命尽きる直前に歌ったという「尾張に直に向へる　尾津の崎なる　一つ松　あせを、一つ松　人にありせば　大刀佩けましを　衣著せましを　一つ松あせを」（古事記・中巻・二九）を、宗尊が悲観的に想起していた可能性も否定しきれないであろう。

影響歌の為兼についても、享受歌の霊元院についても、両者それぞれの詠作全体を検証する中で、宗尊詠の受容を改めて捉え直す必要があろう。

百番御歌合に、野を

日の暮に猪名野の原を分け行けば鴫ぞ立つなる宿はなくして

【校異】○分行は―分（わか）行は（底）分（わかイ）行は（京・群）

【現代語訳】百番御歌合で、野を

日暮れに猪名野の原を分けすぎて行くと、そこには鴫が飛び立つという宿はなくて。

【本歌】しなが鳥猪名野を行けば有間山夕霧立ちぬ宿はなくして（新古今集・羈旅・九一〇・読人不知。原歌万葉集・巻七・雑歌・一一四〇・作者未詳、二句「猪名野を来れば」）

【参考歌】しなが鳥猪名のふし原飛び渡る鴫が羽音おもしろきかな（拾遺集・神楽歌・五八六）

行き暮らす猪名の笹原そよさらに霰降りきぬ宿はなくして（為家集・冬・野径夕霰貞応元・八九三）

〔類歌〕 末遠き猪名の笹原行き暮れぬ嵐を寒み宿はなくして（新和歌集・羇旅・四四一・景綱）
青山に霞たなびくしなが鳥猪名の伏原宿はなくして（夫木抄・雑四・ゐなの・正嘉二年詩歌合、羇中春・九七三五・公朝）

〔出典〕 「文永元年六月十七日庚申宗尊親王百番自歌合」（仮称。散佚）の「野」題。

〔他出〕 柳葉集・巻四・文永元年六月十七日庚申に自らの歌を百番ひに合はせ侍るとて（四五〇～五六二）・野・五四三、三句「わがゆけば」。

〔語釈〕 ○百番御歌合 →24、34。○日の暮に 「日の暮におほやがはらを分け行けばすがもが下に水鶏鳴くなり」（現存六帖・くひな・八七〇・明珍）や「日の暮に石田の小野を行きしかばさ牡鹿鳴きつ妻を恋ふらし」（弘長百首・秋・鹿・二七二・行家）に学ぶか。○猪名野 摂津国の歌枕。兵庫県東南部を流れる猪名川流域の野。現在の伊丹市と尼崎市に跨る。「鴫」を景物とすることは、参考歌の神楽歌に拠る。○鴫ぞ立つなる 「我が門の晩稲の引板におどろきて室の刈田に鴫ぞ立つなる」（千載集・秋下・三二七・兼昌）が早い。為家にも「霜枯れの草の下根や寒からし暁深く鴫ぞ立つなる」（為家集・秋・鴫建長五年十二月・五五三）の作がある。これらの歌では「なる」は推定あるいは聴受。該歌の「なる」は伝聞。

〔補説〕 「鴫ぞ立つなる宿」には、典故や証歌があるかもしれないが、よく分からない。「心なき身にもあはれは知られけり鴫立つ沢の秋の夕暮」（新古今集・秋上・三六二・西行）を微かに意識した可能性も見ておきたい。
類歌の作者景綱は宇都宮氏の歌人、公朝は宗尊幕下の歌壇の中心的法体歌人で、鎌倉時代中期関東圏での神楽歌「しなが鳥」の本歌取りの少しくの流行を窺いうる。その先蹤は、実朝の「しなが鳥猪名野の原の笹枕枕の霜や宿る月影」（金槐集・旅宿の霜・五二四）とも言える。しかしむしろ、そこに至るには、『建保名所百首』で夏歌に「猪名野」が設題され、定家の「短か夜の猪名の笹原かりそめに明かせば明けぬ宿はなくとも」（二六七）や忠定の「かりにせむ猪名野のを笹露深し宿なき山の夕立の空」（二七二）が詠まれ、さらに信実の「霧晴るる猪名野を行けばむこが崎月をぞ見つる宿はなくして」（万代集・結縁経の百首歌の中に・秋下・一〇二三）や公相の「しなが鳥猪名の笹原臥しわびぬ一夜ばかりの宿と思へど」（宝治百首・雑・旅宿・三八〇六。万代集・雑四・三四三三）が詠まれるなど、鎌倉時代前中期におけるこの神楽歌の本歌取りの集中があったことに注意するべきであろう。

なおちなみに、参考歌の為家詠には、「苦しくも降り来る雨か三輪の崎佐野の渡りに家もあらなくに」（万葉集・巻三・雑歌・二六五・奥麿）の面影があろう。

人々によませさせ給ひし百首に

臥し侘びぬいかに寝し夜か草枕故郷人も夢に見えけむ

【校異】 ○人々に―人々（高）　○よませさせ―よまさせ（慶）　○わひぬ―わひて（ぬ）（山〈「て」字中に朱点〉）　○ねしよか―ねしかは（書）　ねしよる（京・静）　ねし夜そ（三・山）　○人も―ひとを（のイ（「の」の右傍に「も」））（慶）　人を（青・三・山）　人を（もイ）（松）

【現代語訳】 人々にお詠ませになられた百首で

どうしても臥しかねてしまうよ。この旅寝の草枕は、いったいどのように寝た夜に、故郷の人が夢に見えたのだろうか。

【本歌】 宵宵に枕さだめむ方もなしいかに寝し夜か夢に見えけむ（古今集・恋一・五一六・読人不知）

【参考歌】 いかにぞと思ひやすらん今夜こそ故郷人の夢に見えつれ（為家集・雑・建長五・一七九二）

【類歌】 故郷を思ひ出でつつ草枕ならはぬ床に臥しぞかねぬる（宝治百首・雑・旅宿・三八一一・資季）

【出典】 「弘長元年中務卿宗尊親王家百首」の「雑」。

【他出】 柳葉集・巻一・弘長元年九月人人によませ侍りし百首歌（六九〜一四三）・雑・一四三、二句「いかにねしより」。

〔語釈〕 **○人々によませさせ給ひし百首** ↓2。**○臥し侘びぬ** 「侘び」は補助動詞「侘ぶ」で、しようとしてもその気になれない、しようとしてもどうしてもできないの意。「臥し侘びぬ篠の小笹のかり枕はかなの露や一よばかりに」（新古今集・羇旅・九六一・有家）等、新古今前夜から詠まれ始めた句。**○故郷人** ここは、京都の人を言う。

〔補説〕 次歌と「夢」を共有。該歌の「故郷」と次歌の「都」でも連接。

旅宿月といふ事を

都思ふ旅寝（たびね）の夢の覚（さ）めぬ間（ま）に恨みやしつる秋の夜（よ）の月

〔校異〕 ナシ　＊上欄（歌頭）に小紙片貼付（底）

〔現代語訳〕 旅宿の月ということを

都を恋しく思う旅寝の夢が覚めない間に、秋の夜の月はもう、恨むことをしてしまったのか。

〔本歌〕 故郷の旅寝の夢に見えつるは恨みやすらんまたと問はねば（新古今集・羇旅・九一二・良利）

〔参考歌〕 更けゆかば煙もあらじ塩釜の恨みなはてそ秋の夜の月（新古今集・秋上・三九〇・慈円）

〔補説〕 作意が明確ではない。実朝の「須磨の海人の袖吹き返す潮風にうらみて更くる秋の夜の月」（金槐集・秋・海辺の月・二二五）は、該歌同様に参考歌を踏まえた一首で、「恨み」に「須磨の」縁で「浦見」、「袖」の縁で「裏見」が掛かり、「秋の夜の月」に雲あるいは煙がかかったままで更けてゆく恨みを歌う。宗尊は別に「いつまでか立つる煙を恨みけん荒るる塩屋の秋の夜の月」（宗尊親王三百首・秋・一四六）と詠んでいて、これも参考歌を意識していようが、今は荒れて塩屋の煙がなく澄んでいる秋の夜の月は、いったいいつまで立っていた塩屋の煙を恨んだのだろうか、との趣旨。該歌も、暗にこれらと同様の趣向を仕込んでいると見れば、旅寝の夢が覚めない間に、月は雲か煙によって隠されていて恨んだか、と思いやった趣旨となろう。ただ一方で、「寝入りぬる君をばいかに恨むらむ梢に出づる秋の夜の月」（明恵上人集・三二）といった歌もあるので、夢が覚めずに眺めることをしなかったので、秋の夜の月が、自分を恨んだかと訝る趣旨に解されなくもない。なおまた、本歌の心（内容）をなぞったのだとすれば、四句切れで、一首は「都を恋しく思う旅寝の夢がまだ覚めない間に、（あの古歌のように）都に残した人は既に自分を恨んでしまっているのか。秋の夜の月の下で。」といった趣意に解されようか。

旅の御歌とて

まだ知らぬ野山の末にあくがれて変はる草木に秋を見るかな

〔校異〕 ○末に―末も（三・山）　○草木に―草木の（書）　○みる哉―しる哉（高）

〔現代語訳〕 旅の御歌ということで

いまだに知らないでいる野山の果てに心を奪われてさまよい出て、色が変わる草木に秋を見ることだよ。

〔本歌〕 まだ知らぬ人もありける東路に我も行きてぞ住むべかりける（後撰集・哀傷・一三八六・実頼）

我が心春の山辺にあくがれて長ながし日を今日も暮らしつ（新古今集・春上・八一・貫之〈実は躬恒か〉）

〔参考歌〕 立つ煙野山の末の寂しさは秋とも分かず夕暮の空（千五百番歌合・雑一・二七四九・定家。拾遺愚草・一〇九二）

残る松変はる草木の色ならで過ぐる月日も知らぬ宿かな（御室五十首・雑・閑居・五四三・定家。拾遺愚草・一七七三）

〔影響歌〕 まだ知らぬ野山の嵐身にしめていく夕暮の宿を問ふらん（続現葉集・雑下・七〇七・覚助）

〔語釈〕 **○野山の末**　↓199。**○あくがれて**　「あくがる」は、身がさまよい出ること、あるいは物事に心を奪われて落ち着かないことを言う。本歌の『新古今集』歌の場合は、身心共に誘われ出たことを言う。該歌も同様か。
影響歌の作者覚助法親王は、後嵯峨院皇子で宗尊の弟。↓35。

〔補説〕本歌と見た実頼詠の詞書は、「敦敏が身まかりにけるを、まだ聞かで、東より馬を送りて侍りければ」で、「まだ知らぬ」は、いまもまだ（敦敏の死を）知らないの意。この句自体は常套で、必ずしもこの歌にのみ遡及するものではないが、宗尊は実際に「東路に」「行きて」「住」んだ自身の境遇を強く意識したと考えるのである。とすれば、「野山の末」は、鎌倉に住む自分もいまだに知らない、東路の野山のさらに奥、という趣意であろうか。

夜舟漕(こ)ぐ瀬戸(せと)の潮干(しほひ)をよそに見(み)て月にぞ越(こ)ゆる佐屋形(さやかた)の山

〔校異〕○こぐ―こし（慶）　○しほひを―しほちを（高）　○さやかたの山―さやの中山（内・高・慶・神・群）　さや°かたの山（の中山イ）（松）　＊「せとの」の表記「迫門の」（山）　＊上欄に朱で「さやかたの山」とあり（三）

〔現代語訳〕（旅の御歌ということで）

夜舟を漕いでいく瀬戸の引き潮を遙か遠くに見て、月の照らす下に越えてゆく佐屋形の山よ。

〔本歌〕あなじ吹く瀬戸の潮あひに舟出して早くぞ過ぐる佐屋形山を（後拾遺集・羈旅・筑紫より上りける道に、さやかた山といふ所を過ぐとてよみ侍りける・五三二・通俊）

〔参考歌〕過ぎ来つる旅の哀れを人問はば月に越え来しさよの中山（正治初度百首・山路・一〇六九・慈円。拾玉集・三七四二、初句「かへりくる」）

旅人の袂を霧にしほりして月にぞ越ゆるさやの中山（紫禁和歌集・同〈建保元年七月〉比当座、旅月・二一八）

〔類歌〕夜舟漕ぐ瀬戸の潮あひに月さえてを島が磯に千鳥しばなく（玉葉集・冬・九二八・勝命）

〔他出〕 夫木抄・秋四・月・御集・五一四九。

〔語釈〕 ○夜舟漕ぐ 『万葉』の「夜舟漕ぎ」(二〇一五)「夜舟を漕ぎて」(二〇二〇)「夜舟は漕ぐと」(三六二四)等が原拠。院政期末以降に多用されていく。「瀬戸」との詠み合わせの例は「みなと川夜舟漕ぎ出づる追ひ風に鹿の声さへ瀬戸渡るなり」(千載集・秋下・三二五・道因)があり、「月」との詠み併せの例は「照る月を雲なへだてそ夜舟漕ぐ我もよるべき島隠れなし」(頼政集・海上見月、右大臣家会・二三二)以下数多い。○瀬戸 本歌の場合、従って該歌も、佐屋形山(次項)のある鐘岬と沖合の地島あるいは大島との間の海峡を言うか。○佐屋形の山 筑前国の所名。現在の福岡県宗像市の鐘岬の山か。玄界灘を北にのぞむ。

〔補説〕 『後拾遺集』初出歌人の通俊詠を本歌と見ることについては、126、128、132、解説参照。421からここまでが陸路の旅だが、該歌の上句で海路を思わせて、次歌から434までの海路の旅と連繋する。

羇中晩嵐を

象潟(きさかた)の海人(あま)の苫屋(とまや)に宿問(やとゝ)へば夕浪荒(あ)れて浦風ぞ吹く

〔校異〕 ○羇中晩嵐を―羇中暁嵐を(内)羇中暁(晩歟)嵐を(高) ○きさかたの―ひさかたの(書) ○とまやに―と山に(書)と山(まや)に(内)と山に(高)

〔現代語訳〕 羇中の晩の嵐を

象潟の海人の苫屋に、それを我が家にするのではないけれど、一晩の宿を問うと、ただ夕方の波が荒れて浦に風が吹いているよ。

〔本歌〕 世の中はかくても経けり象潟の海人の苫屋を我が宿にして(後拾遺集・羇旅・五一九・能因)

〔参考歌〕 初瀬山夕越え暮れて宿問へば三輪の檜原に秋風ぞ吹く(新古今集・羇旅・九六六・禅性)

〔出典〕「弘長元年五月百首」の「雑」。↓14。

〔他出〕柳葉集・巻一・弘長元年五月百首歌（一～六八）・雑・五九。

〔語釈〕**○羈中晩嵐**　「正治元年冬左大臣家十首歌合」で出された題（拾遺愚草・二六七九。新古今集・九五二。秋篠月清集・一二九一）。『柳葉集』による出典の「弘長元年五月百首歌（↓14）では、「雑」の部立題なので、この題は撰者真観が付したか。あるいは、「羈中晩嵐」を題として詠まれた一首が、「弘長元年五月百首」の「雑」に組み入れられたか。**○象潟**　出羽国の歌枕。現在の秋田県にかほ市（旧由利郡）象潟町。文化元年（一八〇四）の地震で海底が隆起して陸地化するまでは、島々が点在する海の景勝地であったらしい。

〔補説〕『後拾遺集』初出歌人の能因詠を本歌と見ることについては、126、128、132、解説参照。

430

海上眺望といふことを

出雲なる千酌（ちくみ）の浜の朝凪（なぎ）に漕ぎ出でて行けば奥（おき）の島見（み）ゆ

〔校異〕○眺望―晩望（書・慶・青・京・静・松・三・山）　○行は―ゆく（高）　○島みゆ―島舟（内・高）島みゆ（舟イ）（慶）　＊「朝なきに」の表記「朝汗に」（山）　＊上欄に「良按晩は眺の誤ならむか」とあり（静）　＊上欄に朱で「出雲なるちくみの浜」とあり（三）
〔現代語訳〕海上の眺望ということを
出雲にある千酌の浜の朝凪に、舟で漕ぎ出ていくと、隠岐の島が見える。
〔本歌〕朝凪に真梶漕ぎ出でて見つつ来し三津の松原波越しに見ゆ（万葉集・巻七・雑歌・一一八五・作者未詳。五代集歌枕・みつのまつばら・八〇七）
〔参考歌〕渡口郵船風定出（とこうのいうせんはかぜさだまていづ）　波頭謫処日晴看（はとうのたくしよはひはれてみゆ）

（和漢朗詠集・行旅・六四四・篁）

〔他出〕 夫木抄・巻二十五・雑七・浜・ちくみのはま、出雲・御集・一一七五一、三句「かざなぎに」。

〔語釈〕 **○海上眺望** 承安二年（一一七二）の『広田社歌合』以来の歌題。**○千酌の浜** 『出雲国風土記』（島根郡）所載の地名。「千酌の浜 広さ一里六十歩なり。東に松林あり。南の方に駅家、北の方に百姓の家あり。郡の家の東北のかた一十七里一百八十歩なり。此は則ち、謂はゆる隠岐国に渡る津、是なり」（日本古典文学大系の訓みに拠る）とある。また、この前文に「千酌の駅家 郡の家の東北のかた一十七里一百八十歩なり。伊佐奈枳命の御子、都久豆美命、此処に坐す。然れば則ち、都久豆美と謂ふべきを、今の人猶千酌と号くるのみ」ともある。現在の島根県松江市（旧八束郡美保関町）の千酌浦。**○奥の島** 隠岐の島。隠岐国の歌枕だが、さほど多く詠まれている訳ではない。小野篁・文覚・後鳥羽・後醍醐等の配流により、流謫の地の印象が強い。

〔補説〕 「ちくみの浜」の歌は珍しい。『風土記』の知識に従った詠作であろうが、万葉歌を本歌にしつつ、小野篁の配所に赴く途次の「謫行吟」の一節かという参考歌の対句をも意識したか。あるいは、曾祖父後鳥羽院の「我こそは新島守よ隠岐の海の荒き波風心して吹け」（後鳥羽院遠島百首・九七）を想起した可能性も見ておく必要があるであろう。

鎌倉殿御家人で宇都宮氏の一員笠間時朝の家集『時朝集』の「東撰六帖に入る歌」の一首に「朝凪に漕ぎ出でて見ればわたの原八十島かけてたづ鳴き渡る」（雑・鳥・七九）がある。これは、「隠岐国に流されける時に、舟に乗りて出で立つとて、京なる人のもとに遣はしける」という篁の「わたの原八十島かけて漕ぎ出でぬと人には告げよ海人の釣り舟」（古今集・羇旅・四〇七）と「和歌の浦に潮満ち来れば潟をなみ葦辺をさしてたづ鳴き渡る」（万葉集・巻六・雑歌・九一九・赤人。古今集・仮名序）を本歌に、「わたの原漕ぎ出でて見ればひさかたの雲ゐにまがふ沖つ白波」（詞花集・雑下・三八二・忠通）にも負った作で、隠岐に至る海路を想定した一首と思しい。該歌との先後は明確ではないが、宗尊がこれを目にした可能性は高いであろう。

海旅を

播磨（はりま）なる稲見の海に舟出（ふなで）して朝漕（こ）ぎ行けば大和（やまと）島見（み）ゆ

〔校異〕○海に—うみ□（書〈「み」の下一字空白〉）海の（内・高）海に（のイ）（慶）○やまと島—をきつしま（書）やと島（ま）（慶）＊「舟出して」は「舟出し。（て）」（底）＊上欄（歌頭）に小紙片貼付（底）＊上欄に朱で「いなみの海／大和島」とあり（三）

〔現代語訳〕海の旅を

播磨にある印南の海に船出をして、朝に漕いで行くと、大和の地の山々が見える。

〔本歌〕名ぐはしき印南の海の沖つ波千重に隠れぬ大和島根は（万葉集・巻三・雑歌・三〇三・人麿。五代集歌枕・いなみのうみ・九〇七、初句「なにたかき」）

天離る鄙の長道を恋ひ来れば明石の門より大和島見ゆ（万葉集・巻三・雑歌・二五五・人麿。五代集歌枕・一七〇九、三句「こひくれば」結句「いへのあたりみゆ（ヤマトシマミユ万三人丸）」）

〔他出〕夫木抄・巻二十三・雑五・浜・いなみの海、播磨・御集・一〇三〇二。

〔語釈〕○稲見の海　表記は「印南の海」とあるべきだが、本歌の原文も「稲見乃海」。播磨国の歌枕。現在の兵庫県播磨平野の明石川と加古川の間の平地部分が印南野で、その沖合の海を言う。○舟出して　本歌両首と同巻の万葉歌「葦北の野坂の浦に舟出して水島に行かむ波立つなゆめ」（二四六・長田王。五代集歌枕・のさかのうら・一一三一）が原拠で、これを本歌に見ることもできようが、428の本歌の『後拾遺集』歌（五三二）にも用いられているので、それに拠った可能性も残る。○大和島　本歌により、明石海峡から望む大和と河内国境の生駒・葛城・金剛山を目印にした、その辺りの陸地を言う。本歌の「大和島根」も同じ。

〔補説〕播磨灘の印南の海からも、明石海峡を通して「大和島」が見えなくもないが、実際には淡路島が陰になって、見える地点は限定されるであろうし、本歌が「千重に隠れぬ」と言うとおり、遙か彼方の遠望でもある。ただし、あくまでも観念の上で詠じたのであろうから、景の虚実は問題にならない。

432
淡路島(あはぢしま)瀬戸(せと)の吹き分(わ)け風早(はや)し心して漕(こ)げ沖つ(津)舟人

〔校異〕 ○吹わけ―ふせいれ（書） ○はやし―はやみ（慶）はやみ（青）はやね（京）はやね（静〈上欄に「み歟」とあり〉）はやね（松）早ね（三）早み（山）はやし（群） ○こけ―うけ（静）うけ（松） ○沖津―仲津（京・松）仲つ（三〈見消字中〉）

〔現代語訳〕（海の旅を）
　淡路島の瀬戸の海峡の、風の吹き分ける所は風が早い。気を付けて漕いでゆけ、沖の舟人よ。

〔参考歌〕 大潮や淡路の瀬戸の吹き分けにのぼりくだりの片帆かくらん（堀河百首・雑・海路・一四四二・匡房）
　隠り石の波の下角しげからし渚のを舟心して漕げ（新撰六帖・第三・なぎさ・一一六四・信実）

〔他出〕 高良玉垂宮神秘書紙背和歌・宗尊親王集・一六五。

〔語釈〕 **○淡路島** 淡路国の歌枕。**○瀬戸** 海の狭くなった所。海峡。**○吹き分け** 風が吹いて舟の方向を分けること、あるいはその場所、を言うか。**○心して漕げ** 先行例は、参考歌の信実詠が目に入る程度。「夏衣まだひとへなるうたた寝に心してふけ秋の初風」（拾遺集・秋・一三七・安法）を初めとする「心して吹け」からの派生と言える。

〔補説〕 後鳥羽院の「我こそは新島守よ隠岐の海の荒き波風心して吹け」（後鳥羽院遠島百首・九七）の面影が感じられるか。

433

奉らせ給ひし百首に、海旅を

心なる道だに旅は悲(かな)しきに風にまかせて出(い)づる舟人

〔校異〕○詞書・和歌―ナシ（書）　＊「心なる」の「な」の左傍に朱丸点あり（三）　＊歌頭に「新後」の集付あり（底・内・慶）　＊上欄（歌頭）に小紙片貼付（底）

〔現代語訳〕（後嵯峨院に）お奉りになられた百首で、海の旅を

自分の意志で行く道でさえ旅は悲しいのに、まして風に行方を任せて出て行く舟人は（どれほど悲しいことか）。

〔参考歌〕明け暮れの行く先知らぬ波の上を風にまかせて出づる舟人（道助法親王家五十首・雑・海旅・一〇四三・知家）

〔出典〕「弘長二年冬弘長百首題百首」の「海路」題。

〔他出〕柳葉集・巻二・弘長二年院より人人に召されし百首歌の題にて読みて奉りし（一四四～二二八）・雑・海路・二一七。新後撰集・羇旅・海路を・五九四。

〔語釈〕**○奉らせ給ひし百首**　→6。**○心なる**　自分の意志で思いどおりになるの意。「惜しむともかたしや別れ心なる涙をだにもえやは留むる」（拾遺集・別・三三一・御乳母少納言〈村上天皇乳母〉）に拠るか。**○悲しきに**　『古今集』以来の常套句で、本集には他に73、264、354に用いられていて宗尊の好みが窺われるが、ここではより直接には「さらぬだに秋の旅寝は悲しきに松に吹くなりとこの山風」（新古今集・羇旅・秀能・九六七）を意識するか。

弘長三年八月の風によりて、御京上とどまらせ給ひて後、男(おのこ)ども題を探(さく)りて歌よみ侍りける次に、浦舟といふ事を

434

今ぞ知る浦漕ぐ船の道ならぬ旅さへ風の心なりとは

〔校異〕○御京上—御上京（慶）○給て—たまふて（書・内・高）○さくりて—さつりて（京）さつりて（静）○よみ侍ける—よみける（慶）○浦舟—浦船（書・内・高・慶・青）〈参考・表記の異同〉○心なりとは—心なるとは（松）＊上欄に「京上は上京歟」とあり（静）

〔現代語訳〕弘長三年八月の大風によって、御上京をお止めになられて後に、出仕の男達が題を探って歌を詠みましたついでに、浦の舟ということを

今やっと知ることよ。浦を伝って漕いで行く船の旅路ではない陸の旅までも、結局は風の気分次第であるとは。

〔語釈〕**○弘長三年八月の風によりて、御京上とどまらせ給ひて** 『吾妻鏡』弘長三年（一二六三）八月二十五日条の「御上洛事。依二大風一諸国稼穀損亡之間。為レ休二弊民煩一所レ被二延引一也。仍今日以二其旨一被レ仰二遣六波羅一。御教書二通被レ遣レ之」（新訂増補国史大系本）という事態に該当する。その御教書の一通では、上洛の為の課役を百姓に返却すべき旨が示されている。**○男ども題を探りて歌よみ侍りける** 探題歌会を言う。→61。**○今ぞ知る** 『万葉集』（一〇四五）以来の常套句。歌末を「とは」で結ぶのは、「今ぞ知る飽かぬ別れの暁は君をこひぢにぬるる物とは」（後撰集・恋一・五六七・読人不知）が早い。**○浦漕ぐ船** 「陸奥はいづくはあれど塩釜の浦漕ぐ舟の綱手かなしも」（古今集・東歌・一〇八八）を意識するか。

〔補説〕421からここまでが羇旅歌群。該歌は、述懐の趣もあり、次歌からの述懐・歌枕歌群に繋げる。

435

三百首御歌に

見渡せば潮風荒し姫島の小松が末にかかる白浪

〔校異〕○御歌に—御うたの中に（慶・青・京・静・松・三・山・神・群）○塩風—塩風 浜歟〈「浜」を見消ちカ〉（松）○小松か—小島

か（高）○うれに―くれに（慶・青）うれて（に）（山〈「て」字中に朱点〉）うへに（神・群）○しら浪―しら雲（波）（慶・三・山）しらくも（青・京・静）しら雲（波イ）（松）＊歌頭に「続古」の集付あり（底・内・慶）

〔現代語訳〕三百首の御歌で

見渡すと潮風が荒いよ。姫島の小松の枝先には、白波がかかっている。

〔本歌〕妹が名は千代に流れむ姫島の小松がうれに苔生す（む）までに（万葉集・巻二・挽歌・寧楽宮・和銅四年歳次辛亥河辺宮人姫嶋松原見二嬢子屍一悲嘆作歌二首・二二八。五代集歌枕・ひめしま・一五二四、結句「苔生ふるまでに」）

〔参考歌〕霞しく春の潮路を見渡せば緑を分くる沖つ白浪（千載集・春上・八・兼実）

見渡せば灘の塩屋の夕暮に霞に寄する沖つ白浪（続後撰集・春上・三八・後鳥羽院）

〔出典〕宗尊親王三百首・雑・二八四。合点、基家・実氏・家良・行家・光俊・帥。

〔他出〕続古今集・雑中・三百首歌のなかに・一六五七。歌枕名寄・巻三十五・豊後国・姫島・九〇七八、三句「姫島や」。

〔語釈〕**○三百首御歌**　→1。**○潮風荒し**　海からの潮気を含む風が強く過酷だ、との意。建保四年（一二一六）閏六月九日順徳天皇内裏の『内裏百番歌合』に於ける藤原道家の「しほ曇り潮風荒き岩の上に妻木をりたち誰あかすらん」（冬・一五四）が早い例か。為家も「よをへてや霜枯れぬらん冬来れば潮風荒き伊勢の浜荻」（為家五社百首・寒蘆・伊勢・四二一）と詠んでいる。**○姫島**　豊後国の歌枕。国東半島の北方にある小島。現在の大分県東国東郡の姫島。**○末**　草木の枝葉の先端部分。木の場合梢を言う。

〔補説〕同じ万葉歌の本歌取りの先蹤は、実朝の「姫島の小松が末にゐるたづは千年経れども年老いずけり」（金槐集・賀・祝の心を・三六一）に求められる。その後、為家女婿の素暹法師（東行胤）の「漕ぎかへり見てこそゆかめ姫島の小松が末にかかる藤浪」（東撰六帖・春・藤・二九六。同抜粋本・六六）や、『政範集』の「姫島の小松がうれへ（ママ）もおしなべて緑に霞む春の曙」（名所春曙・一〇八）が見える程度であるが、それはかえって鎌倉圏の営みに収斂する傾きを窺わせる。

主題は、ここから546（巻軸）まで、述懐。その内、447までは歌枕を詠み込む。

浦古松を

浦風を幾世の友と契るらむ古りて木高き住吉の松

【校異】○浦古松を―浦古松（内）○うら風を―うら風に（神・群）○友と―友に（内・高）友と（に）（慶）友を（神・群）○契らむ―ちきるらし（内・高・慶・青）ちきるらし（らんイ）（松）契しに（三・山）＊上欄（歌頭）に小紙片貼付（底）

【現代語訳】浦の古松を

浦吹く風を、いったい幾代にわたって友として契っているのだろうか。古びて木高く茂る住吉の松は。

【参考歌】住吉の岸の姫松人ならば幾世か経しと問はましものを（古今集・雑上・九〇六・読人不知）

住吉の浦風いたく吹きぬらし岸うつ波の声しきるなり（後拾遺集・雑四・一〇六四・兼経法師）

我が身こそ神さびまされ住吉の木高き松の陰に隠れて（秋風集・神祇・六二七・範永。国基集・津の守範永住吉に神拝すとて・一〇六、結句「陰にゐぬれば」。続拾遺集・神祇・一三三一・国基〈事実は範永〉）

かたそぎのゆきあひの霜の幾返り契りか結ぶ住吉の松（続後撰集・神祇・建保三年五首歌合に、松経年・五五九・後鳥羽院）

【影響歌】植ゑし世に月かかれとは軒の松おもはぬ陰や古りて木高き（雪玉集・秋・一二九二・故郷月）

【語釈】**○浦古松** 珍しい歌題。**○古りて** 長い年月を経て古びる意。「住吉」について言う例は、「万代をまつ生ふる浜に年古りて君がためにや住吉の神」（正治後度百首・雑・神祇・五五三・家長）がある。**○木高き** 「住吉の」「松」について言う例は、参考歌の範永詠の他に「住吉の木高き松を吹く風の音にぞ秋は空に知らるる」（続詞花集・秋下・二五〇・為業）がある。〇住吉　摂津国の歌枕。現在の大阪市住吉区。住吉大社の地。「松」はその景物。

〔補説〕　歌題も、一首の「幾代の友と契るらむ」「古りて木高き」の措辞も、新奇である。宗尊の歌は、総じて典故先例に従う傾向、即ち伝統的歌詞に拠りかつ比較的近い時代の歌の詞にも負う傾きがあるが、まま独自の新鮮な表現を見せる場合があり、該歌もそういった一首。

　古く久しい土地住吉の長寿の松を、浦風が幾代吹き渡ってきたかを、「松」と「風」を擬人化して歌う。参考歌の『古今集』歌や『後拾遺集』歌以来の通念を踏まえつつ、『秋風集』歌や『続後撰集』歌の措辞や発想にも負ったか。

　　人々によませさせ給ひし百首に

葦（あし）たづの鳴く音も澄（す）みて更（深）くる夜に月傾（かたふ）きぬ和歌の松原

〔校異〕　〇よませさせ―よませさせし（慶）　〇深夜に―ふかきよに（慶）　深夜（フクル）に（朱）（三・山）

〔現代語訳〕　人々にお詠ませになられた百首で

　葦たづの鶴が鳴く声も月と共に澄んで吹けていく夜に、その月は和歌の松原に傾いてしまったよ。

〔本歌〕　妹に恋ひわかの松原見渡せば潮干の潟にたづなき渡る（新古今集・羈旅・天平十二年十月、伊勢国にみゆきしたまひける時・八九七・聖武天皇）

〔影響歌〕　葦たづの潮干の声も曙の波に分かるる和歌の松原（雪玉集・詠百首和歌　春日社法楽　大永五年二月・雑八・原・四三二九）

〔出典〕　「弘長元年中務卿宗尊親王家百首」の「雑」。

〔他出〕　柳葉集・巻一・弘長元年九月人人によませ侍りし百首歌（六九～一四三）・雑・一三一。

〔語釈〕**○人々によませさせ給ひし百首** →2。**○葦たづ** 鶴の雅語。多く葦の生える辺りに鶴がいることによる。**○鳴く音も澄みて** 「も」は並列で、「月」も澄み鶴の鳴き声も澄んで、ということ。**○和歌の松原** 伊勢国の歌枕。所在未詳。「和歌」の字の当否は不明。本歌の原歌の原文は「吾乃松原」で西本願寺本傍訓は「わがのまつばら」、現行訓「あがのまつばら」。その左注に「吾松原在三重郡」とあり、三重県四日市市の南から三重郡楠町（鈴鹿川河口）までの間に比定されるという。

〔補説〕402、436にも宗尊詠と類似した『雪玉集』の歌を影響歌として指摘したが、実隆が宗尊詠を受容したか否かは、なお慎重に見定める必要があろう。

吹く・風の鳴尾(なるを)に立(た)てる一つ・松寂(さひ)しくもあるか友なしにして

〔校異〕○吹風の—深草の（内・高）吹風(ふかくさイ)の（慶）○なるをに—なるとに（書）なるおに(尾(朱)、ー(朱))（三）○一松—一さつ(松、ヒヒ)（京）○さひしくも—さひしくを（松）○あるか—有。か（山〈補入符朱〉）

〔現代語訳〕（人々にお詠ませになられた百首で）

吹く風が鳴る、鳴尾に立っている一本松は、なんと寂しいことか、友がいなくて。

〔本歌〕一つ松幾代か経ぬる吹く風の声の澄めるは年深きかも（万葉集・巻六・雑歌・一〇四一・市原王）

うちつけに寂しくもあるか紅葉葉も主なき宿は色なかりけり（古今集・哀傷・八四八・能有）

〔参考歌〕梓弓磯部に立てる一つ松あなつれづれげ友なしにして（金槐集定家所伝本・雑・物詣でし侍りし磯のほとりに松一本ありしを見てよめる・五八七）

〔影響歌〕波間より見ゆる小島の一つ松われも年経ぬ友なしにして（玉葉集・雑二・島松をよめる・二〇九六・雅有）

〔出典〕「弘長元年中務卿宗尊親王家百首」の「雑」。→2。

【他出】柳葉集・巻一・弘長元年九月人人によませ侍りし百首歌（六九～一四三）・雑・一三二一。夫木抄・巻二十九・松・御集・一三七六九。

【語釈】○鳴尾　「吹く風の鳴る」から摂津国の歌枕「鳴尾」に鎖るか。「鳴尾」は、現在の兵庫県西宮市の武庫川河口右岸辺り。○友なしにして　参考歌の実朝詠の本歌「草香江の入江にあさる葦たづのあなたづたづし友なしにして」（巻四・相聞・五七五・旅人）等（他に五五五の一首）、万葉以来の句。

【補説】「鳴尾」の「一つ松」を詠む基は、「鳴尾に松の木一本たてり」と詞書する俊頼の「鳴尾なる友なき松のつれづれと一人も暮に立てりけるかな」（散木奇歌集・雑上・一三八七）であろうか。その後、清輔の「ありへじと思ひなる尾の一つ松たぐひなくこそ悲しかりけれ」（清輔集・述懐百首のうちに・三八二）や覚性法親王の「時鳥来鳴く鳴尾の一つ松声のたぐひもあらじとぞ思ふ」（出感集・夏・松上郭公・一九二）が詠まれ、登蓮にも「憂しとのみ思ひなる尾の一つ松またたぐひなき歎きをぞする」（登蓮恋百首・九三）の作がある。続いて、慈円は「我が身こそ鳴尾に立てる一つ松よくもあしくもまたたぐひなし」（拾玉集・一日百首〈建久元年四月〉・松・九五六）と詠み、恐らくはそれに刺激されて良経も「友と見よ鳴尾に立てる一つ松夜な夜な我もさて過ぐる身ぞ」（秋篠月清集・二夜百首〈建久元年十二月〉・寄松恋・一六六）と詠んでいる。宗尊に近い例としては、「いかにせんあはれなる尾の一つ松世にたぐひなくもの思ふ身を」（現存六帖・まつ・五一六・前摂政家民部卿）がある。院政期から鎌倉時代中期にかけて、「鳴尾」の「一つ松」を詠む小さな流れが認められる。該歌もそこに位置付けられる。

439

百番御歌合に、河を

住（す）み侘（わ）びば行きて尋ねん三輪川の清き流（☆渚）れやいづこなるらん

【校異】○百番御歌合に―百首御歌中に（内・高）○行て尋ん―ゆきてたにみん（書）○渚や―渚（なかれイ）や（底・京・

静・三・群）なきさや（書・内・高・山・神）なかれや（慶・青・松）☆底本の「渚や」を慶本以下の諸本ならびに底本他の異本注記および『柳葉集』によって「流れや」に改める。

〔現代語訳〕百番御歌合で、河を

もしここに住み煩うならば、行って尋ねよう。三輪川の清らかな流れは、どこにあるのだろうか。

〔本歌〕三輪川の清き流れにすすきてし我が名をさらにまたや汚さむ（和漢朗詠集・僧・六一二）

今はとも思ひな絶えそ野中なる水の流れは行きて尋ねん（新古今集・恋五・一四〇七・輔親）

〔参考歌〕住み侘びば跡を尋ねん大原や炭焼く煙しるしともなれ（公衡集・をののすみがま・六三）

〔出典〕「文永元年六月十七日庚申宗尊親王百番自歌合」の「河」題。

〔他出〕柳葉集・巻四・文永元年六月十七日庚申に自らの歌を百番ひに合はせ侍るとて（四五〇～五六二）・河・五四四。

〔語釈〕**○百番御歌合**　→24、34。**○三輪川**　大和国の歌枕。笠置山地に発して南流し長谷寺の下を西流して奈良盆地に入って佐保川と合流して大和川となる、「初瀬川」の三輪山付近の呼称。**○いづこなるらん**　「おぼつかないづこなるらん虫の音を尋ねば草の露や乱れん」（拾遺集・秋・一七八・為頼）等、例は少なくない。

〔補説〕本歌「三輪川の」は、『江談抄』（巻一・仏神事・二）に、弘仁五年（八一四）に玄賓が律師に任じられたのを辞退した歌として下句「衣の袖は更に汚さじ」の形で見え、他にも『和歌童蒙抄』（二三五、三句「すすがれし」）『袋草紙』（二四〇、結句「または汚さじ」）『古事談』（二〇、下句「衣の袖をまたや汚さん」）『発心集』（一、下句「衣の袖をまたは汚さじ」）等に引かれている、説話に伝承された歌である。

『源氏物語』の、僧都の加持祈禱でやや正気を回復した浮舟が妹尼に初瀬参詣を誘われても躊躇して手習に混じらせた「はかなくて世にふる川の憂き瀬には尋ねも行かじ二もとの杉」（手習・七七七・浮舟）を、意識した可能性も見ておきたい。

三百首御歌の中に

河の名も言問（事と）ふ鳥もあらはれてすみたえぬるは都なり（也）けり

【校異】 ○すみたえぬるは―すみたらぬかは（高）すみたへ（。朱）ぬるか（三）

【現代語訳】 三百首の御歌の中で

「隅田」川の名前も都のことを尋ねる「都」鳥の名前も、（ここ東国では）はっきりと明らかで、「隅田」ならずまさに「住み絶」えて住むことがなくなってしまったのは、「都」なのであったな。

【本説・本歌】 武蔵国と下総国との中にある隅田河のほとりに至りて、都のいと恋しう覚えければ、…渡守に、これは何鳥ぞと問ひければ、これなむ都鳥と言ひけるを聞きて、よめる

名にし負はばいざ言問はむ都鳥我が思ふ人はありやなしやと（古今集・羇旅・四一一・業平。伊勢物語・九段・一三・男）

【出典】 宗尊親王三百首・雑・二八一。合点、為家・基家・実氏・行家・光俊・帥。

【他出】 六華集・羇旅・一六一四。宗良親王千首・雑・羇中渡・八六七、四句「角田川原は」。

【語釈】 **○三百首御歌** →1。**○言問ふ鳥** 都人（業平）が都のことを質問する、都の名を持つ都鳥。先行例に「都にてなれし月さへ角田河言問ふ鳥のうき寝のみかは」（建保名所百首・雑・角田川下総国・一一四六・兵衛内侍）がある。**○すみたえぬるは** 「住み絶えぬるは」に、「河の名」の縁で「隅田」を込め掛ける。「隅田」川は、武蔵・下総国境の川。現在の隅田川は荒川の下流で、墨田区鐘ヶ淵辺りから東京湾河口までを言う。

【補説】 他出に挙げた『宗良親王千首』については、18の補説参照。

奉らせ給ひし百首に、河を

441

この（此）里（さと）は隅田（すみた）河原も程遠しいかなる鳥に都問（と）はまし

【校異】○河原も―河原に（も）（山〈「に」字中に朱点〉）○とはまし―に（と）はまし（山〈「に」字中に朱点〉）＊歌頭に「続古」の集付あり（底・内・慶・群〈「続古今」〉）

【現代語訳】（後嵯峨院に）お奉りになられた百首で、河を

この里鎌倉は、あの都人が都鳥に言問うた隅田川の河原も距離が遠い。都鳥ならぬどのような鳥に、都のことを問えばよいものだろうか。

【本説・本歌】武蔵国と下総国との中にある隅田河のほとりに至りて、都のいと恋しう覚えければ、…渡守に、これは何鳥ぞと問ひければ、これなむ都鳥と言ひけるを聞きて、よめる

名にし負はばいざ言問はむ都鳥我が思ふ人はありやなしやと（古今集・羇旅・四一一・業平。伊勢物語・九段・一三・男）

【出典】「弘長二年冬弘長百首題百首」の「河」題。

【他出】三十六人大歌合・一九。柳葉集・巻二・弘長二年院より人人に召されし百首歌の題にて読みて奉りし（一四四〜二一八）・雑・河・二一四。続古今集・羇旅・弘長二年たてまつりし百首歌中に、河を・九三六。歌枕名寄・巻二十一・武蔵国・住田河・五五〇一。題林愚抄・巻十九・雑・河・八六九二。

【語釈】**○奉らせ給ひし百首**　→6。**○この里**　ここでは鎌倉を言う。「里」は、人の集落だが、都に対する鄙の趣意もあろう。454にも。**○隅田河原**　ここでは、武蔵・下総国境の隅田川（→前歌）の河原。この詞の原拠は、『万葉集』の「真土山夕越え行きて廬崎のすみだ河原にひとりかも寝む」（巻三・雑歌・二九八・弁基）で、この場合は、「真土山（待乳山）」が大和・紀伊国境の小山で、「廬崎のすみだ河原」は、紀伊国、現在の和歌山県橋本市隅田町を流れる紀ノ川の河原を言う。しかし、この歌を二ヶ所に載せる『五代集歌枕』は「まつち山　駿河」（四四九）「す

みだがはら　駿河　角太河原」（一四一一）というように駿河国としていて、『八雲御抄』（巻五・名所部）はこの歌の「すみだ」を下総としているのである。また、この歌は『新勅撰集』（羇旅・五〇一）に収められるが、同集には別に俊成の『久安百首』詠「我が思ふ人に見せばやもろともにすみだ河原の夕暮の空」（羇旅・五一九）も採られている。これは、「京に思ふ人なくしもあらず」（古今集詞書）「京に思ふ人なきにしもあらず」（伊勢物語地文）を併せて、右の本説・本歌を踏まえていよう。従って、宗尊が、「隅田河原」を、東国の隅田川の河原を表す詞と認識していた可能性は高いのではないか。**○いかなる鳥**　早く『堀河百首』に「朝戸明けて独り影見る池水にいかなる鳥の群れてゐるらん」（冬・水鳥・一〇〇九・公実）の例が見える。該歌の前年の『宗尊親王百五十番歌合弘長元年』にも「時鳥いかなる鳥ぞおきかへり聞けども飽かぬ声に鳴くらん」（夏・八四・師平）と詠まれている。

橋

今もなほ（猶）富士の煙は立つ・もの（物）を長柄（なから）の橋よなど朽ち・にけん

〔校異〕　○橋よ—はしの（よイ）（慶）橋も（青）橋に（よ）（山〈「に」字中に朱点〉）○など—なに（内・高）。（なと）（京）　＊歌頭に朱丸点あり（三・山）　＊山本は、442の和歌から456まで、それ以外と筆跡が異なる。

〔現代語訳〕（後嵯峨院に）お奉りになられた百首で

橋

今でもやはり富士の煙は立っているのに、長柄の橋よ、どうして朽ちてしまったのだろう。

〔本説〕　今はふじの山も煙たたずなり、長柄の橋もつくるなり、と聞く人は、歌にのみぞ心を慰めける（古今集・仮名序）

〔類歌〕　朽ちはてし長柄の橋をつくらばや富士の煙も立たずなりなば（十六夜日記・五四）

〔出典〕「弘長二年冬弘長百首題百首」の「橋」題。→6。

〔他出〕柳葉集・巻二・弘長二年院より人人に召されし百首歌の題にて読みて奉りし（一四四～一二二八）・雑・橋・二一五。源承和歌口伝・二八四。六巻抄裏書にも（前書から所引）。

〔語釈〕**○富士**　駿河国の歌枕。富士山のこと。**○長柄の橋**　摂津の国の長柄川に架けられていたという橋。現在の大阪市北区長柄、東淀川区柴島の付近にあったという。『日本後紀』によれば、弘仁三年（八一二）六月三日に使者を派遣して造橋という。『文徳実録』の仁寿三年（八五三）十月十一日の条に、「頃年橋梁断絶、人馬不レ通、請准ニ堀江川一、置ニ二隻船一、以通ニ済渡一、許レ之」（新訂増補国史大系本）と見えて、既にこの時点で廃絶して渡船を用いたと知られる。

〔補説〕『源承和歌口伝』には、次のようにある（『源承和歌口伝注解』（平一六・二、風間書房）に拠り表記は改める）。

今は富士の山も煙たたず、長柄の橋もつくるなり、と聞く人は歌にのみぞ心を慰めける。異説ありとも聞き侍らざるに、阿房東へ下り侍りける道にて、富士の煙立たずとよみて侍りき。かの流れを承けたるともがら、今は立たず、と執せるにや。三島歌に

藤原為相朝臣

時知らぬ富士の煙も晴るる夜の月のためとや立たずなるらん

是は、目の当たり訓説を受けず、伝え聞きてよめるなり。

長柄の橋を　中書王

今もなほ富士の煙は立つものを長柄の橋よなど朽ちにけん

是も、立つ、とはよませ給へり。長柄の橋の事ぞ、猶おぼつかなくぞ侍る。

これは、古今仮名序の「富士の山も煙たたずなり」と「長柄の橋もつくるなり」の解釈をめぐり、為相と宗尊の両首について批判した言説である。『源承和歌口伝注解』が、「「たたず」の解釈には二条家の「不断」、京極・冷泉

両家の「不立」両説が対立する。なお為家序抄（為家真作か）は不立説を述べる。本説は二条家説の立場から冷泉流ほかを批判したのである」、また、「「つくる」について「造る」説と「尽」説が対立する」とし、「一般には「造」説であるが、末流注になると二条家は「尽」、冷泉家は「造」となったという（了俊歌学書）。ここでは、両説があるのに一方に決定した形で詠んでいることに対する不快感を表明しているものか。不用意に詠んではならない意ともなろう」と言うとおりであろう。ただし、源承の解釈は措いて、宗尊がどちらの説に立っていたかは、該歌からは不明であると言うべきであろう。「断たずなり」「尽くるなり」であれば、該歌はそのとおりに敷衍したことになろうし、「立たずなり」「造るなり」であれば、該歌はそれに異を立て慨嘆したことになるからである。いずれにせよ、宗尊が「歌にのみぞ心を慰め」ようとしたと見ることは、許されるであろう。

なお、右の「阿房」即ち阿仏尼の『十六夜日記』の一節を引いておく（新編日本古典文学全集本に拠り表記は改める）。

富士の山を見れば、煙立たず。昔父の朝臣に誘はれて、「いかに鳴海の浦なれば」など詠みし頃、遠江国までは見しかば、富士の煙の末も、朝夕たしかに見えしものを、「いつの年よりか絶えし」と問へば、さだかに答ふる人だになし。

　誰が方になびき果ててか富士の嶺の煙の末の見えずなるらむ

古今の序の言葉とて、思ひ出でられて、

　いつの世の麓の塵か富士の嶺を雪さへ高き山となしけむ

　朽ち果てし長柄の橋を作らばや富士の煙も立たずなりなば

百番御歌合に、同（おな）じ心を

443

いかにせむ十綱(とつな)の橋のそれならで憂(浮)き世を渡(わた)る道の苦(くる)しさ

〔校異〕 ○百首―百首（書・神） ○とつなの―とつ(な)の（山） ○橋の―ほし(はカ(朱))の（三・山〈右傍朱「はか」〉） ○浮―うき（書・高・慶・青・京・静・松・三・山・神・群）〈参考・表記の異同〉 ○くるしさ―くるしき（青・京・静・松・神）

＊歌頭に朱で「とつなのはし」とあり（三・山）

〔現代語訳〕 百番御歌合で、同じ（橋の）趣意を

どうしようか。十綱の橋の綱で橋を渡る道の苦しさのそれではなくて、しかし同じように、憂く辛い世の中を渡る道程の苦しさを。

〔参考歌〕 陸奥の十綱の橋に繰る綱の絶えずも人にいひ渡るかな（千載集・恋二・七一六・親隆）

〔出典〕 「文永元年六月十七日庚申宗尊親王百番自歌合」（仮称。散佚）の「橋」題。

〔他出〕 柳葉集・巻四・文永元年六月十七日庚申に自らの歌を百番ひに合はせ侍るとて（四五〇～五六二）・橋・五四七。

〔語釈〕 **○百番御歌合** →24、34。**○十綱橋** 陸奥の歌枕。福島市の飯坂温泉街中心を流れる摺上川に架かる長さ五十メートルたらずのアーチ式の鉄橋の名が「十綱橋」だが、大鳥城主の佐藤基治が摺上川に架かる藤蔓の橋を切り落としたという故事があり、明治八年に宮中吹上御苑の吊橋を模して十本の鉄線で支えられた吊橋が造られ、これにちなんで十綱橋と名づけられたといい（角川日本地名大辞典）、当地にのみ比定されない。『和歌初学抄』（所名・橋）に「とづなの橋　ツナヲクリテワタルトイフ」、『八雲御抄』（巻五・名所部・橋）に、「とつなの（千。手つなをくりて渡る也。非誠橋。親隆。）」とある（両者共に陸奥とする）。山峡や断崖に綱を渡して、それに籠や台車を吊して人や物を手繰り寄せて運ぶ「綱橋」で、陸奥にあったものを言うか。あるいは「十」は「手」の転訛か。**○それならで** それそのものではなくて、しかしそれと同じように、という意味。ここでは、「それ」は、「綱」で「橋」を

「渡る道の苦しさ」を指す。この句は、『実方集』（二〇七。時雨亭文庫資経本私家集本）に見えるが、それ以後は、新古今歌人達が詠み（拾遺愚草・九〇〇、壬二集・一七七八、拾玉集・二〇〇五等）、そこから『新勅撰集』に採られた家隆の「つらかりし袖の別れのそれならで惜しむをいそぐ年の暮かな」（冬・四三九）が勅撰集の初例で、『続後撰集』（恋二・七五三・実雄）にも『宝治百首』（恋・寄煙恋・二五六七）の「松島や海人の藻塩木それならでこりぬ思ひに立つ煙かな」が採られている。これらに学ぶか。**○憂き世を渡る**　好忠の「円融院の御まへの日、召しなくてまゐりたりとて、さいなまれてまたの日、奉りける」という「よさの海のうちとのはらにうらさびて憂き世を渡る天の橋立」（好忠集・四七五）が早い例。その後家隆が「わたの原霧の絶え間のほどにだに憂き世を渡る海人の釣り舟」（日吉社撰歌合寛喜四年・雑・八七。壬二集・一三三四）と詠み、その男の隆祐も「知る知らず憂き世を渡る人はみな長柄の橋のためしなりけり」（隆祐集・百番歌合・九十四番右・橋・二四七）と詠んでいる。**○道の苦しさ**　先行例の見えない新鮮な措辞。

山を

岩木まで燃(も)ゆる思ひのある世とて浅間(あさま)の山も煙立(た)つなり(也)

〔校異〕　○山も―山に（慶・青・三・山）山に(も)（松）

〔現代語訳〕　山を

心がないはずの岩や木までもが燃える「思ひ」の「火」がある世の中であるということで、浅間の山も煙が立っているようだ。

〔出典〕　「弘長二年冬弘長百首題百首」の「山」題。↓6。

〔他出〕　柳葉集・巻二・弘長二年院より人人に召されし百首歌の題にて読みて奉りし（一四四～一二二八）・雑・山・

二一三。

【語釈】○岩木まで 「岩木」は「木石」と同じで、非情なるものの喩え。↓387。○燃ゆる思ひ 「ひ」に「燃ゆる」「煙」の縁で「火」が掛かる。多く恋の思いを言うが、ここは述懐のやりきれぬ思いを言う。○ある世とて「はかなくも身の慰めのある世とて月をあはれと見てややみなん」（続後撰集・雑中・一一一二・藻壁門院少将）が先行例。○浅間の山 信濃・上野国境の山だが、「信濃なる浅間の山も燃ゆなれば富士の煙のかひやなからむ」（後撰集・離別・一三〇八・駿河）と詠まれるように、信濃国の歌枕。浅間山のこと。「燃ゆる思ひ」との詠み併せは、『宝治百首』の「煙立つ浅間の山の峰の雲燃ゆる思ひもわかれざりけり」（恋・寄煙恋・二五八四・経朝）が宗尊に近い例。

【補説】「岩木」は、心無き非情な人の喩えであろう。そのような者であっても憂く辛い世の中では「思ひ」の「火」を燃やしているのであり、その象徴として「浅間の山」の煙が立っている、という趣旨の歌であろうか。そうだとしても、それが自分を言うのか他者を言うのかで、解釈が分かれよう。「心無き身にもあはれは知られけり鴫立つ沢の秋の夕暮」（新古今集・秋上・三六二・西行）のように、自己を卑下して（その実自尊して）、木石のような自分だが、という認識に立った一首であると解しておく。

人々によませさせ給ひし百首に

富士の嶺（ね）やいかに思ひの燃（も）え初めて雪にも消（け）たぬ煙なるらん

【校異】○よませさせ―よまさせ（慶）　○けたぬ―きえぬ（高）

【現代語訳】人々にお詠ませになられた百首で

富士の嶺は、いったいどのように「思ひ」の「火」が燃え始めて、雪にも消すことのない煙であるのだろうか。

【本歌】富士の嶺のならぬ思ひに燃えば燃え神だに消たぬ空し煙を（古今集・雑体・誹諧歌・一〇二八・紀乳母）

〔参考歌〕飛ぶ蛍何の思ひに燃え初めて夜はあらはに身を焦がすらん（為家集・夏・夏寛喜元年・四四三）

〔出典〕「弘長元年中務卿宗尊親王家百首」の「雑」。

〔他出〕柳葉集・巻一・弘長元年九月人人によませ侍りし百首歌（六九～一四三）・雑・一三六。

〔語釈〕**○人々によませさせ給ひし百首** →2。**○富士の嶺** 駿河国の歌枕。富士山。**○思ひ** 「ひ」に「燃え」「消たぬ」「煙」の縁で「火」が掛かる。ここも、前歌同様に恋ではなく述懐の思いを言う。

〔補説〕主旨がはっきりしないが、富士の絶えず消えない煙に寄せて、そのように自分の物思いはどのように思い始めて、消えずに燻っているのだろうか、と述懐しようとした一首であろうか。

卯月の頃、二所へ詣でさせ給ひし時、箱根にて富士山を御覧じける折しも、
残鶯の鳴きけるを聞かせ給ひて
この山は富士の高根の見ゆればや時知らぬ音に鶯の鳴く

〔校異〕○箱根にて―は二年にて（高）○御覧しける―御覧しけるに（山）○おりしも―おりしを（松）○残鶯の―残鶯（山）○きかせ給て―きかせ〔給（朱）〕。て（山〈補入符朱〉）

〔現代語訳〕四月の頃、伊豆箱根の二所へ御参詣になられた時、箱根で富士山を御覧になった折も折、残鶯の鳴いたのをお聞きになられて

この箱根の山は、「時知らぬ山」であるという富士の高嶺が見えるので、その時節を知らない嶺ならぬ音で鶯が鳴くのか。

〔本歌〕時知らぬ山は富士の嶺いつとてか鹿の子まだらに雪の降るらん（新古今集・雑中・一六一六・業平。伊勢物語・九段）

〔語釈〕 **○二所**　→415。**○この山**　箱根の山。**○富士の高根**　駿河国の歌枕。富士山の特に印象的に見える高峰から言う。「根」は「嶺」で、「鶯」「鳴く」の縁で、「音」が響く。**○音**　「山」「富士」「高根」の縁で「嶺」が掛かる。

〔補説〕 述懐性は希薄で、箱根の山の場に本歌を結びつけた機知的詠作。

　百番の御歌合に、山を

世の憂(う)さに思ひも入(い)らば誰をかも知(し)る人にせむみ吉野(よしの)の山

〔校異〕 ○百番の―百首の（高）　○うさに―うきに（書）　○いらは―入は（ラ（朱））（山）

〔現代語訳〕 百番御歌合で、山を

　世の辛い憂さに、もし思い詰めて分け入るならば、いったい誰を知己としようかしら、み吉野の山は。

〔本歌〕 誰をかも知る人にせむ高砂の松も昔の友ならなくに（古今集・雑上・九〇九・興風）

〔参考歌〕 み吉野の山のあなたに宿もがな世の憂き時の隠れがにせむ

　世に経れば憂さこそまされみ吉野の岩のかけ道踏みならしてむ（古今集・雑下・九五〇～一・読人不知）

〔出典〕 「文永元年六月十七日庚申宗尊親王百番自歌合」（仮称。散佚）の「山」題。

〔他出〕 柳葉集・巻四・文永元年六月十七日庚申に自らの歌を百番ひに合はせ侍るとて（四五〇～五六二）・山・五四一。

〔語釈〕 **○百番の御歌合**　→24、34。**○思ひも入らば**　もし深く思い詰めるならばの意に、「吉野の山」の縁で、もし吉野の山に分け入るならばの意が掛かる。「山」に「思ひ入る」類例は、古く「世を憂しと思ひ入れども赤肌の山は身をこそ隠さざりけれ」（古今六帖・第二・山・八九二）があり、「吉野」について言う先行歌は、「我が恋は吉

野の山の奥なれや思ひ入れども逢ふ人もなし」（詞花集・恋上・二一二・顕季。堀河百首・恋・不逢恋・一一五七）や「一すぢに思ひ入りなん吉野山またあらばこそ人もさそはめ」（西行法師家集・雑・吉野にて・七二七）がある。**○み吉野の山**　大和国の歌枕。↓8。ここでは、「世の憂き時の隠れが」にすべき地であるが、それだけにまた知友はいないとの認識に立つ。宗尊は「尋ね来ぬ人こそなけれ吉野山世の憂きときか花の盛りは」（柳葉集・巻五・文永二年潤四月三百六十首歌・春・六六〇）とも詠んでいる。

【補説】　435からここまで、歌枕に寄せる述懐。該歌の題「山」から次歌の題「山家」へと連なり、かつ該歌の「み吉野の山」の印象で次歌の「住まばや山の奥の庵に」と結んで、前後の歌群を連繋する。

山家を

ことしげき憂き世のまぎれ打ち捨てて住まばや山の奥の庵に

【校異】　○山家を―山家（高）　○浮―うき（書・高・慶・青・京・静・松・三・神・群）憂（山）〈参考・表記の異同〉　○まきれ―またれ（三・山〈右傍朱「きか」〉）　○奥の庵に―ナシ〈空白〉（青）

【現代語訳】　山家を

煩わしい事が多い憂く辛い世の中の混乱をすっかり捨てて、山奥の庵に住みたいものだ。

【参考歌】　ことしげき世をのがれにしみ山べに嵐の風も心して吹け（新古今集・雑中・一六二五・寂然）

【類歌】　身を捨てて住まばやと思ふ山の奥あまりさびたる松の風かな（明恵上人集・四）
世を捨てて住まばやと思ふみ吉野の奥よりにほふ花の春風（楢葉集・釈教・五九七・縁定）

【影響歌】　ことしげき世にまぎれきてあだにのみ過ぎし月日はさらに驚く（芳雲集〈実陰〉・雑・述懐・四七五七）

【出典】　「弘長二年十一月百首」の「山家」題。↓23。

〔他出〕 柳葉集・巻二・弘長二年十一月百首歌（二二九〜二九六）・山家・二九〇。

〔語釈〕 **〇憂き世のまぎれ** 新鮮な措辞。辛い世間に入り交じって訳が分からない事態を言うか。**〇奥の庵** 先行例は、「尋ねても今朝は霞の底とだに誰かみ山の奥の庵を」（鴨御祖社歌合建永二年・山家朝霞・七・有家）が目に入る程度。

〔補説〕 ここから453まで、山家あるいは山里に寄せる述懐。「山里」や「山家」は勿論、一般的には洛中に対照される洛外の山居を言うが、宗尊の詠作は特に、京都に対する鎌倉を言いなすこともあろうし、洛中あるいは鎌倉の御所外の山居を念頭に置いて詠んだ場合も皆無ではなかろう。

三百首御歌に

都人とはぬもよしや山里は寂(さび)しきにこそ心すみけれ

〔校異〕 〇すみけれ―すへ(みイ)けれ（松）すへ(みカ(朱))け(-(朱))れ（三・山〈右傍朱「みか」〉）

〔現代語訳〕 三百首の御歌で

都人が問わないのもかまわない、ままよ、山里というのは、寂しい折にこそ住んで心が澄むのであったな。

〔参考歌〕 世の中に住まぬもよしや秋の月にごれる水のたたふさかりに（山家集・雑・世に仕うべかりける人の、隠りゐたりける許へ遣はしける・七二〇）

〔出典〕 宗尊親王三百首・雑・二八九。合点、為家・基家・家良・行家・光俊・帥。

〔他出〕 六華集・雑下・一七八一。

〔語釈〕 **〇三百首御歌** →1。**〇とはぬ** 実際に訪問することをしない「訪はぬ」と、音信をしない「問はぬ」の両方の意味が考えれるが、区別してどちらかに決める必要はないであろう。訪問も音信も何もないことを言っていると見るべきである。**○すみけれ**　「澄みけれ」に「山里」の縁で「住みけれ」が掛かる。

山家松を

山里(さと)は松の嵐の音こそあれ都には似(に)ずしづかなりけり

〔校異〕○山家松を―山家を（松）　＊歌頭に朱丸点あり（三・山）

〔現代語訳〕山家の松を

山里は、松を吹く激しい風の音はあるけれども、それでも都には似ず閑かなのであった。

〔本歌〕山里は物のわびしきことこそあれ世の憂きよりは住みよかりけり（古今集・雑下・九四四・読人不知）

〔参考歌〕日も暮れぬ人も帰りぬ山里は峰の嵐の音ばかりして（後拾遺集・雑五・一一四五・頼実）

山里は松の嵐のほかにまた言問ふ人の音づれもなし（宝治百首・雑・山家嵐・三六八六・公相）

〔他出〕拾遺風体集・雑・山家嵐・四七三。

〔語釈〕○都には似ず　『洞院摂政家百首』の定家詠「床なるる山下露のおきふしに袖のしづくは都にも似ず」（雑・山家・一六一三。拾遺愚草・一四八五）と実氏詠「垣こむる篦(の)竹の園にを萱吹く東やかたは都にも似ず」（同上・一五九七）が先行し、寂身に「草も木も見なれぬ色の山里は人の心も都には似ず」（寂身集・詠百首和歌　宝治二年九月於滝山詠之・雑・五五二）の作がある。

〔補説〕宗尊が帰洛後の「文永九年十一月比、なにとなくよみ置きたる歌どもを取り集めて、百番に合はせて侍りし」の中に「人目見ぬ都の宿はなかなかに山里よりもしづかなりけり」（竹風抄・幽棲・九九八）という、該歌と対照的な一首がある。将軍として鎌倉に在った折の詠作である『瓊玉集』と、解任されて京都に戻った後の詠作である『竹風抄』との間に、意識や詠風の変化があることを、そしてそれは自覚的であったことを窺わせる例であろう。

451

住み馴(な)れぬ心なりせば山里(さと)の松の嵐や寂(さひ)しからまし

【校異】○住なれぬ—すみなれす（書）　○さひしからまし—さひしかるらん（高）

【現代語訳】（山家の松を）

もし山里に住み馴れない心であったならば、山里の松を吹く激しい風は寂しいであろうに。

【参考歌】あはれにも住み馴れにけり山里を松の嵐に夢覚めぬまで（千五百番歌合・雑二・二八五八・公継）

山里は世の憂きよりは住みわびぬことのほかなる峰の嵐に（新古今集・雑中・一六二三・宜秋門院丹後）

もろともにすむ月影のなかりせば山里いかにさびしからまし（雲葉集・秋中・五〇八・小弁）

【語釈】**○心なりせば**　『後拾遺集』に「世の中をなに歎かまし山桜花見るほどの心なりせば」（春上・一〇四・紫式部）ともう一首（恋三・七四四・輔弘）見える句。西行に「おどろかぬ心なりせば世の中を夢ぞとかたるかひなからまし」（山家集・雑・七三一）がある。

【補説】「山里」に「住み馴」れるあるいは「馴」れないことを言う歌は、「山里に住み馴れぬれば峰の猿谷のを鹿もむつましきかな」（行宗集・山家・二七四）や「山里はまだ住み馴れで埋もれぬ雪払ふらんことも知らねば」（出観集・冬・雪の心を・六〇二）等、院政期末頃に見え始め、新古今歌人達に散見する。宗尊は別に「思ひやれまだ住み馴れぬ山里の松の嵐に濡るる袂は」（柳葉集・巻四・〔文永元年六月十七日庚申宗尊親王百番自歌合〕・山家・五四九）とも詠じている。

452

奉らせ給ひける百首に、山家

人の身は習(なら)はしものを(物)山里の住(す)みよきまでになり(成)にけるかな(哉)

【校異】○給ける—給し（書・内・高・慶・神・群）　○山家—山家を（神・群）　○物を—物を(とイ)（底・京）ものと

（書・内）

【現代語訳】（後嵯峨院に）お奉りになられた百首で、山家

人の身は習慣次第であるものだな。山里が住みよいまでになってしまったことであるよ。

【本歌】人の身も習はしものを逢はずしていざ心見むこひや死ぬると（古今集・恋一・五一八・読人不知）

山里は物のわびしきことこそあれ世の憂きよりは住みよかりけり（古今集・雑下・九四四・読人不知）

【出典】「弘長二年冬弘長百首題百首」の「山家」題。

【他出】柳葉集・巻二・弘長二年院より人人に召されし百首歌の題にて読みて奉りし（一四四～二二八）・山家・二二二、二句「ならはしものと」。

【語釈】○奉らせ給ひける百首 ↓6。○ものを 「を」は詠歎の間投助詞。

453

人々によませさせ給ひし百首に

山里も住(す)み憂(う)くなり(成)ぬいづちまた(又)あくがれ初(そ)むる心なるらむ

【校異】○よませさせ―よまさせ（慶）○山里も―山さとに（内・高）山里も(にイ)（慶）○すみうく―すみよく（三・山）＊「そむる」の「そ」の左傍に朱丸点あり（山）

【現代語訳】人々にお詠ませになられた百首で

憂き世よりは住みよかった山里までも、住み辛くなってしまった。どちらにまたさまよい出始める我が心なのであろうか。

【本歌】山里は物のわびしきことこそあれ世の憂きよりは住みよかりけり（古今集・雑下・九四四・読人不知）

【参考歌】憂しとてもまたはいづちかあくがれん山より深きすみかなければ（千五百番歌合・雑一・二七六三・忠良）

【出典】　「弘長元年中務卿宗尊親王家百首」の「雑」。
【他出】　柳葉集・巻一・弘長元年九月人人によませ侍りし百首歌（六九～一四三）・雑・一三七。
【語釈】　○人々によませさせ給ひし百首　→2。○いづちまた　→148。○あくがれ初むる　俊頼の「あし火たくまやのすみかは世の中をあくがれ初むるかどでなりけり」（散木奇歌集時雨亭文庫本・六一七。田上集・五五、二句「山の住みかは」）が早いが、より直接には家隆の「花の香も谷の戸出づる山風にあくがれ初むる鶯の声」（老若五十首歌合・春・三七。壬二集・一六九四）に学ぶか。宗尊は後に「そことなき風のたよりの花の香にあくがれ初むる春の曙」（柳葉集・巻五・文永二年潤四月三百六十首歌・春・六四八）というこの家隆詠に負った作をものしている。
【補説】　参考歌の位置付けについては、148補説参照。

六帖題を探（さく）りて、男（おのこ）ども歌よみ侍りけるに、故郷を
この里の住（す）み憂（う）しとにはなけれども馴（な）れし都ぞさすが恋しき

【校異】　○よみ侍けるに―よみけるに（慶・青）　○古郷を―恋を（三・山）　○この里の―このさとを（のイ）（慶）　此さとを（青・京・静・松・三・山・神・群）　○すみうしとには―すみうとまては（書）　すみよしとには（三・山）（。朱）　○なれし―おな。し（山〈補入符朱〉、れ〈朱点字中〉）　○都そ―都に（京・静・三・山）　都に（そイ）（松）　○さすか―ますゝ（。朱）（三）　さする（山）
【現代語訳】　六帖の題を探って、出仕の男達が歌を詠みました折に、故郷を
この里が住み辛いというのではないけれども、昔に馴れ親しんだ京の都が、やはりなんといっても恋しい。
【参考歌】　草枕かり寝の夢にいくたびか馴れし都に行き帰るらん（千載集・羇旅・五三四・隆房）
【語釈】　○六帖題　『古今六帖』の題。五百十七題。『新撰六帖』もこれに従うが、現存『古今六帖』よりも題が多く、五百二十七題。○探りて　題を探って。探題形式の歌会。→61。○故郷　ふるさと。『古今六帖』の第二に見

える題（一三〇〇～一三〇四）。『新撰六帖』にも（七八一～七八五）。**〇この里**　鎌倉を言う。**〇さすが恋しき**　「さすが」は、なんといってもやはりの意の副詞。「とも見ればとまりに沈む朽ち舟のうき出でしかたぞさすが恋しき」（新撰六帖・第三・とまり・一二一七・為家）に学ぶか。

【補説】　ここから456（巻軸）まで、都を思慕する述懐。

455
御京上に、とどまらせおはしましての頃、よませ給ひける

今更に馴れし都ぞ偲ばるるまたいつとだに頼みなければ

【校異】　〇御京上にとゝまらせ―御京。にとゝまらせ（底）（上）御京上せさせ（書）御歌よませさせ（内・高）御京上とゝまらせ（うたよませさせイ）（慶）御京上とゝまらせ（青・京・静・松・神・群）御京上とゝまらせ（三・山）〇おはしましてのころ―をはしましての（高〈見消字中〉）

【現代語訳】　御上京にあたり、お留まりでいらっしゃいましての頃、お詠みになられた（歌）

今あらためて馴れ親しんだ都が自然と偲ばれるよ。今度また何時とさえ、期待できないから。

【参考歌】　草枕かり寝の夢にいくたびか馴れし都に行き帰るらん（千載集・羈旅・五三四・隆房）

【語釈】　**〇御京上に、とどまらせおはしましての頃**　上京を企図したが、弘長三年（一二六三）八月の大風によって、延引する事態に直面していた時期を言うか。↓434。**〇頼みなければ**　「憂きながらなほ惜しまるる命かな後の世とても頼みなければ」（新古今集・雑下・一七七二・師光）を意識するか。

456
百番御歌合に、述懐を

年月はうつりにけりな古郷の都も知らぬながめせしまに

〔校異〕 ○うつりにけりな―つもりにけりな（書） ○都も―都を（三・山） ＊該歌と巻十の端作との間に二字下げやや小字にて「うき身こそかはりはつとも世中の人の心の昔なりせば／続拾遺懐旧ニ入此集ニ不見」とあり（群）。

〔現代語訳〕 百番御歌合で、述懐を

年月は過ぎ移ろってしまったな。故郷である京の都もどうなっているか分からない、物思いにふけっている間に。

〔本歌〕 花の色はうつりにけりないたづらに我が身世にふるながめせしまに（古今集・春下・一一三・小町）

〔参考歌〕 年月もうつりにけりな柳かげ水行く川のすゑの世の春（拾遺愚草・〔藤川百首〕・春・水辺古柳・一五一〇）

いたづらによそぢの坂は越えにけり都も知らぬながめせしまに（新勅撰集・雑二・一一四二・行意）

〔影響歌〕 年月はうつりにけりな忘らるる身のうきままのなげきせしまに（南朝五百番歌合・恋十四・八六九・顕統）

〔出典〕 「文永元年六月十七日庚申宗尊親王百番自歌合」（仮称。散佚）の「述懐」題。

〔他出〕 柳葉集・巻四・文永元年六月十七日庚申に自らの歌を百番ひに合はせ侍るとて（四五〇～五六二）・述懐・五五二、四句「都も知らず」。

〔語釈〕 ○百番御歌合 →24、34。 ○都も知らぬ 「女郎花咲く沢に生ふる花かつみ都も知らぬ恋もするかな」（古今六帖・第六・はなかつみ・三八一五）が原拠で、為家はこれに拠って「花かつみ生ふる沢辺の女郎花都も知らぬ秋や経ぬらん」（為家千首・秋・三三二）と詠んでいる。参考歌の行意詠の他に、これも宗尊の視野に入っていたか。 ○ながめ 本歌は「長雨」との掛詞だが、該歌はその意識が希薄か欠如か。

〔補説〕 参考歌の行意詠も影響歌の顕統詠も小町歌を本歌に取る。あるいは、参考歌の定家詠にもその面影があるか。

群本に見える「うき身こそ」の歌は、『続拾遺集』（雑下・一二四九）に「懐旧の心」の詞書の下に収められている宗尊の一首で、『中書王御詠』（雑・二九六）には「述懐」題の一群中に収められている。これは、宗尊の廃将軍後の作であろうが、該歌に類縁する心情を表出した歌であると見た、後代の誰人かによる注記であろう。

瓊玉和歌集巻第十

雑歌下

457

三代御記御覧ぜられける次に、よませ給ひける

書き置ける跡見るたびにいにしへのかしこき御代は偲ばずもなし

【校異】○三代御記―三代御詠（内・神・群）三代説（高）三代格（御詠イ）（慶）三代格（青・三・山）三代御龍（京・静）三代龍（御記イ）（松）　○御覧せられける―御覧しせられける（内）御覧せ（しイ）られける（慶）　○かきをける―書送（置）る（山〈「送」字中に朱点〉）　○たひに―たにも（ひ）（山〈「も」字中に朱点〉）　○忍はすもなし―もの　すもなし（青）もの（思イ）はすもなし（京・静）ものすもなし（しのはすもなしイ）（松）ものすもなし（本ノ）（三）ものすもなし（本（朱））（山）物おもはすもなし（神）

【現代語訳】三代御記を御覧じになられたついでに、お詠みになられた（歌）

書き置いた跡を見るたびに、往古のご立派な御代は、思慕しないはずもないよ。

【出典】未詳。「文永元年六月十七日庚申宗尊親王百番自歌合」（仮称。散佚。↓24）の「懐旧」題の一首だが、本集詞書から見て、即事詠を自歌合に取り入れたか。あるいは真観の改変か。補説参照。

【他出】柳葉集・巻四・文永元年六月十七日庚申に自らの歌を百番ひに合はせ侍るとて（四五〇〜五六二）・懐旧・五五〇。

【語釈】○三代御記『宇多天皇御記（寛平御記）』『醍醐天皇御記（延喜御記）』『村上天皇御記（天暦御記）』を併せ

た総称。**○書き置ける**　『宝治百首』の「書き置ける詞の露も玉敷の九重にさへ庭の白菊」（秋・重陽宴・一八四三・基家）や「書き置ける御法教ふる草の庵の窓の灯消ゆる夜もなし」（雑・夜灯・三二六七・隆祐）、あるいは『秋風集』に収める「書き置けるその言の葉を尋ねてぞ昔の人のさとりをば知る」（雑体・一三六四・円成）が先行例となる。こちらに学ぶか。

〔補説〕　主題は、ここから459まで、文事に寄せる懐旧。

『柳葉集』が示す詠作事情と本集詞書との差異について、佐藤智広「宗尊親王『瓊玉和歌集』の詞書について―「き」と「けり」の使い分けを中心に―」（『昭和学院国語国文』三六、平一五・三）は、集中の詞書の「き」と「けり」を分析した上で、該歌は「単に懐旧の題として詠んだ歌ではなく、宇多・醍醐・村上の天皇の日記「三代御記」を読んだことに触発されて詠じたとすることで、真観は優れた天皇による治世を偲ぶ形にしたのであろう」という。「三代御記御覧ぜられける次に」が全く架空だとすれば、真観の本編編纂は、過度に自在であったことになろう。真観にこの詞書を記すことを許すような何らかの事由があったと見る方が穏当であろうか。

奉らせ給ひし百首に、懐旧

和歌の浦やあはれ昔へありきてふ人の情けをなほ偲びつゝ

〔校異〕　○むかしへ―みやこへ（書）　○忍ひつゝ―思ひつゝ（慶・松）思ひつゝ（青・三・山）

〔現代語訳〕（後嵯峨院に）お奉りになられた百首で、懐旧

和歌の浦よ、ああ昔にいたという人、あの人麿の和歌の風情を依然として慕い続けていて。

〔本歌〕　くれ竹の　世世の古言　なかりせば　伊香保の沼の　いかにして　思ふ心を　述ばへまし　あはれ昔へ　ありきてふ　人麿こそは　うれしけれ　身は下ながら　言の葉を　天つ空まで　聞こえあげ　末の世まで

の　あととなし…（古今集・雑体・短歌・古歌に加へて奉れる長歌・一〇〇三・忠岑）

〔出典〕「弘長二年冬弘長百首題百首」の「懐旧」題。

〔他出〕柳葉集・巻二・弘長二年院より人人に召されし百首歌の題にて読みて奉りし（一四四～二二八）・雑・懐旧・二二四。

〔語釈〕**○奉らせ給ひし百首**　↓6。**○和歌の浦**　紀伊国の歌枕。現在の和歌山市の南端の和歌川河口、片男波の入江部一帯。和歌の世界を寓意。**○人**　本歌から人麿を指す。**○情け**　（和歌の）風情、あるいはそれをもたらす心。

六帖題を探(さく)りて、男(おのこ)ども歌よみ侍りける次に、

言葉

書(か)き付(つ)くる言(こと)の葉なくは何をかは知(し)らぬ昔の☆形見(かたみ)とは見(み)ん

〔校異〕○かたみとかはみん―かたみとはみむ（書・内・京・静・松・三・山・神・群）かたみとはせん（高・慶・青）
＊詞書の内「よみ侍けるついでに言葉」の部分を和歌と同じ高さに記す（高）＊歌頭に朱丸点あり（三）☆底本の「かたみとかは」を書本以下の諸本により「形見とは」に改める。

〔現代語訳〕六帖の題を探って、出仕の男達が歌を詠みましたついでに

言葉

書き付ける言葉がなくては、いったい何を、知らない昔の形見として見ようか。

〔参考歌〕偽りの言の葉なくは何をかは忘らるる世の形見とも見む（新勅撰集・恋五・一〇〇〇・資季）

〔語釈〕**○六帖題を探りて**　↓454。**○言葉**　ことのは。『古今六帖』第五に見える題（三三六七～三三七一）。『新撰六帖』にも（一七九一～一七九五）。**○知らぬ昔**　↓60。

〔補説〕参考歌は、「偽りのなき世なりせばいかばかり人の言の葉うれしからまし」（古今集・恋四・七一二・読人不知）と「あはれてふ言だになくは何をかは恋の乱れの束ね緒にせむ」（同・恋一・五〇三・読人不知）を本歌にする。
457からここまで懐旧歌群。

460

玉

憂き身とは思ひなはてそ三代までに沈みし玉も時にあひけり

〔現代語訳〕（六帖の題を探って、出仕の男達が歌を詠みましたついでに）

玉

憂く辛い身だとは、すっかり思いつめてしまうなよ。三代までに沈淪した優れた玉のような人材も、時宜にあって栄えたのであった。

〔校異〕〇までに―までの（内・高） 〇玉も―たにも（書） ＊上欄（歌頭）に小紙片貼付（底）

〔本説〕漢の顔駟の故事（文選・思玄賦注所引漢武故事）。→語釈参照。

〔参考歌〕古里と思ひなはてそ花桜かかるみゆきにあふ世ありけり（新古今集・雑上・一四五七・読人不知）

唐国に沈みし人もわがごとく三代まで逢はぬ歎きをぞせし（千載集・雑上・一〇二五・基俊）

〔参考〕齢亜顔駟（よはひがんしにつげり） 過三代而猶沈（さんだいをすぎてなほしづむ） 恨同伯鸞（うらみはくらんにおなじ） 歌五噫而将去（ごいをうたてまさにさんなむとす）（和漢朗詠集・述懐・七五九・正通）

〔他出〕新続古今集・雑下・題知らず・二〇二八。

〔語釈〕〇玉 たま。『古今六帖』の第五に見える題（三一八四～三一九九）。『新撰六帖』（一六七六～一六八〇）にも。

〇三代までに沈みし玉 三代に不遇の末に栄達した漢の顔駟の故事を寓意。顔駟は、文帝の時に郎となり、武帝が郎署を過ぎた際にその白髪を見て何故老いたかを問うたのに答えて、文帝は文を好み、景帝は美を好んだが自分の容貌は醜く、武帝陛下は年少を好むが自分は老年である故、三世遇せられずに郎署で老いた旨を言うと、武帝はその言に感じて会稽都尉に抜擢したという（文選・思玄賦注所引漢武故事）。

〔補説〕 一般的に不遇を慰撫する歌とも言えるが、鎌倉幕府将軍たる自らの境遇を沈淪として捉えて自ら慰めるような趣が感じられなくもない。

主題は、大枠ではここから496まで、述懐。前歌と詠作機会を同じくして、前後の歌群を連繫。

述懐

有りて身のかひやなからん国のため民のためにと思ひなさずは

〔校異〕 ○述懐―述懐の心を（書） ○身の―世の（内・高） ＊歌頭に朱丸点あり（三）

〔現代語訳〕 述懐

生きていてそのかいがないであろう。国の為に人の為に（自分は生きてあるのだ）と、ことさらに思い定めないでいては。

〔影響歌〕 君の為民のためぞと思はずは雪もほたるも何かあつめむ（宗良親王千首・〈師兼卿六首〉・雑・一〇二二）

〔語釈〕 **○思ひなさずは** 強いて思いこまずにいては、の意。『後拾遺集』の「いかばかりおぼつかなさを歎かましこの世の常と思ひなさずは」（恋三・七六一・忠家母）に溯る句。『詞花集』に「いかばかり人のつらさを恨みまし憂き身のとがと思ひなさずは」（恋上・一九八・成助）が見え、『続後撰集』にはそれに倣ったと思しい「おのづから恨むるかたもありなまし身を憂きものに思ひなさずは」（恋五・一〇〇〇・寂蓮）があり、恋歌に用いられている。『金葉集』には「今日もなを惜しみやせまし法のため散らす花ぞと思ひなさずは」（雑下・醍醐の桜会に花の散るを見てよめる・六四三・珍海法師母）という、落花を仏法の散華に見立てる歌もある。

〔補説〕「国のため民のため」は新鮮な表現で、そこに親王将軍としての気概が示されているが、一首の仕立て方には、むしろ気負いと裏腹の自己に対する不安感が表出されていようか。

中村光子「宗尊親王『瓊玉集』試論—『柳葉集』との関連において—」（『日本文学研究』三三、平五・二）は、「461番歌から495番歌までの三十五首からなる述懐歌群」について（463 484 489の三首を例示）、「これらの歌をよむと我が身の上を悩み悲しみ、苦しみもがき、そして時に捨てばちにまでなるほど苦悩し続ける人間の姿が浮かびあがる。いかに生きるかを悩む人間ではなく、いかに死ぬかに悩んでいる人間の姿である。そしてこれがこの述懐歌群における宗尊親王の姿なのである。」と述べる。「いかに死ぬかに悩んでいる」とまで言えるかは疑問が残るが、この歌群に限らず、宗尊の詠作に述懐性が強いことは疑いない。また、「これら三十五首もの実感に即した歌ばかりを撰し配列した真観の意図」について、「この時期の宗尊親王の歌の中でもかならずしもよくこなれた歌とはいいがたい、むしろ生硬な感さえある歌々であるにもかかわらず真観が撰したのは、宗尊親王の胸中を思いやる何らかの理由があったからだろうか、あるいは三十一文字の中におさまりきれないほどの強い思いにうたれたからであろうか。いずれにしても内面的な心情吐露は、この時期の反御子左派の一つの傾向であったと考えられるが、今はまだそれを結論づける段階には到っていない。」とも記す。これが、真観は宗尊の述懐歌に特徴を見て取り、配列にそれを強調しようとした、という意味合いであれば、それは首肯される。しかし、「内面的な心情吐露」を鎌倉中期の「反御子左派の一つの傾向」とすることには、中村自身留保を加えているように、直ちには従えない。

心をばむなしきもの（物）となしはてて世のためにのみ身をやまかせむ

〔校異〕○むなしき—むなしく（青）　＊歌頭に朱丸点あり（三）

〔現代語訳〕（述懐）心をすっかり空っぽでわだかまりもないものにしてしまって、ただ世の中のためにだけ、この身を委ねようか。

〔参考歌〕 音のみなく身は我からぞうつせみのむなしきものになりはてしより（新撰六帖・第六・せみ・二二二七・為家）

〔語釈〕 **○むなしきもの** 空虚なものの意で、否定的意味合いを伴うが、ここでは「心をば」を承けて「虚心」を言っているので、他に気を取られないような利己心を捨てた精神の無垢な状態を言うか。**○身をやまかせむ** 先行例は、家隆の「うつりゆく人の心の花ゆゑも芳野の山に身をやまかせん」（壬二集・殷富門院大輔百首・寄名所恋十首・二八一）が見える程度。

〔補説〕 前歌同様に、「世のためにのみ」という気負った句に形ばかりではあっても為政者としての自負が読み取れるが、上句を併せた一首全体には空虚な諦観すらが感じられるのではないか。そして、そこに宗尊なりの自我を見るべきではないだろうか。

心をも身をもくだかじあぢきなくよしや世の中有るにまかせて

〔校異〕 ○まかせて―まかせん（内・高）任て（んイ）（慶）

〔現代語訳〕（述懐）

心も身も砕くことはするまい。どうしようもなく、ままよ、この世の中でただ生きているのに委ねて。

〔本歌〕 流れては妹背の山のなかに落つる吉野の川のよしや世の中（古今集・恋五・八二八・読人不知）

〔参考歌〕 世の中を有るにまかせて過ぐるかなこたへぬ空をうちながめつつ（老若五十首歌合・雑・四五四・良経。秋篠月清集・九四五、三句「過ぐすかな」）

〔語釈〕 ○あぢきなく　空しく無意味で、思うようにならず、といった意味。「有る」「まかせて」両者にかかる。

〔補説〕 前二首と一転、虚無的倦怠感を表出したとも言えるような述懐の歌だが、心の空しさの点では特に前歌とは表裏である。

移り行く月日にそへて憂き事の繁さまさるはこの世なりけり

〔現代語訳〕（述懐）
推移して行く月日に従って、憂く辛いことの頻繁さが増してゆくのは、この世の中なのであったな。

〔校異〕 ○うき事の—うきもの（内）　○しけさまさるは—しけきまるは（山〈「きま」各字中に朱点〉）

〔参考歌〕 移り行く月日ばかりはかはれども我が身をさらぬ憂き世なりけり（続後撰集・雑中・一一八一・家良）
憂き事の繁さまされば夏山の下行く水の音も通はず（秋風集・恋下・九〇七・敦忠。敦忠集・二六）

〔語釈〕 ○月日にそへて　「逢ふことを月日にそへてまつ時は今日行く末になりねとぞ思ふ」（拾遺集・恋一・六八〇・読人不知〈貫之か〉。貫之集・五七九）が原拠。これに拠っていよう。

〔補説〕 大局的には「世に経れば憂さこそまされみ吉野の岩のかけ道踏みならしてむ」（古今集・雑下・九五一・読人不知）や「日にそへて憂きことのみもまさるかな暮れてはやがて明けずもあらなん」（後拾遺集・恋四・八〇六・高明）の延長上にある歌。
以上の述懐四首は、前二首が為政者たるべき親王将軍としての自負と覚悟、後二首がその無力さ故の諦観と懊悩で一見対照的であり、撰者真観の配列の中に宗尊の揺れ動く心情を窺い得るが、総じて見れば、宗尊の述壊には埋めがたい空虚さが通底するようにも感じられる。

人々によませさせ給ひし百首に

世に経れば憂きこと繁き笹竹のその名もつらき我が身なりけり

【校異】○よませさせ―よまさせ（慶）○うきこと―うきも（内）うきふし（高）

【現代語訳】人々にお詠ませになられた百首で

この世に生きていると、憂く辛いことが笹竹の繁るように多くて、その笹竹の名、竹園の親王であることさえも辛い我が身であったよ。

【本歌】世に経ればことの葉繁き呉竹の憂きふしごとに鶯ぞなく（古今集・雑下・九五八・読人不知）

【出典】「弘長元年中務卿宗尊親王家百首」の「雑」。

【他出】柳葉集・巻一・弘長元年九月人人によませ侍りし百首歌（六九～一四三）・雑・一四二、二句「うきふししげき」。

【語釈】**○人々によませさせ給ひし百首**　→2。**○憂きこと繁き笹竹の**　「繁き」を掛詞に「憂きこと繁き」（憂く辛いことが頻繁で）から「繁き笹竹の」（繁茂している笹竹の）へと鎖る。『柳葉集』の異文「憂き節」の場合、「節」は折節の意に、「笹竹」の縁で竹の節の意が響く。**○その名**　前を承けて「笹竹」の名、ということ。同時に、宗尊の親王たる身分を踏まえた「我が身」の縁から、「竹の園」が物名風に込め掛けられているか。「笹竹の」は「大宮人」の枕詞だが、それは禁中を「竹園」と言うことが由来という。その「竹園」はまた、梁の孝王の竹園を典故として、皇族や親王・皇子をも言う。ここでは、宗尊の親王たることを寓したものであろう。『宗尊親王三百首』は、「東関竹園三百首」ともいうのであり、源承『和歌口伝』では、「（真観）都にのぼりて、竹園の仰せとて、同じ心なる人に撰者に加はる」「竹園の御歌、新古今時の御製にまさる御事いかがとて」「竹園よりも度々仰せらるる旨ありて」と、宗尊を「竹園」と呼んでいるのである。

【補説】 関東の将軍になった宗尊の、親王たる身分に対する苦悶の述懐。前歌の「繁さ」から該歌の「憂きこと繁き」へ、さらに次二首の「こと繁き世」へと繫がる。

題しらず

梓弓ひき野に這へる青葛こと繁き世は苦しかりけり

【校異】 ○青つゝら―青□〈判読不能〉（山） ○くるしかりけり―くるしかりける（高）

【現代語訳】 作歌事情不明

ひき野に這えている青葛、それが繁茂しているように、事々が頻繁に起きるこの世は、繰るならず、苦しいのであったな。

【本歌】 梓弓ひき野の葛末つひに我が思ふ人にことのしげけむ（古今集・恋四・七〇二・読人不知）

山賤の垣ほに這へる青葛人はくれどもことづてもなし（古今集・恋四・七四二・寵〈穴冠〉）

【参考歌】 草の原うは葉にはへる青葛苦しやことの繁き夏の葉（現存六帖・あをつづら・二一五・為家）

【出典】 「弘長二年冬弘長百首題百首」の「述懐」題。↓6。

【他出】 柳葉集・巻二・弘長二年院より人人に召されし百首歌の題にて読みて奉りし（一四四～二一八）・雑・述懐・二一二。

【語釈】 ○梓弓 「ひき」の枕詞。○ひき野 未詳。『五代集歌枕』（七五六）『夫木抄』（九八二九）は、壱岐とする。○這へる 生え伸びている、はびこっている。「る」は存続の助動詞「り」の連体形。○青葛 つる性低木。茎がつる状で長く細く、葉は互生。夏に淡青色の円錐花を開く。つるで籠を編む。ここまでが、「繁き」および「繰る」と同音の「苦（しかり）」を起こす序詞。後者の先蹤は「人目のみ繁きみ山の青葛くるしき世をぞ思ひ侘びぬる」

（後拾遺集・恋二・六九二・章行女）。**○こと** 事件、出来事、政務、行事といったもろもろを言うか。

山深く住まむとまではなけれども事繁き世をよそに聞かばや

〔校異〕 ナシ ＊歌頭に朱丸点あり（三）

〔現代語訳〕（作歌事情不明）

山奥深く住もうというほどまでではないけれど、せめて事々が次々に起こるこの世の中を、遠く無縁なものとして聞きたいものだ。

〔参考歌〕 山深くさこそ心はかよふとも住までぁはれを知らんものかは（新古今集・雑中・一六三二・西行）

しをりせでなほ山深く分け入らむ憂きこと聞かぬ所ありやと（新古今集・雑中・一六四三・西行）

山深く住むにもよらぬ心かなつらき世をのみなほしのびつつ（土御門院御集・詠百首和歌承久三年・雑・山・九六。万代集・雑三・三一七七。続古今集・雑中・一六九六）

苔深き岩屋の床の村時雨よそに聞かばやありて憂き世を（拾遺愚草・冬・文治三年冬、侍従公仲よませ侍りし、冬十首・二四二五）

〔他出〕 新続古今集・雑中・題しらず・一八六一。

〔語釈〕 **○事** こと。466に同じ。

〔補説〕 参考歌の二首目の西行歌は、「いかならむ巌の中に住まばかは世の憂きことの聞こえこざらむ」（古今集・雑下・九五二・読人不知）を踏まえる。宗尊は、弘長元年（一二六一）五月の百首でこの『古今集』歌を本歌に、「山深く住まばとこそは思ひしになほ身をさらぬ憂き世なりけり」（柳葉集・巻一・弘長元年五月百首歌・雑・六一）とも詠んでいる。

あらましの心のかねて通（かよ）へばやまだ見（み）ぬ山の恋（こ）ひしかるらん

〔校異〕　○かよへはやまたみぬ―かよへはやみぬ（またイ）（三）　○こひしかるらん―さひしかるらん（書）

〔現代語訳〕（作歌事情不明）

そうあって欲しいという心が前もって通っているので、まだ見たこともない山が恋しいのだろうか。

〔参考歌〕　山深くさこそ心はかよふとも住まであはれを知らんものかは（新古今集・雑中・一六三一・西行）

〔語釈〕　**○あらましの心**　期待する気持ち。ここは、憂き世を遁れて山の奥に入って行きたいと願う心情。**○まだ見ぬ山**　良経の「花月百首」詠「霞みゆく宿の梢ぞあはれなるまだ見ぬ山の花の通ひ路」（秋篠月清集・二三）を初めとして、慈円（千五百番歌合・一五六四）・定家（拾遺愚草・二六二四）・家隆（壬二集・一四二二）・後鳥羽院（北野宮歌合元久元年十一月・二一）等の新古今歌人が用いた措辞。それらに学んだのであろう。

うらやましいやしき賤（しつ）もなか（中）なか（く）に身をば心になほ（猶）まかすらむ

〔校異〕　○うらやまし―うらやさし（ま）（京・松）　浦山し（山〈宛字か〉）　○しつも―しくも（本マ、）（書）　山も（高）　○まかすらむ―ま。（か）すらん（京・松）　＊「いやしき」は「いやましき」（底）　＊歌頭に朱丸点あり（三）

〔現代語訳〕（作歌事情不明）

羨ましい。身分いやしい賤の者も、かえって、その身を自らの心にそのまま任せているのであろう。

〔参考歌〕　うらやまし苗代水をせくしづも心のほどはまかせこそすれ（千五百番歌合・春四・四六二・俊成）

ともすればよもの山べにあくがれし心に身をもまかせつるかな（後拾遺集・雑三・一〇二〇・増基）

〔語釈〕　**○うらやまし**　これを初句に置いて「賤」を詠む例は、参考歌の俊成詠に先行して「うらやまし賤も爪木を立て積めりいつ休むべき恋にかあるらん」（六百番歌合・恋下・寄樵夫恋・一一七九・季経）がある。なお、真観にも

「うらやまし山田の早苗とる賤もしりぞきながら時にあへれば」（百首歌合建長八年・夏・八五九）の作がある。

〔補説〕　自身を自分の思いどおりにできない苦衷を詠じる。より具体的には出家遁世もままならない境遇を歎くか。あるいは紫式部の「数ならで心に身をばまかせねど身にしたがふは心なりけり」（千載集・雑中・一〇九六）も意識していようか。「いやしき賤」は、参考歌の作者増基を言ったと見られなくもないが、「法師」であっても僧侶をそのように言いなすとは考えにくい。気ままに生きているように見える卑官の者や庶民一般を言うか。

述懐廿首御歌に

憂きもまた我が身の咎に歎くかな世のことわりに物忘れして

〔校異〕　ナシ

〔現代語訳〕　述懐の二十首御歌で

この憂く辛いことも、やはりまた私自身の罪として歎くことであるな。この世の中の道理に、前の歎きを物忘れして。

〔参考歌〕　忘れてはうち歎かるる夕べかな我のみ知りて過ぐる月日を（新古今集・恋一・一〇三五・式子）

知る人も知られざりけりうたかたの憂き身はいさや物忘れして（続後撰集・恋五・九九三・小町。万代集・恋四・二四一〇）

〔語釈〕　○述懐廿首御歌　未詳。○我が身の咎　↓400。○世のことわりに　万葉以来「世のことわりと」の句形が多い。「世のことわりに」の先行例は定家の「三笠山あふぎし道も頼まれず世のことわりに惑ふ心は」（拾遺愚草・雑・二八三五）。『弘長百首』にも家良の「浮き沈みなにかはわきて歎くべき世のことわりに身をば任せて」（雑・述懐・六五五六）が見える。

〔補説〕下二句を同じくする歌に「かへりこぬ昔を何と忍ぶらん世のことわりに物忘れして」（新続古今集・雑中・一九六三・道基）がある。作者道基は、二条良基男。該歌と偶然一致したか、該歌からの摂取か、今後の課題である。

471

歎きてもおのが心と朽ちぬ世を誰に負ほせてなほ恨むらん

〔校異〕○心と―ほと（三）ほと（山）（本（朱））　○朽ぬ―すてぬ（書・内・高）朽ぬ（すてイ）（慶）　○おほせて―あふせて（慶）仰て（おふせ）（山〈「仰」字中に朱点〉）

〔現代語訳〕（述懐の二十首御歌で）

歎いても自分の意志で死なないでいる人生を、いったい誰のせいにして、それでもやはり恨んでいるのだろうか。

〔本歌〕木伝へばおのが羽風に散る花を誰に負ほせてここら鳴くらん（古今集・春下・一〇九・素性）

〔語釈〕**○朽ちぬ世**　書・内・高本の「捨てぬ世」は、出家しないでいるこの俗世（あるいは人生）の意で、より分かり易いが、底本を尊重して、虚しく終わる一生の意に解しておく。

〔補説〕宗尊は、帰洛後の文永六年（一二六九）八月の百首でも「心から背かれぬ世の苦しさを誰にかこちてなほ恨むらん」（竹風抄・巻五・文永六年八月百首歌・雑・八一二）と、同様の心境を詠じている。

472

世の中の憂きには関もなきものを何に心のなほとまるらむ

〔校異〕○うきには関も―うきにもせきは（書）　＊「続後拾」の集付あり（底）

〔現代語訳〕（述懐の二十首御歌で）

り残っているのだろうか。

〔参考歌〕憂き世には何に心のとまるらん思ひ離れぬ身ともこそなれ（赤染衛門集・三八）

さらでまた何に心のとまるらん世を背きても月は見るなり（壬二集・殷富門院大輔百首・秋・一二三八）

〔他出〕続後拾遺集・雑下・述懐歌とて・一一七八。

〔語釈〕**○とまる** 魅力に惹きつけられる・気に掛かる・執着する、といった意に、「世の中」の縁で、現世・俗世に留まり残るの意が掛かる。「関」の縁でも、止まる意が掛かる。

〔補説〕止むことのない憂き世から、なお遁れきれないでいる自身の心を問う。

されば世になどや心のとまるらん憂きは名残もあらじと思ふに

〔校異〕○名残も―なこりに（青・京・静・松・三・山・神）名残に〔も敟〕（群）○あらしと―あたしと（高）

〔現代語訳〕（述懐の二十首御歌で）

そもそもいったいこの憂く辛い世の中に、どうして心が執着し、留まり残っているのだろうか。憂く辛いことは、心残りもあるまいと思うのに。

〔語釈〕**○されば世に** 「されば世にいまいく程かながらへていける限りは人を恨みん」（百首歌合建長八年・恋・一四三一・忠定）が先行するが、この「されば」は、それならばの意味。該歌は、さて・一体全体の意味。**○とまる** 前歌と同様に、心が執着するの意に、「世」の縁で、この世に留まり残るの意が掛かる。

〔補説〕前歌と同工異曲。

474

馴れて見る人の心は頼まれず誰をか山の友と契らん

〔校異〕○誰をか山の―誰をか。（山の）（山〈補入符朱〉）　○友と―ともに（書）

〔現代語訳〕（述懐の二十首御歌で）

慣れ親しんで会っている人の心は、むしろあてにすることができない。いったい誰を、世を遁れる山、出家の友として契ろうか。

〔参考歌〕一すぢに憂きになしても頼まれずかはるにやすき人の心は（続後撰集・恋四・八六八・順徳院。内裏歌合建保四年・恋・八一。万代集・恋四・二四二五）

有明の月よりほかに誰をかは山路の友と契り置くべき（新古今集・雑上・世を背きなんと思ひ立ちける頃、月を見てよめる・一五四三・寂超）

〔語釈〕**○馴れて見る**　↓77。**○山の友**　山住まいの際の友人ということだが、山に遁世する同志、即ち出家の同行の意味か。先行例の「今よりは我がいほ占めて住む山の友とは知るや嶺の松風」（洞院摂政家百首・雑・山家・一六一七・為家）は、山の庵居に心慰めるものを言う。

〔補説〕次歌と同工異曲で、「友」と「契」ることを共有して、「述懐廿首御歌」群と「（同）十首御歌」群を連繫。

475

同じ十首御歌に

世を捨てば友にと契る人もがなひとりは山の道を知らぬに

〔校異〕○友にと―ともにと（書・内・高・慶）共にと（山）〈意味の異なる表記の異同〉　○山の―山の（もイ）（松）　○道を―みちも（書）

〔現代語訳〕同じ（述懐の）十首御歌で

もし俗世を捨てるのならば、その友として同行を約束する人が欲しいな。一人では、出家する山の道筋も分からないので。

〔参考歌〕 まことにや同じ道には入りにけるひとりは西へ行かじと思ふに（後拾遺集・雑三・頼家朝臣世をそむきぬと聞きて遣はしける・一〇二三・長済）

世を捨てば吉野の奥に住むべきをなほ頼まるる春日山かな（俊成五社百首・春日舎・雑・山・二八六。長秋草・六九）

〔語釈〕 **○同じ十首御歌に** 未詳。「同じ」は470の「述懐」を承ける。**○友にと** 山本の「共にと」も、一緒にとの意味で通意だが、底本以下の「友にと」の表記に従っておく。**○山の道** 山道。出家を志して辿る修行の道筋、出家に至る過程、という程の意味か。

厭ひても後をいかにと思ふこそなほ世にとまる心なりけれ

〔校異〕 ナシ

〔現代語訳〕 （同じ（述懐の）十首御歌で）

この世を厭わしく思っても、後世をそれがどのようであろうかと考えることこそが、やはりまだこの世に執して留まっている気持ちの表れなのであったな。

〔参考歌〕 厭ひてもなほ惜しまるる我が身かなふたたび来べきこの世ならねば（詞花集・雑上・三四六・季通。千載集・雑中・一一二九、二句「なほしのばるる」）

行く末のおぼつかなさやたち返りこの世にとまる心なるらん（続拾遺集・雑中・一一七三・公衡）

〔他出〕 三十六人大歌合弘長二年・一七。続千載集・雑下・（題しらず）・一九八六、作者「藤原重綱」、二句「後はいかにと」。六華集・雑下・一七六六、二句「後はいかにと」。新後拾遺集・雑下・（述懐の歌に）・一三六九。

〔語釈〕 **○世にとまる**　現世・俗世に執着する、そこに留まり残る、両様の意味が重なる。↓472、473。

477

文永元年十月百首御歌の中に

鶯のねぐらの竹の世の中にとまりやすきは心なりけり

〔校異〕　○百首御歌の―百首に御歌の（書）　○世中に―。中の〔世間にイ〕に（松）　世中〔にカ（朱）〕。（三〈補入符朱〉）

〔現代語訳〕　文永元年十月の百首御歌の中で

鶯のねぐらである竹の節（よ）、それならぬこの世の中に、執着しやすく、泊まるように留まりがちにするのは、心なのであった。

〔参考歌〕　鶯のねぐらの竹は常葉にて何につけてか春を知るらん（久安百首・春・二〇三・教長）

妹背山誰が言の葉の秋にまた帰りやすきは心なりけり（紫禁和歌集・同〈建保元年八月〉十日恋十首　妹背山・二三六）

〔出典〕　「文永元年十月百首」の「雑」。

〔他出〕　柳葉集・文永元年十月百首歌（五六三〜六二六）・雑・六一九。

〔語釈〕　**○文永元年十月百首御歌**　↓54。**○竹の**　ここまでは、「竹」の「節」から同音の「世」を起こす序。**○とまり**　前歌と同様に、現世・俗世に執着する意と、そこに留まり残る意とが重なる。その「留まり」に、「ねぐら」の縁で「泊まり」が掛かる。

478

百番御歌合に

厭(いと)ふべき憂(浮)き世の中と思ふより外なる物かとまる心(こゝろ)は

〔校異〕 ○百番―百首（高） ○浮―うき（書・高・慶・松・神・群）〈参考・表記の異同〉 ○世中と―世の中を（内・高） ○とまる―とをる（高） ○こゝろは―こゝろも（神・群）

〔現代語訳〕 百番御歌合で

嫌だと厭うはずの憂く辛い世の中だと思う、その埒外のものなのか、この世の中に執して留まっている、この心は。

〔本歌〕 身を捨てて行きやしにけむ思ふより外なる物は心なりけり（古今集・雑下・九七七・躬恒）

〔出典〕 「文永元年六月十七日庚申宗尊親王百番自歌合」（仮称。散佚）の「述懐」題。

〔他出〕 柳葉集・巻四・文永元年六月十七日庚申に自らの歌を百番ひに合はせ侍るとて（四五〇～五六二）・述懐・五五四。

〔語釈〕 **○百番御歌合** 24。 **○とまる心** 執着する心、こちらに残留する心（ここでは出離せずに俗世に留まる心）、両様の意が重なる。↓472、473、476、477。「何事にとまる心のありければさらにしもまた世の厭はしき」（新古今集・雑下・一八三一・西行）は前者、「別れ行く道の雲ゐになりゆけばとまる心も空にこそなれ」（後撰集・離別・一三二四・読人不知）は後者の例。 **○思ふより外なる物** 本歌の詞を取る。思ふにまかせない、思案の及ばない範囲外のもの、という意味。

〔補説〕 以上三首は、いまだ憂き世に留まる心に対する自問。

雑御歌中に

479 世の憂さを思ひ続くる夕暮は我が身に近き御吉野の山

〔校異〕○うさを—うきを（書・京・静・松・三・山）○つ、くる—へたつる（高）○ちかき—ちかし（神）ちかし（きイ）（群）

〔現代語訳〕雑の御歌の中で

世の辛い憂さを次々に思い続けている夕暮は、（そういうときに遁れゆくべき）み吉野の山が我が身に近く感じられるよ。

〔本歌〕辛きをも憂きをもよそに見しかども我が身に近き世にこそありけれ（後撰集・恋三・七四九・土佐）

〔参考歌〕み吉野の山のあなたに宿もがな世の憂き時のかくれがにせむ

世に経れば憂さこそまされみ吉野の岩のかけ道踏みならしてむ（古今集・雑下・九五〇～一・読人不知）

身のほどを思ひ続くる夕暮の荻の上葉に風わたるなり（新古今集・秋上・三五三・行宗）

花を待つ春もとなりになりにけり故郷近きみ吉野の山（老若五十首歌合・冬・三八七・家隆。壬二集・一七二九。秋風集・冬下・五四七）

〔補説〕参考歌の『古今集』の両首を前提に、「我が身に近き」は本歌の『後撰集』歌の詞を取り、「思ひ続くる夕暮」は参考歌の『新古今集』歌に拠るが、なお「近き」に「み吉野の山」を下接することには参考歌の家隆詠も与るか。こういった仕立てが、宗尊の詠作方法の一面であろう。

480 捨つとても憂き身一つは惜しからず人の情けに思ひ侘びぬる

〔校異〕○すつとても—すみとても（底）すへとても（京・静・松）○人の情に—人の情に（なこりイ）（底・慶）人の名残に（書・内・高）○わひぬる—わけぬる（高）

〔現代語訳〕（雑の御歌の中で）
身と捨てるのであっても、この憂鬱の身一つは惜しくはない。ただ、人の情愛にどうしようもなく思いあぐねてしまうのだ。

〔参考歌〕今日よりは露の命も惜しからず蓮の上の玉と契れば（拾遺集・哀傷・一三四〇・実方）
人目のみ繁きみ山の青葛くるしき世をぞ思ひ侘びぬる（後拾遺集・恋二・六九二・章行女）

〔語釈〕**〇人の情け**　387（男女の間の愛情）と458（歌人の和歌の風情）にも用いるが、それぞれ趣意を異にする。ここでは、為家の「歎かるる身の憂き咎の上にこそ人の情けは思ひ知らるれ」（為家集・雑・同〈建長〉五十一・一四六九）と同様に、他人の思いやりや情愛といった、今日の意味に近いか。

〔補説〕参考歌の両首を微かに意識したかもしれないし、語釈の為家歌に倣ったかとも思われるが、先行歌に負ったというよりむしろ、「憂き身一つ」を含めて、既に自己のものとしていた詞によって、率直な心情を吐露したと言うべきであろうか。

行く末に待つこと多き身なりとも厭ふべき世の憂さとこそ見れ

〔校異〕〇行末に―行末を（内・高）　〇身なりとも―身なれとも（書・内）身なれは（高）身なりとも（慶）　〇いとふへき―ことふへき（書）

〔現代語訳〕（雑の御歌の中で）
我が行く末に、待ち受けている事が多い身であるとしても、それはきっと、嫌だと厭うはずの世の中の辛い憂さだと思うよ。

〔参考歌〕有明の月に向かへる住吉のまつこと多き我が身なりけり（道助法親王家五十首・雑・暁述懐・九七一・実氏）

482

〔出典〕「弘長二年十二月百首」の「述懐」題。↓5。

〔他出〕柳葉集・巻二・弘長二年十二月百首歌（二九七～三五七）・述懐・三五七。

世の中にとにもかくにも苦しきはただ身を思ふ心なりけり

〔校異〕ナシ

〔現代語訳〕（雑の御歌の中で）

この世の中で、どうであっても苦しいのは、ただひたすらに、我が身のことを考えるときの我が心なのであったな。

〔本歌〕世の中は憂きものなれや人言のとにもかくにも聞こえ苦しき（後撰集・雑二・一一七六・貫之）

〔参考歌〕小黒崎沼田のねぬなはくるしきはこの世にひける心なりけり（現存六帖・ねぬなは・一七五・真観。同抜粋本・第六・ねぬなは・二七六）

〔補説〕憂き身を思うと心が苦しいとの主旨。

ちなみに、参考歌の真観詠は、俊頼の「小黒崎沼田のねぬなは踏みしだきひもゆふましにかはづ鳴くなり」（散木奇歌集・夏・二七七）に拠る。

483

身のためにうれしと思ふ事はみな憂き後の世となるぞ悲しき

〔校異〕○後の世と―よの中と（慶）世の中と（青・京・静・松・三・山・神・群）　＊歌頭に朱丸点あり（三）

〔現代語訳〕（雑の御歌の中で）

我が身にとって嬉しいと思うことは全て、（その報いとして）憂く辛い来世となることが悲しいよ。

〔参考歌〕 飽かなくに袖につつめば散る花をうれしと思ふになりぬべきかな（千載集・春下・九一・実国）
〔語釈〕 ○なるぞ悲しき 「しののめのほがらほがらと明けゆけばおのが衣衣なるぞ悲しき」（古今集・恋三・六三七・読人不知）が原拠だが、この「なる」は助動詞で、それが動詞であるのは「見る夢のうつつになるは世の常ぞうつつの夢になるぞ悲しき」（拾遺集・恋四・九二〇・読人不知）が、勅撰集の初例。

484

世の中をあな憂と歎く事しあればまづこぼれける我が涙かな

〔校異〕 ○歎く―なけ。き（内）
〔現代語訳〕（雑の御歌の中で）
　この世の中をああ憂く辛いと歎く、何か事が起こるといつも、真っ先にこぼれた私の涙であることよ。
〔本歌〕 しかりとて背かれなくに事しあればまづ歎かれぬあな憂世の中（古今集・雑下・九三六・篁）
〔参考歌〕 我が涙そよまた何と荻の葉に秋風吹けばまづこぼるらん（宝治百首・秋・荻風・一二八七・為家）
〔出典〕 「文永元年十月百首」の「雑」。↓54。
〔他出〕 柳葉集・文永元年十月百首歌（五六三～六二六）・雑・六二〇。
〔語釈〕 ○事しあれば 何か事態が発生するとその都度の意。「歎く事しあれば」から「事しあればまづこぼれける」へと鎖る。

485

　和歌所の結番歌、男ども読み侍りける次に

世の中の憂ければとても厭はれぬあはれ我が身の何を待つらん

〔校異〕 ○なにを―なにと（内・高） 何を（慶）

〔現代語訳〕　和歌所の結番歌を、出仕の男達が詠みましたついでに
　この世の中が憂く辛いからといっても厭い遁れることはできない。ああ、我が身はいったい何を待っているのだろうか。

〔本歌〕　世の中を住吉としも思はぬに何を待つとて我が身経ぬらん（拾遺集・雑上・四六二・読人不知）

〔類歌〕　げにも身の憂ければとても慰まぬあはれ恨みのことわりぞなき（弘長百首・恋・恨恋・五五六・家良）

〔語釈〕　○和歌所　→27。○結番歌　→27。

〔補説〕　481とは対照的な発想と表現。本歌に拠りながらも、悲痛な心情の迫真がある。述懐歌に宗尊の特質を窺うことができる。

はかなしと憂き世の中をかつ見ても懲りぬ心は厭ひやはする

〔校異〕　○浮―うき（書・高・慶・松）〈参考・表記の異同〉

〔現代語訳〕（和歌所の結番歌を、出仕の男達が詠みましたついでに）
　儚いのだとこの憂く辛い世の中を一方では見ておきながらも、懲りることのない心は、その世の中を厭い遁れるのか。いや、そうしていないではないか。

〔参考歌〕　頼めつつ逢はで年経る偽りに懲りぬ心を人は知らなむ（古今集・恋二・六一四・躬恒。後撰集・恋五・九六七・業平〈「仲平」の誤りか〉）

〔語釈〕　○厭ひやはする　後鳥羽院の建仁元年（一二〇一）三月の「外宮百首」（春）の一首「野も山も治まれる世の春風は花散るころも厭ひやはする」（後鳥羽院御集・三一八）が早く、『為家千首』の「奥山に炭焼くしづのあさ衣もさえゆく霜を厭ひやはする」（冬・五八九）が続く。より直接には、『新撰六帖』の家良詠「高島や水尾の杣木の

山くだし苦しき世とて厭ひやはする」（第二・そま・五七六）に倣うか。

487

五十首御歌中に

いかにせむただあらましの月日経てつひに厭はぬ世をもつくさば

【校異】○御歌中に—御うたの中に（慶）御歌。中に（松〈参考・表記の異同〉）

【現代語訳】五十首の御歌の中で

どうしようか。単にそうあって欲しいという願いだけの月日を過ごして、とうとう厭ひ遁れることのない一生を終えるのならば。

【参考歌】思ひつつ経にける年のかひやなきただあらましの夕暮の空（新古今集・恋一・一〇三二・後鳥羽院）

【類歌】まことなきあらましごとに明け暮れていつか月日の限りなるべき（新和歌集・雑下・八三六・蓮生＝頼綱）

厭ふべきただあらましに月日経てまだすみやらぬ山の奥かな（俊光集・雑・千首歌よみ侍りしに・山・五〇五）

【語釈】○五十首御歌　未詳。→19。○あらまし　期待あるいは心づもり。ここは具体的には、遁世の願望。

488

百番御歌合に

後の世はこの世のために忘られて我が身のあたはわが身なりけり

【校異】○百番—百首（神・群）○世は—よを（慶）よを（青・京・静・松・三・山・神・群）

【現代語訳】百番御歌合で

来世のことは、この世に生きているせいで自然と忘れていて、（それはつまり）私自身にとっての恨みのもとは、私自身がかくあることであったのだな。

〔参考歌〕　後の世を思ひ忘れて世に住まばこの世ばかりに楽しかりなん（拾玉集・略秘贈答和歌百首・三四四五）

〔出典〕　「文永元年六月十七日庚申宗尊親王百番自歌合」（仮称。散佚）の「述懐」題。

〔他出〕　柳葉集・巻四・文永元年六月十七日庚申に自らの歌を百番ひに合はせ侍るとて（四五〇～五六二）・述懐・五五六。

〔語釈〕　〇百番御歌合　↓24、34。〇あた　自分に害をなすもの、遺恨の原因となるもの。ここでは、自分の「後の世」即ち来世への備えを妨げるもの。「あた」を「徒」と見て、頼りにならないもの、益がないものの意に解することもできようが、取らない。後出だが、「老いをさへ歎くも苦し数ならぬ憂き身のあたは命なりけり」（拾遺風体集・雑・四七〇・行俊）も同様。

〔補説〕　以下三首、来世あるいは人生の最後への不安と、それをもたらすむなしい現世への悲歎。

述懐の心を

後の世を思へば悲（かな）しいたづらに明け・暮（く）れぬと月日数（かぞ）へて

〔校異〕　〇いたつらに―いたつらし（に）（山〈「し」字中に朱点〉）

〔現代語訳〕　述懐の趣意を

来世を思うと、悲しい。むなしく、明けた暮れたと、過ぎる月日を数えながら。

〔参考歌〕　何となく明けぬ暮れぬとさすらへてさもいたづらに行く月日かな（続後撰集・雑中・一一八二・経家）

〔出典〕　「弘長二年十一月百首」の「述懐」題。↓23。

〔他出〕　柳葉集・巻二・弘長二年十一月百首歌（二二九～二九六）・述懐・二九四。

【補説】　宗尊は該歌の翌年に、「後の世を思へばさらに歎かれずこの身一つの憂きはものかは」（柳葉集・弘長三年八月、三代集詞にて読み侍りし百首歌・雑・四四四）と、対照的な心境を詠んでもいる。なお、この歌の本歌は、「間近くて辛きを見るは憂けれども憂きはものかは恋しきよりは」（後撰集・恋六・一〇四五・読人不知）。

490

とにかくになほ世ぞつらき賤しきも良きも盛りの果ての憂ければ

【校異】　○世そ―よに（そイ）（慶・松）世に（青・三・山）　○はてのうければは―ナシ〈空白〉（青・京・静・松〈行末右傍に「本」とあり〉・三〈同上「本ノ」とあり〉・山〈同上朱で「本」とあり〉）

【現代語訳】　（述懐の趣意を）

あれやこれやと、やはりこの世の中は恨めしく堪え難いのだ。身分賤しい者も高い者も、人生の盛りがあったとしても、その人生の果てが憂く辛いので。

【本歌】　いにしへの倭文の苧環賤しきも良きも盛りはありしものなり（古今集・雑上・八八八・読人不知）
残りなく散るぞめでたき桜花ありて世の中果ての憂ければ（同右・春下・七一・読人不知）

491

三百首御歌に

夢のうちになほ見る夢や世の中のはかなく過ぎし昔なるらん

【校異】　○なるらん―かたらん（なるらんイ）（松）

【現代語訳】　三百首の御歌で

夢のようなこの世の中でさらにまた見る夢は、その世の中があっけなく過ぎたあの昔のことだろうか。

【参考歌】　長き夜の夢のうちにて見る夢はいづれ現といかで定めん（堀河百首・雑・夢・一五四八・永縁。後葉首湯

集・雑一・四九〇、結句「いかが定めむ」。続詞花集・雑下・九一五、結句同上）

夢とのみ過ぎにし方を偲ぶればうつせみの世や昔なるらん（為家一夜百首・雑・往事如夢・九七）

〔出典〕 宗尊親王三百首・雑・二九四。合点、為家・基家・実氏・家良・行家。

〔語釈〕 **〇三百首御歌**　→1。

〔補説〕 「夢のうちになほ見る夢」を、夜眠って見る夢の中でまた見る夢という意味に解するのは、近代的過ぎるであろう。参考歌の両首を踏まえて、この世は夢のようであり、その中で見る夢、あるいはその中で経験する夢のような出来事という趣旨に解される。いずれにせよ、往昔から現在まで全てが夢のごとくある、といった主旨か。

ここから495まで、夢に寄せる述懐。

現(うつゝ)にも思ふ心の変(か)はらねば同(おな)じ事こそ夢に見(み)えけれ

〔校異〕 ナシ

〔現代語訳〕

夢でも現実でも、思う気持ちが変わらないので、現実と同じ事が夢で見えるのであった。

〔本歌〕 現にもはかなき事のあやしきは寝なくに夢の見ゆるなりけり（後撰集・恋一・五九八・読人不知。同・恋三・七〇二・読人不知、三～五句「わびしきは寝なくに夢と思ふなりけり」）

忘れなむと思ふ心のつくからにありしよりけにまづぞ恋ひしき（古今集・恋四・七一八・読人不知）

風霜に色も心も変はらねば主に似たる植木なりけり（後撰集・雑三・一二二九・真延）

老いぬれば同じ事こそせられけれ君は千代ませ君は千代ませ（拾遺集・賀・二七一・順）

忘れなむ今は訪はじと思ひつつ寝る夜しもこそ夢に見えけれ（拾遺集・恋三・八〇一・読人不知）

〔他出〕柳葉集・巻三・弘長三年八月三代集詞にて読み侍りし百首歌（四〇四〜四四九）・雑・四四七。

〔出典〕「弘長三年八月三代集詞百首」の「雑」。↓130。

〔語釈〕○詞書　本集の原則では、前歌の「三百首御歌に」がかかるが、現存の『宗尊親王三百首』には見えない。↓補説。

〔補説〕五句全てが、それぞれ三代集に典拠を求めうるし、「現にも」と「思ふ心の」以外の三句は、三代集中に用例は一首のみである。宗尊の意識的試みで、あえて全句を三代集に拠ったものであろうか。そうでなければ、「現にも」と「思ふ心の」および係り結びである「夢に見えけれ」の三句は、偶然三代集にも用例があるだけで、比較的特徴的な「変はらねば」と「同じ事こそ」の詞を取った二首の本歌取り、と見るべきであろうか。あるいは、「心」の詞の重なりがある「現にも」と「風霜に」の『後撰集』歌両首の本歌取りか、またはそれに「老いぬれば同じ事こそ」の『拾遺集』歌一首を加えた三首の本歌取り、と見ることもできようか。いずれにせよ、宗尊の方法の特徴の一端を示す一首であると言うことができる。

　本集の詞書の理法は、勅撰集等と同様に、同機会の詠作の連続する場合には最初にのみそれを記して、次歌以降はその詞書がかかるのが原則であるが、ここではそうなっていない。撰者真観の錯誤であろうか。

493
　雑御歌の中に
夢はなほ（猶）昔にまた（又）も帰りなむ二たび見（み）ぬは現（うつゝ）なりけり

〔校異〕○猶―又（高）　＊歌頭に「続古」の集付あり（底・内・慶）
〔現代語訳〕雑の御歌の中で
　夢では、それでもまた昔にきっと帰る（昔のことを見る）に違いない。二度と見ることのないのは、この現実なのであった。

〔本歌〕花のごと世の常ならば過ぐしてし昔はまたも帰りきなまし（古今集・春下・九八・読人不知）

〔参考歌〕厭ひてもなほ惜しまるる我が身かな二たび来べきこの世ならねば（詞花集・雑上・三四六・季通）
　知らざりし昔に今や帰りなんかしこき代代の跡習ひなば（続後撰集・賀・一三三一・後嵯峨院）

〔享受歌〕現にはまたも帰らぬいにしへを二度見るは夢路なりけり（新拾遺集・雑中・一八七一・彦良）

〔出典〕「弘長元年五月百首」の「雑」。↓14。

〔他出〕柳葉集・巻一・弘長元年五月百首歌（一～六八）・雑・六六。続古今集・雑下・題不知・一八〇四。

〔語釈〕**○見ぬ**　「見」は「夢」の縁語。夢を見る意味が掛かる。

〔補説〕夢は儚いが、それでも昔に戻る夢も見るだろうけれど、現実は二度と昔に戻って経験することはない、という趣旨。

かねて知る命なりとも大方は悲しかるべき夢の憂き世を

〔校異〕○和歌―ナシ（書）　○世を―世に（高）

〔現代語訳〕（雑の御歌の中で）
たとえあらかじめ分かっている寿命であるとしても、大方の人はみな悲しいに違いない、夢のように儚い憂く辛い世であるのに。

〔本歌〕大方の秋来るからに我が身こそ悲しき物と思ひ知りぬれ（古今集・秋上・一八五・読人不知）

〔参考歌〕あす知らぬ命なりとも恨みおかむこの世にてしもやまじと思へば（俊頼髄脳・聞くに罪深く聞こゆる歌・一二六。拾遺集・恋二・七五五・能宣、二句「我が身なりとも」四句「この世にてのみ」）

〔語釈〕 **○かねて知る** 有教の「かねて知る秋の別れを今更に今日も暮れぬとなに恨むらん」（宝治百首・秋・九月尽・一九七五。雲葉集・秋下・七二六）と「かねて知る住まゐなれども秋はなほさびしさまさる峰の松風」（影供歌合建長三年九月・山家秋風・五九）が先行例。これらに学ぶか。**○夢の憂き世** 新鮮な詞。宗尊は別に「吹けばとて思ひおどろく人もなし夢の憂き世の秋の初風」（中書王御詠・秋・五十首歌合に、秋歌・八三）と詠んでいる。

〔補説〕 本歌の「大方」と「我が身」との対照を重く見れば、むしろ「我が身」は「命」を「かねて」知りたいのだ、むしろ早くこの世を遁れたいのだ、という含意が読み取れようか。

詞の仕立て方は、93の「めぐりあふ命知らるる世なりともなほ憂かるべき春の別れを」（春下・三月尽を）に似通う。

人々によませさせ給ひし百首に

いかに見て思ひ定めむ現とも夢ともなきはこの世なりけり

〔校異〕 ○よませさせ―よませ（松） ＊歌頭に「続後拾」の集付あり（底）

〔現代語訳〕 人々にお詠ませになられた百首で

いったいどのように見て、現実と夢とを判断しようか。現実であるとも夢であるとも、その別がないのは、この世の中であったのだ。

〔本歌〕 世の中は夢か現か現とも夢とも知らずありてなければ（古今集・雑下・九四二・読人不知）

〔参考歌〕 長き夜の夢のうちにて見る夢はいづれ現といかで定めん（堀河百首・雑・夢・一五四八・永縁。後葉集・雑一・四九〇、結句「いかが定めむ」。続詞花集・雑下・九一五、結句同上）

現をも現といかが定むべき夢にも夢を見ずはこそあらめ（千載集・雑中・一一二八・季通。久安百首・無常・四九〇）

夢や夢現や現一すぢに分かれぬものはこの世なりけり（為家千首・雑・九六六）

【出典】「弘長元年中務卿宗尊親王家百首」の「雑」。

【他出】柳葉集・巻一・弘長元年九月人人によませ侍りし百首歌（六九〜一四三）・雑・一四〇。続後拾遺集・哀傷・家に百首歌よませ侍りける時・一二七〇。

【語釈】**○人々によませさせ給ひし百首** →2。

496

寄草無常といふことを

世の中は誘(さそ)ふ水待(ま)つ浮(う)き草のあるとも聞(き)かぬ音のみなかれて

【校異】○まつ―さつ（京）　さつ(まつィ)（松）　さつ(ま歟（「歟」を朱見消）、ミ（朱）)（三）〈見消字中〉　○あるとも―ありとも（書・慶）　○音のみ―音(ね（朱）)のみ(ヒ（朱）)（三）　○なかれて―流れて（内）〈意味の異なる表記の異同〉　＊歌頭に小紙片貼付（底）

【現代語訳】草に寄する無常ということを

この世の中は、誘う水を待つ浮き草がある、（東国にいる）私が誘うのを待つ（都の）人が無事に生きている、と聞くこともない、その浮き草の根だけが水に流れるように、ただ自然と声に出して泣かれるばかりで。

【本歌】侘びぬれば身を浮き草の音を絶えて誘ふ水あらばいなむとぞ思ふ（古今集・雑下・九三八・小町）

【参考歌】われが身は誘ふ水待つ浮き草の跡絶えねとも誰か尋ねん（続詞花集・雑下・三九〇・雅重）

【語釈】**○寄草無常**　新奇な歌題。**○浮き草**　「音のみ泣かれて」の縁で「憂き」が響くか。**○音のみなかれて**　「音のみ泣かれて」に、「水」「浮き草」の縁で「根のみ流れて」が掛かる。「世のうきに生ふる菖蒲の草の糸のくるしや我が身ねのみなかれて」（柳葉集・巻四・〈文永元年六月十七日庚申宗尊親王百番自歌合〉・昌蒲・四七七）も同様。

【補説】460からここまで、述懐歌群。「寄草無常」の題と「あるとも聞かぬ」の縁で、次歌以降の哀傷歌群に連接。

円満院宮、仙花門院、御事うち続き聞こえさせ給ひける頃、月を御覧じて

亡き人の数のみまさる世の中をいかにあはれと月も見るらん

〔校異〕○仙花門院御事―仙花院御事（高）仙花門院。（のカ（朱））御事（三〈補入符朱〉）仙花門院の御事（山）○聞えさせ―聞え（青）○あはれと―あわ（は（朱））れ（ヒ（朱））と（三）

〔現代語訳〕円満院宮仁助法親王、仙花門院曦子内親王、それぞれの御逝去をうち続いて（宗尊親王に）申し上げなさった頃、月を御覧になって

故人の数だけが増えるこの世の中を、どれほど哀れだと、月も見ているだろうか。

〔参考歌〕あるはなくなきは数添ふ世の中にあはれいづれの日まで歎かん（新古今集・哀傷・八五〇・小町）

長き夜をいかにあはれと照らすらむ虚しき空に澄める月影（秋風集・釈教・仏道・五九〇・寂然。唯心房集（時雨亭文庫本）・十法界・仏界・二〇）

〔語釈〕**○円満院宮**　土御門院皇子の無品仁助法親王。円満院門跡。宗尊の叔父。弘長二年（一二六二）八月十一日に四十八歳で没。前大僧正円浄の弟子。二十八歳で伝法灌頂を受け、一身阿闍梨。園城寺初の法親王伝法阿闍梨という。仁治三年（一二四二）長吏（治九年）。建長元年（一二四九）九月六日天王寺別当（以上寺門伝記補録・本朝皇胤紹運録他）。**○仙花門院**　仙華門院。土御門院第二皇女曦子内親王。母は源有雅女。弘長二年（一二六二）八月二十一日に没（本朝皇胤紹運録は閏七月二十一日）。寛元二年（一二四四）十二月二十六日に内親王となり同日に伊勢斎宮となるが、同四年正月二十九日後深草天皇践祚にともない野宮から退下。宝治二年（一二四八）八月八日後嵯峨院皇后宮。建長三年（一二五一）三月二十七日院号宣下（以上女院小伝他）。宗尊の叔母。**○御事**　貴人が死ぬこと。**○あはれ**　ここは、気の毒だ、かわいそうだ、の意。

〔補説〕ここから501まで、主題は哀傷。

最明寺の旧跡なる梅の盛りなりける枝を、人の奉りたりけるを御覧じて
心なき物なりながら墨染めに咲かぬもつらし宿の梅が枝

〔校異〕 ○奉たりけるを―たてまつりけるを（書・高）奉りける（神） ○梅かえ―梅か香（三・山）

〔現代語訳〕 最明寺の時頼の旧跡にある梅で、花盛りであった枝を、人が（宗尊親王に）奉っていたのだったものを御覧になって
もとより心無きものであるけれども、それでも墨染めに咲かないのは恨めしい、亡き人の家の梅の枝よ。

〔本歌〕 深草の野辺の桜し心あらば今年ばかりは墨染めに咲け（古今集・哀傷・堀川太政大臣、身罷りにける時に、深草の山に納めてける後によみける・八三二・上野岑雄）
我が宿のものなりながら桜花散るをばえこそとどめざりけれ（新古今集・春下・一〇八・貫之）

〔影響歌〕 墨染に咲かぬもつらし山桜花はなげきの外のものかは（新後撰集・雑下・同じ比〈後嵯峨院隠れさせ給うける春〉、亀山殿より花に添へて、光俊朝臣許に遣はしける・一五二三・平親世）

〔語釈〕 ○最明寺の旧跡 「最明寺」は、相模国鎌倉郡山内庄（現在の鎌倉市）に北条時頼が建立した寺で、出家した時頼の居所となり、時頼は「最明寺殿」と呼称され、そのまま墓所となった。時頼の男時宗が、帰依した蘭渓道隆（大覚禅師）を開山に禅刹として再興し、福源山禅興寺（禅興久昌禅寺）と号した。ここでは、時頼の旧居あるいは墓所の意味合い。↓補説。

〔補説〕 鎌倉幕府第五代執権・最明寺入道時頼は、安貞元年（一二二七）五月十四日に、六波羅探題北方であった父時氏の次男として京都に生まれる。母は、安達景盛女の松下禅尼。寛元四年（一二四六）三月二十三日に兄経時から得宗の家督と執権職を嗣ぎ、直後に四代将軍頼経を京都に追却したいわゆる宮騒動を鎮圧したのを初めとして、他氏を排斥しつつ幕政を掌握していく。宗尊が建長元年（一二四九）四月一日に鎌倉に下着して先ず入ったのが、

その北条時頼の邸宅であった。康元元年（一二五六）十一月二十二日に三十歳で最明寺に出家して、執権職を嗣子時宗の眼代の形で重時の子長時に譲った後も政務を取り仕切り、北条得宗家の権力伸張を図ったことは周知のとおりである。宗尊は度々最明寺の時頼邸にも入って時に進言を容れるなどし、また時頼からは素暹法師の奉じた鴨長明作という琵琶を宗尊に贈ることもあった。その時頼は、弘長三年（一二六三）十一月二十二日に三十七歳で没した。その二日後に、宗尊は哀傷歌十首を詠んでいる（吾妻鏡）。言わば宗尊の生殺与奪の権を握る人物が時頼であり、宗尊にとっては恐れと裏腹に一番頼りにした、あるいは頼りにせざるを得なかった人物であったのかもしれない。

　宗尊は別に「時頼入道が旧跡の花を見て」の詞書で「見し春のこれを形見と思ひ出でて涙に浮かぶ花の色かな」（中書王御詠・春・三六）を残している。

　去年冬、時頼入道身罷（まか）りて、今年（ことし）の秋、長時同（おな）じさまになりにし〔成〕ことを思（おぼ）しめして

冬の霜秋の露とて見（み）し人のはかなく消ゆる・跡ぞ悲（かな）しき

〔校異〕○去年―去月〔年〕（山〈「月」字中に朱点〉）　○成にし―なり、し〔に〕（内）　○冬の霜秋の露―冬の霜〔雪歟〕秋の霜（内）　○はかなく―みかなく〔はカ（朱）〕（三）　＊詞書の後に「なき人のかすそふよこそかなしけれあらましかはといふはかりにて」（次歌）を記して各字を見消にし、その後に該歌を記す（書）

〔現代語訳〕去年冬に時頼入道が世を去り、今年の秋に長時も同じありさまになってしまったことをお思いになられて

　まるで冬の霜、秋の露というように、馴れ親しんだ人がはかなく消える、その痕跡が悲しいよ。

〔語釈〕**○去年冬時頼入道身罷りて**　北条時頼（→前歌補説）が三十七歳で最明寺に没したのは弘長三年（一二六三）の冬十一月二十二日。**○今年の秋長時同じさまになりにし**　第六代執権北条長時が時頼に引き続いて故人とな

ったことを言う。長時は、文永元年（一二六四）の七月二日に病で出家して翌日に執権を辞し、秋八月二十一日に浄光明寺に於て三十六歳で没した。**○見し人**　多く恋人や夫婦であった人を言うが、ここは親しく会っていた人の意。「見し人も亡きが数添ふ露の世にあらましかばの秋の夕暮」（続後撰集・雑下・一二三二・俊成女）と同様。

〔補説〕　建長四年（一二五二）に六波羅探題北方として宗尊の将軍迎立に与り、宗尊下向（三月十九日京都出発、四月一日鎌倉到着）にも従ったのは、北条長時であった。建長八年（一二五六。十月五日康元に改元）三月に六波羅を離れて鎌倉に帰着し、十一月二十二日に病で出家した時頼から執権職を譲られて、以後実権はいまだ時頼にあったとは言え、長時もまた宗尊にとっては、重要な人物であったことは間違いないであろう。

雑の御歌の中に

亡（な）き人の数添（そ）ふ世こそ悲（かな）しけれあらましかばと言（い）ふばかりにて

〔校異〕　○御歌の―歌の（京・静・三・山）。歌（御）の（松）　○そふ―てふ（そイ）（松）　○はかりにて―はかり迄（三・山）

〔現代語訳〕　雑の御歌の中で

故人の数が増える世の中が悲しいのであった。ただ、生きていればよかったのに、と言うだけであって。

〔本歌〕　あるはなくなきは数添ふ世の中にあはれいづれの日まで歎かん（新古今集・哀傷・八五〇・小町）

世の中にあらましかばと思ふ人なきがおほくもなりにけるかな（拾遺集・哀傷・一二九九・為頼）

〔参考歌〕　見し人も亡きが数添ふ露の世にあらましかばの秋の夕暮（続後撰集・雑下・一二三二・俊成女）

〔類歌〕　亡き人をあらましかばとぶらへばあくる日ごとに数ぞ重なる（為家集・雑・無常文永七年七月廿二日庚申続百首三人詠之・一五三五）

〔語釈〕　**○言ふばかりにて**　『宝治百首』の「夏来ぬと言ふばかりにて遅桜散らぬ限りや春と頼まん」（夏・首夏・

八二九・成茂）が先行例。
【補説】参考歌の俊成女詠も、同じ両首を本歌にする。

501 ながむれば思ひぞ出づる見し人の亡きが多くの秋の夜の月

【校異】○思ひそ―おもひに（青）
【現代語訳】（雑の御歌の中で）
秋の夜の月をながめると、思い出すよ。親しく会った人で亡くなった者が多くなって、（その人達と共に過ごした）多くの秋の夜の月を。
【本歌】世の中にあらましかばと思ふ人なきが多くもなりにけるかな（拾遺集・哀傷・一二九九・為頼）
【参考歌】見し人も亡きが数添ふ露の世にあらましかばの秋の夕暮（続後撰集・雑下・一二三二・俊成女）
つれづれと思ひぞ出づる見し人をあはで幾月ながめしつらん（金葉集正保版二十一代集本・恋下・六九七・橘俊宗女。金葉集三奏本・恋下・四五八・橘俊宗母）
【出典】「文永元年六月十七日庚申宗尊親王百番自歌合」（仮称。散佚）の「月」題。→24。
【他出】柳葉集・巻四・文永元年六月十七日庚申に自らの歌を百番ひに合はせ侍るとて（四五〇～五六二）・月・四九四。
【語釈】○見し人　→499。○亡きが多くの秋の夜の月　「亡きが多く」から「多くの秋の夜の月」へ鎖る。
【補説】497からここまで、哀傷歌群。「雑の御歌の中に」（500詞書）の四首の中で、次歌以下の述懐歌群と連接する。

502 さればまたいつを現の習ひにて今更世をも夢と言ふらん

503

【校異】○習にて—ならひとて（内・高・慶・青・京・静・松・山・神・群）ならひとそ（三）（てカ（朱）・-（朱））

【現代語訳】（雑の御歌の中で）

（この世の中は現でなく全てが夢である）それ故また、いったい何時を現実にした、その習慣として、今更改めて、この世の中を夢だと言うのだろうか。

【本歌】夢とこそ言ふべかりけれ世の中に現ある物と思ひけるかな（古今集・哀傷・八三四・貫之）

寝るがうちに見るをのみやは夢と言はむはかなき世をも現とは見ず（古今集・哀傷・八三五・忠岑）

【参考歌】はかなしや現はいつの習ひにてさながら夢の世を歎くらむ（新和歌集・哀傷・四九二・藤原親朝）

【出典】「弘長二年十一月百首」の「述懐」題。↓23。

【他出】柳葉集・巻二・弘長二年十一月百首歌（二二九～二九六）・述懐・二九五。

【語釈】○さればまた　新鮮な句。『百首歌合建長八年』の「さしもやは身にもしむべきさればまたいかなる色ぞ秋の初風」（秋・三八・伊長）が先行例。宗尊は別に「さればまた何の頼みのある身とて今も憂き世に心とむらん」（中書王御詠・雑・述懐・三一一）とも詠んでいる。

【補説】ここから巻軸まで、主題は述懐（含慶賀）。

明日までと命を頼(たの)む心こそはかなき事の限(かき)りなり（也）けれ

【校異】ナシ

【現代語訳】（雑の御歌の中で）

せめて明日までと、寿命を期待する心こそが、儚いことの極みなのであったな。

【本歌】いつはとは時は分かねど秋の夜ぞ物思ふことの限りなりける（古今集・秋上・一八九・読人不知）

〔参考歌〕 明日までの命もがなと思ひしはくやしかりける我が心かな（新古今集・恋三・一一五五・西行。為相本初句「逢ふまでの」）

〔出典〕「弘長二年十一月百首」の「述懐」題。→23。

〔他出〕柳葉集・巻二・弘長二年十一月百首歌（二二九～二九六）・述懐・二九六。

文永元年十月百首御歌に
待てといふにさら☆ぬ別れのとどまらば何を憂き世に思ひ侘びまし

〔校異〕○いふに―いふ（青） ○さらに―さらぬ（書） ○うき世に―浮世に（内）〈参考・意味の異なる表記の異同〉☆底本の「さらに」を書本および『柳葉集』により「さらぬ」に改める。
〔現代語訳〕文永元年十月の百首御歌で
待てと言うことで、避けられない別れがもし止まるならば、この憂く辛い世の中で、何を堪えがたく悲しく思うでしょう。
〔本歌〕待てといふに散らでしとまる物ならば何を桜に思ひまさまし（古今集・春下・七〇・読人不知）
老いぬればさらぬ別れもありと言へばいよいよ見まくほしき君かな
世の中にさらぬ別れのなくもがな千代もとなげく人の子のため（古今集・雑上・九〇〇、九〇一・伊豆内親王、業平）
〔出典〕「文永元年十月百首」の「雑」。
〔他出〕柳葉集・文永元年十月百首歌（五六三～六二六）・雑・六一八、二句「さらぬ別れの」。
〔語釈〕**○文永元年十月百首御歌** →54。**○さらぬ別れ** 避けることのできない死の離別。『古今集』の贈答の両首に溯る。底本他の本文「さらに」の場合、例えば「うれしさの涙もさらにとどまらず長き憂き世の関を出づとて」（拾遺愚草・十題百首建久二年冬、左大将家・釈教十・歓喜地・七九一）のように、打消し表現にかかるのであれば分かり易いが、該歌の場合は、あえて解釈すれば、「とどまらば」にかかり、二三句は「今更ながら留まるのであるならば」といった意味になろうか。

505

葦（あし）原の国つ言（こと）の葉絶（はた）えずしてなほ（猶）も伝（つた）へよ万代までに

〔校異〕○国つことのは―くにつのことは（書・内・高）国門（つ（朱））ことのは（山〈「門」字中に朱点〉）○たえすして―給（絶）すして（松）給（絶歟（「歟」を朱見消）（朱））すして（三〈見消字中〉）○つたへよ―つたへに（よイ）（松）つたへに（よカ（朱））（三）○万代―万世よ（高）

〔現代語訳〕（文永元年十月の百首御歌で）

この葦原の国の言葉である和歌は、絶えることなくさらに伝えてゆけよ、末永く万代までに。

〔本歌〕美濃の国関の藤河絶えずして君につかへむ万代までに（古今集・神遊びの歌・一〇八四・これは元慶の御嘗の美濃の歌）

〔参考歌〕万代の言の葉今や繁からん今日吹き初むる和歌の浦風（新古今竟宴和歌・六・隆衡）

敷島のやまと言の葉君にあひて万代守れ住吉の神（為家五社百首・いはひ・住吉・六九九）

〔出典〕「文永元年十月百首」の「雑」。↓54。

〔他出〕柳葉集・文永元年十月百首歌（五六三～六二六）・雑・六二五。

〔語釈〕**○葦原の国つ言の葉** 倭の言葉である和歌を言う。「葉」は植物の葉の意味が響き「葦」と縁語。「葦原の国」は、日本の国の称。「葦原の瑞穂の国」は万葉以来の措辞だが、「葦原の国」の形は、「草木みなことやめよとて葦原の国へたちにしいさをなりけり」（日本紀竟宴和歌・延喜六年・八・公望）が初例か。『千五百番歌合』に「みそぎする流れになびけ葦原の国はじめせし神の心も」（夏三・一〇二六・公継）の作例が見える。**〇なほも伝へよ**　慈円が『法華経』の永遠の伝流を言った「法の花は散れども失せぬ物なれば今日見ぬ人になほも伝へよ」（拾玉集・詠百首和歌法門妙経八巻之中取百句・五百弟子品・其不在此会汝当為宣説・二四五八）という先例がある。

〔補説〕　ここから巻軸まで、主題は御代の永遠を言祝ぐ慶賀で、該歌と次歌は特に和歌の永続を言う。前歌と同機会で、前後の歌群（述懐と慶賀）を連繫。

人々によませさせ給ひし百首に

治（おさ）まれる御代には朽ちぬ道なればいともかしこし和歌の浦風（かせ）

〔校異〕　〇よませさせ―よまさせ（慶）　〇朽ぬ―すてぬ（書・高）すへぬ（内）朽ぬ（すへイ）（慶）　〇かしこし―かしこき（しイ）（松）　〇和歌の―志（和）歌の（内）

〔現代語訳〕　人々にお詠ませになられた百首で

治まっている御代では、朽ちることのない和歌の道であるので、まったくもって畏れ多いよ。和歌の浦を風が吹いているように、和歌の風はあまねく世に行き渡って。

〔参考歌〕　君が代のためしはこれか四方の海の浪をさむる和歌の浦風（老若五十首歌合・雑・四一〇・雅経。明日香井集・九〇九）

〔出典〕　「弘長元年中務卿宗尊親王家百首」の「雑」。

〔他出〕　柳葉集・巻一・弘長元年九月人人によませ侍りし百首歌（六九〜一四三）・雑・一四三、二句「御代には捨てぬ」。

〔語釈〕　**〇人々によませさせ給ひし百首**　↓2。**〇朽ちぬ**　書・高本および『柳葉集』の本文「捨てぬ」も通意。

その主語には、宗尊の父後嵯峨院が想定され、既に『続後撰集』を撰定させている後嵯峨院の和歌に対する姿勢を、具体的に表したものと捉えることができる。**〇いともかしこし** 『拾遺集』の「勅なればいともかしこし鶯の宿はと問はばいかが答へむ」（雑下・五三一・家主の女）と「待てといはばいともかしこし花山にしばしと鳴かん鳥の音もがな」（雑春・一〇四三・遍昭）が原拠。**〇和歌の浦風** 紀伊国の歌枕「和歌の浦」（↓458）を吹く「風」。和歌の風習や風儀あるいは風情といった意味を寓意。

【補説】 本集本文奥の真観の歌「老いてかく藻塩に玉ぞやつれぬる浪は神代の和歌の浦風」は、該歌に応じたもののようにも読める。

☆百番（首）御歌合に、祝の心を

万代の数に取らなむ君が住む亀の尾山の滝の白玉

【校異】 〇百首―百番（書・神・群） 〇万代の―万代（書） 〇しら玉―しらいと（高）白糸（玉イ）（慶） ☆底本の「百首」を書本以下の諸本および『柳葉集』により「百番」に改める。

【現代語訳】 百番御歌合で、祝いの心を

万の数をかぞえて、万代まで続くものとしたいものだ。我が君が住む亀の尾の山、そこから流れ落ちる滝の白玉を取りかぞえて。

【本歌】 亀の尾の山の岩根を尋めて落つる滝の白玉千世の数かも（古今集・賀・三五〇・紀惟岳）

【参考歌】 やほか行く浜の真砂を君が代の数に取らなん沖つ島守（新古今集・賀・七四五・実定）

【出典】「文永元年六月十七日庚申宗尊親王百番自歌合」（仮称。散佚）の「早苗」題。

【他出】 柳葉集・巻四・文永元年六月十七日庚申に自らの歌を百番ひに合はせ侍るとて（四五〇～五六二）・祝・五

六二。

〔語釈〕 ○百番御歌合 →24、34。○数に取らなむ 「数に取る」は、石や棒などの物質の個数を心覚えに、数をかぞえること。滝の水の白玉の多くの数をかぞえて、それを君の万代の数にまでなしたい、ということ。○君 ここは父後嵯峨院を言う。○亀の尾山 動物の「亀」の「尾」に「山」の峰の意の「尾」が響く。「亀の尾の山」とも言い、「亀山」のこと。宗尊の父後嵯峨院の離宮である亀山殿を言う。嵯峨天皇が造営した離宮を檀林皇后（嵯峨皇后）が檀林寺とし、その跡に後嵯峨天皇が離宮を営み、浄金剛院を建立した。後に、亀山院が伝領して離宮・仙洞とし、嵯峨殿とも称された。足利尊氏が後醍醐天皇の冥福を祈るため浄金剛院を北接の二尊院に移し、その跡に建立されたのが天竜寺。長寿の「亀」を寓意して、「万代の数」と縁語。

　　文永元年、大嘗会の心をよませ給ひける

すべらぎの位の山の小松原今年（ことし）や千代の始めなるらん

〔校異〕 ○文永元年―文永元年（正元二年歟）（内）文永元年（正元二イ）（慶） ○給ける―給けん（京・静・松・三・山）給けり（青） ＊歌頭に「続古」の集付あり（底・内・慶） ＊詞書・和歌を丁替えして奥書の直前に記す（京・静・松）詞書・和歌を丁替えして記す（三・山）

〔現代語訳〕 文永元年、大嘗会の趣意を、お詠みになられた（歌）

　天皇の高い位の山、その小松原の小松である幼帝は、今年が千年にも続く御代の始めであるのだろうなあ。

〔他出〕 続古今集・賀・正元二年大嘗会の比よみ侍りける・一九〇七。歌枕名寄・巻二十五・飛弾国　位山・六五七九。題林愚抄・公事・大嘗会・九九二二。

〔語釈〕 ○文永元年 一二六四年。この年に大嘗会の事実はなく、何らかの錯誤か作為か。→補説。○すべらぎの

位の山　皇位を高い山に喩えて言う。「位の山」（位山）は、飛騨国の歌枕。岐阜県大野郡久々野町にある、乗鞍岳の西、白山山脈に連なる峰という。**○小松原**　「位の山」にある小松が生える原。「小松」は、これから末永い長寿が期待されるもの。宗尊の弟でまだ幼い亀山天皇を寓意。大嘗会の行われた文応元年（一二六〇）には、十二歳。**○今年や**　「や」は、詠歎の間投助詞。

〔補説〕　詞書の「文永元年大嘗会」は、内・慶本傍記や『続古今集』の詞書のとおり、「正元二年大嘗会」が正しい。宗尊の下の弟亀山天皇は、正元元年（一二五九）十一月二十六日に宗尊の上の弟後深草院から践祚し、翌文応元年（四月十三日に正元二年を改元。一二六〇）十一月十六日に大嘗会が行われた。「文永」は「文応」を誤った可能性があろう。しかし、『瓊玉集』としては、「続古」の集付を有する内本・慶本の傍記本文に「正元二年」とあるのみなので、底本のままとしておく。

これについて、佐藤智広「宗尊親王『瓊玉和歌集』の詞書について―「き」と「けり」の使いわけを中心に―」（『昭和学院国語国文』三六、平一五・三）が興味深い見解を示している。本集の編纂者「真観は宗尊の行為に対して二重尊敬を用いるという姿勢で統一していると見てよい」とも確認しつつ、「真観は宗尊主催か否かということを、過去の助動詞「き」と「けり」で使いわけていると認められる」と言い、「真観の撰んだ『瓊玉集』は宗尊親王の立場、直接体験の過去を示す助動詞「き」に統一され、他者が行った行為については「けり」を用いている」ことを首唱したのである。その過程で該歌の詞書を取り上げ、この原本文は「〈文永元年、大嘗会の心よませ給ひける〉であると見られる」として、ここに「き」ではなく「けり」が用いられていることについて、「真観の編纂意図がそこに介在した」と言うのである。この歌を収める『続古今集』の詞書「正元二年大嘗会の比よみ侍りける」と比較し、「『続古今集』に採られる際には」「非題詠歌の詞書となったが、文永元年十二月に編纂完成となった『瓊玉集』では文永元年の題詠歌として巻軸歌となってい」て、「巻頭三首が鎌倉将軍としての自覚の表れを意図して真観が配列した」のと「呼応するように、巻軸歌は『瓊玉集』の成立年でもある文永元年の御代を寿ぐ歌で集を終わらせるという真観の意図があって、あえて大嘗会のなかった文永元年に、「大嘗会の心」を詠んだ歌として真観が詞書の改編を行ったと考えられる」と言う。つまり、該歌は本来は正元二年の亀山天皇の大嘗会に際して「宗尊親王が鎌倉の地で寿いだ歌であ」るのを「あえて真観が詞書を大きく改編した時、宗尊親王自身の直接の体験「き」ではなく、「けり」を採ったのであろう」と述べ、457番の詞書の場合も同様であるとするのである。傾聴に値する見解であるが、なお詳らかではない点もあるので、直ちに従うことはせず、さらなる考究を俟ちたいと思う。

巻軸二首に、宗尊の父後嵯峨院と弟亀山帝を言祝ぐ賀歌を配している。宗尊のもう一人の弟後深草院は、宗尊とは一つ違いであり、各々の母の身分に差異があるにせよ（後深草・亀山の母は西園寺実氏女姞子）、関東に下った宗尊にとっては、京都で帝位に就いた一歳下の後深草に対して多少の屈託があった、あるいはそのように真観が忖度した可能性は見てよいのかもしれない。ともかくも、七歳下の弟亀山に対しては、賀意を表出するだけの情愛を有していたことは確かである。

〔本奥書〕

文永元年十二月九日

奉　仰真観撰之

老（おひ）いてかく藻塩（もしほ）に玉ぞやつれぬる浪は神代の和歌（わか）の浦風（うらかせ）

【校異】　○奉　―――（内）ナシ（高）　○仰―（書）　○撰之―撫之（京・静）　○もしほに―もしほの（書）　＊「奉」以下を行替えせず「仰」の上の空白なし（書・内・神・群）「仰」の前の空画なし（高）　＊行替えした「奉」が一〜二字高い（慶・青・京・静・松・三・山）　＊「真観」の右傍に「光俊朝臣」とあり（高）　＊「撫之」の「撫」の右

傍に丸点を付して上欄に「撰」と記す（静）

〔現代語訳〕　文永元年十二月九日

（宗尊親王の）仰せを奉じて真観之を撰す

私真観が年老いて、掻き集める藻塩草ならぬ、このように書く詠草集によって、玉のような宗尊親王の和歌が、かえってみすぼらしくやつれてしまった。しかし、和歌の浦に寄せる波が風に吹かれるように、この歌うたの並びは、神代から続くすばらしい和歌の風を靡かせているのだ。

〔語釈〕　**○文永元年**　二月二十八日弘長四年を改元。一二六四年。時に宗尊二十三歳、真観六十二歳。**○仰**　宗尊親王の命令。**○かく**　「掻く」（「藻塩（草）」）に、「藻塩（草）」「和歌」の縁で「書く」を掛け、かつ、奥書にある歌として集全体をまとめて言う立場から、「斯く」（このように）の意を掛けるか。「斯く」は、「やつれぬる」にかかる。**○藻塩**　海藻から採る塩、あるいはその為にかける海水の意だが、ここは、詠草集（家集）を寓意する海藻の「藻塩草」のこと。**○浪**　「和歌（の浦風）」の縁で、和歌の配列の意として「並み」を掛けると解しておく。**○和歌の浦風**　紀伊国の歌枕「和歌の浦」（↓458）を吹く「風」。和歌の風情・風儀の意を寓意。

〔補説〕　本集の編纂を伝える元奥書。和歌は意味が取りにくいが、真観が自らの編纂を卑下しつつ宗尊の歌を賞賛しようとした趣の一首ではあろう。

〔識語〕

中務卿宗尊親王　後嵯峨院第一皇子／母　准后平棟子

〔校異〕　○識語―ナシ（書・神・群）　後嵯峨院第一皇子〈肩書〉／中務卿宗尊親王　母准后平棟子（慶）　＊この識語を509の和歌の後に二行分空けて記す（底・内・高・慶・青）　＊この識語を509の和歌の後に行を空けずに記す（京・

静・松・三・山）　＊「准后」の上の空白ナシ（内・高・慶・青・京・静・松・三・山）

〔語釈〕　**〇中務卿**　宗尊は、文永二年（一二六五）九月十七日に任中務卿、叙一品。**〇第一皇子**　実年齢上は、円助法親王と高峰顕日に続く第三皇子。**〇准后平棟子**　棟子は、蔵人木工頭平棟基の女。従一位准后に至る。延慶元年（一三〇八）九月十六日没。

〔補説〕　もとよりこの識語は、原撰時に記されたものではなく、いずれかの伝本の書写時に付されたものであろう。多くの伝本が共有する、本奥書に続く識語なので、付注しておく。

解説

緒言――宗尊の略伝と家集

本注釈の対象である宗尊親王の家集『瓊玉和歌集』に関する、諸本論とその和歌の表現論を以て、本書の解説としたい。宗尊の人生論あるいは歌人論については、機会を改めることとし、ここでは、主に中川博夫・小川剛生「宗尊親王年譜」(『言語文化研究(徳島大学総合科学部)』1、平八・三)に沿って、ごく簡略に宗尊の生涯を記しておきたい。

宗尊は、仁治三年(一二四二)十一月二十二日に生まれる。父は後嵯峨天皇、母は内侍平棟子である。後嵯峨の子としては、円助法親王と高峰顕日に継ぐ第三子である。乳幼児期は、承明門院(土御門院生母)に養育されたらしい。寛元二年(一二四四)正月二十八日に三歳で立親王、名を宗尊とする。十一歳の建長四年(一二五二)正月八日に仙洞で元服し、三品に叙される。同年三月に鎌倉下向が決まり、十九日に京都を発ち四月一日に鎌倉に入り、征夷大将軍の宣旨がある。執権北条時頼が当初の世話役で、藤原光俊(真観)の従弟の園城寺僧隆弁が護持僧であった。その後、二十五歳の文永三年(一二六六)七月までの十五年間を、季節折々の儀式臨席や二所参詣等々の将軍たる職責を果たしつつ鎌倉に暮らす。文永二年(一二六五)九月十七日には一品中務卿に叙任されている。執権は、時頼・長時・政村の三代に及ぶ。将軍職を追われたのは、成長して幕府内の存在感を増したであろう宗尊を忌避した北条氏の意向が根底にあろうが、妻宰子の良基僧正との不義密通(の風聞)も絡まり、鎌倉中の騒動を問責されたと思しい。文永三（一二六六）年七月四日に御所を離れた宗尊は、将軍後継たる息子の惟康を鎌倉に残し、妻娘とも別々に京都に戻る（八日出発二十日入京）ことになったのである。この時、一時的に父帝後嵯峨院や母棟子から義絶されるが、同年末にはそれも解かれている。その後、死没までの数年間は、和歌に励みながら比較的平穏に京都で暮らしたと思しい。文永九年（一二七二）二月三十日に宗尊は出家する。法名は覚恵とも行証（行澄）ともいう。そして、文永十一年（一二七四）七月二十九日丑刻に三十三歳で死去する。八月一日の葬礼で、亡骸が山科へ平素のように車で渡される様子に、見る者は涙を流したという。

宗尊は在関東時に、源親行や藤原顕氏や同教定や押垂範元（寂恵）等の関東祗候の廷臣や京都出自の幕府官僚等あるいは京都を出自とする女房達にも囲まれて和歌や源氏物語を習ったらしいし、時には為家等の一時的に東下した京都の歌人とも接触したかもしれないし、近習の御家人歌人達ともども詠作にいそしんだらしい。御家人歌人後藤基政に関東を基盤とする撰集（『東撰六帖』か）を命じてもいる。またこの間、例えば文応元年（一二六〇）十月六日に、『宗尊親王三百首』に対して実氏・家良・基家・行家・鷹司院帥・光俊（真観）・安嘉門院四条・為家の点や基家・為家の評を得たことに代表されるように、在京の権門や専門の歌人からの指導も得ていた。加えて、文応元年末からは、東下した真観を出仕させて、実質的な歌道師範としたのである。和歌修養の環境としては、京都に遜色ないものであったと言ってよい。

宗尊の現存家集（含定数歌）は、五種が知られている。1文応元年（一二六〇）十月以前に詠作の『**宗尊親王三百首**』、2宗尊前半生の詠作五〇七首を春上下・夏・秋上下・冬・恋上下・雑上下の十巻に部類して収め文永元年（一二六四）十二月九日に真観撰の『**瓊玉和歌集**』、3弘長元年（一二六一）五月から文永二年（一二六五）閏四月までの五年間の定数歌等十種から抄出した詠作八五三首を五巻に収め文永三年（一二六六）七月帰洛以前に自撰かと目される『**柳葉和歌集**』、4その文永三年七月を挟み同二年春から同四年十月頃までの詠作三五八首（元来三六〇首か）を春・夏・秋・冬・恋・雑に部類して収め文永四年（一二六七）十一月前後の撰と思しい『**中書王御詠**』、5文永三年（一二六六）七月の帰洛以後から文永九年（一二七二）二月末に出家後の同年十一月頃までの定数歌等八種から抄出した詠作一〇二〇首を五巻に収め同年末から翌年頃までに自撰と見られる『**竹風和歌抄**』である。本注釈は、この内の2『瓊玉和歌集』を対象としたものである。

なお、宗尊の散佚家集については、建長五年（一二五三）から正嘉元年（一二五七）までの詠作を修撰したという6「**初心愚草**」（吾妻鏡・弘長三年七月二十九日条）が知られるし、『夫木和歌抄』に「御集」と集付けする宗尊詠の中には、現存家集に見出だし得ない歌や、現存家集を出典としないと思われる歌が相当数存していて、別種の家集の存在が疑われるのである。また、宗尊家集と見られる断簡両種、次の7と8の存在が報告されている。

7伝世尊寺行尹筆　A梅沢記念館蔵『あけぼの』所収断簡（三首。内一首『瓊玉集』一六〇）、B田中登氏蔵断簡（二首。内一首『瓊玉集』四一五）、C同上（二首。内一首『瓊玉集』四〇七）、D春日井市道風記念館蔵断簡（二首。内一首『瓊玉集』三七〇）、E出光美術館蔵『墨宝』所収断簡（二首。内一首『瓊玉集』二七九（二・三句に異同あり））。

8伝伏見天皇筆　F五島美術館蔵『筆陣毫戦』所収断簡（二首。内一首『中書王御詠』二二五）、G田中登氏蔵断簡（一首上句。『中書王御詠』二一七上句）、H『中島家所蔵手鑑』所収断簡（二首）、I徳川美術館蔵『桃江』所収断簡（一首）、J佐佐木信綱資料館蔵断簡（一首）、K橘樹文庫蔵断簡（三首。内一首『拾遺風体集』一〇〇、初句小異あり、作者「藤原行実」）、L個人蔵手鑑所収伝後伏見院筆断簡（一首。『中書王御詠』二一二）、M同上伝後伏見院筆断簡（二首）、N同上伝後二条院筆断簡（一首）。

7については、田中登の口頭発表「別本宗尊親王御集について」（昭六三・一〇・一六和歌文学会大会、於日本大学）とこれを成稿した「別本宗尊親王御集について」（『和歌文学研究』五八、平元・四。『古筆切の国文学的研究』（平九・九、風間書房）「散佚した宗尊親王御集」所収）が、Ａ～Ｃを紹介しつつ、文永元年（一二六四）十二月以前の詠であることを推断し、親王の初学期の歌を収める「初心愚草」との関係が注目されても「初心愚草」そのものかは即断はできず検討の余地がある、と言う。その後、『秋の特別展　諸家集の古筆』（平一二・九、春日井市道風記念館）と『秋の特別展　世尊寺流の書』（平二二・九、同上）がＤを（後者はＣも）、別府節子「自筆自詠の和歌資料を中心とした中世古筆資料」（『出光美術館研究紀要』一六、平二三・一）がＥを、それぞれ紹介している。

8については先ず、久保田淳「中世和歌片々」（『和歌史研究会会報』九五、平元・六。『読売新聞』昭六三・一〇・二四夕刊既報）がＦを紹介し、文永三年（一二六六）七月四日に将軍を廃されて上洛する「旅懐を吐露した作品を含んでいた」、『中書王御詠』とは異なる家集と考えられることを指摘する。その後、田中登「伝伏見天皇宸筆宗尊親王御集切について」（『青須我波良』四〇、平二・一一。『古筆切の国文学的研究』（平九・九、風間書房）「散佚した宗尊親王御集」所収）と「古筆切と和歌―私家集を中心に―」（『王朝私家集の成立と展開（和歌文学論集4）』（平四・一、風間書房））が、Ｆ～Ｉ（後稿ではＦ～Ｈ）を取り上げ、これらの歌は宗尊が将軍を廃されて帰洛する折かそれ以降の作であることや、現存する四つの家集とは異なることを確認し、「廃将軍の憂き目を見た宗尊親王の悲痛な想いを新たに発見することができる」と言う。いずれにせよ、宗尊には現存する家集とは別の家集が存在したことは疑いないであろう。その後、『佐佐木信綱資料館収蔵品図録』（平一三・三、鈴鹿市教育委員会）がＪを、『古筆への誘い』（徳植俊之執筆。平一七・三、三弥井書店）がＫを、別府節子「自筆自詠の和歌資料を中心とした中世古筆資料」（『出光美術館研究紀要』一六、平二三・一）がＬ～Ｍを（伝後伏見院筆断簡と伝後二条院筆断簡を伝伏見院筆断簡の「連れ」と認定して）、それぞれ紹介している。

また、これら伝世尊寺行尹筆切や伝伏見天皇筆切とは別に、宗尊親王の詠草あるいは家集かとも思しい、次の断簡が報告されている。

9伝為氏筆

10伝後京極良経筆切

9は、久保田淳「歌切三点」(『和歌史研究会会報』四〇、昭四五・一二)が、大正十一年六月に東京美術倶楽部で行われた入札目録所載の「為氏　九首懐紙」と題する幅物の写真によって紹介する。「小さな不鮮明な写真であるが、為氏風の流麗な仮名である」と言い、全文を翻印している。端作に「探題謌合　十一月六日／万葉詞」とあり、恐らくは当該歌合の作者一人の詠作が、「万葉詞」の「題」と共に九首続いている。その内の、「いろつく山の／しくれぬとみゆるそらかな雁なきていろつくやまのあきのむらくも」が、『続古今集』(秋下・五〇七)に「中務卿親王」の作として見えることから、「とすると、これは宗尊親王の詠草切なのであろうか」と記している。なお、田中塊堂『つちくれ帖』(昭四七・九、千草会)に、影印と初めの三首の翻印が載せられている。

10は、『古筆学大成二〇』(平四・六)に所載されている。秋七首の内三首が『柳葉集』(七四五＝続古今集・三七八、二八(五句に異同あり)、三九一)に見えるが、他は現存の宗尊家集や他歌集には見えない。

なお、以上の諸断簡については、久保木秀夫『散佚歌集切集成　補訂第二版』(二〇一二・九、日本学術振興会科学研究費補助金・基盤研究(C)研究成果、鶴見大学)が、網羅して、翻印本文と依拠文献を所載している。

『瓊玉和歌集』の諸本

はじめに

本書注釈で対象とした『瓊玉和歌集』即ち、後嵯峨院の第三皇子にして鎌倉幕府第六代将軍となった宗尊親王の家集の内、その前半生の将軍在位時、在関東時の詠作を納める『瓊玉和歌集』の諸伝本について、各伝本の特徴と伝本間の異同とその関係性等を考察して、諸本の類別を試みながら、拠るべき本文を提示したいと思う。

一、諸本の書誌

『瓊玉和歌集』（以下『瓊玉集』とする）の管見の及んだ現存伝本は、次のとおりである。各々の書誌を記す。各本初行下の漢字はその略号。各末尾に、書陵部本（五〇一・七三六）を底本とする私家集大成(1)ならびに新編国歌大観(2)の番号（算用数字で表記）に従って（以下本稿で用いる歌番号は同様）、本文の有無と配列の異同の要点を記しておく。「欠」は一首全体が、「歌欠」「詞欠」はそれぞれ和歌、詞書が無いことを示す。

①宮内庁書陵部本（五五三・一八）　＝**書**

〔室町後期〕写。綴葉装、一帖。藍色地金色雲形文緞子表紙、縦一六・〇×横一六・二糎。見返、斐紙に銀切箔散らし。外題ナシ。内題（扉題）、「瓊玉和謌集」。本文料紙、楮紙（打紙）。墨付、五四丁（一折目一三、二折目二〇、三折目一二、四折目九）。遊紙、前一葉。毎半葉、一二〜一五行内外、和歌一首二行書。字面高さ（和歌一首目）、約一三・八糎。集付ナシ。五四丁表に「正和三年四月十日令書写之訖／故中務卿親王宗尊御詠／藤民部卿為明（花押）」の奥書があるが、これは偽奥書か（後述）。

54歌・55詞欠。104欠。349歌〜358上句欠、377〜387上句欠（二五〜二七行分、二丁分の落丁）。433欠。494欠。

335が369と370の間に詞書「春恋を」で位置。392と393が逆順。

②国立公文書館内閣文庫本（二〇一・五〇六）　＝内

寛文三年九月二十四日写。袋綴、一冊。水色表紙、縦二七・八×横二〇・四糎。見返、本文共紙（芯に反故あり）。外題、表紙左肩に「瓊玉集　全」と打付墨書。内題（端作）、「瓊玉和謌集巻一（〜十）」。本文料紙、楮紙薄様。墨付、五〇丁。毎半葉、一〇行、和歌一首一行書。字面高さ、和歌一首目（除集付）、約二一・一糎。集付アリ。一丁表右下に、「尚書□」（判読不能）朱印、一丁裏右下から上にかけて、「和学講談所」「浅草文庫」「書籍館印」の各朱印あり。五〇丁裏に「此一冊古筆不慮一覧之則一日借留倉卒／令書写則遂校合者也／寛文三年九月廿四日　良世（花押）」の書写奥書あり。

34歌・35詞欠。120欠。371歌・372詞欠。396歌・397詞欠。

335が369と370の間に詞書「春恋を」で位置。392と393が逆順。

378は行間細字補入。

③国立歴史民俗博物館蔵高松宮家伝来禁裏本（H・六〇〇・五七一／る函二九五）　＝高

〔江戸前期〕写。袋綴、一冊。灰青色横刷毛目表紙、縦二七・一×横二〇・〇糎。見返、本文共紙。外題、左肩題簽（一五・一×三・六糎）に「瓊玉和歌集」と墨書。内題（端作）、「瓊玉和哥集巻第一（〜十）」。本文料紙、楮紙（打紙）。墨付七六丁、遊紙、前後各一葉。毎半葉、一〇行、和歌一首二行書。字面高さ、和歌一首目一行目（除集付）、約二〇・〇糎。集付アリ。最終丁裏左に、「于時永享八辰年六月日」の識語あり。その下に、「幸仁」の方形朱印（二・六×二・六糎）。後見返右下に「明暦」（後西天皇）の長方形朱印（五・〇×三・四）。高松宮（有栖川宮）第二代良仁親王（後西天皇）から、その皇子の第三代幸仁親王に伝来。後西天皇は、寛永十四年（一六三七）〜貞享二年（一六八五）二月二十二日、四十九歳。幸仁親王は、明暦二年（一六五六）三月十五日〜元禄十二年（一六九九）七月二十五日、四十四歳。

34歌・35詞欠。120欠。371歌・372詞欠。396歌・397詞欠。

335が369と370の間に詞書「春恋を」で位置。201と202が逆順。208と209が逆順。350と351が逆順。392と393が逆順。

④宮内庁書陵部本（五〇一・七三六）＝**底**

〔江戸前期〕写。袋綴、一冊。白茶色地藍色雲竜刷文表紙、縦二八・三×横二〇・六糎。見返、楮素紙。外題、左肩題簽（朱色地刷文様、一六・〇×三・四糎）に「瓊玉集」と墨書。内題（端作）、「瓊玉和詞集巻一（〜十）」。本文料紙、楮紙（打紙）。墨付、五〇丁。遊紙、前後各一葉。毎半葉、一〇行、和歌一首一行書。字面高さ（和歌一首目、除集付）、約二二・三糎。濃縹色の不審紙（ちぎり紙片）および縹色方形小紙片貼付散見。集付アリ。

五〇八首完存。

⑤慶応義塾大学図書館本（一四一・一一三・一／準貴）＝**慶**

〔江戸後期〕写。袋綴、一冊。白色無地表紙、縦二二・〇・×横一四・八糎。見返、本文共紙に、本文と別筆で

「此ひとは、子をしへ子石井をし／もとめ得しとて恵みたびければ／岸本の朝田すぎ来し水ぐきを／いしゐにくめるえにはふかしな／のちの印に書けるは　呉升舎直子」とあり。本文料紙、楮紙。墨付四〇丁。毎半葉一一～一二行内外、和歌一首一行書。字面高さ、和歌一首目（除集付）、約一七・八糎。集付アリ。一丁表右下に、「岸本家蔵書」その上に「朝田家蔵書」その右横に「刀水書屋」、右上に「日尾瑜印」の各朱印、四〇丁裏左下にも「快馬／渡刀／水」一（「渡」の三水は「水」と兼ねる）の陰刻朱印あり。一丁表に付箋して、ペン書きで「朝田家蔵書／岸本家蔵書｝岸本由豆流也／日尾瑜印　日尾荊山也／呉升舎直子　日尾荊山之女也」とあり（渡辺刀水筆か）。

五〇八首完存。

⑥篠山市青山会本（二二五九）　＝青

〔江戸中期〕写。袋綴、一冊。白茶色表紙（極薄い横刷毛目あり）、縦二八・一×横二〇・三糎。見返、本文共紙。外題、左肩濃肌色題簽（一六・一×三・三糎）に「瓊玉和歌集」と墨書。内題（端作）、「瓊玉和歌集巻第一（～十）」。本文料紙、楮紙。墨付、五二丁。遊紙、前一葉。毎半葉一〇行、和歌一首一行書。字面高さ、和歌一首目、約二三・〇糎。

86歌・87詞欠。270欠。

⑦ソウル大学中央図書館本（三一二六・一八五）　＝京

〔江戸初期〕写。袋綴、一冊。藍色表紙、縦二七・八×横二〇・〇糎。見返、本文共紙。外題、左肩に「瓊玉集宗尊親王」と打付け墨書。内題（端作）、「瓊玉和歌集巻第一（～十）」。本文料紙、楮紙薄様（打紙）。墨付、五二丁。遊紙、後一葉。毎半葉一〇行、和歌一首一行書。字面高さ、和歌一首目、約二二・七糎。見返中央やや上に、「京城帝国大学図書庫」の方形朱印（五・五×五・四糎）あり。一丁表中央部上端に、上記朱印の下部を割印。「一誠堂」

のラベルを貼付した後誂えの帙を備える。五二丁表に、「此一冊者以　禁中御証本留／写畢／慶長三年三月日　主左少将基任／重而可加清書之」の奥書あり。これは、⑦〜⑪の諸本に小異を伴って共有（後述）。

86歌・87詞欠。270欠。

⑧静嘉堂文庫本（八二・四四）　＝静

〔江戸中期〕写　袋綴、一冊。白地雲英藻模様表紙、縦二四・二×横一七・二糎。見返、本文共紙。外題、左肩単枠題簽（一六・五×三・三糎）に「瓊玉和歌集」と墨書。内題（端作）、「瓊玉和歌集巻第一（〜十）」。本文料紙、楮紙（打紙）。墨付、四六丁。毎半葉一一行、和歌一首一行書。字面高さ、和歌一首目、約一九・四糎。一丁表右下に、「藤原実富之印」（五・六×一・六糎）、「西南堂蔵書」（六・六×二・二糎）、右上に、「色川参中蔵書」（三・〇×三・〇糎）の各朱印あり。四六丁表に⑦京本と同種の奥書あり。

32欠。86歌・87詞欠。175欠。270欠。

⑨島原図書館松平文庫本（一三六・一三）　＝松

〔江戸中期〕写。袋綴、一冊。藍色地雷文繋蓮華唐草文表紙、縦二七・四×横二〇・一糎。見返、本文共紙。外題、左肩題簽（一四・五×三・二糎）に「瓊玉和哥集」と墨書。内題（端作）、「瓊玉和歌集巻第一（〜十）」。本文料紙、楮紙薄様（交漉か打紙か）。墨付、八三丁。遊紙、前後各一葉。毎半葉一〇行、和歌一首二行書。字面高さ、和歌一首一行目、約一九・八糎。八三丁裏左下に、「尚舎源忠房」の子持枠緑印（四・〇×一・四糎）、「文庫」陰刻朱印（二・九×二・六糎）あり。八三丁表に⑦京本と同種の奥書あり。

86歌・87詞欠。270欠。

⑩上賀茂神社三手文庫本（今井似閑、歌／申二三四）　＝三

〔江戸中期〕写。『大江千里集』と合写。袋綴、一冊。薄藍色地白抜水玉文表紙、縦二七・三×横一九・九糎。見返、素紙（やや厚手の楮紙）。外題、表紙中央に「大江千里集／瓊玉和哥集　宗尊親王／家集」と打付墨書。内題、一丁表左肩に扉題「大江千里集」、端作「大江千里集」、二七丁表左肩に扉題「瓊玉和哥集」（本文料紙と異なり見返と同じ料紙）、端作「瓊玉和歌集巻第一（～十）」。扉題は本文と別筆で料紙も異なるので、現装丁成立時に付すか。本文料紙、楮紙（打紙）。墨付、七九丁（含扉。千里集二六丁、瓊玉集五三丁）。遊紙、中（千里集と瓊玉集の間）一葉（本文料紙と異なり見返と同じ料紙）、後一葉。毎半葉、千里集八行、和歌一首二行書、瓊玉集一〇行、和歌一首一行書。字面高さ、千里集一首目一行目、約一六・八糎、瓊玉集一首目、約二〇・八糎。二丁表左下から上に、「今井似閑」方形（三・二×三・二糎）朱印、「上賀茂奉納」瓢簞形（六・四×三・九糎）朱印、「賀茂三手文庫」長方形（七・六×一・四糎）陰刻朱印あり。朱墨・藍墨（青墨）補筆あり。七九丁表に⑦京本と同種の奥書あり。

86歌・87詞欠。270欠。

⑪山口県立山口図書館本（九七。今井似閑本）　＝山

〔江戸中期〕写。袋綴、一冊。茶色無地表紙、縦二五・七×横一九・六糎、表紙やや右上に「辰九十六」と打付墨書。見返、素紙（本文料紙と異なる）。外題、左肩題簽（一六・六×四・〇糎）に「大江千里集／瓊玉和歌集」と墨書。内題、一丁表左に扉題「大江千里集／瓊玉和歌集　宗尊親王／家集」（本文と同筆か）、端作「大江千里集」、同「瓊玉和歌集巻第一（～十）」。本文料紙、楮紙。墨付、八九丁（含扉。千里集二六丁、瓊玉集六三丁）。遊紙、前後各一葉。毎半葉八行、千里集和歌一首二行書、瓊玉集和歌一首一行書。字面高さ、千里集一首目一行目、約一七・一糎、瓊玉集一首目一行目、約二〇・一糎。二丁表右上に、「明倫館印」方形（三・二×三・二糎）朱印、その左に「安政七改」子持枠長方形（三・三×一・七糎）朱印、その左に「明治十四年改」長方形（三・六×一・二糎）朱印。見返と前

遊紙との間に、「大江千里集／瓊玉和歌集　一冊」と墨書した短冊形紙片（一三・一×二・一糎）あり。朱補筆あり。

八九丁表に⑦京本と同種の奥書あり。

　86歌・87詞欠。270欠。

⑫神宮文庫本（和書三門／一一五二）　＝神

〔江戸中期〕写。袋綴、一冊。茶色渋引（横刷毛目記録表紙）、縦二八・〇×横一八・九糎。見返、本文共紙。外題、左肩に「瓊玉和歌集　全」と打付墨書。内題（端作）、「瓊玉和歌集巻第一（～十）」。本文料紙、楮紙。墨付、四四丁。遊紙、前一葉。毎半葉一一行、和歌一首一行書。字面高さ、和歌一首目、約二二・〇糎。一丁表右下に「勤思堂」丸形（直径三・〇糎）朱印、その上に「林崎文庫」子持枠長方形（七・五×一・九糎）朱印、右上に「林崎文庫」方形（四・四×三・七糎）暗朱（葡萄茶色）印。後見返に、「天明四年甲辰八月吉旦奉納／皇太神宮林崎文庫以期不朽／京都勤思堂村井古巌敬義拝」（七・九×二・九糎）の暗朱印あり。

　204が209の後（巻四巻軸）に位置。245と246が逆順。359が355と356の間に位置。

⑬群書類従本（国文学研究資料館蔵　ヤ〇・二七・一～六六六）　＝群

刊本（版本）。巻二百三十所収。末尾に⑦京本と同種の奥書あり。

　204が209の後（巻四巻軸）に位置。245と246が逆順。359が355と356の間に位置。

また、456の後（巻九巻軸）と巻十の端作との間に二字下げやや小字にて「うき身こそかはりはつとも世中の人の心の昔なりせば／続拾遺懐旧ニ入此集ニ不見」とある。これは、『続拾遺集』（雑下・一二四九）に「懐旧の心」の詞書の下に収められている宗尊の一首で、『中書王御詠』（雑・二九六）には「述懐」題の一群中に収められている歌である。後代の誰人かによる注記であろう。

⑭ノートルダム清心女子大学黒川文庫本（H一五三・一―一／黒川本）＝黒

黒川文庫の本文は、群書類従本の忠実な模写で、仮名遣いや漢字の訂正・行間や上欄に注された集付（部立・詞書を含む）・参考歌等については、黒川氏の校勘・考査の結果と見られる。従って、原則として本書注釈の校異には含めず、必要のない限り考察対象としても割愛し、必要に応じて言及することとする。

なお、以上の他に、⑮国立国会図書館本（二四四・二八）と⑯三康図書館本（五・一四八一）と⑰宮内庁書陵部本（一五五・三三三）の存在が知られる。⑮国会本は、江戸中後期頃の書写と見られ、⑧静嘉堂文庫本と同じく色川三中の蔵書印を持ち、書形や書式や書体・書風等の外形から奥書・識語類と和歌・詞書の欠脱の様相や本文細部の特徴に至るまで静嘉堂文庫本に近似しつつ、静嘉堂文庫本に比してやや劣後する点もあるので、静嘉堂文庫本と直接の書承関係（親子関係）か、極めて近い関係にあることは間違いない。⑯三康本は、比較的新しいやや乱雑な書写にかかり、奥書・識語類と和歌・詞書の欠脱の様相から、後述するII類の、それも⑥青山会本以下の諸本と同類の伝本であることは疑いない。⑰書陵部（一五五・三三三）本は、「右一本或人携来。雖不分明多／元禄七年十一月十四日午後に筆をとり／初更終程に書写畢。以類本重而／可令校合者也／六十三老乃恒」（「恒」はあるいは「徳」）との書写奥書を有する。後記する、⑦京本〜⑪山本と⑬群本が共有する「慶長三年三月日」の書写奥書を持っていて（一部欠）、かつ86歌・87詞書と270詞書・歌を共通して欠く⑥青本〜⑪山本等と同じくこれらを欠いており、同類の本文と見て過たないであろう。なお、本来は、

たてまつらせ給し百首に款冬を

山吹の花折人かかはつなくあかたのいとに袖のみゆるは（86）

人々によませ給し百首に

ことしより松の木陰に藤を植て春の久しき宿となしつる（87）（④底本による）

とあるべきを、⑰書陵部本（一五五・三三三）は、86歌と87詞書を誤脱するので、86詞書を87歌の詞書として整合させるべく「款冬を」を「藤を」としている。この点で、同様に「款冬（藤歟）を」とする⑦京本・⑧静本に近いと言える。いずれにせよ、この⑰書陵部本（一五五・三三三）は、同類諸本が持たない集付を独自に有しているなどの興味深い点はあるものの、70歌、111詞書、160歌、394詞書をも誤脱していて、その点で劣後の本文であることは否めないのである。

もとより、これら三伝本についても、本集の広い意味での享受史の観点から、精査の要があることは当然だが、本稿の分類や結論を左右するような本文を有しているとは考えられず、本書注釈に示す校異には含めず、考察の対象から除外した。

ところで、金沢市立中村記念美術館蔵の『古筆手鑑』に押されている「二条家為明卿」（琴山印。古筆了佐か）の極札を持つ断簡一葉の本文は、①書陵部本（五五三・一八）の、落丁部分（三折目の二葉目の紙で四丁分）、歌番号では349歌～358上句と377～387上句に相当する部分の内、377～382詞書部分に該当する。同断簡の料紙は、楮紙（打紙）で、縦横共に一五・六糎だが、天地左右が少し裁断されているように見受けられる。墨跡は一三行、和歌一首二行書で、字面の高さは約一四・一糎（和歌一首目一行目）である。これらの料紙と法量と書式ならびに、書体・書風の一致から、まさしく①書陵部本の第三折目第二葉が、本体から外れた後に、左右に切り分けられた内の左側を、さらに表裏に剝ぎ分けた内の表であると推断されるのである。これは既に、佐藤智広「宗尊親王『瓊玉和歌集』伝本分類私考」（『昭和学院短期大学紀要』三四、平一〇・三）が、指摘し的確に論証しているところである。本注釈の校異に、この断簡本文を①書陵部本として記している所以である。

二、従来の研究

さて、『瓊玉和歌集』（以下『瓊玉集』とする）の諸本については、夙に『私家集伝本書目』（昭四〇・一〇、明治書院）が「宗尊親王」の項で、柳葉和歌集・中書王御詠・竹風和歌抄・宗尊親王三百首と共にその伝本の所蔵を示している。本集については（以下の○囲み数字は右の「諸本の書誌」の番号を便宜の為に私に付すもの）、⑤慶大（一四一・一一三）・⑮国会（一・二四四・二八）・①書陵部（正和三為明筆）・④書陵部（五〇一・七三六。御所本）・⑧静嘉堂（八二・四四。色川本）・③高松宮（歌二・二九五）・②内閣（二〇一・五〇六。和学講談所旧蔵）・⑫神宮（文・一一五二）・⑩三手（申・二三三・二三四）・⑪山口県立（九七。今井似閑本）・⑨島原公民館（一三六・二三。松平文庫）・⑬群書類従二三〇の諸本を掲出している。その後、『私家集大成』（昭五〇・一一、明治書院。担当樋口芳麻呂）が、④宮内庁書陵部本（五〇一・七三六）を底本に採用し、「伝本として、①宮内庁書陵部蔵五五三・一八本、③高松宮本、⑨島原松平文庫本・②内閣文庫本・⑧静嘉堂文庫本・⑮国会図書館本・⑫神宮文庫本・⑩三手文庫本などが存する」（丸囲み数字は便宜の為に付す。以下同様）と紹介している。続いて、『新編国歌大観　第七巻』（平元・四、角川書店。担当黒田彰子）も、④書陵部本（五〇一・七三六）を底本とし、解題に「本集の伝本は、宗尊親王の家集の中では比較的多く、底本の他に、⑨島原松平文庫本、⑧静嘉堂文庫本、②内閣文庫本などがあるが、いずれも底本と同一系統に属するものと思われる。他に古写本として、二条為明の奥書を有する①書陵部蔵本（五五三・一八）と、永享八年の奥書を有する③高松宮旧蔵本がある。この二本は、系統をわかつ程ではないが、底本以下の伝本とは多少の異同が認められる。この二本と底本を比較すると、親王の他の家集等により確認しえた範囲では、おおむね底本の本文の方が良好である。ただし、親王の現存四集のうち三集までに霊元天皇宸筆の題簽や内題を有する伝本があること、また、それぞれの伝本がきわめて少ない上に書写が新しいことなどを考慮すると、明らかな脱落・誤写はあるにせよなお古写本二種は相応の価値を有するものと思われる」と記している。後に結論するとおり、④書陵部本（五〇一・七三六）を底本に採用したことは、極めて妥当な判断であると言えるのである。

さてしかし、より本格的な本集伝本の考察は、佐藤智広の㋑「宗尊親王『瓊玉和歌集』伝本分類私考」（『昭和学院短期大学紀要』三四、平一〇・三）、㋺「宗尊親王『瓊玉和歌集』の詞書について―「き」と「けり」の使いわけを中心に―」（『昭和学院国語国文』三六、平一五・三）によって、初めて行われたと言ってよい。前述のとおり、佐藤は論攷㋑で、①書陵部本（五五三・一八）の欠脱部に相当する中村記念美術館蔵『古筆手鑑』の断簡を発見しつつ、「歌本文の差異から、伝本をひとまず四グループに分け」て「形態的な特徴からこれを補強し、各グループの、全体における位相を考察し」ているのである。今その分類を論攷㋺によって示せば、次のとおりである（伝本名は本稿のそれによる）。

Aグループ　④書陵部本（五〇一・七三六）、①書陵部本（五五三・一八）、②内閣文庫本、③高松宮本。

Bグループ　⑮国会図書館本、⑦ソウル大学本、⑧静嘉堂文庫本、⑨松平文庫本、⑩三手文庫本、⑪山口図書館本、⑰書陵部本（一五五・三三三）、⑥青山会本。

Cグループ　⑤慶応大学本。

Dグループ　⑫神宮文庫本、⑭黒川文庫本、⑬群書類従本。

BとDのグループ分けについては全く異論はないが、AとCのグループ分けについては、後述するように、私見と異なる点がある。佐藤論攷は、研究史上に重要な意味を持つことは疑いなく、教えられる点も少なくない。しかし、その論証の過程や方法が本稿とは異なるので、これを踏まえつつも、逐条に反言することはせず、本稿としての考え方を以下に示していきたいと思う。

三、本奥書と集の成立

諸本には共通して、次の本奥書と和歌一首があり、『瓊玉集』の成立を伝えている。今④の書陵部本（五〇一・七三六）で示すと、次のとおり。

「文永元年十二月九日
　奉　仰真観撰之

　　おひてかくもしほに玉そやつれぬる

　　浪は神代のわかのうらかせ」

即ち、文永元年（一二六四）十二月九日に、宗尊親王の仰せを奉じて真観が撰したというのである。真観は、俗名藤原（葉室）光俊。弁入道とも。建仁三年（一二〇三）生まれ、建治二年（一二七六）六月九日に七十四歳で没した。本集撰進時には六十二歳である。父は権中納言光親、母は藤原定経女の順徳院乳母従三位経子である。右少弁・蔵人に任じるも、承久の乱で父に連座して筑紫配流、貞応元年（一二二二）に帰洛する。嘉禎元年（一二三五）に正四位下右大弁に到るが、翌年二月二十七日に出家する。その歌論『簸河上』は、宗尊に渡ることを意識してか、文応元年（一二六〇）五月半ば過ぎに、柳営近くで著述したものであり、その年十二月二十三日に真観は宗尊の許に初出仕を果たしている。その後、弘長二年（一二六二）九月に真観等が『続古今集』撰者に追任されたことには、真観の宗尊への教唆の噂があり、真観は否定しているが、少なくとも世上間には背景に宗尊の存在が影響したと捉えられていたようである。和歌を通じた両者の関係は、極めて親密であったと見てよく、真観からの家集撰進の働きかけが先行したかもしれないが、宗尊が真観にそれを託すほどには信頼していたことは確かではないだろうか。奥書付属の歌は、「年老いて私真観が掻き集める藻塩草ならぬ、このように書く詠草、即ちこの撰集により、かえって宗尊親王の玉の御歌がみすぼらしくやつれてしまった。けれども、和歌の浦に寄せる波が風に吹かれるように、この歌うたの並びは、神代から続くすばらしい和歌の風を靡かせているのだ。」といった趣意であろうか。

これに続く、「中務卿宗尊親王後嵯峨院第一皇子／母　准后棟子」という識語は、恐らくは江戸時代以降の後人の付記であろう。①書・⑫神・⑬群本がこれを欠く。①書本については、他本に比しては古写であり、識語が記される以前の時代の書写であることが窺われよう。⑫神本と⑬群本については、同識語を持たない祖本を共通にしていることによると考えられる。

四、諸本の書写奥書

さて、①の書陵部本（五五三・一八）は、近世期の書写がほとんどの現存諸本中で唯一、室町期の書写にかかるかと見られる古写本である。その書写奥書は、次のとおり。

「正和三年四月十日令書写之訖
故中務卿親王宗尊御詠（私注、「詠」は「哥」に上書）
藤民部卿為明（花押）」

ここに言う「為明」は、二条為世の孫で正二位中納言為藤の男、正二位権中納言に到る為明であろうか。為明は、永仁三年（一二九五）生まれであり、正和三年（一三一四）には二十歳である。その任民部卿は、貞治三年（一三六四）の四月十四日で、その年の十月二十七日に七十歳で没するのである。従って、右の書写奥書は、偽奥書である可能性が高い。為明が四季部六巻までを奏覧し門弟頓阿が完成させた『新拾遺集』に入っている宗尊詠八首全てが『瓊玉集』所収歌でないことは、これに矛盾しない。確かに諸本中では比較的古写の伝本ではあるが、その本文は、書誌および第五節の一覧表に示したように、落丁があり、それ以外にも幾つかの歌を逸している。かつ細かい本文の異同についても、例えば、「裁ち縫はぬ衣と見えて朝ぼらけ水上霞む布引の滝」（巻一・春上・7）の歌末が書本のみが「松」となっている、あるいは「いひしらぬつらさそふらし雁がねの今はと帰る春の曙」（同上・35）の第四句が書本のみが「人はいとへる」となっている等々、他本に比して優良とは言えない本文をまま有していて、証本として信頼するに足るものではないと言わざるを得ないのである。

また、③の高松宮旧蔵本の奥には「于時永享八辰年六月日」とある。永享八年丙辰（一四三六）は、室町時代後花園天皇代の年紀だが、同本は疑いなく近世の書写にかかり、これは書写や所持の本奥書ということになる。誰人の如何なる事情による書付けの痕跡かは全く分からないが、この年に遡る由緒を有する本文であることを疑うべき事由も今のところは見当たらない。

一方、⑦のソウル大学本（京城帝国大学旧蔵本）以下⑪の山口図書館本までの五本および⑬の群書類従本（その転写本の⑭黒川本も）が有する書写奥書を、ソウル大学本によって掲げてみると、次に示すとおりである。この書写奥書の共有は、⑬群本を除いて、後掲の一覧表に見る本文の欠脱の共通と齟齬しない（但し⑧静本は、同じ書写奥書を有する他本に比して本文32と175を固有に誤脱）。

「此一冊者以　禁中御証本留
写畢
慶長三年三月日
（一行分空白）
主左少将基任
重而可加清書也」

「基任」とは、蔵人頭左中将基継男で、参議従三位に至る藤原基任であろう。天正元年（一五七三）正月十一日生まれ、慶長十八年（一六一三）正月十四日に四十一歳で没している。天正十七年（一五八九）正月十一日に十七歳で左少将に任じ、慶長十三年（一六〇八）正月十二日、三十六歳で左中将に転じている。この間、右中将を経た可能性もあろうか。いずれにせよ、慶長三年（一五九八）年三月に宮中伝来の然るべき証本を以て書写した本を、二十六歳の左少将基任が手に入れ、重ねて清書すべきであるとした本であろう。

同じ奥書を持つ他本について見ると、⑧静嘉堂本は、右とほぼ同様の書式で記されている。⑨松平文庫本は、「禁中」の上の一字分の空白はなく、「三月日」と「主左少将」の間の一行分の空白もない。⑩三手本と⑪山口図書館本は、同様に一字と一行の空白がない上に、「主左少将基任」から「主」が消えて、「三月日」の直下に一字分程度の空白を置いて「左少将基任」とのみある。⑬群書類従本は、「禁」の上の一字分の空白はあるが、⑩三手本・⑪山口図書館本と同様に、一行の空白はなく、「主左少将基任」の「主」もなく、「三月日」の直下に数字分程度の空白があって「左少将基任」とのみあり、その後の「重而可加清書也」はないのである。⑦京本と⑧静本の形が本来で、⑨松本は字間を詰めた書式で、「禁中」に対する敬意と「主基任」が「慶長三年三月日」の書写者ではないことを示す意図とが希薄になり、⑩三本と⑪山本および⑬群本は、あたかも「左少将基任」が書写者であるかのように変形していることになる。もとより、⑩三本と⑪山本の両本は共に今井似閑本であり、直接の書承関係にあるか、そうでなくとも極めて近い関係にあることは間違いないであろう。また、⑬群本がこの両本のような本文と何らかの関係性を有していることも推測されるのである。なおここで、⑩三本と⑪山本との関係を細かい点に窺っておく。例えば、「空もなほ秋の別れや惜しむらん涙に似たる夜半のむら雨」（秋下・272）の第四句を、⑩三本は「涙にゝたる」とあって、「涙」と「に」の間（あるいは「に」の上部）の左傍に朱丸点を打ち「に」の右傍に「にカ」と朱書するが、字母「耳」の「に」と踊り字の「ゝ」の連綿が「と」に見えなくもなく、右傍の「に」が「こ」に見えなくもない。一方、⑪山本の第四句は「涙ことたる」である。とすると、⑩三本のような表記を「涙ことたる」と見誤った反映が⑪本の本文かと疑われるのである。さらに精査を要するが、⑩三本の本文が⑪山本のそれよりもやや上位にある可能性を見ておきたい。

　ところでまた、書写奥書では⑩三・⑪山本に比して妥当性を見せる⑦京・⑧静・⑨松本だが、これら三伝本は一方で、宗尊の歌の掉尾（508）から一首前の507歌「万代のかすにとらなむ君かすむ亀のお山の滝のしら玉」の後ろに各数行分の余白を取り丁表から丁裏にわざわざ替えて、宗尊歌掉尾の508歌「すへらきの位の山の小松原ことしやちよのはしめなるらん」と、右掲真観の本奥書（含509真観歌）を続けて書写している。508詞書「文永元年大嘗会の心をよませ給けん」と本奥書の「文永元年十二月九日」（以上⑦京本で示す）を一連のものと誤解したことの反映であろう。⑩三・⑪山両本も同様に508を丁の表を裏に替えて記すが、奥書は連続させずに丁を替えている。これと同様に、⑬群本は、508歌の後ろに一行分の余白を残して、丁を替えて奥書がある。なお、全体の考察からは除外した同じ奥書を持つ⑰書陵部本（一五五・三三三）について記しておけば、「禁中」の上の空白は半字分程度残るが、「三月日」の下に数字程度の余白を取って、「主左少将基隆」とあり、次の「重而可加清書也」を欠く、という様相である。⑩三・⑪山・⑬群本に近いが、「主」を残している点ではこれらとも同一ではない。いずれにせよ、この奥書本文の様相が他本に劣後であることは、先に記した本文誤脱の様相と矛盾しないのである。

同種の書写奥書を持つ⑦京・⑧静・⑨松・⑩三・⑪山・⑬群本の六伝本には、当然に共通の祖本を想定しえようが、中では、⑦京・⑧静・⑨松の三伝本、⑩三・⑪山・⑬群の三伝本に、より関係性が強いことが窺われよう。ただし、次節に見るように、⑬群本は、他の五本と本文内容に懸隔があるので同類ではなく、むしろ他の五本とりわけ⑩三・⑪山両本のような本文が部分的に反映している本文である可能性を想定すべきかと考えるのである。

五、和歌・詞書の有無と配列順の異同による諸本の分類

①書本の落丁に起因する本文の脱落分は除き、諸本の和歌・詞書の有無と配列順の異同を一覧表に示すと、次頁のとおりになる。結論から言えば、これらの位相は、先に述べた書写奥書の共有の様相、後に述べる諸伝本間の細かい字句の異同の様相とも大きく矛盾はしないので、これに従って、諸本を三区分に類別することとする。II類本については さらに、歌数の一致と書写奥書の共有から、④底本と⑤慶本を第1種、⑥青本から⑪山本までの六本を第2種に細分しておく。

これらの和歌・詞書の有無は、ある歌とその次の歌の詞書が欠けたために出典と齟齬する前歌の詞書と次歌とが結び付いている錯誤の情況や、同じ詞書がかかる歌の配列で二首目以降を欠くという様相等に照らして、104、120、433、494を除くと、編纂過程に生じたのではなく、全て転写の過程の誤脱に起因すると疑いなく判断される。104、120、

和歌・詞書有無および配列順異同一覧（一首全体・和歌・詞書無しは×印で示す。配列順異同は該当する場合○印で示す。）

		32	34歌35詞	54歌55詞	86歌87詞	104	120	175	202 201の順	209 208の順	209 204の順	246 245の順	270	351 350の順	355 359 356の順	369 335 370の順	371歌372詞	393 392の順	396歌397詞	433	494
I類	書			×		×										○		○		×	×
	内		×				×									○	×	○	×		
	高		×				×		○	○				○		○	×	○	×		
II類1種	底																				
	慶																				
同2種	青				×								×								
	京				×								×								
	静	×			×			×					×								
	松				×								×								
	三				×								×								
	山				×								×								
III類	神									△（補正済）	○	○			○						
	群										○	○			○						

433、494の四首については、後述のようにⅠ類本が編纂のより早い段階の本文を伝えるとすれば、後に追加された可能性を完全には排除することができない。しかしながら、偽奥書を持つ①書本の書写の杜撰さや、②内本・③高本の他箇所の明らかな誤脱の存在に照らせば、やはりこれらも誤脱である可能性が高いと見るのが穏当であろうか。現段階では、本集の総歌数は、377の本歌の注記が本文化した378（後拾遺集・別・四七八・長能）を除いて、宗尊の和歌五〇七首と真観の和歌一首の計五〇八首で、誤脱を除いて所収歌に異なりはないと見るべきかと考える。その点では、現存本文は、複雑な編纂過程を想定させるものではない。なお、④底本と同じ歌数で配列も同じ伝本は、唯一⑤慶本のみである。両者の間に他に比して強い類似性を認めてよいであろう。

六、配列順の異同に窺う諸本の関係

右の一覧にも示すとおり、所収歌の配列には、複数の伝本間に共通して認められる異なりが存する。その配列の異同について、諸本間の異なりが編纂上の異なりに関わる可能性がある点を確認する意味もこめて、やや詳しく検討してみよう。掲出本文は、④の書陵部本（五〇一・七三六）を底本にした整定本文による（特記しない限り同様）。

巻七恋上に収める335は前の334から詞書「春恋」の二首連続で、次歌336の詞書「秋恋」と対照する配列である。

　百番御歌合に、春恋

言はで思ふ心の色を人問はば折りてやみせん山吹の花（334）

涙にて思ひは知りぬとどむともかたしや別れ春の曙（335）

　　秋恋

つつめども涙ぞ落つる身に恋の余るや秋の夕べなるらん（336）

ところが、①書・②内・③高の三本は、335が次巻恋下にあり、369と370の間に「春恋を」の詞書で、次のように配されている。

三百首御歌中に

暮れなばと契りてもなほ悲しきは定めなき世の暁の空（369）

春恋を

涙にて思ひは知りぬとどむともかたしや別れ春の曙（335）

逢後契恋

いかにせむ逢ふまでとこそ歎きしにその面影の添へて恋しき（370）

369の結句「暁の空」と335の結句「春の曙」との類縁にかろうじて連接の意味合いが見出されようか。しかし、369の主題は370と共に「逢後契恋」と見てよいが、春曙に寄せた恋歌である335の主題は前後の369や370と明らかに異なるであろう。①書・②内・③高本と④底本以下の諸本との配列の異なりが、真観の編纂時の推敲の痕跡であるとするならば、やはり①書・②内・③高本の形が先行して、その後に配列上の不合理を正すべく、334の詞書「百番御歌合に、春恋」の「春恋」題の下に335歌を配する、④底本以下の諸本の形に改められたと見るべきであろうか。この判断につけば、両者の間に編纂時の修整に起因した異同に基づいた本文の類別を想定することになろう。①書本以下の諸本を、④底本以下の諸本に比較すればやや先行するもの（原撰）として、第Ⅰ類とする次第である。なお、④底本以下の諸本の形の場合、335歌には334歌の詞書「百番御歌合に、春恋」がかかるが、『柳葉集』にはその「百番御歌合」に該当する「文永元年六月十七日庚申に自らの歌を百番ひに合はせ侍るとて」（四五〇～五六二）の「春恋」題の下に、334歌のみしか見えない。しかし『柳葉集』には、当該「（文永元年六月十七日庚申）百番自歌合」の二〇〇首の内の一一三首が所収されているに過ぎず、そこでは同一の題で複数の歌が連続している場合もままあるので、335歌も本来その「百番自歌合」の一首であった可能性は残ろう。ただしまた、「百番自歌合」の一首ではないものが、結句の「春の曙」の縁から「春恋」題の下に配された可能性も見ておく必要はあろうか。

また一方、338と339の詞書には伝本間で二大別される異なりがある。④底本と⑥青・⑦京・⑧静・⑨松・⑩三・⑪山の諸本は、次のとおりである。なお、338詞書を⑤慶本は行間小字補入で有しているので、④底本以下と同様の形と判断しておく。

　恋の心を
袖を我いつの人間にしぼれとて忍ぶに余る涙なるらむ（337）
よそにては思ひありやと見えながら我のみ忍ぶ程のはかなさ（338）
　奉らせ給ひし百首に、不逢恋
逢ふ事はいつにならへる心とてひとり寝る夜の悲しかるらん（339）
思ふにもよらぬ命のつれなさはなほながらへて恋ひや渡らん（340）
さりともと月日の行くも頼まれず恋路の末の限り知らねば（341）

この部分が、①書・②内・③高・⑫神・⑬群の諸本では、つぎのようにある（①書本で示す）。

　恋心を
そでをわれいつの人まにしぼれとてしのぶにあまるなみだなるらむ（337）
　たてまつらせ給し百首に

よそにてはおもひありやとみえながらわれのみしのぶほどのはかなさ（338）

不逢恋

あふ事はいつにならへるこゝろとてひとりぬるよのかなしかるらん（339）

おもふにもよらぬいのちのつれなさはなをながらへてこひやわたらん（340）

さりともと月日のゆくもたのまれずこひぢのするゑのかぎりしらねば（341）

『柳葉和歌集』にも収める各歌の出典は、337が「弘長三年八月三代集詞百首」（仮称）、338〜341が「弘長二年冬弘長百首題百首」（同上）である。出典を「弘長二年冬弘長百首題百首」とする歌は、本集では「奉らせ給ひし百首に（＋歌題）」の類の形の詞書が付されているのが普通であるが、歌題が記されていない例も散見するので（166、188、284）、338の場合にも①書本以下の諸本のように、歌題が付されていなかったとしても不思議ではない。また、338〜341歌は338歌と本来は同機会の百首歌の連続した歌群であり、その詞書「たてまつらせ給し百首に」を338歌に付して、それを承けながら339に「不逢恋」の歌題を付す意図であったと見れば、①書本以下の形でも矛盾はない。しかしながら、やはり①書本以下の形では、339〜341が338とは別機会の歌だと誤解される（と編纂者が考えた）可能性が否定できないであろう。④底本以下の337〜341の詞書の付され方でも、338の出典が明示されない恨みは残るものの、それは本集の他の箇所でもまま見られる現象でもあれば、④底本以下の形は①書本以下の形に比して、より合理的に整理された印象が拭えないことも確かである。本集の編纂過程が反映した配列の異なりかとも疑われるのであり、①書本以下の形が原撰で④底本以下の形が精撰である痕跡を、ここにも見ておきたいと思うのである。

なお、私家集大成と新編国歌大観で共に378の番号を付与されている、377の本歌である『後拾遺集』（別・四六七）の長能歌は、恐らくは何人かによる本歌を指摘する注記が本文化したものと見てよいであろう。Ⅰ類本では、①書本（中村記念美術館蔵『古筆手鑑』所収断簡）が、他の歌と同様の字の大きさで二行書きだが他の歌より三字下げ（詞書より一字下げ）で記し、歌頭に「後拾／藤長能」と注していて、②内本も「後拾　藤原長能」と注しつつ行間に三字下げの小字により補記しているのは、本来の姿を留めたものであり、Ⅰ類本の古態性を認めることができよう。他の諸本は、この長能歌を他の宗尊歌と同じ書式で記していて、①書本や②内本の形よりは後出の形を示している。その内、⑤慶本のみが「後拾　藤原長能」と注するのは、②内本の類の本文との関係の強さを窺わせるであろう。④底本は、「後拾」の集付を記しつつも長能歌を他の宗尊歌と同じ書式で記しているので、この点では、むしろ劣後の本文である。

ここで、⑫神本と⑬群本の近さを配列上に確認しておこう。巻四秋上204「袖の上にとすればかかる涙かなあな言ひ知らず秋の夕暮」が、⑫神本・⑬群本は、同上209「あはれ憂き秋の夕べのならひかな物思へとは誰教へけん」の後、秋上巻軸に位置している。ちなみに、⑫神本は、209が208「憂き事を忘るる間なく歎けとや村雲まよふ秋の夕暮」の前に位置しているが、両首の歌頭に「後」「前」とあって補正されているのである。209、208の順になっている③高本との関連が疑われるが、現時点ではよく分からない。さて、194〜208は、結句に「秋の夕暮」を持つ歌の一群で、これは意識的な配列と思しく、撰者真観の最終的な意図は④底本以下の配列順にあったと見てよいであろう。この配列異同の先後は不明だが、⑫神本と⑬群本の親近は窺えよう。また、⑫神本・⑬群本は、巻五秋下245「百番御歌合に／里は荒れていとど深草茂き野にかれなで誰か衣打つらん」と246「五十首御歌合に／偽りの誰が秋風を身に染めて来ぬ夜あまたの衣打つらん」が逆順になっている。245・246の順と、246・245の順と、どちらの場合も前後の擣衣歌群の中で違和感はなく、この配列異同の先後も不明である。

さらに、巻七恋上356から359までの、詞書「待恋の心を」の下の四首は、次のとおり。

待ち侘びて独りながむる夕暮はいかに露けき袖とかは知る（356）
来ぬ人をいかに待てとか秋風の寒き夕べに月の出づらん（357）
宵の間に頼めし人はつれなくて山の端高く月ぞなりぬる（358）
寝ねがてに人待つ宵ぞ更けにける有明の月も出でやしぬらん（359）

この356～359の四首が、⑫神本・⑬群本は、359、356、357、358の順に配列されている。355「また人を待ちぞ侘びぬる偽りにこりぬ心は秋の夕暮」の結句「秋の夕暮」と356「夕暮」の繋がり、356夕暮・357月の出・358高き月・359有明の月の並び、の両面から見て、359に始まる⑫神本・⑬群本の配列に比して、底本以下の配列の方がより自然であろう。この配列の異同の先後も不明だが、やはり⑫神本と⑬群本の他本に比した関係の深さは明らかである。

以上、⑫神本・⑬群本の他本との配列の異同が、撰集の過程で生じたのか、転写の過程で生じたのかは不明とせざるを得ないが、⑫神本と⑬群本を一つの類として他と区別することは認められるものと考える。

なお、巻八恋下の392「奉らせ給ひし百首に、同じ心（逢不会恋）を／沢田河井手なる蘆のかりそめに浅しや契り一夜ばかりは」と393「見るたびに辛さぞまさる今はとて人の急ぎし有明の月」が他本と逆順である②内本と③高本は、その点で親しい関係性を覗かせている。この配列の他本との先後を、内容上に推測することは不可能であるが、諸本全体の関係性に照らせば、独自の錯誤と見るべきであろうか。③高本のみが巻四秋上の201「いつまでかさても命の長らへて憂しとも言はむ秋の夕暮」と202「尋ねばや世の憂き事や聞こえぬと岩ほの中の秋の夕暮」が他本と逆順であることも、同断であろう。

七、異本注記と細かい異同および集付等に窺う諸本の関係

ここで、諸伝本の本文に注記された異本本文の様相に窺い得る点を確認しておきたい。

まず、112「おのが妻恋しき時か郭公山より出づる月に鳴くなり」の初二句には、諸本間の対立的異同の典型が認められる。「をのつからつまこひしきか」（書本）とする①書本・②内本・③高本と、「をのか妻恋しき時か」（底本）とする④底本～⑬群本（⑥青本二句末「ときは」、⑩三本・⑪山本初句末「いま」）とに分かれ、⑤慶本は「をのかつまこ（つからつま恋）ひしきときは（しきかはイ）」というように、その対立を異本注記で示しているのである。この様相は、和歌・詞書の有無と配列順の異同によるI～III類の分類に矛盾せず、I類とII類・III類との間の差異と、⑤慶本のその両者間に跨がる本文上の接触を窺わせるのである。

次に、④底本には、多数ではないが本文の右傍に異文が注記されている。292「橋立や与謝の浦わの浜千鳥鳴きてと渡る暮のさびしさ」の「浦わの」の傍記異文は、④底本が「うらはの（みなと）」、⑥青・⑦京・⑧静・⑨松・⑩三・⑪山本が「うらはの（みなとイ）」である。この傍記異文に該当するのは、⑫神・⑬群の本文「みなとの」である。また、400「恨むべき我が身の咎は忘られて訪はぬを憂きになすぞ悲しき」の歌末の傍記異文は、④底本が「かなしき（はかな）」、⑤慶・⑥青・⑦京・⑧静・⑨松・⑩三・⑪山の諸本が「悲しき（はかなきイ）」（⑦～⑩は本行「かなしき」）であるのに対して、⑫神本が「はかなき」、⑬群本が「はかなき（かなしきイ）」であり、④底本以下の諸本と、⑫神・⑬群の両本とが、相互の本行本文を異文として有しているのである。以上より、④底本およびそれと同様のII類本諸本の異本注記は⑫神本以下のIII類の本文に、III類の⑫神本以下の異本注記は④底本以下のII類本の本文に拠ったことが窺われるのである。

これに関連して、⑤慶本独自の異本注記本文について見ると、例えば、1「大伴の御津の浜松霞むなりはや日の本に春や来ぬらん」の歌末に、⑤慶本のみが「きぬ（たつイ）らん」の傍記異文を記すが、「たつらん」を本文とするのは⑦京・⑧静・⑩三（以上「立らん」）・⑪山・⑫神・⑬群（以上「立覧」）の諸本である。しかし多くの場合、74「ときはなる松にもおなじ春風のいかに吹けばか花の散るらむ」の第三句に見える⑤慶本独自に「春風の（をイ）」とする傍記異文「春風を」と一致するのが②内本と③高本の本文であるように、⑤慶本の傍記異文は②内本③高本に類する本文である可能性が高いことはほぼ疑いないところである。なお、II類の⑤慶・⑥青・⑦京・⑧静・⑨松・⑩三・⑪山の諸本中には、411「民安く国治（らく）まれと身ひとつに祈る心は神ぞ知るらん」の結句に、「神も（そイ）しるらん」（慶）「神もしるらん」（青）、「神そ（も）しるらん」（京・静）「神そ（もイ）しるらん」（松）、「神かしるらん」（三・山）といった本文の対立があって（①書・②内・③高・⑫神本は「かみそしるらん」「神そしるらん」、④底・⑬群本は「神そしるらん（もうくイ）」）、その点に見る限り、⑤慶・⑥青本、⑦京・⑧静・⑨松本、⑩三・⑪山本、の三つに区別される。一方では、⑥青本から⑪山本までの六伝本は共通して、490「とにかくになほ世ぞ辛き賤しきも良きも盛りの果ての憂ければ」の結句を欠き、かつ、⑦京・⑧静・⑨松・⑩三・⑪山の五伝本は、先に記したように508の一首を態々丁替えして記し、一見当該歌を欠く形になっているのである。これらの六伝本は、一括して捉えるべきであり、中では⑥青本が、比較的優位にあると見ることができる。なおより細かく見れば、⑨松本と今井似閑本たる⑩三・⑪山の両本が近い関係にあると認められる異同（330、417、419、425、449等）が存してもいる。なお、⑩三本には藍と朱の、⑪山本には朱の、それぞれ本文異同等に関わる注記が存している。両本は、同じ今井似閑本で、両者本行の本文は酷似していることは既に指摘したとおりである。しかし、この注については、一致する場合もある一方で、例えば、59「訪はるべき宿ともさらに頼まぬを人待ち顔に花の咲くらん」の第三・四句「頼まぬを人待ち顔」は、両本共に「たのまぬ（本ノ）人待かほに」としながら、⑩三本は、「ま」と「ぬ」の間に藍補入符を打ち右傍に藍で「れカ」と注して即ち「頼まれぬ人待ち顔に」が本来かと疑うのに対して、⑪山本は「ぬ」と「人」との間の左傍に朱で「をカ」と注して即ち「頼まぬを人待ち顔に」が本来かと疑っているのであり、両者の注記は別機会か別人の手で区々に記されたと考えられるのである。

　ところで、⑨松本には、現存本に見えない異本注記本文が存する。例えば、238「山の端の夕べの空に待ち初めて有明までの月に馴れぬる」には「空に（をイ）」、401「身の程を思ひ知りつつ恨みずは頼まぬ中となりぬべきかな」には「中と（のイ）」という異本注記が見えるが、この「空を」や「中の」の本文は、現存諸本には見えないものである。現存本と異なる本文による校合、一つには本集の現存本以外の伝本との校合、一つには該歌所収の他集本文との校合、がなされた可能性を僅かながら窺わせていよう。ただし、一方で、267「鳴く鹿の声聞くときの山里を紅葉踏み分け訪ふ人もがな」の結句に見える、⑨松本独自に「とふ人もかな（なしイ）」とする異本本文「とふ人もなし」は、③高本独自の本文に同じであり、③高本の類の本文との接触の可能性も、微かに認められるのである。

　なお、⑬群本は⑫神本に非常に近似するが、⑫神宮文庫本が⑬群書類従本の直接の親本である可能性が低いことは、例えば305「言問ひし花かとぞ思ふうち渡す遠方人に降れる白雪」の第四句が、⑫神本が「をちかた人に」であるのに対して⑬群本が「をちかたのへに」であること等の、細かな異同の様相によって明らかである。また、その⑫神・⑬群の両本は、373「思ひ侘び人にもかくと言ふべきに忍ぶる程はそれもかなはで」の結句が「それもかなはす」で、それは②内・③高本に一致するという点が存していることも注意しておいてよい。なおまた、⑭黒本は⑬群本の忠実な書写本だが、239「秋の夜の心長きは涙とて入るまで月に絞る袖かな」の第二句が、⑬群本「心なかきは」であるのに対して⑭黒本「心なりせは」等の仮名の誤読、この場合は字母「可起」の「かき」を「利勢」の「りせ」に誤読か、に起因する誤写も存している。

さて、歌頭の勅撰集入集歌を示す集付は、①書本・③高本・⑥青本・⑩三本・⑪山本・⑫神本以外の諸本が共有する278の「続古」の一箇所以外には、②内・③高・④底・⑤慶・⑬群本が有している。次に、列挙しておこう。

1「続古」（内・高・底・慶・群）、4「続古」（内・高・底・高・慶）、5「続後拾」（内・底・慶・群）「続古拾本マ、」（高）〈事実は続後拾遺〉、6「続古」（内・高・底・慶・群）、18「新後拾」（群）、27「新千」（内・慶）「新古」（高）〈事実は新千載〉、28「続古」（内・高・底・慶）、31「新千」（内・慶）、44「続千」（内・底・慶）、45「続古」（内・底）、53「続古」（内・高・慶）、61「新後拾」（群）、67「続古」（内・底・慶）、90「続古」（内・慶）、96「続古」（内・底・慶）、97「続古」（底）、98「続古」（内・底・慶）、102「続古」（内・慶）「続拾」（底）（事実は続拾遺）、111「続古」（内・高・底・慶）、113「続古」（内・底・慶）、127「続後拾」（内・底・慶）、135「続拾」（内・底・慶）、136「続古」（内・底）、141「続古」（内・底・慶）、154「続古」（内・底・慶）、167「続古」（内・底・慶）、169「新後拾」（内・慶）、170「続古」（内・高・慶）、183「新古」（高）〈錯誤か〉、184「新千」（内・慶）、204「続古」（内・高・底・慶）、209「続古」（内・高）、213「続古」（内・底・慶）、224「続古」（内・慶）、244「続古」（内・底・慶）、272「続古」（内・底・慶）、278「続古」（内・底・慶・京・静・松・群・黒〈二句の右傍〉）、284「続古」（底）、288「続古」（内・底・慶）、290「続古」（内・底・慶）、296「続古」（内・高・底）、323「続古」（内・底・慶）、327「続古」（内・底・慶）、329「続後拾」（底）、334「続古」（内・底・慶）、340「続拾」（内・底・慶）、344「続古」（内・高・底・慶）、349「続古」（内・底・慶）、356「続拾」（内・慶）、360「続古」（内・底・慶）、378「後拾　藤原長能」（内・慶）「後拾」（底）〈377の本歌〉、392「続古」（底）、395「続古」（内・底・慶）、399「新古」（底）〈事実は新後撰〉、402「続古」（内・底）、403「続古」（内・底・慶）、404「続古」（内・底・慶）〈内・慶は「同」〉、408「続古」（内・底・慶）、409「新後」（底）、414「新後」（底）、420「続古」（内）、423「続古」（内・

底・慶）、433「新後」（内・底・慶）、435「続古」（内・底・慶）、441「続古」（内・底・慶・群〈「続古今」〉）、472「続後拾」（底）、493「続古」（内・底・慶）、495「続後拾」（底）、508「続古」（内・底・慶）。

如上の集付の様相から、多くの集付は②内・④底・⑤慶本が一致していると言える。もとより事実に基づく勅撰集の集付は、各伝本区々に付されたとしても一致して不思議はないが、近世以前にそれを行うことが相当に困難であることも間違いないであろうから、本文自体に類似性や関連性がある伝本同士の場合、集付も相互に関係している可能性は高いであろう。中で④底本は、他本にない独自の集付も含め、一部に錯誤はあるものの、比較的には正確に付されていて、これは書写の丁寧さや歌頭の不審紙様の小紙片貼付の様子から見て、該本に真摯に向き合った何人かによって付された集付である可能性を見るべきであろうし、他本に拠ったとしても、忠実に書写されたものと見てよいであろう。また、②内本と⑤慶本のみが錯誤も含めて共通している場合が散見して、両本の一致度が他本に比して高いことは、先に述べた⑤慶本の異本本文が②内本の類の本文であることに照らせば、⑤慶本本文が②内本の類の本文に接触したことを裏付けるものと見てよいのではないか。③高本のそれも、他本からの書写であるとすれば②内本の類に拠った可能性が高いであろうが、錯誤が多く杜撰さは否めない。なお、⑬群本の集付は、②内・③高・④底・⑤慶の四本とは無関係に、本文転写のいずれかの段階で付されたものであると見られる。

むすび

『瓊玉和歌集』の現存本には、数次の編纂段階を示すような、あるいは編纂時の大改訂を示すような、本文上の痕跡は認められない。しかしながら、唯一室町期にかかる書写と見られる①書陵部本と、②内閣本および③高松宮旧蔵本のⅠ類本は、編纂上の改編に起因して④底本以下のⅡ類本と⑫神宮文庫本以下のⅢ類本に先行するかと思われる異なりが認められるので、これを原撰の姿を窺わせる諸本として一括した。ただし、①書陵部本には落丁が存する上に本文書写上の欠陥と奥書の信頼性への疑義があり、かつ②内閣本と③高松宮旧蔵本にも本文の欠落が認められるので、いずれも優良な本文とは言いがたい。

群書類従本を含むⅢ類本については、⑫神宮文庫本と⑬群書類従本は、直接の書承関係にはあると推断することはできないが、極めて近似した本文であり、⑭黒川文庫本は群書類従本の忠実な書写本である。これらⅢ類本は、Ⅰ類本に通う点も僅かに認められるが、Ⅰ類本ともⅡ類本とも異なる独自性も存していて、これらを一括して類別することには躊躇はないが、なお僅かながら残る配列上の他類との異なりが、編纂過程で生じたのか、書写過程で生じたのかは、それのみに見る限りでは判断がつかない。⑫神宮文庫本は、京都の村井古巌敬義によって、天明四年(一七八四)八月に伊勢神宮林崎文庫に奉納されており、同六年(一七八六)に見本として『今物語』が刊行されたのを初めとする『群書類従』の、少なくとも木版刊本の⑬群書類従本を書写したものでないことだけは確かである。同時に、その群書類従本『今物語』奥に「右今物語以村井敬義本書写以屋代弘賢横田茂語本校合了」とあるように、『群書類従』のある本は、村井敬義の本を底本に用いているのである。⑫神宮文庫本かこれに近い村井敬義本が、⑬群書類従本の底本に用いられた可能性は高いのではないだろうか。ただし、⑬群書類従本は、Ⅱ類諸本が共有する「慶長三年三月」の書写奥書を⑩三本・⑪山本に近い形で有しているが、⑫神宮文庫本はこの奥書を欠くという異なりがあるので、⑫神宮文庫本は何らかの事情でこの類の奥書を受け継がなかったが、⑬群書類従本は、この類の奥書を有する伝本、例えばこの奥書を有する別の村井敬義本やⅡ類のある伝本等からこれを書承したということになる。いずれにせよ、Ⅲ類本とⅡ類本との関係を異本注記に窺えば、Ⅲ類本はⅡ類本とは対立的な関係性が認められるのであり、後代の書写上に発生した変化ばかりではなく、比較的早いある段階で既にⅢ類本独自の本文の異なりが存在していて、それらがⅡ類本と接触することで、相互の異本注記に繋がったらしいことは、認めてよいであろう。

比較的には精撰本と判断されるⅡ類本はさらに、本文の有無と配列の一致および奥書の共有から、第1種④底本・⑤慶大本と、第2種⑥青山会本・⑦京城大本・⑧静嘉堂本・⑨松平文庫本・⑩三手文庫本・⑪山口図書館本の諸本とに、種別することができるが、⑤慶大本と⑥青山会本とにも近い点があり、第2種中では⑥青山会本が優位である。またさらに細かくは、⑦京城大本・⑧静嘉堂本・⑨松平文庫本がより近く、共に今井似閑本たる⑩三手文庫本と⑪山口図書館本は親子か兄弟等即ち直接か間接かの書承の親しい関係にあることは疑いなく、同時にそれらは⑨松平文庫本とも近い点が存している。なお、その⑨松平文庫本の異本注記に、現存本とはやや異なる類の伝本が存した可能性を僅かながら見ることができる。

結局、書写が精確丁寧であり、本文に欠脱がなく、伝来も信が置けるという点で、優良な本文を有して注釈等の底本とするのに堪え得るのは、Ⅱ類の④底本、即ち書陵部（五〇一・七三六）本であることは、動かしがたい結論であろう。

注

（1）『私家集大成　第4巻　中世Ⅱ』（昭五〇・一一、明治書院）。担当は、樋口芳麻呂。「解題」に、底本とする書陵部本（五〇一・七三六）の簡要な書誌を記し、書陵部本（五五一・一八）の「正和三年」の奥書を掲げつつ「古写本だが、落丁があり、歌数は四八五首にすぎない。」とし、また、高松宮本（現歴博蔵本）の「永享八辰年」の奥書を掲げつつ「歌数は五〇四首である。」と指摘する。

（2）『新編国歌大観　第七巻　私家集編Ⅲ』（平元・四、角川書店）。担当は、黒田彰子。「解題」に、「本集の伝本は、宗尊親王の家集の中では比較的多く、底本の他に、島原松平文庫本、静嘉堂文庫本、内閣文庫本などがあるが、いずれも底本と同一系統に属するものと思われる。他に古写本として、二条為明の奥書を有する書陵部蔵本（五五三・一八）と、永享八年の奥書を有する高松宮旧蔵本がある。この二本は、系統をわかつ程ではないが、底本以下の伝本とは多少の異同が認められる。この二本と底本を比較すると、親王の他の家集等により確認しえた範囲では、おおむね底本の本文の方が良好である。」としつつ、「明らかな誤脱・誤写はあるにせよなお古写二種は相応の価値を有するものと思われる。」と言う。

『瓊玉和歌集』の和歌

はじめに

宗尊の前半生の本格的な家集である『瓊玉和歌集』（以下『瓊玉集』と略記する）について、注釈を施した結果を基に、その外形と内容の両面から、特徴を考察してみたい。本集現存本所収の総歌数は509首だが、378番歌は377番歌の本歌を後人が書き入れた竄入本文であり、509番歌は本奥書中の真観の作であるので、宗尊自身の詠歌数は507首である。なお、『瓊玉集』の本文は注釈の本文に従い、それ以外の引用和歌の本文は特記しない限り新編国歌大観本に拠る（表記は改める）。

一、出典

『瓊玉集』の和歌の出典を、索引資料としての意味を込めて一覧にすると、後掲の資料Ⅰ「瓊玉集歌出典一覧」のとおりである。なお、本集成立以前の弘長二年（一二六二）九月中に宗尊の命で藤原基家が撰したとされる『三十六人大歌合』所収の宗尊詠は、本集に全10首（31、136、154、196、216、290、339、395、441、476）が見えるが、内8首（31、

154、196、290、339、395、441、476）は、他からの採録と認められるため、「蛍を」（136）、「野月」（216）と詞書する残りの2首についてはなお、撰者真観が記した詞書の理法を探った上で判断する必要はあるものの、一応この秀歌撰歌合は本集編纂時の撰歌資料ではなかった可能性が高いと推測されるので、出典からは除外しておく。正元二年（一二六〇）二月五日序の『新三十六人撰』についても、所収歌2首（74、297）は他資料からの採録と認められるので、出典ではなく他出資料として扱っておく。

他資料等に拠りつつ年次が明確になる出典は、文応元年（一二六〇）一〇月六日以前の成立という①『宗尊親王三百首（文応三百首）』が最も早く、文永元年（一二六四）の⑫「文永元年十月百首」が最も遅い。ただし、本集で詞書に年次が明記されているのは、「文永元年十月御百首（百首・百首御歌）」等とするこの⑫「文永元年十月百首」のみである。また、年次は記さないまでも少なくとも当該の定数歌・歌合等であることが明記されているのは、「三百首御歌」等とする①『宗尊親王三百首』、「十首歌合に」とする③『宗尊親王百五十番歌合』、「人人によませさせ給ひし百首に」等とする④「弘長元年（九月）中務卿宗尊親王家百首」、「百首御歌の中に」とする⑥「弘長二年十一月百首」、同様に「百首御歌の中に」等とする⑦「弘長二年十二月百首」、「弘長二年冬奉らせ給ひし百首御歌の中に」等とする⑧「弘長二年冬弘長百首題百首」、「百首御歌中に」等とする⑩「弘長三年八月三代集詞百首」、「御歌ばかり百番合はさせ給ふとて」「百番御歌合に」等とする⑪「文永元年六月十七日庚申宗尊親王百番自歌合」である。なおただし、これらについても、全てに定数歌・歌合であることが詞書に明記されている訳ではなく、歌題や一般的な詠作の詞書が付されている場合がまま見られるのである。具体例につけば、③『宗尊親王百五十番歌合』所収歌は、本集内では「十首歌合に」（37、211、406）と記されて確かに同歌合からの採録であることが明示されている場合と、「冬月」（298）「松雪を」（314）のように春夏秋冬恋を題とする同歌合以外の歌題が記される場合とが混在していて、本集撰者真観が宗尊の懐紙詠等も含むより多様な資料から採歌したか、あるいは同一資料から採歌しても配列上の措置から必ずしも同じ詞書を付さなかったか、という編纂時の様相が窺われるのである。また例えば、詞書を「雑御歌中に」とする479～484の6首中の最後の484番歌は、本集でも詞書に明記する⑫「文永元年十月百首」の一首であることが『柳葉集』（六二〇）により確認されるが、484番歌詞書にはそれが記されていない。同百首を抄録する『柳葉集』（五六三～六二六）には、「雑」歌は六一五～六二六の12首が収められているが、春夏秋冬恋雑である同百首の構成から、本来雑歌は20首であったと推測されるので、本集の残りの「雑御歌中に」の5首も、同百首の散逸歌である可能性があろうし、他の雑歌の詠草類に同百首のこの一首を付けて本集で配列上のひとまとまりの小歌群とした可能性もあろう。さらには484番歌が、雑歌の詠草から流用された可能性もあるのであろう。同様に、「題しらず」の下にある345～347の3首の真ん中346番歌は、⑥「弘長二年十一月百首」の「不逢恋」題の一首であり、詠草類から採録されて一方で同百首の一首にも組み入れられたか、撰者真観が同百首歌を敢えて「題しらず」歌として配したか、といった可能性が想定されるのである。

ちなみに、本集の詞書の理法は勅撰集等に倣って、不記載は直近の詞書がかかると見てよいであろうが、例外もある。492番歌は、491の詞書「三百首御歌に」がかかるので、491番歌がそうであるように①『宗尊親王三百首』の一首であるはずだが、事実は⑨「弘長三年三代集詞百首」の一首である。撰者真観の錯誤か作意であろうか。とすれば、他の定数歌等についても同断で、現存資料からは精確な意味で真観が本集編纂に用いた出典資料を特定するには、なお慎重である必要があるということになるであろう。また、例えば、317に付された「歳暮」題は318にも及ぶが、出典は317が⑪「文永元年六月十七日庚申宗尊親王百番自歌合」、318が②「弘長元年五月百首」で、異なる。その上に、319の詞書は「弘長二年冬奉らせ給ひし百首に、同じ心を」とあって、「同じ心を」即ち「歳暮」題であるとしながら、出典を「弘長二年冬奉らせ給ひし百首に」（⑧「弘長二年冬弘長百首題百首」）と明記していて、あたかも319のみが317や318とは出典を異にする、言い換えれば317と318は詠草類からの採録か同出典であるかのような印象を与えているのである。「忍恋を」題を共有する327（②「弘長元年五月百首」）328（⑦「弘長二年十二月百首歌」）と、それに続いて「百番御歌合に、同じ心を」と詞書する329（⑪「文永元年六月十七日庚申宗尊親王百番自歌合」）の場合も同断である。さらにまた、「恋の心を」を詞書とする337・338、「奉らせ給ひし百首に、不逢恋」を詞書とする339・340・341の歌群の出典は、337が⑩「弘長三年八月三代集詞百首」、338が⑧「弘長二年冬弘長百首題百首（「忍恋」）」、339・340・341が⑧「弘長二年冬弘長百首題百首（「不逢恋」）」なのである。つまり、338以下の四首は同じ⑧「弘長二年冬弘長百首題百首」の歌でありながら、339以下の三首とは題を異にする338のみが別の出典のように処理されていることになる。撰者真観は、当時の宗尊の詠作を恐らくは全て手許に管理しつつ、それらを基に『瓊玉集』を編纂するに際して、出典の一致とその明示をある程度重視しながらも、時に主題の連続を優先させて歌を柔軟に配列していたと思しい。ただし、宗尊の定数歌等がその詠作機会とされる当座に全て詠まれたとは限らず、普段の詠草類からの利用や各定数歌相互間の流用等の事情が想定されるので、現存する資料から『瓊玉集』編纂の実態を完全に究明することは難しいまでも、なお撰者真観の編纂姿勢については、慎重に見極めていく必要があるであろう。

なお、⑤「弘長二年三月十七日花五首歌合」は、田中穣旧蔵国立歴史民俗博物館蔵『定家家隆両卿歌合并弘長歌合』所収の『歌合　弘長二年三月十七日』のことである。同歌合については、同博物館に於ける平成十七年人間文化研究機構連携展示「うたのちから─和歌の時代史─」で紹介された。その後、佐藤智広「宗尊親王弘長二年歌合二種について」（『昭和学院国語国文』三七、平二一・三）が、『弘長歌合』と同歌合とが「近接した時期に行われた」、「宗尊親王主催の鎌倉での歌合であること」を確認し、両歌合の全文を翻印している（本書もこれに拠った）。歌題は

「月前花」「霞中花」「山路花」「閑居花」「河上花」で、「花五首歌合」の呼称に合致する。『瓊玉集』には、55（一番左勝・月前花）、56（十六番左持・閑居花）、71（六番左負・霞中花）の3首が採録されている。

以上の他では、②「弘長元年五月百首」については、『柳葉集』（一〜六八）との重複からそれらの構成歌と知られるが、本集では同百首歌であることを示す詞書は皆無であり、本集編纂に同百首は撰歌資料ではなく、各々の詠作資料から直接に採録された可能性が高いであろう。とすると、同百首は当座や折々の詠作から組み上げられた百首歌であったのかもしれない。なおまた、その内の一首404は、本集の詞書が「二十首歌合に、恋を」であって、百首歌や歌合出詠歌が、相互に流用されていたらしい事が垣間見える。僅か2首（18、170）ではあるが、⑨「弘長三年六月廿四日当座百首」についても、同様のことが言えるであろう。逆に本集詞書に定数歌であることが明記されているが、同定する資料である『柳葉集』に見えないので未詳とした歌についても、『柳葉集』は各定数歌の抄録であるので、本来はいずれかの定数歌の一首であった可能性は見ておかなければならないであろう。

しかしいずれにせよ、こういった採録歌の様相から、文永元年（一二六四）年十二月九日の本奥書を有する本集は、中にはより初学期の作が含まれている可能性は排除されないにせよ、建長五年（一二五三）から正嘉元年（一二五七）に至る詠作を修撰した「初心愚草」（吾妻鏡・弘長三年七月二十九日条）なる初学期の自撰家集が既に存在していたらしいことを考え併せれば、おおよそ文応（一二六〇〜一）前後頃から文永元年（一二六四）冬頃までの、即ち十九歳前後頃から二十三歳頃までの宗尊の詠作を撰歌資料として編まれたものと見てよいのではないだろうか。真観の手になる他撰の部類家集であるが、定数歌と歌合詠ならびに幕府の和歌所あるいは御所での詠作を中心にしつつ、即事詠・臨場の詠草類かと思しい詠作も併せて、相当数の出典未詳歌をも含んでいる。想像するに、真観の手許には、この家集成立以前の宗尊の詠歌資料が、ほぼ集積されていたのではないだろうか。

二、他出

『瓊玉集』所収歌の他集への入集状況を、これも資料としての意味を込めて一覧にすると、後掲の資料II「瓊玉集歌他出一覧」のとおりである。なお、弘長元年（一二六一）五月から文永二年（一二六五）閏四月に至る五年間の宗尊の詠作計八五三首を収載し、それ以後から文永三年（一二六六）七月の帰洛以前までの間に自撰したと推測されている『柳葉和歌集』とは、210首（内1首改作か）を共有するが、これは両集が取材した定数歌が共通していることに起因するものである。

宗尊最晩年の家集『竹風和歌抄』が、目下の所愛知教育大学付属図書館蔵本を唯一の伝本として流布の範囲の狭さを推測させ、それに矛盾せずに、同抄の和歌の他集への採録が少ないこと（拙稿『竹風和歌抄』注釈稿（一）～（四）（『鶴見大学紀要』48～51、二〇一一～四・三）参照）に比較すれば、『瓊玉集』所収歌の他出歌集等が相互に出典となって撰歌した場合もあるであろうことを割り引いても、伝存諸本の数の多さに符合して、『瓊玉集』の歌が相当程度後代に受容されていたらしいことが窺われるのである。特に、『続古今集』以下の勅撰集には、本集の歌76首が入集しているのである。中でもまた、本集は、その成立時期が『続古今集』成立の一年程前であることや、撰者が『続古今集』の追加撰者となった真観であることを考えれば、『続古今集』撰定を睨んで修撰されたと推測されるので、当然に本集から『続古今集』に採録された歌もあったと見てよいであろう。もとより勅撰集との重出歌の全てが、本集を直接の依拠典籍として採録されたものとは限らず、むしろ、原典の定数歌や歌合、あるいは他の家集や撰集類などから採録された場合も少なくないであろうが、『瓊玉集』が宗尊の主要家集として歴代の勅撰集撰定の資料の一つとなっていたらしいことは認めてよいであろう。主な歌集について、詞書や他出の状況等から判断して、『瓊玉集』を出典とすると認められる例と、逆に『瓊玉集』を出典とするとは認められない例を、挙げておく（数字は『瓊玉集』の番号）。

出典　続古今集　111、167、170、209、213、272、296、327、334、406、408。
　　　新後撰集　399、409。
　　　続後拾遺集　472。
　　　新千載集　184。
　　　新後拾遺集　251、275。
　　　新続古今集　460、467。
　　　和漢兼作集　27。
　　　拾遺風体集　450。
　　　夫木抄　217、428、430、431、438。
非出典　続古今集　224、244、360。

右の内、『夫木抄』（一一七五一）に採録された430番歌は、詞書（集付）に「御集」とあって、『瓊玉集』を出典とすることが明示されている。438番歌も同様に、『夫木抄』（一三七六九）詞書に「御集」と記されて採録されているが、この一首は『柳葉集』（一三二）にも収められている。一応これも『瓊玉集』を出典としたと判断しておく。ちなみに、『高良玉垂宮神秘書紙背和歌』（一六五）に採録された432番歌は、出典が「宗尊親王集」と明記されていて、ここにも、『瓊玉集』の流布の様相の一端が窺われるであろう。

さて、宗尊詠の全勅撰集入集数は、次のとおりである。

続古今67（首）　続拾遺18　新後撰17　玉葉22　続千載10　続後拾遺10　風雅7　新千載9　新拾遺8

新後拾遺12　新続古今10

この中で、『瓊玉集』の和歌と一首も重ならないのは、『玉葉集』と『風雅集』および『新拾遺集』である。晩年を除けば関東歌人の所為であると言ってよい宗尊の詠作が、京極派の特徴に通う所があって、京極派の両集に相応に入集していることは事実だが、本集は両集の撰修資料ではなかったことになる。もう一つの『新拾遺集』は、諸事情により二条家の中でも嫡流ではない為明が撰者となるが、その為明も四季部六巻を奏覧後老病に没して、頓阿がその業を引き継いで完成に至った集である。より精確に各勅撰集の側からその撰修資料の様相を明らかにする必要があるが、時代の懸隔があり飛鳥井雅世が撰者となった『新続古今集』を措いて見ると、『瓊玉集』が宗尊の師である為家の嫡流で、京極派の両集以外の勅撰撰者の地位を寡占した二条家の正嫡直系には伝存していたのではないか、と推測されるのである。

また、後代の撰集類に収められた宗尊詠は、既存の勅撰集類から採歌された場合が多いであろうが、なお、『瓊玉集』と後出の撰集類にしか見当たらない歌が相当数あって、それらの内の幾許かは『瓊玉集』を直接の出典としたと見てもよいであろうから、その点でも本集の相応の流布が窺われるのである。

なお、399番歌「あぢきなやいつまで物を思へとて憂きに残れる命なるらん」は、『新後撰集』（恋二・八六二）に、初句「あぢきなく」（新編国歌大観の底本書陵部蔵五〇〇・一三本、同蔵四〇〇・七本、正保四年刊本等）の形で入集している。この本文は、『瓊玉集』諸本中、Ⅰ類に分類した内閣本に一致している。さらに『新後撰集』本文を精査する要はあるが、現存本で必ずしも良好とは言えない本文の瑕疵を有するⅠ類本がしかし、より古い段階の本文を保存していると見てよいかもしれないことを、覗かせているようにも思われるのである。

なおまた、183番歌「秋御歌とて／露深き尾花がもとのきりぎりすさぞ思ひある音をば鳴くらん」は、出典と思しい『宗尊親王三百首』（一六五）では下句「さて思ひある音をや鳴くらん」とある一首である。しかし、『瓊玉集』内閣本と慶応本の傍記本文は、『柳葉集』の「露に鳴く尾花が本のきりぎりす誰が手枕の涙添ふらん」（巻五・七四五）に一致し、その形で『続古今集』（秋上・三七八）に採られている。『柳葉集』ではこの歌は、『瓊玉集』成立の文永元年（一二六四）十二月九日の後、「文永二年潤四月三百六十首歌」の秋の一首であるが、『続古今集』の詞書は「三百首歌中に」で、『宗尊親王三百首』からの採録であることを示している。先ず同三百首が詠まれ、それが『瓊玉集』に収められた後に、宗尊の手で改作が図られたのであろうか。

三、本歌取り 1

本歌取りの宗尊詠を取り上げて、本歌に取った古歌の様相を後掲の資料Ⅲ「一首の古歌を本歌にする瓊玉集歌一覧」として概括しつつ、宗尊の本歌取りの方法的特徴についてまとめておきたい。なお、⑨「弘長三年八月三代集詞百首」の作は本歌取りと見なしておく。

宗尊がどの程度まで自覚的に本歌取りを行っていたかを直接に知ることはできないのは、他の多くの歌人達と同様である。しかしながら後掲の一覧を概観すれば、本歌取りが多分に解釈者側の判断に依存するを得ないにせよ、従ってまた本歌取りではないと判断されるべき歌が含まれているにせよ、古歌に依拠して詠作する指向性が強いことは認められるであろう。後節に記すような、古歌に限らず宗尊当代までの既存歌に依拠した詠作も併せ見れば、むしろ先行歌に倣うことこそが、少なくとも『瓊玉集』時点までの宗尊の意識的な方法であったと見なしてよいのであろう。その上で、本歌取りが詠作方法として機能する本質的要件は本歌に取る古歌が歌人間に周知のものであること、『瓊玉集』歌を為した宗尊は定家学書成立後で順徳院学書も存在した時代の中に在ってかつ真観の髄脳が宗尊に渡っていたであろうこと、従ってそれらの説示が宗尊に摂取されていたであろうこと、等々を勘案して、宗尊の本歌取り歌を認定したところである。つまり、古歌の範囲については、定家が詠作原理として説いた詞の範囲を三代集歌人のそれとしたことに則しつつも、真観がその定家説を本歌取りの場合の対象勅撰集の範囲に意改して、その範囲を『後拾遺集』まで広げることを「後拾遺は見直し、ひたたけて取り用ゐることになんなりて侍り」（簸河上）として容認したことや、宗尊将軍幕下の関東歌壇中最高位の廷臣藤原顕氏らが『後拾遺集』初出歌人の歌を本歌取りの対象としていたらしいこと（中川『藤原顕氏全歌注釈と研究』平・一一・六、笠間書院）等も見合わせて、宗尊本歌取りの古歌の範囲を認定するべきかと考えるのである。また、古歌の心を取るか、詞を取るかについては、詠作の原理を詞は古く心は新しくとする以上必然に定家の本歌取り説は詞を取ることになるが、その峻厳な方法論が現実には困難を伴うことに加えて、順徳院『八雲御抄』が既に定家的方法に並列して心を取る院政期的方法も容認していること、真観『簸河上』もまたその点については曖昧寛容であること等に照らせば、宗尊の本歌取りが、心も詞も取る方向へ傾くことは当然であったと見なすべきであろう。なおまた、宗尊の場合に限るわけでもないことだろうが、同じ古歌を本歌取りした歌に倣った本歌取りの作がままあることを指摘しておきたい。

以上を、具体的に見てみよう。定家が晩年の著作たる『近代秀歌』や『詠歌大概』で示した本歌取りの規制、即ち、恐らくは後進の無軌道な本歌取りへの注意として、詞は古く心は新しくという詠作原理の下に説かれた具体的細則であると見るべき規制に、宗尊詠が適従している場合が当然ある。一例を挙げると、

桜花咲くべきころと思ふよりいかにせよとか待たれそめけん　（春上・47）

は、「思ふよりいかにせよとか秋風になびく浅茅の色ことになる」（古今集・恋四・七二五・読人不知）を本歌にする。同歌の初二句「思ふよりいかにせよとか」を第三・四句に取り据えて、恋を春に転換し、本歌の意味内容から離れて新しさを見せている。定家の『近代秀歌』や『詠歌大概』の所説に適っていよう。加えて、その意味内容（心）は、むしろ「桜花咲かば散りなんと思ふよりかねても風のいとはしきかな」（後拾遺集・春上・八一・永源）や「いづかたに花咲きぬらんと思ふより四方の山辺に散る心かな」（千載集・春上・四二・待賢門院堀河）に近く、先行歌に負うところが大きい点では、宗尊の方法の典型である。なおかつ、宗尊の師で『瓊玉集』の撰者である真観にも、「思ふより」の『古今集』歌を本歌にした「山深く住むは憂き身と思ふよりいかにせよとか秋風の吹く」（影供歌合建長三年九月・山家秋風・八四）という、まさに定家の所説に従ったような先行作が存している。つまりこの宗尊詠は、古今歌を本歌に院政期勅撰集歌の内容に倣いつつ、師の詠みぶりにも従った詠作ということになろう。

もう一例を挙げれば、

何事を忍びあまりて浅茅生の小野の草葉に虫の鳴くらん　（秋上・182）

は、「浅茅生の小野の篠原忍ぶれどあまりてなどか人の恋しき」（後撰集・恋一・五七七・等）を本歌にする。等歌の上の五七句「浅茅生の小野の篠原」を、下の五七句の位置に移しつつ「浅茅生の小野の草葉に」と、「篠原」を「草葉に」に変換して取り、等歌の下の五七句の「忍ぶれどあまりて（などか）」を一句に縮約して、第二句に「忍びあまりて」と置く。本歌の七五句や七七句を避け、五七句を取って置き所を換え、結果として取った詞の総量としても、新歌の中の二句と三字に留まっている。また、本歌の恋の気分を少しく揺曳させながらも、述懐性を孕んだ秋歌の一首として新しい歌境（心）を獲得している、と言ってよいであろう。つまり、まさしく定家が教示した、本歌取りの際の後進への注意細則の規制の中に在って、なおかつ、定家が主唱した、古い言詞に拠りつつ新しい想念の歌を詠む、という原理にも適っているのである。

逆に、定家の注意細則に反するような本歌取りも少なからず存在する。例えば、

行きやらで暮らせる山の時鳥今ひと声は月に鳴くなり　（夏・111）

は、「行きやらで山路暮らしつ時鳥今ひと声の聞かまほしさに」（拾遺集・夏・一〇六・公忠）を本歌に、一部を変化させつつも四句に渡って詞を取り、部立の転換もなく、従って心（内容）も刷新されるべくもなく、ただ景物の「月」を添えているのみで、後述する院政期本歌取りの方法と言えば言えるが、定家の庶幾した所とは大きく異なることは確かであろう。また例えば、

けふしこそ若菜摘むなれ片岡のあしたの原はいつか焼きけん　（春上・17）

は、「明日からは若菜摘まむと片岡の朝の原は今日ぞ焼くめる」（拾遺集・春・一八・人麿）を本歌にして、部立の転換もなく内容（心）を取り、言辞（詞）は二句と五字が同位置で重なっているのである。もっとも、その心の取りようは恐らく自覚的で、人麿歌の時代を問い直す趣である。このような詠みぶりは、時代の傾向に沿っていて、かつ宗尊の本意や事物の始原を問い質そうとする詠み方にも通じたものであろう。類例を挙げておけば、

いかにかく袖は濡らすぞ世の中の憂きも慰む月と聞きしに　（秋下・228）

は、「ながむるに物思ふことの慰むは月は憂き世の外よりや行く」（拾遺集・雑上・四三四・為基）を本歌にして、「どうしてこうまで袖は、月をながめると涙が濡らすのか。世の中の憂く辛いことも慰められる月だと聞いていたのに。」と、為基歌に反言するのである。これも、古歌に十分に依存するが故に、現実の自己からその古歌の世界を問い直そうとする姿勢が自然と表出されたということになる。ただし、以上のような手法は、実は本歌取りの方法

の中に内在していて、だからこそ頓阿『井蛙抄』は「私云、本歌をとれるやう、さまざまなり」の中に「一やう、本歌にかひそひてよめり」とも、「一のやう、本歌の心にすがりて風情を建立したる歌、本歌に贈答したる姿など、古く言へるも、この姿の類なり」ともしたのであろうから、宗尊固有の手法などでは決してない。けれども、本歌取り以外の詠作の性向とも相俟った宗尊の場合のそれは、古歌（そして広く先行歌）の世界への耽溺あるいは渇仰とでも言うような、この時期までの宗尊の旺盛な先行歌の学習を基盤としていたと見ることはできるのではないだろうか。

関連して例えば、

時は今は冬になりぬと時雨るめり遠き山辺に雲のかかれる　（冬・273）

は、「時は今は春になりぬとみ雪降る遠き山辺に霞たなびく」（新古今集・春上・九・読人不知。原歌万葉集・巻八・春雑歌・一四三九・中臣武良自）を本歌にして、「春」を「冬」に転換するものの第一・二・四句をそのまま取り、第三句の「み雪降る」を「時雨るめり」に、第五句の「霞たなびく」を「雲のかかれる」に変換した一首である。全句を取っていると言ってもおかしくはない。定家学書の本歌取りの注意細則に照らすまでもなく、言わば古歌の模倣であり、それが『宗尊親王三百首』詠であれば、習作と言ってよい歌ではあろう。しかし同三百首では、為家・基家・家良・行家・光俊（真観）・帥が合点し、基家が「（已上四首）尤宜歟」と評してもいるのである。当時他の歌人達も同様の詠みぶりの歌を残していない訳でもなく、また若き親王故に容認・評価されたとも見られるが、いずれにせよ、宗尊が早くからこのような単純な方法を繰り返し試行しつつ古歌に習熟してゆき、少しずつ、より複雑な古歌の取りようを身に付けていったのではないかとも推測されるのである。

さて一方で宗尊には、院政期的な本歌取りの手法を見せている作も認められる。これも一例を挙げておこう。

人訪はぬ葎の宿の月影に露こそ見えね秋風ぞ吹く　（秋下・閑居月・213）

これは、匡房の「八重葎茂れる宿は人もなしまばらに月の影ぞすみける」（新古今集・雑上・一五五三）、あるいは恵慶の「八重葎茂れる宿のさびしきに人こそ見えね秋は来にけり」（拾遺集・秋・一四〇）を本歌にしたと見ることができる。下句は、「岩がねのこりしく山の椎柴も色こそ見えね秋風ぞ吹く」（土御門院百首・山・八六。雲葉集・秋下・六三九、初句「岩がねに」。続後拾遺集・雑上・一〇三六）や「月影も思ひあらばと洩り初めて葎の宿に秋は来にけり」（万代集・秋上・九六四・俊成女。日吉社撰歌合・二五。俊成卿女集・五八）といった歌が、意識的にか無意識下にか踏まえられていると思しい。本歌がいずれであったにせよ、本歌の内容（心）を上句に詠み直して下句に新たな内容を付加する、言わば院政期的な「詠み益し」の手法に近い本歌取りである。定家は、詞は古く心は新しくという基本原理から、本歌取りは昔の歌の詞を改めることなく今の歌に詠み据えることと規定したが（近代秀歌）、それは後代の理論と実作に於いて必ずしも全き継承が為された訳ではない。順徳院の『八雲御抄』は、本歌取り（古歌を取ること）には二様あるとして「一には詞を取りて心を変へ、一には心ながら取りて物（詞）を変へたるもあり」と言い、心をそのまま取ることを方法として容認しているのである。また、真観の『簸河上』も、本歌の取り方として「優なる詞」を取るだけでなく「深き心」をも学ぶべきとの趣旨を説いている。鎌倉中期に活躍した宗尊が、「心」を取る本歌取りも一つの方法として容認されると認識していたとしても不思議ではなく、むしろ宗尊が、このような本歌取りを抵抗なく行っていたと考える方が穏当ではないだろうか。

なお、本歌に取った歌の勅撰集内の部立については、四季・恋・雑が多いが、羇旅や哀傷や賀も散見し、『古今集』の誹諧や神遊びも含まれていて、宗尊の学習が満遍なく及んでいたことを窺わせるのである。

ちなみに、細かい点に及んで見れば、本歌に取った歌が『万葉集』歌でそれが『五代集歌枕』採録歌である場合が散見し、第五節に記すとおり、本歌取り以外にも『五代集歌枕』に拠ったと思しい歌がまま見られるので、宗尊が『五代集歌枕』を参看していた可能性は高く見てよいであろう。また、『伊勢物語』歌で、それが『新勅撰集』入集歌である場合が多く、事実『新勅撰集』歌を本歌に取っている例（411）もあるので、あるいは『新勅撰集』を通じた『伊勢物語』歌への接近もあったと見た方がよいかとも疑われるのである。ただし、前者の点については、注意しておきたいこともある。

塵をだに払はぬ床の山川のいさやいつより思ひ絶えけん　（恋下・408）

は、次の古歌二首を本歌に取っている。

塵をだに据ゑじとぞ思ふ咲きしより妹とわが寝るとこ夏の花　（古今集・夏・一六七・躬恒）

犬上のとこの山なるいさや川いさと答へて我が名告げすな

（万葉集〈廣瀬本・嘉暦伝承本〉・巻十一・寄物陳思・二七一〇・作者未詳。五代集歌枕・とこの山・三二〇）

後者の万葉歌は、異訓・異伝が多い。現行訓は、二句「とこのやまにある」下句「いさとを聞こせ我が名告らすな」、西本願寺本訓は二句「とこのやまになる」四句「いさとをきこせ」、寛永刊本訓は四句「いさとをきこせ」で、『袖中抄』の一首（五〇四）も同じ。『古今集』墨滅歌（巻十三・一一〇八）は三句「なとり川」五句「我が名もらすな」、『和歌童蒙抄』（二三三）は下句「いさとこたへよわがなもらすな」、『古今六帖』（第五・名ををしむ・三〇六一・あめのみかど）は三句「いさら川」五句「我が名もらすな」、『和歌初学抄』（二一八）は五句「我が名もらすな」で、『色葉和難集』（三）も同じ、という様相である。『五代集歌枕』（いさやがは・一三〇五・天智天皇）は、「とこの山」の項の一首は『万葉集』廣瀬本等に同じだが、「いさやがは」の項の一首は、三句「いさら川（ママ）」五句「我が名もらすな」である（袖中抄・五〇五も同じ）。この古歌が宗尊詠の本歌たるには第三句が「いさや川」でなくてはならず、その点では、宗尊の手許にあった『万葉集』や『五代集歌枕』の素性についてはなお不明とせざるを得ないけれども、当然ながらその究明には諸本の本文についても目を配っておく必要があるということになろう。

四、本歌取り 2

引き続き、宗尊詠の内で、二首の古歌を本歌にした作を、後掲の資料Ⅳ「二首の古歌を本歌にする瓊玉集歌一覧」として整理しつつ、その特徴の一端について論及しておこう。同時代までに特に二首を本歌に取る方法に関する明確な言説は見えないが、既に『新古今集』の歌の現代の注釈上の現実に二首の本歌取りが通用していて、また、南北朝期の頓阿『井蛙抄』（取本歌事）の「本歌を取れるやう、さまざまなり」に「本歌二首もてよめる歌」と見えるのであって、宗尊の和歌にそれを認めることは決して不合理ではないであろう。たとえ、その手法を本歌取りと認めないにせよ、複数の古歌に負った詠作が少なからず存していることは、それが宗尊の意識的な詠み方であり、広く先行歌に強く依拠する宗尊詠の傾向であることの証左に他ならないであろう。なお、二首以上の古歌の本歌取りには、あるいは当然のこととは言え、本歌の二首に共通語や共通句がある場合があることを指摘しておきたい（112、115、132、145、150、166、181、187、188、205、216、239、245、263、268、298、336、348、350、357、360、367、374、382、431、439、466、（498）、500、502等）。それにつき、具体例を挙げれば、

いたづらに散りや過ぎなん奥山の岩垣紅葉見る人もなし　（秋下・263）

は、次の両首を本歌にする。

奥山の岩垣紅葉散りぬべし照る日の光見る時なくて　（古今集・秋下・二八二・関雄）

高円の野辺の秋萩いたづらに咲きか散るらむ見る人なしに
（万葉集・巻二・挽歌・二三一・金村）

同部立の『古今』秋下歌から「奥山の岩垣紅葉」「見る」を取りつつ、『万葉』の挽歌からは「いたづらに」「見る人なしに」を取り、かつは「散り・散る」を共通して取って本歌両首を繋いでいるのである。さらには、『古今』歌の結句「見る時なくて」と『万葉』歌の「見る人なしに」を融合して「見る人もなし」と結んだと見ることもできるであろう。とすれば、宗尊の独自詞は「過ぎなん」のみということになり、これすらも万葉歌の「咲きか散るらむ」の韻律を襲って「散りや過ぎなん」としたと見れば、言詞の面では、ほぼ古歌両首に負っていることになる。さらに、想念の点でも該歌は、「見る人もなくて散りぬる奥山の紅葉は夜の錦なりけり」（古今集・秋下・二九七・貫之）の延長上にあって、特に新しさはない。詞の組み合わせ方の変化によって成立した一首と言ってよいであろう。これはしかし、同様の詠作を多く残した実朝のみならず、鎌倉中期以降の歌人間にまま見られることでもあり、むしろ古歌の言詞・想念に拠りつつ破綻無く新歌として詠出する方法に宗尊が優れていたと認めるべきなのであろう。

類例をもう一首挙げておこう。

いづこにか我が宿りせむ霧深き猪名野の原に暮れぬこの日は　（秋下・249）

は、次の両首を本歌にする。

いづこにか我が宿りせむ高島の勝野の原にこの日暮れなば　（万葉集・巻三・雑歌・二七五・黒人）

しなが鳥猪名野を来れば有馬山夕霧立ちぬ宿は無くして　（万葉集・巻七・雑歌・一一四〇・作者未詳）

黒人歌の初二句をそのままに、結句を変換して取っている。第三句の「猪名野の原に」も黒人歌の「勝野の原に」を、歌枕の「勝野」を作者未詳歌の「猪名野」に置換しつつ取っていると見てもよいが、同時に「猪名野」の原拠である作者未詳歌からは「夕霧立ちぬ」を「霧深き」に変化させて取っていると言えるのである。その『万葉』歌両首を繋ぐのは、共通する「宿」「野」である。結果として宗尊詠は、『万葉』両首の言詞と想念にほぼ負って出来上がっている。実朝詠に見られる方法と異ならず、その意味では宗尊もまた、本歌取りと見なすか否かを置いて、複数の古歌を再製する方法に長けていたと言ってよいのであろう。

さらに宗尊には、三首以上の古歌に依拠した例が散見するのである。これについては、ひとしなみに本歌取りと見ることに異論もあるところであろうが、宗尊の特徴的な方法の一つであることは疑いない。そしてまた、「その歌を取れるよと聞こゆるやうによみなす」（毎月抄）のが本歌取りの基本要件である限り、新しく詠まれた歌が良い歌であるか否か、言い換えれば古歌と相呼応した豊かな歌境を獲得しているか否かは措いて、複数の古歌の詞を取った歌が、最低限その古歌を想起させる（と見られる）のであれば、それらの古歌はやはり本歌と見ることができるのではないだろうか。従ってここでは、三首に渡り古歌の詞を取った作も一先ず本歌取りとしてまとめて、後掲資料Ｖ「三首の古歌を本歌にする瓊玉集歌一覧」として整理しておくこととし、なお宗尊の詠作全体を見渡した後に、さらに考えてみたいと思う。これについても、一例を挙げておこう。

いかばかり恋ふるとか知る我が背子が朝明けの姿見ず久にして　（恋下・374）

は、次の古歌三首を本歌に、明らかに同じ詞の重ね合わせを意識しながら、僅かに「歎くとか」を「恋ふるとか」に置換しつつ、他の全ての詞を取っているのである。

逢ふことのとどこほる間はいかばかり身にさへしみて歎くとか知る　（後拾遺集・恋一・六三〇・馬内侍）

我が背子が朝明けの姿よく見ずて今日の間を恋ひ暮らすかも　（万葉集・巻十二・正述心緒・二八四一・人麿歌集）

あぢの住むすさの入江の隠り沼のあな息づかし見ず久にして

（万葉集・巻十四・相聞・三五七四・作者未詳。五代集歌枕・江・すさの入江　国不審・一〇〇一）

ところでまた、

現にも思ふ心の変はらねば同じ事こそ夢に見えけれ　（雑下・492）

は、各句に次の典故を指摘し得る。

現にもはかなき事のあやしきは寝なくに夢の見ゆるなりけり

（後撰集・恋一・五九八・読人不知。同・恋三・七〇三・読人不知、三〜五句「わびしきは寝なくに夢と思ふなりけり」）

忘れなむと思ふ心のつくからにありしよりけにまづぞ恋ひしき　（古今集・恋四・七一八・読人不知）

風霜に色も心も変はらねば主に似たる植木なりけり　（後撰集・雑三・一二二九・真延）

老いぬれば同じ事こそせられけれ君は千代ませ君は千代ませ　（拾遺集・賀・二七一・順）

忘れなむ今は訪はじと思ひつつ寝る夜しもこそ夢に見えけれ　（拾遺集・恋三・八〇一・読人不知）

つまり、五句全てが、それぞれ三代集に典拠を求め得るし、「現にも」と「思ふ心の」以外の三句は、三代集中に用例は一首のみなのである。この歌は、『柳葉集』によると「弘長三年八月三代集詞百首」（仮称。散佚）の「雑」の一首であり、その条件を最大限に拡張した、宗尊の戯れにも似た意識的試みで、あえて全句に三代集の古歌の詞を取った「本歌取り」と言うこともできようか。注釈にはこの観点で本歌を示している。しかしやはり、「現にも」と「思ふ心の」及び係り結びである「夢に見えけれ」の三句は、偶然三代集にも用例があるだけで、特にこの古歌のみを専有的に想起させるような印象深い詞ではないので、宗尊の意識は、「変はらねば」と「同じ事こそ」の詞を取った二首の本歌取りと見るのが穏当であろうか。あるいは、「心」を共有する「現にも」と「風霜に」の両『後撰集』歌を本歌にした二首の本歌取り、またそれに「老いぬれば同じ事こそ」の『拾遺集』歌を加えた三首の本歌取り、と見るべきであろうか。いずれにせよ、宗尊の三代集の歌詞尊重の意識を垣間見せる例ではある。

ここで、物語や故事を本説に取った『瓊玉集』の歌について触れておく。注釈者の限界か、数例を指摘するに留まる。

詞書を「古渡霞といふことを」として詠まれた、

思ひやる都もさこそ霞むらめ隅田川原の春の夕暮　（春上・10）

は、もとより『伊勢物語』九段の東下りの墨田渡河の場面を本説にする。

また、

今もなほ富士の煙は立つものを長柄の橋よなど朽ちにけん　（雑上・442）

は、言うまでもなく『古今集』仮名序の「今は富士の山も煙たたずなり、長柄の橋もつくるなりと聞く人は歌にのみぞ心を慰めける」を本説にする。これらはしかし、これに拠った先行歌も少なくなく、歌人達の常識の範囲での詠作であろう。

さらに、

憂き身とは思ひなはてそ三代までに沈みし玉も時にあひけり　（雑下・460）

は、三代に渡る不遇の末に栄達した漢の顔駟の故事（文選・思玄賦注所引漢武故事）を踏まえたものである。これにも、「齢亜顔駟（よはひがんしにつげり）　過三代而猶沈（さんだいをすぎてなほしづむ）　恨同伯鸞（うらみはくらんにおなじ）　歌五噫而将去（ごいをうたてまさにさんなむとす）」（和漢朗詠集・述懐・七五九・正通）や「唐国に沈みし人もわがごとく三代まで逢はぬ歎きをぞせし」（千載集・雑上・一〇二五・基俊）という、先行作があって、『瓊玉集』段階の宗尊が、幅広く和漢の故事に精通していたこと（逆に精通していなかったこと）を示すことにはならないのではないだろうか。

なおまた、本説に類する詞書摂取の例として次のごときもある。

玉章をつけし浅茅の枯葉にて燃ゆる思ひの程は知りけん（恋下・375）

は、「時過ぎて枯れ行く小野の浅茅には今は思ひぞ絶えず燃えける」（古今集・恋五・七九〇・小町姉）を本歌にして、詞を切れ切れに九字とっている。併せてその詞書「あひ知れりける人の、やうやく離れ方になりける間に、焼けたる茅の葉に文を挿して遣はせりける」を踏まえ、「浅茅の枯葉」を媒介に野焼きの連想から「燃ゆる思ひ」を起こす表現を取ったのではないかと思われるのである。宗尊の『古今集』への親昵の度合いを窺い知る一事例であろう。

同様の例をもう一つ示しておこう。

河の名も言問ふ鳥もあらはれてすみたえぬるは都なりけり（雑上・440）

はもとより、「名にし負はばいざ言問はむ都鳥我が思ふ人はありやなしやと」（古今集・羇旅・四一一・業平。伊勢物語・九段）を本歌にするが、併せて『古今集』の詞書あるいは『伊勢物語』地の文の「隅田川」を、「河（の名）」および「住み絶（えぬる）」との掛詞で折り込んでいるのであり、それは古歌を詞書や地の文までを含めて摂取する宗尊の意識的な方法の一つなのであろう。

五、参考歌（依拠歌）

続いて、本歌取りの本歌とまでは言えないが、『瓊玉集』の注釈に於いて、「宗尊が踏まえた歌（や詩・文）ならびに解釈上に必要な歌（や詩・文）」として挙げた「参考歌（詩・文）」と、同様に語釈で指摘した歌（詩・文）の内、「宗尊が踏まえた」歌即ち宗尊が依拠したと見られる主要な先行歌（詩・文）を集別に整理して、その概要や傾向についてまとめておきたい。なお、個人の家集（個人の定数歌等も含む）所収歌はここでは除外して、次節の「依拠歌人」に於いて扱うこととする。勿論「宗尊が踏まえた」とした参考歌（依拠歌）であっても、それは今日の目から判断した結果であり、「解釈上に必要な」参考歌との境界も必ずしも明確にはし得ない。それでも、宗尊が作歌にあたり、意識上に据えた歌であっても、意識下に潜ませた歌であっても、さらには無意識にあるいは偶然のように似通った歌であったとしても、それらは総じて宗尊が親しんだであろう和歌のおおよその傾向を示唆すると見てよいであろうから、宗尊の和歌・歌集等の学習範囲を大まかに把握することは可能であると考えるのである。この考え方に従って、後掲の資料Ⅵ「瓊玉集歌の参考歌（依拠歌）集別一覧」として整理したが、これを基に、宗尊の依拠したであろう先行歌あるいは類似する先行歌の主な所収歌集類等をさらにまとめると、次のようになる。

万葉集・勅撰集・伊勢物語

万葉集。

古今〜続後撰の勅撰集（特に新古今と新勅撰および続後撰等直近の勅撰集）。

伊勢物語。

私撰集

続詞花集（勅撰に準じて見ていたか）。

後葉集、月詣集（院政期の私撰集）。

楢葉集、御裳濯集、秋風抄、秋風集、万代集、雲葉集、新和歌集（鎌倉前中期の私撰集）。

五代集歌枕、最勝四天王院和歌（歌枕・名所和歌）。

（定数歌等）

堀河百首、久安百首、為忠家初度百首（院政期の定数歌）。

御室五十首、正治初度百首、同後度百首、（同第三度百首＝千五百番歌合）、仙洞句題五十首（新古今時代の定数歌）。

建保名所百首、道助法親王家五十首、洞院摂政家百首、宝治百首、弘長百首（鎌倉前中期の定数歌）。

（類題集）

古今六帖。

新撰六帖、現存六帖、東撰六帖（同時代の師範筋および地縁〔宗尊下命か〕の類題集）。

歌合
天徳四年内裏歌合。

六百番歌合、老若五十首歌合、御室撰歌合、水無瀬恋十五首歌合、千五百番歌合、新宮撰歌合（新古今時代の歌合）。

内裏百番歌合建保四年、歌合建保四年八月廿二日、影供歌合建長三年九月、百首歌合建長八年、（三十六人大歌合。他歌集との重複多し）、宗尊親王百五十番歌合（鎌倉前期～同時代の歌合）。

その他
源氏物語。

和漢朗詠集、白氏之集、蒙求。

俊頼髄脳。

新古今竟宴和歌。

古事記、風土記、祝詞、催馬楽。

往生要集。

宗尊は、和歌の言わば王道の勅撰集（伊勢物語を含む）を中心とする古歌に習熟し、その他の同時代までの和歌にも通じて、全体に先行歌によく学んだと見られる歌を残している。それは即ち、勅撰集を中心とする古歌集と併せて前代から同時代までの広範な打聞類を収集していたことを示唆する特徴であろう。また、歌人としては当然ながら類題集に親しみ、かつ名所和歌にも関心を持ち、新古今時代に特に意を向けていたのではないだろうか。なおまた、新古今時代から同時代までの歌合にも関心を寄せていた節があって、これが自らの歌合主宰に結びついたかとも考えられる。

一方で、古事記、風土記、祝詞、催馬楽等にも接して、それを歌に取り込もうとしたらしく、その教養の幅広さと、それに基づく詠作の工夫への関心の度合いが窺われるのである。白氏文集や蒙求などの、必修の漢詩文には当然馴染んでいたであろう。なお、『源氏物語』については、『瓊玉集』の所収歌上（195、208、439）にも多少の関心を認め得る。ちなみにここで『源氏物語』歌の本歌取りの作例を見ておけば、

憂き事を忘るる間なく歎けとや村雲まよふ秋の夕暮　（秋下・208）

は、『源氏物語』の「風騒ぎむら雲まがふ夕べにも忘るる間なく忘られぬ君」（源氏物語・野分・夕霧・三八九。物語二百番歌合・三五。無名草子・三六）を本歌にする。野分の見舞いに六条院その他を廻った夕霧が、明石姫君を訪ねてその乳母に託した雲井雁宛ての消息の一首である。恋情を秋思に転換した、定家の本歌取りの所説に適従したかのような作であるが、ここのみで物語本文への深い理解を認めることはできない。なお、『竹風抄』にも、同じ歌を

本歌にした「秋風も村雲まよふ夜半の月忘るる間なき人も見るらん」（竹風抄・文永六年五月百首歌・秋・七一九）がある。この最晩年の『竹風抄』に到るまでの間に、源氏物語への親炙にどれ程の深化があったかを追跡する必要があるであろう。

さて、より具体的に宗尊の古歌・先行歌摂取を見ると、まず相当数の詠作（例えば151、167、169、177、189、195、196、197、199等）には、本歌とする以外にも、宗尊が複数の様々な古歌・先行歌に学んで一首を為していたことが窺われ、その広い学習範囲を基盤に、古歌・先行歌の言詞を組み合わせて、あるいはそれらの想念に寄り掛かりながら作歌する傾きが認められるのである。例えば、

今よりの誰が手枕も夜寒にて入野の薄秋風ぞ吹く　（秋上・169）

は、「さを鹿の入る野の薄はつ尾花いつしか妹が手枕にせん」（新古今集・秋上・三四六・人麿。万葉集・巻十・秋相聞・二二七七・作者未詳）を本歌にするが、同時に、次の歌々にも言詞・想念を負っていよう。

今よりは秋風寒くなりぬべしいかでかひとり長き夜を寝む
（新古今集・秋下・四五七・家持。万葉集・巻三・挽歌・四六五・家持、三句「吹きなむを」）

今よりの萩の下葉もいかならんまづ寝ねがての秋風ぞ吹く　（続後撰集・秋上・二六八・雅経）

結びけん誰が手枕と知らねども野原の薄秋風ぞ吹く　（紫禁和歌集・野秋風・九八八）

家持詠はあるいは本歌に見なしてもよいかもしれないが、いずれにせよ、これらの歌を作歌時に念頭に置いてはいなくとも、これらに学んでいたことが右の一首に反映していると見たいと思うのである。また例えば、

長き夜の寝覚めの涙いかがせむ露だに干さぬ秋の袂に　（秋上・189）

は、次の歌どもに学んでいたことを強く窺わせるのである。

物思はでただ大かたの露にだに濡れれば濡るる秋の袂を　（新古今集・恋四・一三一四・有家）

長き夜の寝覚めはいつもせしかどもまだこそ袖は絞らざりしか　（続詞花集・恋下・六二六・宗子）

身を思ふ寝覚めの涙干さぬ間になきつづけたる鳥の声かな　（新撰六帖・第一・あかつき・二一七・為家）

同様に、

見ず知らず野山の末の気色まで心に浮かぶ秋の夕暮　（秋上・199）

も、次の、勅撰集歌でも類題集歌でもないような歌にまで親しんでいたことを窺わせているのである。

見ず知らぬ埋もれぬ名の跡やこれたなびきわたる夕暮の雲　（拾遺愚草・十題百首建久二年冬、左大将家・天部・七〇七）

立つ煙野山の末の寂しさは秋とも分かず夕暮の空　（千五百番歌合・雑一・二七四九・定家）

たまぼこの道の消え行く気色まであはれ知らする夕暮の空　（千五百番歌合・雑一・二七三八・公継）

何となく過ぎこし方のながめまで心に浮かぶ夕暮の空　（後鳥羽院御集・外宮御百首・雑・三九五）

中には、一首中のほぼ全ての言詞と想念を古歌・先行歌に負った作品も存在している。先にも記した複数古歌の本歌取り（132、291、336、374、492等）と判断した以外で、一例を挙げれば、

袖ふれて折らば消ぬべし吾妹子が挿頭の萩の花の上の露　（秋上・174）

は、次の歌々に負っていよう。

白露を取らば消ぬべしいざ子ども露にいそひて萩の遊びせむ　（万葉集・巻十・秋雑歌・詠露・二一七三・作者未詳）

我が背子が挿頭の萩に置く露をさやかに見よと月は照るらし

袖ふれば露こぼれけり秋の野はまくりでにてぞ行くべかりける　（万葉集・巻十・秋雑歌・詠月・二二二五・作者未詳）

風を待つ今はたおなじ宮城野の本あらの萩の花の上の露　（後拾遺集・秋上・三〇八・良暹）

この内の前二首の万葉歌は、本歌にしたと見てもよいのかもしれないが、そうだとしても後の二首の詞にも倣っていると見てよく、ほぼ一首全体が、古歌・先行歌に負った詠作であることには違いないであろう。

ただしまた、逆に宗尊が自ら新鮮な措辞を用いたと思しい、例えば次のような作も少しく見られるのではあった。

さえ暮らす峰の浮き雲と絶えして夕日かすかに散る霰かな　（冬・303）

涙にて思ひは知りぬとどむとも難しや別れ春の曙　（恋上・335）

聞きしよりなほこそ憂けれ衣々の別れの空の月の辛さは　（恋下・366）

浦風を幾世の友と契るらむ古りて木高き住吉の松　（雑上・436）

いかにせむ十綱の橋のそれならで憂き世を渡る道の苦しさ　（雑上・443）

もとより、どの歌人にも他の歌人が用いなかったような珍しい表現を取る場合があるであろうが、特に宗尊の場合は少なくとも『瓊玉集』に限れば、その数は決して多くはないと言ってよい。なお、一首目などはその歌境が京極派和歌に通うのであり、後述するとおり、それは宗尊詠の一つの特徴であると見てよいであろう。

さて、過去の和歌をよく学び、和歌の本意をよく理解していたであろう宗尊は、それ故に事物・事象の起源・本源・本旨を問い質すような和歌を詠む傾向があるのは、第三節にも指摘したところであるが、ここにも例示しておこう。

いつの春訪はれならひて梅の花咲くより人のかく待たるらん　（春上・20）

春ごとに物思へとや梅が香の身にしむばかり匂ひそめけん（春上・23）
咲き初めし昔さへこそ憂かりけれうつろふ花の惜しきあまりは（春下・68）
馴れて見る春だにかなし桜花散り始めけむ時はいかにと（春下・77）
昔よりなど時鳥あぢきなく頼まぬものの待たれ初めけむ（夏・101）
聞けば憂し聞かねば待たる時鳥物思へとや鳴き始めけん（夏・116）
時鳥菖蒲の草のなになれやわきてさ月の音には鳴くらん（夏・119）
天の原いはとの神や定めけむ五月を雨の晴れぬころとは（夏・124）
夜は燃え昼は消えゆく蛍かな衛士の焚く火にいつ習ひけん（夏・135）
あはれ憂き秋の夕べのならひかな物思へとは誰教へけん（秋上・209）
今もなほ富士の煙は立つものを長柄の橋よなど朽ちにけん（雑上・442）

一首目の「いつの春」と三首目の「咲き初めし昔」と七首目の「なになれや」以外は、「匂ひそめけん」「散り始めけむ」「待たれ初めけむ」「鳴き始めけん」「定めけむ」「いつ習ひけん」「誰教へけん」「など朽ちにけん」と、助動詞「けむ」を用いて、過去に思いを馳せて推し量ろうとする詠み方を取っている。言わば下降史観的価値観であったと思しい当時の貴族社会の皇統の一員として、しかしより現実的な実力が物を言う武士社会鎌倉の主に祭り上げられて東国に在った宗尊は、それ故に「簸河上」の神代以来という伝統を有すると信じられた和歌に耽溺したのは当然であろうし、であればまた、その和歌の世界の始原に遡源しようとする心の傾きを持ったことも必然であったと言えるであろう。

一方で、宗尊は、院政期から新古今時代までに始まり鎌倉時代中期へと続く詠風の流れにも棹さして、比較的新

奇な試みにも目を向けていた節があることは、次のような事例に認め得るであろう。例えば、

　果てはまたさこそは消えめ物をのみ思ふ月日の雪と積もらば　（恋上・342）

の、「果てはまた」は、「おとづれし木の葉散りぬる果てはまた霧の籬を払ふ山風」（秋篠月清集・二夜百首・霧・一二九）や「紅葉葉の色を宿して果てはまたさそひていぬる山川の水」（千五百番歌合・冬一・一七二二・宮内卿）のように、新古今時代から詠まれ始めて、「果てはまた行き別れつつ玉の緒の長き契りは結ばざりけり」（光明峰寺摂政家歌合・寄玉恋・八八・知家）や「果てはまた恋しきばかり思はれて人を恨むる心だになし」（秋風抄・恋・遇不逢恋・二五二・源孝行）のように、鎌倉時代中期以降に非常に流行する句である。また、例えば、

　吹く風の鳴尾に立てる一つ松寂しくもあるか友なしにして　（雑上・438）

の、「鳴尾」の「一つ松」を詠む基は、「鳴尾に松の木一本たてり」と詞書する俊頼の「鳴尾なる友なき松のつれづれと一人も暮に立てりけるかな」（散木奇歌集・雑上・一三八七）で、その後、清輔や覚性法親王や登蓮を経て、慈円の「我が身こそ鳴尾に立てる一つ松よくもあしくもまたたぐひなし」（拾玉集・一日百首〈建久元年四月〉・松・九五六）や良経の「友と見よ鳴尾に立てる一つ松夜な夜な我もさて過ぐる身ぞ」（秋篠月清集・二夜百首〈建久元年十二月〉・寄松恋・一六六）があり、宗尊に近くは、「いかにせんあはれなる尾の一つ松世にたぐひなくもの思ふ身を」（現存六帖・まつ・五一六・前摂政家民部卿）がある。院政期から鎌倉時代中期にかけて、「鳴尾」の「一つ松」を詠む小さな流れが認められて、宗尊詠はその中に位置しているのである。

　特にまた、「一声をあかずも月に鳴き捨てて天の戸渡る郭公かな」（夏・113）の「鳴き捨てて」、「見ず知らず野山の末の気色まで心に浮かぶ秋の夕暮」（秋上・199）の「見ず知らず」「野山の末」「気色まで」「心に浮かぶ」、「なにとなく空にうきぬる心かな立つ川霧の秋の夕暮」（秋下・248）の「空にうきぬる心かな」（「うきぬる」を「心」につい

の「蟬の鳴く外山の梢いとはやも色づき渡る秋風ぞ吹く」（秋下・260）の「外山の梢」等々（他に314、376、425、468についても同様）といった詞の使用例からは、新古今歌人の和歌とその用語にはよく注意を払っていたことが窺われるのである。

中でも、秋下の194〜208は結句に「秋の夕暮」を置く歌の歌群で、撰者真観をしてその措置を可能ならしめる程に、恐らくは、『後拾遺集』に始発して『新古今集』で重たい意味を担うに到った「秋の夕暮」を中核にした作を多くものしていたらしいことは、時代の傾向と共に宗尊の関心のありようを示すと言ってよいであろう。次に掲出しておく。

置く露に濡るる袂ぞいで我を人なとがめそ秋の夕暮

百首御歌の中に

吹く風も心あらなむ浅茅生の露のやどりの秋の夕暮

三百首御歌の中に

遠ざかる海人の小舟もあはれなり由良の湊の秋の夕暮

色かはる野べよりもなほ寂しきは朽木の杣の秋の夕暮

秋夕を

絶えでなほ住めば住めども悲しきは雲ゐる山の秋の夕暮

見ず知らず野山の末の気色まで心に浮かぶ秋の夕暮

寂しさよながむる空のかはらずは都もかくや秋の夕暮

いつまでかさても命の長らへて憂しとも言はむ秋の夕暮

尋ねばや世の憂き事や聞こえぬと岩ほの中の秋の夕暮
閑中秋夕
思へただ待たるる人の問はむだに寂しかるべき秋の夕暮
文永元年十月御百首に
袖の上にとすればかかる涙かなあな言ひ知らず秋の夕暮
秋の御歌中に
思ひしる時にぞあるらし世の中の憂きも辛きも秋の夕暮
憂しとても身をやは捨つるいで人はことのみぞよき秋の夕暮
涙こそ答へて落つれ憂きことを心に問へば秋の夕暮
憂き事を忘るる間なく歎けとや村雲まよふ秋の夕暮

さらに宗尊は、中央歌壇の鎌倉前期以降の流行にも敏感に反応して、同時代の傾向に沿った詠作を行っているのである。例えば、

さびしさはさらでも絶えぬ山里にいかにせよとか秋の来ぬらん（秋上・147）

は、「思ふよりいかにせよとか秋風になびく浅茅の色ことになる」（古今集・恋四・七二五・読人不知）を本歌にするが、同様にこれを本歌にした詠作が、鎌倉前中期には左記のように散見するのである。

思ふよりなびく浅茅の色見えていかにせよとか秋の初風（洞院摂政家百首・秋・早秋・五六二・信実）
今よりの寝覚めの空の秋風にいかにせよとか衣打つらん（宝治百首・秋・聞擣衣・一八二五・為継）
山深く住むは憂き身と思ふよりいかにせよとか秋風の吹く（影供歌合建長三年九月・山家秋風・八四・真観）

鹿の鳴く夜さむの峰の秋風にいかにせよとか妻はつれなき（百首歌合建長八年・秋・二五四・家良）

また、この「さびしさは」の歌は、寂蓮の「さびしさはその色としもなかりけり槙立つ山の秋の夕暮」（新古今集・秋上・三六一）の系譜上にあろうが、鎌倉中期の先行同類詠が、次のように見えるのでもあった。

さびしさはさらでも絶えぬ山里の夕べかなしき秋の雨かな（百首歌合建長八年・秋・三〇四・忠基）

さびしさはさらでもつらき山里に身にしむ秋の風の音かな（影供歌合建長三年九月・山家秋風・七三・為教）

さびしさはたぐひもあらじ山里の草のとぼそに過ぐる秋風（影供歌合建長三年九月・山家秋風・五六・右衛門督）

もう一例を挙げれば、

浪のうつ岩にも松の頼みこそつれなき恋の種となりけれ（恋上・353）

は、「種しあれば岩にも松は生ひにけり恋をし恋ひば逢はざらめやは」（古今集・恋一・五一二・読人不知）を本歌にするが、同時にこの宗尊詠は、次に揚げるような近代から同時代までの詠作の傾向に沿ったものであることが認められるのである。

われはこれ岩うつ磯の浪なれやつれなき恋にくだけのみする（正治初度百首・恋・一一八二・俊成）

浪のうつ荒磯岩のわればかりくだけて人を恋ひぬ間もなし（新撰六帖・かたこひ・一二二六・家良）

岩に生ふるためしを何に頼みけんつひにつれなき松の色かな（続後撰集・恋二・七八二・伊平。続歌仙落書・五七。万代集・恋二・二〇一四。三十六人大歌合・四八）

うきめのみおひて乱るる岩の上に種ある松の名を頼みつつ（内裏百番歌合建保四年・恋・一七二・範宗。範宗集・五六六）

さらに、用語の面では、「代々古りて知らぬ昔の春の色を花に残せるみ吉野の山」（春上・60）の「代々古りて」

「知らぬ昔」「花に残せる」や「さもぞ憂き三月の空の雲間よりはつかに残る有明の月」（春下・91）の「さもぞ」を初めとして、以下詞のみを挙げれば、「夜半の村雨」（夏・109）、「うへ行く」（夏・108）、「吹きのぼる」（夏・140）、「まれなる中」（秋上・154）、「人招くらむ」（秋上・166）、「さればとて」（秋下・230）、「なほ物思ふ」（秋下・252）、「はやなりにけり」（秋下・265）、「木の葉時雨れて」（秋下・269）、「今か満つらし」（冬・295）、「霜夜の月」（冬・300）、「まだ末遠き」（冬・317）、「心の色」（恋上・334）、「果てはまた」（恋上・342）、「夕煙」（恋上・343）、「待たでや寝なん」「宵の村雨」（恋下・376）等々が、鎌倉時代前期から中期にかけて詠出されたか、前代までに生まれて鎌倉前期から中期にかけて盛行した詞なのであり、それらを宗尊が用いているのである。

ちなみに、

いつまでか待ちも侘びけん今はまた我が身のよその秋の夕暮　（恋下・380）

は、『弘長百首』の為氏詠「いつまでかなほ待たれけん今来むと言ひしはよその夕暮の空」（恋・忘恋・五四五）に触発された詠作ではないか。とすれば、宗尊は直近の京都歌壇の詠作をすぐに摂取していることになろう。想像するに、宗尊は京都の和歌活動に関心を向け、それらの歌集をすぐに取り寄せるように計らっていたのかもしれない。親王として東下し実権のない幕府の主に奉られて、詠歌に存在意義を見出したのであろう宗尊に、父帝後嵯峨院の側も、少年時の東下当初より、京都に在った場合と同様かそれ以上の典籍類を帯同させ、その後も宗尊側の求めに最大限に応じて送付し続けたのではないかとも憶測するのである。加えてまた、関東に祇候した歌の家の人である顕氏や教定、あるいは実質的に宗尊の歌道師範となった真観、彼らがもたらした歌書類も少なくはなかったのではないか、とも思量するのである。

ちなみにまた、より宗尊に近い時代の『新撰六帖』は、『古今六帖』題に従った同時代の代表歌人五人の作による類題集だが、その作者達、家良・為家・知家・信実・光俊（真観）は、そもそもが宗尊が見習うべき歌人達であった。近い時代の六帖題詠は、初学の宗尊にとっても恰好の手本であったのではないだろうか。この六帖歌に似通う表現の歌が少なくないのは、当然のことと見てもよいのであろう。なおまた、『宗尊親王百五十番歌合』の類歌は、宗尊詠の詠作時期が不明なので先後関係を判断し得ない。しかし、どちらが先行するにせよ、特徴的な表現が同歌合と宗尊詠との間に共通するのは不思議ではないであろうし、それが宗尊詠の関東という地域性と鎌倉中期という同時代性を窺わせていると言えるであろう。

最後に、少し細かい点に及んで見ておくと、第三節にも記したが、宗尊の手許には、『五代集歌枕』があったのではないかと思わせる本歌取りや古歌に依拠した作が散見される（107、108、109、132、144、176、295、301、302、374、408、430、431等）。また、宗尊の手許にあった『金葉集』の本文が正保版本系であったことを窺わせる作があるので（230、501）、今後総合的に宗尊詠の依拠伝本を考える上で、注意しておきたいと思う。

六、参考歌の作者（依拠歌人）

視点を変えて、前節に歌集別に整理した、宗尊詠が依拠したと思しい主要な先行歌、即ち参考歌を、その作者である歌人毎に整理してみよう。参考歌を歌集別に整理した場合と同様に、宗尊自身が参考歌の作者を意識して適従したか否かを明確に弁別することは難しいにせよ、おおよそは、宗尊がどのような歌人に意識を向けていたか、あるいは無意識下に従っていたかを、さらには、宗尊の和歌がどのような表現の史的流れの中に位置付けられるかを、ある程度浮かび上がらせることができるのではないかと考えるからである。

家集と個人の定数歌・自歌合等の個人歌集所収歌を併せて、宗尊詠の参考歌を作者（歌人）別に整理し直したものを、後ろに資料Ⅶ「瓊玉集歌の参考歌（依拠歌）歌人別一覧」として掲出しておく。

さて、その「瓊玉集歌の参考歌（依拠歌）歌人別一覧」を基に、宗尊の依拠したであろう先行歌あるいは類似する先行歌の主な作者（歌人）を、類別してさらにまとめると、次のとおりである。

歌聖・六歌仙・三十六歌仙・中古三十六歌仙等

人麿。

業平、小町、素性。

貫之、忠岑、躬恒（古今集撰者）。

伊勢、兼盛。

好忠、紫式部、清少納言、赤染衛門、和泉式部、馬内侍。

匡房。

平安時代～鎌倉時代の重代の歌人・兄弟歌人等

行尊、行宗（兄弟）。

俊頼、俊恵。

源顕仲、待賢門院堀河、上西門院兵衛。

顕輔、重家。

寂念、寂超、寂然（兄弟。常磐の三寂）。

頼政、二条院讃岐、宜秋門院丹後。

院政期〜新古今時代の主要歌人

西行、俊成。

公重、実定、公衡、兼実、慈円、良経、通親、忠良〔権門〕。

定家、家隆、有家、雅経、通具、寂蓮、（慈円、良経）、隆信、公衡、俊成女、宮内卿、秀能〔新古今撰者と同時代の主要歌人〕。（　）内は重出者。

忠盛、忠度、（頼政）、光行〔院政期の武家歌人〕。

皇統

後鳥羽院、土御門院、順徳院、後嵯峨院、守覚、式子、道助、雅成。

将軍

頼朝、実朝。

鎌倉時代の重代の権門歌人

公経、実氏※、実雄、公相〔西園寺〕。※は文応三百首点者。

（兼実、良経）、道家、基家※〔九条〕。

（忠良）、基良、家良※〔近衛〕。

歌道師範とその家統あるいは歌の家の歌人等

為家、真観〔歌道師範〕

（俊成、定家、為家）、為氏、俊成女、後堀河院民部卿典侍。

〔真観〕、鷹司院按察、尚侍家中納言〈典侍親子〉、前摂政家民部卿、鷹司院帥。
知家、行家※。
〔家隆〕、隆祐、承明門院〔土御門院〕小宰相。
〔隆信〕、信実、藻壁門院少将、弁内侍。
〔雅経〕、教定。
範宗。

関東縁故歌人
行念〔北条時房男時村〕。
信生、時朝、景綱〔宇都宮氏眷属〕。
寂身、親朝〔関東圏の歌人〕。

概括すると、歌聖・歌仙として仰がれた人達から、勅撰撰者、院政期や新古今時代の主要歌人、歌の家の人あるいは重代の歌人達、西行と俊成という大歌人、頼朝と実朝という先代将軍、後鳥羽院・土御門院・父帝後嵯峨院等の皇統、為家と真観という歌道師範、および関東縁故の歌人達〔宇都宮氏〕まで、総じては、由緒や縁故がある人々、即ち、歴代の正統な和歌の中心人物、身分境遇上の先人、地勢上の縁故者などの歌に倣っていたことが窺知されるのである。なお、将軍の他にも、忠盛や忠度や頼政あるいは秀能といった武家歌人の歌に負ったかもしれない事例が多少なりとも見えることは、将軍職に就いた宗尊の意識の傾きの反映として捉えてもよいか、と思われるのである。つまるところ宗尊の和歌上の意識は、言わば正統な和歌の道統と本流の血脈や系統および自身の境遇や地域の有縁性に沿うような指向性を有していた、と言ってもよいのであろう。

ちなみに、やや注意されるのは、院政期の大歌人で六条藤家の人でもある清輔の歌に倣った形跡が、『瓊玉集』の宗尊詠には特には認められないことである。僅かに指摘し得る、宗尊の「咲く花は千種ながらに時過ぎて枯れゆく小野の霜の寒けさ」（冬・291）の結句「霜の寒けさ」が、清輔の「冬枯れの森の朽ち葉の霜の上に落ちたる月の影の寒けさ」（清輔集・冬・森間寒月・二一八、新古今集・冬・六〇七）の結句「影の寒けさ」に遡及する点についても、これは他の歌人にも影響を与えた措辞であって、清輔と宗尊間に固有の関係とは言えないのである。今後宗尊詠全体を見渡した上で改めて考えてみる必要はあろうが、少なくとも『瓊玉集』段階の宗尊が清輔に対して特段の意識は持っていなかったらしいことは、注意しておきたいと思う。また同様に、新古今時代の主要歌人鴨長明の歌からの影響が『瓊玉集』の宗尊詠にはほとんど見られないことは、注目に値するであろう。『瓊玉集』の注釈に於いても僅かに、宗尊の「絶えでなほ住めば住めども悲しきは雲ゐる山の秋の夕暮」（秋上・198）の参考歌として、長明の「ながめてもあはれと思へ大方の空だに悲し秋の夕暮」（新古今集・恋四・一三一八）を挙げたが、これもさほど濃厚な影響関係にあるとは言えまい。宗尊の長明に対する評価は直接には知り得ないが、少なくとも長明が関東に足跡を残したことや、『方丈記』の作者であったことなどは、宗尊に歌人として特に長明を意識させるのには与らなかったと見てよいのであろう。それとは対照的に、治部少輔基明男で中宮亮に任じた藤原範宗は、『新勅撰』以下に14首入集して家集『範宗集』を残したが、今日の目からは特に重要な歌人とは思われない。この範宗の歌に倣ったような宗尊詠が複数認められる。偶合でなければ、宗尊が範宗の歌に意識を向けていたことになり、その意味するところは今後の課題として、一応留意しておいてよいのかもしれないとも考えるのである。

なお、『伊勢物語』の「男」について付言しておけば、宗尊は歌人一般がそうであったろうように、それを業平と捉えていたであろうし、六歌仙業平の歌に意を向けてもいたであろう。従って本歌取り以外でも、『伊勢物語』の、四段・九段・八十二段・百二十三段といった比較的よく知られた章段とその和歌に負って詠作したことは当然でもあろう。ただ宗尊の場合には、東下りした「男」である業平の面影を自己の境遇に重ね見たこともあったかもしれない、とは思うのである。

なおまた、

たぐひなくかなしき時か春のゆく三月の月の廿日あまりは　（春下・92）

は、和泉式部の「たぐひなく悲しき物は今はとて待たぬ夕べのながめなりけり」（続後撰集・恋五・九六二）と「野辺見れば弥生の月のはつかまでまだうら若きさいたづまかな」（後拾遺集・春下・一四九・義孝）に拠っていて、平安時代の重要歌人の歌を選び取って倣う傾きを見せている。その意味では、宗尊は、個々の和歌や歌人に和歌史上の軽重を見る目を養ってもいたと言えるであろう。

一方で、

夕日さす浅茅が原の花薄宿借れとてや人招くらむ　（秋上・166）

の題「行路薄」は、家隆の「家百首」に見える「行路薄／かき分けてなほゆく袖やしほるらん薄も草の袂なれども」（壬二集・一三八一）が早い例で、息子の隆祐も「行路薄といへる心を」と詞書する「袖かへるをちかた人は分け過ぎて残る尾花に秋風ぞ吹く」（続拾遺集・秋上・二四三）を残している。これらに拠ったのではないだろうか。宗尊が、家隆の「古今の一句をこめて春（夏・秋・冬・恋・（雑））の歌よみ侍りし時」といった詞書の詠作（壬二集）を先規として、新古今撰者家隆の息で関東にも下った隆祐の「右大弁光俊朝臣古今詞百首（光俊朝臣古今詞百首）」（隆祐集）と同様に、恐らくは真観の勧めで『古今集』を三代集に広げてその歌詞を取って詠む試み（「弘長三年八月三代集詞百首」）をしていることからも、宗尊がこの重代の歌人に目を向けていたことが推測されるのである。

同様に、新古今撰者にして関東にも下った雅経や、その男で関東祇候の廷臣として宗尊幕下の歌壇に主要な構成員として活躍した教定は、重代の歌人で地縁をも有するという点で宗尊が影響を受けるべき典型的人物である。教定については、『瓊玉集』にはその影響が顕在化していないが、宗尊の詠作に影響を与えたことは別稿（「藤原教定について（下）—関東祇候の廷臣歌人達（二）—」（『中世文学研究』一七　平三・八））に指摘したとおりである。第八節で論及するが、教定の男でやはり関東にも祇候した雅有の歌には、逆に宗尊の歌からの影響が見られるので、この三代の歌人と宗尊との関わりは深いことになる。

さて、先代の将軍である実朝の歌に拠ったと見られる『瓊玉集』歌は7首程を数える。加えて、前述したような宗尊の詠法に、実朝に通う点が認められることを、改めて確認しておきたい。例えば、

袖ふれて折らば消ぬべし吾妹子が挿頭の萩の花の上の露　（秋上・萩を・174）

は、『万葉集』（巻十・秋雑歌）の「白露を取らば消ぬべしいざ子ども露にいそひて萩の遊びせむ」（詠露・二一七三）と「我が背子が挿頭の萩に置く露をさやかに見よと月は照るらし」（詠月・二二二五）、ならびに『後拾遺集』の「袖ふれば露こぼれけり秋の野はまくりでにてぞ行くべかりける」（秋上・三〇八・良暹）に拠り、さらには実朝の「風を待つ今はたおなじ宮城野の本あらの萩の花の上の露」（金槐集・恋・四八九）にも負っている。この内、『万葉』の両首を本歌と見ることもできようが、いずれにせよ、これら四首から、それぞれ措辞を少しずつ取って組み合わせたような仕立ての一首ではある。また、第四節にも記したように、

いづこにか我が宿りせむ霧深き猪名野の原に暮れぬこの日は　（秋下・249）

は、『万葉集』の「いづこにか我が宿りせむ高島の勝野の原にこの日暮れなば」（巻三・雑歌・二七五・黒人。新勅撰

集・羇旅・四九九・読人不知、初句「いづくにか」結句「この日暮らしつ」）と「しなが鳥猪名野を来れば有馬山夕霧立ちぬ宿は無くして」（巻七・雑歌・摂津作・一一四〇・作者未詳。新古今集・羇旅・九一〇・読人不知、二句「猪名野を行けば」）を本歌にしつつ、両首を巧みに組み合わせて再製して新歌に仕立てているのである。これら両首のように、本歌取りの詠作であろうとなかろうと、第三～五節で見たとおり、複数の古歌の詞や心に負って詠ずることを宗尊は数多く試みていて、それが宗尊の方法であるとまで言えるのである。そこに、同様の方法を取った実朝との繋がりを見ることができるかもしれないと考えるのである。

歌人としては、実朝程の実績を残さなかった頼朝については、

よそにては思ひありやと見えながら我のみ忍ぶ程のはかなさ　（恋上・338）

の「我のみ忍ぶ」を、宗尊は、頼朝の「絶え間にぞ心の程は知られぬる我のみ忍ぶ人は問はぬに」（拾玉集・五四九一・頼朝）に倣ったとも思しく、この先代将軍の詠作に、宗尊が多少の関心を払っていたのではないかとも考えられるのである。

さてまた、時代の勅撰撰者にして宗尊の歌に点を加えていた為家や、直接に宗尊の歌道師範として在った真観からの影響は当然のこととして、やや細かな事例にそれを覗いてみたい。

今ぞ見る野路の玉川萩こえて色なる浪の秋の夕暮　（秋上・萩花映水といふ事を・175）

は、「明日も来む野路の玉川萩こえて色なる波に月宿りけり」（千載集・秋上・二八一・俊頼）と「大井川古き流れを尋ね来て嵐の山の紅葉をぞ見る」（後拾遺集・冬・三七九・白河院）を踏まえる。歌題の「萩花映水」については、「松枝映水」（千載集・六一六）や「残菊映水」（新勅撰集・四七八）等の類例はあるが、「萩花映水」自体は希少で、先行例としては、『夫木抄』に「家集、萩花映水」として伝える源仲正の「風吹けば野河の水に枝ひてて洗へど萩の

色は流れず」（雑六・野がは・一〇八八一。三句図書寮叢刊本も同じ。「枝ひちて」か）が見える程度である（「萩映水」は室町中期以降に散見）。その題の「萩花」を詠み込んでいない、落題とも言うべき歌である。本集よりは後の成立になるが、為家が『詠歌一体』（題を能々心得べき事）で、「落葉満水」題の「筏士よ待てこと問はむ水上はいかばかり吹く山の嵐ぞ」と「月照水」題の「すむ人もあるかなきかの宿ならし蘆間の月の洩るにまかせて」の両首を引いて言う、「此の二首は、その所に臨みてよめる歌なれば、題をば出だしたれど、只今見るありさまに譲りて、紅葉・水などをよまぬ也」（時雨亭文庫本により表記は改めた）といった考え方に立った詠作と見なすことができようか。それにしても、詞書を離れると、一首に「萩」を想起させるのは、「野路の玉川」と「色なる浪」の詞を負った『千載集』の俊頼詠の存在があるからであり、本歌取りと見なすべき詠作でもある。しかしまた、文応元年（一二六〇）に恐らくは真観が宗尊に宛てて書いた髄脳たる『簸河上』は、時代の流れに伴って本歌取りの対象である『万葉集』と三代集の作者の所収歌集を、定家『詠歌大概』が説いた下限の「新古今」から、「新勅撰・続後撰」にまで拡大し、また「後拾遺」を見直して、三代集の作者の歌と同様に『後拾遺集』（歌人の）歌を本歌に取り用いてもよいとしながらも、「金葉、詞花もさることどもにて侍るめれば、苦しかるまじきことにこそ。されども、三代集の歌などのやうに本とするまではいかが侍るべからん」とも言っており、『金葉集』初出歌人の俊頼の『千載集』所収歌を本歌と見るには躊躇が残るのである。それは措いて、右の事例に、宗尊詠の中に為家の和歌観に通じる点があることを見ておきたいと思うのである。

一方の真観については、宗尊がその真観の指導で本歌取りにも繋がる試みをしていると思しい例がある。

いかにせむ心のうちもかきくれて物思ふ宿の五月雨の比（夏・百首御歌中に・130）

『柳葉集』によれば、弘長三年（一二六三）八月に、三代集の歌詞を取って詠んだ百首の一首である。前述のとおり、こういった詠み方の先例は、家隆の「古今の一句をこめて春（夏・秋・冬・恋・（雑））の歌よみ侍りし時」といった詞書の詠作（壬二集）に求められる。家隆の息隆祐の家集『隆祐集』に「右大弁光俊朝臣古今詞百首（光俊朝臣古今詞百首）」と見える百首から推測すると、宗尊も真観の勧めで古今集を三代集に広げてその歌詞を取って詠んだのではないだろうか。その三代集歌の詞とは、「いかにせむをぐらの山の郭公おぼつかなしと音をのみぞなく」（後撰集・夏・一九六・師尹）と「鳴き渡る雁の涙や落ちつらむ物思ふ宿の萩の上の露」（古今集・秋上・二二一・読人不知）の、「いかにせむ」と「物思ふ宿の」であろう。あるいは後者のみをより強く意識したものであったかもしれない。「心のうち」の詞も「思ひせく心の内の滝なれや落つとは見れど音の聞こえぬ」（古今集・雑上・九三〇・三条町）他、三代集に見える歌詞であって、宗尊は、本集54歌でこの「思ひせく」歌を本歌に取ってもいるので、これも取り込んだと見ることもできよう。あらかじめ三代集から詞を取る制約の下で詠まれているので、その三代集歌を本歌と見なすべきかは議論の余地があろうが、こういった習練が、俊成が絶対的古典としての『古今集』を発見しかつ三代集を一括して捉え（古来風体抄等）、それを継承した定家が歌詞の基盤を三代集に求めた（詠歌大概等）、その原則に適う歌を多く詠ませ、それがまた本歌取りの手法を常套とする宗尊の素地にもなったのではないかと推測するのである。

ちなみに、「庭草花」を詠じた、

茂りあふ籬の薄ほに出でて秋の盛りと見ゆる宿かな　（秋上・165）

は、為家の「風渡る尾花が末に鶉鳴きて秋の盛りと見ゆる野辺かな」（新撰六帖・第六・もず・二六二七・為家）に負っていようが、「茂りあふ」は、多く夏の草花の歌に用いられ、特に秋の「薄」について言う先行例は見出だし難い。本集成立の翌年文永二年（一二六五）七月七日の『白河殿七百首』の真観詠「誰が植ゑし一むら薄茂りあひて同じ野原に虫の鳴くらん」（秋・虫声滋・二四三）が希少な一例となる。真観が宗尊詠に刺激されたか、もともと真観がこういう用い方を宗尊に指導していたか。方向性がどちらにせよ、真観と宗尊の和歌を通じた紐帯を窺知させる細かな事例と見てもよいであろう。

その真観光俊の妹鷹司院按察や、光俊女の尚侍家中納言（典侍親子）と鷹司院帥の姉妹（長幼は未詳）の歌に負ったと思しい事例が少しく認められるのは、やはり歌道師範真観の妹や娘という関係性が与ったものと思われる。一例を挙げておこう。

いつの春訪はれならひて梅の花咲くより人のかく待たるらん　（春上・20）

の「いつの春」の用い方は、鷹司院帥の「いつの秋頼めおきけんさを鹿の妻待つ山の夕暮の空」（影供歌合建長三年九月十三夜・暮山鹿・一六二）や尚侍家中納言の「いつの冬散らばともにと契りけん枝さしかはす木木の紅葉ば」（現存六帖・もみぢ・四七九）に倣ったと見てよいのではないか。また、この三人の宗尊への影響歌の所収歌集が『現存六帖』や『秋風抄』や『閑窓撰歌合建長三年』等の真観が撰したか真観が関与したらしい撰集類であることは、この三人の歌に宗尊詠が似通っていることが偶然ではない可能性をより高くしていると見てよいであろう。

なお、

更け行けば月さへ入りぬ天の河浅瀬しら浪さぞたどるらん　（秋上・153）

は、「天の河浅瀬白浪たどりつつ渡り果てねば明けぞしにける」（古今集・秋上・寛平御時七日の夜、殿上に侍ふ男ども歌奉れと仰せられける時に、人に代はりてよめる・一七七・友則）を本歌にするが、父帝後嵯峨院にも、同じく古今友則詠を本歌にした「夕闇に浅瀬しら波たどりつつ水脈さかのぼる鵜飼ひ舟かな」（続拾遺集・夏・一八七）がある。同歌の詠作時期は不明なので、確言はできないが、他の後嵯峨院詠と宗尊詠との共通性と併せて、宗尊が後嵯峨院に倣った可能性を見ておきたい。

参考までに、宗尊が依拠したとまでは判断し得ないが『瓊玉集』歌と類似した主な先行歌と同時代歌、ならびに影響歌とまでは推断し得ないが『瓊玉集』歌に類似した主な同時代歌と後出歌の番号を、資料Ⅷ「瓊玉集歌の類歌一覧」として後ろに掲出しておく。これらも総じて見れば、宗尊の詠歌の傾向を史的連続の中に窺う材料となり得ると考えるからでもある。ここで類歌とした内の、『瓊玉集』の宗尊詠以前の先行歌については、恐らくは参考歌とすべきものも含まれるのであろうが、それも併せて、宗尊自身が直接拠ったとまでは言えなくとも、その歌人の歌と同様の詠み口や同じ方向性を示しているとは言えるのであって、おおよそはこらの歌人達と同様の価値観を有していたと見ることができるであろう。また、宗尊よりも後の歌人の類歌の存在は、宗尊詠に直接負ったのではないにせよ、類同の歌が生まれているのは、宗尊詠の正統な伝統性を照射するものと言えるであろう。総じて、当該歌を詠む時に直接拠ったのではなくとも、幼年時の過去から習熟し蓄積された歌詞・知識の資源という意味で、同類の歌の表現を自然と学んだことが反映したと捉えてもよいであろうし、後代にも宗尊と類同の歌が少なからず存在することは、またそれを裏付けるものでもあるだろう。

七、『瓊玉集』歌の述懐性

叙情にせよ抒景にせよ、そもそも和歌が、ある程度の述懐性を内包していることは、その主情的な本質から当然ではあろう。ただし、宗尊の場合、『正徹物語』に「宗尊親王は四季の歌にも、良もすれば述懐を詠み給ひしを難に申しける也。物哀れの体は歌人の必定する所也。此の体は好みて詠まば、さこそあらんずれども、生得の口つきにてある也」（日本古典文学大系本）と、むしろ述懐性が生来の詠みぶりであると評されるほど、その傾きは顕著と言ってよいであろう。以下に、そういった詠みぶりの歌および宗尊の境遇に関わる歌を取り上げて、宗尊詠の特徴の一端を記してみたいと思う。

親王でありながら鎌倉の主に奉られた宗尊には、当然のように、京洛を思慕する歌がある。一般的な羇旅歌以上に、郷愁を吐露した歌が目に付くのである。

逢坂や関の戸あけて鳥の鳴く東よりこそ春は来にけり　（春上・二）

玉章や春行く雁につたへまし越路のかたの都なりせば　（春上・四〇）

身に知れば憂しともいはじ帰る雁さぞ故郷の道急ぐらん　（春上・四一）

こしかたを忍ぶ我が身の心もてなにか恨みん春の雁がね　（春上・四二）

東には挿頭も馴れず葵草心にのみやかけて頼まん　（夏・一〇〇）

こういった歌を本格的な家集『瓊玉集』に撰録した真観は、宗尊の境遇の不条理が醸成する心情を理解してはいたであろうが、世に訴求するような意味合いを持たせてはいなかったであろうし、また、それが幕府の目にとまったとしても宗尊に不利に働くとまでは考えていなかったであろう。和歌の本来的に持つ悲哀・憂鬱を主情的に吐露する役割を、それだけにまた、具体個別の抗議や批判の意図が鮮明になることはないことを知っていたのではないだろうか。

他方、故郷京洛への思慕と裏腹に、宗尊は鎌倉の主、関東の住人という感情も覗かせている。そして、親王将軍たる自負は時に悲哀を滲ませ、またそれ故の自慰の諦念ともなって表出されるのである。これについては既に、佐藤智広「宗尊親王の早春の和歌に関する一考察」（『昭和学院短期大学紀要』37、平一三・三）が、「宗尊の立春、早春の和歌における〈あづま〉の意識を検討」して、「宗尊の詠作には鎌倉将軍としての自覚に基づくものが認められ」「都を中心世界とする伝統的な詠み方と異なる例が見られる」、と的確に指摘するところでもある。

東には今日こそ春の立ちにけれ都はいまだ雪や降るらむ　（春上・3）

山里は松の嵐の音こそあれ都には似ずしづかなりけり　（雑上・450）

憂き身とは思ひなはてそ三代までに沈みし玉も時にあひけり　（雑上・460）

有りて身のかひやなからん国のため民のためにと思ひなさずは　（雑上・461）

心をばむなしきものとなしはてて世のためにのみ身をやまかせむ　（雑上・462）

心をも身をもくだかじあぢきなくよしや世の中有るにまかせて　（雑上・463）

移り行く月日にそへて憂き事の繁さまさるはこの世なりけり　（雑上・464）

世に経れば憂きこと繁き笹竹のその名もつらき我が身なりけり　（雑上・465）

二首目の「山里」は勿論鎌倉を寓意するが、これは、帰洛後の歌を収める家集『竹風抄』の「人目見ぬ都の宿はなかなかに山里よりもしづかなりけり」（巻五・〔文永九年十一月比百番自歌合〕・幽棲・九九八）と対照的に呼応していて、恐らくそれは宗尊が意識したことでもあろう。460から465までの述懐歌群は、それとして宗尊の心情を窺い得る歌々であるけれども、同時にこれらを撰歌し配列した真観がまた、宗尊の心情を忖度した結果であることも疑いなく、両者の関係の強さが窺知されるところでもある。

恐らくは、そのような宗尊の意識と通底して、想像するに東下以前には恐怖さえも覚えていたかもしれない幕府の執政北条得宗家の人々、京都から鎌倉への旅に同行した長時、鎌倉到着時に自邸に宗尊を迎え入れた時頼、その各々の死に対して哀傷歌を詠じている。

最明寺の旧跡なる梅の盛りなりける枝を、人の奉りたりけるを御覧じて

心なき物なりながら墨染めに咲かぬもつらし宿の梅が枝（雑下・498）

去年冬、時頼入道身罷りて、今年の秋、長時同じさまになりにしことを思しめして

冬の霜秋の露とて見し人のはかなく消ゆる跡ぞ悲しき（雑下・499）

時頼や長時に対して、宗尊が抱いていたであろう感情は単純ではあるまい。しかし、後鳥羽院の曾孫の親王とかつてその皇統を危うくした関東の武士と、というような対立の図式によってのみ測ることができるようなものではないことは確かであろう。

一方でまた、もとより皇統の一員である宗尊が、皇統の歌人とその和歌に追随していたらしいことは、その依拠歌の様相に知るところである。特に、隠岐配流後の後鳥羽院やそれに関わる作品にも目を向けていたことが窺われるのであり、例えば特に、

出雲なる千酌の浜の朝凪に漕ぎ出でて行けば奥の島見ゆ（雑上・海上眺望といふことを・430）

淡路島瀬戸の吹き分け風早し心して漕げ沖つ舟人（雑上・海旅を・432）

の両首は、曾祖父後鳥羽院の「我こそは新島守よ隠岐の海の荒き波風心して吹け」（後鳥羽院遠島百首・九七）を意識したと見られるのである。とすれば、律で言えば遠流の地隠岐に在った曾祖父帝の境遇に、遠流の地伊豆を発祥とする東国政権の府鎌倉に流罪ならず在る自己のそれを比する意識が皆無ではなかったのではないか、とも思われてくるのである。しかし、そうではあってもむしろ、鎌倉に東下して経年の後には、北条得宗家の人々を頼みとする程の心境に至っていたかもしれないことに、目を背けるべきではないのであろう。当時の親王としては誰であれ当然ながら自らの運命を切り開くすべはないにしても、特に境遇の変転が大きかった宗尊の、しかしそこに適応せ

んとした複雑な胸中を読み取るべきなのである。

関東に前半生の人生の大半を過ごした宗尊は、その関東圏の歌人達と同様の傾向の歌をものし、また、関東歌人に共有の地名や、あるいは実見した関東の地名を詠んでいて、関東歌壇の一員たる側面も覗かせているのである。例えば、

見渡せば潮風荒し姫島の小松が末（うれ）にかかる白浪　（雑上・453）

は、「妹が名は千代に流れむ姫島の小松がうれに苔生すまでに」（万葉集・巻二・挽歌・寧楽宮・和銅四年歳次辛亥河辺宮人姫嶋松原見二嬢子屍一悲歎作歌二首・二二八。五代集歌枕・ひめしま・一五二四、結句「苔生ふるまでに」）を本歌にする。同じ『万葉』歌の本歌取りの先蹤は、実朝の「姫島の小松が末にゐるたづは千年経れども年老いずけり」（金槐集・賀・祝の心を・三六一）に求められ、その後、為家女婿の素暹法師（東行胤）の「漕ぎかへり見てこそゆかめ姫島の小松が末にかかる藤浪」（東撰六帖・春・藤・二九六。同抜粋本・六六）や、『政範集』の「姫島の小松がうれへもおしなべて緑に霞む春の曙」（名所春曙・一〇八）が見えて、同類の本歌取りが鎌倉圏の営みに収斂する傾きが窺われるのである。また、「都にははや吹きぬらし鎌倉のみこしが崎の秋の初風」（秋上・144）の「みこしが崎」や「美濃の国不破の中山雪さえて閉づる氷の関の藤河」（冬・313）の「不破の中山」等に象徴されるように、関東縁故歌人が共有したような関東の地名・歌枕を、あるいは実見も経てか、宗尊が詠じている例も認められるのである。

佐藤智広「〈夜寒〉考―中世和歌における質的転換を中心に―」（『中世文学』45　平一二・八）は、散文と和歌両者の検証から、「〈夜寒〉の語」が中世前期に「質的転換」を果たし、「中古以来の寂寥感」を「含意」しつつ「都の自邸で〈夜寒〉と感じることを消失してい」き、「和歌世界の中心」の「都を離れ鄙へと移動した時」に「鄙の美的特質の一つとして」「〈夜寒〉」が和歌に取り込まれることを析出する。そして、将軍として東下した宗尊の『宗尊親王三

百首（文応三百首）』」や『瓊玉集』中の「作者宗尊が鎌倉に居るにも拘わらず、詠み手の起点は都にあり、都を離れた地点での寂寥感を〈夜寒〉と見做している」和歌を、「質的転換を遂げた後の〈夜寒〉の系譜に連なる」と定位しつつ、別の『瓊玉集』の和歌や『柳葉集』の（東下後十余年が経過した）「文永元（一二六四）・二年の作」の中に「宗尊自身が都に居ないということを自覚した上で、詠み手を鎌倉の自邸に立たせた」ことを見出し、「宗尊が中世に確立された〈夜寒〉の系譜を離れ、鄙の地・鎌倉に居るという起点を持った時、〈夜寒〉はまた新たな転換点を迎えた」と主唱する。宗尊の将軍在位期の心情や価値観の変化をも浮かび上がらせる鋭敏な解析であって、右に述べた『瓊玉集』の宗尊詠に認められる特質はこれに矛盾しないのである。

さて、先にも記した正徹が指摘するような、季節歌に述懐を込めるような詠みぶりは、次の歌々に典型的であろう。

春ごとに物思へとや梅が香の身にしむばかり匂ひそめけん（春上・23）
いさ人の心は知らず我のみぞかなしかりける春の曙（春上・32）
たえだえに里見えそむる山本の鳥の音さびし春の曙（春上・33）
何事をまた思ふらん有りはてぬ命待つ間の春の曙（春上・34）
いひしらぬつらさそふらし雁がねの今はと帰る春の曙（春上・35）
いかにせむ訪はれぬ花の憂き名さへ身につもりける春の山里（春下・57）
植ゑて見る我をや花の恨むらん憂き宿からに人の訪はねば（春下・58）
めぐりあふ命知らるる世なりともなほ憂かるべき春の別れを（春下・93）
東には挿頭も馴れず葵草心にのみやかけて頼まむ（夏・100）

待ちわびし時こそあらめ郭公聞くにも物の悲しかるらん　（夏・115）

もともと秋思の愁いが潜む秋歌や、冬枯れの哀情が伴う冬歌ではなく、春や夏の歌に宗尊固有の悲愁がむしろ顕現することになるのであろう。殊に「春曙」を悲愁の歌に詠みなすことに、宗尊の個性の一つを見ることができるかもしれないが、それは、皇子でありながら幕府の主に祭り上げられて関東に下り住んでいる宗尊の境遇と無縁ではなかろう。宗尊の将軍擁立は、十一歳の建長四年（一二五二）の春（三月五日議決、十七日下向決定、十九日京都出離）であったのであり、これが宗尊にとって春を憂愁の季節とさせた可能性は見てもよいのでないか。同時に、春上32～35のように「春の曙」で結ぶ憂愁の春歌の連続配列をも措置した撰者真観が、そのような宗尊の詠歌の特質を理解して価値を見出していたらしいことは、真観自身の和歌観や力量を考える上で、注意しておく必要があるであろう。

ところで宗尊の歌は、総じて調べがなだらかで、本意をはずさず、意味が明確である。が、希に次のような歌も無いわけではない。

吉野山雲と雪との偽りを誰がまこととか花の咲くらむ　（春上・51）

宗尊の歌にしては晦渋である。「白雲と峰には見えて桜花散れば麓の雪とこそ見れ」（金葉集正保版二十一代集本・春・六六九・伊通）や「雲となり雪とふりしく山桜いづれを花の色とかもみん」（宝治百首・春・落花・六四三・実氏）と似たような景趣を詠もうとしたもので、あるいは寂蓮の「咲きぬれば雲と雪とにうづもれて花にはうときみ吉野の山」（老若五十首歌合・春・四九）と同工異曲であろうか。とすれば、一首の言わんとするところは、吉野の全山が花とも雲とも雪とも見分けがつかないけれど、それはそれで見事なまでの花盛りなのだから、また見分ける必要もないでないか、本当の花は一体誰にとっての真実だといって咲いているというのか、ということであろうか。この解釈の当否は措いて、宗尊詠の別の一面を示す歌として促えておきたい。
一方で、宗尊は、「つらさ」の表出もよくする。

秋風を憂しとはいはじ荻の葉のそよぐ音こそつらさなりけれ　（秋上・163）

宗尊は、このように結句に置く「つらさなりけり（る・れ）」を好んだようである。他家集歌も併せて次に列挙してみる。

①うつろひてまたも咲かぬは憂き人の心の花のつらさなりけり　（瓊玉集・恋下・寄花恋・三九六）
②恨みむとかねて思ひしあらましはあひ見ぬまでのつらさなりけり　（柳葉集・巻一・弘長元年九月、人人によませ侍りし百首歌・恋・一二七）
③つれなきも限りやあると頼むこそ長き思ひのつらさなりけれ　（柳葉集・巻四・文永元年六月十七日庚申に、自らの歌を百番ひに合はせ侍るとて・不逢恋・五一七）
④見るとなき闇のうつつの契りこそ夢にまさらぬつらさなりけれ　（柳葉集・巻五・文永二年潤四月三百六十首歌・恋・七八六）
⑤たぐひなきつらさなりけり秋深くなり行く頃の夜はの寝覚めは　（竹風抄・巻一・文永三年十月五百首歌・九月・二七）
⑥年を経て馴れならひにし名残こそ別るる今のつらさなりけれ　（竹風抄・巻一・文永三年十月五百首歌・別離・一三六）
⑦思へどもいはぬを知らぬならひこそ忍ぶるほどのつらさなりけれ　（竹風抄・巻四・文永六年四月廿八日、柿本影前にて講じ侍りし百首歌・恋・六五六）

⑧ひたすらに思ひも果てぬこの世こそ心よわさのつらさなりけり

（竹風抄・巻五・文永六年八月百首歌・雑・八一五）

「弘長三年八月三代集詞百首」の一首である「秋風を」歌に先行するのは、②である。①との先後は分からない。この①は、「散るにだにあはましものを山桜待たぬは花のつらさなりけり」（躬恒集・三八一。古今六帖・第六・山ざくら・四二二七。和漢兼作集・春下・三二七。続古今集・春下・一五一、三句「桜花」）か、あるいはこれに負ったかと思しき『現存六帖』の「散るといふことこそうたて山桜なれては花のつらさなりけれ」（やまざくら・六二一七・実雄）に学んだ可能性があろうか。いずれにせよ、宗尊二十歳頃から二十八歳までの間、「つらさなりけり（る・れ）」の句を続けて詠じていたのであり、そこに相応の宗尊の心情を見ることは許されるであろうか。

さて、「述懐の心を」とする、

後の世を思へば悲しいたづらに明けぬ暮れぬと月日数へて

（雑下・489）

は、「弘長二年十一月百首」の一首であるが、その翌年に宗尊は、「間近くて辛きを見るは憂けれども憂きはものかは恋しきよりは」（後撰集・恋六・一〇四五・読人不知）を本歌にして、「後の世を思へばさらに歎かれずこの身一つの憂きはものかは」（柳葉集・弘長三年八月、三代集詞にて読み侍りし百首歌・雑・四四四）と、一見対照的な心境を詠んでもいる。これらはしかし、共通して「後の世」を恃む「この世」に対する述懐であろう。

また、「述懐廿首御歌に」と詞書する一首に次のような歌がある。

歎きてもおのが心と朽ちぬ世を誰に負ほせてなほ恨むらん

（雑下・471）

宗尊は、帰洛後の文永六年（一二六九）八月の百首でも、「心から背かれぬ世の苦しさを誰にかこちてなほ恨むらん」（竹風抄・巻五・文永六年八月百首歌・雑・八一二）と、同様の心境を詠じている。鎌倉に在っては自照の悲歎と果てない憂鬱の世の生を、京洛に戻ってからはなお厭離し得ない苦界を、「誰」の責任としてやはりなお恨むのか、と述懐するのであり、恐らく宗尊は、当時の貴族一般以上に、現世を出離し来世を期待する心情が、生涯を通じて強かったのではないだろうか。

八、影響と享受

『瓊玉集』の宗尊詠から影響されたと思われる後出歌と、『瓊玉集』の宗尊詠が勅撰集等に入集して周知の存在となり、それを本歌に取ったと見られる後代歌および宗尊詠を模倣・剽窃したと見てよい後出歌について、番号を一覧にまとめたものを、後掲の資料Ⅸ「瓊玉集歌の影響歌一覧」とⅩ「瓊玉集歌の享受歌一覧」に示しておく。両者を一括してさらに歌人別にまとめると、次のようになる。

関東祇候の廷臣・関東縁故歌人等
　小督、時盛、景綱、長景、雅有、雅顕、雅孝、東行氏。
皇統
　覚助、慈道、後醍醐天皇、承覚、後光厳院、霊元院。
京極派歌人
　実兼、為兼、伏見院、朔平門院、光厳院。
南朝歌人

（後醍醐天皇）、尊良、宗良、深勝法親王、顕統、長親、師兼、光資。

鎌倉後期・南北朝期歌人

顕朝、平親世、一条、為世、為藤、為冬、為明、有房、実教、公蔭、時光、実俊。

室町・近世歌人

雅永、通茂、実陰、為村、宣長、言道、文雄。

この内、関東祗候の廷臣藤原（飛鳥井）雅有については、関東に下向した祖父雅経や関東祗候の父教定に共通して、近い時代の歌人の作を真似て取るという傾向が本来的にあって、その歌人の一人が前将軍の宗尊親王であったということだろうが、第六節で述べたように、雅経や教定の和歌に宗尊が学び倣っていたらしいことを考え併せると、雅有には他の人以上に宗尊への親近感があったのかもしれないとは思うのである。他の関東歌人についても、現任の将軍宗尊であれ、追放された前将軍の宗尊であれ、関東圏の和歌の上では大きな足跡を残した宗尊の在鎌倉時の家集『瓊玉集』に収められるような詠作に倣うことがあっても、決して不思議ではないであろう。言うまでもなくその中には、例えば宇都宮景綱のように、宗尊との間で相互に影響を授受した人物もあったことは当然であろう。

また、鎌倉後期から南北朝の歌人達、特に歌道師範家たる二条家を含めて京都朝廷の歌人達に一定程度、『瓊玉集』の和歌が受容されていたことが窺われ、在関東時の詠作であっても宗尊親王の和歌が認知されていたと見てよいのではないだろうか。

さて、一般に京極派和歌の形成には幾つかの道筋が考えられるが、その内の一つに関東歌人達の比較的清新な詠みぶりからの影響が想定されるところである。それ自体は、今後のさらなる課題としなければならないが、『瓊玉集』の歌境が京極派歌人の和歌に通うとすればそれは、関東歌人から京極派への道筋の具体例の一つとして捉えておきたいと思うのである（200、220、236、256、300等）。具体例を一つみておこう。前節に、宗尊の季節詠に述懐を込める歌として言及した、「春曙」題の、

たえだえに里見えそむる山本の鳥の音さびし春の曙　（春上・33）

は、「春の曙」の「さびし」さを詠む。その詠みようは、『千五百番歌合』の「住吉の松吹く風のさびしさもいまひとしほの春の曙」（春四・四八三・忠良）が早い。これについて判者俊成は「右、住吉の松いまひとしほの春の曙、ことに宜しかるべく侍るを、さびしさのまさり侍らむ事や、布留の山辺の秋の松などや、さは侍るべからむとは覚え侍れど、住吉の春の曙いかがおろかには侍らむとて」と批判する。「さびしさ」がまさることを、「布留の山辺」に比して「住吉」に言うことを咎めたというよりは、やはり「秋の松」に比して「春の曙」に言うことのそぐわなさを咎める意図が大きかったと思われるが、いずれにせよ新古今時代を導いた俊成はこの歌境を了とはしていなかったことになる。この数年前の建久六年（一一九五）二月の「良経家五首歌会」で「またや見むかたののみ野の桜がり花の雪ちる春の曙」（新古今集・春下・一一四）をものしていた俊成としては、当然の物言いであったかもしれないが、俊成の嗣子定家はこれに先んじて『六百番歌合』で「霞かは花鶯に閉じられて春にこもれる宿の曙」（六百番歌合・春・春曙・一一五）という春曙の述懐詠をものしていた。新古今撰者の一人家隆は、四十歳の時には俊成の価値観に沿うかのように、「さびしさは幾百歳もなかりけり柳の宿の春の曙」（壬二集・二百首和歌＝建久八年七月二十九日堀河題百首・柳・一〇一二）と、幾百年も寂しさ無く永続する柳ある家の春の曙を言祝ぐような歌を詠みながら、三十五年程後には定家の「霞かは」詠に負って、「柴の戸は柳霞にとぢられていとどさびしき春の曙」（壬二

集・九条前内大臣家百首・山家柳・一五五二）と、同じく柳ある粗末な家居の寂しさつのる春の曙を詠じているのである。関東御家人たる宇都宮氏の一族で実朝にも近仕した塩谷朝業信生には、「塩竈のうらさびしくも見ゆるかな八十島霞む春の曙」（信生法師集・海辺霞・五一）と、塩竈の浦の霞の春曙を「うらさびしく見ゆる」と詠む作がある。また、京極派の一員楊梅兼行にも、「春おそき遠山もとの曙に見ゆる柳の色ぞさびしき」（兼行集・やなぎ・一〇）という春の曙の景趣を「さびしき」と捉える歌がある。ちなみに、南朝の師兼にも「さびしさは秋だに堪へし宿ぞとも思ひなされぬ春の曙」（師兼千首・春・幽棲春曙・八九）と、春の曙を秋のさびしさと同等以上とみなす歌がある。「春」の「曙」の「さびし」さは、新古今時代に芽生えて鎌倉時代の関東や京極派や南朝歌人間にも少しく芽吹いたが、結局はそれ以上に京都中央歌壇で花開き類型を形成して本意として確立するまでには至らなかった、従って正統な和歌から見れば少しく特異な歌境と言えよう。

第二節に述べたように、『玉葉集』や『風雅集』の撰修に『瓊玉集』は用いられなかったと推測されるが、宗尊の和歌そのものは、京極派にも受け入れられていたと見てよい。そもそも、前期京極派の歌風形成には、東下した為兼を通じてか、関東歌人の詠風が影響したと思われる節があり、一時は関東歌人の一員であった宗尊の詠作も、京極派に受容・摂取されたと思われるのである。これについては、さらに宗尊の全歌を注釈した後にさらに検証してみたいが、ここでは『瓊玉集』所収歌に限って、例示しておこう（右に『瓊玉集』歌、左に京極派（伏見院）詠）。

春といへばやがても咲かで桜花人の心をなど尽くすらん　（春上・46）
秋といへばやがて身にしむけしきかな思ひ入れても風は吹かじを　（藤葉集・秋・一七四・伏見院）
故郷の垣ほの蔦も色付きて瓦の松に秋風ぞ吹く　（秋下・251）
人も見ぬ垣ほの蔦の色ぞこきひとり時雨の故郷の秋　（伏見院御集・蔦・八八三）

また、南朝歌人達が、宗尊の鎌倉将軍在任時の家集『瓊玉集』に意を向けていたらしいことが窺われるが、これは宗良親王を初めとして京洛を追われた南朝の人々の宗尊への親近感が要因であったのではないかと考えるのである。これについては、次節に取り上げることとする。

なお、時代を隔てた室町から近世の歌人達が、事実『瓊玉集』を披覧していたというまでの確証はないが、本集の現存伝本の奥書識語が近世初期の書写を示すことや、江戸時代に於ける実際の書写の広まりに照らせば、その可能性を今後とも追究する必要があるであろう。

九、南朝親王の『瓊玉集』歌摂取

『瓊玉集』の宗尊詠を受容したと思しい歌人達の中で、南朝の親王達は目立つ存在である。特に、後醍醐天皇の皇子宗良親王のそれは、『宗良親王千首』が『瓊玉集』の歌を利用して欠脱歌を補塡したと考えられている両者間の歌の一致を包含して、単に『瓊玉集』歌から影響された、『瓊玉集』歌を本歌の如くに享受した、という意味合い以上の様相を見せている。まず、それらの中からより典型的な事例を、兄の尊良親王の事例と併せて次に一覧してみよう。

右が『瓊玉集』歌、左がその摂取歌（宗尊詠を踏まえた影響歌と宗尊詠を本歌にした享受歌、あるいは『瓊玉集』歌を利用した補塡歌）である。

①霜雪にうづもれてのみ見し野辺の若菜摘むまでなりにけるかな　（春上・18）

霜雪にうづもれてのみ見し沢の若菜つむまでなりにけるかな　（宗良親王千首・春・沢若菜・四六）（春上・24）

②ふりにける高津の宮のいにしへを見てもしのべと咲ける梅が枝

ふりにける大津の宮のいにしへをみな紅ににほふ梅が枝　（宗良親王千首・春・紅梅・六八）（春上・37）

③頼めこし人の玉章いまはとてかへすに似たる春の雁がね

頼め来し人の玉章人は来でかへすに似たる春の雁がね　（宗良親王千首・春・帰雁似字・一〇〇）（春上・43）

④花を待つ外山の梢かつ越えて別れもゆくか春の雁がね

花を待つ外山の梢かつ見えて別れも行くか春の雁がね　（宗良親王千首・春・帰雁幽・一〇一）（春上・46）

⑤春といへばやがても咲かで桜花人の心をなど尽くすらん

春といへばやがて心にまがひけりなれし都の花のしたかげ

（李花集〈宗良親王集〉・春・東路に侍りし比、都の花思ひやられて・九一）

春といへばやがて待たるる心こそ去年見し花の名残なりけれ

（新葉集・春上・六六・光資）＊参考までに掲げる。（春上・48）

⑥待つ程は散るてふことも忘られて咲けばかなしき山桜かな

またもこん春を木ずゑに頼めても散るは悲しき山桜かな　（一宮百首〈尊良親王〉・花・一五）（春下・57）

⑦いかにせむ訪はれぬ花の憂き名さへ身につもりける春の山里

山里の桜は世をもそむかねば訪はれぬ花や物憂かるらん　（宗良親王千首・春・山家花・一三四）（秋上・157）

⑧さらでだに涙こぼるる秋風を荻の上葉の音に聞くかな

さらでだに涙こぼるる夕ぐれに音なうちそへそ入相の鐘

（一宮百首〈尊良親王〉・雑・夕・八三、新葉集・雑中・一一四九）

⑨下帯の夕べの山の高嶺よりめぐりあひてや月の出づらん
下紐の夕べの山の高嶺よりめぐりあひても月の出づらん　（宗良親王千首・秋・夕月・四〇二）（秋下・210）
⑩澄み馴れて幾夜になりぬ天の河遠き渡りの秋の夜の月　（秋下・212）
すみなれて幾夜になりぬ天の川遠き汀の秋の夜の月　（宗良親王千首・秋・汀月・四二八）（秋下・249）
⑪いづこにか我が宿りせむ霧深き猪名野の原に暮れぬこの日は
へだて行く猪名野の原の夕霧に宿ありとても誰かとふべき　（李花集・秋・霧を・二六二）（秋下・251）
⑫故郷の垣ほの蔦も色付きて瓦の松に秋風ぞ吹く
古寺の瓦の松は時知らで軒端の蔦ぞ色ことになる　（宗良親王千首・秋・古寺紅葉・四八一）（秋下・268）
⑬うらぶれて我のみぞ見る山里の紅葉あはれと訪ふ人はなし
心ざし深き山路の時雨かな染むる紅葉も我のみぞ見る　（李花集・秋・山里に侍りける比、紅葉を見て・三六六）（冬・276）
⑭須磨の海人の潮垂れ衣冬のきていとど干がたく降る時雨かな
昨日まで露にしほれし我が袖のいとどひがたく降る時雨かな
（李花集・冬・物思ひ侍りし比、冬のはじめをよめる・三九一）
⑮橋立や与謝の浦わの浜千鳥鳴きてと渡る暮のさびしさ　（冬・292）
橋立や与謝の浦わの浜千鳥鳴きてと渡る暮のさびしさ　（宗良親王千首・雑・名所浜・八三九）（冬・312）
⑯通ひ来し方はいづくぞ梓山雪に埋める美濃の中道
通ひ来し方はいづくぞあづま山雪にうづめるみほの中道　（宗良親王千首・雑・名所路・八二九）（雑上・413）
⑰此の道を守ると聞けば木綿鬘かけてぞ頼む住吉の松

住吉の神のしるべにまかせつつ昔に帰る道はこの道
（宗良親王千首・雑・住吉・九五〇）（雑上・414）

⑱住吉の浦わの松の深緑久しかれとや神も植ゑけん
住吉の浦わの松の深緑久しかれとや神も植ゑけん
（宗良親王千首・雑・羈中浦・八六一）（雑上・440）

⑲河の名も言問ふ鳥もあらはれてすみたえぬるは都なりけり
河の名も言問ふ鳥もあらはれて角田川原は都なりけり
（宗良親王千首・雑・羈中渡・八六七）（雑上・461）

⑳有りて身のかひやなからん国のため民のためにと思ひなさずは
君の為民のためぞと思はずは雪もほたるも何かあつめむ
（宗良親王千首・〔師兼卿六首〕・雑・一〇二二）

①③④⑨⑩⑯⑲の7例については、『瓊玉集』の宗尊詠と『宗良親王千首』歌との差は僅かな字句の異なりのみであり、⑮⑱の2例については、両者が完全に一致している。『宗良親王千首』は、976首のA類（書陵部蔵室町中期写本（一五四・五六五）他）、982首のB類（内閣文庫蔵本（二〇一・五三二））、998首のC類（群書類従本他。新編国歌大観本の底本）に分類され、A類がより古く、B類とC類は欠脱歌を補塡した本文であり、C類は「欠歌二四首（全写本共通の欠歌はうち二）の中、九首が宗尊親王の歌で補塡されている」と言う（小池一行・相馬万里子・八嶌正治新編国歌大観同書「解題」）。その9首が、右の①③④⑨⑩⑮⑯⑱⑲の9首である、ということである（B類の補塡歌6首中の3首＝⑯⑱⑲も宗尊詠）。右の『宗良親王千首』の本文は、新編国歌大観の底本でもあるC類の群書類従版本（百六十二）に拠ったが（表記は改める）、字句がやや異なる7例についてはなお、両者間の本文の異同を追尋する要があろう。例えば、同じくC類に属すると思しい宮城県図書館伊達文庫本（伊九一一・二五―三）では、③の第三句は「今はとて」で『瓊玉集』と一致し、⑯の結句は「みえの中道」となっているのである。しかし一先ずそれは措いて、今はこの見解に従っておきたいと思う。それでも、何故に『瓊玉集』の宗尊詠が補塡に利用されたのか、その際に多少

の字句を変えて偽装する意図がどこまであったのか、「他の一三首も他人の歌である可能性がある」(右解題)という補塡に利用されたその他の歌の素性はどのようなものなのか、そこまで補塡されてなお2首がどうして欠けたままなのか、といった点は、さらに追究されてよいであろう。特に、『瓊玉集』歌の利用については、宗良が『瓊玉集』の宗尊詠に負ったと見られる歌が、右の②⑤⑦⑪⑫⑬⑭⑰⑳のごとく、現に存在している事実を無視する訳にはいかないであろう。宗良の同母兄の尊良親王にも、⑥⑧のように、宗尊歌からの影響が窺われることも同断である。言うまでもなく、この兄弟は後醍醐天皇の皇子で南朝の中心人物である。両者が特に宗尊に意を向けていたとすれば、それは、心ならずも京洛を離れざるをえなかった皇統の中書王(中務卿親王)のそれも名目か実際かは措いて武辺を率いる立場にあることでは共通する先人と見て、親近感を覚えた故の親炙であろうか。いずれにせよ、少なくとも南朝の中心人物の手許には『瓊玉集』が存し、その和歌が参看され摂取されていたことは推断してよいのであろう。加えて、『宗良親王千首』を書写するような立場の後人が、その欠脱を惜しんで補塡を企てたのであるとすれば、その際に『瓊玉集』の宗尊詠を利用したのは、単純に宗尊と宗良を混同した(『瓊玉集』の作者を宗良と誤解した)からかもしれないが、そうでなければ、宗尊と宗良との間に境遇上の類似性を見たからかもしれないし、あるいは『宗良千首』の歌の中に宗尊詠からの影響・享受を見出したからかもしれない、と推測するのである。もしそうであればさらに、宗尊詠の字句を多少は変えて、より『宗良親王千首』の中に溶け込まそうと試みたのかもしれない、とも憶測するのである。その場合には、より広い意味での南朝歌人もしくはそれに連なる者達に於ける『瓊玉集』の受容として捉えるべきかとも思うのである。

むすび

　宗尊親王は、皇子として生を享けながら、はからずも東国に下って鎌倉の主に奉り上げられるという翻弄された境遇と引き替えるかのように、その和歌の教導者として最良の人材を求め得たであろう。即ち、『宗尊親王三百首（文応三百首）』の点者・評者が常磐井実氏・衣笠家良・九条基家・六条行家・鷹司院帥（真観女）・真観・安嘉門院四条（阿仏尼）・為家等で、その内の為家と基家・家良（奏覧以前に没）・行家・真観は来たるべき『続古今集』撰者であることに象徴されるように、当代和歌の王道を歩む権門歌人や和歌の家の人とその縁者達から指導されていたと見られるのである。中でも、恐らくは歌学書『簸河上』を進献され、当代の歌仙として出仕させた真観からは、背後に真観側の勅撰撰者の地位をめぐる政治的思惑が潜むにせよ、資料上に明らかな機会以上に、直接日常的に和歌を指導する機会を得ていたであろうことは想像に難くない。そしてまた、恐らくは、京都に在ったのと同じか、それ以上に良質潤沢な典籍を身の回りに置き得る環境をも獲得していたのではないだろうか。かく推測される程に、その前半生の本格的家集『瓊玉集』の和歌の詠みぶりは、和歌の伝統や本意を踏まえた詞と心の表現であり、かつ関東の将軍という身分と地縁にも適従した表現を示しているのである。宗尊の関東下向は僅か十一歳という若年時であったが故に、環境の変化への対応がその分より柔軟であったのであろうが、それはまた全ての者がそうなるわけではなく、宗尊の本性や資質がそれを可能にしたと見なければなるまい。また、それを迎え入れた幕府の実質的支配者たる北条得宗家を中心とする関東武士達も、今日の目から思い込む程には宗尊への対応は峻烈ではなく、むしろ少なくとも和歌に耽溺する限りの宗尊には、それを支援するような指向性を有していたのではなかったろうか。

あるいは、宗尊親王将軍期には一つの歌壇を形成したと言える程に集まっていた関東祇候の廷臣達の存在も、当然ながらそれに与ったのであろう。そしてまた、その家集『瓊玉集』の和歌に、述懐性を特徴として認めることができるのは、和歌の本質に根ざしつつ、境遇や環境に基づく不如意が宗尊に常に内在し、それを詠じることに単なる自慰を越えた表現の必然があり、同時に、その境遇や環境が、若い柔軟性と相俟って、京都に在るよりはむしろ率直で比較的清新な和歌を志向することを許し、それが一方で京極派和歌にも通じるような表現を獲得させ、かつは南朝歌人達が同心するような表現をも生んだのであろう。

宗尊親王は、関東に下向して征夷大将軍に据え奉られた。積極的に道を切り拓くというほどまでではないにせよ、その境遇や環境なりに適応しようとしていたのではなかったか。それが、和歌の表現に窺われるし、その適応を支えたのもまた和歌だったのではないだろうか。そしてそのことが、二十代半ばにも到らない宗尊をして既に前後代の和歌表現の道統の中心を辿り、前後代に渡る伝統に連繫するかのような多くの作品を現出させ、少しく特異清新な作品も残させたのではなかったろうか。『瓊玉和歌集』の和歌の様相にそれを見ることができる、と考えるのである。

主要参考文献

中村光子　宗尊親王『瓊玉集』試論―『柳葉集』との関連において―　日本文学研究（大東文化大学）32　平五・二。
佐藤智広　宗尊親王『文応三百首』の流伝について―『瓊玉集』所載本文を手懸りとして―　昭和学院国語国文　31　平一〇・三。
佐藤智広　宗尊親王『瓊玉和歌集』伝本分類私考　昭和学院短期大学紀要　34　平一〇・三。
佐藤智広　〈夜寒〉考―中世和歌における質的転換を中心に―　中世文学　45　平一二・八。
佐藤智広　宗尊親王の早春の和歌に関する一考察　昭和学院短期大学紀要　37　平一三・三。
小井土守敏　「春山のさきのをすぐろに」小考―宗尊親王『瓊玉和歌集』所載一首の吟味―　解釈　47―9・10（通巻558・559）平一三・一〇。
小井土守敏　「木の葉時雨るる」小考　昭和学院国語国文　36　平一五・三。
佐藤智広　宗尊親王『瓊玉和歌集』の詞書について―「き」と「けり」の使いわけを中心に―　昭和学院国語国文　36　平一五・三。

付記　平成二六年五月二〇日付けで、明治書院より、和歌文学大系64『為家卿集／瓊玉和歌集／伏見院御集』が刊行された（『瓊玉和歌集』の校注・解説は佐藤智広）。

資料

Ⅰ　瓊玉集歌出典一覧

○囲み数字の定数歌や歌合等が出典名（①③以外の標題は仮称）。その下の算用数字が『瓊玉集』の番号（括弧内は存疑）、その下の括弧内の漢数字は現存する出典歌集等の新編国歌大観番号。

①宗尊親王三百首（文応三百首）　55首。1（一）、8（一一）、9（一五）、16（八）、28（二五）、35（二九）、44（四九）、53（四三）、74（五五）、78（五二）、79（五三）、97（七一）、102（七四）、103（七五）、104（七八）、125（八七）、143（一〇〇）、146（一〇五）、147（一〇四）、153（一〇七）、183（一六五）、187（一一四）、196（一二三）、197（一二二）、244（一五六）、250（一二九）、255（一五九）、266（一六二）、267（一六四）、273（一七一）、288（一七五）、289（一七八）、290（一八一）、297（一八六）、310（一八九）、316（二〇〇）、320（二〇一）、325（二〇五）、326（二〇四）、343（二一〇）、350（二五八）、369（二四三）、376（二三四）、377（二三五）、386（二一九）、387（二二〇）、388（二二七）、389（二三一）、394（二六五）、410（三〇〇）、414（二九八）、435（二八四）、440（二八二）、449（二八九）、491（二九四）。

②弘長元年五月百首　19首。14、20、(21)、58、81、94、115、171、189、205、226、227、318、327、356、390、401、429、493。

③宗尊親王百五十番歌合弘長元年七月七日（十首歌合）　5首。37（一）、211（一二一）、298（一八一）、314（二一一）、406（二一七）。

④弘長元年（九月）中務卿宗尊親王家百首　48首。2、12、17、45、50、51、83、92、99、107、113、128、135、139、151、161、176、180、194、210、221、222、247、259、271、276、277、295、301、302、311、322、323、331、342、355、360、(382)、395、399、425、437、438、445、453、465、495、506。

⑤弘長二年三月十七日花五首歌合　3首。55、56、71。

⑥弘長二年十一月百首　24首。23、40、41、48、80、105、127、131、190、195、202、282、304、313、332、333、346、380、381、422、448、489、502、503。

⑦弘長二年十二月百首　7首。5、49、96、100、157、328、481。

⑧弘長二年冬弘長百首題百首　43首。6、7、11、15、46、67、82、86、98、101、112、121、124、141、154、155、162、168、182、188、218、240、268、284、(306)、319、321、338、339、340、341、363、392、393、411、421、433、441、442、444、452、458、466。

⑨弘長三年六月廿四日当座百首　2首。18、170。

⑩弘長三年八月三代集詞百首　10首。130、150、163、172、264、337、347、351、367、492。

⑪文永元年六月十七日庚申宗尊親王百番自歌合　43首。24、25、34、62、63、88、89、123、167、181、186、214、231、232、245、253、278、291、299、305、317、329、334、(335)、(336)、349、352、353、366、383、402、403、419、(420)、424、439、443、447、456、478、488、501、507。

⑫**文永元年十月百首**　18首。54、85、90、108、152、179、204、223、265、269、372、373、374、375、477、484、504、505。

⑬**三百六十首**（未詳）8首。13、118、119、120、137、233、303、361。

⑭**百首**（未詳）2首。66、87（あるいは弘長元年中務卿宗尊親王家百首か）。

⑮**五十首歌**（未詳）9首。19、57、140、192、241、261、312、330、487。

⑯**花月五十首**　9首。47、52、69、70、234、235、236、237、238。

⑰**述懐二十首歌**（未詳）5首。470、471、472、473、474。

⑱**述懐十首歌**（未詳）2首。475、476。

⑲**五十首歌合**（未詳）1首。246。

⑳**二十首歌合**（未詳）1首。404（弘長元年五月百首の一首）。

㉑**五首歌合**（未詳）1首。344。

㉒**歌合**（未詳）1首。239。

㉓**和歌所歌**（あるいは幕府御所歌）34首。27（結番歌）、42、43、59（結番歌）、60（結番歌）、（61。探題）、（73。探題）、106（結番歌）、116、117、（122。探題）、169、193、219（結番歌）、220（結番歌）、249、254、262、263、（272）、281（結番歌）、（283。探題）、285、294、315、324（結番歌）、348、400（結番歌）、（434。探題）、（454。六帖題探題）、（459。六帖題探題）、（460。六帖題探題）、485（結番歌）、486（結番歌）。

㉔**二所詣の折の歌**　2首。415、446。

㉔**出典未詳**　155首。3、4、10、22、26、29、30、31、32、33、36、38、39、64、65、68、72、75、76、77、84、91、93、95、109、110、111、114、126、129、132、133、134、136、138、142、144、145、148、149、156、158、159、160、164、165、166、173、174、175、177、178、184、185、191、198、199、200、201、203、206、207、208、209、212、213、215、216、217、224、225、228、229、230、242、243、248、251、252、256、257、258、260、270、274、275、279、280、286、287、292、293、296、300、307、308、309、345、354、357、358、359、362、364、365、368、370、371、379、384、385、391、396、397、398、405、407、408、409、412、413、416、417、418、423、426、427、428、430、431、432、436、450、451、455、457（文永自歌合の一首）、461、462、463、464、467、468、469、479、480、482、483、490、494、496、497（即事）、498（即事）、499（即事）、500、508。（歌題詠は出典未詳が多い）。

＊以上、宗尊の詠作計507首。他に378は377の本歌（後拾遺集・四六七・長能）、509は本奥書中の真観の詠作。

Ⅱ　瓊玉集歌他出一覧

○囲み数字が他出の歌集等の名称。その下の算用数字が『瓊玉集』の番号、括弧内の漢数字は他出歌集等の新編国歌大観番号。『瓊玉集』以前かそれに並行した成立の諸集類、『瓊玉集』以後の成立の勅撰集、同じくその他の諸集、同じく髄脳類等、の順。

①新三十六人撰　2首。74（五二）、297（五九）。

②三十六人大歌合　10首。31（一）、136（三）、154（五）、196（七）、216（九）、290（一一）、339（一五）、395（一三）、441（一九）、476（一七）。

③柳葉集　210首。2（六九）、5（二九八）、6（一四五）、7（一四六）、11（一四八）、12（七四）、14（四）、15（一四七）、17（七一）、18（三六一）、20（五）、23（二三〇）、24（四五四）、25（四五五）、34（四六九）、40（二四二）、41（二四一）、45（七八）、46（一五五）、48（二三五）、49（三〇三）、50（七九）、51（八〇）、54（五七〇）、58（一一）、62（四六三）、63（四六四）、67（一五六）、80（二三八）、81（二四）、82（一五七）、83（八一）、85（五六七）、86（一五九）、88（四六九）、89（四六八）、90（五七四）、92（八二）、94（一五）、96（三二〇）、98（一六一）、99（八四）、100（三一一）、101（一六二）、105（二四三）、107（八五）、108（五七六）、112（一六四）、113（八六）、115（一八）、121（一六三）、123（四七六）、124（一六六）、127（二四六）、128（八八）、130（四一五）、131（二四九）、135（九一）、139（八九）、141（一六九）、150（四一七）、151（九四）、152（五八一）、154（一七〇）、155（一七一）、157（三二一）、161（九六）、162（一七三）、163（四一八）、167（四八三）、168（一七五）、170（三八三）、171（二六）、172（四二〇）、176（九七）、179（五八三）、180（九八）、181（四八八）、182（一七六）、(183)（七四五。改作か）、186（四八四）、188（一七二）、189（二七）、190（二五四）、194（九九）、195（二五五）、202（二六一）、204（五八四）、205（三〇）、210（一〇〇）、214（四八九）、218（一八一）、221（一〇一）、222（一〇二）、223（五八七）、226（三五）、227（三四）、231（四九二）、232（四九三）、240（一八二）、245（五〇〇）、247（一〇五）、253（四九八）、259（一〇六）、264（四二六）、265（五九〇）、268（一八五）、269（五九一）、271（一〇八）、276（一〇九）、277（一一〇）、278（五〇五）、282（二六八）、284（一八八）、291（五〇七）、295（一一三）、299（五〇八）、301（一一五）、302（一一四）、304（二六九）、305（五一二）、311（一一六）、313（二七二）、317（五二二）、318（四五）、319（一九四）、321（一九五）、323（一二〇）、327（四六）、328（三四三）、329（五一三）、331（一二五）、332（二七五）、333（二七三）、334（五三〇）、337（四三一）、338（一九七）、339（一九七）、340（二〇〇）、341（二〇一）、342（一二一）、346（二七八）、347（四三三）、349（五三八）、351（四三四）、352（五一七）、353（五一六）、355（一二二）、356（五二）、360（一二三）、363（二〇二）、366（五二二）、367（四三六）、372（六〇一）、373（六〇

二)、374（六一二二)、375（六一三)、380（二八〇)、381（二八一)、383（五二四)、390（四八)、392（二〇六)、393（二〇四)、395（一二九)、399（一三〇)、401（五六)、402（五二八)、403（五二六)、404（五八)、411（二二六)、419（五五九)、421（二一九)、422（二八四)、424（五四三)、425（一四三)、429（五九)、433（二一七)、437（一三一)、438（一三二)、439（五四四)、441（二一四)、442（二一五)、443（五四七)、444（二一三)、445（一三六)、447（五四一)、448（二九〇)、452（二二一)、453（一三七)、456（五五二)、457（五五〇)、458（二二四)、465（一四二)、466（二二二)、477（六一九)、478（五五四)、481（三五七)、484（六二〇)、488（五五六)、489（二九四)、492（四四七)、493（六六)、495（一四〇)、501（四九四)、502（二九五)、503（二九六)、504（六一八)、505（六二五)、506（一四三)、507（五六二)。

④続古今集 48首。1（七)、4（一〇)、6（四二)、28（七九)、45（七三)、53（一五〇五)、67（一五〇七)、90（一七〇)、96（一八四)、97（一八五)、98（一八八)、111（二一一)、113（二一〇)、136（二五七)、141（二六七)、154（三一五)、167（三四六)、170（三四七。三四六と連続)、(183)（三七八。改作か)、204（三六五)、209（一五七九)、213（四一七)、224（一六〇一)、244（四六七)、272（五四〇)、278（五八七)、284（五七七)、288（五七六)、290（五九三)、296（六〇七)、323（九六三)、327（九六五)、334（九六四)、349（一〇七七)、360（一一四三)、392（一二七九)、395（一二七二)、402（一三〇二)、403（一二七八)、404（一三五七)、406（一三一九)、408（一三五五)、420（七九一)、423（八五七)、435（一六五七)、441（九三六)、493（一八〇四)、508（一九〇七)。

⑤続拾遺集 4首。102（一五四)、135（一九九)、340（八七六)、356（八九四)。

⑥新後撰集 4首。399（八六二)、409（一一六六)、414（七三五)、433（五九四)。

⑦続千載集 2首。44（六一)、476（一九八六、作者「藤原重綱」＝新後拾遺一三六九重出)。

⑧続後拾遺集 6首。5（二六)、127（二一三)、329（六五五)、353（七七七)、472（一一七八)、495（一二七〇)。

⑨新千載集 4首。27（五三)、31（一六八四)、125（二六二)、184（四九〇)。

⑩新後拾遺集 8首。18（三〇)、37（七五)、61（六〇六)、169（三一二)、251（四三七)、275（七七二)、277（四五九)、476（一三六九＝続千載一九八六重出)。

⑪新続古今 2首。460（二〇二八)、467（一八六一)。

⑫新時代不同歌合 2首。1（二七四)、31（二七六)。

⑬和漢兼作集 6首。27（六八)、82（三〇二)、114（四四三)、136（四八五)、213（六八四)、244（八二四)。

⑭拾遺風体集 2首。27（一二)、450（四七三)。

⑮歌枕名寄 25首。1（三六八七)、4（六一四六)、15（一九〇四)、28（三二一七)、50（三三三六一、三六五四)、53（一一六三)、127（九一一二)、141（八一一三)、169（九四一七)、196（八六九九)、244（四〇三一)、266（一九七三)、284（二七〇)、295（四一〇〇)、297（一九六五)、323（六九一六)、

327（三七八七）、349（五一一五）、392（八三八）、408（六一六四）、409（五八一六）、414（三九三五）、435（九〇七八）、441（五五〇一）、508（六五七九）。

⑯夫木抄　12首。15（三九五）、50（一二五九）、139（八六二九）、217（一〇五〇七）、295（六八六三）、311（八八九一）、313（七〇七八）、392（一三四一九）、428（五一四九）、430（一一七五一）、431（一〇三〇三）、438（一三七六九）。

⑰三百六十首和歌　1首。290（三一〇）。

⑱六華集　10首。1（九）、44（一一二）、97（三二二）、135（五一六）、297（一三五三）、377（一〇五一）、410（一八四二）、440（一六一四）、449（一七八一）、476（一七六六）。

⑲六花集注　2首。1（四）、290（一四〇）。

⑳題林愚抄　23首。6（一一七）、18（三五七）、37（一二四〇）、44（一二四九）、90（一四六一）、97（一六九一）、98（一七一六）、102（一八六五）、111（二一六九）、113（一七九二）、154（三〇〇二）、209（三二六六）、213（三九〇二）、251（三二〇七）、277（四九〇二）、284（四九三六）、296（五五二二）、329（六二六五）、334（六二四一）、356（六六三八）、409（七〇八一）、441（八六九二）、508（九九二二）。

㉑雲玉集　4首。15（四八）、28（三六）、216（二四〇）、290（二七六）。

㉒源承和歌口伝　1首。442（二八四）。

㉓和歌用意条条　1首。167（二四）。

㉔井蛙抄　4首。97（二六六）、266（三〇二）、288（二五三）、326（二五九）。

㉕兼載雑談　1首。111（六〇）。

㉖高良玉垂宮神秘書紙背和歌　1首。432（一六五）。

Ⅲ　一首の古歌を本歌にする瓊玉集歌一覧

宗尊の本歌取りの様相の概要を窺う便宜に、次の点を記しておく。各歌集名（「集」省略）の下のゴシック体の算用数字は、各件数。以下の算用数字が『瓊玉集』の番号で、括弧内は『瓊玉集』の部立と本歌とした古歌から取った歌詞の量についての摘要。その下の括弧内がそれぞれ本歌とした古歌の部立・番号・作者。例えば「後拾遺」の項の「219（秋下・一句内一字変形四字）（羇旅・五二五・康資王母）」は、『瓊玉集』の秋下の219番歌が、古歌である『後拾遺集』羇旅・五二五番の康資王母歌から一句を取りその内の一字は変化していてさらに他に四字を取っていることを示す。なお、「一字変形」とは「故郷は」→「故郷の」や「散らめ」→「散りぬ」の類、「三字変換」とは「一日もみ雪」→「一日も霞」の類、「一句変形」は「鹿こそは鳴け」→「鹿の鳴くなる」の類、「一句変換」は「花の紐解く」→「紐解く花に」（語順の入れ替え）や「人もありけり」→「時にぞあるらし」（字句の変形と変換）や「うつろふことも」→「うつろへば」（七字句から五字句へ変換と字句の変形）の類。活用変化は変形に数えないことを原則とする（取った句や字数は古歌の句や字数を原則とするが、終止形としての字数の場合もある）。なお、『万葉集』と勅撰集は「集」を省略する（以下同様）。

古今103　7（春上・一句二字変換二字）（雑上・九二六・伊勢）、8（春上・四句内四字変形五字変換）（冬・三三一・不知）、15（春上・二句内三字変形四字）（春上・一七・不知）、29（春上・二句内二字変換二字）（恋一・五四九・不知）、32（春上・二句内一句変換一字変形）（春上・四二・貫之）、34（春上・二句三字）（雑下・九六五・貞文）、37（春上・三句内四字変換二字変形）（恋四・七三六・因香）、38（春上・三句内一句変換三字変形）（雑下・九八六・二条）、42（春上・一句三字）（夏・一六五・遍昭）、43（春上・二句）（離別・三九〇・貫之）、47（春上・二句）（恋四・七二五・不知）、54（春下・二句六字）（雑上・九三〇・三条町）、62（春下・二句）（恋三・六二〇・不知）、63（春下・二句内一字変形）（雑下・九四九・不知）、64（春下・二句）（雑下・九五六・躬恒）、65（春下・三句内七字変換）（雑上・九〇四・不知）、66（春下・一句変換八字）（恋五・七九六・不知）、68（春下・一句六字）（秋下・二八〇・貫之）、69（春下・一句二字変換三字内一字変形）（秋下・二六八・業平）、72（春下・二句六字）（春下・八六・躬恒）、73（春下・二句内一句変換四字）（春下・一〇九・素性）、81（春下・二句内一句変換四字）（春下・九七・不知）、82（春下・一句内一字変形二字）（春上・六七・躬恒）、84（春下・二句内一字変形四字内一字変形）（恋四・七四一・伊勢）、88（春下・二句内一字変形一字）（雑上・八六八・業平）、90（春下・十五字内三字変形）（春下・一三三・業平）、103（夏・一句七字）（恋五・七七五・不知）、113（夏・二句内一句変換）（恋三・六四八・不知）、118（夏・一句七字）（夏・一五〇・不知）、120

(夏・十二字)(恋四・七一〇・不知)、125(夏・二句内三字変換六字内二字変換)(東歌・一〇九一)、134(夏・二句内四字変形二字)(物名・四四〇・友則)、147(秋上・一句二字)(恋四・七二五・不知)、153(秋上・二句三字)(秋上・一七七・友則)、155(秋上一句変換一句内一字変形三字)(恋三・六二五・忠岑)、156(秋上・二句内一字変形)(恋二・五八九・貫之)、167(秋上・二句)(雑上・八六五・不知)、168(秋上・二句内一句変形二字)(秋上・二四三・棟梁)、179(秋上・二句)(恋五・八一四・興風)、191(秋上・二句内二字変形一句変形二字。元永本・真田本は三句内二字変形一句変形一句変換二字)(恋二・六一五・友則)、194(秋上・二句)(恋一・五〇八・不知)、198(秋上・一句内三字変形四字)(雑下・九四五・惟喬)、202(秋上・三句内二字変形一句変形)(雑下・九五二・不知)、204(秋上・二句内一字変形)(雑体・一〇六〇・不知)、206(秋上・二句)(恋四・七一一・不知)、225(秋下・二句)(恋五・八〇七・直子)、226(秋下・二句内一字変形三字)(秋上・一八九・不知)、227(秋下・二句七字)(恋一・四七七・不知)、231(秋下・二句三字)(恋五・七五二・不知)、240(秋下・一句内一字変形六字)(恋五・七七五・不知)、248(秋下・一句八字内三字変換)(恋一・五一三・不知)、260(秋下・一句四字)(春下・二〇九・不知)、261(秋下・二句三字)(秋下・二六六・不知)、267(秋下・三句内一字変形)(秋上・二二五・不知)、278(冬・二句七字)(恋五・七八五・業平)、286(冬・二句内一字変形)(雑下・九四四・不知)、289(冬・二句内四字変形五字)(離別・三九二・遍昭)、299(冬・一句内一字変形)(大歌所御歌・水茎曲・一〇七二)、305(冬・三句内一句変換二字)(雑体・旋頭歌・一〇〇七・不知)、306(冬・二句六字内二字変換)(恋五・七七五・不知)、307(冬・二句内一句変形)(離別・三七七・不知)、308(冬・二句内一字変形)(雑上・八九五・不知)、313(冬・二句)(神遊びの歌・一〇八四)、316(冬・十字)(雑上・八七九・業平)、318(冬・一句内一字変形三字)(春下・一一〇・躬恒)、319(冬・三句内六字変換)(雑体・短歌・一〇〇三・躬恒)、321(恋上・一句二字)(雑下・九四一・不知)、331(恋上・二句内一句変換四字)(恋五・八一〇・伊勢)、332(恋上・一句)(恋一・四九三・不知)、337(恋上・一句)(春上・四五・貫之)、342(恋上・一句三字内一字変形)(雑下・九七八・躬恒)、346(恋上・一句内一字変形四字内二字変換)(恋二・六一四・躬恒)、353(恋上・一句内一字変形四字)(恋一・五一二・不知)、355(恋上・二句内一字変形二字)(恋二・六一四・躬恒=後撰・恋五・九六七・業平〈仲平か〉)、361(恋上・一句内一字変形六字内二字変換)(恋五・七七五・不知)、365(恋下・二句内一字変形四字)(恋三・六三二・業平=伊勢物語・五段・六・男)、375(恋下・十字および詞書六字変換)(恋五・七九〇・小町姉)、386(恋下・二句四字変換)(恋五・八〇二・素性)、396(恋下・一句六字)(恋五・七九七・不知)、404(恋下・二句内三字変形五字)(恋五・八〇二・素性)、419(雑上・二句内一句変換)(雑体・短歌・一〇〇三・忠岑)、422(雑上・一句二字)(恋二・五九四・友則)、425(雑上・二句三字）（恋一・五一六・不知）、440（雑上・十字＋詞書五字）（羈旅・四一一・業平＝伊勢物語・九段・一三・男）、441（雑上・七字＋詞書十一字内六字変換）（羈旅・四一一・業平＝伊勢物語・九段・一三・男）、442（雑上・十七字内一字変形）（仮名序〈本説〉）、445（雑上・二句内一字変形四字変換八字）（雑体・誹諧・一〇二八・紀乳母）、447（雑上・二句）（雑上・九〇九・興風）、450（雑上・二句内二字変換）（雑下・九四四・不知）、453（二句内一字変形一句変換〈及び二字〉）（雑下・九四四・不知）、456（雑上・三句内一句変換）（春下・一一三・小町）、458（雑下・二句四字変換）（雑体・短歌・一〇〇三・忠岑）、463（雑下・一句）（恋五・八二八・不知）、465（雑下・三句一句変換二字変換）（雑下・九五八・不知）、471（雑下・二句内三字変換二字）（春下・一〇九・素性）、478（雑下・二句内一字変形三字）（雑下・九七七・躬恒）、484（雑下・二句内一句変換二字）（雑下・九三六・篁）、493（雑下・一句内一字変形三字）（春下・九八・不知）、494（雑下・一句内一字変形六字）（秋上・一八五・不知）、495（雑下・二句内三字変換一字）（雑下・九四二・不知）、496（雑下・十二字）（雑下・九三八・小町）、503（雑下・二句内一句変換）（秋上・一八九・不知）、505（雑下〈慶賀〉・二句二字）（神遊びの歌・一〇八四・元慶の美濃の歌）、507（雑下〈慶賀〉・一句十二字内一字変換）（賀・三五〇・惟岳）。

伊勢物語4

52（春上・二句二字）（二十三段・五〇・女＝万葉・三〇三二・未詳＝新古今・恋五・一三六九・不知）、325（恋上・一句八字）（十五段・二三・男＝新勅撰・九四二・業平）、345（恋上・一句二字）（七十五段・一三六・男＝新勅撰・六四九・業平）、363（恋下・一句内一字変形二字）（三十四段・六八・男＝新勅撰・恋一・六三五・業平）。

後撰18

86（春下・三句内一字変形四字）（春下・一〇四・公平女）、137（夏・一句五字）（恋四・八三五・不知）、154（秋上・三句内二字変換四字変形）（恋三・七七六・陽成院）、172（秋上・一句二字）（恋四・八六七・不知）、182（秋上・二句内四字変換七字〈四字と四字を合成して一句に〉）（恋一・五七七・等）、186（秋上・一句五字）（秋中・二八六・伊勢）、190（秋上・一句内一字変形二字）（雑四・一二八一・忠国）、212（秋下・二句内一字変形）（秋上・二三九・不知＝万葉・巻十・秋雑歌・二〇五五・未詳＝異伝拾遺・秋・一四四・人麿）、241（秋下・一句六字）（恋二・六八四・不知）、339（恋上・一句三字）（恋三・七四〇・元方）、376（恋下・一句六字内二字変換一字変形）（恋六・一〇二一・伊衡女今君）、388（恋下・一句内三字変換六字）（雑四・一二二八・忠国）、409（恋下・二句内二字変形）（雑四・一三〇三・不知）、413（雑上・二句内二字変換）（夏・一六一・不知）、415（雑上・二句内二字変換一字変形）（雑一・一〇八五・躬恒）、417（雑上・一句二字）（冬・四九三・不知）、479（雑下・一句三字内一字変形）（恋三・七四九・土佐）、482（雑下・二句内一字変形四字）（雑二・一一七六・貫之）。

拾遺22

17（春上・四句内三字変形一句変換）（春・一八・人麿）、21（春上・一句内一字変形三字）（春・一五・兼盛）、59（春上・一句五字内三字変形）（雑恋・一二二〇・実頼)、98(夏・十五字内一字変形)(夏・八〇・順)、111(夏・四句内一句変換一字変形)(夏・一〇六・公忠=和漢朗詠集・一八五)、163(秋上・三句内一字変形)(秋・一三九・貫之)、213(秋下・一句内二字変換十字)(秋・一四〇・恵慶)、228(秋下・十字)(雑上・四三四・為基)、229(秋下・一句二字)(春・四三・忠岑)、255(秋下・二句内三字変形二字)(秋・一三八・不知)、315(冬・一句内一字変形二字)(冬・二五六・公任)、329(恋上・一句五字)(恋一・六二一・忠見)、335(恋上・一句五字)(別・三三二・御乳母少納言)、347(恋上・一句)(恋二・七六四・実方)、349(恋上・十字内一字変形)(恋一・八九一・村上天皇)、356(恋上・二句内六字変換三字)(恋四・九一二・道綱母)、402(恋下・二句内二字変形三字)(恋五・九七三・不知)、485(雑下・二句内三字変形三字)(雑上・四六二・不知)、501(雑下〈哀傷〉・二句内三字変換一字変形)(哀傷・一二九九・為頼)。

後拾遺20 126(夏・二句内一字変形)(雑一・八七二・好忠)、173(秋上・十六字〈六語〉)(春上・八〇・成助)、200(秋上・二句内一字変形七字内三字変換)(秋上・三三三・良暹)、203(秋上・一句五字)(別・四八三・兼長)、219(秋下・一句内一字変形四字)(羈旅・五二五・康資王母)、221(秋下・三句内六字変形)(秋上・二九六・能因)、270(秋下・三句内五字変換二字)(雑三・一〇〇七・和泉式部)、326(恋上・三句内一句変換)(恋二・七一〇・赤染衛門)、327(恋上・二句内一句変換二字)(恋二・六九一・和泉式部)、343(恋上・二句三字)(恋二・七〇六・実方)、344(恋上・二句内一句変換七字)(恋一・六三八・兼盛=続後撰・七九〇重出)、358(恋上・一句七字)(雑一・八五六・江侍従)、373(恋下・一句三字内一字変形)(恋二・六九一・和泉式部)、377(恋下・一句四字)(別・四六七・長能)、385(恋下・一句四字)(雑一・八八六・道命)、393(恋下・二句内一句変換三字)(雑一・八五九・赤染衛門)、398(恋下・三句内一字変形一句変形)(恋三・七六五・周防内侍)、428(雑上・二句内一句変換四字二字変形)(羈旅・五三二・通俊)、429(雑上・二句内一字変形二字)(羈旅・五一九・能因)。

詞花3 135(夏・三句内三字変形)(恋上・二三五・能宣)、400(恋下・二句内四字変形)(恋上・一九八・成助)、414(雑上・三句内三字変形)(賀・一七〇・不知)。

千載1 133(夏・二句内一句変換)(恋四・八四二・花山院)。

新古今20 1(春上・三句内一字変形)(羈旅・八九八・憶良=万葉・巻一・雑歌・六三) 5(春上・二句内二字変形二字)(夏・一七五・持統=万葉・巻一・雑歌・二八)、55(春下・一句三字)(恋三・一一七八・和泉式部)、87(春下・一句内一字変形四字)(春下・一六五・貫之)、97(夏・二句)(恋五・一三七一・不知)、152(秋上・一句二字)(恋一・一〇四三・公任)、161(秋上・二句内二字変形)(恋五・一三八四・徽子)、169(秋上・一句四字)(秋上・三四六・人麿=万葉・巻十・秋相聞・二二七七・未詳)、170(秋上・二句三字)(秋上・三四三・好忠)、210(秋下・一句内一字変形二字）（雑上・一四九九・紫式部）、273（冬・五句内二字変換二句変換）（春上・九・不知＝万葉・巻八・春雑歌・一四三九・中臣武良自）、284（冬・一句六字）（雑中・一五八九・宇合＝万葉・巻九・雑歌・一七三〇）、287（一句内一字変形七字）（恋三・一二四九・儀同三司母貴子）、304（冬・三句内一字変形一字）（雑中・一五八九・宇合＝原歌万葉・巻九・雑歌・一七三〇）、354（恋上・一句二字）（羈旅・九〇九・菅原輔昭）、406（恋下・二句内一字変形）（恋四・一二三九・道綱母＝蜻蛉日記・一〇二）、424（雑上・二句内一字変形二字）（羈旅・九一〇・不知＝万葉・巻七・雑歌・一一四〇・未詳）、426（雑上・三句内一句変換四字変形）（羈旅・九一二・良利）、437（雑上・一句四字）（羈旅・八九七・聖武）、446（雑上・二句）（雑中・一六一六・業平＝伊勢物語・九段・一二一・男）。

新勅撰1　411（雑上・二句）（賀・四五一・実方）。

続後撰1　50（春上・二句六字内三字変換）（羈旅・一三二二・不知＝万葉巻二十・四三八〇・三成）。

続古今1　293（冬・二句内一句変換六字）（雑中・一六四二・人丸＝万葉・巻七・雑歌・一一四三・未詳）。

万葉19　14（春上・二句内一字変形）（巻八・春雑歌・一四三一・赤人）、28（春上・二句二字）（巻一・雑歌・五一・志貴皇子）、50（春上・三句内一句変換二字）（巻二十・四三八〇・三成＝続後撰・羈旅・一三二二・不知）、89（春下・二句内一字変形二字）（巻十九・四二〇〇・縄麿＝拾遺・夏・八八・人麿）、107（夏・一句内一字変形五字）（巻八・春雑歌・一四二八・未詳〈長歌〉）、109（夏・二句七字）（巻八・夏雑歌・一四七〇・刀理宣令＝五代集歌枕・八三三）、142（夏・四句内三句変換二字）（巻十五・三六五五・未詳）、143（夏・二句）（巻十五・三六〇五・未詳）、180（秋上・二句四字）（巻九・挽歌・一七九五・宇治若郎子）、183（秋上・一句三字）（巻十・秋相聞・二二七〇・未詳）、242（秋下・二句内三字変換四字）（巻七・譬喩歌・一三一六・未詳）、244（秋下・一句八字）（巻七・雑歌・一一五六・未詳）、265（秋下・二句）（巻二十・四三八七・大田部足人）、266（秋下・二句内一字変形三字）（巻七・譬喩歌・一三三〇・未詳）、293（冬・二句内四字変換六字）（巻七・雑歌・一一四三・未詳＝続古今集・雑中・一六四二・人丸）、301（冬・三句内二字変形）（巻七・雑歌・一一三五・未詳＝五代集歌枕・一一四六）、372（恋下・一句三字）（巻十四・相聞・三三五八・未詳）、430（雑上・一句七字二字変換）（巻七・雑歌・一一八五・未詳＝五代集歌枕・八〇七）、435（雑上・二句）（巻二・挽歌・二二八・河辺宮人）。

源氏物語1　208（秋上・二句内三字変換）（源氏物語・野分・三八九・夕霧＝物語二百番歌合・三五＝無名草子・三六）。

Ⅳ　二首の古歌を本歌にする瓊玉集歌一覧

一首の本歌取りの場合と同様に、算用数字が『瓊玉集』の番号で、最初の括弧内は『瓊玉集』の部立と本歌とした古歌から取った歌詞の量についての摘要、その下二番目の括弧内が本歌とした古歌一首目の部立・番号・作者、三番目の括弧内が二首目の古歌から取った歌詞の量についての適用、その下四番目の括弧内が本歌とした古歌二首目の部立・番号・作者。なお、「変形」や「変換」は一首の古歌の本歌取りに同様。用言の活用変化は数えない場合があることも同様。

13（春上・一句二字）（後撰・冬・四七九・蔭基）（二句十字変換）（拾遺・春・二六・不知）、19（春上・七字内一字変換）（古今・春上・三三・不知）（二句二字）（古今・春上・三五・不知）、101（夏・一句）（古今・夏・一五五・千里）（二句）（伊勢物語・二十三段・女＝新古今・恋三・一二〇七・不知）、104（夏・一句内三字変換三字）（古今・恋一・五五三・小町）（一句内二字変換二字）（古今・恋二・六〇八・躬恒）、112（夏・一句六字）（新古今・夏・一九四・不知）（一句二字）（拾遺・恋三・七八二・人麿＝異伝万葉・巻十二・三〇〇二・未詳）、114（夏・一句二字）（拾遺・恋一・六七二・不知）（二句）（拾遺・夏・九九・不知）、115（夏・二句内三字変換一句変形）（後撰・雑四・一二九二・不知）（三句内一句変形一句変換）（古今・恋二・五七八・敏行）、128（夏・一句二字）（古今・恋五・七八〇・伊勢）（一句二字）（新古今・雑上・一五七一・匡房）、130（夏・一句四字変換）（後撰・夏・一九六・伊尹）（一句）（古今・秋上・二二一・不知）、145（秋上・二句）（詞花・夏・七八・好忠）（一句四字）（詞花・夏・七五・家経）、150（秋上・一句）（古今・秋上・一八五・不知）（一句変換五字）（後撰・秋下・三八八・不知＝拾遺・恋三・八二八・不知）、166（秋上・一句六字）（後拾遺・秋下・三七一・頼綱）（三句内一句変換）（新古今・羇旅・九五一・経信）、171（秋上・一句四字）（拾遺・哀傷・一二八三・道信）（二句）（古今・恋一・四七五・貫之）、176（秋上・一句七字）（万葉・巻八・秋雑歌・一六〇五・家持＝五代集歌枕・六九三）（一句変換三字）（古今・秋上・二四六・不知）、181（秋上・一句二字）（後拾遺・秋上・三三四・和泉式部）（二句内一句変形）（後拾遺・秋下・三四四・上東門院中将）、184（秋上・一句三字）（古今・雑下・九三四・不知）（二句）（万葉・巻十・秋雑歌・二一八九・未詳）、187（秋上・一句二字）（古今・秋下・二五〇・康秀）（一句二字）（古今・秋上・一八五・不知）、188（秋上・一句二字）（新古今・恋五・一三七五・人麿）（二句四字）（後撰・秋中・三一六・貫之）、205（秋上・二句）（拾遺・恋五・九三三・不知）（三句内一句変換一字変形）（拾遺・哀傷・一三三五・公任＝後拾遺・雑三・一〇三一）、216（秋下・二句内一字変形一字）（拾遺・雑恋・一二二七・不知）（一句二字）（詞花・雑下・三七二・不知）、239（秋下・一句三字）（後撰・秋上・二三五・不知）（二句内三字変換三字）（後拾遺・

恋三・七六〇・良成)、245(秋下・一句一字)(古今・秋上・二四八・遍昭)(一句三字)(古今・雑下・九七一・業平)、249(秋下・三句内一句変換三字)(万葉・巻三・雑歌・二七五・黒人=新勅撰・羈旅・四九九・不知)(七字)(万葉・巻七・雑歌・一一四〇・未詳=新古今・羈旅・九一〇・不知)、263(秋下・二句四字)(古今・秋下・二八二・関雄)(二句内一字変換二字)(万葉・巻二・挽歌・二三一・金村)、264(秋下・一句)(後撰・雑三・一二〇〇・大輔)(二句内一句変換)(古今・雑上・九二六・伊勢)、268(秋下・二句)(万葉・巻七・挽歌・一四〇九・未詳)(一句三字)(古今・秋下・二八七・不知)、280(冬・一句)(後拾遺・誹諧・一二一一・和泉式部)(一句内一字変形五字)(古今・恋二・五七五・素性)、291(冬・二句)(古今・春下・一〇一・興風)(二句)(恋五・七九〇・小町姉)、298(冬・二句)(古今・雑上・八八二・不知)(二句内一字変形)(万葉・巻八・秋雑歌・一五一九・憶良)、302(冬・一句内一字変形三字)(新古今・恋一・一〇五九・元真)(二句三字)(万葉・巻九・雑歌・一七四四・虫麻呂歌集=五代集歌枕・一四五〇、一六二一)、322(恋上・一句二字)(古今・雑下・九七七・躬恒)(九字)(後撰・恋一・八一一・不知)、330(恋上・二句内一句変換)(拾遺・恋三・九三三・不知)(六字)(古今・雑上・八九七・不知)、334(恋上・一句三字)(後撰・恋二・六八九・不知)(一句四字)(古今・雑体・誹諧歌・一〇一二・素性)、336(恋上・一句四字)(後撰・夏・二〇九・桂内親王の童女)(一句三字)(拾遺・恋二・七三八・不知)、348(恋上・二句一字変換)(万葉・巻十四・相聞・三四六八・未詳)(一句内二字変換五字内二字変形)(拾遺・恋三・七七八・人麿=万葉・巻十一・二八〇二の或本歌)、350(恋上・一句内一字変形四字)(古今・恋二・五六五・友則)(二句内一字変形)(拾遺・恋一・六六四・人麿)、357(恋上・二句内一字変形二字)(古今・恋五・七七七・不知)(二句)(万葉・巻七・雑歌・一一六一・未詳=続古今・羈旅・八九七・人丸)、360(恋上・二句内三字変形二字内一字変形)(後撰・春下・一三八・雅正)(二句)(古今・恋四・七一二・不知)、367(恋下・一句六字)(古今・秋上・一八二・宗于)(二句内一句変換)(古今・離別・四〇〇・不知)、382(恋下・一句五字)(伊勢物語・二十一段・男=新勅撰・恋五・九五〇・不知)(二句内六字変換四字)(古今・恋二・五五二・小町)、384(恋下・二句内一句変換)(後撰・雑二・一一五二・不知)(一句三字内二字変換)(後拾遺・恋二・七〇六・実方)、395(恋下・二句)(古今・雑下・九五九・不知)(一句)(古今・恋四・七一二・不知)、397(恋下・一句内一字変形九字)(古今・春下・九二・素性)(二句内一句変換)(古今・秋下・二五四・不知)、403(恋下・一句内一字変形)(新古今・恋三・一二〇九・馬内侍)(一句内三字変形)(新古今・恋三・一二〇七・不知=伊勢物語・二十三段・五一・高安の女)、408(恋下・一句三字変換)(古今・夏・一六七・躬恒)(一句五字)(万葉廣瀬本・巻十一・寄物陳思・二七一〇・未詳=五代集歌枕・二七一〇)、427(雑上・一句〈他に一句変換か〉)(後撰・哀傷・一三八六・実頼)(一句二字)(新古今・春上・八一・貫之〈実は躬恒〉）、431（雑上・一句内一字変形五字）（万葉・巻三・雑歌・三〇三・人麿＝五代集歌枕・九〇七）（一句三字内二字変換）（万葉・巻三・雑歌・二五五・人麿＝五代集歌枕・一七〇九）、438（雑上・二句）（万葉・巻六・雑歌・一〇四一・市原王）（一句四字内二字変換）（古今・哀傷・八四八・能有）、439（雑上・二句内一字変形）（和漢朗詠集・僧・六一二）（一句四字内一字変形）（新古今・恋五・一四〇七・輔親）、452（雑上・二句内一字変形）（古今・恋一・五一八・不知）（一句内一字変形五字）（古今・雑下・九四四・不知）、466（雑下・二句内一字変形四字）（古今・恋四・七〇二・不知）（二句内三字変換二字）（恋四・七四二・寵）、490（雑下・二句内一字変形）（古今・雑上・八八八・不知）（一句一字）（古今・春下・七一・不知）、498（雑下〈哀傷〉・三字変換二句内一句変換）（古今・哀傷・八三二・岑雄）（一句三字三字変換）（新古今・春下・一〇八・貫之）、500（雑下〈哀傷〉・七字）（新古今・哀傷・八五〇・小町）（一句三字）（拾遺・哀傷・一二九九・為頼）、502（雑下・九字）（古今・哀傷・八三四・貫之）（九字）（古今・哀傷・八三五・忠岑）。

V　三首の古歌を本歌にする瓊玉集歌一覧

算用数字が『瓊玉集』の番号で、奇数番目の括弧内は『瓊玉集』の部立（一番目の括弧内のみ）と本歌とした古歌から取った歌詞の量についての摘要、その直下の括弧内が本歌とした古歌それぞれの部立・番号・作者。

132（夏・一句五字）（詞花・雑上・二七七・源心）（二句三字）（古今・恋四・六九五・不知）（一句三字）（万葉・巻二十・四五〇六・家持＝五代集歌枕・一八〇五）、351（恋上・一句）（古今・恋四・六八五・深養父）（一句）古今・春下・一二六・素性）（一句）（古今・恋一・四八四・不知）、374（恋下・二句内三字変換）（後拾遺・恋一・六三〇・馬内侍）（二句二字）（万葉・巻十二・正述心緒・二八四一・人麿歌集）（一句）（万葉・巻十四・相聞・三五七四・未詳＝五代集歌枕・一〇〇一）、504（雑下・二句内三字変換五字内三字変換）（古今・春下・七〇・不知）（一句〈贈答歌共通。内贈歌一字変形〉）（古今・雑上・九〇〇・伊豆内親王、九〇一・業平）。

参考　全五句の各句を古歌五首に依拠した本歌取り。492（雑下）（後撰・恋一・五九八・不知）（古今・恋四・七一八・不知）（後撰・雑三・一二三九・真延）（拾遺・賀・二七一・順）（拾遺・恋三・八〇一・不知）

Ⅵ　瓊玉集歌の参考歌（依拠歌）集別一覧

算用数字が『瓊玉集』の番号、その下の括弧内は、漢数字が各集依拠歌の番号、その下が作者名。同じ歌が複数の集に重出するときは、より重要だと思われる集の項に掲出したが、各集それぞれの項に掲出した場合もある。参考までに所収家集を併記した場合がある。注釈で必ずしも〔参考〕の項に挙げた歌のみに限らず、〔語釈〕や〔補説〕の項に挙げた重要な歌も含む。参考の詩文等についても併せて掲出する。

万葉　9（八六八・憶良）、9（八七一・旅人）、9（五一・志貴皇子）、15（一八二六・未詳）、18（一四三四・大伴三林）、44（一七八六・金村歌集）、85（一四二一・尾張連）、88（一九七四・未詳）、108（一八二七・未詳）、127（八六一・旅人）、127（八七一・旅人）、139（一四七四・大伴坂上郎女）、144（三三六五・未詳＝五代集歌枕・一六二〇）、174（二一七三・未詳。あるいは本歌か）、174（二二二五・未詳。あるいは本歌か）、293（四二八八・家持＝八雲御抄・一二四）、295（三五九五・未詳＝五代集歌枕・一〇〇五）、295（九一九・赤人＝古今集・仮名序）、297（九七九・大伴坂上郎女）。

古今　3（四・高子～六・素性特に五・不知）、11（八七・貫之）、11（四四六・利貞）、12（四二五・忠岑）、16（三八七・白女）、18（一八・不知）、22（三四・不知）、36（六二五・忠岑）、37（二〇七・友則）、38（三一・伊勢）、43（三一・伊勢）、44（三一・伊勢）、49（五九・貫之）、61（九五〇・不知）、63（九五〇・不知。あるいは本歌か）、67（七九七・小町）、68（五三・業平）、70（七六・素性）、74（二四・宗于）、74（七七七・不知）、79（七・不知）、84（一〇四六・不知）、84（八二四・不知）、88（八六七・不知）、105（一四五・不知）、117（一七八・興風）、118（一五三・友則）、119（四六九・不知）、121（四〇四・貫之）、137（六〇〇・躬恒）、146（二二〇・不知）、151（一八九・不知）、156（一八四・不知）、166（二四三・棟梁）、177（二一一・不知）、178（四四〇・友則）、181（二一五・不知）、188（一八八・不知）、206（四五五・兵衛）、209（四八四・不知）、212（四一八・業平＝伊勢物語・八十二段・一四七・男）、232（八七九・業平）、235（二一三・躬恒）、250（二〇七・友則）、254（一八九・不知）、263（二九七・貫之）、272（三八五・兼茂）、276（七五八・不知）、295（仮名序・赤人＝万葉・九一九）、310（七三六・因香）、310（七八二・小町）、340（一八〇・躬恒）、357（七七五・不知）、359（六九一・素性）、366（六二五・忠岑）、376（七七五・不知）、377（七七五・不知）、391（六二五・忠岑）、391（六九一・素性）、393（六二五・忠岑）、407（六八七・不知）、434（一〇八八・東歌）、436（九〇六・不知）、447（九五〇、九五一・不知）、464（九五一・不知）、479（九五〇、九五一・不知）、486（六一四・躬恒＝後撰集・九六七・業平〈仲平か〉）。

伊勢物語　23（四段・五・男〔場面全体〕）、25（四段）、26（四段・五・男〔場面全体〕）、27（四段・五・男〔場面全体〕）、237（九段他〔東下り〕）、253（百二十三段・二〇七・女）、296（九段・一三・男）。

後撰 12（三二・不知）、41（一一九一・不知）、58（五五二・大輔御）、80（一〇九・不知）、95（一四一・不知）、95（一四三・貫之）、108（一一八一・冬嗣＝五代集歌枕・一二五〇）、138（九九四・不知）、141（一六七・兼輔）、150（八八五・大輔または拾遺・三二四・不知）、182（二六三・不知）、330（一〇六一・不知）、362（六二一・不知）、367（二六三・不知）、406（一四〇二・伊勢）、407（三〇・不知）、407（七五〇・元方）、411（一三三・宇多院）。

拾遺 8（一・忠岑）、16（二六・不知）、96（三六・中務）、145（一〇八八・中務）、150（三二四・不知または後撰・八八五・大輔）、158（四三・忠岑）、167（一五六・不知）、177（一二八五・国章＝後拾遺・八九〇・元輔）、194（九一七・不知）、218（四一三・不知）、219（一〇四九・長能）、246（八四八・人麿）、319（四一三・不知）、345（八〇八・人麿）、371（九〇〇・不知）、383（九二〇・不知）、424（五八六・神楽歌）、433（三二二・御乳母少納言）、464（六八〇・不知〈貫之〉）、480（一三四〇・実方）。

後拾遺 14（四八・和泉式部）、47（八一・永源）、83（一二五・道済）、86（三二四・経信母）、87（三二七・元輔）、92（一四九・義孝）、93（四七九・慶範）、119（二八四・能宣）、142（二三〇・師通）、157（三一九・斎宮女御）、159（三九九・斎院中務）、168（三二四・経信母）、174（三〇八・良暹）、175（三七九・白河院）、243（六一四・則成）、256（四二七・兼盛）、275（三七六・兼長）、281（八一六・相模）、283（五六二・周防内侍）、354（二七四・兼盛）、436（一〇六四・兼経法師）、450（一一四五・頼実）、451（一〇四・紫式部及び七四四・輔弘）、461（七六一・忠家母）、464（八〇六・高明）、469（一〇二〇・増基）、475（一〇二三・長済）、480（六九二・章行女）。

金葉 24（一九七・師頼）、45（橋本公夏筆本拾遺・八・不知＝後葉集・二七・兼盛）、87（三二六・大夫典侍）、123（七五・隆資）、126（一三八・藤原顕仲）、151（三〇四・国信＝堀河百首・一一〇七）、152（三〇四・国信＝堀河百首・一一〇七）、156（一七三・経信）、192（四五五・盛経母）、195（三二一・長実）、230（正保版二十一代集拾遺・六七八・家経）、233（橋本公夏筆本拾遺・四六・為忠）、317（二九九・有仁）、318（三〇二・輔仁）、336（三八四・不知）、337（三八四・不知）、343（四三五・周防内侍）、404（四三九・俊頼）、501（正保版二十一代集拾遺・六九七・俊宗女）。

詞花 46（二一五・道命）、76（四一・花山院）、81（三一二・和泉式部）、102（三二六・清少納言）、162（一一七・敦輔王）、192（一九八・成助）、206（三七二・不知）、209（二四九・和泉式部）、237（二一〇・隆縁）、239（二九八・為義）、285（一三五・俊頼）、327（一八八・実方）、349（二一三・祐挙）、367（三二四・赤染衛門）、372（二一三・祐挙）、379（二六二・国信）、401（二〇九・隆縁）、476（三四六・季通＝千載一一二九重出）、493（三四六・季通）。

千載 11（九六・覚盛）、16（六六八・不知）、40（五〇四・赤染衛門）、45（七三一・忠盛）、47（四二一・待賢門院堀河）、70（一〇六九・寂然）、82（九〇七・和泉式部）、95（五一七・覚法）、109（三一一・待賢門院堀河）、111（一八八・成保）、131（八一五・親隆）、136（一四五・定通）、141（六五二一・顕輔）、167（二二五・不知）、175（二八一・俊頼）、180（三〇六・正家）、181（三一九・慈円）、187（二九九・紫式部）、198（二六〇・俊頼）、201（八一八・道因）、215（二七六・俊頼＝堀河百首・七九二）、217（六五七・公任）、232（九八七・雅通）、246（一〇〇五・家隆）、248（二六〇・俊頼）、251（三七六・広言）、253（二五九・俊成）、267（一〇〇九・西行）、269（一六一・実定）、271（九四九・通親）、274（六九二・重延）、298（二八八・道経）、318（四七三・光行）、320（七四六・良経）、321（九三〇・寂超）、329（八一一・前斎院新肥前）、354（二六〇・俊頼）、367（四〇六・兼実）、387（七五八・政平）、388（二六七・西行）、389（九二八・西行）、390（九二九・西行）、399（八一八・道因）、401（九一六・隆源＝堀河百首・一二七七）、405（八六四・為通）、414（六一四・俊頼）、421（六六九・重保）、435（八・兼実）、443（七一六・親隆）、454（五三四・隆房）、455（五三四・隆房）、460（一〇二五・基俊）、469（一〇九六・紫式部）、476（一一一九・季通＝詞花三四六重出）、483（九一・実国）、495（一一一八・季通＝久安百首・四九〇）。

新古今　4（八・不知＝万葉・一八三六・未詳）、7（一六五二一・師通）、27（四二七・慈円）、28（一一三六・俊成女）、35（五八・寂蓮）、35（五九・俊成）、49（八七・寂蓮）、72（一一四・俊成）、72（一三三・後鳥羽院）、75（一三六・良経）、79（一九三六・小侍従）、89（三三〇・永縁）、96（一七九・俊成）、97（九九・後鳥羽院）、98（七六一・道信）、102（一七三〇・為忠）、109（六五四・湯原王＝万葉・三七五）、121（二八〇・兼実）、139（二六六・俊頼）、148（八一・貫之＝亭子院歌合・一四）、149（一六二九・能宣＝能宣集・一〇四）、151（二九四・通具＝千五百番歌合・一〇八九）、157（三五五・基俊＝堀河百首・六八三）、158（三〇四・実定）、161（四二四・通具）、161（一八〇四・崇徳院）、167（三五〇・八条院六条）、169（四五七・家持＝万葉集・四六五）、177（一〇二五・家持。異伝万葉・一五九五・像見）、178（一一〇一・良経）、183（一三四〇・通具）、189（一三一四・有家）、189（一三五五・伊尹）、191（一八四七・式子）、196（一〇七三・良経）、196（三六二・西行）、197（五一六・俊成）、197（一三九八・仲文）、197（三六一・寂蓮）、198（一三一八・長明）、200（一五七三・実定）、207（一七六五・良経）、207（三六五・宮内卿）、209（一二九三・良経）、211（九六九・家隆）、217（一八七五・後鳥羽院）、218（一六六四・家隆）、219（九三七・西行）、222（二九三・良経）、224（一七五八・通具）、227（九三八・西行）、232（六九二・上西門院兵衛）、232（二一六・公経）、233（七九一・通親）、243（一三四一・俊忠）、246（五一三・通光）、246（三八七・頼政）、252（二〇一・俊成）、254（一二〇〇・西行）、258（一二二一・経信）、258（一二五・範兼）、270（一六八一・良経）、289（四三一・式子）、291（六〇七・清輔）、293（六四一・赤人＝万葉・九二五）、294（六四六・紀伊＝堀河百首・九九一）、296（九四八・式子）、296（九三四・定家）、299（六一〇・雅経）、303（三八・定家）、305（一四九〇・小弁）、306（六八二・寂然）、307（一二八六・二条院讃岐）、314（三・式子）、318（七〇六・俊成）、320（八三三・慈円）、334（一八九一・慈円）、338（一八四九・具平親王）、341（一三二八・式子）、354（九六七・秀能）、356（一一五三・式子＝正治初度百首・二八二＝新三十六人撰・七八）、362（一八三六・俊頼）、367（五九五・家隆）、370（一一二六・良経＝千五百番歌合・二五五二）、373（一二九六・殷富門院大輔）、382（一一二四・式子）、387（八八七・西行）、391（一二六七・西行）、394（一三三三・後鳥羽院）、407（二二三・上東門院少将）、413（七三九・定家）、413（一八七二・定家）、415（一八七六・後鳥羽院）、417（三六三・定家）、422（九八七・西行）、423（一四〇八・伊勢）、424（三六二・西行）、426（三九〇・慈円）、429（九六六・禅性）、433（九六七・秀能）、448（一六二五・寂然）、451（一六二三・宜秋門院丹後）、455（一七七二・師光）、460（一四五七・不知）、467（一六三二・西行）、467（一六四三・西行）、468（一六三二・西行）、470（一〇三五・式子）、474（一五四三・寂超）、479（三五三・行宗）、487（一〇三三・後鳥羽院）、497（八五〇・小町）、503（一一五五・西行）、507（七四五・実定）。

新勅撰　8（一九・好忠）、9（一三六・俊成＝久安百首・八二〇）、10（五一九・俊成＝久安百首・八九七）、23（四三・俊成）、24（四二・覚延）、64（六九・良経）、69（一二五・貫之）、72（九四・定家）、119（三二四・俊成）、120（一七七・祐盛）、122（一一八二・光行）、137（七〇八・不知）、158（二三四・公経）、159（一九八・為家）、160（一〇六八・信実）、177（二三一・不知＝万葉・二一七五・未詳）、187（三〇八・頼実）、191（八一三・隆祐）、221（二九五・八条院六条）、237（二九四・小侍従）、252（一〇六八・信実）、271（五一六・長家）、282（一三六二・頼政）、284（三八二・師賢）、287（一〇八七・家長＝洞院摂政家百首・六七四）、301（四〇二・宜秋門院丹後＝千五百番歌合・一九五五）、315（五八・良経）、323（九八六・知家）、327（六二三・不知）、337（九四三・伊尹）、340（七七〇・公経）、341（六八五・実家あるいは七五五・藻壁門院少将＝信実女）、350（七〇三・忠信）、369（八〇七・俊成女＝千五百番歌合・二三四七）、370（九二三・公衡）、383（九九八・待賢門院堀河＝久安百首・一〇七〇）、392（一六八・公衡）、404（九〇〇・宜秋門院丹後）、405（九〇一・俊恵＝林葉集・七三六）、410（七四〇・国信＝堀河百首・一一五五）、411（序・定家）、414（一三三二・七条院大納言＝実綱女）、423（一三〇八・良経＝秋篠月清集・一四七七）、443（四三九・家隆）、456（一一四二・行意）、459（一〇〇〇・資季）。

続後撰　41（三七九・忠良）、50（六八・為家）、52（八五九・行家＝宝治百首・二四六五）、64（七八・後嵯峨院）、92（九六二・和泉式部）、133（九二・忠良）、149（二五五・頼宗＝万代集・七九九＝入道右大臣頼宗集・六五）、151（七八五・為家＝洞院摂政家百首・一一二三）、169（二六八・雅経）、176（一二六六・覚宗）、183（一〇七八・中務）、186（一二八一・忠国）、188（二四七・弁内侍）、202（一一八七・式乾門院御匣)、212(三四七・基家)、212(二〇七・為家)、234(九〇五・馬内侍＝秋風集・八五七＝馬内侍集・七)、235(七三四・式子)、236(一〇七五・基綱＝秋風抄・二八三)、241(三九一・弁内侍＝宝治百首・一八三七＝万代集・一一〇九)、241(三九六・雅成親王＝新三十六人撰・四六)、252(三七七・家清、八九九・成賢)、259(三九七・家良)、262(三一四・聖武天皇＝万葉・一五四〇)、276(三五〇・俊平)、282(四六九・寂然)、283(三七九・忠良＝万代集・一一五三)、325(六六六・道家)、328(七〇九・肥後＝続詞花集・五一四＝万代集・二七六三)、337(一二五八・後堀河院民部卿典侍)、349(八八八・定家＝定家卿百番自歌合・一四五＝拾遺愚草・二六五三)、353(七八二・伊平＝万代集・二〇一四)、366(八三〇・為氏)、368(一六七・俊成＝俊成五社百首・四二〇)、372(七七八・基良＝宝治百首・二五六三＝万代集・二一六〇)、380(九九六・基良＝宝治百首・二六〇三)、418(四五〇・基良＝宝治百首・一九六五＝万代集・一二五七)、422(一一八二・経家)、423(五九・道助＝宝治百首・四四二)、435(三八・後鳥羽院)、436(五五九・後鳥羽院)、443(七五三・実雄＝宝治百首・二五六七)、444(一一一二・藻壁門院少将)、464(一一八一・家良)、470(九九三・小町＝万代集・二四一〇)、474(恋四・八六八・順徳院＝万代集・二四二五)、489(一一八二・経家)、493(一三三一・後嵯峨院)、500(一二二一・俊成女)、501(一二二一・俊成女)。

続古今〔**建長五年三首歌**〕 59(五九・後嵯峨院大納言典侍)。

続詞花集 99(一〇四・不知)、189(六二六・宗子)、328(五一四・肥後＝万代集・二七六三＝続後撰・七〇九)、367(二七八・不知)、491(九一五・永縁＝堀河百首・一五四八＝後葉集・四九〇)、495(九一五・永縁＝堀河百首・一五四八＝後葉集・四九〇)、496(三九〇・雅重)。

後葉集 45(二七・兼盛＝金葉橋本公夏本拾遺・八・不知)、155(四一七・忠盛)、267(一九三・寂念＝治承三十六人歌合・九六)、491(四九〇・永縁＝続詞花集・九一五＝堀河百首・一五四八)、495(四九〇・永縁＝続詞花集・九一五＝堀河百首・一五四八)。

月詣集 3(四・実定)、379(径家・五八四＝径家集・六四)。

楢葉集 53(四四・承慶)、65(五八八・範玄)。

御裳濯集 216(四三七・寂延)、244(四五一・延成)。

秋風抄 19(一七七・土御門院＝土御門院御集・二一五)、116(三四・雅成親王＝現存六帖・八二六)、229(七二・知家＝現存六帖・一四＝秋風集・三〇三)、233(九二・俊成女＝洞院摂政家百首・六八六＝秋風集・一二〇九)、234(一一四・行能＝内裏百番歌合建保四年・一一八＝秋風集・一一一〇)、273(一一九・為氏＝秋風集・四一八)、284(一三三・行家)、292(三〇四・雅成親王＝秋風集・一一五一)、310(一六・尚侍家中納言〈光俊女典侍親子〉＝閑窓撰歌合建長三年・六＝現存六帖・四〇九)、319(五五一・顕輔＝顕輔集・八七)、336(序・信実＝新撰六帖・一五四＝万代集・九五三＝新三十六人撰・三〇二＝信実集・五一他)、403(二五九・為氏)。

秋風集 25（六七・兼実）、51（八四〇・不知）、94（九九・基家＝現存六帖・四三〇）、139（二一四・基家＝宝治百首・一一二四）、148（一一八〇・公基＝影供歌合建長三年九月・五一）、185（二二〇二・忠良）、225（一三五五・兼康）、233（一二〇九・俊成女＝洞院摂政家百首・六八八＝秋風抄・九二）234（一一一〇・行能＝内裏百番歌合建保四年・一一八＝秋風抄・一一四）、273（四一八・為氏＝秋風抄・一一九）、281（四五七・匡房＝江帥集・一二八＝匡房集・七七）、292（一一五一・雅成親王＝秋風抄・三〇四）、323（一一七七・後鳥羽院―〈不明〉）、368（八〇四・行家）、436（六二七・範永）、457（一三六四・円成）、464（九〇七・敦忠）、479（五四七・家隆＝老若五十首歌合・三八七＝壬二集・一七二九）、497（五九〇・寂然＝唯心房集〈時雨亭文庫本〉・二〇）。

万代集 77（三四六・教長＝教長集・九二）、102（五二四・馬命婦、五六六・相模）、146（七九一・藻壁門院少将＝洞院摂政家百首・五九三）、146（九三九・為継＝宝治百首・一八二五）、148（三四二八・道命）、160（九三一・後鳥羽院）、181（二六五三・醍醐）、196（三二七四・能因＝能因法師集・六〇）、204（九五五・実氏＝宝治百首・二三六三）、213（九六四・俊成女＝日吉社撰歌合寛喜四年・二五＝俊成卿女集・五八）、230（二六四四・清少納言）、233（一一四四・承明門院小宰相＝宝治百首・一五五四＝雲葉集・六五〇）、234（九三九・為継＝宝治百首・一八二五）、241（一一〇九・弁内侍＝続後撰・三九一＝宝治百首・一八三七）、252（二七九九・定家＝拾遺愚草・二六〇九＝定家卿百番自歌合・一五七）、259（一三一四・秀能＝遠島御歌合・八八＝如願法師集・五四八）、262（一二〇九・匡房＝江帥集・九四＝和歌一字抄・三〇七、四八一）、269（一〇九〇・行能＝内裏百番歌合建保四年・九八）、272（三五二・西行＝山家集・一〇三五＝西行法師家集・五六六）、288（一二八九・有家＝北野宮歌合元久元年十一月・八）、295（一四三九・実定＝林下集・一六二）、295（三二五六・素俊）、312（二六九七・好忠）、323（一五〇九・能因）、328（二七六三・肥後＝続詞花集・五一四＝続後撰・七〇九）、328（一八六八・基家）、336（九五三・信実＝秋風抄・序＝新撰六帖・一五四＝新三十六人撰・三〇二＝信実集・五一他）、348（二六九三・承明門院小宰相）、376（二一二〇・貫之＝貫之集・三〇六＝古今六帖・二八一七）、392（二五三一・定家＝拾遺愚草・二五七〇）、467（三一七七・土御門院＝土御門院御集・九六）。

雲葉集 75（一九六・前摂政家民部卿＝閑窓撰歌合・五五＝現存六帖・四二八）、210（四四七・後嵯峨院）、215（五二〇・雅成親王＝新三十六人撰・四三）、233（六五〇・承明門院小宰相＝宝治百首・一五五四＝万代集・一一四四）、451（五〇八・小弁）、494（七二六・有教＝宝治百首・一九七五）。

新和歌集 309（三一四・信生）、322（五〇三・景綱）、502（四九二・親朝）。

五代集歌枕 107（三〇三・未詳＝和歌初学抄・一六二＝袖中抄・一五二）。

最勝四天王院和歌 261（三四九・具親）。

堀河百首 40（一九四・匡房）、89（二七九・仲実）、151

（一一〇七・国信＝金葉・三〇四）、152（一一〇七・国信＝金葉・三〇四）、157（六八三・基俊＝新古今・三五五）、171（七六四・永縁）、194（八九八・匡房）、215（七九二・俊頼＝千載・二七六）、230（一四六二・源顕仲）、240（九三五・仲実）、292（九八三・仲実）、294（九九一・紀伊＝新古今・六四六）、401（一二七七・隆源＝千載＝九一六）、410（一一五五・国信＝新勅撰・七四〇）、423（一三六六・源顕仲）、432（一四四二・匡房）、441（一〇〇九・公実）、491（一五四八・永縁＝続詞花集・九一五＝後葉集・一四九〇）、495（一五四八・永縁＝続詞花集・九一五＝後葉集・一四九〇）。

久安百首 122（一一二八・上西門院兵衛）、143（六三〇・親隆）、162（六三五・親隆）、239（一三四・公能）、383（一〇七〇・待賢門院堀河＝新勅撰・九九八）、477（二〇三・教長）、495（四九〇・季通＝千載・一一二八）。

為忠家初度百首 123（二〇一・盛忠＝為経〈寂超〉）、300（四九六・盛忠＝為経〈寂超〉）。

御室五十首 260（五七〇・家隆＝壬二集・一六六二）、309（四三四・隆信＝隆信集・二八七）、427（五四三・定家＝拾遺愚草・一七七三）。

正治初度百首 87（一九二二・二条院讃岐）、101（一一一一・俊成）、121（四七一・隆実＝信実）、193（二四〇・式子）、208（五五・後鳥羽院）、214（四四〇・良経）、250（八二五・宮内卿＝雲葉集・六三七）、254（四四三・隆実＝信実）、283（七六九・忠良）、293（二二四四・信広）、300（五六四・通親）、341（八一・後鳥羽院）、353（一一八二・俊成）、356（二八二・式子＝新古今・一一五三＝新三十六人撰・七八）、407（一九七八・二条院讃岐）、〔410異文（一八九九・実房）〕、428（一〇六九・慈円）。

正治後度百首 15（三〇三・具親）、256（二四二・雅経）、313（七四・後鳥羽院）。

仙洞句題五十首 197（二七八・慈円）、215（一七一・俊成女）

建保名所百首 127（三五〇・行意、三五七・家隆）、317（九一〇・範宗＝範宗集・六〇七）、350（七八一・順徳院＝紫禁集・六八〇）。

道助法親王家五十首 245（九二〇・家長）、433（一〇四三・知家）、481（九七一・実氏）。

洞院摂政家百首 11（一一二一・実氏、明日香井集・三一二）、143（八六七・光俊＝真観）、146（五九三・藻壁門院少将＝万代集・七九二）、185（一二〇五・基家）、195（五〇一・道家）、233（六八八・俊成女＝秋風抄・九二・秋風集・一二〇九）、276（二五〇・成実）、324（一〇四八・行能）、348（六三〇・為家）、352（一一三一・知家）、450（一六一三・定家、一五九七・実氏）、474（一六一七・為家）。

宝治百首 52（二四六五・行家＝続後撰・八五九）、52（二四七二・承明門院小宰相）、116（八九六・有教）、117（一三八七・経朝）、136（三七五・頼氏）、139（一一二四・基家＝秋風集・二一四）、150（五一六・俊成女）、162（三七〇七・隆祐）、178（八七五・承明門院小宰相）、180（二三一〇・鷹司院按察）、193（一三七四・頼氏）、204（一三六三・実氏＝万代集・九五五）、223（一三一二・鷹司院按察使）、228（二七〇一・真観）、233（一五五四・承明門院小宰相＝万代集・一一四四＝雲葉集・六五〇）、240（一八〇三・基家）、240（一八二六・経朝＝万代集・一一〇八）、241（一八三七・弁内侍＝続後撰・三九一＝万代集・一一〇九）、272（二五〇三・為継）、293（二三二一・基家）、294（二七八〇・為氏）、295（三四二六・成茂）、303（二二七九・道助）、372（二五六三・基良＝続後撰・七七八＝万代集・二一六〇）、380（二六〇三・基良＝続後撰・九九六）、423（四四二一・道助＝続後撰・五九）、423（二〇〇・知家）、443（二五六七・実雄＝続後撰・七五三）、444（二五八四・経朝）、450（三六八六・公相）、457（一八四三・基家、三三六七・隆祐）、484（一二八七・為家）、494（一九七五・有教＝雲葉集・七二六）。

弘長百首 88（一二四・為氏）、140（二〇〇・為家）、157（二七七・為家）、253（四〇七・為氏）、〔305異文（三二・為家）〕、368（四八八・為氏）、380（五四五・為氏）、424（二七二・行家）。

古今六帖 61（九七三・未詳）、134（一〇五・躬恒＝拾遺集・一三六・忠岑）、134（一〇六・未詳）、376（二八一七・未詳＝貫之集・三〇六＝万代集・二八一七）、396（四二二七・躬恒＝躬恒集・三八一＝和漢兼作集・三一七）。

新撰六帖 38（二五七三・知家）、138（六〇七・為家＝秋風抄・一八七＝秋風集・七四七＝現存六帖抜粋本・八四）、165（二六二七・為家）、185（二一一・家良）、189（二一七・為家）、209（一五二一・為家）、220（六七二一・為家、一九七二・為家）、222（一六五六・家良）、238（一四三二・為家）、255（一五〇七・為家）、285（一七六・家良）、316（二一四・信実）、336（一五四・信実＝万代集・九五三＝秋風抄・序＝新三十六人撰・三〇二＝信実集・五一他）、353（一二三六・家良）、370（一五八二・為家）、385（一三六三・知家）、391（一三六一・家良）、396（二三六二・為家＝現存六帖・六一〇）、432（一一六四・信実）、454（一二一七・為家）、462（三三二七・為家）、482（一七五・真観＝現存六帖抜粋本・二七六）、486（五七六・家良）。

現存六帖 16（七九九・基家）、20（四七九・尚侍家中納言〈光俊女典侍親子〉）、66（六二七・実雄）、75（四二八・前摂政家民部卿＝閑窓撰歌合 建長三年・五五＝雲葉集・一九六）、94（四三〇・基家＝秋風集・九九）、116（八二六・雅成親王＝秋風抄・三四）、118（八二一・宣仁門院一条）、135（三六八・鷹司院按察）、135（五九五・為経）、266（六一六・真観）、297（八三六・為氏）、310（四〇九・尚侍家中納言〈光俊女典侍親子〉＝閑窓撰歌合 建長三年・六＝秋風抄・一六）、312（二〇・為氏）、396（六一〇・為家＝新撰六帖・二三六二）、396（六二七・実雄）、402（八三・尚侍家中納言〈光俊女典侍親子〉）、424（八七〇・明珍）、438（五一六・前摂政家民部卿）、466（二一五・為家）、482（一七五・真観＝抜粋本・二七六）。

東撰六帖 20（八二一・尊季）、99（抜粋本二〇七・実朝）。

天徳四年内裏歌合 103（二九・元真＝和歌童蒙抄・八七二＝袋草紙・三五二）。

右大臣家歌合治承三年 63（九・隆信）。

六百番歌合　196（九八一・定家）、248（一一二一・隆信＝万代集・一四七）、255（一〇三〇・家隆＝壬二集・三八六）、293（五五九・顕昭）、308（五四五・兼宗）、379（八三五・定家＝拾遺愚草・八七〇）、420（七四六・隆信＝隆信集・五三三）。

老若五十首歌合　51（四九・寂蓮）、290（三二一・忠良）、453（三七・家隆＝壬二集・一六九四）、463（四五四・良経＝秋篠月清集・九四五）、479（三八七・家隆＝壬二集・一七二九＝秋風集・五四七）、506（四一〇・雅経＝明日香井集・九〇九）。

御室撰歌合　25（六・俊成）、27（六・俊成）。

水無瀬恋十五首歌合　274（一四二一・有家＝若宮撰歌合・一六＝水無瀬桜宮十五番歌合・一六）。

千五百番歌合　121（五七二・良経＝雲葉集・二七二）、121（七六五・忠良）、148（二七六三・忠良）、181（八五九・丹後）、199（二七四九・定家）、199（二七三八・公継）、219（一四〇一・家隆）、226（二四九九・雅経）、278（一七六九・雅経）、281（一七二一・忠良）、301（一九五五・宜秋門院丹後＝新勅撰・四〇二）、307（一九六四・二条院讃岐）、340（二五九二・宮内卿）、369（二三四七・俊成女＝新勅撰・八〇七）、427（二七四九・定家）、451（二八五八・公継）、453（二七六三・忠良）、469（四六二・俊成）。

新宮撰歌合建仁元年三月　290（三七・保季）。

北野宮歌合元久元年十一月　283（四・雅経）、288（八・有家＝万代集・一二八九）。

内裏百番歌合建保四年　234（一一一八・行能＝秋風抄・一一四＝秋風集・一一一〇）、269（九八・行能＝万代集・一〇九〇）、353（一七二・範宗＝範宗集・五六六）、435（一五四・道家）。

歌合建保四年八月廿二日　246（二六・家衡）。

内裏百番歌合承久元年　190（定家・九七＝拾遺愚草・二二五〇）。

日吉社撰歌合寛喜四年　206（二六・家長）、213（二五・俊成女＝万代集・九六四＝俊成卿女集・五八）。

影供歌合建長三年九月　20（一六二・鷹司院帥）、147（七三・為教）、148（五一・公基＝秋風集・一一八〇）、168（二〇四・鷹司院帥）、256（二〇四・鷹司院帥）、356（二六〇・弁内侍）、381（四一一・径朝）、494（五九・有教）。

閑窓撰歌合建長三年　75（五五・前摂政家民部卿＝現存六帖・四二八＝雲葉集・一九六）、106（二九・藻壁門院少将）、203（八三・真観）、310（六・尚侍家中納言〈光俊女典侍親子〉＝秋風抄・一六＝現存六帖・四〇九）。

百首歌合建長八年　30（三二一・真観）、48（四一九・良教）、58（四九五・伊長）、91（二九九・忠定）、92（三一六・良教）、94（七三一・伊長）、98（七八九・家良）、110（九九五・伊嗣）、131（一〇三七・前摂政家民部卿）、147（三〇四・忠基）、147（七八六・鷹司院帥）、148（一一〇六・寂西）、158（五一四・家良）、221（四三八・前摂政家民部卿）、304（八三九・家良）、315（九三〇・伊平）、315（六六九・伊平）、338（三三〇・伊嗣）、389（一四二四・忠基）、402（一三五六・真観）、422（一四三六・土御門院（承明門院）小宰相）、

473（一四三一・忠定）、502（三八・伊長）。
（三十六人大歌合。他歌集との重複多し）
宗尊親王百五十番歌合弘長元年　223（二五五・清時）、223（二七九・小督）、278（一九四・基隆）、311（二二六・顕盛）。
源氏物語　195（賢木・一五〇・光源氏）、439（手習・七七七・浮舟）。
和漢朗詠集　142（一九二・白居易）、160（二二三・白居易）、252（五五五・白居易）、430（六四四・篁）、460（七五九・正通）。
白氏文集　387（新楽府・李夫人）。
蒙求　306（子猷尋戴）。
俊頼髄脳　494（一二六）。
新古今竟宴和歌　505（六・隆衡）。
古事記　423（二九・倭建命）。
風土記　430（出雲国）。
祝詞　410（祈年祭）、410（六月大祓）。
催馬楽　392（沢田川）。
往生要集　417（大文第三）、418（大文第一）。

Ⅶ　瓊玉集歌の参考歌（依拠歌）歌人別一覧

順不同。ただし、おおよその時代順に系統や職掌等でも類別しつつ並べた。
各歌人の下の数字が『瓊玉集』の番号。その下の括弧内が、参考歌の所収歌集名とその番号。

人麿　246（拾遺・八四八）、345（拾遺・八〇八）。
業平　68（古今・五三）、212（古今・四一八）、232（古今・八七九）。〔**伊勢物語の男**〕26（四段・五〔場面全体〕）、27（四段・五〔場面全体〕）、237（九段他〔東下り〕）、296（九段・一三）。
小町　67（古今・七九七）、310（古今・七八二）、470（続後撰・九九三＝万代集・二四一〇）、497（新古今・八五〇）。
素性　70（古今・七六）、359（古今・六九一）、391（古今・六九一）。
伊勢　38（古今・三一）、43（古今・三一）、44（古今・三一）、406（後撰・一四〇二）、423（新古今・一四〇八）。
貫之　11（古今・八七）、49（古今・五九）、69（新勅撰・一二五）、95（後撰・一四三）、121（古今・四〇四）、148（新古今・八一）、263（古今・二九七）、338（貫之集・三三三）、376（貫之集・三〇六＝古今六帖・二八一七＝万代集・二一二〇）、464（拾遺・六八〇〈不知〉＝貫之集・五七九）。
忠岑　8（拾遺・一）、12（古今・四二五）、36（古今・六二五)、134(拾遺・一三六=古今六帖・一〇五・躬恒)、158(拾遺・四三)、366(古今・六二五)、391(古今・六二五)、393(古今・六二五)。

躬恒 134(古今六帖・一〇五・躬恒=拾遺・一三六・忠岑)、137(古今・六〇〇)、235(古今・二一三)、340(古今・一八〇)、346(躬恒集・二四九=忠岑集・一三五・躬恒)、486(古今・六一四=後撰・九六七・業平〈仲平か〉)。

兼盛 45(後葉集・二七=金葉公夏本・八・不知)、256(後拾遺・四二七)、354(後拾遺・二七四)。

好忠 8(新勅撰・一九)、124(好忠集・一四五)、215(好忠集・二二三)、312(万代集・二六九七)、(392)(好忠集・源順百首歌・四九二・順)。

〔**大斎院前御集** 203(一七四・宰相)〕。

紫式部 187(千載・二九九)、451(後拾遺・一〇四)、469(千載・一〇九六)。

清少納言 102(詞花・三一六)、230(万代集・二六四四)。

赤染衛門 40(千載・五〇四)、367(詞花・三二四)、472(赤染衛門集・三八)。

和泉式部 14(後拾遺・四八)、81(詞花・三一二)、82(千載・九〇七)、92(続後撰・九六二)、209(詞花・二四九)、364(和泉式部集・三五三)。

馬内侍 234(続後撰・九〇五=秋風集・八五七=馬内侍集・七)。

行尊 237(行尊大僧正集・五〇)。

行宗 233(行宗集・七〇)、479(新古今・三五二)。

匡房 40(堀河百首・一九四)、194(堀河百首・八九八)、262(万代集・二二〇九=江帥集・九四=和歌一字抄・三〇七、四八一)、281(秋風集・四五七=江帥集・一二八=匡房集・七七)、432(堀河百首・一四四二)。

俊頼 139(新古今・二六六)、175(千載・二八一)、198(千載・二六〇)、215(千載集・二七六=堀河百首・七九二)、248(千載・二六〇)、285(詞花・一三五)、354(千載・二六〇)、362(新古今・一八三六)、404(金葉・四三九)、414(千載・六一四)。

俊恵 247(林葉集・五二五)、247(林葉集・五二六)、288(林葉集・三八六)、340(林葉集・八四〇)、405(新勅撰・九〇一=林葉集・七三六)。

源顕仲 230(堀河百首・一四六二)、423(堀河百首・一三六六)。

待賢門院堀河 47(千載・四二)、109(千載・三一一)、383(新勅撰・九九八=久安百首・一〇七〇)。

上西門院兵衛 122(久安百首・一一二八)、232(新古今・六九二)。

顕輔 141(千載・六五二)、319(秋風抄・五五一=顕輔集・八七)。

寂念 267(後葉集・一九三=治承三十六人歌合・九六)。

寂超 123(為忠家初度百首・二〇一)、321(千載・九三〇)、300(為忠家初度百首・四九六)、474(新古今・一五四三)。

寂然 70(千載・一〇六九)、201(唯心房集・一七)、282(続後撰・四六九)、306(新古今・六八二)、448(新古今・一六二五）、497（秋風集・五九〇＝唯心房集〈時雨亭文庫本〉・二〇）。

重家 320（重家集・一四七）、324（重家集・一四九）。

公重 179（風情集・三一五）。

実定 3（月詣集・四）、158（新古今・三〇四）、200（新古今・一五七三）、269（千載・一六一）、295（万代集・一四三九＝林下集・一六二）、507（新古今・七四五）。

公衡 370（新勅撰・九二三）、375（公衡百首・三八）、381（公衡集・八七）、390（公衡百首・六七）、392（新勅撰・一六八）、439（公衡集・六三）、476（続拾遺・一一七三）。

忠盛 45（千載・七三二）、155（後葉集・四一七）、341（忠盛集・一三六）。

忠度 142（忠度集・二九）、147（忠度集・三八）。

頼政 246（新古今・三八七）、282（新勅撰・一三六二）。

二条院讃岐 87（正治初度百首・一九二二）、307（新古今・一二八六）、307（千五百番歌合・一九六四）、407（正治初度百首・一九七八）。

宜秋門院丹後 301（新勅撰・四〇二＝千五百番歌合・一九五五）、404（新勅撰・九〇〇）、451（新古今・一六二三）。

光行 122（新勅撰・一一八二）、318（千載・四七三）。

西行 4（西行法師家集・六＝山家集・九六七）、111（聞書集・八五）、181（西行法師家集・二六五＝宮河歌合・三五）、196（新古今・三六二）、219（新古今・九三七）、227（新古今・九三八）、254（新古今・一二〇〇）、267（千載・一〇〇九）、267（山家集・五五七＝西行法師家集・三〇一）、272（山家集・一〇三五＝西行法師家集・五六六＝万代集・三五二一）、333（山家集・三〇五＝宮河歌合・四〇＝御裳濯集・四九二）、387（新古今・八八七）、388（千載・二六七）、389（千載・九二八）、390（千載・九二九）、391（新古今・一二六七）、422（新古今・九八七）、424（新古今・三六二）、449（山家集・七二〇）、467（新古今・一六二二）、467（新古今・一六四三）、468（新古今・一六三二）、503（新古今・一一五五）。

俊成 9（新勅撰・一三六＝久安百首・八二〇）、10（新勅撰・五一九＝久安百首・八九七）、20（久安百首・八〇九）、23（新勅撰・四三＝御室五十首・二五五＝御室撰歌合・六）、23（俊成五社百首・四〇七）、25（御室撰歌合・六＝御室五十首・二五五＝新勅撰・四三）、27（新勅撰・四三＝御室五十首・二五五＝御室撰歌合・六）、35（新古今・五九）、72（新古今・一一四）、96（新古今・一七九）、101（正治初度百首・一二一二）、119（新勅撰・三二四）、162（長秋詠藻・五二七）、197（新古今・五一六）、252（新古今・二〇一）、253（千載・二五九）、318（新古今・七〇六）、335（俊成五社百首・七五）、353（正治初度百首・一一八二）、368（続後撰・一六七＝俊成五社百首・四二〇）、469（千五百番歌合・四六二）、475（俊成五社百首・二八六＝長秋草・六九）。

定家 20（拾遺愚草・一一三）、63（拾遺愚草・一三一二）、65（拾遺愚草・二一八九）、72（新勅撰・九四）、88（拾遺愚草・一三一九）、176（拾遺愚草・二三五五）、190（内裏百番自歌合承久元年・九七＝拾遺愚草・二二五〇）、196（六百番歌合・九八一）、199（拾遺愚草・七〇七）、199（千五百番歌合・

二七四九）、220（拾遺愚草・三七五）、252（拾遺愚草・二五六〇、同・二六〇九＝定家卿百番自歌合・一五七＝万代集・二七九九）、256（拾遺愚草・三五〇）、276（拾遺愚草・一九八七）、277（拾遺愚草・二三七二）、279（拾遺愚草・二四〇七）、293（拾遺愚草員外・一八七）、296（新古今・九三四）、303（新古今・三八）、309（拾遺愚草員外・三五二）、317（拾遺愚草・二九一七）、349（続後撰・八八八＝定家卿百番自歌合・一四五＝拾遺愚草・二六五三）、369（拾遺愚草・八八）、379（六百番歌合・八三五＝拾遺愚草・八七〇）、391（拾遺愚草・二六一〇）、392（拾遺愚草・二五七〇＝万代集・二五三二）、411（新勅撰・序）、411（拾遺愚草・一六〇〇）、413（新古今・七三九）、413（新古今・一八七二）、417（新古今・三六三）、427（千五百番歌合・二七四九）、427（御室五十首・五四三）、450（洞院摂政家百首・一六一三＝拾遺愚草・一四八五）、456（拾遺愚草・一五一〇）、467（拾遺愚草・二四二五）。

家隆 90（家隆卿百番自歌合・三三）、99（石清水若宮歌合正治二年・一七五）、127（建保名所百首・三五七）、133（壬二集・一二二七）、211（新古今・九六九）、218（新古今・一六六四）、219（千五百番歌合・一四〇一）、224（壬二集・二五一〇）、246（新古今・一〇〇五）、255（六百番歌合・一〇三〇）、260（御室五十首・五七〇＝壬二集・一六六二）、294（壬二集・一三二八＝万代集・三四二〇）、300（壬二集・二五七六）、330（六百番歌合・七二四、洞院摂政家百首・一三五三）、348（壬二集・一九九九）、367（新古今・五九五）、389（壬二集・二九一四）、443（新勅撰・四三九）、453（老若五十首歌合・三七＝壬二集・一六九四）、462（壬二集・二八一二）、472（壬二集・二三八）、479（老若五十首歌合・三八七＝壬二集・一七二九＝秋風集・五四七）。

有家 189（新古今・一三一四）、274（水無瀬恋十五首歌合・一四二＝若宮撰歌合元久元年・一六＝水無瀬桜宮十五番歌合・一六）、288（北野宮歌合・八＝万代集・一二八九）。

雅経 11（明日香井集・三一二）、169（続後撰・二六八）、226（千五百番歌合・二四九九）、249（明日香井集・一三三二）、256（正治後度百首・二四二）、278（千五百番歌合・一七六九）、283（北野宮歌合元久元年・四）、297（明日香井集・三六〇）、299（新古今・六一〇）、506（老若五十首歌合・四一〇＝明日香井集・九〇九）。

通具 151（新古今・二九四＝千五百番歌合・一〇八九）、161（新古今・四二四）、183（新古今・一三四〇）、224（新古今・一七五八）。

寂蓮 35（新古今・五八）、49（新古今・八七）、51（老若五十首歌合・四九）、197（新古今・三六一）。

通親 233（新古今・七九一）、271（千載・九四九）、300（正治初度百首・五六四）。

兼実 25（秋風集・六七）、121（新古今・二八〇）、367（千載・四〇六）、435（千載・八）。

慈円 10（拾玉集〈同集は後出〉・一二〇七）、27（新古今集・四二七）、42（拾玉集・三一〇三、三六一二重出）、162（慈鎮和尚自歌合・二一）、164（拾玉集・六三〇）、181（千載・三一九）、197（仙洞句題五十首・二七八）、207（拾玉集・

三一八二)、258(拾玉集・三〇三六=無名集・五五)、258(拾玉集・一〇五七)、320(新古今・八三三)、334(新古今・一八九一)、420(拾玉集・六八一、同・四二六四)、426(新古今・三九〇)、428(正治初度百首・一〇六九)、488(拾玉集・三四四五)、505(拾玉集・二四五八)。

良経 64(新勅撰・六九)、75(新古今・一三六)、121(千五百番歌合・五七二=雲葉集・二七二)、178(新古今・一一〇一)、196(新古今・一〇七三)、207(新古今・一七六五)、209(新古今・一二九三)、214(正治初度百首・四四〇)、222(新古今・二九三)、251(秋篠月清集・一二二九=御京極殿御自歌合・六三)、261(文治六年女御入内和歌・二〇四=玄玉集・六八八=三百六十番歌合・三九三=秋篠月清集・一三六四)、270(新古今・一六八一)、279(秋篠月清集・一〇四八)、282(秋篠月清集・二四五)、315(新勅撰・五八)、320(千載・七四六)、370(新古今・一一二六=千五百番歌合・二五五二)、423(新勅撰・一三〇八=秋篠月清集・一四七七)、463(老若五十首歌合・四五四=秋篠月清集・九四五)。

隆信 63(右大臣家歌合治承三年・九)、248(六百番歌合・一一二=万代集・一四七)、309(御室五十首・四三四=隆信集・二八七)、363(治承三十六人歌合・一二七=隆信集〈寿永百首系〉・八〇=言葉集・一二八)、420(六百番歌合・七四六=隆信集・五三三)。

俊成女 28(新古今・一一三六)、150(宝治百首・五一六)、213(日吉社撰歌合・二五=万代集・九六四=俊成卿女集・五八)、215(仙洞句題五十首・一七一)、233(洞院摂政家百首・六八六=秋風抄・九二=秋風集・一二〇九)、369(新勅撰・八〇七=千五百番歌合・二三四七)、500(続後撰・一二一二)、501(続後撰・一二二一)。

宮内卿 207(新古今・三六五)、250(正治初度百首・八二五=雲葉集・六三七)、340(千五百番歌合・二五九二)。

秀能 91(如願法師集・四八一)、259(万代集・一三一四=遠島御歌合・八八=如願法師集・五四八)、354(新古今・九六七)、433(新古今・九六七)。

守覚法親王 292(守覚法親王集・一〇〇)。

式子内親王 191(新古今・一八四七)、193(正治初度百首・二四〇)、235(続後撰・七三四)、261(式子内親王集・五四)、289(新古今・四三二)、296(新古今・九四八)、314(新古今・三)、341(新古今・一三二八)、356(新古今・一一五三=正治初度百首・二八二=新三十六人撰・七八)、382(新古今・一一二四)、470(新古今・一〇三五)。

後鳥羽院 39(後鳥羽院御集・六五八)、70(後鳥羽院御集・六八七)、72(新古今・一三三)、97(新古今・九九)、160(万代集・九三一)、199(後鳥羽院御集・三九五)、208(正治初度百首・五五=後鳥羽院御集・五五)、217(新古今・一八七五)、313(正治後度百首・七四=後鳥羽院御集・一七四)、341(正治初度百首・八一=後鳥羽院御集・七八)、372(後鳥羽院御集・五六五)、394(新古今・一三二三)、415(新古今・一八七六)、430(後鳥羽院遠島百首・九七)、432(後鳥羽院遠島百首・九七)、435(続後撰・三八)、436(続後撰・五五九)、487(新古今・一〇三三)。

土御門院　19（土御門院御集・二一五＝秋風抄・一七七）、213（土御門院百首・八六＝雲葉集・六三九）、247（土御門院御集・六三）、407（土御門院御集・四二五）、467（土御門院御集・九六＝万代集・三一七七）。

順徳院　103（紫禁集・八三四）、169（紫禁集・九八八）、199（紫禁集・九二二）、208（紫禁集・二四六）、218（紫禁集・一二五六）、220（紫禁集・一〇六七）、299（紫禁集・二九七）、300（順徳院御百首・五七）、348（紫禁集・三一四）、350（建保名所百首・七八一＝紫禁集・六八〇）、412（紫禁集・一一〇八）、417（紫禁集・八九六）、428（紫禁集・二一八）、474（続後撰・八六八）、477（紫禁集・二三六）。

後嵯峨院　64（続後撰・七八）、210（雲葉集・四四七）、493（続後撰・一三三二）。

道助法親王　303（宝治百首・二二七九）、423（続後撰・五九＝宝治百首・四四二）。

雅成親王　116（秋風抄・三四＝現存六帖・八二六）、215（雲葉集・五二〇＝新三十六人撰・四三）、241（続後撰・三九六＝新三十六人撰・四六）、292（秋風抄・三〇四＝秋風集・一一五一）。

頼朝　338（拾玉集・五四九一）。

実朝　99（東撰六帖抜粋本・二〇七）、142（金槐集定家所伝本・一五八）、174（金槐集定家所伝本・四六一）、214（金槐集定家所伝本・二三〇）、243（金槐集定家所伝本・二四七）、280（金槐集定家所伝本・五二六）、438（金槐集定家所伝本・五八七）。

範宗　250（範宗集・三八五）、262（内裏歌合建保二年・三六＝範宗集・二九三）、317（建保名所百首・九一〇＝範宗集・六〇七）、353（内裏百番歌合建保四年・一七二＝範宗集・五六六）。

公経　158（新勅撰・二三四）、232（新古今・二一六）、340（新勅撰・七七〇）。

実氏　11（洞院摂政家百首・一一二）、204（宝治百首・一三六三＝万代集・九五五）、450（洞院摂政家百首・一五九七）、481（道助法親王五十首・九七一）。

実雄　66（現存六帖・六二七）、396（現存六帖・六二七）、443（続後撰・七五三＝宝治百首・二五六七）。

公相　450（宝治百首・三六八六）。

道家　195（洞院摂政家百首・五〇一）、325（続後撰・六六六）、435（内裏百番歌合建保四年・一五四）。

基家　16（現存六帖・七九九）、94（現存六帖・四三〇＝秋風集・九九）、139（宝治百首・一一二四＝秋風集・一一四）、185（洞院摂政家百首・一二〇五）、212（続後撰・三四七）、240（宝治百首・一八〇三＝三十六人大歌合・二）、293（宝治百首・二三二一）、328（万代集・一八六八）、457（宝治百首・一八四三）。

忠良　41（続後撰・三七九）、121（千五百番歌合・七六五）、133（続後撰・九二）、148（千五百番歌合・二七六三）、185（秋風集・一二〇二）、281（千五百番歌合・一七二一）、283（続後撰・三七九＝万代集・一一五三）、283（正治初度百首・七六九）、290（老若五十首歌合・三二一）、453（千五百番歌合・二七六三)。

基良 372(続後撰・七七八＝宝治百首・二五六三＝万代集・二一六〇)、380(続後撰・九九六＝宝治百首・二六〇三)、418(続後撰・四五〇＝宝治百首・一九六五＝万代集・一二五七)。

家良 98(百首歌合建長八年・七八九)、158(百首歌合建長八年・五一四)、185(新撰六帖・一一一)、222(新撰六帖・一六五六)、223(後鳥羽院定家知家入道撰歌・一八八)、259(続後撰・三九七)、285(新撰六帖・一七六)、(285)(弘長百首・三六九)〔類歌か〕、304(百首歌合建長八年・八三九)、353(新撰六帖・一二二六)、391(新撰六帖・一三六一)、464(続後撰・一一八一)、(485)(弘長百首・五五六)〔類歌か〕、486(新撰六帖・五七六)。

為家 5(為家集〈同集は後出〉・二五)、6(為家千首・五五)、50(続後撰・六八)、65(為家千首・九四、一一八)、75(為家千首・一二八)、121(為家集・一七四)、135(為家千首・七二四)、138(新撰六帖・六〇七＝秋風抄・一八七＝秋風集・七四七＝現存六帖抜粋本・八四)、140(弘長百首・二〇〇＝為家集・四三〇)〔類歌か〕、140(為家集・二二二、同・一四八)、151(続後撰・七八五＝洞院摂政家百首・一一二三)、151(為家千首・三六七、八七三)、157(弘長百首・二七七)、159(新勅撰・一九八)、165(新撰六帖・二六二七)、167(為家集・七八五)、177(為家集・七一五、新撰六帖・一四四七)、189(新撰六帖・二一七)、209(新撰六帖・一五二)、212(続後撰・二〇七)、220(新撰六帖・六七二、一九七二)、232(為家集・六二六)、237(為家千首・九一二)、238(新撰六帖・一四三二)、251(為家五社百首・二九九)、255(新撰六帖・一五〇七)、271(為家五社百首・三八〇)、276(為家千首・五二)、280(為家五社百首・五三八)、289(為家千首・五〇六)、294(新撰六帖・二〇一七＝現存六帖＝一五二、為家五社百首・六三七)、〔305異文〕(弘長百首・三二)、345(為家五社百首・六八六)、348(洞院摂政家百首・六三〇)、370(新撰六帖・一五八二)、383(為家千首・七七三)、396(新撰六帖・二三六二＝現存六帖・六一〇)、410(為家五社百首・五九七)、417(為家千首・八一一)、(419)(玉葉・二六九三)、423(為家千首・八八六)、424(為家集・八九三)、425(為家集・一七九二)、435(為家五社百首・四二一)、445(為家集・四四三)、454(新撰六帖・一二一七)、456(為家千首・三三二)、462(新撰六帖・二三二七)、466(現存六帖・二一五)、474(洞院摂政家百首・一六一七)、484(宝治百首・二二八七)、491(為家一夜百首・九七)、505(為家五社百首・六九九)。

為氏 88(弘長百首・一二四)、253(弘長百首・四〇七)、273(秋風抄・一一九＝秋風集・四一八)、294(宝治百首・二七八〇)、297(現存六帖・八三六)、312(現存六帖・一〇)、366(続後撰・八三〇)、368(弘長百首・四八八)、380(弘長百首・五四五)、403(秋風抄・二五九)。

信実 160(新勅撰・一〇六八)、252(新勅撰・一〇六八)、316(新撰六帖・二一四)、336(新撰六帖・一五四＝万代集・九五三＝秋風抄・序＝新三十六人撰・三〇二＝信実集・五一)、432(新撰六帖・一一六四)。

隆祐　162（宝治百首・三七〇七）、191（新勅撰・八一三）、457（宝治百首・三二六七）。

真観　30（百首歌合建長八年・三二一＝三十六人大歌合・一九二）、143（洞院摂政家百首・八六七）、203（閑窓撰歌合・八三）、228（宝治百首・二七〇一）、266（現存六帖・六一六）、402（百首歌合建長八年・一三五六）、482（新撰六帖・一七五＝現存六帖抜粋本・二七六）。

知家　38（新撰六帖・二五七三）、229（秋風抄・七二＝現存六帖・一四＝秋風集・三〇三）、323（新勅撰・九八六）、352（洞院摂政家百首・一一三一）、385（新撰六帖・一三六三）、423（宝治百首・二〇〇）、433（道助法親王家五十首・一〇四三）。

行家　52（続後撰・八五九＝宝治百首・二四六五）、284（秋風抄・一三三）、368（秋風抄・八〇四）、424（弘長百首・二七二）。

後堀河院民部卿典侍　337（続後撰・一二五八）。

承明門院（土御門院）小宰相　52（宝治百首・二四七二）、178（宝治百首・八七五）、233（宝治百首・一五五四＝万代集・一一四四＝雲葉集・六五〇＝三十六人大歌合・五四）、348（万代集・二六九三）、422（百首歌合建長八年・一四三六）。

藻壁門院少将　106（閑窓撰歌合・二九）、146（洞院摂政家百首・五九三＝万代集・七九一）、341（新勅撰・七五五）、444（続後撰・一一一二）。

弁内侍　188（続後撰・二四七）、241（続後撰・三九一＝宝治百首・一八三七＝万代集・一一〇九）、356（影供歌合建長三年九月・二六〇）。

鷹司院按察　135（現存六帖・三六八）、180（宝治百首・二三一〇）、223（宝治百首・一三一二）。

尚侍家中納言〈光俊女典子親子〉　20（現存六帖・四七九）、310（秋風抄・一六＝閑窓撰歌合建長三年・六＝現存六帖・四〇九）、402（現存六帖・八三）。

鷹司院帥　20（影供歌合建長三年九月・一六二）、147（百首歌合建長八年・七八六）、168（影供歌合建長三年九月・二〇四）、256（影供歌合建長三年九月・二〇四）。

前摂政家民部卿　75（閑窓撰歌合・五五＝現存六帖・四二八＝雲葉集・一九六）、131（百首歌合建長八年・一〇三七）、221（百首歌合建長八年・四三八）、438（現存六帖・五一六）。

行念（時村）　382（続拾遺・九四四）。

寂身　115（寂身法師集・三七八）、385（寂身法師集・四三四）。

信生　160（信生法師集・七七）、309（新和歌集・三二四）。

時朝　205（時朝集・三八）、209（時朝集・三八）、389（時朝集・六四）。

景綱　322（新和歌集・五〇三）。

親朝　502（新和歌集・四九二）。

時広　6（時広集・一六）〔影響歌か〕。

Ⅷ　瓊玉集歌の類歌一覧

順不同。ただし、おおよその時代順に、類別しつつ歌集ごと、比較的有名な歌人や宗尊に有縁の歌人などは歌人ごとに並べた。

各歌集・歌人名の下の数字が『瓊玉集』の番号、その下の括弧内が各歌集の歌番号および作者名。

基俊集　74（一八七）。

六条院宣旨集　161（四二）。

勝命　428（玉葉・九二八）。

明恵上人集　448（四）。

楢葉集　448（五九七・縁定）。

道助法親王家五十首　49（一九七・秀能）。

宝治百首　49（四九四・資季）、425（三八一一・資季）。

弘長百首　263（五二・為氏）、285（三六九・家良）〔参考歌か〕、311（三三一・為氏）、485（五五六・家良）〔参考歌か〕。

千五百番歌合　85（四九〇・季能）。

内裏百番歌合承久元年　113（六七・伊平）。

宗尊親王家百五十番歌合　32（二二三・時盛）、48（三八・忠景）、160（一四九・小督）、279（一九四・基隆）、309（一八八・忠景）、370（二六九・小督）、401（二五六・顕盛）。

鏤也　71（露色随詠集・六〇九）。

通親　405（仙洞影供歌合建仁二年五月・六一一）。

慈円　145（正治初度百首・夏・六三八）。

後鳥羽院　105（後鳥羽院自歌合・七＝後鳥羽院御集・一七五五）。

澄覚法親王　256（澄覚法親王集）。

家良　285（弘長百首・三六九）〔参考歌か〕、485（弘長百首・五五六）〔類歌か〕。

為家　91（為家集・二五八）、140（弘長百首・二〇〇＝為家集・四〇〇）〔参考歌か〕、274（為家集・八一八）、500（為家集・一五三五）。

阿仏尼　442（十六夜日記・五四）。

為相　352（文保百首・一五七七）。

他阿上人集　416（六一一）。

親清四女集　366（一九二）。

親清五女集　334（二四七）、385（六五）、387（六五）。

政範　118（政範集・四〇〇）、208（政範集・二九六）、329（政範集・二四七）。

祐茂百首　78（一七）。

現存六帖　66（六二七・実雄）。

東撰六帖　56（一四四・平時石）、179（抜粋本二六〇・西円）、251（七三・実泰）、257（抜粋本三四二・芳季）、288（抜粋本三六二・政村）、314（抜粋本四六八・行念）、430（時朝集七九所載・時朝）。

新和歌集　57（五三・西円）、162（一八三・道清）。

柳風抄　160（六一・宗秀）。

文保百首　2（一七九八・実任）、2（一八九八・有忠）、

126（六二七・実泰）。

小督 115（三十六人大歌合・七六）。

頼綱 487（新和歌集・八三六）。

景綱 128（沙弥蓮愉集・六三五）（影響歌か）、161（沙弥蓮愉集・二三〇）、162（沙弥蓮愉集・二四五）、424（新和歌集・四四一）。

公朝 103（新三井集・一二四）、242（夫木抄・五七九三）、424（夫木抄・九七三五）。

時村 231（新後撰・三二六）。

従三位為子 373（玉葉・一二六二）。

為藤 189（新拾遺・一六八九）、352（嘉元百首・一九六八）。

俊光 487（俊光集・五〇五）。

伏見院 275（伏見院御集冬部・七六）。

進子内親王 96（新拾遺・一九六）。

頓阿 65（草庵集・二六八）。

正徹 168（草根集・三四一〇）、262（正徹千首・四一一＝草根集・四五〇三）。

政為 39（碧玉集・一四八）。

直義 309（新続古今・七二〇）。

道基（道意） 470（新続古今・一九六三）。

続現葉集 189（三七七・禅助）。

菊葉集 421（一四七三・前右大臣）。

師兼千首 202（八四三）。

題林愚抄 106（一九〇七・権中納言）。

貞徳 277（逍遊集・三〇三〇）。

通村 195（後十輪院内府集・六二一三）。

霞関集 390（八二〇・幸隆）。

Ⅸ　瓊玉集歌の影響歌一覧

順不同。ただし、おおよその時代順に、歌人ごとに並べた。
各歌人名の下の算用数字が『瓊玉集』の番号、その下の括弧内が影響歌（宗尊詠に負ったと思われる歌）の所収歌集等名とその新編国歌大観番号。

顕朝　303（白河殿七百首・二六五）。
小督　115（三十六人大歌合・七六）。
時盛　115（宗尊親王百五十番歌合・八三）。
時広　6（時広集・一六）〔参考歌か〕。
景綱　128（沙弥蓮愉集・六三五）〔類歌か〕、143（沙弥蓮愉集・六三七）。
長景　211（長景集・六七）、234（長景集・五四）、238（長景集・一三一）、386（長景集・一二一）。
雅有　2（雅有集・一二四）、11（隣女集・二三六）、85（隣女集・八〇〇）、103（隣女集・一〇七三＝一九〇八）、111（隣女集・一一三〇）、143（隣女集・一一四一）、151（隣女集・四四六）、157（隣女集・四四九）、163（隣女集・八八二）、179（隣女集・一二〇七）、186（隣女集・四六六）、189（雅有集・三一七）、281（隣女集・八八）、294（雅有集・三四三）、294（雅有集・六六五）、303（隣女集・二二四）、313（無名の記・三）、382（隣女集・六四五）、382（隣女集・一四八三）、438（玉葉・二〇九六）。

雅顕　298（雅顕集・五九）。
雅孝　386（文保百首・二二八二）。
覚助法親王　35（嘉元百首・二三二〇＝新続古今・一〇五）、427（続現葉集・七〇七）。
昭慶門院一条　314（嘉元百首・二五五六）。
北条久時　274（玉葉・二〇三三）。
平行氏　232（新千載・一七七五）。
平親世　498（新後撰・一五二三）。
為世　45（文保百首・一〇〇七＝風雅・九四）。
為藤　278（亀山殿七百首・三六五）。
為冬　234（臨永集・二〇二）。
為明　299（延文百首・二六六五）。
有房　313（新後撰・五八七）。
実教　402（新後撰・九二九）。
実兼　311（実兼百首・一〇＝続千載・二三）、390（文保百首・五七八）。
為兼　423（風雅・九一五）。
伏見院　28（伏見院御集・一〇一八）、46（藤葉集・一七四）、251（伏見院御集・八八三）。
朔平門院　222（玉葉・一四七七）。
光厳院　26（新千載・五四）。
宗緒母　327（続千載・一〇四三）。
慈道親王　165（慈道親王集・九六）、320（慈道親王集・一五五）。
道我　45（権僧正道我集・一四）。

後醍醐天皇 48（続言葉集・八九）。
承覚法親王 102（続言葉集・一五〇）。
尊良 48（一宮百首・一五）、157（一宮百首・八三＝新葉集・一一四九）。
宗良 46（李花集・九一）、57（宗良親王千首・一三四）、240（李花集・五五五）、249（李花集・二六二）、251（宗良親王千首・四八一）、268（李花集・三六六）、315（李家集・四三六）、413（宗良親王千首・九五〇）。
深勝法親王 411（新葉集・五九〇）。
顕統 456（南朝五百番歌合・八六九）。
長親（耕雲） 411（南朝五百番歌合・九五五）。
師兼 66（師兼千首・一三六）、146（新葉集・二五〇）、323（師兼千首・七六七）、461（宗良親王千首・一〇二二）。
光資 46（新葉集・六六）。
後光厳院 420（延文百首・一〇〇＝新拾遺・七〇一）。
公蔭 13（延文百首・二三〇六）。
時光 13（延文百首・二八〇六）。
実俊 299（延文百首・二〇六一）。
実隆 402（雪玉集・五〇三二）、436（雪玉集・一二九二）、437（雪玉集・四三二九）。
実陰 448（芳雲集・四七五七）。
為村 341（為村集・一五八九）。
宣長 159（鈴屋集・六二一）。
言道 314（草径集・四一三）。

X 瓊玉集歌の享受歌一覧

順不同。ただし、おおよその時代順に、歌人ごとに並べた。各歌人名の下の算用数字が『瓊玉集』の番号、その下の括弧内が享受歌（宗尊詠を本歌にした歌）の所収歌集等名とその新編国歌大観番号。

雅有 43（隣女集・二八二）（模倣の特殊例）。
後光厳院 53（延文百首・一九）。
彦良 493（新拾遺・一八七一）。
宗良 18（宗良親王千首・四六）＊、24（同千首・六八）、37（同千首・一〇〇）＊、43（同千首・一〇一）＊、210（同千首・四〇二）＊、212（同千首・四二八）＊、276（李花集・三九一）、292（宗良親王千首・八三九）＊、312（同千首・八二九）＊、414（同千首・八六一）＊、440（同千首・八六七）＊。＊は『宗尊親王千首』の欠脱を宗尊詠で補填したと見られる事例。
長親（耕雲） 406（耕雲千首・六一五）。
雅永 334（新続古今・一九一）。
通茂 72（新明題集・六六三）（剽窃か）。
霊元院 423（霊元法皇御集・八八）。
為村 327（為村集・一七一四）。
宣長 290（鈴屋集・九〇三）。
文雄 290（調鶴集・五二二）。

初句索引

『瓊玉和歌集』中の和歌の初句（初句が同じ場合は第二句まで）を、歴史的仮名遣いにより五十音順に配列し、その歌番号を示す。「煙」は「けふり」、「梅」は「むめ」とする。

あ

あかさりし……98
あきかせに……122
あきかせの……160
あきかせを……163
あきちかく
　なりやしぬらし……142
　のはなりぬらし……134
あきのいろの……264
あきのそら……275
あきのよの
　こころなかきは……239
　つきをあはれと……241
　ふけたるつきを……236
あきのよは
　うつつのうさの……161
　ものおもふことの……226
あきふかく……265
あきよりも……277
あけかたに……300
あけぬれと……99
あさかほの……172
あさちふの……299
あさなあさな……262
あしたつの……437
あしはらの……505
あしへゆく……328
あしろひと……301
あすかかせ……28
あすまてと……503
あちきなや……399
あつさゆみ……466
あつまにて
　くれぬるとしを……319
　ととせのあきは……218
あつまには
　かさしもなれす……100
　けふこそはるの……3
あとたえて……307
あはちしま……432
あはれうき……209
あはれなる……389
あはれにも……214
あはれまた
　あきそきにける……151
　あふよありやと……390
あひかたき……419
あふことは……339
あふさかや……2
あまのかは……152
あまのはら……124
あめふらは……377
あらましの……468
ありてみの……461

い

いかてかは……70
いかにかく……228
いかにして
　うらみやらまし……398
　よそにもみむと……386
いかにせむ
　あふまてとこそ……370
　こころのうちも……130
　たかねのさくら……72
　たたあらましの……487
　とつなのはしの……443
　とはれぬはなの……57
　なきなそとたに……331
　なみたはかりの……131
　またことしさへ……318

いかにふる……347
いかにみて……495
いかはかり
　こふるとかしる……374
　みつまさるらし……126
いくたひか……368
いくよしも……184
いけみつも……311
いこまやま……50
いさひとの……32
いたつらに
　ちりやすきなむ……263
　としのみこえて……409
いつこにか……249
いつちまた……148
いつのはる……20
いつはりの……246
いつまてか
　さてもいのちの……201
　まちもわひけむ……380
いつもなる……430
いつよりか……223
いととまた……104
いとひても……476
いとふへき
　うきよのなかと……478
　ものとはしらす……231
いねかてに……359
いはきまて……444
いはておもふ……334
いはゐくむ……121
いひしらぬ……35
いまさらに……455
いまそしる……434
いまそみる……175
いまはとて……367
いまはまた……406
いまもかも……139
いまもなほ
　つまやこもれる……15
　ふしのけふりは……442
いまよりの
　あはれをいかに……146
　たかたまくらも……169
いろかはる……197

う

うかりける……78
うきことに……190
うきことの……232
うきことを……208
うきみとは……460
うきみにも……105
うきもまた……470
うきをしる……185
うくつらき……220
うくひすの
　ねくらのたけの……477
　やとあれぬらし……14
うしとても……206
うたかひし……383
うつつにも……492
うつりゆく……464
うつろはは……394
うつろひて……396
うつろへは……66
うらかせを……436
うらふれて……268
うらむへき……400
うらやまし……469
うゑてみる……58

お

おいてかく……509
おいのさか……317
おくつゆに……194
おのかつま……112
おほともの……1
おもひしる……205
おもひせく……54
おもひそふ……26
おもひたつ……324
おもひやる……10
おもひわひ……373
おもふにも……340
おもへたた……203

か

かきおける……457
かきつくる……459
かくはかり
　またるるねとも……106
　ものうかるへき……149
かすむより……316
かすめるは……30
かせさむみ
　またはなさかぬ……12
　またゆききえぬ……4
かせはやみ……278
かせふけは……76

かせむかふ……294
かつきえて……13
かねてしる……494
かねてより……82
かはちめの……242
かはのなも……440
かみなつき
　このはしくるる……286
　しくれすとても……281
かみなひの……271
かよひこし……312

き

きえぬまを……164
ききしより
　なほこそうけれ……366
　ほかなるものは……322
ききそめは……162
きくのさく……289
きけはうし……116
きさかたの……429
きのふみし……320

く

くさはこそ……188
くさもきも……187
くものゐる
　とほやまとりの……97
　とやまのすゑの……423
くらきよの……416
くらへはや……349
くるるまも……191
くれなはと……369

け

けふしこそ……17

こ

こきかへる……39
ここにのみ……120
こころなき
　くさはもつゆの……186
　ものなりなから……498
こころなる……433
こころにも……16
こころをそ……351
こころをは……462
こころをも……463
こしかたを……42
ことしけき……448
ことしより……87
こととひし……305
こぬひとを……357
このさとの……454
このさとは……441
このはるも……25
このみちを……413
このやまは……446
こひすてふ……329
こひそむる……321
こひそめし……344
こまなへて……85

さ

さえくらす……303
さきそめし……68
さきにけり……90
さくはなは……291
さくらはな……47
さたまらぬ……279
さためなき……95
さつきとは……117
さとはあれて……245
さならても……280
さのみやは……192
さはたかは……392
さひしさは
　さらてもたえぬ……147
　なれぬるやとに……56
さひしさよ……200
さほひめや……5
さほやまの……261
さもそうき……91
さゆるよも……298
さらてたに
　なみたこほるる……157
　ひとやはみえし……129
さりともと
　つきひのゆくも……341
　ひとのなさけを……387
されはとて……230
されはまた……502
されはよに……473

し

しかのなく……269
しからきの……259
しくるへき……288
しくれこそ……285
しけりあふ

くさかのやまの
　まかきのすすき……107
したおひの……165
したにこそ……210
したふへき……67
したむせふ……94
したもえの……372
しのふとて……343
しのふやま……364
しのふれは……325
しまつたひ……330
しもこほる……295
しもゆきに……302
しらすへき……18

す

すつとても……480
すへらきの……508
すまのあまの……276
すみなれて……212
すみなれぬ……451
すみよしの……414
すみわひは……439

せ

せみのなく……260

そ

そてぬらす
　つきともなにか……227
　なみたのほとも……282
そてのうへに……204
そてのかに……22
そてふれて……174
そてをわれ……337
そともなる……257
そらもなほ……272

た

たえすおく……222
たえたえに……33
たえてなほ……198
たかそての……19
たかまとの……176
たくひなく……92
たちぬはぬ……7
たちわたる
　きりのたえまの……168
　きりのたえまは……256
たつたやま……255
たつねきて……181
たつねはや……202
たなはたの……154
たのむそと……415
たのめこし……37
たのめぬを……379
たのめはと……402
たまつさや……40
たまつさを……375
たみやすく……411

ち

ちらぬまに……132
ちりぬとも……69
ちりはてて
　のちこそはなは……83
　はなももみちも……417
ちりをたに……408
ちるをみて……79

つ

つきたにも……155
つきみれは……219
つきをのみ……270
つつめとも……336
つもりては……306
つゆおかぬ……224
つゆにたに……125
つゆふかき……183
つれなきも……352
つれもなき……346

と

ときこそあれ……36
ときはいまは……273
ときはなる……74
ときわかぬ……137
としつきは……456
としつきを……421
とにかくに……490
とはすとて……225
とはるへき……59
とふひとも……309
とほさかる……196
とほつやま……215
とやまなる……250

な
なかきよの……189
なかつきの……247
なかなかに
　あふにもむねの……363
　よそにもみしと……326
なかむれは
　おもひそいつる……501
　たたなにとなく……193
なかめはや……217
なきぬなり……109
なきひとの
　かすそふよこそ……500
　かすのみまさる……497
なくさめぬ……229
なくしかの……267
なけきても……471
なつくさの……178
なつのよは……138
なにことを
　しのひあまりて……182
　またおもふらむ……34
なにとかく
　いろかはるらむ……395
　したにこころを……333
なにとなく
　そらにうきぬる……248
　われにもあらぬ……422
なほさりに……403
なみたこそ……207
なみたてる……180
なみたにて……335
なみのうつ……353
なみのよる……296
なれてみる
　はるたにかなし……77
　ひとのこころは……474
なれをこそ……65
ね
ねさめする……243
の
のちのよは……488
のちのよを……489
のもやまも……150
は
はかなくも……418
はかなしと
　うきよのなかを……486
　なにかはいはむ……171
はしたてや……292
はてはまた……342
はなさかぬ……53
はなすすき……167
はなそめの……96
はなちらす……73
はなちりし……258
はなのいろに……62
はなのきの……397
はなのさく……49
はなをまつ……43
ははそちる……284
ははそはら……304
はりまなる……431
はるきては……6
はることに……23
はるといへは……46
はるやきし……173
はれかたき……31
ひ
ひかけさす……290
ひとかたに……45
ひとこころ……407
ひとこゑを……113
ひととはぬ……213
ひととはは……308
ひとならは……103
ひとのみは……452
ひとはいさ……382
ひとはこて……254
ひとまたぬ……354
ひとめもる……29
ひともまた……332
ひのくれに……424
ひれふりし……9
ふ
ふかくさの……253
ふきのこす……287
ふくかせの……438
ふくかせも
　こころあらなむ……195
　みにしむはかり……159
ふくるよの……381
ふけすとも……376
ふけぬとも……128

ふけゆけは……153
ふしのねや……445
ふしわひぬ……425
ふゆのしも……499
ふゆふかみ……315
ふりにける……24
ふるさとの
　かきほのつたも……251
　かはらのちとり……297
　さほのうへゆく……108
　よしののやまは……8
ふるさとを……38

へ

へたつとて……52

ほ

ほしあへぬ……274
ほしわふる……388
ほとときす
　あきのゆふへを……114
　あやめのくさの……119
　さとにいてたる……110
ほりえには……293

ま

まくつはふ……179
またしらぬ……427
またのはる……81
またひとを……355
まちわひし……115
まちわひて
　こよひもあけぬ……102
　ひとりなかむる……356
まつかせも……141
まつひとと……360
まつほとは……48
まつらかは……127
まてといふに……504
まとろまぬ……55
まはきちる……244

み

みかりひと……88
みくつせく……145
みすしらす……199
みちのくの……323
みなかみに……143
みなひとに……75
みなふちの……266
みにしれは
　うしともいはし……41
　しくるるくもそ……283
みぬひとの……89
みのために……483
みののくに……313
みのほとを……401
みやこおもふ……426
みやこには……144
みやこひと……449
みよしのの……64
みよしのも……61
みるたひに……393
みるままに……211
みわたせは……435
みをすつる……216

む

むかしより……101
むめかかの……27
むめのはな……21

め

めくりあふ……93

も

ものおもふ……118
ももしきや……410
もろともに……405

や

やきすてし……136
やまさくら……71
やまさとは……450
やまさとも
　すみうくなりぬ……453
　なほことしけし……123
やまたかみ……11
やまとりの……348
やまのはの……238
やまふかく……467
やまふかみ……314
やまふきの……86
ややさむく……177

ゆ

ゆきとふる……44
ゆきはたか……310
ゆきやらて……111

ゆくするゑに……481
ゆふたちの……140
ゆふひさす……166
ゆみにのみ……345
ゆめちにそ……170
ゆめのうちに……491
ゆめはなほ……493

よ

よさむなる……234
よしのやま……51
よそにては
　ありともみえし……133
　おもひありやと……338
よそにみし……371
よなよなの……235
よにふれは……465
よのうさに……447
よのうさを……479
よのつねと……378
よのなかに……482
よのなかの
　うきにはせきも……472
　うきをみるにも……412
　うけれはとても……485
よのなかは……496
よのなかを
　いとふやまへと……63
　あなうとなけく……484
よひのまに……358
よひのまの……233
よひのまは……362
よひよひは……365
よふねこく……428
よよふりて……60
よるのあめの……252
よるはもえ……135
よろつよの……507
よをすては……475
よをさめ……420

わ

わかそてに……221
わかのうらや……458
わすられぬ……237
わすれくさ……404
わすれしと……385
わすれなむ……384
わたつうみの……350
わひつつも
　ねぬへきよはの……361
　ねられぬよはの……240
われのみや……391
われふるす……84

を

をきのはに……158
をきのはは……156
をさまれる……506
をしみても……80

初出一覧

注釈
「『瓊玉和歌集』注釈稿（一）～（四）」（『鶴見大学紀要（日本語・日本文学編）』45～47、平二〇～二二・三、『鶴見日本文学』14、平二二・三）

解説
瓊玉和歌集の諸本
「『瓊玉和歌集』の諸本について」（『藝文研究』101、平二三・一二）
瓊玉和歌集の和歌
「『瓊玉和歌集』の和歌について」（『鶴見日本文学』17、平二五・三）

中川博夫（なかがわ・ひろお）

1956年、東京都生まれ。

慶應義塾大学大学院博士課程単位取得退学。博士（文学）。

徳島大学助教授を経て、鶴見大学教授。

著書に『大弐高遠集注釈』（2010、貴重本刊行会）等。

論文に「鎌倉期関東歌壇の和歌―中世和歌表現史試論―」（『中世文学』59、2014・6）等。

新注和歌文学叢書 14

瓊玉和歌集 新注 〈宗尊親王集全注 1〉

二〇一四年一〇月二〇日 初版第一刷発行

著 者 中川博夫
発行者 大貫祥子
発行所 株式会社青簡舎
〒一〇一-〇〇五一
東京都千代田区神田神保町二-一四
電 話 〇三-五二一三-四八八一
振 替 〇〇一七〇-九-四六五四五二

印刷・製本 株式会社太平印刷社

ISBN978-4-903996-78-3 C3092